アンドレイ・E・クラコフ【著】
星野 華山【訳】

白樺の精

さらばアラスカ、**最後の長官**

東京図書出版

訳者まえがき

我が国は「黒船」に鎖国の重い扉をこじ開けられ、否応なしに欧米の近代文明に目覚めさせられたが、日本の鎖国の扉を最初に叩いたのは、北のロシアからの黒船であった。ロシアは、すでに江戸時代の中・後期頃、蝦夷地のはるか北方で、着々と領土の地固めをしていた。その先端は、シベリアを越え太平洋岸に達すると、カムチャッカ半島を南下した。さらにそこから、海を越えて新たな地を求め、北米大陸に渡った。ロシア帝国はアラスカに到達し領有すると、さらに一部は暖かい地を求めて南下し、サン・フランシスコにまで至った。日本とロシアの間では、アメリカの砲艦外交に遅れをとったが、一八五五年、日露和親条約（下田条約）が結ばれた。その条約で、函館と下田が長崎に次いで開港され、択捉島とウルップ島の間に国境が画定した。樺太は日露雑居のままだった。

しかし、そのロシアは、サン・フランシスコに領有していた「ロス要塞」とその周辺地を二束三文の値段（四万二千ドル）で手放す。さらに、アメリカで南北戦争が終結すると、ロシア皇帝アレクサンドル二世は、一八六七年三月、アラスカとアレウート諸島（アリューシャン列島）を、これまた信じがたい少額でアメリカに譲渡し世界を驚かせたのである。実に日本の国土の4倍超もある広大で資源豊かなアラスカとアリューシャン列島を、信じがたい安値（七百二十万ドル）でアメリカに譲渡したのである。「長すぎる手」とはいえ、どんな事情があって、そのようなことが起こり得たのか。

ロシア人作家の手によるこの歴史小説は、ロシアによるそのアラスカ譲渡という歴史的事実が、当時のロシア国内情勢とヨーロッパおよびアメリカの政治力学の中で如何に展開したか、垣間見せてくれる。歴史上の実在人物である、主人公マクスートフ侯爵の人生ドラマと重ねて展開するのである。

日本とロシアの間には、遅々として解決されない「北方領土問題」がある。それが日本とロシアとの外交・経済関係上永年手枷・足枷となっていた。両国の間には、平和条約すら未締結で、厳密にはいまだ終戦にさえ至っていないのである。戦後七十年、じつに長いトンネルだった。最近ようやく出口の光が見えて来たようだが、積年の問題解決に期待されるところである。時代背景や世界情勢が違うとはいえ、我が国とロシアの間で公式に国境が確定した当時の状況に遡ってみることは、両国の関係を再認識する上で参考になる。特に、その当時の世界情勢やロシア事情を知るのに、ロシア人が綴ったこの物語のページを繰ってみるのも悪くない。

訳者記

二〇一六年九月

訳者注・凡例

■ノボアルハンゲリスク＝現シトカ、アラスカ州。
■本文中の（＊）は訳者の追記。
■ロシア語原文中の人名は、名前・父称・苗字の他、役職や階級など、場面や状況によって使い分けられており複雑であるので、訳書の中ではできるだけ簡素化を図った。原文のニュアンスが多少損なわれるかも知れないが、読みやすさを優先した。
■また、人名については、親近さの度合や年齢に応じて、愛称が多様に用いられる。たとえば、アレクサンドルやアレクサンドラはサーシャやシューラと呼ばれ、ドミートリーはディーマやミーチャ、アンナはアーニャやアニューシカ、エカテリーナはカーチャ、カーチェンカと呼ばれるなど。
■「主な登場人物」、「アラスカの地図（当時）」ならびに「物語の歴史上の時期の位置づけ」、「ロマノフ朝の系図」は原書にはないが、便宜を図るため訳者が追加したものである。

主な登場人物

アデライダ――アデライダ・イワノブナ、主人公の妻、本文中の愛称はアデリヤ

アレクサンドル皇帝――アレクサンドル・ニコラエビッチ・ロマノフ、ロシア皇帝アレクサンドル二世、ロマノフ王朝第十六代目の皇帝

アンナ――アンナ・ニコラエブナ、フルゲーリムの妻

イラリオン――イラリオン・イエロモナフ、ノボアルハンゲリスクにあるミハイル・アルハンゲリスク教会の司祭

ウランゲリ男爵――ウランゲリ・フェルドナンド・ペトロビッチ、提督（アドミラル）、元アラスカ総督府長官、海軍兵学校校長、ロシア地理学会創設者

エゴロビッチ――ウランゲリ・ワシーリー・エゴロビッチ、男爵、海軍省五等官から後に《ロシア・アメリカ社》の支配人になる、主人公の義従兄

エレーナ皇太后――エレーナ・パーブロブナ、皇太后、皇帝の叔母、アレクサンドル一世の弟ミハイル（故人）の妃

ガブリーシェフ――ガブリーシェフ・ロギン・オシポビッチ、海軍大尉、ノボアルハンゲリスク事務所の事務長、後に中佐で副（長）官

クラッベ――クラッベ・ニコライ・カルロビッチ、海軍局長、提督

コストロミチノフ――コストロミチノフ・ピョートル・セミョーノビッチ、駐サン・フランシスコ副領事、兼《ロシア・アメリカ社》のサン・フランシスコ代理人

ゴルチャコフ――ゴルチャコフ・アレクサンドル・ミハイロビッチ、宰相　兼　外務大臣
コンスタンチン大公――コンスタンチン・ニコラエビッチ・ロマノフ、皇帝アレクサンドル二世の弟
コンスタンツィア――フルゲーリムの妹、アデライダの親友
サーシャ――主人公マクスートフのすぐ上の兄アレクサンドル、サーシャは愛称
ザボイコ――ザボイコ・ワシーリー・ステパーノビッチ、提督、元カムチャッカ知事、エゴロビッチ支配人の後の《ロシア・アメリカ社》支配人、主人公の遠戚
シュアルド――ウイリアム・シュアルド、アメリカ合衆国　国務長官
ステッカー――ステッカー・エドアルド・アンドレービッチ、駐アメリカロシア公使（大使）
ドゥルーエン・デ・ルイス――フランスの外務大臣
パーマストン――英国の首相（一八五九〜一八六五）
フランツ・ヨシフ――オーストリア皇帝
フルゲーリム――フルゲーリム・イワン・ワシーリリエビッチ、大佐、主人公のアラスカでの上司、アラスカ総督府長官（マクスートフの前任者）
ベレンド――ベレンド・フョードル・イワノビッチ、アラスカ総督府の医師
マクスートフ――マクスートフ・ドミートリー・ペトロービッチ、侯爵、**主人公**、海軍から《ロシア・アラスカ社》に転属、アラスカ総督府の副長官から**最後の長官**、本文中の愛称はディーマ
マリヤ――マリヤ・ウラジーミロブナ、主人公マクスートフの後妻
リンカーン――アブラム・リンカーン、アメリカ合衆国大統領
リンデンベルグ――リンデンベルグ・イワン・ワシーリリエビッチ、大佐、ノボアルハンゲリスク事務所の所長
ルイ・ボナパルト――ルイ・ナポレオン・ボナパルト、フランス皇帝ナポレオン三世
ワシーリー――ワシーリー・ニコラエビッチ、侯爵、画家、マクスートフの従兄、父方の親戚

ロマノフ朝の系図

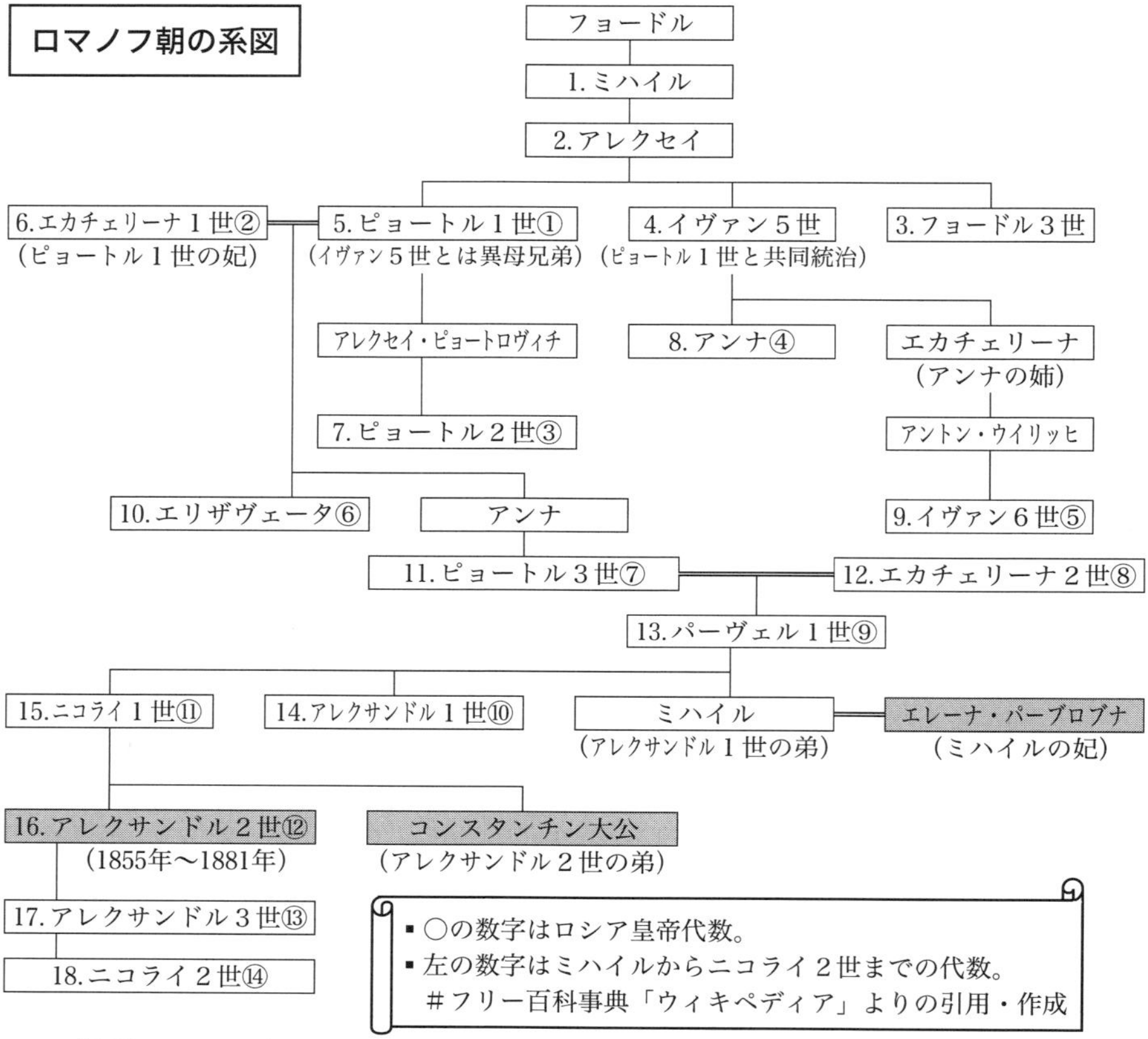

〈歴代のツァーリ〉

1 ミハイル（1613～1645）：フョードル1世の義理の従弟
2 アレクセイ（1645～1676）：ミハイルの子
3 フョードル3世（1676～1682）：アレクセイの子
4 イヴァン5世（1682～1696）：フョードル3世の弟
5 ピョートル1世（1682～1725）：イヴァン5世の弟
6 エカチェリーナ1世（1725～1727）：ピョートル1世の皇后
7 ピョートル2世（1727～1730）：ピョートル1世の孫
8 アンナ（1730～1740）：イヴァン5世の子
9 イヴァン6世（1740～1741）：アンナの姪の子
10 エリザヴェータ（1741～1762）：ピョートル1世とエカチェリーナ1世の娘
11 ピョートル3世（1761～1762）：エリザヴェータの甥
12 エカチェリーナ2世（1762～1796）：ピョートル3世の皇后
13 パーヴェル1世（1796～1801）：ピョートル3世とエカチェリーナ2世の子
14 アレクサンドル1世（1801～1825）：パーヴェル1世の長男
15 ニコライ1世（1825～1855）：パーヴェル1世の3男
16 アレクサンドル2世（1855～1881）：ニコライ1世の長男
17 アレクサンドル3世（1881～1894）：アレクサンドル2世の次男
18 ニコライ2世（1894～1917）：アレクサンドル3世の長男

〈歴代の皇帝〉

①
②
③
④
⑤
⑥
⑦
⑧
⑨
⑩
⑪
⑫
⑬
⑭

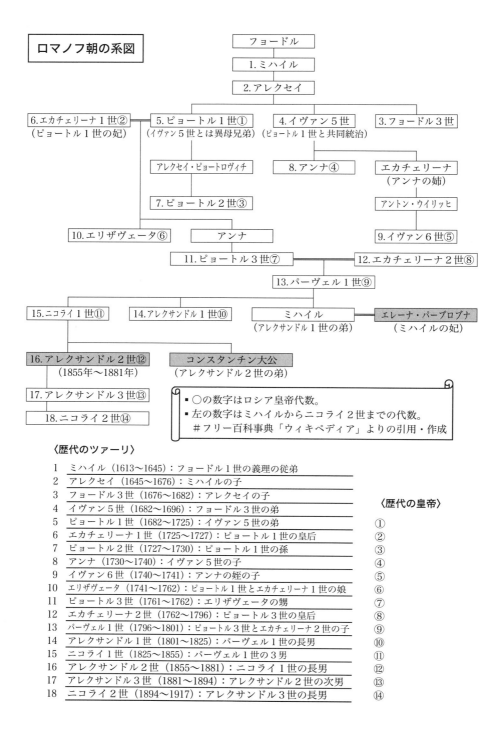

物語の歴史上の時期の位置づけ

年月	物語中の主人公の出来事	年月	当時の日本の出来事
		1792年	ラックスマン、根室に来航
		1804年	レザノフ、長崎に来航
1847年	海軍兵学校卒業、バルチック艦隊に勤務	1844年	蘭国王の開国勧告
1849年	黒海艦隊に勤務	1853年６月	ペリー、浦賀に来航「黒船」
1853年	プチャーチンの外交使節とともに日本へ	1853年７月	プチャーチン長崎に来航
1854年８月	カムチャッカ、ペトロパブロフスク防衛戦、対英仏戦	1854年３月	日米和親（神奈川）条約
1854年９月	兄サーシャが戦死	1855年２月	日露和親条約、択捉島とウルップ島間に日露の国境画定 樺太は両国雑居のまま
1856年10月	下田条約の批准書交換ミッションに同行し日本へ、戦艦《オリブーツ》にて		
1858年	海軍から《ロシア・アメリカ社》に移籍	1858年	日米修好通商条約、安政の５カ国通商条約、安政の大獄
1859年２月	アデライダと結婚、３月にアラスカへ出発（シベリア経由）	1860年３月	桜田門外の変
1859年９月	アラスカ着、シトカに副長官として着任	1860年	咸臨丸が初の太平洋横断
1862年１月	《カムチャッカ》でサン・フランシスコへ、モルモン調査	1862年８月	生麦事件
1863年５月	妻が死亡、子を連れて帰任	1863年	下関事件、薩英戦争
1864年１月	マリヤと再婚、海路シトカへ長官として再赴任	1864年	英米仏蘭の４国連合艦隊の下関砲撃
1866年12月	（アラスカ譲渡が御前会議で決定）	1866年	薩長同盟、第二次長州征伐、徳川慶喜15代将軍に
1867年３月	（アラスカ譲渡の条約締結、５月批准）	1867年	大政奉還、王政復古、明治維新
1869年	最後の長官としてアラスカを去る	1875年	千島樺太交換条約
1882年	マクスートフ死亡（52歳）		

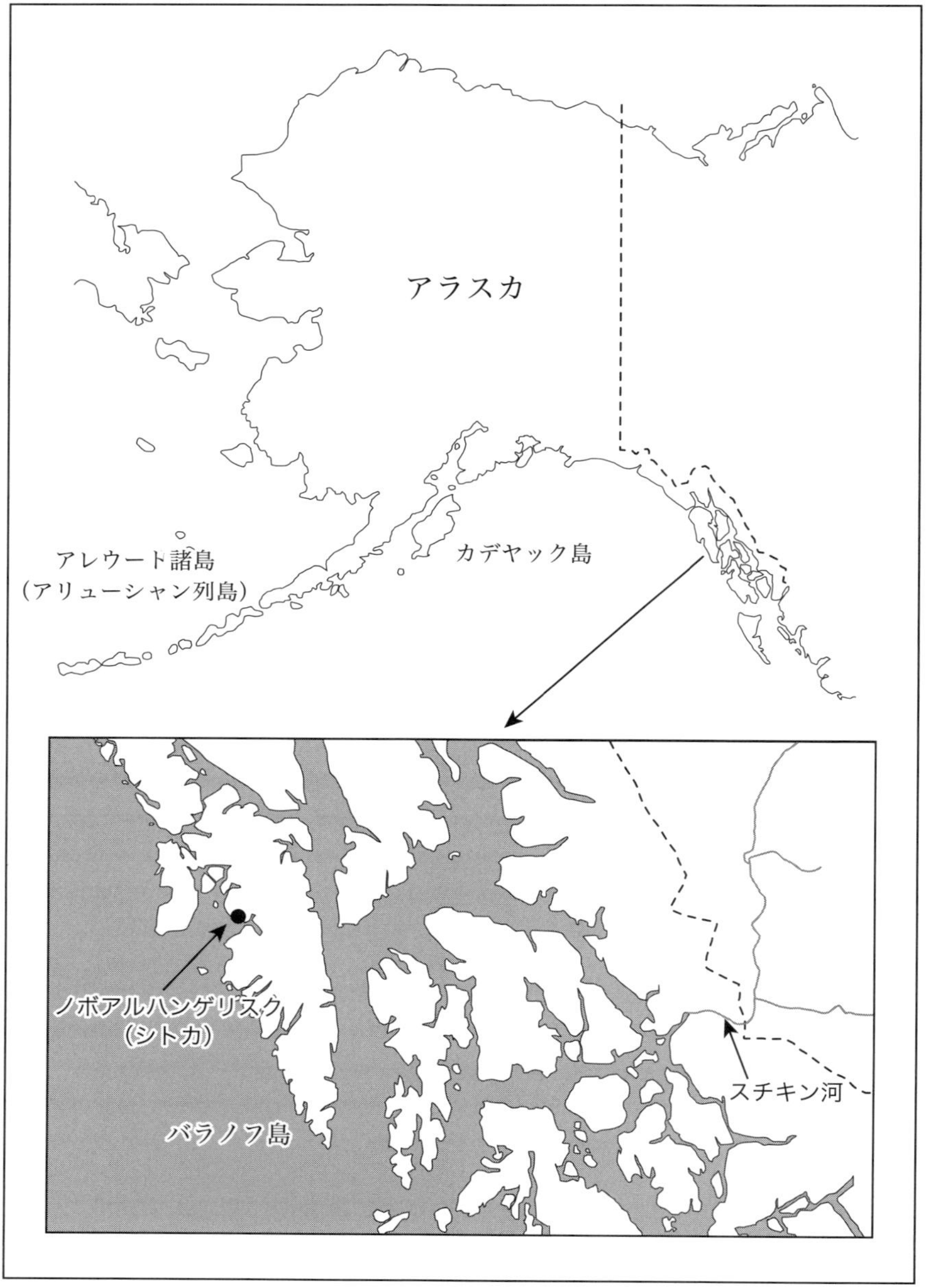

アラスカの地図（当時）

白樺の梢 ◇ 目次

白樺の梢

さらばアラスカ、最後の長官

ロシアのコロンブス

太平洋はかろやかだが冷たい風にふかれ、黒い波の丘を大きく持ち上げながら荒々しく息づいていた。そして灰色がかった鉛色の空がマストの上に重くのしかかっていた。《聖パーベル》の船長アレクセイ・チリコフ海軍中尉は病に襲われ疲れ果て船室で横になっていた。船腹を打つ鈍く虚ろな波音とマストの木のきしむ音だけが聞こえている。

チリコフ船長は最後の力をふりしぼった。食糧備蓄は底をつき、飲料水もほとんど無くなり、船員の半数は壊血病と風邪でふせっていた。出帆して４カ月目。この先どうなるか、どんな運命が待ち受けているのか、誰にも分からなかった……。

話を、この航海の初めに戻そう。大海原に出帆した時は二隻で、六十歳になるオランダ人指揮官、ビトゥース・イオナセン・ベーリング海軍准将がロシア艦隊の統合指揮をとっていた。水兵の間では、彼の父称をロシア風にもじってイワノビッチと呼ばれていたが、ベーリングもロシア人には発音しにくかろうと、別に文句は言わなかった。

出帆の前日、ベーリングは高揚した気持ちで船長に声をかけた。

「チリコフ船長気分はどうかね？　錨を早く上げたくてしようがないなー。思うことはこの航海のことばかり。なんとか新大陸を見つけたいものだ！　せめて新大陸の端っこでも、自分の目で見たいな！」

三十年前、既に、ベーリングはピョートル一世の描いた輪郭をもとに、彼にとって最初の探検航海を行っていたが、そのときは新たな発見をもたらさなかった。

今回は二度目、彼は前回出来なかった新大陸の発見を何としてでも実現したい猛烈な思いに駆られていた。新大陸は、カムチャッカの沖合に海峡があって、その向こうにあると言われていた。そのまだ見ぬ《ガマの地》をなんとか発見するのが目的である。

「ベーリング指揮官、乗組員の準備が完了しました」と、抑えた調子でチリコフ船長は、指揮官に応えた。彼は航海の準備を受け持っていて、これからの航海に必要な最後の積み荷を今日の昼間に積み終えたばかりだった。

「そうか、上出来だ！」

ベーリングは親しみをこめて肩を抱いた。

「我々は新大陸までの航路を開かねばならん。ピョートル大帝が何て言っておられたか覚えているかね？」

《ロシアは偉大なる海洋大国であらねばならん》

少し黙したあと、夢を描くように続ける。

「バルチックは西に、そして、ここ、帝国の東の果てには太平洋がある。新地を発見し領土を開拓して交易を始める。なんと素晴らしいことではないか！」

祖国の岸に向かって礼砲を放つと、ベーリングが指揮する《聖ピョートル》に続いて《聖パーベル》が出帆した。後者のブリッジにはチリコフ船長がいた。一七四一年六月四日、カムチャッカ半島のペトロパブロフスク港でのことである。

二本マストの郵便旅客船が前年オホーツクの造船所で建造された。自己防御のために十五門の大砲が装備され、それぞれ三ポンド砲九門と二ポンド砲五門を備えた。この二隻にとって今回が最初の遠洋航海である。

航海は決して楽ではなかった。船は溝を切って進むが陸地や《ガマの地》らしきものは見えてこなかった。水夫の視界に開けているのは、かなたの水平線が天空とつながり区別がつかない荒涼たる海原だけだった。

突然誰かがドアをノックしたが、チリコフは気がつかず、様々なことが思い浮かぶ記憶の中で物思いに沈んでいた。

返事も待たず当直水夫が入ってきて、テーブルにジョッキを置き、

「お湯を持ってまいりました」

そう言うと、不器用にかかとを鳴らして言い足した。

「それとスグリの乾葉です」

「ああ、分かった、ご苦労」

水夫が入ってきてようやくチリコフは我に返った。チリコフは枕の上で頭を水夫の方に向けて、

「何をしているんだ？」

水夫は、小さくためらいながら言う。

「いえ、じつは、その……、また一人、水夫が神に召されました。亡くなる前はずいぶん苦しがっていました……」

船内で壊血病が突発したかとおもうと、既に五人犠牲者が出た。最初の死者は八月の末に航海日誌に記録された。

船長が重々しくため息をついて、

「何という名前だったのかね？」と聞くと、水夫は応えて、

「我々はコーリカと呼んでいました。姓名は、司祭のところには書いてあるのですが、覚えておりません」

「そうか、分かった。行ってよろしい」

チリコフは、向きを変えて目を閉じた。この航海でど

れだけ犠牲者がでるのだろうか。そして、どれだけの人がアメリカ大陸で、病に倒れ亡くなるのだろうか！　《聖ピョートル》の運命も分からない。

思いは再び旧友の航海仲間ベーリングと最後に会ったときのことに戻る。二人はかつて《聖ガブリール》で北へ向かい、一緒に聖ラウリンチエ島を発見した。また、ニジニカムチャツク城砦で越冬した際には、暗く長い夜に夜通しで新しい発見を夢見て話しこんだものだった。ベーリングはジュアン・デ・ガマの新地発見の着想にすっかり虜になっていた。そのポイントは、数年前にジョセフ・デリルが作成した地図に記されてはいるが、今回の航海でみるかぎり、単にこのフランス海軍兵站所代表の空想に過ぎぬことが分かった。

探検航海の十七日目にチリコフを自船に招いて、ベーリング統合指揮官がすっかり幻滅して言ったのが思い出される。

「やれやれ、チリコフ船長、どうも、ガマの地はまだまだ謎のようだなー。まだこれから先やらねばならん企てが山ほど残っているのに食糧が底をつき始めている。どうだろう、新大陸の方へ進路を変えようではないか。そのほうがきっと、うまくいく！」

これが二人の最後の会話となり、それ以来二人が会うことはなかった。

三日間船は一緒に航行したが、四日目の朝、濃い霧に阻まれ、離れてしまった。実際、その霧のむこうから、乗組員や船長のそれぞれが経験する、この航海の物語とそれぞれの人生の運命が始まったのである。

チリコフの船は水面まで濃く降り立つ灰色の濃霧の帳を突き破るようにゆっくりとすすんだ。船長は舳先と船尾に火をともしてシグナルにするよう命じ、ときどき空砲を撃って統合指揮官に自船の位置を知らせるよう命令した。しかしながら、それも役に立たなくなった。合図のシグナルがまったく届かなくなったのである。辺りはぞっとするほどの静寂で、船腹に波が打ちつけているのさえ分かるほどだった。《聖パーベル》は大海原の真っただ中に独りとり残された。チリコフはベーリングの捜索に絶望し、東へ進路をとることにしたのである。

そして今、病の床に伏して、不本意ながらこれまでの航海を振り返った。答えのない問いに必死になって手がかりを探した。自分のとった行動は果たして正しかったのだろうか。ベーリングの船と乗組員はいったいどうなったのだろうか。あの忌々しい濃霧の中で彼らを見捨ててしまったのではなかろうか。進路を変えず捜索を続けるべきではなかったのか。発見した陸地の確認に向かわせた《聖パーベル》の乗組員は、結局行方不明になってしまった。彼らにいったい何が起こったのだろうか。心を鎮めてくれるせめてもの答えさえ遂に見つからなかった。

港を出帆してから四十日目、船上にカモメが現れた。

「おそらく、もうじきに陸地ですね」

デッキで傍らに立っていた操舵手のデメンチェフが、頭を持ち上げて言ったのが思い出される。操舵手の言葉には、もううんざりで、早く航海が終わらないかという願いがにじんでいた。チリコフはそのときは何も応えなかった。言葉はいらなかった。彼はカモメの飛ぶ様に見入っていた。カモメの出現は彼らを欣喜させた。岸が近いのである。カモメはマストの上で旋回していて、何羽かが着水し波に揺られていた。やがて再び舞い上がり、船の上を回りだした。まるで、岸辺の方向へ船を案内するかのようであった。

カモメが現れてから、見張りは遠方に目を凝らして待ちに待った待望の陸地を探した。だが、海は依然として船を懐に入れたままそこから放したくないように思えた。鳥の数がふえて鳴声がうるさくなり、ようやく陸地が近くにあることを知らせてくれた。

チリコフは不安になった。方向はこのままでいいのだろうか。船は距離を隔てたまま陸地に沿って進んではいないか。疑いは休まらない。あれこれと海図を調べ、コースを割り出し、そのまま方向を変えず進むことに決めた。

そして、三日三晩経ち、四日目ついに、陸地が見えた。乗組員皆が甲板に飛び出してきた。皆の顔は喜びでいっぱいである。雰囲気は一気に高まった。皆の視線は一つ方向にそそがれた。海が終わり陸地に変わるその一線にである。陸地は未知に満ちているが、永かった大海原の航海に休息を約束してくれる。

しかしながら、停泊地を選ぶのに三昼夜かかった。岸の近くをゆっくりと進みながら水深を正確に調べねばならないからである。広い入り江が船員達の視界に開けてようやくチリコフは帆を下ろすよう命じた。航海日誌に彼は次のとおり記録した。《一七四一年七月十八日、北緯五七度一五分》これは彼らが発見した陸地の緯度、すなわち、アメリカ大陸の一部であった。

船長の命令で艀が降ろされた。岸辺を調べることにしたのである。望遠鏡で水辺のとがった岩を見ると、その向こうに森の輪郭が見えた。操舵手の指揮のもと水夫十人が出発した。

「気をつけろよ！」「上陸するときは、よーく見ろ！」「決して急ぐな、奥地に入るときは注意しろ！」降ろされる艀に最後に乗り込むデメンチェフ操舵手に大声で命じた。

「心配ご無用ですよ、チリコフ船長！」そう声をかけると、大きく微笑み、チリコフを見やって言うのだった。

「陸地を踏みしだい、合図のシグナル・ロケットを打ち上げます」

空に上がった灯りの合図が小隊の岸への上陸を知らせた。しかし、それが一行からの最後の知らせだった。暁が夜の闇に変わり、日が暮れていく。夜には船に灯がともされ、たいまつが燃やされた。昼間は全員が陸地を見つめて、岸辺に何かの知らせか手がかりがないか探した。その間チリコフは落ち着かず、甲板を行ったり来たり。望遠鏡を手にしきりに覗き込むが、水夫たちの姿や、位置が分かるようなものは何も見えなかった。上陸した一行は姿を消してしまった。

まる五日待ち、六日目、船長は、甲板長サベリエフに水夫数人をつけて、消息を絶った一行の捜索を命じた。

「無事であることを神に祈る！」「好い方に期待しよう！」甲板長の手をかたく握り船長が言った。「ひょっとしたら我々の助けを求めているのかもしれん。艀に何か起こったのかもしれんな。だから、よーく見てくれ！」

艀が岩場を回りこんで見えなくなったとき、空中に炎が上がった。が、それはシグナルの灯ではなかった。そうこうする内に岩陰から原住民の長い舟が二隻現れた。あきらかに本船に向かってくる。何か大声で叫びながら、槍を振って威嚇している。弓矢をもった者もいる。大勢の原住民が小舟でやってくる様子をチリコフは望遠鏡でつぶさに見た。これはいったい何を意味するのか。だが、あきらかに考えている場合ではなかった。

「武器をとれ！」大声で叫んだ。「構えろ！　ただし、命令するまで撃つな！」

みな戦闘態勢に入り、船長の命令を待った。チリコフは待って発砲を命じなかった。原住民は、本船まではやって来ず、向きを変えて戻り、岩陰に見えなくなった。

結局分かったことは、小隊は二つとも亡くなったか原住民の囚われの身となってしまったことだった。もし、囚われたのであれば、どうしたら救出できようか。艀は二つしかなく、その二つとも水夫たちを送りだすのに使った。本船で岸に近づくのは危険だ、水深が足りない。どうしたらいいのだ。何からとりかかればいいのか。チリコフの頭の中では、答えが見つからず、いろんなことがグルグル回るばかりだった。

船はその後さらに数日入り江に留まり、原住民の攻撃に備えていたが、そのままいつまでも待つわけにはいかなかった。その後どうするか考えねばならない。そして、船長はついに決断した。いったん戻ろう、カムチャッカへ。

戻りの航海は何日も続く自然の猛威の中を突き進んだ。海は暴風で荒れ狂い、波が猛烈に荒れ、波頭は高く上がり、船を海底に沈めようとすべての重みで叩きつけた。水夫は船べりに倒れこみ、そこへ冷たい海水が奔流をなして流れ込んだ。チリコフは甲板の船長室を離れず、命令を出し、船を荒れ狂う波に真っ向から向かって維持するようにした。真っ暗な底なしが乗組員もろとも船を飲み込み、底へ永遠に引きずり込んでしまうかに思えた。

やがて、荒れ狂うのに疲れたか、海は静かになった。荒れ狂う暴風にボロボロにされても、船はなんとか持ちこたえた。水夫が大勢病で倒れはしたが、一行はなんとか凌ぎとおしたのである。チリコフの身体もすっかり駄目になった。ブリッジに出る力もなくなった。いまや、寝台に横たわり、苦しい物思いにさいなまれていた。探検航海本来の目的は達せた。二週間もすれば《聖パーベル》はペトロパブロフスクに着く。しかし、彼をどう迎えるだろうか。今か今かと待ち切れぬ思いで帰りを待っている本船乗組員と《聖ピョートル》乗組員の近しい人たちに、どう言ったらいいのか。行方が分からなくなった乗組員の運命はどうなるのか。

夏の初めに二隻連れだって出帆したのに、今戻ってきたのは一隻。《聖ピョートル》はどこへ行ったのか、ベーリングに何が起こったのか……？

自然の猛威に打ちひしがれた《聖パーベル》が祖国の岸に向かって航行していたとき、ロシア艦隊の老船長ベーリングもまた自分の船をカムチャッカに向けて航海していたのを、彼は知らなかった。あのとき、不運な濃霧に引き離され、ベーリングも見失った《聖パーベル》を捜したが見つけることができなかった。数日間の捜索かなわずチリコフの船が見つからず絶望したベーリングは、新大陸があると思われていた方向に舵をとった。

ひと月以上、ベーリング（＊《聖ピョートル》）は溝をきって海原をすすんだ。寝床に就く前には熱心に祈った。船室の隅にかけたイコンを見つめながら、神頼みした。

「慈悲深き神よ！　どうか、汝のしもべに憐れみを！　聖なる願望をかなえ、まだ見ぬ土地にいざないたまえ！」

やがて、ある日、帆いっぱいに風を受け、船首で泡立つ白波を切り勢いよく進んでいると、岩だった岸が見えてきた。

「やった！　神は願いを聞き入れてくれた！」

ベーリングは喜び勇み、幾度も十字を切った。

「何て、なんて、有難いことか！」

しかし、激しい風で船が岩場に叩きつけられるのを心配して、直ぐには岸に近づかなかった。

「帆を下ろせー！」と命じ、言った。「天候が静まるのを待とう」

しかし、風は止むどころかますます強くなり、まるで遠くにくっきり見える陸地の一端から船を追い払い、また海原に放りだそうとしているかのようであった。

ようやく四日目、ちょうど聖イリア祭の日に凪が訪れた。船は帆を上げ、ゆっくりと陸地の一端に近づいた。そこは、いたるところ岩だらけで、巨大な岩山がそびえていた。

この岩山は今後、今日のイリア祭の日に因んで《聖イリア》と命名し、ベーリングは日付を付して航海日誌に書き入れた――七月二十日。

その日、艀を二隻降ろし、それぞれに士官ヒトロフと学者シトリョールを長とする調査隊を乗せ、岸に向かわせた。無事に、二隻とも戻ってきたとき、ベーリングは喜びで両手を揉みしだき、「これはなんて素晴らしいことだ！　我々はついにアメリカ大陸の北西端に着いたぞ！」

それを祝ってマスカット・ワインの樽が船倉から運び出されて栓が抜かれ、皆に柄杓で一杯ずつふるまわれた。

「兄弟諸君！」乗組員皆に向かって言った。「我々は、ヨーロッパで最初にこの地に道をつけた。ロシアは我々の努力で海路を開いた。やがて此処へ商船が送られてくる。私には見える。これからこの地に新たな領土ができるのだ。母なる祖国ロシアは我々皆に感謝するであろう！」

「ロシア万歳！」「キャプテン万歳！」ワインを飲み、船員達は欣喜して口々に叫び合った。

だが、実のところ、彼は勘違いをしていた。これより少し早く、ちょうど二昼夜だが、チリコフが先にアメリカ大陸のこの地を発見しており、歴史的発見の栄冠は彼のものであった。しかし、このことは、ベーリングには当然分からず、《聖パーベル》乗組員の運命もまた知る由もなかった。

目的は達せられた。いざ、帰還。しばらく岸にとどまった後、《聖ピョートル》は帰路に就いた。帰路はとてつもなく消耗させられた。風は四方八方から方向を変えて吹き荒れ、暴風雨が止むことは無く、船は大揺れに揺れあらゆる方向に叩きつけられた。ベーリングは再び船室で神のご加護を祈るのだった。

「主よ、汝の僕が大海のただなかで果てることの無きよう、お助け下さい！　せめて従順な私どもの魂が祖国の地を踏むときまでお待ちあれ！　どうか、この荒れ狂う変転をお鎮め下さい！　この海をその名、太平洋のごとくあらしめたまえ！」

だが、老練なキャプテンの願いが神に聞き入れられることはなかった。ただ荒れ狂う海の怒濤だけが聞こえ、海は、堪え難く苦しむ船員を船倉に抱いたまま、船を破壊せんと弄んでいた……。

船は、航海出発の地であるカムチャッカを目指して進んだ。乗組員の祖国の地を目指した。彼ら探検隊一行が凶暴な海と格闘している間に、数十年先へ話を進め、行く末がどうなったか垣間見るとしよう。

船長チリコフは病身のまま十月に出帆港に帰港した。そして、一年が過ぎて初めてベーリングの悲劇的運命を知ったのである。

《聖ピョートル》の乗組員は見知らぬ島に辿り着いて上陸するが、船は嵐で沿岸の暗礁に乗り上げ大破。乗組員一行は食糧無く、暖をとる衣服も無く、燃料も無かった……。

乗組員の大半は壊血病になり、祖国から遠く離れた地で命を落とす。十一月には、病んでいたベーリングもついに亡くなった。彼の遺体は凍てつく地で葬られるが、埋葬する力も残っておらず、老いた船長の遺体は、獣がほじくり返して餌食にせぬよう、石を積み上げ覆われた。残ったわずか少人数の水夫は、島の信じがたいほど過酷な条件下で越冬する。その島は後にベーリングに因んでコマンドルスクと命名されることになった。

翌年になって、彼らは難破船の破片を集めてボートを作り、ペトロパブロフスクに戻ってくる。祖国の港からわずか十日の距離の地で越冬せねばならなかったのを知ったときの彼らの苦い驚きは測りようがなかった！

この探検航海で開かれた海路で、ロシア商人はアメリカへ行けるようになる。その後アメリカ北西海岸は、ロシアにより積極的に開拓されるようになる。アラスカやアレウート諸島への商業目的の探検が殺到。チリコフとベーリングが新地を発見してわずか四十年の間に、そうした商業探検は正式な数だけでも百回にのぼる。海獣の毛皮や近海の魚は商人に法外な利益をもたらすのである。

一七八三年八月、商人グリゴリー・シェリホフと妻ナタリア・アレクセエブナが三隻の船でアラスカに向かって出発した。彼らのその出征はロシアによるアメリカ北西海岸の開拓に新たな時代の礎を築くことになる。

シェリホフはカデヤック島でふた冬過ごす。その島の入り江は、出征隊の旗艦の名をとってトリ・スビャチーチェリと呼ばれた。カデヤック島に良質な木材を使った外国人居留地が建設される。七年後、アラスカとアレウート諸島にアレクサンドル・アンドレービッチ・バラノフが、シェリホフの会社のアメリカ社長に任命されてやってくる。その会社は開拓の独占権を獲得して以来、正確には、一七九九年七月から、《ロシア・アメリカ社》と名付けられ、バラノフがアラスカおよびアレウート諸島の最初の長官になった。聖アルハンゲリに因みノボアルハンゲリスクと名付けられた新しい居留地が、シトカ島に建設され、そこが後にロシア領アメリカの中心になる。この島を《ロシア・アメリカ社》の支配人であるロシア皇帝の侍従ニコライ・ペトロービッチ・レザノフがおとずれる。また、一八一二年、レザノフとバラノフの構想をもとにイワン・クスコフにより、サン・フランシスコ湾の入り口にあるカリフォルニアに、ロシアの居留地要塞が建設され、そこはロシアに因んでフォート・ロスと名付けられた。

現代から遠く離れたこの時代は、地理的発見の時代。植民地争奪の時代と歴史上記されることになる。イギリスとフランスは早ばやと中・南米に植民地を獲得し、領土を奪い、現地人をその土地から排除する。その世紀の初めにアメリカに流れ込み幸運と富を獲得した人たちに続いて、そこにさまざまな《自由》民が引きつけられ、やって来て、やがてそうした人たちがアメリカ国民のもとになっていく。

かつてクックとコロンブスによって発見された大陸が、実にさまざまな異民族を世界のあらゆる果てから引きつける。それぱかりか詐欺師や逃亡者、新たな体験を夢見る旅人などもである。アメリカは全世界からの移住者の住みかとなる。時は過ぎ、英仏植民地は徐々に自国の影響を失っていく一方で、先住民は飛散を余儀なくされたり、大陸に押しかけて来た人々と戦わざるを得なくなったりすることになる。

アメリカ国民が生まれ育ち、代を重ねて出来上がっていき、彼らの考え方の中核が一つになっていく。――アメリカが第一！　このスローガンの下に真のスローガンが隠れてしまう。すなわち、アメリカはアメリカ人のもの！　何よりも重要なのが自分自身の《私》であり、私の平穏な暮らし。そして、個人的にもまた金銭的にも同等にあらわされる私の自由なのである。これがその時以来の信条であり、アメリカ人の考え方の中にも心の中にも重きをなしている。アメリカが、いかなるスローガンで政治生活を送ろうがである。

アメリカが何よりも第一！　これが最初から国民的イデオロギーとして形成され、時とともに民族的政策の地位に高められていった。

《アメリカが第一！　アメリカは拡大し、すべてを自らの影響下におかねばならない、もしそれが繁栄への道ならば》――これが、星条旗国家の第二のスローガンで、アメリカ人は今もその下で歩んでいる。

アメリカが銃剣をメキシコに向けたとき、一八四六年にブルックリンの雑誌に載ったアメリカ人詩人ウォルター・ホイットマンの論説を歴史は覚えている。――《メキシコを鞭で叩きのめせ！　アメリカは敵を壊滅し、拡大する方

法を知っている！》

ボストンの司祭テオドール・パーカーは在職中に教団を導くのに《我々の時代にあっては金が最も感銘深く大きな力だ！》と言い、アメリカ人が世界最高民族であり、最も賢明な民族だと言ったのである。

確かに、メキシコとの戦争にあっては、アメリカは《賢明》だった。一八四六年五月、ニューヨークとバルチモア、それとフィラデルフィアで大集会が開催され、数千人が兵役に志願した。しかし、一年もたたぬ間に数千人が戦線から逃亡した。アメリカの軍服を着た大量のアメリカ人が、自らの血を流すより、アメリカの部隊を離れる方が賢明だと思ったのである。歴史上、《真のアメリカ人愛国主義》が多数確認されている。将軍ウィンフィールド・スコットが数万人を率いてメキシコに接近し最後の戦闘に挑んだとき、すでに戦いの闘志が無いのは明らかだった。アメリカ軍兵士には、死神が顔を見せていた。嫌だ、もうたくさんだ！　他国の地や領土、また富に対するアメリカ人の欲は卓越していたが、自分で戦うことは望まなかった。時として渇望が彼らを軍列に留めたが、それはもはや愛国主義ではない。新しい民族の大多数が単に利益だけを追求するなら、それはどんな愛国主義というのであろうか？

将軍のもとにあった十連隊の内、七つが四散してしまった！　軍法会議にかけられぬよう、逃亡兵は軍役期間の終了のタイミングをねらったのである。なかなか賢明ではないか？　アメリカが一番重要！　だが、傭兵を招集して戦う方がよい。その時以来、傭兵制度がアメリカの軍隊機構の基本に定着していく。お金が支配するのである。

一八四八年、メキシコは降伏した。アメリカは領土の半分を獲得、豊かな金鉱資源を持つカリフォルニアも、アメリカの領土になった。カリフォルニアにはかつてフォート・ロスが造られ、一八四一年までロシアの領土だったところである。そのフォートはスイス人キャプテン、ジョン・スッターに売却され、その売却から七年経っただけで、アメリカのものになってしまったのである。

アメリカ第一主義！　アメリカはアメリカ人のもの！《豊かになろう、なぜならそこに幸福への道がある！》――これはボストンの司祭の説教にある言葉で、多くのアメリカ人の慈善意識の土壌に生き生きとして水気のように浸透していった。かつてのフォート・ロスがフォート・スッターと改名され、フォートにアメリカ国旗が高々と掲揚されるや、採金熱に浮かれた採掘者が数千人カリフォルニアの領域に殺到した。彼らを金色に輝く砂金と貴重金属の天然鉱物が招き寄せた。フォート・ロスは四万二千ドル余りで売却されたのだが、カリフォルニアでは、その笑止な金額の五倍を超える砂金を、わずか一年の間に洗い出したのである。

アメリカが第一！　しかし、アメリカは白人のもの！　人種差別と奴隷所有──これが、文明国に積極的に支持されていたアメリカの国家政策の基本部分である。チリコフとベーリングがアメリカ北西海岸を訪れてから五十年後、リバプール港だけでも百隻以上の船舶が登録され、アフリカからの黒人奴隷の運送に使われ、約一千五百万人が連れてこられる。インディアンと黒人の奴隷化が永きに亘って若い国家、アメリカ合衆国、の正式ドキュメントに記載されることになる。

アラスカやアレウート諸島においてはロシア人伝道師だけが先住民を教育し、就学させ、ロシア正教の教えに導いた。さらには、航海術の訓練にサンクト・ペテルブルグへ送り込みさえしたのである。のちに歴史はアメリカ先住民で《ロシア・アメリカ社》の船長になった者や、信任を得てロシア人居留地管理事務所の役人になった者の名前を知ることになる。

アメリカ海岸におけるロシア人居留地では、作業場、造船所、皮なめし工場が建てられ、小麦が栽培され、先住民の訓練が行われた。鉄製武器の製造や修理をしたのは、もっぱらロシア人の職人だった。アラスカにも、カリフォルニア海岸にも、ロシア人以外の鍛冶職人や仕上げ工がいなかったからである……。

若いアメリカ国家は政治的信任を獲得すべく努めるが、燃え上がった南と北の内戦の炎が壊滅の危機にさらす。突発したこの激しい戦いは、当時世界で最も激しく大量の流血を招いた戦争であった。六十万人以上が死亡、アメリカ人の五十人に一人が戦死したことになる！　しかも負傷者や不具者の数を除いてである！

アメリカは崩壊の崖縁に立ち、前には国家的カタストロフィーの深淵が飲み込もうと立ちはだかっていた。そのアメリカに単一国家とアメリカ国民保持の可能性を与えたのは、ロシアであった。英国とフランスがアメリカ大陸に海軍力を送りこんで破壊しようと狙っている難事に、アメリカ海岸に艦隊を送り込み、それを阻止したのは、ロシアだったのである。あらゆる国家の中で唯一ロシアだけが若いアメリカ国家を分裂の危機から救った。差し出されたこの友好的な温かい手を、いつの時代にか思い出すであろうが、そうした善意の記憶はまことに短いことがある……。

時が経ち、何年かが過ぎた後、アラスカもアレウート諸島もアメリカが飲み込んでいく。それは生まれつつある食欲旺盛の巨人にツァーリがもたらした皿の上の特別な料理だった。

アメリカは拡大し、アメリカの国家的利害が世界の政治地勢の中で優勢となっていく。アメリカが一番！　ではロシアはどうであろうか？　ロシアの国家的利害は？　それはまだ先、数十年経ってからのことである。ともあれ、病身のアレクセイ・チリコフの乗った《聖パーベル》と、探検調査の成功を祈りつつ航海する指揮官ビトゥース・ベーリングの《聖ピョートル》が、大海原の風波と格闘しながら、自らの運命の絶頂に近づきながらカムチャッカに急ぐのである……。

任命

1

ネバ河のオホーツク造船所近くに停泊中の推進式軍艦《オリョール》が時報の調べを鳴り響かせた。この軍用汽船は一八五八年、夏の間ずっとバルチック海の冷たい波頭をならしていたが、今は永い冬の停泊準備をしている。時報に続いてペトロパブロフスク要塞の寺院の鐘が十月の冷たい空気を切り裂いた。その鐘の音はサンクト・ペテルブルグを分け、ラドガとフィン湾をむすぶ水量豊かなネバ河の大理石の川岸に、永く響き渡っていた。

マクスートフ・ドミートリー・ペトロービッチ侯爵、ロシア帝国艦隊海軍大尉は、八十四門の火砲を有するバルチック艦隊最強の軍艦《オリョール》の上級士官としてブリッジに立っていた。外套から懐中時計を出して時間を確かめた。文字盤の針はちょうど十二時きっかり。この時計は彼にとって格別貴重なものだった。海軍兵学校卒業時に、侍従武官長ウランゲリ・フェルドナンド・ペトロビッチ男爵から頂いたものだった。同じ兵学校で学んでいた兄のアレクサンドル（＊サーシャ）にも同じものが授与された。二人とも十一年前に少尉候補生としてそこを卒業したのである。

ウランゲリ男爵が時計を授与しながら、まだ紅顔の十五歳、真新しい軍服に身を包み、海へのロマンを抱き新しい地理的発見を夢見る若者たちに、門出の祝福を祝って下されたのが思い出される。

「諸君がロシア帝国のために海の任務に就くにあたり、芳醇たる水と順風を願う。時には困難があることは十分承知だ。しかし、時の経つのは早く、元に戻ることはない！　今日できることは明日に延ばすな！　目的達成のために、常に前へ進め……」

マクスートフは時計を見ながら高齢のウランゲリ男爵の言葉を思い出した。男爵は、二度の世界一周航海の経験がある。五年間アラスカで《ロシア・アメリカ社》の現地長官としてロシア人居留地を統括経営した経歴もある。生徒たちは、彼がアメリカ大陸に上陸したときのことや、ダグラス岬からヒトクーク岬まで数百マイルに達するアメリカ大陸北海岸を調査したこと、そしてロシアの主要要塞ノボアルハンゲリスクからさらに南に位置するアレウート諸島や海峡を調査した話を、幾度か魅せられて聞いた。

「この過酷な遠隔地にはまだ知らされていない多種多様な動物界や天然資源が眠っている」ウランゲリ男爵は、一八三五年、マクスートフが生まれる三年前に去ったアラスカを思い出すのであった。

「諸君の中の誰かは彼の地を訪れるであろう。諸君、君たちの前には素晴らしい未来と驚くばかりの発見が待ち構えている！　残念ながら、時の経つのは早く、しかも、戻ってはこない。願わくは、いま一度あの遠い、魅惑的な地に出かけたいものだ」

時を元に戻すことはできない。時計の針は弧を描いて常に元の数のところに戻ってはくるが、過去を蘇らせることはできない。残るのは思い出だけだ。


マクスートフは流れの静かなカマ河の丘陵だった川岸を思い出した。そこにウラルの街ペルミがあり、父の家があった。彼は、聖ドミートリーの日に生まれたので、両親はその名を彼につけた。父、ピョートル・イワノビッチは宮内省の八等官で県の皇室資産管理をしていた。母、アンナ・イリイニチナは、主婦で七人の子を育てた。彼女が亡くなってからもうずいぶんになる。マクスートフが海軍兵学校を卒業した年に死亡し、最後のお別れが出来ずじまいだった……。

マクスートフが十一歳になったとき、すぐ上の兄サーシャは十二歳で、伯父（父の兄）ニコライ・イワノビッチの斡旋で、彼ら二人を都に連れて来て、海軍兵学校に入れた。そこで幼年時代を過ごすことになった。軍隊式の厳しさと、士官たちの監督による訓練で規律と忠誠心が叩きこまれた。この若い同年代の若者たち大多数が望むような、屈託のない遊びにふけりたい思いも、血気余ることもあったが、海軍兵学校の制服と厳しい規律が自制させ、内部規律を守らせた。勉学時は父の家へ行って休暇を過ごすのを待ちこがれた。新鮮な川風を胸いっぱい吸い込み、岸を走り回り、故郷の川に勢いをつけて飛び込んだりするのを……。

幼年時代、彼らは常に競争相手だった、どちらが速いか、強いか、誰が巧いか、どちらもが一番になりたくて先を競った……。

マクスートフは、兄との口喧嘩やどちらが長く潜っていられるか競ったことを思い出した。胸いっぱい息を吸い込み、鼻を指で押さえて岸辺の川に頭から潜った。水中にグッと我慢して座る。力の続く限り我慢する。やがて目の前に赤い円が現れ、耳が鳴りだす。もう限界だ、これ以上無理だ。もう死ぬ、窒息する。コルクがはじけるように水面から飛び出し、しきりに呼吸し、あたりを見渡す。すると、同時に兄サーシャの膨れた目玉が水中から現れる。どちらの負けでも勝ちでもなかった。

彼が十歳になったばかりの頃、二人はカマ河の真ん中まで泳いだ。兄弟で頭を並べて、力が尽きて行くのを感じた。岸辺ははるか遠く細い線になって見えていた。戻る方向に向きを変えた。岸辺からもうそれほど遠くないところで脚が痙攣。兄サーシャにこのことを告げようとしたが、水を飲んでしまってただもがくだけ、恐ろしくてどうしようもなかった。怖さのあまりもがき、混乱して手で必死に水をかいた。そのとき突然何かに背中を押され、また押された。それで少し体が前に動いた。兄が押したのだった。しばらくして足が川底に触れ、息をするのが精いっぱいだったが、なんとかゆっくり岸にたどり着いた。くたくたになって太陽に温められた岸の砂に倒れこむ。兄も隣で伸びてしまっていた。家では起こったことを秘密にし、誰にも言わなかった。しかし、それだからといって、このことが何にも影響しなかったわけではない。何かにつけて、自分自身の力量を対比して推し測るのには必要なことだった。

マクスートフは末っ子、五番目の子供だった。一番上の兄はパーベル。マクスートフとサーシャはいつも彼と比べられ、彼に似るといいな、と言われていた。パーベルは兄弟中つねに模範とされていた。海軍兵学校に入ったのも、彼に倣ったのだった。海軍勤務は兄弟を離れ離れにし、両親の家を出てから、彼らが一緒に過ごすことはめったになくなった。だが、時折会ったときは、幼少期と過ぎ去りし少年時代の忘れ難いひと時の思い出に盛り上がるのだった。

海軍兵学校を終えて、二人、マクスートフとサーシャはバルチック艦隊勤務に送られ、それぞれ別々の艦船へ配属された。マクスートフが勤めることになったのは《アンドレイ》と《レフォルト》である。

一年前の出来事が記憶に蘇ってきた。昨年九月の中頃、極東沿岸から戻ってきたとき、マクスートフは《オリョール》に勤務替えになったが、定期汽船《レフォルト》がフィン湾で乗組員全員を乗せたまま沈没してしまうという不可解な事件が起こった。他にも彼にとって悲しい知らせがあった。アゾフ海で汽船《バエッツ》が燃えた。バルチックで二年間勤務の後、黒海艦隊の第三七期乗組員として、その船で勤務せねばならなかったのである。当時、夏の初め、彼は海軍少尉に昇進し、新たな勤務地へ転属された。

兄のサーシャはバルチック艦隊に残っていて、マクスートフが兄と再会したのは五年経った後、ペトロパブロフスクだった。軍務が二人を帝国の東端国境へと導いた。一人は南の国境から、もう一人は北西の国境からである。二人とも極東の港にて英仏艦隊の攻撃から防衛するということでクリミア戦争を戦うことになった。

その時以来、既に五年が経っているが、まったく、つい最近のことのように思えた。勤務中ずっと、家族のイコンであるカザンの聖母が彼を護ってくれていた。かつて彼が乗り組んだ艦船では、亡くなった者や、離れ離れになり永久に去ってしまった者もいた。しかし、マクスートフは、上からの命令でたまたまその場に居合わせなかったか、神の采配かで、いつも難を逃れ、あの世には行かずに済んだ……。

カザンの聖母が慈しみ深く加護してくれ、彼を戦いの銃弾や砲弾からも護ってくれた。だが、兄を死の手から護ってはくれなかった。兄サーシャは一八五四年九月、受けた傷が元でこの世を去った。運命が今や二人を永遠に引き離したのだった……。

長兄パーベルは、火砲一二〇門の軍艦《パリ》でシノプスク海戦を戦った。その後、セバストーポリ防衛戦で戦い、一度はナヒモフ大将の副官になったこともあったが、昨年軍役を離れた。退役時の位は、海軍大佐。近年設立された商船会社にはいった。その会社の本部は首都にあり、管理統括部がオデッサにあった。黒海で就航している汽船《ユノナ》の船長に任命された。その長兄パーベルとも久しく会っていなかった。いつ、会えるのだろうか……。

最後にパーベルと会ったときが思い出される。マクスートフがまだ黒海艦隊で勤務している時で、七年前の、夏の日曜日だった。いつもの休日どおり、河岸に広がる公園を散歩する人たちが往きかっていた。草が生い茂り、鳥は陽気に鳴きつづっていた。中央の並木が石で舗装された階段に続き、その階段を下りて行けば、一番下の段は海水に浸っている。さまざまな色の日傘をさしてカップルが散策する。浅黒い海の日焼けは社交界では歓迎されなかった。流行りだったのは、高く盛り上げるヘアピースと並んで、色白の女性の顔だった。そこで、日射しから女性たちの肌焼けを守ってくれる日傘が流行っていた。

二カ月前、マクスートフは海軍中尉に昇格したばかりだった。他のおおかたの乗組士官たちとは違い、彼は散歩には行かなかった。その日、マクスートフは勤務していたフリゲート艦《メディア》の船内で長兄と会う約束をしていた。船は桟橋近くに停船していて、公園で演奏している吹奏楽隊の音が彼らの話している船室まで聞こえて来るのであった。

「お前分かるか、こんなに天気が好いのに、俺はちっとも休日気分じゃないんだ」と長兄パーベルが言う。

「これが最後でもう会えないように感じてならん。軍人としては迫りつつある苦難の時を予感するよ。いずこにも火薬が臭っていて、どっちから最初の一斉射撃が響いてくるかだ。それが問題だよ！　トルコはアブハジアの方面に侵攻しているし、英国もフランスもロシアに敵対している。とは言ってもなあ、黒海沿岸だけはいつも羨望の眼差しを引きつけているな……」

「去年、《バルナ》とその後帆船《ミヂヤ》でセバストーポリからオチャコフに部隊を運んだ時、トルコが軍備を増強しているのが分かったよ」――とマクスートフが長兄の言葉に応え、――「しかし、兄貴の見方には、同意はできないよ。もちろん、肩章をつけている以上、あらゆる備えはしなければならないが、また会おうよ、たぶん、大丈夫、みんなうまくいくさ！」

「そうあってほしいね！　ところで、今後、どうするつもりだい？　去年の十一月、四カ月の休暇をとったよな。その時、サンクト・ペテルブルグで過ごしてたって知ってているよ。何か決めたのかい？」パーベルは関心ありげにマクスートフを見た。

「実を言うと、ウランゲリ男爵から知らせがあったんだ。休暇をとって都に来ないかってね。すごく魅力的な話があるって書いてきたんだが、それが何かってことは知らせて来なかった」

「そう、それで、どうした？」

「いや、そのとおりにしたんだよ。男爵には義理が沢山あるしね。彼から聞いたんだけど、アムール河口の強化についての最高決定がもうなされたそうだ。皇帝の命で、オホーツクからペトロパブロフスクに港を移転し、そこを太平洋に向けての主要門戸にせねばならんというんだ。男爵が言うには、近々編成されるアムール探検隊にぼくを加えるよう話をする、というんだ。それで、予めぼくの了解をとりたいってことだったらしい。将来性はあるよね。単に軍事的にだけでなく、地理的な知見に関してもね。とにかく、ぼくは同意したよ」

「ああ、そうだ、それがいい」、と長兄は認めると、訊いた。

「アンナ・エゴロブナはどうなさっていた？　訪ねて行ってみたかい？」

ワシリイ・エゴロビッチ男爵の夫人アンナ・エゴロブナは彼らの従姉妹で、ウランゲリ男爵の親戚になる。彼女はペテルブルグ大学の法学教授の娘で、かつて教授は皇帝家族に講義をしたことがあった。その事実がウランゲリ家内部では特別に重んじられていた。海軍兵学校の生徒だった当時、兄サーシャとマクスートフは外出できる時にしばしばエゴロビッチ男爵の家を訪れた。アンナ夫人は、その度にピローグ（＊パイ）やいろんな甘いお菓子でもてなしてくれ、誕生日や祭日には必ずプレゼントをくれた。そんなこともあって、彼らには彼女に格別な親近感があった。事実、彼女の親身な温かさは何物にも代えがたいものだった。

「もちろん、彼女は相変わらず元気だったよ。エゴロビッチ男爵にも会った。彼は今、海軍当局の船材部にいる。それで、兄貴にずいぶん興味をもっていたよ。バルチックに移ってもらい、軍艦の甲板を歩幅で図ることをもう止めたらどうかって言っていた。つまり、他のことを始めたらどうか、って……」

この言葉にパーベルは、思い出して薄笑いした。

「エゴロビッチ男爵はウランゲリ家でありながら、陸路計画の方ばっかりだなー。何でも官吏の尺度で測るんだ……。おい、お前なあ、潮の味というのは格別なんだぜ、そうだろう、兄弟？」固く抱き合い、接吻を交わして二人は別れた。彼らはそれぞれの行く手が一斉射撃で燃え盛ることをまだ知らない。

この会話の後まもなくマクスートフはカムチャッカへ出発した。

海兵の肩章にはみな所属艦隊の番号が見せびらかすように付けられている。彼の新しい肩章の番号は四六、すなわち、勤務地はアムール艦隊である。道中、ペルミの父を訪ねた。父ピョートル・イワノビッチの喜びようは言葉では言い表せなかった。

「母さんにおまえとサーシャの立派な士官姿を見せられずまったく残念だ」悲しそうに父が言う。「ほーら、見ろ、どうだ。こんなに大きくなって。髭も生やしだして。それに、揉み上げもできてきたなー。もうすっかり大人だ！」

実家に数日泊まって、また旅路に戻った。マクスートフを見送りながら、父は悲しみのこもった声で、「子供たちは別々の方向へ行ってしまい、鳥たちも別々の方向へ飛んで行ってしまった。いつになったらひとつテーブルを囲めることやら？　もう会えることはないのか……」

シベリアの街、イルクーツクとヤクーツクを経てオホーツクに至る旅行に、父はタランタス（＊旅行用四輪馬車）を用意してくれた。マクスートフは生まれて初めてこれほどの長い陸路の旅をしたのである。まさにこのとき、ロシア帝国の巨大さを痛感し認識した。いまだ触れられてもいない未開の森林や未開拓の領土を見たのである。実際、しばらくはタランタスの車輪の修理で停止せねばならなかったが、イルクーツクまではそう悪くない道のりだった。ところが、ヤクーツクからオホーツクまでの道はどうしようもなかった。乾いた夏の季節に旅をしたのは好かったが、一露里ごとに穴やデコボコが沢山あり、道は至る所で川が横切り途絶えていた。そうした所では倒木や灌木を敷き詰め床を造って切り抜けたのである。幾度もひっくり返りそうになり、沼地に棒を渡してひっぱったりしながら進んだ。早春であれば雪解け水であふれていたり、山から洪水のように流れてくる流水があってなかなか通れない。秋も遅くなれば雨がしょっちゅう降ってどうしようもなくなる。したがって、夏の時期を逃すと、このルートで通り抜けることはできないのである。

目的地に到着した後、マクスートフはアヤン港へ行かされた。そこはオホーツクに次いで二番目に重要な港であったが、そこまでの約三百露里もまた同じように酷い道だった。

そこで見た光景ははっきり記憶に残っている。港は、深く切り込んだ渓谷に在って、崖縁には松と白樺が混然と入り交じって生えていた。その上に濃い煙の覆いがかかっている。地元の駐留隊兵士や士官たちと《ロシア・アメリカ社》の従業員家族たちの木造住宅から立ち上る煙で十一月の空が燻られていたのである。アラスカ出身の港長カシバロフ・アレクサンドル・フィリポビッチが愛想よく迎えてくれた。モンゴロイド系の顔立ちで、背は高くなく、がっしりとした体格。当時信頼されて付き合いができるようになった最初のクレオール（＊白人と先住民との混血）だった。

クレオールは大部分がアラスカやアレウート諸島に住んでいて、狩猟や漁獲を生業としていた。《ロシア・アメリカ社》の進出にともない、耕作を始め、手工業にたずさわるようになる。それができるようになるまで一から教えたのはロシア人だった。あれやこれや、カシバロフ港長はその先住民の生活やその他諸々について語ってくれた。彼自身、《ロシア・アメリカ社》の計らいで、ロシアへ留学し、学ぶことができたのだった。

その冬、マクスートフは港の域内で過ごした。やがて厳冬が春の暖かい日々に変わり、航路が開けると、彼の生活は一変した。ペトロパブロフスクに停泊していたコルベット艦《オリブーツ》がアヤン港にやってきた。偶然の出来事だが、マクスートフはこの艦船に乗り組むことになるのである。

コルベット艦の乗組員はクロンシュタットにあるときに編成され、一八五〇年秋、カムチャッカに向かって出港した。当時、乗員スタッフに欠員は無かったのだが、惨事が起こった。ペトロパブロフスク港の入り江アバチンスクで艦長スーシェフ海軍大尉が溺死。彼が乗っていた艀が転覆し冷たい海に飲みこまれてしまった……。

そこで、上級士官であったリハチョフ・イワン・フョードロビッチ中尉が指揮をとっていたが、配属の異動があって、空席となった職責をマクスートフが務めることになった。新しい艦長の職務自体がマクスートフを呼び込んだのかもしれない。とにもかくにも、マクスートフは黒海で勤務した時の同僚であったので、実際に期間は永くはなかったがリハチョフ中尉を知っていた。三年前、彼がフリゲート艦《バルナ》で勤務していた時、一時リハチョフも勤務した。ひと月足らずだったが、二人は同じ艦船で過ごした。その後、リハチョフはバルチックへ異動になったが、このわずかばかりの時が役にたった。

《オリブーツ》艦上で会ったのが思い出される。リハチョフは手を差し伸べて、言った。

「ドミートリー・ペトロービッチ（＊マクスートフ）、憶測するのではないが、私には、この艦船はあなたの人生といろんな意味で大きく関わってくるような予感がしますよ」

実際、その艦船の勤務での印象はまことに強かった。マクスートフはその船で三カ月極秘にアヤン――ペトロパブロフスク――オホーツクのルートで沿岸をまわり、水深を測った。それはロシア艦隊を太平洋の主要港に移動するための極秘調査だった。しかし、結果的にペトロパブロフスクが候補に残った。

翌年、彼にとって初めての外洋航海をした。当時リハチョフと艦長ブリッジを交代したのは海軍中尉ニコライ・ナジモフ。その時起こった出来事が記憶によみがえる。艦船はサンドウィッチ諸島の連山を通り過ぎ、ホノルルで投錨した。

就任したばかりのロシア領事ステッカー・エドアルドが船に上がって来て、ピリ島にあるロイド港に向かえという海軍省からの特別命令を手渡した。艦船《オリブーツ》はプチャーチン・エフィム・ワシーリエビッチ中将の艦隊との会合場所を提供することになる。中将の艦隊はその時、太平洋の強大な大波を切り裂きつつ日本に向かっていた。プチャーチンが日の出ずる国との外交関係樹立のために代表団を率いていたのだった。先の二回では何も成果がもたらされず、ロシアの歴史上すでに三度目のミッションであった。

アメリカ北西海岸を開拓し領土化するには、政府のお墨付きを得た堅固な交易関係が必要である。それにより、アラスカやカムチャッカの移住地への食糧補給が改善できる。その為には、海路アメリカへの途中で中継港が要る。その意味で、ロシア、とりわけ《ロシア・アメリカ社》にとって、日の本の国（＊日本）との合意を取り付けることは特別な意義があった。日本に向かう代表団の準備に最も実務的な参加をした社にとって、日本との外交関係が築かれることは、空気の如く死活問題だった。

プチャーチン中将は軍艦旗を蒸気スクーナー《ボストーク》に随行していた《パラード》に掲げていた。サンクト・ペテルブルグで検討した際、このようなミッションにわずか二隻で行くのは少なすぎるので、プチャーチンの代表団艦隊を増強することになり、かつ、極東方面の海軍力を増やすことになった。そこで、先行した戦艦を追って、クロンシュタットから、《ディアナ》と《アフローラ》が出航した。《アフローラ》にはマクスートフの兄、サーシャが乗っていて、後にペトロパブロフスクの防衛で二人は会うことになる。

《ディアナ》と《アフローラ》が外交ミッションと合流すべく波を切って急いでいたとき、統合艦隊の艦船はロイド港で会っていた。そこへバーク型帆船《メニシコフ》が《ロシア・アメリカ社》の旗を掲げて合流するためにやってきた。

港の投錨区に居る間にマクスートフは、《パラード》でやって来たアレクセイ・ペシューロフ少尉候補生に近づいてみた。ペシューロフは彼同様、海軍兵学校出身で、二年後輩だった。学業のことや教師たちを懐かしく思い出した。話が合い、島の海岸線をいっしょに散策し、名所旧跡を観ることになった。そこへバーク型帆船《メニシコフ》でノボアルハンゲリスクから来たフルゲーリム・イワン・ワシーリエビッチ艦長が加わった。岩だらけの海岸を散策しながら、話したり冗談の応酬をしたりし合っていたが、その内に知らずと話が遠征のことに及ぶと、口論となり、ペシューロフが言いきった。

「プチャーチン中将は、エカテリーナ二世が送り込んだ外交使節や日の本の国でレザノフ自らが出来なかったことをきっとやり遂げますよ。彼には外交はお手のもの。ペルシャでも随分と見事にやってのけたらしいではないですか」

フルゲーリムが躍起になって反論する。

「ロシアが何十年もできなかったことをそんなに簡単にはできないでしょう。日本人が我々を受け入れて、対話がはじまれば上出来。具体的な歩みなど、なかなか期待できないのではないかな。もちろん、我々が彼らと正式な関係を築くことは、疑いなく必要なことだが、なにせ彼らが自分の殻に閉じこもって隠れてしまっていては、背後に何があってどうなのかさっぱり分かりません！　分かっていることは、彼らと正式な関係を持ちたいと思っているのは、我々だけではなく、アメリカもそうだということ。彼らは、寄港する港がほしくて、じっと機会をねらって見ている。この点についてはまったく疑いの余地がありません。アラスカにいてかれこれ二年この様子をずっと見ているから分かります」

ペシューロフ少尉候補生は熱くなって言い返す。

「フルゲーリム艦長、あなたがそうおっしゃるのはミッションを率いているのが、貴方の会社の代表でなくてプチャーチンだからではないですか！　もし、すべてがうまくいったら、栄光も権利も《ロシア・アメリカ社》にはありませんからね！」

フルゲーリムは柔らかに微笑んで応える、

「私はもう三十過ぎ、いろいろとたくさん経験していますよ。すべてはそう一面的ではないのです。たとえば、国と国との関係にしてもしかりです。日本はサハリンが自分たちの島だと思っている、が、我々も自分たちのものだと思っています。はっきりした国境がありません。これが将来の交渉にあたっての障害になる。プチャーチンは確かに外交に熟達しているが、彼にしても交渉を持つのは難しいでしょう。我々にとって誰に栄冠がいくかというようなことは、今後いかなる議論も不要なテーマだと、私には思えます。我々はすべて帝国ロシアのためになるよう努力しているのです！　あなたも同意見だと思いますが、どうですか？」とフルゲーリム艦長はマクスートフの方を向いた。

「まさにそのために働いています」マクスートフは同意し、頷き、ペシューロフに向かって言い足した。

「君は少し情緒的すぎないかねー。君の議論だと、我々の遠征航海で結果がでるように聞こえるぜ」

そして、やはり、プチャーチンのミッションはピリオドを打てなかった。打てないばかりか、まだどうなるか全く分からなかったのである……。

錨を上げてから八百マイル以上の船旅の後、八月の初めに一行は長崎に着く。ほぼひと月、遥々やってきたロシア人を一目見ようと港へ集まってくる日本人の衆目にさらされる。彼らは何故かロシア人のことを《紅毛》、すなわち《赤毛の人》と呼んだ。翌月の中頃になってようやく長崎奉行はプチャーチンの訪問を受け入れた。対話は極めて格式ばっており、もっぱらオランダ語でなされた。ロシア側にはその時すでに《ロシア・アメリカ社》が作成した日露辞典があって、千五百以上の語彙があったのだが、それが使われることはなかった。会談の結果をまとめると、端的に言って、ロシア船に停泊を許可するが、会談は翌年の初めに持ち越す、と。しかも、期間については不明のままだった。交渉を続けたければ待つべし。もし、錨を上げてしまうようであれば、何もなかったことにするがそれならそれでいい！　と日本側はロシア人の訪問を、値踏みしていた。

プチャーチンは残って、正式会談を待つことにした。しかし、全般的な政治情勢を考慮しかつ極東ロシア沿岸防御の強化などを考えれば、船をひとところに集中しておくわけにはいかなかった。プチャーチンは《オリブーツ》に長崎を発ってペトロパブロフスクに向かうよう命じた。彼がコルベット艦に出発を命じたのは、ただ極東国境の強化のためだけではない。英仏艦隊の接近に関する情報が入ったので、至急ペトロパブロフスクに知らせ、注意喚起せねばならなかった。そしてまもなく、《アフローラ》もそこへ行くのである。

マクストフは《オリョール》のブリッジに立ち、都の秋の河岸通りを物思いに沈んで見ていた。確かに、かつて長い航海と陸路の旅があり、運命的に重要な出来事があった。海洋学の教育・訓練を受け、遠洋航海と海の向こうの国を夢見つつ、若い少尉候補生だった彼がワシリエフ島の家を出たのは、いかほど昔のことだったのであろうか？

時の経つのは何て早いことか！　老練なウランゲリ提督の言っていたとおりだった。時はたちまちに過ぎ去ってしまう。それほどまでに遠い過去ではないが、ふたたび思いは過ぎ去った極東での勤務時代に遡るのである。

一八五四年一月、日本側と始まった会談はプチャーチンをいらだたせるばかりだった。日本側はロシア側が提案した話には一向にのってこない。それで艦隊は長崎を離れ沖縄へ向かった。そのとき、交渉の推移を知らせる急使をとらえるべく機を逸しなかったのはアメリカだった。マシュー・コルブライト・ペリー提督は艦隊を引き連れて江戸湾にやってきた。

《私の外交は甲板の上だけだ》——士官同士の仲間内では、冗談ながら彼はこう口を滑らせた。ただこれは冗談ではなく、当時の状況からして彼の実際の行動に対する意思を表現したものだった。しかも、それが現実となった。ペリー提督はけっして上品には振る舞わなかった。躊躇せず砲弾を港へ向けて発砲し、交渉の席に着くよう迫った。武力を背景にしての交渉がいかに有効であったかは、当時日本がアメリカ艦隊司令官の強要に押されて神奈川条約を結んだことからもわかる。

これを知って、プチャーチンは陰鬱に言った。《そんなやり方は我々には相応しくない。我々は、受け入れられる取引条件と、節度のある好意的な関係を築かねばならない》。翌年、艦隊は再度長崎に来た。しかし、またもや日本側との交渉には至らず、プチャーチンは港を去った。突発した戦争が外交ミッションを完了させなかった。しばらくデカストリでの停泊を余儀なくされ、そこに到着した《ディアナ》に乗り換え、軍艦旗を掲げ替えた。

英仏艦隊がペトロパブロフスクの攻撃に失敗して、連合軍の船隊がロシア国境を離れた時、プチャーチンは予定していた日本訪問に出発した。下田に行ったが、交渉は一向に進まず停滞し長引き、ミッションに成功はもたらされなかった。まるで悲運がロシア船の甲板に住みついているかのようだった。日本側はなかなか交渉に入りたがらず会談が始められなかったため、ずるずると遅れた。そうこうしている内に、アメリカの不遜な申し入れに屈して、日本側は紙と筆をとるようになる。そこへ新たな衝撃が襲う。津波である。津波により、停泊地にいた船が転覆してしまう。《ディアナ》の乗組員は傭船した様々な船でペトロパブロフスクに向かった。プチャーチンはごく少数の随員とともに残るが、何とも気味の悪い気持ちにさいなまれる。「こんなことが起きるものなのか？」そこへまた別の災難が。英仏の艦隊が日本にやって来たのである。それを率いていたブリテン王国の英国人、ジョン・スターリング提督は、日本に対して、補給と修理が必要な英国とフランスの艦船の日本の港への寄港に関して緊急に事態を審議したいと主張した。スターリングは強行だったばかりか、英国とフランスという二大強国を代表していると振る舞った。その力による脅迫策を前に日本はひざを屈し、彼らの寄港を許可した。その時寄港許可になった港にやがて英仏の海軍・海洋基地になる函館が含まれていた。

プチャーチンは頭を抱える。《何てこった！　ロシアにはまだどこも許可しないではないか。ただずる賢く目を覗きこみ、ずるずると時間を引き延ばす。アメリカ人とイギリス人それにフランス人は、覆いを外して大艦隊の大砲を見せて脅しただけではないか？　それが何だ！　何が、どうぞ、あなた方にも調印済みの合意書をだと？　おれは目的を達するまでここに留まる、絶対にいやだ！　おれが日本人に調印させてやる！》

翌年になって、ようやく、プチャーチンの努力が報われる。下田にてロシアと日本の国境を定める条約が結ばれた。プチャーチンの強い忍耐と常日頃からの日本人との交流が顕著な成果をもたらしたのである。国境は現在の北緯四八度線を通り、ロシアに領土上の優位をもたらした。すなわち、海の通路が開けたのである。サハリンは依然として係争地のままであったが、択捉島が日本の領土に、ウルップ島とそれ以北のすべての島々がロシア帝国の領土になったのである。ロシア船には長崎、下田、函館への寄港が許可された。特に函館が英仏の艦船に対しても寄港地として許可されている、と外交文書に明記された意義は大きい。《アンドレイ旗の艦船が港にいる、ということが停泊中の英国やフランス船舶に対する抑制要因になることは疑いない》――ここがプチャーチンの賢察のなせるところで、彼は函館港の名を条約に明記するよう固執したのである。

このことについてマクスートフが知ったのは後になってからで、二年ほど経ち、コルベット艦で日本に向けて航海したときであった。一八五六年十月、《オリブーツ》は批准書の交換のために日本に到着した。その後、クロンシュタットへの九カ月を超える長い航海が始まる。太平洋、インド洋、大西洋と三つの大洋の航海を経て、《オリブーツ》はバルチック海に入った。マクスートフは懐かしの岸壁に着くのが待ち遠しくてならなかった。遠眼鏡で近づく岸を見ていて、海軍将官たちの中に、海軍局を率いているコンスタンチン大公の姿を栈橋の上に見つけた。コンスタンチン大公と知り合いになる栄誉を得たのは、サンクト・ペテルブルグを訪問した時のことで、ペトロパブロフスクの防衛戦で英仏艦隊を撃退したという知らせを届けたときだった。

一八五四年当時のことはぬぐい難い記憶に残った。《オリブーツ》は、英仏艦隊が接近しているという知らせを持って、ペトロパブロフスクにやって来た。マクスートフはコルベット艦の甲板を離れ、港長補佐として岸壁の防衛準備を託された。その任が命じられたのは、カムチャッカの軍知事で港長のザボイコ・ワシーリー・ステパーノビッチ少将の勧めだった。彼は、妻ユリアがウランゲリ男爵夫人の実の姉妹であるので、マクスートフの従兄にあたる。こうしたことはままある。士官が至急必要だ。港の防御を指揮し、沿岸隊の配置決めに有能な士官が……。という状況下で、マクスートフ大尉がコルベート艦でやって来た、とくればもう決まりだった。しかも、遠縁とはいえ親戚の人であれば信用もおける。これ以上の補佐役はいない！　マクスートフにしてみれば、船を降りるのは気が進まなかったが、防衛設備や組織作りの重要性を考えて同意した。沿岸防衛隊の防備造りが低い岬で始まった。そこをコーシカと呼んだ。そこに砲台を備えて、湾の入り口を護らねばならない。ひと月ほどして、兄のサーシャも《アフローラ》でやってきた。二人で沿岸防衛の護りを指揮し、そこで戦うことになった。

マクスートフは砲台コーシカで砲兵中隊の指揮に当たり、兄サーシャは別の砲台の指揮に当たるよう要請された。その八月の戦いは沿岸護衛隊の勝利だった。敵の艦隊には何もさせなかった。敵は砲撃もままならず、上陸もできず、来た道を引き帰さざるを得なかったのである。

勝った！　しかし、勝利は甘美でもあり、苦くもあった。心躍らせる喜びがあったが、喪失による悲しみもあった。兄サーシャが戦死した。受けた傷が原因で死んでしまった……。

ザボイコ少将はマクスートフに勝利の伝令役を任じた。ザボイコは、親戚というつながりも確かにあるのだが、それよりも、戦闘での功績から彼にその任をまかすことを決めたのである。ザボイコ少将の書信を持って、停泊中だったアメリカのブリグ型商船《ノーブル》でアヤンに行き、そこからは馬車。雨水で道が洗い流され馬車が通れないところでは、馬にまたがり、来た時と同じルートを今度は逆の方向をたどって、サンクト・ペテルブルグまで戻って来た。

　首都への帰路の途中、十一月初め頃、イルクーツクでアレクサンドロビッチ知事の宅で二泊した時のことが思い出される。知事は戦闘の勝利を祝し、街を挙げての祝賀を宣言した。

「マクスートフ大尉に乾杯！　あなたは真の英雄だ！」

──宴会の席で乾杯の音頭をとって、知事が声を張り上げる。

　彼の言葉にマクスートフは赤面して、

「いえ、私は単なるロシアの海軍士官にすぎません」

「いや、英雄だ、英雄！」──イルクーツクの知事はそう繰り返し、夫人の横に座り、訪問客の海軍士官を興奮しながら見ている九歳の娘に向かって、

「マリヤ、よく覚えておきなさい、このマクスートフ大尉のような勇士が我々とおまえを護ってくれているんだよ！」さらに、口を横にいっぱいひろげて微笑むと、陽気にしゃれを言った。「こういう人をおまえの花婿にほしいなー！」

「でもその前にもう少し大きくならなくっちゃねー？」

──エレーナ・ワシーリエブナ（＊知事夫人）がやさしく娘に向かって言うと、マリヤは何も答えず、滑るように席を外し、食堂ホールから走り出て行った。

「どうしたの、あなた、娘を追い出したのですか？」

──夫人は知事を非難するように見やって言った。「今あの子はそんな年頃なの。何にでも敏感でむずかしいんですのよ」

「いや、考えてもいなかったよ、すまん、仕方がない」

──アレクサンドロビッチ知事は手を広げ身ぶりし──「つい、余計なことを言ってしまったなー」──そう言うと、「ところで、あなたは結婚していますか？」とマクスートフの方を向いて訊いた。

「家族の事なんか私的なことを詮索してはいけないな……」

──気まずい状態にしてしまったことにためらいつつ小声で──「手間はとらんから、よかろう」と言うと、アレクサンドロビッチ知事は「サンクト・ペテルブルグで早く意中の女性を見つけて下さい」と続けた。

　都ではコンスタンチン大公がマクスートフを迎えた。手短かな報告の後、大公とともに箱馬車に乗り込み、ガッチーナで休養中の皇帝の元へ急いだ。大公は何をすべきか承知していた。時は重大だった。軍事的状況は、限界に達していた。クリミアでは戦火が広がり、セバストーポリは

絶えず砲撃され攻撃にあっていた。前線では防衛軍がぎりぎりのところで持ちこたえていた。英仏艦隊がバルチック海を徘徊していた。そこへもたらされた極東沿岸での勝利の知らせ。まさに、これ以上ないタイミングの良さだった！　勝利の女神が喜びを与え、安堵させ、確信と希望をもたらしたのである……。

道中、大公は先だっての会戦とロシア軍の武器がどうだったかに関心を示した。また、マクスートフ自身のこともいろいろと訊ねた。生まれはどこか、以前はどこで勤務していたか、どんな艦船に乗ったかなどと。大尉がかつて《オリブーツ》で航海したことを聞くと、あたかも旧知に逢ったかのように感動し喜ばれた。

《オリブーツ》には、大公の話によると、彼が若かりし頃の思い出がある、とのことだった。最初は、彼がまだ幼い頃、家族でシチリヤで休暇を過ごした時に父ニコライ皇帝と一緒に乗った。当時そのコルベット船は《メネライ》と呼ばれ、何かの機会でパレルモの傍に停泊した。そこのオリブーツ別荘に皇帝のご家族が滞在されていた。皇帝はコルベット船にお乗りになりたく思われて、船を視察し、海の回遊に利用された……。それで、その船は皇帝ご家族が別荘に滞在のあいだ別荘の近くに残り、その船尾に新たな今の名前が現れたのであった。大公は、アレクサンドル皇帝の夏の宮殿に向かう道すがら、こんなことをマクスートフに話して聞かせた。

ガッチーナに着くと、大公は直ぐに皇帝に取り次がれた。極東沿岸からの勝利の知らせを手渡し、きちんと報告すると、締めくくりに敵国の旗、陸戦隊兵士がそれと共に下船したジブラルタル連隊の海兵隊の旗を、皇帝の足元に落とした。皇帝は三度大公に口づけし、マクスートフにリボン付きウラジーミル四等勲章を授与するよう指示した。その後、ちょうどひと月後に功績あった働きに対してもう一つの勲章、聖ゲオルギー四等勲章が与えられたのである。

やがて、新年を前に、海軍士官に授与する最高位勲章受章者リストに、大公自らがマクスートフの名を加えたことを彼は知った。新米の大尉が大公のお眼鏡に適ったのである。

四年が経ち、数カ月におよぶ長い航海を終えて後のことだった。《オリブーツ》の甲板で二度目の仰せがあった。海兵士官たちと握手を順に交わしていた時、大公は、マクスートフの横で立ち止まり、

「これは、これは、マクスートフ大尉ではないかね？」返答を待たず、大尉を抱擁し、手を離すと言った。「やあ、ヒーロー、また、《オリブーツ》でのお出ましかな？」

「はい、そうであります！」と答えた彼の顔は困惑で紅潮

した。

「コルベットの修理中、艦船が停泊中ですることが無くて退屈しているのではないかね？」

「はい、おそらく、その……」マクスートフがどぎまぎして小声でつぶやくと、察して、大公は続けた。

「バルチック海にすばらしい艦船があるぞ。《オリョール》という堂々とした名前の船だ。それで、すぐ頭に浮かんだのだが、どうだね、そこで働く気はないかね？　君の同意を勘定に入れても良いかね？」

「はい、結構であります！」とマクスートフは予期しなかったが素直に応えた。

こんな具合にコルベット艦を正式に去る前に、推進式艦船の乗組員に加わったのである。

それまでに起こったことが切り取られた絵のように次々と思い出された。心は冷静で平穏であったが、なんとなく、気を滅入らせるものを感じた。

「どうしたのかね、マクスートフ大尉。沈痛な感じに見えるが、どこか具合でも悪いのではないのかね？」——艦船の指揮官フョードル・イワノビッチ・ケルン海軍大佐の声で物思いから我に返った。《オリョール》の艦長がブリッジに上がって来たところだった。

下の甲板の装備を見まわすが、すべて良好、清潔で問題無いように見えた。マクスートフを注意深く見て、訊く。

「まだ、答えはないが？　体調は大丈夫かね？」

「御心配はいりません、ケルン大佐。私なら健康この上ありません」

「それじゃあ、どうしてそんなに悲しそうな顔をしているのかね？　休暇をとるのでしょう？　明日は陸に上がれる。固い土を踏むのは嬉しいはずだがね。楽しんでよく休み、力を充電してきて下さい……」

「いえ、少し考え事をしていただけであります。以前のことを思い出しておりました。なぜかしら大公のことを思い出しまして……」

「ああ、コンスタンチン大公のことだな。しかし、いったいどうしてだ？　彼と知り合いだって聞いてはいたが……」

「はい、二度お会いしました。カムチャッカから伝令で戻った際、私を馬車で皇帝のところへ連れて行って下さいました」

「あの、勝利をもたらした戦争の知らせですな。知っているよ、あれは。マクスートフ大尉、言わせてもらえば、そのような知り合いは貴重だからね！　無下にしてはいけないよ。この海の老いぼれ狼のいうことをよく聞きなさい。ただ航海距離がキャリアにものをいうだけじゃなくて、ときには影響力のあるお偉方との面識が大きく役に立つものだよ。まあ、そんなもんさ……」

少し黙りこんでから、急に、「恒例の海軍兵学校での舞踏会には出るんだろう？」

「ええ、そのつもりです」とマクスートフはそっけなく答えた。

大佐の言ったことが何とも気になったがよく理解できず、答えようがなかったのである。

「大公も多分おいでになられる。彼はもう永いこと海軍兵学校を後援してくれているから、今回もきっといらっしゃるよ」とケルン大佐は応え、付け足した。——「そこでまたお会いすると思うよ。会話を楽しみなさい、つまり、有意義な話をね……」

2

マクスートフが休暇に出てから二週間が経った。マリインカ劇場に行ってみたが、正直なところバレエには期待したほどの感激を感じなかった。もちろん、舞台の飾りつけは美しいし、音楽も悪くない。踊っているのを観るのも悪くはないし、耳も楽しませてくれた。しかし彼は芝居好きではない。いろんな色合いで形作られた劇場の舞台装飾では自然の美しさが伝わって来ない。彼はしょせん海の男。彼には寄せ返す波の音や船上のマストの上を飛び回るカモメのさまざまな鳴き声の方が気に入っている。海なら心で感じることが出来た。投錨している船の甲板から岩ばかりの岸に打ち寄せる波のさまを、何時間眺めてもあきたらないのである。波頭が高く持ち上がり、陽の光の中でエメラルド色に輝きを放っては、花崗岩の張り出しに砕けて行く。それを何度も何度も際限なく繰り返している。彼は、日の出を見るのが好きだった。明るい天空の発光体が水平線に現れ、深く息づき波立つ大海原の表面を明るく照らす。沈む夕日を見るのも好きだった。わずかばかりの消え入りそうな光を残しつつ、ゆっくりと夜の暗闇に隠れて行く。

マクスートフは、父方の親戚であるワシーリー・ニコラエビッチのアパートに宿泊していた。休暇中住むアパートを探す間の仮の宿として彼に頼んでみたら、驚いて手を広げながら、

「おい、何を言っているんだい？　どんなアパートだって？　俺のところに泊まればいいよ！　かみさんは外国へ休暇で出かけていて、俺一人だよ、お手伝いは居るけど。だから、君の好きなように使ってくれていいよ！」

あいさつ話はいつも家族が食事をとっていた広間でした。ワシーリーは立ち上がってドアの方へ手を伸ばし、

「じゃ、行こう、部屋に案内するよ。それに、もちろんアトリエへもな」

彼はマクストフより七歳年上であった。以前はイズマイロフスク連隊の親衛隊で働いていたのだが、絵画に夢中になって軍隊を離れてしまった。初めのうちは親戚や友人たちは皆、単に趣味でやっているのだろうとしか思わなかった。第一、誰だって、絵を描いたり、詩を書いたりしたことがある。みんなそういう時期を通り過ぎる。しかし、彼が芸術アカデミーへ入学した時、まわりは初めて彼が本気なんだと理解した。戦争絵画の草分けであるビレバルド教授の下で学び、アカデミー卒業の時は金メダルをもらったのである。

ワシーリーが案内してくれた部屋は、まったく片付いておらずごちゃごちゃ。棚にはカンバスの張った枠があり、壁には絵が掛かっていた。隅には鉛筆で書き散らした紙やスケッチが散乱していた。まあ、誰の目にもこれは絵描きのアトリエだと疑わぬ状況だった。部屋の中央にズック地のぼろ布のかかった画架があった。ワシーリーは画架に近づき絵を覆っておいたぼろ布を床にポイと無造作に放った。

「で、これはどうだい?」――マクスートフを見て訊いた。

ロシア兵が若いポーランド人を逮捕する絵が描かれてあった。兵士がポーランド人の手を引っ張って荷馬車に乗せようとしていて、そばに不機嫌そうに髭をひねり回しながら近衛兵が立っている絵だった。小屋のドアには逮捕された男の若い妻が黙って立ちすくんでいる。荷馬車の上に銃尾が見える。武器の摘発で見つけた武器であろう。

「なかなか印象的だね」――マクスートフが絵を見て言う――「真に迫ってくる。このポーランド人への憐れみも感じられるよ」

「そう、そうだろう?」――ワシーリーは活気づいて――「これはシリーズ作の一部なんだ。三十年前にポーランドで起こった事件を描いたやつのね」

「あなたは主に戦争をテーマに描いているのに、これはそのラインから外れているみたいだね」

「戦争の絵というのは単に戦闘や行進の絵だけじゃないさ。それはね、もし知りたいならちょっと説明するが、軍隊の顔がイメージさ。兵士の日常生活や兵士が背負っている職務だよ。まあ、そういう意味で絵画のテーマは単純さ。考えてごらん、雨が降っている。見張り小屋があって、武器を持った兵士が身を乗り出している。注意深くある方向を見ている。《見張り》と名付けられている絵だ。これが戦争をテーマにした絵じゃないかい? 兵士は常に見張り役の職務を背負って、その場所を、あるいは倉庫、または、いろんな場所の出入り口だったりする……。ほとんどの時間彼はその場所で過ごし、職務のほんのわずかな時間だけ、直接戦うことになるかもしれないし、生涯に一度だけ戦闘に参加することがあるかもしれない……」

「だけど、この絵に描かれているのはむしろ警察活動の出来事で、兵士の職務じゃないよね」

「お見事、よくわかったな！」――ワシーリーは嬉しくて突然言い放つと満足そうに手をこすった。――「そのとおりだ！　僕もこの絵の中に単なる逮捕のシーンだけでなく、もっと大きいものが見えてほしいのさ。ところで、我々には絵画のテーマについてもっと話す時間がありそうだね。絵描き仲間が毎週金曜日に誰かのアパートに集まっているんだ。仲間内では金曜夜会って呼んでいるんだけどね。ちょうど明日は僕の番で、うちに集まることになっているから、もし、良ければ七時に参加してよ」


翌日、ミリオンナヤのワシーリー侯爵のアパートに絵描き仲間が集まった。少人数と言っていたとおり、わずか二人だった。――アイバゾフスキー・イワン・コンスタンチノビッチとボガリューボフ・アレクセイ・ペトロービッチだった。他の仲間は何やかんやの理由で来られなかった。会合は食堂で行われた。テーブルには赤ワインとフルーツの大皿がしつらえられた。

「ワシーリー、君はポーランドの題材で自分の才能を埋もれさせているよ」――アトリエから出てきて、敷居のところで、ボガリューボフがすっぱりと言う。

「誰もそんな題材の絵は買わないぜ。誰がポーランド人の逮捕なんてのを壁に掛けたいと思うかね？　それより、前のクリミア戦争をテーマにしたらどうだ？　あそこなら題材に事欠かないよ。マクスートフは極東で会戦し、シノプではトルコ人を粉砕した。どうして君は、身近なロシア人の勝利を描こうとしないのかなー。その方が受けもいいぜ――画家マクスートフとマクスートフ侯爵たちの勝利」

ワシーリーは眉をひそめて、

「アレクセイ、シノプとクリミア戦争は自分にとっておけよ。僕はもっと別のテーマに引きつけられているんだ」

「ただね、君の絵は展覧されないぜ。ポーランド蜂起を想い起こさせるような絵は政府には有り難くないからね。なんでまだ消えていない火に風を送ろうとするのかね？　君の絵は燻っている木炭みたいなもんさ……」

「僕は、自分自身のために、そして、歴史のために描いているんだ！」――ワシーリーは突然いきり立って――「出来事の真実を描きたいんだ。いずれにせよ、誰もが、自分の気に入ったテーマで描くのさ！」

「まあ、まあ、そう熱くなりなさんな！」――手に持ったグラスからワインをチビリチビリ飲みながら、アイバゾフスキーがたしなめる。――「アレクセイ、まあ、座れ！」――ボガリューボフに言う。――「アトリエに来て少し不安にさせられたようだね。ワシーリーが描いているのは、知ってのとおり、売るためじゃない。彼は自分の芸術に紙幣は要らんのだよ。俺とおまえはちがうぜ、おれたちは売れることを考えているがね。好きなのを描けばいいさ。彼の絵は独特で、それぞれのテーマのニュアンスをよく捉えている。そこが彼の芸術家としての並々ならぬ質だと思うよ。――ところで、彼の絵がお好きですか？」――黙って座っているマクスートフに話しかけた。

「ええ、すばらしい出来栄えですね。何かこう、考えさせるものがあります」

「ほーら、これが専門家以外からの意見だ」――アイバゾフスキーがボガリューボフに向かって言う。

ボガリューボフは、テーブルに近づきワイングラスをとると隅の椅子に腰を下ろし、グイッと一飲みした。アイバゾフスキーはマクスートフに視線を移し、

――「失礼ながら、あなたの官位から察するところ、航海されるんですね、主にどちらの海ですか？」

「バルチックで任務に就きました。黒海でも動き回り、太平洋にも居りました。インド洋と大西洋も航海しました」

「おおー！」――驚いてアイバゾフスキーは声を引く――「そいつはすごいや！　私なんぞはバルチック海と黒海以外の海の景観なんか見たことがありません。ほとんど海を描くときはクリミアなんですよ。どんなものでしょうか、あなたにとって海の広がりというのは、もし画家の目から見たら、どんなふうに思いますか？」

マクスートフは一瞬考え込む。どういうふうに、何にたとえればいいのか。少し押し黙ってから、――「黒海は天候によって違います。瑠璃色の時もあれば、真っ青な時、あるいは真っ黒な時もあります。嵐になると、それこそ、まさにその名の通り、真っ黒な墨のようになります。バルチック海はいつも灰色がかった緑色ですかねー」

――「なるほど、それはすごいや」――アイバゾフスキーは右手の人差し指を上に向けて立てて回すようなしぐさをしながら、意気込んで、――「とすると太平洋は？　あなたの見方だと、どんな色ですか？」

「そうですねー、太平洋は色彩というスケールでは測れませんねー。どちらかといえば、むしろ重さでしょうか……」

アイバゾフスキーとボガリューボフは興味深そうにマクスートフに見入る。二人は今しがた聞いたことの意味を考えながら黙りこむ。とワシーリーがすかさず訊く。

「もう少し具体的に言うと、どういうことかな？」

マクスートフは、どう説明するのが適当なのか、どう言えば分かってもらえるのか、考え込み、やがて考えがまとまって、

「太平洋の波は重い、まるで溶けた鉛のようです。大きく

盛り上がった海面を船で行くときは、その下に深い深淵の広がりを感じます。それでいて、同時に波が海岸の岩にたゆまず粘り強く打ちつける。その時にも力というか、大洋の力強さが感じられますね」

アイバゾフスキーはソファーの背もたれに身を反らせ、

「いやー、あなた、目に浮かぶようですよ。あなたの話を聞いて極東の海に行ってみたくなりましたねー。そこは、どんなふうですか？」

「沿岸自体は、岩場がほとんどです。丘陵と山が海岸線に沿ってずっと続き、それに島が無数にありますね。もちろん、入り江もありますが、中に入って行くのは簡単ではありません。何と言っても岸に寄せる波が激しくてなかなか中に入って行けないんです。しかし、なんといっても、景色が美しい。またとないというか、何とも形容しがたい美しさです！」

「いや、ぜひ、何としても行ってみたいですなあ！」――アイバゾフスキーの目が燃えた――「そういう意味では、あなたはとっても運がいい。海のあらゆる美しさを見ることができるんだから。凪いで静かなときも、荒れ狂う嵐のときも。あなたが羨ましい。画家になんかならなかったら、絶対に海の職業を選んでいたなー！」

「みなさん、どーぞ！」――ワシーリーは大声で招くと、自ら最初にテーブルに近づき、――「今日は我々にとってかなり重要な事について話さねばなりません」

全員が席に着くと、グラスを持ち上げ、

――「みなさん、よく聞いて下さい。これは普通の乾杯ではありません。みなさんと共通の提案について話したいと思います。絵画愛好家・鑑賞家連盟のようなサンクト・ペテルブルグ画家連盟を創設したいと思うがどうだろう。言っておきますが、当然直ぐに組織するのではありません。準備が必要です。とにかく、私が今日聞きたいのは一点、このアイデアに賛同するかどうか？」

「大賛成！」――アイバゾフスキーはワシーリーのグラスにカチンと合わせた。

ボガリューボフは、微笑みながら――「全面的に支持するよ！」

マクスートフも、乾杯に加わり言った。

「私は画家ではありませんが、ワシーリーの考えは大いに注目に値すると思います」


休暇はあっという間に過ぎた。マクスートフは首都の流行りになっているいくつかのサロンを訪れたり、ネフスキー通りの粋なお店に入ってみたりした。夕べには海軍兵学校時代の知り合いや、バルチック艦隊勤務時の知り合いと会ったりした。しかし、そうした訪問は、どうしても必要と思って予定していたものではなかった。必要だったのは、まだ、先にあった……。

今回休暇をとったのは、海上勤務に疲れたからではない。ウランゲリ男爵からの勧め、というか、要請に応えるものだった。古老の男爵は直にこう言った。

――「後で話すがその人たちと会うために、自由にできる日が必要だ。ことは君の今後の勤務に関してだが、とりわけ、簡単ではない職務なんだよ。今はまだ言わない。その時ではないのでな。だから、とりあえずは休んでいなさい。しばらくは航海のことも船内食のことも忘れてね」

マクスートフは、男爵が彼を、自身が三十年も勤め、今では取締役の一人になっている《ロシア・アメリカ社》へ転属をさせようとしているのではないかと考えた。が、予想はあくまで予想に過ぎず、男爵の本当の意向は知らなかった。直接真っ向から訊くこともできず、気を病んでいた。なぜなら、男爵の性格をよく知っていて、訊いたとしても答えは《後で話すと言っただろう、つまり、後で、だ》で終わってしまうからである。

十一月の初め、サンクト・ペテルブルグに冬の到来を告げる初雪が舞ったとき、ウランゲリ男爵に招かれた。彼の執務室に迎えられ、彼の机に面と向かって座らされた。

「何をして過ごしているかね、ドミートリー・ペトロービッチ？　何もしないでいるのに飽きてはいないか？　そろそろ仕事を始めなくてはな！」

マクスートフは黙っていた。注意を集中して男爵が何を言い出すのかを待った。

ウランゲリ男爵は、頭をかしげ、半開きの目でマクスートフを見て、

「今の時代は、将来のことを考えねばならない。しかも、ロシア艦隊の将来についてだけでなく、個人的な将来についてもな。君はクリミア戦争の結果、我が国のポジションが黒海で喪失したことを知っているかね。国は中立を宣言した。それで、黒海に強大な海軍力を留めておくことは禁止されたんだ。バルチック艦隊は残ったが、働き場所の空席なんて全くない。こうなるとどうだ、職業として続けて行けるか？　ここが問題なんだよ！　現実的な助けがなければほとんど不可能。今君は《オリョール》で上級士官だが、それは大公のおかげだよ。しかしだなー、今の職にずっと歳をとるまで居続けることなんてできないだろう？　まあ、よくてもせいぜい軍艦がもつ間だ。でも、何年だい？　答えられるか？」

マクスートフは彼から目を離さず黙って頭を振った。

「そうさ、わしにもわからん」

男爵は椅子から立ち上がった。室内を歩き回ると、マクスートフの隣で止まり、手を彼の肩に置いた。

「君のよく知っている極東海岸は残っている。極東には太

平洋艦隊があるが、それに関してではない。君も知ってのとおり、わしは《ロシア・アメリカ社》に永いよ。社には海軍の軍備リストに載らない自社船が沢山あって、アラスカとアレウート諸島に占有地を有している。毛皮用獣皮の買い付けと交易をやっていて、計画ではこれから更に開発を進め、設備を整えて、アメリカ北西海岸の奥地に入っていくことにしている。わしがどうしてこんな話をしていると思うかね？」

「私にその会社に移ってはどうか、ということでしょうか」

「そうだ、君に働いて欲しい」――と言うと、手を肩から放し、机の横を通り過ぎ、元の席に座り、マクスートフを正面から見た。

「ただ単に一員となれ、というのではない。アラスカの長官補佐だ。いま、長官をしているのは、海軍大佐のステパン・ワシーリエビッチ・ボエボドスキーなんだが、彼はもう四年もいて、交代の時期に来ているんだよ。その交代は既に見つかっている。君も新しい長官はよく知っていると思うが……」

マクスートフは半信半疑で男爵を見る。

「フルゲーリムだよ。後任としてボエボドスキーが推薦したんだ。フルゲーリム・イワン・ワシーリエビッチは既に取締役会も承認済みだ。いま街に来ている。その彼の補佐役として君にどうかと思うんだよ……」

「ありがとうございます、ウランゲリ男爵」――マクスートフは立ち上がった。

「いや、まだ礼を言うのは早い、まあ、座りなさい！」

――男爵は顔をしかめた。

「実は、あちこち動き回って君のことを斡旋してみたんだが、正直に言って、問題があるんだ……」

マクスートフは訳が分からず、男爵に見入った。

「いや、いや、そんなにいぶかしげに見なさんな。その問題と言うのは、きわめて重みのあるお方、大公なんだよ！」

「コンスタンチン大公？」――思わずマクスートフの口をついて出た。

「そう、そのとおり！　君の上司、君が服属しているあのお方だ。転属に関しては、あの方がサインした下命書が必要なんだよ。ところが、あのお方は、会社の在り方については極めて否定的。将来的見込みがなく、国にとって無益な出費に過ぎない、と見ているんだ。昨年、海軍の軍備拡張資金を求めていて、会社の船を海軍省に移すべきだと主張しておられたんだよ」

その言葉とともに男爵は、大公が抱いていたアラスカのロシア領有に関する秘められた意図を隠す覆いを少しあけて見せたのである。大公の真の目論見は、一点、ロシアがアラスカから脱し、アメリカにアラスカを譲渡することだった。既に二年前、一八五七年春、大公はニースから皇帝に書簡を送り、主張していた。《アメリカ合衆国は諸般の状況により、自然の成り行きで、北アメリカ全体の領有に向かわざるを得ない。したがって、遅かれ早かれ、我が植民地を領有するようになり、取り戻すことができなくなるであろう》

大公の見方は、現下の状況を注意深く吟味するよう皇帝に確信させ、宰相（＊特旨による最高文官）ゴルチャコフがその見方を支持した。外務省では皇帝の名において《北西アメリカにおけるロシア領のアメリカ合衆国への譲渡について》という覚書が準備されていた。作成者は外務大臣とあったが、真の作者は大公であった。皇帝は注意深くその覚書を読まれたがはっきりした返答は下さなかった。皇帝はためらっていた。内心、如何に国庫の負担になろうとも、ロシア領のアメリカへの売却を検討することなどもってのほか、とする反対がある一方で、アラスカのことで弟と喧嘩するのも嫌だった。弟の助けを感じていたし、あらゆる面でそれを必要としていたからである。それで、覚書を読むだけにとどめ置きたかったのだった。

アレクサンドル皇帝は大公との話の中では、今の状況において、その問題は国家にとってそれほど大きくなく、もっと重要な問題がある、としていた。皇帝が明快な態度を示さなかったので、大公は秘めた目論見をそのまま伏せておいた。彼は根拠もなく目論見実現の時期が到来するのに期待したのではなかった。時期は迫りつつあった……。大公は少しずつ、兄の皇帝に株式会社（＊ロシア・アメリカ社）から国が手を引くよう、ほのめかしていた。大公はその会社がロシア帝国の足に重りをつけることになると、確信していた。彼の信じるところでは、それが現実のものとなるに違いなく、ただ、何時なのか、が唯一の問題だった。

ウランゲリ男爵はこのことをすべて知っていたわけではない。大公と会社の関係からして、国庫から（＊ロシア・アメリカ社へ）の資金支出を減らし、その分、艦隊に振り向けよう、と大公は考えた。そのため、アメリカ海岸におけるロシア植民地の費用再検討の極秘依頼を受けると、彼は直ぐに行動に移したのである。

男爵は《ロシア・アメリカ社》の最低価格を提示しようと考えていた。大公が書いているほど国庫にとって資金負担は多くない、ということを示して、皇帝一家の影響力あるお方の目論見から会社を護ろうとした。したがって、株価に影響し暴落することがないよう、社の取締役に諮りもせず、極秘裏に会社の価値を計算し直した。それには二つの方法を用いた。一つは、株式全体の価額からの評価で、七百万ルーブルだった。二つ目は、埋蔵されている鉱物資源や、毛皮の収穫額、漁獲高、商取引からの売上額などからの算出である。それによれば、株価からの計算価額よりはるかに多く、約三倍になった。しかし、男爵の計算は一つに帰結する。すなわち、会社の真の価額は、つまり獲得できる価値は、開拓を進め、商取引を盛んにしなければ得られない、ということだ。公務に従事されている皇室上層部の方々や皇帝自身が、彼が提示した計算をもとに判断するのであるから、結論はひとつ。会社が潜在的にもうかる！　ということと、会社の事業の停止について考える必要はなく、逆に、もっと発展させねばならないことに帰着するよう示さねばならない、と男爵は最初そう考えていた。しかし、それは、大きな間違いだった。大公は皇帝に報告書の最初の部分だけを見せた……。皇帝は、物思わしげに頭を振って、ひとこと言われただけだった——「おもしろい！」

報告書は脇にやったが、報告に印字された会社の価値を示す数字が、皇帝の頭に残った。大公は、兄皇帝の性格をよく知っていて、満足であった。もし、以前進言した申し入れに対して重要視しなかったとしても、今では疑いの虫が心に住みついたことは明らかだった。男爵は、すべてをマクスートフに話せるわけではないが、彼が驚いているのを見て、さらに強調する。

「いや、ね、会社内部の事業にも障害があるのだよ。それに経済的問題だけでなく、政府側近の中にも反対者がおるんじゃよ」

マクスートフは目を見開いて男爵を見た。彼にしてみれば、男爵からの話は、衝撃的ニュースだった。政治の裏側に触れるような思いでこめかみさえ痛んだ。

「大公は君のことは許可しないじゃろう」——男爵が続ける——「それに、社内で妬みというのもあるしな。君はまあ、大公に受けがいいからね……」

「どうしたら良いでしょうか？」

「リハチョフ・イワン・フョードロビッチを知っているかね？」

「はい、かつて、彼の指揮下で航海したことがあります」

「そうか、彼とも会っておかないといけないな。今は大公の副官をしておる。彼の口添えが必要になるやも知れん」

「いつお会いしたらよろしいでしょうか？」——マクスートフはようやく残された休暇中に誰をどんな目的で訪ねねばならないか理解した。

「心配しなくてもだいじょうぶだ！　面談がちょっと気かりだがね」

大公の副官、リハチョフ海軍大佐とは海洋会館での舞踏会の前夜会うことができた。海軍省への呼び出し状が海軍局のクーリエにてもたらされた。

海軍大佐は広い自室の執務室で会ってくれた。

「マクスートフ大尉！　会えてうれしい。もう、ずいぶん久しぶりになるね。五年くらいになるかな。たしか、コルベット艦だった。私があの時、《オリブーツ》で出会ったのは何かの運命だ、と言ったのを覚えているかね？」

もちろん、マクスートフはよく覚えていて、忘れようもないことだった。

「私がやはり正しかったな！」――大佐は笑みを浮かべ――「何を言いたいか分かりますよ、別に驚くことじゃありません。何処から出た話だか分からないが、実のところあなたに来てもらったのは請願がありましてね。もちろん自分から申し出ても悪いことはないし、ともに海軍風のお茶飲みをしてもよかったのだが……」

マクスートフは気が軽くなった。海軍省に行ったはいいが、異動の件についてはどう切り出したら良いか分からなかった。いままでも自分の身の振り方であああだこうだと騒いだことはなかった。いずれにしても、とにかく、ためらいがあった。どこから始めようか？　何を話そうか分からなかった。そういう意味でリハチョフ大佐の言葉は、マクスートフの気がかりなところを取り払ってくれたのだった。

「自分のことでお願いするというのはどうも気が進まなかったのですが、ただ、致し方がないものですから……」

突然マクスートフが言い出す。

「まあ、話して下さい、マクスートフ大尉」――リハチョフは注意深く大尉に見入った。

マクスートフは、リハチョフ大佐がコルベット艦からバルチックへ転属になった時以来の勤務について、軍務経歴や皇帝との謁見などについて語った。もちろん、大公と面識を得たことやウランゲリ男爵の提案についても話した。

話を聞き終えると、リハチョフは残念そうに、

「もう《ロシア・アメリカ社》の方に転属するのを決めたのですか、まあ、そうであれば、私で出来ることならお助けしますよ。軍艦での勤務を去るというのは、まことに残念だが、これも神の思し召しだ！」

その日の内に大公の机の上には、マクスートフ海軍大尉を艦隊からアラスカ総督府副長官に異動させる取締役会宛ての請願書が載っていた。リハチョフ大佐が持って来たものだった。

「私に何をして欲しいと言うのかね？」――大公が半信半疑で副官に訊く。

「大尉の請願書の件であります」――慇懃に頭を垂れて副官が応える。

「ああ、マクスートフか、知っている、なかなか物分かりのいい海兵だ、英雄だ！」――請願書を読むと、大公は声

を張り上げ、憤慨して「《オリョール》の上官から、アラスカのなんだって？」

リハチョフは静かに小さな声で、

「すこし意見を申し上げてもよろしいでしょうか？」

コンスタンチン大公は不機嫌そうに副官を見やって、

「よかろう、言いたまえ！　《オリブーツ》の何たるかを知っていながら、口添えをしようというのかね？」

「はい、そうでありますからこそ、受け入れ可能な申し入れだと思います」――はっきりと区切りをつけるように言うと、大佐は続ける――「彼は、ペトロパブロフスク防衛に参加しました。兄はそこで亡くなりましたが、彼はオホーツク海を熟知しています。アメリカ海岸にも日本沿岸にも行ったことがあります。戦闘経験がありますので、艦隊にも適っております。それに、これから永遠に会社の方に異動させるわけではありません……。アラスカを蘇生させ、管理統括する仕事をさせます。仰せのとおり、なかなか物分かりがいいようです。彼をアメリカ海岸に送り込んで、我々もやがて管理統括と士官の配置計画上経験のある人材を得ることができます。すなわち、ペトロパブロフスクに拠点を置く太平洋艦隊に素晴らしい海兵を得ることになります。しかも彼はその港を綿密に調べ上げております……」

「なるほど、そこへもって行くか！」――驚いたように大公は発した――「遠大な構想だな！　その後も将来的に彼をペトロパブロフスクにアサインしようと言うんだな？」

「太平洋艦隊へ、であります」、とリハチョフはきっぱりと訂正し、

「あなたは以前から、分艦隊を海軍艦隊に育てねばならないと、繰り返しおっしゃっておられたではありませんか」

大公は、積年の思いを胸に、海軍力の編成替えを行っていた。すなわち、バルチックと黒海の二つの艦隊に加えて、第三の海洋艦隊をロシア帝国の極東に持とうと考えていた。彼の将来構想では、太平洋分艦隊にアムールの海軍陸戦隊を合流させねばならない。艦隊自体は、巨大な推進式艦船を備え、ペトロパブロフスクを母港とし、難攻不落の海の要塞になる。現在、バルチック艦隊は作動しているが、その成長に大公は多大な努力をした。しかし今は黒海艦隊に問題がある。かつての力はすっかり弱体化した。それを修正することは可能だが、方法はただ一つ。国際舞台に於ける政治力の変化が必要で、クリミア戦争後成立した合意を見直すための外交路線を構築することであった。それであっても、なお且つロシアが二つの艦隊しか持てないならば、極東における艦隊は無い……。

副官のことばが効き始める。

コンスタンチン大公は物思わしげに、

「どうだー？　もし、我々がカムチャッカにあるすべての

船舶をひとつの手中に集め、その上、《ロシア・アメリカ社》所有の船も集めることができれば、艦隊を編成できるな。――それに、どうだ?」彼の声に力がこもり、構想実現の可能性に確信が持てて来た。――「造船所で遠洋航海できるよう汽船に転換しよう、それに、近代的な大砲装備をとりつけよう! ただ、時間が問題だ……」――そして、少し黙った後で、リハチョフを見て、

「マクスートフについては、検討する価値があるな……。さて、馬車の用意をさせてくれ。ミハイロフスキーのエレーナ・パーブロブナ皇太后のところへ行く。今日皇帝と夕食をすることになっているのでな」

3

結婚前ドイツのビュルテンブルグの姫君だった皇太后エレーナ・パーブロブナの宮殿は、豪華さと女主人の趣味の優雅さで際立っていた。宮殿の名前は、彼女の夫、皇帝アレクサンドル一世の弟で十年前に突然の病で亡くなった、ミハイルに因んでそう名付けられた。

宮殿には、衝撃を受けるほど美しい冬の庭園がしつらえられていた。これほどまでに素敵な緑の異国情緒は、ペテルブルグに二つと無い。アレクサンドル皇帝自身のところにも無かった。中央の大きな回廊には、虹色に彩られ、さまざまな色をあふれさせ、壮麗な水を打つ噴水が鏡のような壁に映っている。出口はオレンジの植え込みで飾られていた。宮殿の広間や廊下にはブリューロフやアイバゾフスキー、あるいはイワノフの描いた絵が掛けられている。ここには、学者、作家、芸術家、音楽家などが度々招待された。その中で最も明るく輝いていたスターはアントン・ルービンシュテインで、最初は単なる伴奏者に過ぎなかったが、やがて宮殿の客間で催す音楽の夕べのオーガナイザーになった。エレーナ皇太后は、彼の音楽的才能にすっかり魅了されていたばかりでなく、女性としてこの若い男性の虜になっていた。彼は、語りと音楽で彼女の中に夫との夫婦生活の中では経験したことのない感情を呼び起こしたのである。彼女の理性は、この気まずい状況をはっきりと理解していた。もし彼女が年老いて愛欲の中に陥り、それが取り巻きの目に留まるか暴露されたりでもしたら、それこそ一大事である。彼女は五十三歳を過ぎたが、彼はまだ来年三十歳である……。彼女の感情は、若い伴奏者の庇護という衣をまとった。彼に対しては、あらゆる点において好意的で彼の創作の実現に手助けした。だが、二人の関係には目に見えない一線を自ら引き、それを越えぬようにしていた。

皇太后はかつてパリのパンシオン、マダム・カンパンで

学んだ。そこは、教育とその壁から醸し出される民主的雰囲気で有名であった。そこで学ぶ者たちは社会的・政治的な事柄も含め、さまざまなテーマに関して自由に議論しあうことができた。学業とパンシオンでの生活そのものが、知識だけではなく、彼女の世界観に足跡を残す直接的影響を与えたのである。ロマノフ家において、彼女は輝くばかりの教養と学術への才ばかりでなく、英断とリベラルな見識で際立っていた。

ニコライ一世が崩御し、アレクサンドル二世が玉座に就いた時、皇太后が若い皇帝の実質的に陰の相談役として非公式のポジションについた。皇帝自身、叔母の鋭敏な頭脳と非凡なる思考を高く評価したばかりでなく、治世の初期、彼が受けた彼女からの精神的な助けに対する評価も高かった。

皇帝が深く考えていたのは、国家経済に萌芽をもたらし、帝国の権威を高めるという変革がその時ほどロシアに必要とされる時はないということだった。そうした確信は、皇帝の親戚であり、かつ側近の相談役や同志でもある、エレーナ皇太后や弟のコンスタンチン大公にも支持されていた。彼らに対してのみアレクサンドルは胸の内を語り、秘めた考えを分かち合い、また、彼らとだけ国の発展について話し合ったのだった。彼が彼らとともに求めていたのは、切り札。近代的生活のあらゆる関係において国内はもとより、海外においても、ロシアをヨーロッパ文明のランクに引き上げるゲームに勝つための切り札を探していた。切り札は、彼らの信ずるところ、農奴解放であった。ロシアは農奴という足かせを捨て、手工業と農業を向上させる道に立ち上がらねばならない。国の領地間の商取引はより密接にせねばならなかった。そこで不可欠な決定的条件は、皇帝の権力を保持し、かつ、より強化することだ！皇帝は領土の主たる統治者であり、国家組織のヒエラルキーで最高位にあるばかりでなく、国民の社会意識と精神の中では、寛大に国民に付与した自由の保証人であらねばならない。

その夜、夕食後皆がミハイロフスキー宮殿のそれほど大きくない客間に集まった。エレーナ皇太后は居心地の良い部屋の中央のテーブルに座り、最近パリから取り寄せたフランス人画家の絵画アルバムを見ていた。コンスタンチン大公は両手を大きく広げ、体を伸ばしソファーに腰をかけていた。彼の気分が高揚していることは誰の目にも明らかだった。皇帝は物思いに沈んで窓辺に立ち、宮殿の壁から続く公園のひと気のない並木を見ていた。木々は既に木の葉の装いを落とし、近づく冬の寒さの中で凍えていた。夕闇が迫ってきた。ガス灯に火がともり、街に降り立つ夜の帳にぼんやりと光っている。

「何か悩んでいるようだね」――大公が兄の方を向いて言う――「リンゴのピローグも食べなかったね、おいしいのに……」

「コンスタンチン、ちょっと待って！」――皇太后はアルバムを脇にやり、口をはさんだ――「アレクサンドル、あなたいったいどうしたの、周りに無関心で気分がのってないようだけど」

「そのとおりですよ」――皇帝は急に振り向いた――「ロシア社会の改革に関する我々の談義は時として無益だ、という考えが昨日からずっと頭を離れない。意図した計画があまりにもゆっくりとしか進まず、我々は知的訓練の沼にはまり込んでいるし、私はといえば、皇帝として決定的な方策をとらずにいる。諸官庁の国家という柱を官僚主義が虫食っている。それが分かっていても何もできない。そればかりか、理解できぬことをたくさん見ているし敵意さえ感じている。特に地主の側からと大きな影響力を持つ貴族の側からだ。私のことを憎んでいて、足をすくう機会を狙っているようにさえ思えることがしばしばある！」

「落ち着いて！」――皇太后が静かに宥める――「まあ、お座りなさい！　そのことについてお話があるの。それに、疑いがあなたを蝕む、というのは悪くはないのよ、つまり、それを凌げば、より大きな事への意欲が出てくるわ」

皇帝は、窓辺から離れ、部屋の隅にある楕円テーブルの椅子に腰を下ろした。

皇太后はさらに続けて、

「あなたの言ったことはみな正しいわ。でも、一つまだ分かっていない。急いてはだめ、すべて台無しになってしまう。いい収穫を得ようと思ったら、まず最初に土をつくらなくては。それから、注意深く種を選ぶの。ロシアでの改革の土壌も同じ。思想はもう準備できている。だけど、どうやって実行するか、それがまだ選択できていないわ」

「農奴制依存からの脱却、それが必要なんです！　改革については、もう永く議論して来ています」――大公が席から声をあげた――「それは制度改革の礎に必要な石ですよ」

「そうね、それには議論の余地はありませんね」――皇太后が応ずる。

「しかし、政治的決定には基本的な経済変革を伴う必要があります。土地改革にはまだ種子の選択が出来ていないんですよ」

「どういう意味ですか？」――叔母に疑問の眼差しを向けながら、アレクサンドルは身を乗り出した。

「農村の状況は壊滅的よ。農奴たちは農業をすることにちっとも関心を示さないわ。土地は彼らのものではなし、強制的労働では期待した成果は得られないのよ。それを私たちはよく知っているじゃない。一八四二年から存続している義務農民のあの法令は、事実上空中の楼閣ですよ。その法令に基づき、地主は合意書にサインし、農民は年貢を払うか受け取った土地と交換に土地を開墾する、という合意なのだけれど、それが作用していないわ。大多数がまだ契約を結んでいないの。その理由は一つ。地主が望んでサインすれば、という条件で、契約が効力を発することになるからなの」

「そう、そこなんだ、地主は望んでいないんだ！」――いらいらしながらアレクサンドルが同意した。

「そのとおり！　解決したところは少ないわ、特に、遠方の県ではね。彼らには新しいアプローチが要るわ。もちろん、それについては何度も話し合ってはいます。農民はもっと自由で自分の労働に関心を持つことが必要だけど、だからといって地主に損害を被らせるわけにはいかないわ、もちろん国家にも。そう、全体的な大きな変革の中で解決しないといけないのよ。事例は、知ってのとおり、もうあるわね」

「ご自分の経験のことをおっしゃっているのですか？」

――アレクサンドルは皇太后を真っ直ぐ見た。

「もちろんよ！　それに、三年目で成果がでるわ」

エレーナ皇太后は数年前、自らの領地カルロフカで農民を農奴制から解放した。この試みの成功に付き、ミリューチンが報告書の中でその試みを全面的に根拠づけ支持していて、彼女は確信を得ていたのである。

「大切なのは、土地に対する賠償金付きで農民を自由にすること。ミリューチン・ニコライ・アレクサンドロビッチは正しい方法を示してくれたわ。だってね、農奴放免証を出した時、収入が落ちると思ったのだけれど、反対でした。私の収入は一・五倍に増えたんですよ……」

「その方法を選ぶことをお勧めですか？」――皇帝は背もたれに身を反らせ、返事を待たず、弟に視線を移し、

「君はどう思う？」

弟は、叔母の話を注意深く聞いていたが、即答して、

「皇太后の提案を全面的に支持する。それに、そうするのに時は熟していると思う。しかし、大切なのは、すべてくまなく登記することだね」

「そう、急いてはだめだわ。これは単なる領地の変更ではなく、全ロシア的な土地所有の変更です」――皇太后はそう言って席から立ち上がる――「だから、アレクサンドル、決心なさい。疑問をすべて投げ捨て、事にとりかかって！」

アレクサンドルも立ち上がり、後ろ手に行ったり来たりした。客間に静けさが広がった。ただ、寄木だけが、皇帝の重い歩みの下で小さくきしむ音をたてた。立ち止まり、二人を見まわし、言った。

「分かった！　この時をもって理論的な議論を止め、具体

的な実行に移る！　ロシアに土地改革をもたらす！　ミリューチンを内務大臣にして、新しいプロジェクトに尽力させせよう！」

そうきっぱり言いきって、腰を下ろした。肩から見えぬ重荷がとれ、気分は瞬時に良くなったようだった。

「それでは、皇太后、今回はこれでコンスタンチンともども良しとして頂けますかな？」

酒を飲むことに愛着を感じたことのないアレクサンドルであったが、この時ばかりはウオッカで一杯やりたいと思った。苦しんだ末の決定は意外にも軽く響いた。これまでの疑いや忍耐、眠れぬ夜の思考、近親者内での長い議論など、あたかも無かったように感じられるのであった。

「異論はありません！」——大公はこう言って叔母を見た——「アニス酒を用意させて下さい、そう、冷たいのを！」

「そう、それでいいのよ。わたしもいっしょに頂くわ」

——にっこりと笑い、ドアに向かいながら皇太后は言った。ドアの近くにビロードのように柔らかなモールに金メッキの鐘がぶら下がっている。彼女が二度引っ張ると、音楽のような音が鳴り響いた。従僕が部屋に入ってくる。ウオッカとキャビヤのオープンサンド、薄切りレモンを指示すると、彼女はアレクサンドルに歩み寄った。彼の正面に真向かいで立つと、激しい調子で、「アレクサンドル！時は経つのよ、もしかしたら、数十年かも。でも、あなたには運が向いているわ！　ロシアの道を海に向けて開き、領土を拡大したピョートル一世のようにね。あなたの父親もヨーロッパを前にロシアの国家の尊厳を高め、カフカスの百年荒れ狂う炎を沈めたわ。あなたもこの改革に胸を張って自慢するようになるわ。ロシアの経済的開花に道をつけ、ヨーロッパ社会の開いた門戸に入るのよ！」

従僕が入ってきた。杯と前菜の載ったトレイを黙って置くと、次の指示を待ち、傍らに立っていたが、

「もう下がっていいわ！」——皇太后が言葉を投げると、従僕は入ってきたとき同様、黙って退室した。

「あなたに乾杯よ、アレクサンドルに！　そして私たちが捧げるロシアに！」——期待した反応を呼び起こすのに皇帝の心の琴線をどう動かせばよいかよく知っている彼女は、なみなみとアニス酒の注がれた杯を最初に取って、言った。

酒を口にし、前菜を食べた。

「改革を成功させるには、帝国の法的基礎を変えねばならないだけでなく、軍事力でロシアを強大にせねばなりません」——オープンサンドを噛み終えながら大公が言った。

「まず第一に、目的も定かでないことに財源を費やすことなく、海軍艦隊の増強に資金を振り向けねばなりません」

「新しいやり方で古い歌をかなでるのかね？」——アレクサンドルは眉を動かし、大公を見た。弟のコメントが明ら

かに気にくわなかったのである。――「また、《ロシア・アメリカ社》のことを持ち出しているのかい？」

「そう。新艦の造船に金が要るし、蒸気機関への転換にも、港の建設にも資金が要ります。それに、ペトロパブロフスクを太平洋沿岸での艦隊の母港にすることについてはあなたも同意していたじゃないですか。これらみな資金の要ることです。会社の方はどうかというと、単なる金食い虫みたいなものですよ」

「急ぐことはない。アラスカはもっと良くなるさ。会社の方だって、やり方を変えればいいんじゃないかな。注意深くもっとよく検討して、新しい定款を定めよう」――そう言うとアレクサンドルは黙り込み、考え込むのであった。

大公は話を続けたくて我慢できずにいた。皇太后は関心があって、第三者的に傍らで聞いているだけだったが、何時でも話に首を突っ込めるよう二人を観察していた。明らかに一方は、会社を清算して海軍省の利になるよう会社の資産を利用しようとしていて、もう一方は、この状況の中で国家の将来性について考えている。政治的にどうなるか、配当金がどれくらいになるかと。アレクサンドルは弟が提案する別案で政策的に損害を被るようなことは看過できない。問題は単純ではない。今までそうだったように、弟コンスタンチンが幾度となく投げかけて来ても、アラスカ海岸から撤退するような考えに対して、同じ答えを出さないことは確実だった。

大公が考えていたとおりのことがおこった。皇帝は、弟を正面から見据え、一語一語はっきりと発音するように言った。

「君は、ゴルチャコフと申し合わせているようだね。彼はわたしにこの考えを吹き込もうとしていたが、今度は君の口からそれを聞くとはね。ニースからの君の手紙を覚えている。会社の状態に関する報告も、会社の現在価額もはっきり覚えているよ。問題はある。君が言うとおりだ。会社の事業に関しては一定の疑問が生じている。だが、それは主たるものではない。基本的に、極東の国境を強固にすること、これに関しては君と一致している。しかし、軍事的強化というのは、合衆国との貿易も含め、友好関係を深めたうえで強固にせねばならない。会社はこの意味で非常に有効な位置にある。だから、いまこの問題を議論するのは時期尚早だと思うよ。会社の組織改編や新しい定款の発行についてはもう話したが、これを先延ばしにすべきではない……。いま我々にはもっと切羽詰まった問題がある。それも社会構造の根幹を変える大きな問題だ」

皇帝が話したことをとらえて、皇太后が話に入ってきた。

「そうよ、私たちのやろうとしていることは単に経済的に算段するだけではなくて、予測をたてるってことも大事。

社会が実際にどう受け止めるか、人口の階層をどう調整するか、それに、帝国の辺境でどう暮らしていくか、ってことも大切よ」

アレクサンドルは目を細めて叔母を見た。

「改革がポーランド人を新たな混乱に後押しすると考えているのではないでしょうね？　三〇年代の再来なんて私は我慢できません！　ポーランドは切り離すことのできないロシアの一部です！」

「防衛という観点から見れば特にそうです」――コンスタンチンが口をはさむ――「帝国の西は、要塞の三重線で護られているが、絶えず設計どおり完全に保たねばならない。最初の第一ラインが弱くなると、残りのラインが弱まって、ロシア全体の潜在的軍事力が弱まってしまう」

大公が言っている第一防衛ラインとは、ワルシャワ、モドリン、イワンゴロドとザモスチエにおける要塞である。第二防衛ラインはポーランド帝国の外で、主要な要塞はブレスト・リトフスクにある。第三ラインはキエフ、ボブルイスクおよびディナブルグの要塞である。

「それだけでなく、いま建設中のサンクト・ペテルブルグから直接ワルシャワへ通じる鉄道が実現すれば、それにより戦隊を西部国境へ素早く輸送することができ、軍事行動上画期的に有利になる」――大公はそう続けてから断固たる口調で締めくくった――「ポーランドはロシア帝国の西のバッファー、そこで騒動が起こることなどもっての外です！」

「コンスタンチン、誰がそんなことを言っているの？」――皇太后は彼の方を向いた――「私たちの改革のプログラムをポーランドの地主貴族たちがどう受け取るか、その受け取り方の可能性について言ってるんですよ」

「いや、そうじゃない、それはプログラムなんかじゃなくて、受け入れる現実であって、出された勅令に従って実行される現実だ！」――アレクサンドルは叔母の言葉に大声で反応した。

「コンスタンチン」――弟の方に振り向き――「君が見てとったのはまったく正しい。我々にとって、ポーランドの地は戦略上の役割を担っている！　唯一心配なのは、ポーランド人の独立への止むことのない願望だ。ポーランド帝国総督によると、ワルシャワの貴族間でこの幻想が現れているとのことだ。これが悩ませていて安心させてくれないのだ！　ところが、君はだ、《ロシア・アメリカ社》一辺倒！　ポーランドなのだよ、我々が注目せねばならないのは。ポーランドの方が近いし、重要なのだよ、アラスカより！」

そういうと、目を皇太后に移し、

「あなたのビジョンには驚かされっぱなしです。土地改革の予想される受け取り方での見込み違いを指摘したり、既に私とコンスタンチンの父が始めた国家政策の奥をのぞき込んだりですからね。あなたの指摘は正しいです。経済政策は政治的決定と結びついていなければなりません。我々は、改革の展開を急がねばならぬ事をはっきりさせました。同時に、すべてを綿密に吟味せねばなりません」

ミハイロフスキーで別れたのは真夜中をかなり過ぎてからだった。

皇帝はいつになく土地改革の考えにすっかり浸っていたが、その準備と実行の決定は、まさに今夜、皇太后の宮殿でなされたのだった。彼女は話し合いで達成できた結果に満足だった。皇帝がついに言葉から行動に移す決心をした。農奴制の闇から出口の光がほのかに見えた、そこからロシアが通り抜けて行く出口がある。

大公コンスタンチンは、《ロシア・アメリカ社》に関する見解で皇帝の支持を取り付けることができず落胆した。だが、会社の操業停止と社が有するアラスカの土地の譲渡に関しては、彼はまだ断念していなかった。

4

マクスートフは、夕刻から正装をまとって海軍会館の舞踏会に出かける身支度をした。卒業生はみな首都に居れば、航海中でないかぎり、この日は間違いなくワシリエフスク島の会館に集まり会っていた。

ホールの時計が五時のメロディーを奏でた。出かける時間だ。玄関に向かう。壁にかかった鏡で自分の姿を確認し、少し考えながら、独り言う《まあ、それほど悪くないな》。彼は中背。髪は金髪で巻き毛。揉み上げは顎まで伸びていて、口髭は小さいがまる面の顔に真面目さを加え、二十六歳にしてはしっかりした印象を与える。

海軍会館は、創設以来厳格なる静けさが支配していた。静けさを破るのは授業の休憩時間を告げる鐘の音。その時は、静まり返っていた廊下が、教室から出てきた生徒たちの声でにぎやかになる。だが今日の会館は祝賀ムードでいっぱいだった。音楽が鳴り響いている。舞踏用のホールでは何組かのカップルがワルツを踊っている。マクスートフは、そこへ入った。何とはなしに立ち止まり、知り合いの士官がいないか眺めまわした。ほど近いところにワルワーツ中佐を見つけ、近づいた。

「ごきげんよう！」

それは、かつてバルチック艦隊で一緒に勤めたことのあるイワン・ステパーノビッチ・ワルワーツだった。

彼は、訳がわからなそうにマクスートフを見た。目を細め、見覚えのある顔を思い出そうとしていたが、

「ドミートリー・ペトロービッチ？　いやあ、分からなかったよ。もう何年になるかなあ？　ずいぶん久しぶりだ！」

「十年以上ですね」――マクスートフが助け船を出す。

「そうそう、当時君は少尉候補生だったね。仕事の役職のことはさておき、随分成長したなあ！　バルチックへ行ってからもうすぐ一年か。それで会うことも無かったのですな。今日会えるとは思ってもいなかった。それで、その……」――彼の手をとり――「隣のホールで話そうか。ここは音楽を消すわけにはいかないからね」

二人が入った部屋は、広々としたホールで、中央の長いテーブルには、雪のように白いクロスがかかっていた。テーブルには果物の飾り瓶があって、陶磁器の皿にはありとあらゆるケーキがのっていた。シャンパングラスも置いてあった。士官たちが、クリスタルグラスを手に、あちらこちらで少人数のグループになって話していた。

「再会を祝して乾杯しよう！」――テーブルに近づきシャンパンをとると、ワルワーツ中佐が言った――「もしよろしければ！」

「乾杯しましょう！」――マクスートフはシャンパングラスを持ち上げて応える。

ひと口飲んでワルワーツはマクスートフ大尉をじっと見据え、

「いろいろと噂に聞いたが、君は黒海やカムチャッカへ行かされたそうだね。言うなれば南海の水を試し、大洋の波を感じる、か。素晴らしいことだ！　若いうちは、大胆にやらねばならんよ！　私なんぞは、もうすぐ五十にならんとするのに、相も変わらず同じ海を動き回っているだけだ。バルチックで勤務をはじめて、いまだにそこにいる。どんな浅瀬もみんな知っているがね。時々、新しい感動というのが欲しくなるよ」

彼の話を聞きながらマクスートフは、ウランゲリ男爵が自分を新しい職場にやろうと固執したのは正しい、と本能的に思った。中佐の話に応えて、

「皆なるようにしかなりません……」

「そう、そう、それは当然。だけど、同じところにばかりいると、気力が衰える。特に水兵なんかはね、遠洋航海の味を感じなければいけないのだが。私も、まさに、その通りだよ。勲章や褒美もそれなりにもらっているがね。聖アンナ三等勲章はもらったし、リボン付きの聖ウラジーミル四等勲章もある」

ワルワーツ中佐の話題にはマクスートフは乗り気ではなかったので、話を逸らそうと、

「中佐、あなたは砲艦隊を率いてここズベアボルグを防衛なされたのですね。ケルン大佐が《オリョール》で話してくれました……」

「ケルン大佐？　素晴らしい士官だ」――ワルワーツはそう言って関心を示し――「彼を見なかったか、今日ここに来ているんじゃないかな」

「いえ、見ていません。彼は舞踏会には来ないらしいですが」

「あーあ、そうか」――ワルワーツは長く引き伸ばして言うと――「私は都合がつく限りほぼ毎年ここに来ているよ。二十八年前に卒業してね。ここから何人の士官が巣立って行ったことか！　今だって、どうだい、若者たちは、目が輝き海原に闘志を燃やしているではないか。いい意味でうらやましいな。いや、君にもだがね。君には、マクスートフ大尉、素晴らしい経歴が有る。将来にむけて輝かしい前途があるよ！」

「ワルワーツ中佐、ありがとうございます」――小声でマクスートフは礼を言った。

「さあ、それに乾杯しよう！」――そう言って、ワルワーツはゆっくりとワインを飲み干した。

マクスートフもシャンパンを飲み干す。その時、海軍会館の館長に伴われてコンスタンチン大公が入って来て、ちょうど彼らと並ぶ格好になった。ホールにいた士官たちは海軍省の長に向き直り、あたかも広場で向き合うようになる。大公は皆の視線を見まわすと、マクスートフ大尉のところで視線を止めた。気がついて声をかけた。

「気分はどうかね？」

「素晴らしいです！」――敬意を表して頭を下げると、真っ直ぐ大公を見て、マクスートフは答えた。

「カムチャッカには何年いたのかね？」

「はい、ほぼ五年です」――大公から目を逸らさず、正確に応えた。

「大洋を夢に見ないかね？」――大公はなぜかしら突然マクスートフを見ながら訊いた。

「ときどきあります」――当惑し、何を付け加えたらよいかわからず黙り込む。

「ワルツは踊ったかね？」

「いえ、まだです」

「そりゃいけない。女性の方々を退屈させてはいけないね！」――大公はそう言い、質問はもう無いことを認めると向きを変え、ホールをあとにした。彼の後を終始黙って館長がついて行った。

マクスートフは、この時まだ、この突然の遭遇と短い会話が彼の将来を決めてしまうことになるのを知らない。大公は、まさにこの時、自身としての最終的決定を下した。それが、マクスートフの《ロシア・アメリカ社》への移籍に関する辞令に奔放なサインの筆跡として表れたのである。彼はこのことを知らなかったし、知る由もなかった。

「結婚しているかね？」――ワルワーツが関心を持って訊

いた。

「いえ」――マクスートフはたった今しがたの遭遇の印象が残っていて、そっけなく答えた。

「でも、それは何とでもなるでしょう」――中佐が応じる――「それも、じきにだと思うよ」

ワルワーツもマクスートフも、この言葉のとおり運命が決まって行くのを知らなかった。しかも、かなり早く……。

「大公は舞踏ホールに向かわれたなあ。君はついて行った方がいい」――ワルワーツが勧めて――「私は、古い知り合いとちょっと話をしたいので失礼するが」――マクスートフの知らない白髪の大佐が近づいてくるのに気がつくと、そう言った。


マクスートフは舞踏ホールに向かって入ろうとしたドアのところで、若い女性二人と一緒にホールから出てきたフルゲーリム大佐と出くわす。

「やあ、若い人、上官に気が付きもしないで、どこへそんなに急ぐのかな？」――大佐は見目麗しい若い女性に囲まれて立っていたが、にっこりわらって彼を見た。

「フルゲーリム大佐？　これは、これは、どうも失礼しました！」――手を胸に当て、大佐と一緒の方々を見て――「ひれ伏してあなた様のご寛大とご容赦を！」

すると、片方の女性、栗色がかった髪の毛に風変わりな形のヘアピースを着けた栗色の目の女性が、屈託なく、陽気に笑って、

「あなた、いつもそんなに面白い言い方をなさるの？」

マクスートフがどぎまぎし当惑しているのを見てとった大佐は、

「目の前にこんなにも魅力的なご婦人がいるときだけさ。そう、紹介しよう。マクスートフ大尉、ドミートリー・ペトロービッチだ。彼とは以前、日本への外交使節の一員だったのだよ」――そう言って、マクスートフの方を見て――「我々がホノルルで会ったの、覚えているかね？」

「ええ、言うまでもありません」――マクスートフは頷いた。

「紹介しよう」――二人目の女性の方に顔を向けて――「これは妹のコンスタンツィア」

マクスートフがその方を見ると、彼女はそれを見て弾けるように笑った。

「そしてこちらが、彼女の友達のアデライダ」

二人を見やって、優しく言う。「いやあ、お二人さんのおしゃべりで私の耳が疲れたろうって、二人が話していたところですよ。マクスートフ大尉、申し訳ないがちょっと場を外さないといけないので、アデライダを少し頼みます」――妹の方を見ながら、「さあ、今夜のダンスのお相手

だよ！」

フルゲーリム大佐が妹と離れて行ってしまうと、マクスートフはアデライダに、

「あなたのお名前、美しいですが、少し変わっていますね、聞いたことがありません」

彼女は、なぜかしら、顔を赤らめ、

「私のところは系譜からいうと、英・独の出身なのです……」

「そうですか」――驚いて、彼女に見入って訊く――「仕事は何をなさっているのですか？」

「英語を教えています。父はここ海軍兵学校で教えていますの。ブシマン教授なのですが、ご存じありません？」

「私が卒業したのは随分前のことなので、残念ながら知りません。ところで、踊りましょうか、お招きします」――そう言って、マクスートフは彼女の前で丁重に頭を下げた。

二人は、ワルツを輪舞し、マズルカを踊り終わると楽しそうにホールを出た。廊下には海戦の絵が掛けられていて、そこをカップルが行き来している。マクスートフは《シノプスコエ海戦》という標題の付いたボガリューボフの絵を見つけ、

「最近私はこの絵の画家、ボガリューボフ・アレクセイ・ペトロービッチと知り合いになりましたよ。今、ワシーリー・ニコラエビッチという親戚のところに泊まっているのですが、そこでこの画家と会いました。それにアイバゾフスキーにも会いましたよ……」

「あの《第九の波》を描かれた方ですね、なんて素敵なのでしょう！」

「残念ながら、その絵は見ていません……。海軍の勤めですと展示サロンを回る時間が取れませんのでね……。だけど、実際の海の景色というのは、どんな立派な絵より素晴らしいと、私には思えます。想像してみて下さい、静かに凪いだ海を、そして時化で荒れ狂う波を……。それに、日の出の最初の光に輝き目覚める海、あるいは、だんだんと夜の帳に覆われて眠りにつく海を、想像してみて下さい……」

「あなたのお話をお聞きしていると、よほど海がお好きなのですね」

「ええ、もちろんです、私は海兵ですからね。この絵のような光景は何度も見ていますし、それも二度と同じものはありません」

「わたしは時々描くのですが、鉛筆で」――彼女はきまり悪そうに、――「街の風景が多いです……」

「見せてくれますか？」

二人の隣でフルゲーリム大佐の大きな声がしたので、彼女は答えを逸した。

「ああ、此処にいたのか！　あなた方を捜すのに大変でした」

マクスートフが大佐の方を振り向くと、大佐は妹と一緒に近づいて来ていた。妹はアデライダに、「ねえ、ちょっと、お話が……」

フルゲーリム大佐は、「ほれ、マクスートフ大尉、まだ三十分も経っていないのに、もう二人とも離れておれんのだからね。もう内緒話をしたがっている。彼女たちは放っておこう。我々もちょっと話をしよう」

離れて行く彼女たちを目で追って、大佐はマクスートフと二人きりになると親しい口調に変えてきた。

「どう、アデライダは気に入ったかな？　あの二人は僕が都で政府機関を動き回っていたときに親しくなったんだよ。コンスタンツィアは、ほとんど毎日彼女と一緒にすごしていたね」

マクスートフは質問には答えず、ただ肩をすぼめるだけだった。

「おいおい、肩をすぼめるだけじゃなくて、よく考えてくれよ！　どう？　まだ独身なのだろう？　それならよく観察することをお勧めするよ。僕はね、実はもうすぐ婚約するんだ。結婚ももうすぐ。アンナ・ニコラエブナ・フォン・シューリッツという人なんだけど……」

「それは、おめでとうございます！　でも、今日私に結婚を仄めかしたのは、あなたで二人目です……」

フルゲーリム大佐は笑って、「ぼくは仄めかしてなんかいないよ。僕とコンスタンツィアが、君にアデライダを紹介したくてわざと出くわしたわけじゃないよ。そんなことは考えてもなかったよ！　彼女は相応しい娘さんだがね……。もちろん、嫌だったら、このことについては黙っていよう。ところでね、噂では、君は《ロシア・アメリカ社》の候補に挙がっているんだって？　私もね、あそこの植民地の統括長官へのオファーがあるんだよ。もし、君が補佐してくれるなら、願ってもないことだね」

「フルゲーリム大佐、私は、実はかなり困惑しています。上層部がどういう決定をするか分かりませんので。でも、もし、移籍が決まれば、是非にと思います」

「そうか、そいつはいいや！　これで関係は分かったし、後は上層部の決定を待つだけだ。いい決定を願おう。僕は、会社ではもう八年目だ。会社のダイレクターの一人だったエトーリン海軍少将の推薦で黒海艦隊から移籍して以来でね。いま、招集があってノボアルハンゲリスクから来ているんだ」

「アラスカはどんな状況ですか？」

「会社の事業の方は進んでいる、我々の居留地の隣人、アメリカ人とね。でも、警戒せにゃならんよー、彼らには。もちろん付き合いはしているよ、でもあまり近づかないようにしている。隣接する土地に対する彼らの食欲はものすごく貪欲だ。覚えているかい、四年前、コルブライト・ペリー提督が日本へ行っただろう？　あの時、ヤンキー（＊アメリカ人）は日本人に合意書に調印させたんだ。そうなんだ、圧力政策。しばしばね。それと、買収。それが彼らの血なんだと僕には思えるね。だから、我々はロシアの領地を護らねばならない。が、それと同時に彼らとの貿易も拡大・深化させないといけない。とまあ、こんなところかな」

アデライダとコンスタンツィアが近づいて来た。フルゲーリムは二人に向き直り、

「どう、内緒話は済んだ？　マクスートフ大尉と、僕たちのご婦人方がどこへ行ってしまったかと心配していたんだよ。舞踏会から逃げ出してしまったのじゃないかってね、あの話のようにな、分かるかい？」

「ああシンデレラね、お姫様に変身されて、また汚い身なりに戻されるのが心配で逃げ出した。後で、王子様が彼女を捜しに行くって、あれでしょ？」──コンスタンツィアが笑顔で応え、友人を横目で見る。──「ワルツに戻りましょう？」

「うん、そうしよう。シュトラウスが鳴っているね」──フルゲーリム大佐はそう言って、丁重に右肘を上げて妹をホールに招いた。

大佐と妹が去って行き、マクスートフはアデライダを見て、

「それじゃ、われわれも例にならいますか？」

「ドミートリー、わたし、もうワルツは踊りたくないわ。それより、川岸に行って散歩しません？……」

彼女を家まで送ってからアパートに着いた時、もう夜半を過ぎていた。

「おい、ずいぶん遅かったじゃないか、どうしたんだい？」──制服の外套を脱いでいると、アトリエからワシーリーの声が聞こえてきた。

「別嬪さん達となかなか別れられなかったかい？」

「一人ですよ、でも、それがほんとにきれいな人でした」──画家のアトリエに入りながら答える──「海軍会館の舞踏会に行って来たんだけど、そこで美しい娘さんと知り合いになりました」

「おお！　兄弟、おまえ惚れ込んだな？」──ワシーリーが笑って言う──「良かったらここへ連れてきな、自画像を描いてやるよ」

「いやあ、まだ、そこまでは。何を描いているんですか？　もう、真夜中なのに。それとも、インスピレーションに起こされましたか？」

「ああ、題材が浮かんでね、スケッチしておこうと思って

な」

「また、ポーランド人ですか？」

「そうだ。分かるか、ポーランド人の小屋に捜索が入った。部屋の隅にイコンがあり、壁には雑誌から切り抜いた皇帝の自画像が掛かっている。兵士が箱の中の下着を引っかきまわしている。家の主人はペチカの傍で黙ってその喧嘩っ早い兵士たちを見ていて、床にはまだほんの赤ん坊だが息子がいる……。その子は、何が起ころうがちっとも気にかけるふうもなく、着飾ったロシア兵の人形で遊んでいる。この絵が分かるかい？」

「なんだか不思議なテーマですね」

「そうだ、ありきたりではないんだ」

「でも、こんな絵だと誰も欲しがらないんじゃないですか。今日、ボガリューボフの《シノプスコエ海戦》というのを見ましたよ。海軍会館に掛かっていた。ああいうテーマに変えてはどうですか？」

「君、それ、彼から聞いたのか、もういい、行って寝な！」

——ワシーリーは憤慨した。

しばらくたってマクスートフがアトリエから出てきたとき、ワシーリーがわざと聞こえるように大声で叫ぶのが聞こえてきた。

「真の芸術家はアレゴリーを考えるんだ、そして、彼に対する真の評価を与えるのは後世だ！」

しかし、マクスートフの意識はもうこのことを捉えてはいなかった。過ぎ去った一日の疲れと思い出に満たされて、直ぐに寝込んでしまった。

5

休暇の残りの日にマクスートフはアデライダと何度か会い、彼女が好きになった。夏の庭園を散策し、ペトロパブロフスク要塞沿いの河岸を散歩した。ある日、彼女をマリインカ劇場のバレエに誘った。彼女は、すっかり演劇が気に入った。しかし、マクスートフは、一階席の一番目の列に座りながら、色調ゆたかに盛り上がって行く舞台の演劇よりも、彼女の方を盗み見る時間が多かった。劇場から出ながら、彼女は彼の方を向いて訊く。

「ドミートリー、私、第二幕の方が第一幕よりずっと良かったと思うわ。役者たちが熱中して演技していたし、役に没頭し、役柄になりきっていたように思うの。あなたにはそんな印象無い？」

「うん、僕もそんなふうに感じたよ」——彼女の腕をとって応える。

「あなたはちっとも感激しないみたい。音楽とか、役者の演技に感激しないの？　何か心配事でもあるのですか？」

「いや、いや、そういうわけじゃないよ。オーケストラの演奏は素晴らしかったし、役者もすごく上手に踊っていた」――そう答えるが――「でも、僕にはどうもしっくりこないんだ。だって、舞台で演じられていることはすべて、実際ではなく、創られたことじゃない。現実は劇場の壁の向こうにあるんだから」

「それはそうよ！　だって、演劇や音楽はそれ自体文化的なもので、精神や気分に働きかけて」――彼女は熱くなって抗弁する――「究極的に人が芸術に、世界観の美しさにとり込まれるのではないかしら」

「休暇の間二回バレエを観たけど、正直のところ、超自然的なことなんて自分は感じなかったよ。君の言う、美が世界観だというのには同意するけど、僕は、美というのは実際に自分の目で見ないとだめで、けっしてオペラグラスを通して観るようなものじゃないと思う」

　マクスートフは彼女より二歳年上なだけだったが、彼女にしてみれば、彼はすでに戦闘士官として、英雄として、また、戦争参加者として世界を見ているばかりでなく、人間生活のうえでも経験豊かだった。彼は彼女に好感を与えていた。アデライダにはそれが感じられたし、それだけでなく、彼女はますます彼のことを思うようになる……。

「何て言うか、人間を取り巻く美を知るために、世界一周の航海に出る価値がある、とは思わない？　でも、それは誰にでもできるわけじゃない、まして女性には。もしかして、こういうのはどう？　自然の原生の美に会える遠く文明から離れた地を訪れるためには、海軍士官の妻にならないといけないの。後者の方が好いかな……？」――彼は、ふむ、といって目を細め彼女を見た。

「お分かりでしょう！」――急に顔を赤らめ黙り込んでしまった……。

　そのまま黙ってセナツカヤ広場までやって来て、イサアキエフスキイ寺院の脇で立ち止まった。寺院の大きな尖った丸屋根がサンクト・ペテルブルグの灰黒色の天空を突っ張っているようだった。暗くなり始めていた。

「なんでそんなに黙っているの？　口に水をいっぱい頬張っているみたいに。僕が何か怒らせたのかい？」――マクスートフが絞り出すように言った。

　アデライダは顔を彼の方に向けて、微笑み、口のはしで小さな声で言う。

「あなたの我慢強さを試したの……」

「どんな？」――彼は驚いて眉を上げる。

「沈黙。たまには何もしゃべらない方がいいわ、ただ思うだけで……」

　アパートに戻ってくると、広間のテーブルの上に義従兄で《ロシア・アメリカ社》支配人のウランゲリ・ワシーリー・エゴロビッチからのメモ書きがおいてあった。彼から、明日、昼食後彼の勤め先の方に来るようにとのこと。

「それね、今日使いの者が持って来たよ」――ワシーリーが広間に入って来て言う――「夕食食べるかい？」

「ありがとう、まったく欲しくないんだ」――マクスートフは答えて、あてがわれた自分の部屋へ行った。

翌日午後三時、彼はモイカ河岸のシーニー橋に居た。隣に会社の本社ビルがある。

五等文官のエゴロビッチ支配人は、隅に古いペチカのある自分の執務室で彼を迎えた。かつて彼は海軍省の木材部の部長をしていたが、七年前、今の職責を自分の親戚だったウランゲリ男爵から引き継いだ。

「ドミートリー、座ってくれ、話はちょっと長くなる」――マクスートフが敷居をまたぐや否や、彼は切り出した。「実はな、ウランゲリ男爵から君に知らせてくれるように頼まれたんだ。承知していると思うが、これは会社の生業と経営方針の基本的な方向性に関することなんだ」

「ということは、私の移籍が決まったのでしょうか？」

「いや、今のところまだなんだが、最近、ことが停止状態から動きだして、良い方向で検討されているんだ」

冗談を言っているのではないかとマクスートフは支配人の顔を半信半疑で見た。つい先日男爵は、大公を代表とする反対派には抗し難いと言っていた。それで、副官に会うことにしたのだが、結果はまだはっきりしていないはずだった。

「驚くなよ、極めて正確な情報だ」

支配人の言うには、あくまで男爵からの情報だとしたが、すべてが動き出し、もはや移籍の最終決定を待つのみとのこと。実際に、こういう展開に至った理由は彼も知らなかった。理由は、ウランゲリ男爵にしか分からないと大公の副官が伝えていた。最終的に大尉の任命を決めるのに、舞踏会で会ったことが海軍省トップの後押しとなった。文字通り、海軍会館での舞踏会後一両日経って、コンスタンチン大公はリハチョフに次のように口を滑らせていた。《君のところのマクスートフをやらざるをえんなあ……。ただし、一時的に、しばらくの間だけだ！　辞令を用意しなさい、会社との調整が済み次第彼を移そう》

その言葉は、男爵の知るところとなり、行動する時が来た、と彼は理解した。そこで、自分の親戚で後任者である支配人に、認識を広げさせるためにマクスートフとしばらく話すよう頼んだのだった。やがて、マクスートフは正式な職責名として、ロシア・アメリカ植民地総督府の副長官に任命されたのである。

エゴロビッチ支配人は背もたれに身を反らせ、

「ドミートリー、よく聞けよ。もし分からないところがあれば遠慮しないで質問しなさい。これから話すことはすべて、君の将来の役目に重要なんだからな。そうだなあ、まず、会社の概要を説明しよう。君も知ってのとおり、《ロシア・アメリカ社》はピョートル一世の勅令で設立された。約八十年前だ。会社はそのとき、シベリアと極東に猟師との取引所を造った。そして、アラスカと近くの島々に居留地を設けて、アメリカでの地固めをした。そうした居留地を管理するのが支部の役割だ。そして、君がそれを、フルゲーリム・イワン・ワシーリエビッチを助けて担うことになる」

「支部とは、私の理解するかぎり、地域ごとに設けられたものですね?」――マクスートフは質問の目を向ける。

「そのとおり」――支配人は頷いて、――「支部は地域ごとに設けられ、その地の名前から、カディヤクスカヤ、アフチンスカヤ、ウナラシキンスカヤ、クリルスカヤ、セベルナヤ、と名付けられている。それに、かつてはカリフォルニアにロシアの要塞ロスをロシースカヤと呼ぶ支部があった。アメリカ西海岸で最も南の拠点だ」――そう言って、ため息をつき、――「アメリカ人が手に入れてから、もうすぐ十七年になる……」

「エゴロビッチ支配人、ロスがアメリカの手に渡ったことを気にかけているようですが?」

「何て言ったらいいか。気にかけているっていうんじゃないんだ……。最高決定がなされたのだよ、我々には何の相談も無く……。しかも、我々が知ったのは、随分と後になってからだった……。もちろん、この件に関しての持論はある。まあ、義従兄として言うんだが、あの領土を失ったことは、単に経済的のみならず、政治的にも取り返しのつかぬ大間違いだった。カリフォルニアっていうのは、ただアメリカで自然が美しいところ、何てものじゃない。既に分かっていることだが、地下資源の宝庫だ。そこの金はもうアメリカ人のもの。本来はロシアで輝いていたはずなんだよ! 売ってしまったんだ。巨額の富をほんのわずかな金額でな。ほんのちょっとした経済的な利益だけで、実際、政治的には明らかにロシアの敗北さ……」

「そんなふうに考えておられたのですか、まるで外交官みたいですね」――マクスートフが言葉をはさむ。

支配人は少し前に動き、肘を立て、顔を寄せた。手頸で顎を支え、将校には似つかわぬ物思いにしずんだ眼差しで眉の下から見た。

「会社は、確固たる地位を固めた。そして、発展しながら、会社の商的利害と国家の課題を合体させた。このところをきちんと理解しなければならない。会社の出先と取引所がカザン、トムスク、ヤクーツクとイルクーツクにあるように、極東海岸にも至る所にある。

アヤン港とオホーツク港を会社の努力で建造したが、それは君がよく知ってのとおりだ。ペトロパブロフスク港の建造は会社の参加がなければどうにもならんことを、君もよく知っているだろう。他国との交易には港が必要だ。会社自身の商船にも、ロシア軍の艦隊にも港が必要だ。もっと言うと、アメリカの海岸にベースを持てば、大洋に進出することができるし、新しい海路をつくることも可能だよ。経済的繋がりと政治的関係は不可分だ。ロシアの影響力は全ての関係において拡大できたんだぞ！　ロス要塞の喪失に関係していえばそこが第一だ。第二には、ロスの売却によって、我々が領土さえも譲渡できるという考えを与えてしまったことだ……。それが、国際政治の世界でロシア帝国に対する危険な前例を作ってしまったと思う……」

そこまで一気に話してしまうと、突然咳き込んで、椅子の背もたれに身を反らせた。マクスートフは黙って、驚いたように彼を見つめた。

「気にしなくていい」――咳をして、小声でためらいつつ言う――「私はちょっと肺の調子がおかしいんだ。一年くらい前に分かって、医者が治療法を処方してくれ、転地療養をすすめられた。それで、今年は二カ月ほどニースで過ごして、すごく良くなったんだが、ここに来て寒さでまたぶり返したらしい。来年の初めに南へ行こうと思ってね……。まあ、いいや、こんな陰気な話に逸れるのはよそう」――そういって笑うと――「政治に関して言えば、君に言っておくが、土台には常に経済原理が横たわっているのだからな。軍事的破局しかり、国家内部の大動乱しかりだ」

「おっしゃる趣旨がよく分からないのですが？」

「例を遠くに求める必要はない。《ロシア・アメリカ社》について話しているんだから、それに関して言おう。社の事業において、私的資本の利害と国家機構の利害が融合しているのが分かる。会社が自らの利益のためにやっている事業が実は帝国全体にとっても利益になる。アレクサンドル一世の表現を借りると、彼が滞在中にいみじくも言われたとおりだ《会社がみなの期待を全幅的に立証した》。まさに、証明したんだ！　そうじゃないかい？　私的な調査は除き、大きな意味でいって、この会社だけが、ロシア極東や一部シベリアの開拓の任を負い、また、アメリカの土地にロシア国旗と並んで自社の社旗を掲げたんだよ！」

マクスートフは本能的に支配人の頭上にかかっている旗を見上げた。それは三本線の社旗だった。一番下の線は赤く、真ん中は青、上の線は白字に国の紋章である双頭の鷲が社名の入った波打つリボンをしっかりと脚でおさえているのが描かれている。

「事実上、会社が行っているすべてが、ロシアの名の下に、ロシアのために行われている！　毛皮採取産業や交易を商取引のベースに、それが機能しているだけでなく、実際の領有地管理が国家の名の下に行われているんだ！　アメリカ海岸の先住民をロシア人に取り込むのもそうだ。聖ロシア教会への感化にしても言うまでもない！」

そう言って黙ると、マクスートフから目を離さず、今話したことに対する彼の反応を表情からとらえようとじっくりと顔を見た。

マクスートフはあきらかに当惑していた。はじめて会社の本質が目の前に開けたことと、もし移籍が決まったら、自分が背負うことになる役割に対してである。

「ということは、私の将来の使命は国のミッションでフルゲーリム大佐を助けること……」

「そう、そこなんだ！　会社と帝国両方の利害関係において経営管理を助けるということ。利益と任務の相互関係に重点をおいてな。現下の状況に注意を払いつつ、恐れずに言えば、世界的方向性に注意を払いつつ、アメリカ大陸における会社の今後の事業を」――支配人はそう言って、さらに続けて――「艦隊士官たちがアメリカで舵取りをする。しかも、上手にだ。士官たちの海での経験、訓練、それと国家的思考が役立ち、管理業務に好意的な結果をもたらすだろう。とりわけ、君は、この点をよく理解しておかねばならんのだが、会社の士官全員が実際に国に勤務するんだ。昇級は停止しない。さらに、俸給は艦船に居る時より上だ。この関係から、君は何も失うものは無いし、物質的によりいいものを受け取れることになる」

「分かりました」――マクスートフは頷いて小声で言うと、質問した。

「アメリカでの会社による直接管理というのは、英国の東インド会社の経営機構みたいなものを想像すればいいのでしょうか？　それに関する本を読んだことがあります」

「ある程度はね。ただ、単なる管理以上だね。グジョノフ湾にあるグジョンバイスクと呼ばれている会社のようにな。それは英国の会社で、アメリカ海岸では我々の隣人だよ。我々は、その経験を利用しているってわけさ。クリミア戦争では、君も知っていると思うが、我々はその会社とは中立を保ったよ」

「ええ、そうでしたね」

「君はその会社の代表とも関係を持たないといけなくなるよ。そこで必要なのが、駆け引きや外交だ、レベルの違いがあるにしても……」

少し沈黙したが、何か考えて、マクスートフを見た。

「ほらみてみたまえ、また、政治に関係してきたじゃないか。このテーマを締めくくるために、自分なりに大胆だがそれなりに根拠のある考えを言おう。どう表現したらよいかな。時として望むべきでないことや危険な行動には用心せねばならないことがある。会社にあって会社の方針を実行しつつ、かつ、帝国の利害をあらわすには、会社の中にあっても内部方針から外れなければならない。早い話が、あらゆる革命的な流れや反体制派からは距離を保たねばならない。君の道はまったく別のものになるよ……」

「それは、一体どういうことですか？」――マクスートフは驚いて訊く。彼はそんなことは一度も考えたことがなかった。自分は戦闘将校で、一つのスローガンの下で仕えてきた――皇帝と国家の名において、である。自分の思考と信条には、たった一つの名誉しかない――それはロシア艦隊であり海軍士官である！　海軍兵学校に始まった彼の自覚ある全人生は、海とロシアに奉げられてきた。几帳面に報道は読んだが、革命的な思想などにはどんなものであろうと、まったく注目しなかった。そんなたわごとは思い込むに値しない、と深く確信していたのである。

「あらゆることが生じる可能性があり、君はそれに備えねばならない」――支配人が言いきる――「君は一八二五年のデカブリストの反乱について知っているに違いない。少なくとも読んだり、聞いたりしたと思う……。それじゃあね、その発端と中核が、この建物内部にあったことを知ってるかい？」

びっくりしてマクスートフの目が丸くなり、驚きの眼差しで支配人を見る。

「ええっ、そんなことがあったのですか？」

「そうなんだ！　当時ツァーリに抵抗して、社交界の代表達に支えられた近衛兵の一部が進撃したんだ。将校の頭の中には、理想主義、自由思想がはびこっていた……。彼らは、ナポレオンに勝利したばかりの印象に浸っていて、当時の矛盾は、社会の変革に夢を描いていたんだ。しかし彼らは、当時の矛盾の代弁者に過ぎなかった。会社の発展と政府レジームと盾の間に存在した矛盾、皇帝と株主および会社内部の経営方針との矛盾も含めてな……。分かるか、経済的内情がすべての根底にあるんだ！　すべてが意図的に黙殺されるということは、このことだと僕は思うよ。暴徒の本部は、まさにここ、この壁の中にあったんだ。そして、暴動の指令がここから発せられたんだ！　彼らの首謀者、ルイレーエフは、文書課長として勤めていた。それと、二番目の首謀者はオレスト・ソモフという課長だが、彼はここに住んでいたんだ。それに、アレクサンドル・ベストゥジェフは、暴動の丁度三カ月前に会社の本社ビルに引っ越して来て住んだんだよ」

「そうなんですか」

「そう、まさにそうなんだ。歴史が、暴動を起こした真の先祖を、自らの家族の幕で覆い隠したのさ。罪証を示すような本社の書類はすべて処分された。暴動鎮圧の二日目だったんだがね……。会社の取締役会議にいる名門家族の誰かが、そのリストに載っていたのではないかと思う……。はずみ車がまさにここで急回転して、デカブリストのロマンチストたちは、たとえ純粋な心と激情に燃える牧歌の情をもっていたにせよ、すべてがその暴動の隠れた電動ベルトのメカニズムの中にあった……」

「シベリアへ行ったのは実行者だけだったとおっしゃりたいのですか？」

「そうだ、絞首台に行ったのもな……。彼らは新しい社会制度の必要性を確信した支持者だったんだが、単に異なる派の駒でしかなかった……。しかし、繰り返すが、これはあくまで私の個人的な意見だ。でも、そう言うだけの権利がある。なぜなら、それは事実にのっとっているからね。事実は時として抵抗しがたいものさ」

「なんのために私にすべてをお話しになるのですか？」

「将来の過ちから護るためさ。すべてはそれほど単純ではないし、深刻な事態に至ってしまうような意見の違いが内部にも存在すること、それを知っておかねばならないからね……」

「もし、すべてがあなたの話されたようであったとすれば、陰謀のすべての糸がそこから来ていると知りつつ、なぜ皇帝は会社をそのままにしておいたのでしょうか？」

「おーお！」――支配人は声を引き延ばして言い――「言ったではないか、根底には常に経済的内情があるのだよ。金の卵を産む鶏をどうして殺すんだ？　なぜ、帝国内部に余分な難題をつくるんだ？　当時は厳しい時代だった。皇帝ご自身にしても、王位を引き継いだばかりで、帝国の地盤を固める必要があった。私は、そう考える！　暴動の扇動者だけを流刑にし、明らかな激しい暴徒だけを厳刑に処す方が良かったのだろう。暴動の陰に隠れていたが暴徒を直接的に手助けした者、事例的に言えば、暴徒の反乱に有益な土壌を作り、花を育てた者、そうした者たちは単に一定の職から追われた……。つまり、統制の経済的梃子だよ」

マクスートフは支配人が話したことの意味を理解しようと黙っていた。

支配人は、自分の言葉でマクスートフが狼狽しているのを見てとり、説明した。

「なぜ皇帝にとって状況が重大化したか？　自分でも分かるだろう？　反乱の全体像は把握していて、皇帝ご自身、査問コミッションに加わられたんだ……。セナツカヤ広場に登壇なされ、明らかな首謀者は枷にはめ、暴動を利用して陰謀を練った者や暴動を起こした者、財政的援助を与えた者などは、少しずつ脇へ追いやった……。それで会社の上層部は入れ替わった……」

古いことだが会社の歴史に入りこんでしまったデカブリスト事件の話を始めると、直ぐにマクスートフの顔に表れた疑念がまだ消えていないのを見て、支配人は更なる説明を試みる。

「もつれ全部を動かせ、そうすればほどけるかもしれん！　軍隊や宮廷界において自由思想が明るく照らされただけでなく、当時の政権の官僚機構においてもしかりであった！　さらに考えられるのは、余波が皇帝自身の宮殿内にも及んでいるかも知れないのだ。政治と経済が反乱の一つの塊に結合したんだ……。《ロシア・アメリカ社》についてはどうだ？　忘れてならぬのは、この会社が事実上極東領土を所有しており、統治し整備しているのだぞ！　ウラルから太平洋に至るまで、会社は取引所を所有している。そのとおり、会社が経済的影響力を持っていたんだよ」

エゴロビッチ支配人は黙り込んだ。

しばらくの間彼の顔から憂鬱な表情は消えなかったが、やがて物思いから目覚めたかのように話を続けた。

「自分で考えてごらん、二〇年代、《ロシア・アメリカ社》の後押しで、ペテルブルグだけに幾つかアメリカの大商社が設立された。たとえば、ウイルソン、ルイス、ベルス、クレメンツやシテグリッツ社だ。ルイス一社で、一八二一年にはロシアの港から合衆国に向けて二十五船の商船を送り込んだ。合衆国からは、いろんな物資を三十四船受け入れている。ペテルブルグからアメリカへの輸出は、大麻の繊維、帯鉄、帆用のカンバスなどで、アメリカからの輸入は、砂糖、コーヒー、綿花、その他雑多もろもろの品物だ。数え上げることはしないが、品物の種類は相当多岐にわたっていた。一八二五年までには、極東の港を除いても、首都の栈橋に係留したアメリカ船は毎年百を超えた。ロシアのアメリカとの貿易量は全体の二番目、一番目は大英帝国だった。これもみな《ロシア・アメリカ社》のおかげなのさ。会社の重要度合いと影響力はいやが上にも増大した。政治の世界でも同様。とにかくいろんな意味で、国と国との貿易には政治的な調整を必要としている。おそれずに言うならば、一定の政府レベルでのロビー活動が必要なんだ」

「ロシアの国家的規模において、会社は特殊な地位を占める国の一部のようだった、ということですね」

「そう、そう、まったく君の言うとおりさ。言うなれば国の中の国、ただ経済的目的を持ったね……。それに、会社を除外してごらん、そうすれば世の中が変わってしまい、都でのアメリカ人たちの行動はただの遊興だけになる……。一言で言うならば、政府機構の経済的基礎の礎石の一つを捨て去ってしまうみたいなものさ。そんなことが皇帝にとって必要か？　もちろん、違う！　必要なのは反乱というかたちで破裂した腫れものを取り除くこと。その後でゆっくりと、あらゆるところから、謀反を取り除き、それに、忘れてならないのは、我々の会社は株式会社で、皇帝家族が株主だということ。とりわけ、皇帝ご自身がそうだ……」

「株主は多いのでしょうか？」――思わずマクスートフが

訊いた。このことについて彼は何か考えていたわけではないが、なぜかしら口をついて出た。

「かなり多い。産業家、理事会のダイレクター、職員等……。株式数は創立以来動いておらず、七四八四株で、一株当たり、百五十銀貨ルーブルだ」

「で、今はいくらくらいで評価されているのでしょうか？」

「ペテルブルグ証券取引所で、二倍超の値が付いているよ」

「ということは、財務状態は大変良い、ということですね……」

「財務的には潤っているが、状況についていえば、政府は最近会社への投資を全くしておらず、公式には中立なポリシーをとっている。すなわち、邪魔はしないが援助もしない……。すべての経済的負担は自社で背負っていて、東方開発の政策や方向性のイニシアティブもとっている」

「ええ、知ってます。私自身も日本の海岸まで行きました。その時、フルゲーリム大佐と知り合いました」

「フルゲーリム・イワン・ワシーリエビッチか、ゲリシングフォルス郊外のホングロア出身の。ロシア語が素晴らしく上手い。訛りが無いね。フィン語では、イオガン・ハンプスと呼ぶらしい」――支配人は笑って――「時々、私が彼をわざとイオガンと呼ぶと、彼は怒ってねー、ロシアの旗の下で勤めているんだからロシア人風に呼んでくれってね。なかなか親切な男だよ、物分かりの良いスペシャリストで経験豊かな管理者だ。まあ、率直に言って、君は上司に恵まれたね」

「長官と副長官がともに交代になるというのは、どういうことでしょうか？」

「分かるかね、二十年ごとに会社の定款を見直し、変更があれば改訂して、将来の展望を定めているんだよ。今重要なのは、アラスカの植民地の安定化と強化だ。アメリカの領土に対するクレームが広がっているが、今のところ我々には関係ない。アメリカは我々を良き隣人と見ている。会社はといえばさらに将来を見据えていて、合衆国は我々をパートナーとして関心があるに違いないとふんでいる。日本との関係発展は既に日程に載っている。まあ、端的に言って、これが基本ポリシーだ。政府の政策とほぼ同じだということは認識している……。一八二五年の事件の追補が社内で繰り返されるようなことは絶対に避けねばならない！　現在の長官だが、アラスカでの任期が終了に近づいているんで、現在予定している計画に沿って、新しい人を派遣することに決めた。ただ、会社に対する見方が種々あって、それが邪魔をしているんだ」

「それについては、ウランゲリ男爵が話してくれました。さらに、会社の事業に関して疑問があるようなことも、うっかりしてか、漏らしていました……」

「ああ、残念ながらある……」――エゴロビッチ支配人はふたたび咳き込みだした。ポケットからハンカチを取り出し、口の端を拭いた。マクスートフは気の毒そうに彼を見つめて、「エゴロビッチ支配人、療養に行かれた方がよろしいですよ、延期などせずに……」

「そう、君の言うとおりだね……。ちょっと片づけをやったら、医者の手に委ねることにしよう……。うん、分かった」――右手を上げて、手のひらを振った。頭を横に垂れると左手を椅子の肘かけにかけて、言った――「まあ、これで基本的な概略はすべて君に話した。言うなれば導入部の講義は完了。後は君次第、すべて君にかかっているよ……」

支配人の事務所を後にし、マクスートフは、ウランゲリ男爵から贈られた時計を見て何となく思った。何日とか、時間の区切りは無いが、ここ数年辿った当面の水路は、男爵の指導のおかげで既に測られていると。そしていま、男爵が、自分の関係筋からマクスートフのために新しい航路をしいてくれた。前には易しくはないが面白い道がある。その新たな人生の行路に早く乗りたいと願う考えにとらわれた。しかし、移籍の辞令はいつになるのやら……。

6

休暇が終わって、戦艦に戻る日が来た。肉親の如く抱擁し、また度々来いよと命令するワシーリー・ニコラエビッチに別れを告げ、マクスートフは旅行カバンを手に通りへ出た。玉石舗装の橋に細かな十一月の地吹雪がやって来た。軍服外套の襟を立て、セルギエフスカヤへ向かった。リテイヌイとの交差点のところで、いつも客待ちをする御者がいた。「オホーツクへやってくれ!」――馬車に乗り込みながら手を振った。

馬車は敷き詰めた石に軽い金属音を立てながら、岸壁へやって来た。そこには冬の航海に備えて戦艦《オリョール》が無愛想に佇んでいた。軍艦の生命を保ちながら、ボイラーの炎が音を立てている。そこへ火夫がショベルで石炭を放りこむ。煙突からは、灰色のたなびく雲になって、煙がペテルブルグの空に上っている。

甲板で、ケルン大佐が迎えた。

「休暇はどうだったかね、マクスートフ大尉? 船室を忘れなかったかね?」

「いえ、時間が足りませんでした、ケルン艦長」

「海軍会館には行ったかね?」――答えを待たず、手を広げ、小声で残念そうに――「私は、残念ながら行けなかったのだが」

「ええ、舞踏会に行きました。知り合いに大勢会いました」

「それは良かった。もう、学校の時の級友にあったり、親しんだりする機会は少ないからね。時として、人生すべてが大海原や閉ざされた船内で過ぎ去ってしまうことだってある。だがまあ、我々お互いその罪深さは理解しているがね……、そうじゃないかね？」

マクスートフは黙って、艦長を見て、

「艦長、どうも私には大きな変化がありそうです。そのことについてまだお話はできませんが、移籍になるようであります」

「そうか、まあ、それであれば、気に入るといいな。しかし、辞令が来るまでは、今まで通りの任務をこなしてくれたよ。三十分後、私のところに士官たちを集めてくれたまえ！　メンテナンスについて、特に、停泊中数カ月の暖かい内にする機関部の修理について話したい」

マクスートフには戦艦《オリョール》での時間が、あまりにもゆっくりと流れているように思えた。新任地への異動の辞令と、アデライダとのデートを心待ちにしながら過ごした。十二月の中旬になって、《ロシア・アメリカ社》本社への出社を知らせる正式通知が届く。通知は公用クーリエが直接船内に運んできた。艦長が受け取り、直ぐにマクスートフ上位将校を艦長室へ呼ぶよう命令した。

「マクスートフ大尉、君が話していた時がやって来たようだな。モイカの本社から呼び出し状だ。移籍は、もう直ぐではないかな」

「いつ出社するようになっておりますか？」——マクスートフが訊く。

「明日、十二月十二日、とある」——と大佐は答え——「準備しなさい。別れは残念だが、我々士官は職務には従わねばならん」——ケルン大佐はそう言って、本社からの封書を手渡した。

先回同様、エゴロビッチ支配人は、柱が塑像で装飾された古めかしい建物の事務所でマクスートフを迎えた。

「いやあ、決定が出されたよ」——机の手前にある椅子に座るよう手招きしつつ言うと、自分も席に着いた——「しかし、まだ、手続きが残っているがね。つまり、会社での勤務に対する本人の同意確認だが。で、どうかな？」

「もちろん、異存はありません」——マクスートフが答えた。

「そう、心から、おめでとうを言うよ、おめでとう！　これで、ドミートリー・ペトロービッチ、君が、会社の名において会社のために全力で努め、フルゲーリム新長官の良き副官となってくれることを願うよ。ところで、家族計画の状況はどうなっているかね？」――いたく関心をもって訊く――「フルゲーリムは結婚して、若い奥さんと一緒にアラスカへ往くんだが。僕もその決定は全面的に支持する！　堅実な後方というのは、分かるかね、支援する補佐たちの忠誠だけではなくて、家族にもあるんだよ。家族は、言うなれば士官の最善の後方部隊だよ！」

「私は、まだ、独身です」

「それなら、伴侶を探すべきだよ」――エゴロビッチ支配人が助言する――。

「まだ時間はある。君は若いし、目を付けている人もいるに違いない……、だから、チャンスを逃さないようにな……」

「考えます」――マクスートフは約束した。アデライダと夫婦の絆を結ぶという考えが初めて頭に浮かんだ。会社の支配人に約束して、意図的にそんなことを考えるのだった。

「うん、それがいい、そうしたまえ！」――手を伸ばし、支配人が言う――「辞令はもうサインを待つばかりになっているから、明日とは言わないが、もうすぐサインされて戦艦に届くはずだ。だから、引き継ぎをやって、新しい職場に移動する準備をしなさい。これに関しては後で話そう……」


マクスートフは昼間戦艦の仕事をし、シフトのない夕べはアデライダと過ごした。彼女とはたいてい海軍会館の入り口で待ち合わせた。そんな具合でひと月が過ぎ、空から白い雪片が落ちてきた。《オリョール》の周辺は、氷のようにいに覆われた巨大な雪だまりが立った。甲板と戦艦の上部構造では、水夫が常に雪をはらって氷の上に落とすものだから、船腹に沿って雪の山が出来上がってしまうのである。

ある日、マクスートフはいつものようにアデライダとのデートに出かけようとした。新年までわずか十日しか残っていなかった。彼女とは頻繁に会っていて、二人はもう親しく、《君》で呼び合う仲になっていて、お互いに魅かれあっていた……。

艦船から出ている木製タラップの横木が氷の層で覆われている。ロープの手すりにつかまり、立ったまま、上手く氷の上を滑り下りた。雪のベールでおおわれた桟橋に降り立つと、海軍会館の方へ足早に歩いて行った。

彼女は入り口の脇に立って、頭を垂れ、手のひらを顔に近づけ息をかけた。

「凍っちゃった？」――彼女に近づきながら訊く――「きっと長い間立っていたんだね」

「ちょっと、鼻が痛いわ」――顔から手を離し、彼女は笑った――「まだ本格的な寒さになっていないっていうのに、私、もう凍っちゃったわ……」

「あのね」——彼女の手をとって、言った——「ワシーリー・ニコラエビッチのところを覗いてみようよ。君以前から、本当の画家の画廊を見てみたいって、言っていたじゃない」

「でも、都合悪くないかしら?」——彼女は不安そうに彼を見た——「だって、呼ばれているわけじゃないし……」

「追い返しはしないさ。第一、顔出しするって、約束していたんだよ。もう、ひと月にもなるのに、全然行ってなかったんだ」

「それは、あなたでしょう? わたしは、呼ばれてはいないし……」

「心配なんてないよ。僕といっしょに行くんだから!」

アデライダは唇を固く結び、物思わしげな表情をした。彼女が迷っているのは明らかだった。

「だから、ね、行こうよ!」——マクスートフがせまる。

「まあ、そうね、分かったわ」——そう言って、彼を見て陽気に——「でも、もし、きまりの悪い状況になったら、ただじゃ済みませんからね!」

絵の具で汚れた古い上張りを着たアパートのあるじが、呼び鈴に応えてドアを開けた。どう見ても客に応対する格好ではなく、そのつもりでもなさそうだった。だから、それなりの恰好の普段着、というより、アトリエでの仕事着のままだった。

「おお、ドミートリー、よく来たなあ……。あれ、一人じゃないね……」——後ろに女の娘が立っているのに気づき——「さあさ、立ってないで、入って、入って。いや、よく来てくれた!」玄関で、マクスートフはアデライダを紹介し、彼女に向かって、

「この人が、有名な画家のワシーリー・ニコラエビッチ。僕の従兄なんだ」

アデライダは黙ってお辞儀をした。

「汚い格好をしていて済まないね」——申し訳なさそうにそう言うと、ワシーリーは付け加えて、——「有名な、っていうのには気にしないで下さい。ドミートリーが余計なことを言っただけですからね」——マクスートフの方に向いて——「ちょっと彼女の相手を頼むよ! 僕は着替えてからお茶か何か入れるよ……。また、独りなんだ。かみさんが里帰りしていてね。だから、僕が準備するよ……」

玄関に掛かったそれほど大きくない絵がアデライダの目に留まった。そこには朝霧にかすむ森から続く小道が描かれている。木々には木の葉がない。落ちたばかりの木の葉が過ぎ去りし夏の木々の装いを感じさせた。彼女はよく見ようと絵に近づいた。興味深そうなのに気がついて、ワ

シーリーが言う。

「それは、水彩画。ずいぶん前に、僕が親衛隊にいた頃描いたものなんだけど。気に入った？」

「ええ、とっても！」――彼の方を向いて――「晩秋の息遣いが感じられますね」

「そう、あなたは絵がわかりますか……。それじゃね、ドミートリーとアトリエへ行ってみて下さい。彼が知っていますから。僕も後で行きます。そちらで話しましょうか……」

アデライダはアトリエで、描きあがった作品や、まだ途中の絵を興味を持って見た。テーマは様々だが、ひとつに集約されるものだった。描かれている人々は、皆軍服をまとっている者と、ポーランド人の民族衣装の者だった。アデライダは驚いて、マクスートフに話しかける。

「とても上手に描かれているわ。画家の技量の高さが直ぐ分かる。でも、此処にあるのはポーランドの村での戦争の絵ばかり、その特集みたいな印象を受けるわ……」

ちょうどワシーリーがアトリエに入って来てこの言葉を聞きつけて話し出したので、マクスートフは返答する機会を逸した。

「そう、あなたの言うことは正しい、全くそのとおりですよ。僕が描いているのは、ポーランド領内における軍人のイメージ……。絵の出来はどうです？」

「とっても、素晴らしいですわ！」――アデライダは感動の眼差しを彼に向けた。

「取り組んでおられるテーマに心から魅かれていらっしゃるのですね」

「魅かれる、というより、むしろ不安なんですよ」――そう答えて、ワシーリーは、二人を眺め、応接間へ招いた――「テーブルの方へどうぞ、向こうで話しましょう！」

会話は長く続いた。画家の作品に対する興味が、アデライダの隠れていた思いを開かせ、意見を話させようとは、マクスートフは思ってもいなかった。

「僕の絵筆仲間が、僕のは一つの傾向にこだわり過ぎていて、ポーランドのことばかり気にかけていると非難しているが……。まあ、彼らの言わんとすることも、それなりに正しい。しかしながら、あなたが何となく、モチーフの同一性に気がついたように」――

ワシーリーは彼女を見て、目をマクスートフに移し――、

「僕は、ポーランド蜂起の昔の出来事を示しながら、その時代から現代に橋渡しを試みているんですよ。つまり、状況分析で分かるように、いずれにせよポーランドは今、平穏ではない。それで、もし、ふたたび決起するようなことになれば、また、軍隊に期待することになりはしませんか？」

「軍は、国家体制を護るんです」――マクスートフが反発

する――「国の内外の敵から国を護るために招集されるんです」

「そう、まさに敵から！　どんな？　そこが問題だ。ロシア国民になっている素朴なポーランド人がロシア帝国の敵かい?!」

マクスートフには答えられない。黙って、もう冷めてしまった紅茶をすすって飲んだ。カップを受け皿に置くと、熱くなっている従兄をいぶかしそうに眺め、

「あなたの意見だと、進行している暴挙を手を束ねて見ていろ、ってことですか？」

「いや、そうじゃない！　軍隊の介入まで事態を持っていったらいけない、ということさ。三〇年代のポーランド蜂起の土台にあったのは何だった？　王国ロシアの影響から逃れるという志向だけではなかった。最初は宗教的信念からだった。社会的富裕層からの援助で、ロシアの影響から脱するよう試みたというのは、すでに二次的なものだったのさ。素朴なポーランド人にしてみれば、誰が統治するか、ポーランドのツァーリかそれともロシアのツァーリなのか、どれも同じこと、どうでもいいことなんだよ。大きな意味で、差なんてまったく無い！　自分の土地と住む家さえあれば良いんだ！　宗教観、これが大事、これがポーランド人を蜂起に駆り立てたんだ。ここにこそ僕が深く信じる問題がある。軍隊方式ではなく、きわめて啓蒙的にすべきなんだというね！」

「現実的には、そうでしょうね！　あなたの見方に賛成しないわけにはいかないわ。だって、無教育や文盲は、たいていにおいて犯罪的見解の種を内在しているもの」――ワシーリーの話を注意深く聴いていたアデライダが言いきった。

「ほら、ごらん。味方が見つかったぞ。しかし、それは内面であって、絵に描いた見えるモチーフにはない。僕はね、自分の作品のほとんどの中で、歴史的出来事を描いて来たんだ……」――マクスートフの方を向いて――「大半の人達は歴史を忘れている。つい最近のことでさえね。それで今日だけに生きているよ。僕が思うのは、ポーランドの出来事が新しいシナリオで我々を待ち構えているということ。それが勃発しないといいんだが！　もし起これば、暴発の波がロシアの心臓部にまで押し寄せるぜ」

「ポーランド情勢は安定してないと思っているんですか？」――マクスートフは更なる説明を期待して、ワシーリーを真っ直ぐ見た。

「あそこは何時だって動揺していた。我々、つまり、ロシアの貴族、政府が、最終的に、宗教的信条も含め、真の意味で啓蒙するまでは、今のままだろう。識字率を上げ、宗教にはいろいろある、だが、根っこはいっしょだ、ってことを示さないとね。神は一つだが、現れ方がいろいろあ

る、ってことをね」

ワシーリーは黙った。アデライダの方を見て、

「長話で、すっかりうんざりさせてしまったね。紅茶が冷めたようだし、温めようか？」

「いいえ、結構です。もう時間も遅くなってしまって。長居をしてしまいました……」

玄関で客人を見送りながら、ワシーリーは、アデライダには気づかれないようにしぐさで、右手の親指を立て、マクスートフに目配せした――この娘さんなら賛成と！


アデライダを送ってアパートのアプローチまで来て、マクスートフは彼女の手をとり、長い間放さなかった。街は夕暮れでだんだんと暗くなっていった。建物の入り口についた外灯のあかりに雪がゆっくりと舞っていた。

「このまま凍えるの？」――手を握ったまま、アデライダは彼を覗き込む。

「実は、言わなくてはならないことがあるんだ」――きまり悪そうに、やっとのことで声を出した。

「え、何を？」――分からず、彼を見た。

「もうすぐ、アラスカへ転勤になるんだ」

「ええ、往っちゃうの？」――驚きと当惑で、彼女の大きく開いた目が凍りついたように動かなくなった――「いつ？」

「まだ分からないんだが、もう直ぐのことだと思う。だから……」――小さな声で言った――「申し入れておきたいと思って……」

「申し入れるって、何を？」

「僕の手とハートだよ」――やっとのことで勇気を出してそう言うと、頬にぎこちなくキスをし、彼女を力強く抱きしめた。アデライダは身体を離し後ずさりし、少し顔をしかめた。そして、横目でマクスートフを見て、

「それって、私へのプロポーズ？」

「そうさ、プロポーズだよ」――ハッキリと言った――「結婚して欲しい。いいだろう？」

「プロポーズだなんて、大げさね、本気なの？……」

「どうかな、僕の奥さんになってくれる？」――彼女の目を見据え――「どう？　いい？」

「考えるわ……」

「いつまで？」

「二日ちょうだい、だって、真剣なことよ……。それに、あまりにも唐突なんだもの……」


この二日間、マクスートフはすっかり落ちつきを失っていた。アデライダの返事を待って、我慢していた。すっかり考えに沈みこんでいて、何も手につかなかった。以前ならまったく無かったことだが、仕事においても不注意で

あった。

「いったいどうしたのかね、マクスートフ大尉？」――見かねたケルン大佐が訊く――「何か気がかりなことでも起こっているのか？　見たところ病気ではなさそうなのに、自分が自分でないよう見える。周囲には全く関心がなさそうだよ。何か、陸の方で問題でもあるのかい？　もし助けが必要なら、手伝うよ……。何でも言ってくれ……」

「いいえ、とんでもありません、ケルン大佐」――きまり悪そうにマクスートフが応えた――「問題はありません、すべて順調です。御心配には及びません……」――すると、唐突に打ち明けた――「実は、結婚のことを思案していまして。プロポーズしたんです……」

士官にとって結婚は簡単なことではない。海軍の規則で、二十三歳までの結婚は禁止されていて、二十八歳以降許された。二十四〜二十七歳までの間は、必要不可欠な状況がある場合、直属の上官の許可が必要だった。マクスートフは二十六歳。結婚には直属の上官の許可が要る。彼の場合はケルン大佐だ。

「花嫁は、誰ですか？」――大佐が関心を持って訊く――「それで、もう、合意はもらえたのかね？」

「海軍兵学校の教授の娘で、返事は二日待ってほしいと言われています」

「プロポーズはいつしたのかね？」

「一昨日です」

「それじゃ、今日、返事がもらえるということかね？　それで心配していると言うんだね……。まあ、成功を祈るよ。それと、予定される結婚式のことだが、心配はいらん。許可する。順番は君が選んだ人が先だ……」

アデライダはマクスートフ大尉からプロポーズされたことを両親に打ち明け、自分は同意したいが、両親の指示に従う、と伝えた。家族会議がもたれ、答えは一つだった。本人が同意するなら、それが良いと。家族の巣から娘を放つことはしたくないのだが、仕方のないこと。時は過ぎゆく。彼女を何時までも父や母の元に置いておくわけにはいかない！　もう、自分の家庭をもつ年頃だ。彼女の言うには、大尉を気に入っている、という。ひとつ難を言えば、海軍であること。家族と離れ、航海にでてしまうことがある。運命がどうなるかは分からないが……。しかし、いずれにせよ、両親の結婚許可はとれたのである。

アデライダとのデートの待ち合わせはいつもどおり、ニコラエフスカヤ桟橋だった。マクスートフは約束の時間より三十分ほど早く来た。落ち着かず、行ったり来たりして、桟橋の歩道の雪を踏み固めていた。建物から彼女が出てくるのを目にすると、駆け寄った。

「アデライダ、こんにちは！　ずいぶん待ったよ！」

「こんにちは、ディーマ（＊ドミートリーの愛称）」――そういってから、プロポーズに対する同意の返事をしようと思ったのだが、何て言ったらよいか分からなかった。

彼女の抑えた慎重な様子に、マクスートフは心臓にずきんときた。もしかして、駄目か？

否定的な答えに備えて緊張した。

「ディーマ」――彼女はくりかえす――「あなたのプロポーズがあまりに突然だったので、考える時間が必要だったし、正直言って、両親の助言も必要だったの……」

「じゃ、君は僕の奥さんになることに賛成かい？」――最後まで聞くのが待ちきれず、断定的に訊いた。

彼女の顔に朱がさした。眼差しがぼんやりとし、小さな声で彼女は言った。

「ええ」――そして本能的に前に進み出た。

マクスートフは彼女を優しく抱き寄せた。しばらくそのまま立っていて、雪が降り始めたのも気がつかなかった。ペテルブルグの水平線からやってきた雪が、白い花弁のように二人に降り注いだ……。

7

新年になって、祭日「タチヤニーナの日」まで一週間になった時、《オリョール》に辞令が届いた。それは、コンスタンチン大公自身がサインした、《マクスートフ大尉を、アラスカにあるロシア・アメリカ植民地総督府の副長官に任ずる》というものであった。

「いやー、おめでとう！」――内容を読み上げて、ケルン大佐が心から祝福した――「君には、新しい人生の道が開けた。任務は、正直のところ、砂糖のように甘くは無い。それは君がよく承知のとおりだ。まあ、なかなか、魅惑的ではあるがね。マクスートフ大尉、業務の引き継ぎに二日間やろう、できるかね？」

「もちろんであります！」

「それは、結構！　その後は、本社の指示に従い下船してくれていい」――そう言って、大佐は、さらに訊いた――「ところで、結婚の方はどうなったかね？　もう直ぐだったように思っていたんだが？」

「来月の四日に決まりました……」――マクスートフは突然生じたばつの悪い状況にどぎまぎした。質問に不意を突かれたのである。彼は大佐を正式に招待するつもりだったが、大佐自身が注文をつける格好になってしまった。

「ちょうど、本日大佐を招待申し上げようと考えておりました……」

「そうか、それなら、それはもう済んだと思ってくれていい……。必ず参加させて頂くよ。業務引き継ぎを急ぎ、今から始めたまえ。君は個人的なことで時間が要るだろうからな……」

艦船の甲板を降りて直ぐ、職務への着任を面前で報告してから、結婚式の日取りをエゴロビッチ支配人に伝えると、支配人は陽気に、

「僕のアドバイスを聞き入れてくれたのかな？　結構、結構！　ウランゲリ男爵は招待したかね？」

「今のところまだあなただけです。でも、あのお方のところへも招待状は絶対送ります」

「遅くならん方がいいね……。それより、花嫁さんと一緒に彼のところへ行って伝えた方がいいよ。それと、あと誰を呼ぶつもりだい？」

「ワシーリー・ニコラエビッチ、ケルン大佐、それにフルゲーリム大佐……」――マクスートフは数えだした。

「フルゲーリム新長官にも若い奥さんがいるぞ……。だから、君たちは両者とも新婚さんだ」――マクスートフをさえぎって、支配人が笑った。すると、彼は急に真顔になって、「式のことは良いことなんで心配はいらんから、ちょっと我々の計画について話そう。アラスカへ出発する前にポリトコフスキー侯爵を訪問しないといけないよ。彼はもう二十年、ここサンクト・ペテルブルグで本社のマネージメントをしているんだが、一月の初め頃から病気になって、海外で治療するらしい」

「それより、あなたご自身具合はいかがですか？　前回、伺ったとき、南で治療しなければならないとおっしゃっていましたが……」

「うん、実は、あまり良くないんだが……。まあ、ウラジーミル・ガブリーロビッチが戻ったら、僕自身も療養にいくさ」

「ええ、是非そうして下さい！」

「分かっているよ、分かって！」――支配人は頷いた――「まあ、この憂鬱な話題は脇に置くとして、君の出発について話そう。指導する立場になってしまったが、よく聞いてくれたまえ。二月中は、サンクト・ペテルブルグで過ごしなさい、まあ、ハネムーンだからね。三月になったら、陸路アヤンまで行き、そこからはアラスカまで海路だ。道は君の知ってのとおり、既に通ったことのあるルートだ。とにかく、結婚式は言うまでも無いが、その後の旅程に対して準備しなさい。フルゲーリムはヨーロッパ経由で行くことになる」

マクスートフの眼差しに隠せない驚きを見て、支配人が

説明する。

「君たちを別々のルートで派遣する。何が起こるか分からないからね……。二人の責任ある人を、つまり、長官と副官を一度に失うことは、会社にとって許しがたいことだからね。だから、ルートを別々にする」

「しかし、何か起きるでしょうか？」――思わずマクスートフの口から出た――「今は戦争中ではありませんし……」

「いや、いやー」――エゴロビッチ支配人は間延びした調子で――「さまざまな激変を想定しないとね、たとえば、嵐。海神ネプチューンを永久に宥めたわけではないからね。それに、どんな伝染病に倒れないとも限らない……。だから、予め予防措置を講じる必要があるのだよ。フルゲーリムには少し早く発ってもらう。二月の中頃だ」――きっぱりと言う――「それから、君には少し後でな。それに、提督、ウランゲリ男爵には遅れずに挨拶に行きなさい。君の任命について随分尽力されていたし、それに以前心配をされていたからね」


マクスートフは、翌日、モイカ河岸通りにある本社に行った後、アデライダを伴って男爵を訪問した。訪問は前もってメモで送り、一目ご挨拶を、ということでお願いしておいた。男爵は機嫌よく迎えてくれた。

「マクスートフ大尉、遅かれ早かれ覗いてくれるとは思っていたが、独りで無いとは……」――男爵は手を広げ――「予想していなかったよ」

「ウランゲリ男爵、紹介します。アデライダ・イワノブナ、私の花嫁です。私どもの結婚式に招待したいのですが……」――と言って、言い淀み、マクスートフは彼女の方を見た。アデライダは、彼の眼差しを受けとめ、間をおかず、助け船を出した。

「ドミートリーから伺っておりますが、男爵にはほんとうに沢山のことでお助けいただいたと、心から感謝致しております！　私どもの結婚式にご出席いただけたら、これほどうれしいことはありません！」

ウランゲリ男爵はかがんで、彼女の手をとり、手の甲に軽く唇で触れ、立ち上がると、彼女をしっかりと見つめた。

「招待、受けました。海軍士官に嫁ぐとなれば、あなたは、簡単ではない運命の選択をしたことになる。祖国の岸から遠く離れ、いつも水兵が思いをはせる家庭の温かな火を、あなたがまもることになる。その火はどんな風が吹こうとも消してはいけない！」

マクスートフの方を向き、

「君は正しい選択をした。アラスカへはいっしょに往くんだろうね？」

「はい、そのとおりです、ウランゲリ男爵」

男爵は、同意を表してうなずき、

「それが、良い！　私も、妻エリザベータ・ワシーリエブナといつも一緒だった。一緒にアラスカに行っていたんだ。それまでは、どの長官の妻たちも、最果ての地まで往くことはなかった。私の妻が最初だった……」——悲しそうにため息をし——「もう、彼女が亡くなって四年になる……」——すこし黙したが、続けて——「フルゲーリム大佐も同伴で出発する。したがって、あなたには」——アデライダに向き直り——「女性同士で話せる人がいますよ。ところで、彼女とはまだ面識がありませんか？」

「実は、ドミートリーはまだ知らないのですが、私は何度かフルゲーリム宅で彼女と会っています」——とアデライダは答えた。

「アデライダとフルゲーリム大佐の妹とは親しい友達でして」——やさしく彼女を見やってマクスートフが説明する——「それで、彼女は大佐夫人とも知り合ったんです」

「そうでしたか、それは結構！」——男爵が応じて——「そういえば、アラスカへは、妹さんも一緒に行くらしいが、何か知っていますか……」

「ええ、そうですわ。コンスタンツィアが私に言っていました」——アデライダが言う。

「ええ？　そうなの？」——マクスートフは驚いて眉を上げた——「僕は知らなかったなあ。どうして話してくれなかったのかね？」

「まだ、迷っているみたい。彼女、しばしば病気するの。それで、フルゲーリム大佐はずいぶん心配しているみたい。コンスタンツィア自身が連れて行って欲しいってせがんでいるようなの。でも、彼は心配なのよ。独り彼女を残すのも嫌だけど、かといって、彼女病気がちだから心配で……」

「まあ、この問題に関しては、フルゲーリム大佐が近いうちに解決するように期待しよう」——小声で男爵は言うと、二人を見て——「結婚式のあと、一週間したら私のところに来てくれたまえ。レセプションをやる。そこにフルゲーリム夫妻も来る。あなた方のアラスカへの出発前に、是非とも会わないとね……」

海軍兵学校の教会の鐘が大きなメロディーを奏で、二月の日中の凍りつく静けさを破った。十二時きっかりに教会のドアが開き、婚礼を済ませた若いカップルが腕を取り合って出てきた。マクスートフは海軍の礼服を着て、妻の手を腕にしていた。アデライダは花嫁衣装の上に毛皮のオーバーをはおり、赤いバラの花束を手にしていた。彼女の顔は喜びに輝いていた。客がその後に続く。

「ああ、うらやましいわー！」——コンスタンツィアは兄の肩にすがった——「兄さん、私をアラスカへ連れてってくれるわよね？」――彼にいぶかしげな目線を向け、怒ってふくれ面をした。

「アデライダは往っちゃう、義姉さんも往ってしまうじゃない、私はどうすればいいの？　アンナ義姉さん、あなたからも言ってよ！」――並んで歩いている義姉に向かって言った。

アンナ・ニコラエブナは夫を覗き込み、

「もう、はっきりさせる時よね。わたしはコンスタンツィアが一緒に来てくれても良くってよ」大佐は顔をしかめて、

「女ってのはなー、まったく！　あなた方は僕のことを脅すばかりじゃないか！　分かったよ、ついて来な！」――妹の方に顔を向けて言った。

「やったー！　バンザーイ！」――湧き上がる喜びにこらえきれず叫び、兄の頬にキスをした。アンナ夫人は、微笑み、義妹の方を見て、

「これではっきりしたわね。あなた満足？」

「もちろんよ、大満足！」――彼女の瞳は興奮で輝いていた――「皆一緒よ、あなたと、私と、兄さんでしょ、アデライダとマクスートフ大尉も。何て素晴らしいんでしょう！」

除雪された道路を行く新婚たちの後に、客人が続いた。


通りには、式に送り込まれた乗組員たちが待っていた。まもなく、婚礼の行列は、河岸通りモイカ六五番にある《ロシア・アメリカ社》のレストランに向かった。そのレストランは一八〇五年にオープンしたもので、本社の最重要晩さん会やレセプションの催しに使われていた。この豪華な建物の中で結婚祝賀会を開催できたのは、社の支配人、ウランゲリ・ワシーリー・エゴロビッチの取り計らいがあってのことだった。

結婚式の晩さんが始まる前に、フルゲーリム夫妻がマクスートフに近づいてきた。夫人を紹介して、大佐が気にして訊いた。

「花婿が独りでいるとはね、花嫁はどこですか？」

「化粧室で、コンスタンツィアと一緒です。ちょっと、ヘアピースを直しているんだと思いますよ……」

「ああ、そうか。女性の身だしなみですな」――頷いて、続ける――「彼女らについて少し話しておきたいのだが、マクスートフ大尉。というより、我が妻アンナ・ニコラエブナとのお願いなんだが」――そう言って妻を見やると、再びマクスートフを見ながら、――「既にご存じのとおり、我々は、それぞれ別ルートでアラスカへ行きます。私と妻は海路、あなた方は、概ね陸路で行き、船に乗るのは極東から。それで、ここからが本題なんだが、コンスタンツィアもアラスカへ行きたい、と言っていてね。どうでしょう、

彼女を皆さんと一緒にお供させてはもらえないかな？」

マクスートフは肩をすぼめ、

「何をおっしゃいますか、フルゲーリム大佐、もちろん結構ですよ！」

「実は、彼女は病気がちな上に船酔いをするので、海の長旅には耐えられないんだよ」——フルゲーリムが説明する——「海路が彼女の健康を駄目にしてしまうのではないかと心配でね。陸路であれば、まあ、道中長くても、彼女にはそちらの方が好いと思ってね……」

「それに、彼女とアデライダは親友ですしね」——アンナ夫人が言葉をはさむ——「彼女たちがいれば、あなたも道中寂しくなくて良いのではないかと、思ったりもするものですから」

「いや、それはそのとおりですね！」——マクスートフは笑って、新しい上司である大佐を見た——「フルゲーリム大佐、ご心配なさらないで下さい！　彼女たちがいれば道中華やかになっていいです！」

結婚式は、通常の貴族の結婚式と同じように、若いカップルに対する祝辞が年長順にあって、それから徐々に祝いの席らしいにぎわいになり、予め組まれたシナリオに沿って進行した。新郎新婦に対する乾杯があちらこちらで交わされ、プレゼントが贈呈された。食事の合間には室内楽団が音楽を奏でる中を、客人たちに囲まれて若いカップルがワルツを踊った。

ソファーのある部屋で、客室から抜け出した両ウランゲリの二人が話していた。ウランゲリ男爵とエゴロビッチ支配人は遠戚にあたる。二人とも満足だった。

男爵が言う。

「ワシーリー、我々は正しかったなあ。マクスートフの任命と、彼をフルゲーリム大佐につけたことで、我々は、アラスカの本当の状況を知ることができるばかりか、会社内部の形式的な手続きを経ることなく、非公式ながらも影響をあたえることができるようになったからなあ」

「いや、まったく、同感ですよ、フェルドナンド」——支配人が応ずる——「大佐はあそこの海域を熟知しているし、職務に熱心です……」

「重要なのは、うまく操縦すること！」——きつい調子で口をはさんで——「それが、一番重要！　いかなる行動も勝手は許さない。表裏あるゲームはさせない。これが我々にとって、今の状況下では特別な役割を持って来ているよ。アラスカは、会社の礎だ。それが、妬みの波や、時として近視眼的な皇族官吏によって蝕まれている」

「ええ、アラスカに対する見方は同一ではなさそうで……」

「そう、それなんだよ！　わかるだろう、大公は横目で見ているぞ。眠っているが見ているぞ。会社の船舶を海軍になびき寄せて、艦隊を作り上げようとしているんだ。もしそうなれば、勝手に海に出ることもできなくなってしまうぞ！　考えてもみろ、そうなると、アラスカでの貿易なんぞは見限ることになる。それは、原理的に、会社をも見限ることになるんだぞ！」

「でも、私には、それは彼らが斟酌した説ではないように思えるんだが……」

「最近このことについて頻繁に話されているぞ。それはとりもなおさず、この考えが頭にあるからだね……」

「フェルドナンド」──支配人は男爵を見て──「あまり色濃くする必要はないのではないですかねえ。会社は株式会社、皇帝ご自身も株主でおられる。したがって、彼の考えるところは、国家の考えでもあるわけで……」

「おおい、兄弟よ、我々だってよく知っているじゃないか、皇帝が誰の意見をよく聞き入れるかってことを」──男爵が陰鬱にコメントする──「コンスタンチン大公、この楽団のファースト・バイオリニストだよ……」

「しかし、いずれにしても、会社の所有は非常に広範囲に亘っていて、帝国の中だけでなく外国にも一定の責務があるってことを、考慮せざるを得ないでしょう。どんな計画であろうと、会社所有の関係から、一気に具体化するなんてことはないでしょう。なぜなら、経済的つながりがありますから」──支配人はそう言って、男爵を見て続ける──「正直に言って、会社の維持と更なる発展という国家的合理性が打ち勝つことを心底から願います！」

「まったくそのとおりだ！」──男爵はため息をつき、話し相手を見た──「アラスカの長官候補とその副官の選択は正しかったよ。フルゲーリムが、我々の見立てに合致していることは議論の余地が無い。マクスートフは昔から知っている。海軍兵学校の幼年当時から知っている。謙虚で、よく訓練されている。政治に入り込みやしない。彼は、まあ、近くはないが遠い親戚だし、我々の側だよ……」

「それに二人とも夫婦してアラスカへ赴くし」──エゴロビッチ支配人が付け加える。

「それは、それなりにたいへん重要なことだ！」──男爵があらたまって言う──「夫婦のきずなは夫の身勝手を控えさせるからね、ましてや、あの地位だ。たとえ我々の目の届かぬ遠地にあってもね。それだけじゃない、経験から分かるが家族は夫に一定の義務を負わせる。直接的には家族に、そして同時に職務についてもね。それも我々には重要なことだ」

「大佐とは話しました。ご忠告どおり、マクスートフにも会いました。個別に、状況に関する基本的コンテキストまでね」──エゴロビッチ支配人は言いきった。

「わたしは、レセプションで彼らと会って話すことにする」――男爵はそう答え――「さあ、そろそろテーブルに戻ろう」

夜十二時過ぎになって、若夫婦の健康を願う数え切れないほどの乾杯が鳴り響き、シャンパンが飲み干されると、三々五々、客が帰って行った。マクスートフとアデライダは、一八世紀の七〇年代にストラスブルグ出の商人が建てたというホテル《デムート》に向かった。マクスートフは、一カ月部屋をとり、出発までそこで過ごそうと考えていた。ホテルは隣にあり、モイカ河岸通り三五で、ネフスキー大通りにすごく近かった。ホテルまでは近いので、歩いても行けるのだが、マクスートフは、レストランを出て、夜のペテルブルグを馬橇で少し走ることを提案した。

三十分以上馬橇に揺られた。二頭の馬に曳かれた橇は雪煙をまきあげ、河岸沿いの通りを疾走し、ネフスキー通りに戻った。そこでリテイヌイ大通りへ行く。ガス灯が蛍の光のように、夜の闇に伸びる都の通りを点々と照らした。氷に覆われたネバ河に沿って走ったかと思うと、再びモイカに来て、ホテルのドアの前で止まった。

ホテルの部屋の中は、いくつかの間に分かれていた。その内の一つは、天井まで絨毯が掛かっていて、角に槍が立てて飾られていた。それを見てアデライダは驚いて立ちすくむ。

「これって、槍じゃない？」

「インディアンのものだね」――マクスートフが説明する――「インテリアとして上手く飾っていると思わないかい？」

「アラスカにもインディアンはいるの？」

「いるよ！　いつの頃だったか、チリコフ船長が、アメリカ海岸に《聖パーベル》で達した時、初めて、戦う種族と遇ったそうだ。我々が行くところには、主に、アレウートやエスキモー、それにクレオール人がいるんだけど、インディアンもいるよ」

「まあ、怖い！」――と目を丸くして驚くアデライダに、近づき、――「怖がることは無いよ！」――彼女に近づき、抱いて言う――「僕と一緒なんだから！」

「それなら怖くないわ」――そう言ってアデライダはマクスートフの胸にすがった。

「この部屋のこと知っている？」――彼女を抱く手を離さず、マクスートフは小さな声で囁いた――「もう三十年前になるんだけど、ある時、ここにノブゴロドの地主貴族でツリコフという人が泊まったことがあるそうだ。貴族学校でプーシキンと同窓だった、ということだけで有名だったらしい」

「アレクサンドル・セルゲエビッチ・プーシキン？　あの

《エブゲーニヤ・オネーギン》を書いた？」

「そうだよ、あの詩人の……。プーシキン自身もこのホテルに幾度か泊まったらしいよ、それにここで詩も書いたそうだ。だから、ここで、彼といっしょに貴族学校の同窓生が何人か集まって貴族学校十七回記念会をやったらしいよ。想像できる？」

「どうして、そんなこと知っているの？」

「予約した時に、ホテルの人がおしえてくれたんだ。丁度、彼が読んだ四行詩を思い出したよ」

アデライダはマクスートフから離れると、ベッドに腰をかけ、おどけて目を細めると、

「いいわよ、読んで？」──と要求した。

マクスートフは部屋の中央に進み出て、腕を振り、あたかも信奉者の前で詩人が壇上で朗読するように始めた。

《熱心に神に祈りをささげ、
貴族学校に万歳を叫び、
さらば、兄弟たちよ、私は往く、
君たちには、もう、お休みの時だ》

「素晴らしい！」──アデライダは拍手し──「これも、ホテルの人がおしえてくれたの？」

「そうだよ」──マクスートフは認めた──「それとね、その地主貴族の学校時代のあだ名はね、《レンガの棒》だったって」

「どうして、《レンガの棒》なの？　分からないわ！」

「僕もだよ！」──アデライダの横に腰をかけ、優しく抱き寄せた──「我々も、そろそろ、夫婦のお休みの時かな？……」

アデライダは頭をのけぞらせ、優しく彼を見つめ、小さく、まだ、言い慣れていない言葉を言った。

「夫、私の旦那様……」

窓の外は、天空に銀色の月がかかり、二人の初夜を照らしていた。

8

結婚式の後、一週間があっという間に過ぎた。マクスートフとアデライダはこの間、片時も離れることなく一緒に過ごした。八日目になって、親友を訪問するということでコンスタンツィアがやって来た。

「兄夫婦がもうじきアラスカに出発するの」──とドア越しに伝え、──「私たちは、いつになりますか？」──そう言って、即答を期待してマクスートフを見つめた。

「準備が出来次第、すぐに出発だよ」──マクスートフは

微笑んだ。

「私たちのルートはもう決めてあるの。それがね、とってもおもしろそうなのよ！」――アデライダが口をはさみ、親友の手をとると、となりの部屋へ引っ張った――「ついて来て、話してあげる！　地図で見せてあげるわ！」

二人きりになるとアデライダは、不満そうではあるが囁いた。

「出発についてお知らせしておくわね。来月の初めよ……」

「兄は往ってしまい、私だけ残って。独り、退屈しているの……」――コンスタンツィアが間延びして言う。

「だから、私たちを急きたてているのね」――アデライダが息巻いて言う――「居ても立ってもいられないってことね！」

コンスタンツィアが答える間もなく、マクスートフが部屋をのぞいた。

「どうだい、旅のルートは分かったかな？」

「まだ、地図を出せていないの！」――とアデライダは小声でためらいつつ言って、夫に優しい眼差しを向けた。

「旅に向けて、ワインを少しどうかね？　もし、反対で無ければ」

「もちろん、賛成よ。素敵な提案ね！」

仰々しく頭を垂れて、

「それでは、淑女のみなさん、いらして下さい！」

ワイングラスに香芳しいワインを注ぎ終わると、マクスートフが乾杯の音頭をとった。

「我々のお互いの良き旅路に乾杯！」――妻の方を見て――「長旅が我々の気分を暗くしないように！」――彼女の親友に目を移し――「今週末に、ウランゲリ男爵に招待されていてね、そのレセプションの後、最終的な出発の日が分かると思うよ。まあ、とりあえず、今は、我々の来るべき旅に乾杯しよう！」

コンスタンツィアはマクスートフ夫妻のところに長居はしなかった。互いに食い入るように見つめ合ったりする若夫婦の幸せに満ちた顔を見て、二人きりにしておく方が良いと思い、男爵のレセプションの後、出発の日時が分かり次第直ぐ知らせてくれるように約束して、コンスタンツィアは、いとまをしたのである。

ウランゲリ男爵はレセプションで、燕尾服を着て客を迎えていた。マクスートフとアデライダは早く到着した客のひとりだった。到着した客で客間が徐々にいっぱいになってきて、フルゲーリム大佐夫妻も到着した。アデライダはすぐアンナ夫人の注意をひき、二人は男性二人を残して離れて行った。

「我々には共通の問題が沢山ありそうだね」――近づいて来た出発と北西アメリカ沿岸への赴任に関して、大佐がマクスートフに言った――「私は二日後に出発するので、妹をお渡しします」――そう言って、さらに――「申し訳ないが、彼女をよく看ていて下さい」

「フルゲーリム大佐、どうぞ、ご心配なく。ノボアルハンゲリスクには元気で到着しますから」――マクスートフは陽気に応えた。

「諸君、ステッカー・エドアルド・アンドレービッチを紹介しよう」――男爵といっしょに五十歳くらいの男性が近づいてきた。彼も同じく、黒い燕尾服を着ている。

「私は、もう、大佐とは知り合いです」――と彼は言って――「日本で会いました。プチャーチンと一緒に日の出づる国の代表と面談を試みている時でしたなあ……」

「ええ、確かに。我々が思わぬ障害にぶつかっている時、アメリカが先を越してしまい、彼らにはやられました」――フルゲーリムが頷く。

「政治というものは、何時も上手くいくとは限らんものです……。時として、目には見えない隠れた谷間が重要な意味を持ちます」――男はそう言って、マクスートフに視線を向けて、握手の手を差し伸べた――「ステッカーです。駐アメリカ公使を仰せつかっています」

「マクスートフ大尉です。《ロシア・アメリカ社》アラスカ総督府の副長官に任命されました」――とマクスートフは自己紹介した。

「ええ、もう既に聞いています」――そう言い、フルゲーリムを見て――「フルゲーリム大佐、なかなか良い人を選びましたね。がっしりした握手で分かりましたよ」

「ステッカー公使は、外交部に勤めていて、いままで、モルダビア、ワラキヤ（＊ルーマニア）、トルコや英国で働いた経験をお持ちで、今はアメリカにいます」――男爵が言う――「だから、諸君、我々の相互利益や関心の糸は一つの糸球ですなー。皆さんが集まるまで、今しばらく三十分くらいありそうだから、私の書斎に来ませんか。そこで少し話しましょう。もう、エゴロビッチ支配人も待っていることでしょうから」

男爵の書斎では、彼がかつては老練な船乗りで、かつ、地理学者であることがつぶさに話題とされた。壁には、海洋地図が掛けられ、海をテーマにした絵が飾られていた。角には、聖母のイコンと並んで、きれいに磨かれた銅製の船用の鐘が飾られていて、緑のラシャで覆われた机の上には模型の帆船が置かれていた。

「《カムチャッカ》ですよ」――男爵が頷き――「これの甲板で二年間過ごしました。初めての世界一周航海をしました。ゴロービンの指揮下でね。昔が思い出されますよ……」

「こんにちは！」――一行が書斎に入ると、エゴロビッチ

支配人がテーブル脇の椅子から立ち上がって言った――と
「ウランゲリ男爵がここで皆さんをお待ちするように、と言われたものですから……」

「ええ、今来ましたよ」――そう言って男爵は皆に座るよう勧め、自身はテーブルに席をとった。マクスートフとフルゲーリムは皮のソファーに、エゴロビッチ支配人は反対側の椅子に座った。

「諸君！」――男爵がその場にいる皆に向かって声を上げた――「私とワシーリー・エゴロビッチは」――会社の支配人に一瞬目をやり――「アメリカにおける現下の社会全般及び政治情勢に懸念を持っています。正直に言って、今後の会社の発展に否定的な影響を及ぼしかねない危険があります。つまり、会社のアラスカにおける領地に関してですが……。そこで、この点についてステッカー公使、貴見をお聞かせ願いたい。この度新たに任命された副長官も貴殿と互いに働かねばならないことは、言うまでもありません」――男爵は彼らを名前と父称で呼ばず、故意に職責名で呼んで、この席での会話の重要性を、集まった面々に強調しようとしたのである。

「おーお！」――ステッカーは一息長く発し――「アメリカについて私はまだそれほど事情通ではありませんが、最近起こっていることに関しては、当然、知っております。まさに、ウランゲリ男爵」――彼の方を向いて――「あなたのおっしゃる通り、最近のアメリカについては深慮せねばなりません。まったく、そのとおりです！　新たな大統領選挙のまさに入り口です。それで、今までになく、さまざまな政治的流れや言説が横行し始めています。大統領の椅子をとろうとする者の将来の方向性が見えている、と言いたい」

「選挙キャンペーンは、いまだかつてなく、政治的熱情に白熱しています」――とエゴロビッチ支配人が口をはさむ――「これは、私のきわめて個人的な見解ですが、新聞や現地アメリカ海岸の我々の代表部からのリポートに基づくものです」

マクスートフは支配人の話を興味を持って聞いた。隣に座っているフルゲーリム大佐を見ると、場合によっては話に加わろうと、彼も注意深く聞いていた。みな、今しがた男爵が話したことの意味を理解しようと黙っていた。

エゴロビッチ支配人が続ける。

「社会経済機構と政治機構を比較しながらアメリカを地理学的観点から見れば、次のような絵が描けることは明白だ。太平洋から大西洋までは、比較的自由な州の一帯が続いていて、そこには産業の発展も見られる。一方、南部は、農業と酪農だ。そこでは手による労働が優勢で、それらの州の主たる特徴はといえば、それは奴隷制だ。さらに、北の方に目を向けると、北部の領土はまだ十分に開拓されておらず、かなり未開の地です。北部の海岸、西の方向に、我らの居留地があります。それでは、このような地理的・社会的な説明が帰着するのはどこか？　というと、北部州および比較的中央部にある州が南部の州と対立していて、その対立は、民族的色彩の経済的内情に起因します。中心部の産業発展とそれを支える南部。政治的見地からすれば、奴隷保有制度に対する闘争であるわけです」

「あなたの言われていることは、全く正しいです」――ステッカーが追認する。

「現在、自由を標榜しているのが、国会議員のアブラム・リンカーンです。彼には賛同者が大勢いて、一定の層からは極めてしっかりした支持を受けています……」――支配人が応ずる。

「なるほど、それはそうでしょう……」――「しかし、リンカーンだけが、昨年イリノイでこう言ったかと思うと、数日後、シカゴでまったく別のことを言っていたそうではないですか。奴隷制度に反対しながら、その法制度を廃止しようとはしないのではないですか……」

「そこは政治です！　選挙キャンペーンの戦略ですよ！」――外交官ステッカーが熱くなって抗弁する――「リンカーンの基本政策は、奴隷制の廃止です！　私はそれをよく知っています！」

「諸君、つば競り合いをする必要はありませんよ」――ウランゲリ男爵が場を鎮めようと言う――「我々は彼らの選挙に参加するわけではないのですぞ。まあ、リンカーンのポジションの方が我々には好いのですがね」

フルゲーリムは男爵を支持した。それまで会話に入らなかったが、今度は、このテーマで議論しようと加わって来た。

「合衆国では、私の知る限り、奴隷売買を禁止する法律があるが、実行されていないとのこと。最高裁判所でさえ、二年前、黒人には国籍を得る資格がなく、したがって、自分の権利を主張することはできない、ということを確認しました」

「そうです、あなたが見てとったとおりです」――エゴロビッチ支配人が口をはさむ――「しかしこれは、黒人だけではなく、インディアン種族に関してもそうなのです。現状下に於いて我が社の発展戦略を考えるとき、私は、アメリカの近代史を注意深く検討せざるをえなかった。このようにですね、諸君、今世紀の初めからの街の発展を見ると、先住民を西部の乾燥地域に移住させているのです。その上、この移動には政府の政策が伴っているのです。それればかりか、土地をとりあげ、連邦政府による領有を要求したのです。インディアンの追い出しが、しばしば、力によって行われました。しかし、力の圧迫は、同じく力の反発を生みます……」

支配人は話を中断して咳き込んだ。彼の喉から苦しめている病のかすれた音がした。他の者たちは、彼が顔にハンカチを当てて病の発作をおさめようとしているのを、黙って見ていた。男爵がテーブルの水差しから、コップに半分ほど注いで、彼に渡した。

「ちょっと飲んでごらんなさい！　楽になるかもしれない」

支配人は、何回か少し水を飲み、咳をして、申し訳なさそうに書斎の同席者を見まわした。

「申し訳ない……」

「エゴロビッチ支配人、あなたのお話をうかがって」──ウランゲリ男爵が言う──「アメリカの最近の歴史が、状況をより深く理解し、今後の見通しを評価するのに役立つことが分かりました。これは、特にフルゲーリム長官とその副官には興味深いでしょう」

「私の現在の業務においても、一定の計画に関しては、たいへん役に立ちます」──ステッカーが男爵を支持する。

「さて、諸君、三〇年代の初め、合衆国では移住に関する法律ができました。それによれば、何世紀も住んでいた土地からインディアンを強制的に移住させることが、可能になったのです」──支配人は椅子の背に伸びをしてから続ける──「コンボイで、羊の群れのように、彼らを住みなれたフロリダやミシシッピー河岸の領地から追いやったのです……。前にも言ったように、圧力は反発力を生じます。それが実際に起こりました。インディアンの種族は抵抗する道を選びました。一八三五年、ついに流血の衝突がアメリカの部隊との間で発生し、三年も続いたんです。結果的にアメリカの軍事力がまさり、勝ちました。そして一八三八年の秋。私は、皆さんが事の重大さを理解するために、この日を特に強調したいのだが、大規模なインディアンの強制追放が起こりました。数万人が移住させられたのです。一部には、荷馬車で移動できた者もいましたが、大部分は徒歩でした。見知らぬ土地へ、とにかく持てる物はすべて持って。しかし、ほとんどの者が食糧不足でした。それでも、行ったのです。何週間も、何カ月も……。秋雨の降る日々が冬の寒さに変わりました。インディアンの行列は、見張りの者たちに追い立てられながら、ゆっくりと、道を進みました。道中、毎日のように、過労や病、あるいは飢餓で倒れる者が続出したんです……」

エゴロビッチ支配人は数秒間黙り込んだ。重くため息をつき、この暗い光景を自らの目の前に想像し、さらに続ける。

「統計によれば、この強制移動の時期に、少なくとも四千人のインディアンが死亡したそうです。アメリカでは、ジョージアからオクラホマに至るこのルートは、移民が移動した道で、今では涙の街道と呼ばれています……」

「私もそれについてはある程度聞いていましたが、それほどまでにひどい状況だったとは、夢にも思いませんでした」――ステッカーが小声で言う。

「それが一八三八年で、その二年前にテキサスがメキシコから切り離され、一八四五年には合衆国に組み込まれたんです」――エゴロビッチ支配人は、出来事の発生日を指折り数えだす――「一年後、一八四六年、カリフォルニアへの進軍が発表されたんです。当時の新聞《イリノイ州レジスター》は、書いています。《カリフォルニアの素晴らしい庭園を役立たずの富のまま捨て置いても良いか？　カリフォルニアの渓谷はアングロ・アメリカの産業の音響を聞き知るべきだ……》とまあ、逐語訳で引用すればこうなります」

「ところが、一方で、我々は、その五年前に、カリフォルニアのロス要塞をあげてしまった」――ウランゲリ男爵が嘆いた。

「ただでくれてやったようなものだ！」――突然、エゴロビッチ支配人が厳しい声で、――「アメリカ人は、それに英国人もカリフォルニアの重要さを知っていたんだ。その美しさ、そして、その富を。ところがどうだ、我々は、領土を広げ、開発をもっと内部に進めようとせず、はした金で要塞を売り払ってしまったんです！」

「とられた頭の髪の毛を嘆いても始まらんさ」――ウランゲリ男爵が言う――「もちろん、正直言って、この取引には残念でならんがね！　ロシアにとって残念だ！　しかし、今となっては最高決定について議論しても仕方がない。やってしまったことは、済んでしまったことだ。将来のことを考えねばなりません。過ちを繰り返すのは止めよう！　両者の相互利益のバランスをとりながら、会社と国家のことを考えねばなりません」

ウランゲリ男爵の言葉の後、書斎には沈黙が続いた。男爵の言葉の意義を、各人がそれぞれ考えていた。会社であろうと国家機構の中であろうと、それぞれが担う役割・地位について考え込んでいたのである。フルゲーリムが沈黙を破る。直ぐに立派な頬髭になってしまうのだが、短くキチンと刈り込んだ頬の髭を撫でながら、言った。

「エゴロビッチ支配人が強調した合衆国内の民族的対立、すなわち、奴隷制や先住民弾圧は、疑いなく存在しています。アメリカ沿岸に一年以上居りましたので、もちろん知っています。しかも、現在進行中の選挙キャンペーンが、これらの対立を一層先鋭化しております。加えて、周辺諸国に対するアメリカの領土要求は、近年、ますますあからさまで際立ってきています。これらすべてが政策に影を落としておりますので、彼らとの交渉には、とにかく、慎重であらねばなりません。私は、この点、よく理解しています。マクスートフ大尉も同じだと思います」――マクスートフの方を半ば振り向いた。

マクスートフは、一言も発しなかったが、同意して頷いた。

「我々の任務は、アラスカにおける植民地を増強・拡充し、交易を増大することにあると思います」――大佐が続ける――「国家権力の正式代表との接触において我々が注意すべきいわば原則は、国民一般のいがみ合いに引き込まれるような政治的なことから遠ざかること、だと思われます。独自の文化的発展がまだ不十分な段階、いうなれば半野蛮な生活様式にあるクレオール人やインディアンとの関係を持ちながら、彼らを全面的な文明的生活に近づけるようにしたいと考えます。彼らとの関係を決して先鋭化することなく、また、武力で影響力を及ぼそうとはしてはならないでしょう」

「そう、そのとおりだ、フルゲーリム大佐。それが、我が社の基本方針で、あなたが今言い表したとおりです」――ウランゲリ男爵が言った――「ただし、私が希望するのは、あなた方に、より広い視野で見て、社会的・政治的考え方に接してもらいたいのです。あなた方と、アラスカの我が総督府がステッカー公使としかるべき関係を構築するよう願っています」

「それは極めて重要なことです」――エゴロビッチ支配人が付け加え、男爵を見た。そして、視線をフルゲーリムに向けて――「我々が心配しているのは、大統領選の状況を分析すると、先に男爵が指摘したように、選挙がアメリカを全国民的な破裂に導いてしまうのではないか、ということです。爆弾は、奴隷売買制度と人種差別の中に既に仕掛けられています。大統領選挙における政治闘争の激化、それが火縄です。問題はひとつ、それが燃えるか否か。もし、燃えれば、爆発は免れまい。となると、我々はどう対処すればよいか？　会社の状況にこれがどう影響するか。ここが、悩みの種です。さらに、これも重要なんですが、基本的な役割、すなわち、合衆国の基本理念が役割を正しく果たしているか、ということです。端的に言って、それは、自らの影響力を拡大し、領土を出来るだけ広く取ろうとすることなのです！　つまり、我々の懸念は、国民全体的な危機が、アラスカやアレウート諸島の我が社の代表部に対して押し出す圧力となってくるのではないか、ということです」

「それに関して、何か疑念でもお持ちなんでしょうか？」――目を細めてステッカーが彼の方を見た――「私は、別の考えです。現在アメリカで生じている全国民的プロセスの否定的な面を認めないわけではありません。ええ、実際に対立が実在します。そして、大統領選挙が進行するにつれてそれがより鮮明になり、先鋭化します。それは確かにそのとおりです。がしかし、私は、あなたが言い表したような、《ロシア・アメリカ社》を合衆国の領土から押し出してしまうような方向性は、無いように思います。予め、非礼をお詫びしますが、私の見方では、それは、現実性の無い、ファンタジーのように思えます！」

そう言って、返答を待ち、黙り込んだ。支配人と討論に入ろうなどという意図は毛頭ないが、《ロシア・アメリカ社》の将来の運命に関する支配人の心配事に対して理解できない、ということは言っておこう、と決めたのであった。ましてや、現職に任命された直後の外務大臣との極秘の会話で、ステッカーは、この点に関するゴルチャコフのポジションを明確にしていたのである。

自分では分からないと言いながら、ステッカーは狡猾に振る舞った。アラスカにおける《ロシア・アメリカ社》の存在は、政治の大局に於いて、大した意味を持たないことを認めつつ、ゴルチャコフ宰相は、ハッキリと言いきっていたのである。

「《ロシア・アメリカ社》は、自らの役割を成就した、と確信する。アメリカとの関係作りは、既に随分前に達成した。友好関係もしかり」――会話の中でそう述べた――《国庫にとっての本質的意義はもう無い。しかし、交易・貿易のためには、合衆国の港に寄港する権利は十分ある。この見解は大公の支持を得ている》と強調した。

ゴルチャコフの名を皇室名として引用したのが意味を持ち始める。ステッカーの仕事上の性格からすれば、《ロシア・アメリカ社》のマネージメントとのコンタクトを支持せねばならぬのだが、こと外交で利害を代表することに関しては、その必要がないことを理解していた。だから、支配人の懸念に対して理解できぬ旨を表明することで、会社のマネージメントとの関係に一定の距離をおく意図を示したのである。

ウランゲリ男爵は顔をしかめた。外交官の立ち位置が気に入らないのである。しかし、男爵は、やがては外交官も彼の側につくだろうと踏んでいた。会社は、いずれにしてもロビー活動が必要だ。外国ばかりか、ここロシア国内においても、である。支持が必要なのは、政府内ばかりでなく、宮廷においても、である。ロシア公使との関係を緊張させてはならぬので、うまくコメントした。

「いずれにしても、起こってしまった事実に唖然とするより、生じるであろう出来事をあれこれ予想し、それに備えることが最善策です。そう思いませんか？　ステッカー公使」

「もし、問題がそのように提起されたのであれば、もちろんそのとおりです」

「そう思えましたよ。そうじゃないですか？　エゴロビッチ支配人」

「アメリカは著しく違った国です。それも、しばしば至って暗いトーンでね」――支配人が応じた――「そしてそれが、特別な厄介事を生じさせるんです。言うまでもなく、国家イデオロギーに関して。これは既に話されたことですが……。私が心配しているのは、現在および将来の我々の事業のことです。それと、おおきな枠でいえば、ロシアとの二国間関係の展望に関してです！」

「終わったばかりのクリミア戦争で、アメリカは中立の立場をとり、我々はそれなりに評価しました」――ステッカーがコメントする――「ロシアにとって、アメリカと善隣的関係を保つことは特別に重要です。《ロシア・アメリカ社》がアメリカと交易関係を持ち、深めねばならぬことと同様に。ところで、あなたは何時向こうへ？」――フルゲーリムの方に顔を向けた。

「二日後に都を発ちます」

「あなたの副官は？」――ステッカーはマクスートフを見た。

「三月の初めです」――この会話の中でマクスートフが初めて口を開いた――「フルゲーリム大佐が私より先にアラスカに到着します」

「ええ、私が彼を迎えねばなりません」――小声でそう言い、微笑んだ――「マクスートフ大尉は奥さんと一緒に新婚旅行で赴任地に向かうんです」

「あなたもそうじゃないですか、フルゲーリム大佐」――ウランゲリ男爵が陽気にコメントし、外交官ステッカーを見やり、説明した――「彼らは二人とも新婚さんなのですよ」

「それは、おめでとうございます！」――ステッカーは大佐を見て、ふたたび目線をマクスートフ大尉に向けて――「それじゃ、一緒にアメリカ大陸に住み慣れるとしましょう！　向こうで会えるのを楽しみにしています！」

「諸君！」――テーブル席から立ち上がり、男爵が同席者に声をあげる――「我々の話に耳を傾けてくれてありがとうございました。ここで話されたテーマが相互の関心を呼び起こし、互いの事業活動での共通点となって、皇帝とロシアのために向けられることを願います！　それでは、ともに応接間の方へ参りましょう。ご婦人方が待ちくたびれているでしょうから」

書斎から、ステッカーが最初に出て、続いてフルゲーリムが支配人といっしょに出た。その後に、主催者（男爵）自身が続いた。ウランゲリ男爵は、いずれにせよ、満足していなかった。ステッカーは、陰に隠れてしまい、彼のことはもう当てにはしていない様子だった。しかし、真実を見ねばならない。彼は会社の敵ではないのだ。いずれにせよ、よかった……。フルゲーリムとマクスートフが公使と会えたことは、好いことだった。まさに、好都合だった！　一方、エゴロビッチ支配人は少し興奮しすぎたようだ……。思いが支配人に移る。病だ。医者に診てもらうのを嫌っていて、きわめてまれにしか医者にかからない。どうしようもなくなった時だけだった。直ぐにでも治療に向かうようにしてもらわないといけない……。書斎を男爵の後について出ながら、マクスートフは何とはなしに振り向いた。いつまた此処に戻ってくることがあろうか？　何時の日か、そんな日がくるのだろうか？　と思うのであった。

太平洋沿岸

1

短い、つき刺すような甲板長の笛の響きを合図に、当直水夫が岸壁と船を結ぶタラップを外した。大きく、よく響く別れの汽笛とともに、汽船はゆっくりとネバ河の岸壁を離れて行った。

甲板には、フルゲーリム夫妻がいた。彼らには長い船旅が、幾度も乗り換えをせねばならない旅路が待ち構えている。アラスカへの旅程には、ニューヨーク、パナマ、それにサン・フランシスコ港がある。

海軍大佐フルゲーリムは、上甲板の手すりに頬杖をつき、見送りの人たちを黙って見ていた。その中には、彼の妹と若い副長官夫妻がいた。

フルゲーリム夫人、アンナ・ニコラエブナは夫の隣に立ち、遠くなって行く都会の岸を悲しそうに眺めていた。汽船は河のほぼ真ん中まで離れてから、方向を変え、フィン湾への出口へ舵をとった。見送る者たちには船尾しか見えなくなった。この時、コンスタンツィアのまつ毛に涙が現れ、手にしたハンカチの隅で拭いた。それに気づいてマクスートフは、彼女を振りかえって、

「あれ、どうしたの？　悲しんでいるんじゃないだろうね？」

「うう！」――耐えきれなくなって、彼女はすすり泣き、顔をハンカチに沈めた。

彼は、慰めようと、

「ほんの一時の別れだよ……。永遠の別れじゃないじゃないか！」

「ちょっと待って！」――アデライダは小声でささやくと、親友の肘をとって、夫を優しく見た。彼女の眼には愛の輝きがあり、隠しきれない喜びが満ちていた。コンスタンツィアに近づくと何か耳元で囁いた。彼女はハンカチを持つ手を放し、涙の中で微笑んだ。

「何を話したんだい？」――マクスートフが驚いて妻に訊く。

「それは女性の秘密よ」――そう陽気に言って親友の方を向いて――「そうよね？」

「うう！」――コンスタンツィアはまた小声で言うと、頷いて返事をした。

マクスートフは理解できなかったが、肩をすぼめ、

「まあ、秘密なら、秘密でいいさ……。我々も直ぐに出発だ。列車でモスクワへ行き、そこから馬車でウラルへ。さらにシベリアを経てアヤンだ」――そして付け加えて――「道中、父のところに寄るよ……。どう、ご婦人方、旅の準備は出来ているかな?」

「ということは、三月の初めにはもうペテルブルグを去るってことね?」――アデライダは彼を見る。

「そういうこと。日付も言えるよ」

二人の女性は隠せぬ好奇心から、彼に視線を集中させる。

「四日だ」――そう言ってから、彼が二人に訊いた。

「今日の予定は?」

「ネフスキー通りのお菓子屋さんへ行きましょう」――アデライダが提案した――「だって、道中、ホテル《デムート》の近くのお店にあるような、あんなに美味しいケーキは食べられなくってよ。どう、あなたも賛成でしょう?」

――親友を見て言う。

コンスタンツィアの涙はもう乾いていた。兄の出立の悲しみは、もうどこかへ行ってしまった。

「ええ、あのアーモンドのお菓子って、最高ね!」――そう言って、にっこり微笑んだ。

「それじゃ、出発進行!」――マクスートフは、そう陽気な声をあげて、二人の女性の腕をとり、桟橋の出口で待つ馬車に連れて向かった。

サンクト・ペテルブルグからモスクワへの列車の旅は一昼夜足らずだった。

ベロカメンナヤでタランタスを雇った。マクスートフは八年前にとったのと同じコースを辿る。当時は、カムチャッカへの勤務のために通ったが、三年して極東沿岸での戦争勝利の知らせを皇帝に届けるために戻って来た。その時は一人だったし、急いでいた。しかし、今度は違う。妻とその親友が一緒。まったく別の話だ! 何と言っても、随分と良いし、楽しい。隣に愛する女性がいれば、どこへ行こうと心地好いし、喜ばしいことこの上ない。

春の日がやって来て、彼らは旅路に就いた。小鳥が陽気にさえずっている。日中は太陽が明るく輝く。その光の下で野も森も冬の衣装を脱ぎ棄て、見違えるほど様相を変えていき、その中を彼らの旅路は続いた。若い女性たちは、寒さから目覚めていく自然にすっかり有頂天になった。

「アラスカって美しいのかしら?」――砂地の道が曲がりくねった小川の傍を通り過ぎた時、突然コンスタンツィアが訊いた。そして、好奇心から答えを期待しながらマクスートフを見つめた。

「他とは違うね、もちろん、あそこの美しさは」――そう言って微笑む──「それに、アデライダと君がいればさらに美しさを増すことになるね」

「あなた、嗤っているんですか、こちらは真面目に聞いているのに」──怒ってふくれて彼から顔をそむけると、車窓を見つめた。

コンスタンツィアはマクスートフに対して、常に敬意を持って接していた。何となく、歳の差を感じながら。それだけでなく、彼女にとって彼は、人生経験豊富で、戦争体験があり、彼女の最も親しい友の主人となった男性であった。彼の方から彼女には親しい口調で接していた。それが、今、彼からからかわれたような、少なくとも彼女にはそう思われる返事をもらい、幼子のように困惑した。子供が大人から派手な包装紙に包んだキャンディーをとり上げられた時のような感じがしていた。

「分かった、分かった、悪かったよ」──マクスートフは声を立てて笑った──「ふくれたー、シャボン玉みたい。ほらほら、つぶれるぞー」

「ドミートリー、ふざけないで!」──アデライダが口を出してきた──「彼女は真剣なのよ。私も興味あるわ……」

「分かった、分かった、二人とも興味があるなら、話してみよう。本当のところ、君たち同様、アラスカにまだ直接行ってはいないけど、知っていることを話そう。僕が働いていたのはカムチャッカだからね……。自分で見るのが一番いいんだ。何故かというと、直に見たときに、印象が僕の話とごっちゃになってしまうかもしれないよ」

「いいえ、ちっとも。私たちは、あなたが描いてくれる光景と、実際を比べて見直すわ」──窓から振り向いて言った。コンスタンツィアはこの言葉で、彼の痛いところを突こうとしたのである。これが女性の自尊心なのである!

「降参!」──マクスートフは手をあげて、話し始める──「愛らしい、ご婦人方、アラスカは、火山と氷河が凍りついた地だよ。ふもとには風光明媚な森林が広がっていて、森の中には無数の熊が生息している。それはグリズリーと呼ばれ、一対一では遭わない方がいい。彼らは、狡猾で、賢く、獰猛だ、もし、彼らの通り道に君たちが立ったりしたら大変だぞ」

「なんだか、ほんとに見たように話すのね……」──コンスタンツィアが言葉をはさむ。

「必ずしもそうじゃないさ。グリズリーに関する話は山ほどあるからね」──そう決めつけて続ける──「それに、そこには角のある巨大な動物が沢山いる。ヘラジカやトナカイもいるしキツネも沢山いるね……」

「わたしたちは狩りに行くんじゃなくってよ」──アデライダがつぶやき──「どんなイチゴの類いが育つの?」

「んーん、それはまた別のテーマだね」──指折り数え始める──「あるのはね、マリーナ、スグリ、黒豆の木、それに、黒い実のナナカマドが沢山あるね。それからね、キノコは大群さ、ものすごく沢山ある、白いのが……。だから、冬用の半調理食品はごく簡単に準備できる」――すこし黙ってから、夢想するように――「ああ、それでね、あそこでは漁労が最高さ。海岸の近くや山からの急流が合流するあたりじゃマスやサケ、銀ザケが沢山とれるんだ」

「まさに豊富で天国ってわけね」――信じられないようにコンスタンツィアが言う――「でも、兄が言うには、アラスカは厳しくて、私が行きたいって言ったら、そんなこと聞きたくもなさそうだったけど」

「彼は、あなたの健康を気遣ってそう言ったのよ」――アデライダが言う――「治療所はあそこには無いわ。冬は耐えがたいし、夏は天候が変わりやすく、雨が沢山降るって……。そうなんでしょ？ ディーマ！」――たった今言ったことの確証を得るように夫の方を向いた。

「ああ、真実は真実さ」――と頷き――「天候は、驚くほど気まぐれ。日のさす好い天気が突如として一瞬のうちに暗雲に変わって、滝の壁のような豪雨が地を叩きつけたり、まったく風が無かったのに、急に嵐が吹いたりするんだ。それを知っているものだから、猟師はあまり岸から遠く離れて漁をしない。彼らの船は海風にあおられた強い波には耐えられない。もちろん、時化などは言うに及ばないね」

「私とコンスタンツィアは漁には出ないわよ、それは男の仕事だもの」――そう言ってアデライダが続ける――「キツネを追いかけたり、グリズリーの狩りもしないわ。森へ行くのはイチゴの類いを集めるため。天候も怖くないわ。屋根はあるんだし、家の面倒は私たちがやれるわ、ねえ、そうでしょ？」――アデライダはコンスタンツィアを見る。

「そうよ」――そう答え、マクスートフを見て、新たな質問を投げる――「もう直ぐペルミよね？ あなた言っていたけど、お父さんのところで何日か泊まるんでしょう？」――そして、愚痴って――「馬車の旅はすっかり飽きてきたわ。散歩したいし、美しい自然を楽しみたい。だって、馬車の窓からは埃でよく見えないんですもの」

「先はまだまだ長い、辛抱強くないといかんね」――とマクスートフ――「ペルミには明日着くよ。もう、故郷のある地方に入ったからね……」


翌日の正午頃、街に入った。窓に風変わりな文字の彫刻のある木造の家の前で馬車が止まった。マクスートフは、その飾り文字を子供の頃からよく覚えている。プロコーフィアお婆さんが側屋から出てきた。彼女はもうかれこれ二十年、彼らの家でお手伝いさんをしている。

「あれ、まあ！ ドミートリー・ペトロービッチ！」――あまりに突然なので驚いて、手を打つと――「まあ、びっくりした。ピョートル・イワノビッチがお喜びになるわ！」

「父さんは、どこにいるの？」——彼女に近づきつつ、心臓の鼓動が早鳴るのを感じた——「元気かな？」

「ええ、お元気です、お父様はお元気ですよ！　今すぐ呼びにやります。お勤めしていますからね。それも、まあ、よくお出でで、ほんとにうれしいこと！」——馬車の脇に立っている女性たちを見て——「目が弱くなってしまったんでよく分からないけど、お一人じゃないんですね。どちらがあなたの奥さんでしょう？」

「今すぐ、わかるさ」

彼女たちが側屋に近づく。

「アデリヤ（＊アデライダ）、僕の妻。それに、こちらは、コンスタンツィア、彼女の親友」——そう言って——「紹介するよ。プロコーフィアさんだ。彼女は僕が海軍兵学校に入学した時から、ずっと我が家に住み込みなんだ」

「どうして立ったままなんでしょう、さあさあ、入って下さい！」——お婆さんはせかせかと動き始める。

運んできた荷物を馬車から降ろし終えないうちに、息子の帰りを知らされた父ピョートルが戻って来た。マクスートフをしっかり抱いて接吻をしまくる。

「おまえの結婚と新しい任務についての手紙は受け取った。だけど、こんなに早く会えるとは思わなかったよ。会いに来てくれてうれしいねー！」

息子から離れると、恥ずかしそうに立っている女性たちを見て、

「ご婦人たちを紹介してくれ！」

マクスートフは妻と彼女の親友を紹介する。父ピョートルはアデライダから目を離さず、

「ドミートリーとの結婚式には、都合付かず出席できずじまいだったが、親として、心から祝福したい、おめでとう！」

そして、息子を見て、

「どうだ、風呂に入るか？　今日は、ちょうど風呂の準備をしていたんだ。薪を沢山割っておいたし、かまどもすっかり温まっているだろう。お風呂の準備はいいはずだよ……」

「え？　あ、そう、お風呂もいいね！」——マクスートフは頷いて、アデライダに勧める——「君もどう？　汗を流さないかい？」

「止しておくわ、熱いのは耐えられないから……。それより、家の後ろにあるみたいだから、庭園を散歩する方がいいわ……」

「それは、いい」——ピョートルが発する——「お前がお風呂で体を洗っている間に、娘さん達にリンゴの木を見せるよ。お前とサーシャが海軍兵学校を卒業した年に植えたのが、もう実がなるようになったんだ……」

「私は、止しとくわ」——コンスタンツィアはそう言って、

付け加えた――「もし出来るなら、道中疲れたから少し休みたいの……」

「もちろん、もちろんだとも」――ピョートルはためらいつつ言うと、傍に立っているプロコーフィアに――「こちらのお嬢さんを部屋に案内してあげなさい、我々は庭園へ行くから」

父はアデライダを連れて庭園へ行った。リンゴ並木が植えられていて、それが彼の自慢であった。マクスートフは、中庭に離れて作られている風呂場へ向かい、プロコーフィアはコンスタンツィアを家の奥の端にある小部屋に案内した。

「ゆっくりしてちょうだいね。もし、何か入り用だったら言ってね。私は台所にいますから。台所は別の側屋、廊下を真っ直ぐ行ったところよ」

コンスタンツィアは部屋を見渡した。部屋には、整理された鉄製のベッドがあって、背もたれには輝くメタルの玉が飾られていた。枕元には模様が刺繍されたクロスのかかった小さなテーブルがあり、部屋の隅に、整理ダンスがあった。顔を洗おうと部屋を出ると、廊下でひと抱えの下着を持ったプロコーフィアに出くわした。

「すみません、洗面所はどこでしょうか?」――と訊く。

「入り口の脇ですよ」――とお婆さんが応える。

その時、台所の方から、何かが落ちたような大きな音がした。プロコーフィアと、続いてコンスタンツィアは、音のした方に急いだ。彼らが目にした光景は、牛乳の水たまりと壊れた素焼きの水差しの破片だった。食卓の下から訴えるような猫の鳴き声がした。

「あーあ、この悪猫め!」――プロコーフィアが大声で叫ぶ――「猫のバーシカがミルクが欲しくて忍びこんだんだよ! このバカが容れ物まで壊しちまって!」――彼女はコンスタンツィアの方を向いて――「私はここを片付けないといけないから、済まないけど、このタオルと着替えのシャツをドミートリーに持っていってくれないかね」

マクスートフが風呂場の入り口で軍服を脱ぎ、熱い蒸気の立ちこめる蒸し場に入ると、樹脂の匂いがした。胸いっぱいに深呼吸をすると、松の木の板壁から、麻酔作用のある木の香りがした。白樺の枝束を手に取り、熱湯でいっぱいになった木の桶に浸し、軽く叩いてシャワーのように水を飛ばそうとした時、風呂場のドアの開くきしみが注意をひいた。扉を広く開け放ち、蒸し場から顔を出して訊いた。

「誰だい?」

彼の前に、下着をひと抱え持ったコンスタンツィアが立っているではないか。彼は驚いて息をのみ、立ちすくんだ。

「な、何してるんだい?」

彼女はあっけにとられた。裸を見て、目を見開き、彼をみつめてしまった。当惑して目を逸らし、

「着替えのシャツを持って来たの……」

「分かった、ありがとう……」――マクスートフはドアのかまちに立ったまま、絞り出すように言った。

コンスタンツィアは、目のやり場がなく、持ってきた衣服を床に放り投げて、向きを変えると、風呂場から急いで出て行った。


祭日のようにしつらえられた料理を囲んで、にぎやかな会話に花が咲いた。

父ピョートルは何にでも興味をもち、息子の生活や仕事の詳細について聞きたがった。マクスートフはアデライダの隣に座り、父の質問に答えながら、ときおり横目でコンスタンツィアを見た。コンスタンツィアは会話には加わらなかった。つい先ほど風呂場で起こったことが彼女に影響を与えていた。マクスートフを今までのように見ることが出来なくなっていた。彼は単に親友の夫で、人生経験ある年上の人、という目では見られなくなり、何だか分からない何かが彼女の心の中で生じたのである……。

風呂場での出来事について、コンスタンツィアはアデライダには何も話さなかった。それは単に滑稽な出来事で、やがては忘れた方がいいことであろうし、ましてやわざわざ妻の夢想を呼び起こす必要もないことなので、マクスートフも黙っていた。

彼女は黙って座っていて、時おり食事に手を出すだけだった。家のご主人ピョートルがこの様子に気づかぬはずがなかった。

「どうしたのかね、気分が悪そうだけど？」――会話を中断して訊く――「それとも、他に何かあるのかね？」

「少し、具合が悪くなったみたいですの」――彼女は小声で言い――「少し横にならせてもらいますわ」――と席を立った。

続いてアデライダも席を立って、

「一緒に行きましょう」

二人が行ってしまうと、ピョートルは、息子を見ながら、

「彼女、顔色が良くないね。道中たいへんだったろうからなー……」――心配してため息をつく――「お前たちの道中はまだまだ遠い、遠いぞ。何が起こらないとも限らんし、心配だな……」

「彼女は僕の上司、フルゲーリム・イワン・ワシーリエビッチの妹さんなんだよ」――マクスートフはそう答え説明する――「上司は奥様といっしょに海路アラスカに出発したんだけど、妹さんを我々に頼んだんだ。船の甲板で揺らされたら彼女の健康に障るからってね」

「そうかい。それじゃ、まさに、もう心配どおりになってきたなー」――と気遣い――「それで、ここはいつ発つつもりかね？」

「ほんの一日二日して出発さ。秋までには現地に着かないと、どうにもならなくなるからね」

「そうか、そんなに短いのか」――残念そうに父はため息をつく――「数年経ってやっと会えたと思ったら、道中のついでなんだものなあ」

「まあ、仕事が仕事だから、仕方ないね、それはお父さんも分かっているだろう！」――とマクスートフが言いきる。

「そりゃ、分かっているさ。でもな、親の心は石じゃないよ。――サーシャが士官になってから会えずじまいだったし……、パーベルとも、もう十年は会ってないよ……」

「黒海艦隊は戦後、無力化され、戦艦は実質的に皆無になった」――マクスートフが言う――「それで、パーベル兄貴は海軍を辞めたよ。去年から汽船《ユノナ》の船長をしている。最近創られた輸送と商取引をやるロシアの会社で、本社はオデッサにある」

「そうだったのか」――感慨深そうにピョートルが言う――「パーベルが商船に移り、お前も商業会社で働くわけだ。でも、これは良いかもしれんな……。ただなあ、ちょっと、遠すぎる。アメリカはアメリカだ、ロシアに近い国じゃない。向こうではな、気をつけろよ。苦境に陥るかもしれんからな」

「何を言っているんだい？」

「いろんな民族がいるんだろう……。インディアンだけならまだいいが、いろいろと聞いている、野蛮民族だ！」

「僕もフルゲーリム大佐と問題に取り組む、彼らの文化と交流するつもりさ」――マクスートフは笑顔で言う――「どう思う？　上手くいくかな？」

「交流するなんて止めとけ、訓練することが必要だ」――息子の冗談めいた返事には応えず、父は小声で真剣に言う――「宮廷の侍従だった海軍准将レザノフは、今世紀の初めにアラスカにいったことがある。皇帝の命を受けてね。彼は現地の先住民や未開人に関する評価をしたんだ。その民族が最近になって変わったとは思えんがねえ。習慣、風習、暮らし方などは、分かるだろう？　何世紀もかけて出来上がるものさ……。まあ、それとは別のことだが、理解を求めるようにしなさい。決して戦いの道をとってはならない。平和的関係をつくり、我が身ばかりでなく、はるか遠くまで自分が派遣された目的に適うようにしなさい、それが大事なんだよ」

マクスートフは、注意深く父の言うことを聞いていた。こころの奥深く、多くの点で父が正しいことは理解していた。父は、田舎の県からどこへも出たことはなかったが、読書人だったたし、仕事柄いろんな人と会っていた。官吏、士官、あるいは単なる旅行者など、ペルミを通りすがったか、何かの用で街に来た人たちだった。それで、そうした人たちから、いろんなことをたくさん聞いて知っていた。遠いアメリカについてもそうだった。

「だからな、息子よ、よく聞け。アラスカじゃ、先住民との交流には気をつけろ」――父は自分の考えを続ける――「向こうじゃ、毛皮がたくさん獲れるらしい。それだけじゃなく、魚もいっぱいいて漁業が良い商売になるらしい。ただな、気をつけないといけないのは、そこがまさに磁石みたいになって、やがてはアメリカをその領地に引き寄せるんだ。いまはまだ、そこにヤンキーは来ていないし、彼らがアラスカに現れるのはまれらしい。まあ、彼らが自船でアラスカへ交易にやって来るかどうかなあ。今まではね、の話だが。歴史が証明しているように、簡単に言えば、世界的影響力の変遷では、豊かな土地が常に対立や戦争の舞台となっているんだ。《ロシア・アメリカ社》は、アラスカで支配的な地位にある。しかし、忘れるな、そこはアメリカ大陸なんだぞ。アメリカ人は阿呆じゃないし、それが全部ではない……。彼らは、自分の影響力を隣人に伝播するのに抵抗は無いし、そればかりか、他人の懐にあるものを自分の方に移しかえるのさ……。わしは、そう考えるよ」――父は話を切り上げる――「おまえに与えられた責任あるミッションは、商売上の利益だけではなく、国の利益をも代表することにあるんだ」――すこし黙り、自分のことを考えてから、――「おまえもサーシャもなあ、子供時代、少年時代、そして海軍兵学校に行っていた時、いつも、二人とも広い大海原と新地の発見にあこがれていたたっけ……。覚えているよ、休暇から帰ってくるとウランゲリ男爵の話の評価をしていたなあ……」

「ウランゲリ男爵は、僕に会社の方に仕事替えをするようすすめてくれて、ご自身で異動の手助けをしてくれたんだよ」――マクスートフが告げる――「もし彼がいなかったら、この異動は無かったんだ」

「そうだな、我々はウランゲリ家に対して大いに恩義があるなあ」――父が言う――「このことは決して忘れるではないぞ！」――そう言うと、気にかけてか――「おまえ、ワシーリー・エゴロビッチ支配人がどんな具合か知っているか？」

「だいぶ病んでおられるよ」――簡単に言ったが、父の残念そうな顔を察して付け加える――「お会いした時は、あまり具合が良さそうではなかった。肺を病んでいるみたいで、しょっちゅう咳き込んでいたよ。今は、南へ療養に出かける準備をしている……」

「そうか、治るといいなあ、祈ろう」――。

父はそう言って、マクスートフとサーシャの若いころの夢物語を続けながら、息子を真っ直ぐ見る――「お前たちは、何時だったか、新地の発見に夢中になっていた時があったなあ。どうやら、その地図はおまえに当たったみたいだ。まあ、いずれにせよ、アラスカの事は大して分かっていないのだし、いままでまだ一度も見たことのない地だと認めざるを得んな」

「願わくはそうなんだけど」――マクスートフが認める――「役柄は管理の仕事で、どうも航海じゃないんだ。まあ、向こうへ行けば、分かるだろう……」

二人の話は真夜中まで続いた。テーブルの上にある石油ランプの芯が、窓のカーテンに気まぐれな影を映しながら、調子よく燃え輝いていた。

「もうじき雄鶏が鳴き出しますよ」――と言ってプロコーフィアが客間へ入ってきた――「まだ話しこんでいるんですか、もう、お休みの時間じゃ……」――マクスートフを見て――「若奥様はもうお休みですよ……」

「お、ほんとだ」――父ピョートルは、そう言って、掛け時計を見た。時計は、家の形をしていて、窓の代わりに文字盤があった。時間ごとに中からメロディーが鳴って時を告げた。その音がリズミカルに過ぎゆく時を刻み、マクスートフに子供の頃の他愛もなく楽しかった頃の思い出を呼び覚ますのであった。

その掛け時計を見て、マクスートフが言う。

「これ、よく覚えているよ、小さい時からあったよね」

「あーあ、時の経つのは早いな」――父が間延びしたように言う――「元あったものは、もう戻らんよ……。おまえは、将来を考えろ、人生の新しい行路が始まるんだ。まあ、それについてはまた後で、ということにして、ここはひとまず、横になるとするか……」

翌日は、あっという間に終わった。コンスタンツィアは朝から加減が悪いらしく、独りでいたいと言った。本当の理由はそうではなく、前日とらわれた精神的動揺からまだ冷めずにいたのである。朝食の時は、親友の夫を見ないようにしていて、出された食事を元気なくフォークで突くだけだった。お茶をほんの少し飲んだだけで、ちらりと目をあげてマクスートフを見ると、直ぐ目をアデライダに移し、お茶は部屋に持って行く、と言う。コンスタンツィアはプロコーフィアに面倒を看てもらい、若い夫婦は河へ出かけた。

二人は、マクスートフが子供の頃走り回った険しい岸辺をながめながら、広大なカマ河を楽しんだ。救世主教会のプレオブラジェンスキー大寺院に行った。そこの鐘楼はマクスートフが生まれた年に建立されたものだった。街のバザールにも行ってみた。そこで彼はスズランの花束を二つ買った。一つは自分たちに、そしてもう一つはコンスタンツィアに。

家へ戻るとマクスートフは直ぐにプロコーフィアに訊いた。

「どう、われらの病人の具合は?」

「ええ、大したことはなさそうですよ。一日中、本を放さず、読んでいました」——さらに続けて——「自分で行ってみてくださいよ、その方がいいですよ」

コンスタンツィアは、ドアにノックがあった時、旅に持って出たフランス語の本を読んでいた。

「どうぞ、お入り!」——本を脇へ置いた。

部屋にアデライダとマクスートフが入って来る。脇に置いた本が開いたままになっているのを見て、彼は、彼女に顎で示して、

「面白い?」

「筋が面白いわ」——と応えて、なぜか、頬を赤らめた。

「気分はどう?」——アデライダが訊いて彼女に近寄る——「退屈してなかった? 散歩はとっても楽しかったわ。カマ河って、すごいわ、圧倒されちゃう。私は、ほら、ネバ河以外に大きな河、見たことないじゃない」

「これ、僕たちから」——マクスートフが春の花々の花束を差し出す——「具合はどう? 医者を呼ぼうか?」

「ありがとう。私ね、時々こんなふうになるの」——マクスートフが心配そうにしているのを見て取って言い直した——「でも、直ぐに良くなるの……。今もそうよ、もう、何ともないわ。心配しないで、旅は続けられるわ」

「それじゃ、明日出発しよう。まだ、先は長いからね」——マクスートフが言う。

アデライダが続けて、

「ディーマ、私ちょっとここに残るから、あなた、向こうへ行って。ピョートル・イワノビッチが仕事からもう戻ってくる時間だわ。あなた、お父様といっしょにいて、私たち二人で内緒話があるの」——親友の方を向いて——「そうよね?」

マクスートフが出て行くと、アデライダは好奇心から、

「その本、恋愛もの?」

「そう、恋の物語」——小さな声でそう言って窓の方を見た。

アデライダは身をかがめ、頬をコンスタンツィアの肩に近づけ、幸せそうに目を閉じ、情感をこめて囁く。

「ねえ、分かる? 私、ディーマをとっても愛している! 彼は最高、ハンサムでやさしくて!」

この言葉に、コンスタンツィアの心臓は激しく打った。若い娘の胸をつき破って飛び出しそうに。息が苦しくなった。しかし、アデライダはそれに気がつくこともなく、自分の幸せに酔いしれていた……。


翌朝出発した。朝日が、木造家屋の屋根の上から現れ、

街の通りを照らした。

父ピョートルは面倒見良く若い女性を馬車に乗せてやり、マクスートフは脇に立っていた。彼女たちが席に着くや、マクスートフは父に、「それじゃ、もう、行きます」

父子は抱き合い、接吻しあった。

「また、別れだな。今度来るのはいつだ？」――目に悲しみが宿る――「また、会いたいなあ！」

石畳に車輪の音を響かせながら、馬車は海軍大尉、マクスートフ侯爵を乗せて、はるか遠くの地に運び去って行く。その後ろ姿を悲しそうに見守る父の頬を涙が一筋、つたった……。また会える時まで、無事でいられるだろうか？

運命はまことに気まぐれなもの。それが最後で、もう会うことはなかった。将来待ち構えていることが分からないのと同様、その時、このことを知る者は誰もいなかった。

2

一行は、春が過ぎ、夏も中頃、八月にアヤンへ到着するまで、ずっと、疲れる長旅に苛まれていた。そしてついに、八月の初め、商船《ナヒモフ》の船内に足を踏み入れることができた。その船で、長い旅路の終着点に向けて、出発した。しかし、ロシアが統治するアラスカとアレウート諸島の主要植民地、シトカ島のノボアルハンゲリスクまでたどり着くのに、まだひと月かかる。

風は無い。アデライダとコンスタンツィアが、船室から上甲板に上がって来た。マクスートフが後に続いて上がって来る。

「どう、大海原を楽しんでいる？」――陽気にそういって、マクスートフが二人の肩を抱いた。彼の手が触れるのを感じて、コンスタンツィアが何となく身をよじる。それを察して――「少し寒くはないかな？」――おどけて大げさに――「少々暖かく着こんだ方がよろしいかと、何せ、海ですから……」

コンスタンツィアが急に向きを変えたので、手が彼女の肩から離れ、彼の前に体がぴったりと付いてしまい、彼女の息遣いや胸が軽く揺れるのが感じられた。彼はきまり悪くなって黙り込む。

「あら、あなたがこんなに急に来るとは思ってなかったわ……」と答えるのが間に合わなかった。アデライダがマクスートフの方を向いて、彼に身を寄せ、親友を自分の方に引き寄せて、

「美しいわね！　まさにアイバゾフスキーね！　こんなにすばらしい景色を皆で一緒に楽しめるなんて、なんて素敵なんでしょう！　ねえ、そうじゃなくって？」

コンスタンツィアは一歩後ろに下がり、頭をあげ、海のかなたに目を凝らす。

「何か、水平線の向こうに見える？」――マクスートフは妻を抱き、返事を期待して、コンスタンツィアに訊いた。

「空が海に溶け込んでいるみたい」――質問には答えず、コンスタンツィアは小声でつぶやいた。そして突然、哲学的に、

「自然には、越えられない一線があるのよ。たとえそれが可能に見えても。ほら、空が海に移って行く、でも、それは偽りの印象ね」

マクスートフもアデライダも、彼女の意とするところを理解できず彼女を見たが、彼女は、二人の方を見ず、考え込んでいるように続けた。

「人間関係の生活においてもある段階からある段階へと移っていくことがあるし、友情が敵対に変わったり、愛情が憎しみに変わることだってある。だけど、越えられない一線というのがあるのよ。それはこころの中にあるの……」

「あなた、何を言っているの？」――夫から離れながら、彼女を見てアデライダが言う――「どうしたの？」

「ええ、ちょっとね。果てしのない広がりが想像の憂鬱を生んだのよ」――そう言うと、コンスタンツィアは、船室に向かってゆっくりと甲板を去って行った。


「何だかサッパリ分からん」――マクスートフが言う――「彼女に何かが起こっている。ひょっとすると、病気か？」

「ちがうわ、ディーマ。疲れと、女の感性がそう思わせているのよ。だって、ほら、私たちは二人で、彼女は一人でしょ。たとえ一緒に旅していてもね……。でも、それもお兄さまと会えば、無くなるわ、私を信じなさい。まあ、見ていてよ」

マクスートフは、船腹の向こうで盛り上がるビロードの海を考えながら見て、黙っていた。

「じゃ、あなたは何を考えているの？」――アデライダは彼に視線をあげた。

「驚きだね。僕も自分の兄の事を考えていたさ。彼はナヒモフ提督の下で、セバストーポリで戦ったんだ。それが、どう、我々はその名の船にいるじゃない。長兄パーベルを思い出したよ……」

「私は、早く着けばいいと思っているの。ちょっと心配事があるのよ……」

「もう、大揺れはないよ」――マクスートフは用心深く彼女を見る。

「そういうことじゃないの……。マクスートフ家の家族が増えそうなの」――優しく微笑みながら、言った――「つわりがあって、塩漬けのキャベツが欲しいの……」

彼女は、妊娠していることを夫に初めて言った。あまり

の急なことに当惑して、

「お腹は大きくないじゃない……」

「もう少ししたら分かるわ。あなた、嬉しくないの？」

マクスートフはかがみこんで、彼女の唇に優しく口づける。

「うれしいさ、とっても……。それなら、僕もはやくアラスカの岸に辿り着きたいよ。それに、嵐に遭わずにな。君には安静が必要、それに動揺してはならないよ！」


九月一日の朝、待望の陸地の筋が見えてきた。船が丘陵だった岸辺に近づく。船客は二十七日間の航海を経て、皆甲板に出てきた。彼らの目の前にシトカ島があった。巨大な山がそびえ、山肌は緑がかった黄色い秋色の木の葉の深い森林に覆われていた。白い山頂にはどんよりとした灰色の雲がかかっている。雲は今にも氷の帽子にぶつかり、明るく光る稲光とともに膨大な放電を鳴り響かせ、激しい雷雨を起こさせるように思えた。

アデライダは夫の腕にすがりついた。峻厳が島の岩だらけの外観に凝固し、波打つ心臓をしめつける。

「私何だか、自分が自分で無いようよ」――彼女はそう感じて――「あなたはここの美しい自然を語ってくれたのに、私には、なんか陰鬱な自然にしか見えないし、巨大な山から吹いてくる寒さを感じるわ」

「あれは、休火山エジコム山だ」――マクスートフが言う――「あれは、何時見ても海のいい目印になる。明るいときなら昼夜も灯台が要らず、船が方向を知るのには全く素晴らしい目印さ。最初の印象はね、間違いだよ。僕を信じなさい。近づけば、まったく別の絵になるんだから」

間もなく船は静かな湾に入った。ごつごつした岩場の上に二階建ての木造家屋がある。その正面には、白青赤三色と鷲の社旗がはためいていた。マクスートフがエゴロビッチ支配人の執務室で見たものと同じだが、大きさは数倍大きかった。屋根には付け足しの建物があり、ガラスに反射した光が艶のある水面に映りキラキラと躍っていた。

「あれは何かしら？」――驚いた様子でアデライダが訊く。

「あの建物はバラノフ城塞と呼ばれていてね、ここの最初の建設者で、ノボアルハンゲリスクの創設者の名前からとったんだよ。そして、太陽の光を反射しているガラスは灯台の灯。夜にはあかりが灯され、湾に入ってくる船に方向を示すんだ。ところでね、城塞はケクーラという岩の上に立っていて、長官の住居も中にある。我々も、フルゲーリム夫妻と同じく、そこに住むことになっているんだよ」

岸で彼らを迎えたのは、フルゲーリム夫妻と、その周りを囲む数人の人たちで、見たところ、地元管理事務所の人のようだった。板張りの桟橋に降り立つや否や、コンスタンツィアは、喜び勇んで兄の腕に飛び込んだ。彼女は兄と口づけを交わすと、フルゲーリム夫人、アンナに顔をぴったりとくっつけ、せきこんで長旅について話し始める。フルゲーリムは、マクスートフに手を伸ばし、

「いやあ、よく来たね、お待ちしていました！」

二人は、抱き合った。半年ぶり以上の再会だった。フルゲーリムは、笑って、何やら妻としきりに話している妹を見て、

「いろいろと感想が沢山あって、夜まで話は終わらんね……」

マクスートフの側に立っているアデライダの方を向き、

「あなた方の長旅はついに終わりましたね。アラスカでお迎え出来てうれしいですよ！」――と言って、かがんで彼女の手に口づけた。それから、マクスートフに、

「いいかね、シトカにおける身近のアシスタントたちを紹介するよ」――彼の左隣に立っている太った中年の男の方を向き――「こちらが、私と同じ名前のリンデンベルグ・イワン・ワシーリエビッチ、ノボアルハンゲリスク事務所の所長。ここでもう、二十年になります」

「テベンコフの下で始めましたがね」――そう言って握手を交わし、――「今では彼ミハイル・ドミートリビッチは中将として海軍省に勤めていますよ」

「ええ、承知しています」――マクスートフが応える――「彼は、会社の取締役でもあられます」

「そうそう、そのとおりです。私は、今まで四人の長官にお仕えしまして、フルゲーリム大佐は、私が五人目にお仕えする長官です」

「私の前任者、ボエボドスキー海軍大佐は、もうロシアへ向けて発ちました」――フルゲーリムはそう告げ、付け加える――「私と同名のイワンとは付き合いが長い。バーク型帆船《メニシコフ》でいっしょに日本へ行ったよ。それに」――リンデンベルグを見て――「マクスートフ大尉も当時は《日の本》の岸辺にいたのだよ」

「残念ながら、お会いすることは無かったですね」――事務所長はそう言うと、マクスートフが海軍大尉の制服を着ているのに興味を持って――「何と言う艦船に乗っていましたか？」と訊く。

「《オリブーツ》です。我々が日本へ行く途中ロイド港に停泊したのですが、その時《メニシコフ》も投錨していました」

「そうそう」――フルゲーリムが口をはさんで、――「ハッキリ覚えていますよ、その時、プチャーチンのミッションについて激論を交わしましたなあ」

「その後に生じた事柄が示したように、アメリカ人に関しては、あなたの主張が完全に正しかったですね。彼らは、ありとあらゆる手段で自らの影響力を行使し、日本の港を統制下におこうとした」――とマクスートフが言う。

「それがヤンキーの血ですよ」——リンデンベルグ事務所長が薄笑いをする——「何であろうと自分の利になるようなテリトリーには手を出し、何が何でもできるだけ多く、しかも安く手に入れようとする……。私は、そうしたことをもう何年も見てきています。たとえば、ほら、ロギン・オシポビッチ、近海で漁労をしていた彼らの漁船としばしば遭遇していますよ」

フルゲーリムの右手に黙って立っている中年の士官に向かって頷いた。

「海軍大尉ガブリーシェフです」——マクスートフに手を伸ばしながら、短く自己紹介した——「事務方をまかされています」

「ここのことはガブリーシェフ大尉が説明してくれますよ」——フルゲーリムが言う。

「アメリカの商人たちはいたって乱暴な振る舞いをします」——ガブリーシェフは、事務所長が言ったのに呼応して話す——「コロシの毛皮用獣皮をラムや飾り物と交換しているのですが、もし、彼らが強情を張ったり、品物をもっとよこせと言い出したら、武器をとるんです。彼らを残酷に懲罰したことが何度もありましたよ」

「コロシと言うのは誰のこと？」——驚きに目を見開き、迎えに出た人たちの話を熱心に聞いていたアデライダがマクスートフの軍服の袖を引っ張った。

フルゲーリムが視線を彼女に移し、

「ここでは先住民トリンキットのことをあだ名でそう呼んでいます。下唇にコリューシカというクシを刺す習慣から、そう呼ばれているんだがね。それにクレオール人も住んでいる。クレオールは、ロシア人とアレウートやエスキモーとの混血の子孫で、彼らは我々のところで基本的に狩猟や、漁労に従事していて、ときには操業も手伝っています。だから、我々は、こうした民族に代表される先住民に大きく依存しているんです。コロシには用心しなければなりません。彼らは今のところ戦いの斧を地中に埋めてはいるんだが、孤立しているからね。私は、彼らが戦い好きな民族だから、彼らに対しては別のアプローチが必要だと言いたい。いずれにせよ、すべては後ほど話そう……。あなた方はここで沢山の事を知り、地元の状況に親しまねばなりませんからね。とにかく、新居へ案内します」

「この城塞ですか？」——アデライダは木造の家が立っている岩場を見上げた。

「ええ、そうですよ。我々は此処で一つ屋根の下で暮らします……」

その時、夫の最後の言葉をさえぎり、彼の妹の話から離れて、アンナが前に進み出た。コンスタンツィアを振りかえり、

「ごめんなさい、わたし、他の人たちにまだ挨拶してな

かったの」

そう言って、アデライダと抱擁し、頬に口づける。そして、マクスートフとも挨拶を交わし、居合わせた皆に向かって、断りを言わせない調子で告げた。

「皆さん、昼食を是非、私どものところで、ご一緒に、どうぞ！」

「さあさ、女主人のいうとおり、正午にはテーブルにお着き下さいよ」——とフルゲーリムが付け加え、桟橋の出口に先導した。

建物の一階には長官のレジデンスがある。二階が住居用の部屋になっていて、半分をフルゲーリム夫妻が使い、残り半分をマクスートフ夫妻が使う。二階にはそのほか客間があって、もてなしや家族が余暇に使う共用の広間になっている。

新しい住居に落ち着き、お昼にマクスートフとアデライダが客間に現れた。彼らの到着を祝うテーブルがしつらえられていて、招待された人たちが集まって来た。アンナがコンスタンツィアにホールの隅に置いてある白いピアノを見せる。それは、フルゲーリムがシトカへ来る旅の途中ロンドンで買いもとめたものである。

リンデンベルグとガブリーシェフの他に二人招待された人がいた。年齢三十五歳くらいの神父と、もう一人は四十か五十の年齢がはっきりしない燕尾服をまとった男だった。

「あなた方には、まだ紹介していませんでしたね」——フルゲーリムがマクスートフとアデライダに紹介する——「イラリオン・イエロモナフです。ここにはミハイル・アルハンゲリスク聖堂があってイラリオン司祭がお勤めです。それとコロシのための教会もあります。彼はコロシをロシア正教の教えに帰依させせようとしているんです。ルーテル教会も建てられました」

長官の言葉に、司祭は椅子から立ち上がってうやうやしくお辞儀して、

「私どもは、キリストの島への来訪を常に心から歓迎致しております。皆様方のご援助を頂き、ロシア正教がまだ文明から遠い人々にますます浸透していきますよう、願っております。信仰と文化往来の基礎に接することで、それが私どもと皆様方の使命でもありますが、やがて島の住民たちは半未開の生活環境から抜け出すことが出来るようになるでしょう」

自己紹介して席に着くと、燕尾服を着た男が席を立った。彼は、背が低く、小太りしていた。ドイツ人訛りと息づかいで話し始めた。それが為か、通常の乾いた厳しい発音と、途切れ途切れになる言葉の言い回しがどこかへ失せてしまった。話しぶりは滑らかで、声が特別柔らかく響

き、善良さと、共に苦難を体験しようとする気持ちが、聞いた人誰しもに感じられるのであった。

「ベレンド・フォードル・イワノビッチです」――彼が自己紹介する――「ここの医者です。私の役目は検診と患者の治療です。医師は、私の他に二名います。助手も同じで、看護婦は数人です。職員数は多くありませんが、増強しようとしているところです。従いまして、何か、不具合があれば、いつ何時でも、仰せつけて下さい……」

「早速でなんですが、お願いしても良いでしょうか……」――我慢していたのだが、しきれず、マクスートフが訊く――「妻を診てもらいたいんですが。妊娠していまして、長い船旅でしたから、状態が心配で……」

周りに人がいるところで話すものだから、その言葉にアデライダは赤くなった。彼を止めたかったが、間に合わなかった。困惑とはにかみが彼女の顔に表れた。

「もちろんですとも！　何をおっしゃいますか？　明日私のところへお出で下さい」――そう答えて、アデライダの方に顔を向け――「食事に気をつけねばなりませんね。まあ、それは後ほどお話ししましょう……」

アデライダに赤ちゃんが出来たことを聞きつけたコンスタンツィアは、ピアノのところにアンナを残して、親友のところに一目散に駆け寄って、

「アデリヤ、どうして教えてくれなかったの！」――喜んでアデライダの頬に口づける――「すてき！　よかったわねー！」

ベレンド医師を見てフルゲーリムが言う。

「それじゃ、あなたに我々のご婦人がたの後援をお願いせねばなりませんね。彼女らは、何時になく、医師の助けが必要ですから」――目をアンナに移して――「そうだろう、アンナ？」

「まあ、あなたったら、男の人が、何をおっしゃるの！」――肩を怒らせてそう言うと、テーブルに近づき――「このテーマは女性達にお任せ下さいましな。お医者様と私達だけでお話ししますわ。別にお手伝いは要らなくってよ。さあさ、みなさま方、どうぞお座りになって下さい」

最初の乾杯はアラスカへの無事到着に、二杯目は、成功と首尾よく物事が進むように捧げられた。

「とにかく、アラスカでは何もかもすべてのことに気をつけてやらねばなりません。よく考え抜いて行ったことが、結果的に上手くいかなかったりしますからね……」

「何故でしょう？　単に幸運がそっぽを向くことがあるんです」――リンデンベルグが言う。

「幸運をただ信じて期待するというのは、意味のないことです」――フルゲーリムが応えて、きっぱりと、――「それは、立てた目標に向かって、英知と労働をもって達成しようとする者にだけやってくるものですよ。我々の事業に関

する限り、アラスカは有望で、ここでは極めて多くのことが達成できるでしょう。列島の海域でこの湾は不凍港です。したがって、海路を利用して交易を行うことは一年中可能です」

「我々は、上海まで獣皮を運び、そこから、サンクト・ペテルブルグまで茶を運びます。英国人とも交易し、グジョーノフ入り江の会社から、毛皮との交換で食糧を買います」――ガブリーシェフが語気強く、――「本当のところ、まだまだ売れるのですが、残念ながら、運ぶ船舶が足りません」

船は数隻しかなかった。最大の船は《カムチャッカ》、ハンブルグで購入したもの。そして、シトカ艦隊の旗艦である《皇帝ニコライ一世》、《皇太子》と排水量千二百トンの《シトカ》だけだった。

「問題は、船の数だけではありません」――フルゲーリム長官が応じる――「新たな販売市場を開拓せねばなりません。我々は、アメリカ大陸にいます。ヤンキーとの交易は、獣皮と魚を売るだけで、彼らの方から頻繁にこちらへやって来るんです。《ロシア・アメリカ社》から半分買い、残り半分を先ほど話に出ていた地元の先住民たちから、安く買っているんです。合衆国とは、もっと交易のチャンネルを広げて、毛皮だけでなく他の物も供給すべきでしょう。こちらには、建築材料の木材があります。これは考慮に値しますよ。ケナイ半島に石炭鉱床のあることは明らかです。私の弟エノフは山岳技師で、いま、探査に取り組んでいます。もし、石炭埋蔵量が十分あると確認できれば、これも恰好の取引品目にできると思いますよ」

「弟さんは、確か、最近、ケナイ探検隊を率いていたのでしたね」――リンデンベルグが言う――「しかし、知らされているかぎりだと、あまり良い結果が無かったようですが」

「ええ、それはそうでした。しかし、誰かが探査していれば、必ず見つかります」――長官が言う――「来年、彼が発見して喜ばせてくれることに期待しよう。販路の拡張に関して言えば、皆さんに言っておきますが、シトカへの途中、サン・フランシスコで、あの暑い気候の街に氷を供給する契約を結びました」

「ええ？　氷を売るのですか？」――ガブリーシェフがためらいつつ驚きの声を発した。

「そう、まさに氷です」――フルゲーリムが念を押した――「氷はアメリカ人が食糧を保存するために買います。値段は妥当です。トン当たり七ドルと引き渡しごとに八ドル。年間の売買高は三千ドルになります。この取引が上手くいけば、さらに量を増やすことが出来ます。まず、エジコム山から下りてくる氷河がありますね、それに他の山からのものも此処には沢山ある。氷を切り取って運び、サン・フランシスコに向けて積み出すまで保存するだけでいいのです」

「すばらしいアイデアですなあ！」――医師が大声を出す――「島の自然の富を活用する、何とも、素晴らしい考えです！　私にもちょっと考えがありますよ」

皆が好奇心を隠さず彼の方を見る。フルゲーリムはにやりと笑って、

「それについて、共有したいんですな？」

「そのとおりです」――ベレンドが応じて、――「ここに居られる皆さんの大多数がご存じだとは思いますが、エジコム山のふもとには温泉があります。岩の間からただ湧き出ているんですが、その水質がなんと治療に有効なんです。リンデンベルグ所長がこの点について確認してくれると思いますよ」――事務所長の方に向き直って――「彼が足にリュウマチを患ったとき、私は、そこの温水風呂に入るようしつこく勧めたんです」

「ええ、そのとおりです」――リンデンベルグが頷き、――「数回通っているうちに、痛みがすっかりとれましたよ」

「そう、そこなんですがね」――医師が続ける――「その温泉のところに設備を作れば、治療に利用できますし、稼ぐことも可能です……」

「おお！　商売っけが目覚めましたか！」――ガブリーシェフが毒づいた――「誰が、その治療設備を利用するのでしょうかねー？　シトカにいるロシア人のうち、会社で働いているのはわずか五百人、他はクレオールやコロシなのですぞ。それに、支払いはルーブルでなくドルでもなく、カナレイカで？……」

「カナレイカですって？」――わけが分からず、アデライダは彼を見て、マクスートフに目をやる――「私には、何のことか分からないわ……」

「カナレイカって、何ですか？」――彼女に続き、コンスタンツィアが訊き、大佐をじっと見る。

「それは現地で会社が使っている通貨なんです」――ガブリーシェフが説明する――。

「価値としては一から二十五ルーブルまでありましてね、本来はマルクと呼ばれているんですが、ここで働く人たちや先住民達への支払いに使われています。コロシやクレオールへの賃金の支払いはマルクで、彼らが会社の売店で、衣類、たばこやラム酒などの品物を買う時に使います。ルーブルは此処で使われておらず、もっぱら、対外的な決済に使われます」

「ああ、そうですか。でも、どうしてマルクがカナレイカって呼ばれているのでしょうか？　それって、鳥の名前ですよね……」――コンスタンツィアが訊く。

「色がいろいろあってね、黄色いのが一ルーブル相当のもの、青いのは五ルーブル」――妹にそう答えて、フルゲー

リムは軍服の胸ポケットから四角い紙片を取り出し――

「ほら、自分で確かめてごらん」

彼女は興味深そうに二つのマルクを受け取った。手のひらにすっぽり入る大きさだった。彼女が見入ると、それぞれの紙面には番号が印字してあり、表側には、会社の社章が印刷されている。

「黄色の方は、羊皮紙に印刷されていて、青い方はサメの皮が使われているんだよ」――そう説明して――「アデライダに渡して、彼女にも見せなさい」

コンスタンツィアは、自分の好奇心が満足させられると親友に渡し、今度はアデライダがそれをじっくりと観察するように見た。

「ベレンド医師の提案については、私も検討に値すると思う」――フルゲーリムは、そう言うと自分の副官を見て――「どうかね、マクスートフ大尉?」

「ええ、是非。二つ肯定的な点がありますね」――マクスートフが答える――「まず第一に、その有益な資源を使わないというのは罪です。そして第二に、会社としては僅かでも儲かれば助かります。ただ、どんなことが必要で、または不要か、調べてみねばなりませんが」

「それでは、決めよう！　薬泉を利用できるようにしよう」――フルゲーリムはそう決めて、ベレンド医師の方を向き――「これにはあなた無しではどうにもなりませんよ。病人の治療だけではなく、マクスートフ大尉の下で健康回復浴場の設置に着手して下さい」

「大満足です。喜んでやらせてもらいますよ！」――嬉しそうに計画の賛同者を見て、医師が答え、ガブリーシェフの方を誇らしげに見やる。当のガブリーシェフは、石のように無表情で座っていて、この件については何も本質的なことが起こっているわけでなく、自分にはまったく無関係、という素振りであった。

それまでテーブルに座り、話の展開を黙って聞いていたイラリオン司祭が発言する。

「フルゲーリム長官、あなたの計画は堅実で、アラスカの発展に希望を植え付けようとしているようですが、ただ単に、経済や経営的な見込みだけでは、祖国ロシアから遠く離れたこの地での事業に満足はできません。我々は、同時にロシア正教会の保持者であり、文化の代表者です」

「まったく異論はありません」――長官が言う――「取締役会はわかっていますよ。会社の使命は交易だけにあるのではなく、ここに、宗教的見方を含め、文化を取り込むことです」

司祭はアデライダの方を向いて、

「ロシア正教会の代表者たちは、アラスカや近隣諸島の住民たちのために沢山の事を成し遂げました。カムチャッカ、クリール、アレウートの主教、聖なるインノケンチン、俗名イオアン・エフセービッチ・ベニアニモフは、滞在中、これらの地に礼拝堂や教会をお建てになっただけではなく、科学的調査にも熱心に取り組まれました。彼のお陰で、アレウート文字体系ができました。彼が基礎としたのは、教会スラブ語のアルファベットです。彼がそれで初等教本を作りました……」――少し間をおき、ため息をついて続ける――「実際、読み書きを教えると言うのは、並大抵のことではなく、膨大な労力がいります……」

リンデンベルグは頷き、アデライダと、隣に座っているコンスタンツィアを見て、

「ええ、ご婦人方にはお分かり頂けますでしょうか、クレオールと交流の糸を見つけるのは忍耐の要ることなんです……」

反対側に腰をかけていたガブリーシェフが話に加わって来る。

「クレオールは教育しやすく、神の信仰にも導きやすいのですが、コロシは全く駄目です。例えばですね、ノボアルハンゲリスクの外れにある教会、あれは彼ら用に割り当てたのですが、彼らときたら、座って、ただパイプ煙草を吹かすだけなのですよ」

イラリオン司祭が切なそうな声で追認して言う。

「ええ、残念ですが、まったくそのとおりです……。あそこの壁はあの鼻をつく煙草の煙ですっかり燻られてしまっています」

「彼らには教会内で煙草を吸うことが許されているのですか？」――コンスタンツィアがあきれて大きく驚きの声をあげる――「それは神への冒涜だわ！」

「コロシは子供から大人まで、皆が吸うよ」――フルゲーリムが平然と応える――「煙草に対する愛着がすごく強くて、時には数日間何も食べなくても煙草は止めない。煙草無しには考えられないんだね。そんなだから、大目に見て、神聖な場所でも彼らの行動には目をつむっているんだ。彼らにしてみれば、そうした場所は静かで安心できるところなものだから……。まあ、そのままにさせている。信仰はやがてやって来るだろう……」

「まことにそのとおりです！」――確認するようにためらいつつ修道司祭のイラリオンが言う――「我々は、インノケンチン主教が始めた偉大なるミッションを、自分たちの力の範囲で続けます」――そして十字を切って――「神への信仰に導き、天から人々に与えられた人間的な天分に導きますように……」

「いえね、信教に注意を払われているようですが、コロシには偶像崇拝が持ち前の性格なんですよ。彼らの儀式がまさにその偶像崇拝に基づいています！　人形を使って儀式を始めるたびに肌に寒気が走りますよ」――ガブリーシェフは熱弁をふるって話すと、司祭を真っ直ぐ見て――「知

らないのですか、彼らは、切り捨てるのですぞ」

アデライダとコンスタンツィアは、驚いて顔を見合わすが、二人には今聞いたことの意味がつかめなかった。それまで食卓で交わされている会話に加わらないでいたアンナも興味を示しだす。

「でも、人形を使うなんて、そんなにかわいらしく呼ばれる儀式って、何なのでしょう?」――と言って、夫の方を向く。

フルゲーリムは口をゆがめ苦笑いして、

「いや、私は、何も、そんなに生易しくは呼ばないが。問題はだね……」――説明するための言葉を探して黙り込む。やがて、リンデンベルグに目をやり、「これに関しては、私よりリンデンベルグに説明してもらった方がいい」

「魅力あふれる淑女の皆さん」――事務所長が話を始める――「先住民にはあまたの祝い事がございまして、これはその中の一つで、冬と夏の初めに行われるものでありまず。儀式は古くからあって、数日間昼夜をとおして行われます。焚き火を囲んでの酒宴で、際限なく、次から次へと踊りが続きます。この儀式の最後には、人の生贄が捧げられるのです」

「ええ、何ですって?」――恐ろしさのあまりにアデライダは頬を手のひらで覆う。

「何てことなの?」――コンスタンツィアは驚きの声をあげると、肩をすぼめた。

「そんなことまでするのですか!」――アンナは眉をひそめる。

ご婦人たちが説明にショックを受けていることは明らかであったが、彼は、何食わぬ顔で話を進める。

「先住民は通常、若い人、若者か娘を殺し、彼らの魂を異教の神への贈り物にするのです。そして、遺体を焚き火で焼き、そのそばで儀式が行われます。しかしそれは以前のことで、バラノフが来た頃のことです。その後、会社が基地建設を開始し、先住民との接触を始めた頃から、かかしを焼くか、供え物に用意した獣を焼くのに変わったのです」

「ふう!」――コンスタンツィアが安堵の息をつく。彼女は話に想像力を掻き立てられ、驚きで目を大きく見開いて聞いていたのだった。

「ただ、その先住民の風習が変わったのは、会社が支配している地域だけです」――リンデンベルグが言い直して続ける――「ここノボアルハンゲリスクとその周辺には、四万人ほどのさまざまな部族の先住民が住んでいます。彼らは皆なぶりものを使って儀式を行います。我々はこの野蛮な風習を止めさせ、制限すべく努力をしていますが、自分たちの神に同じ部族の人達を生贄にしない、ということは、この壁の向こうでは事実ではないのです。しかし、少なくとも、我々は部族の長老や酋長に、もっと文明的に風習を執り行うよう、すなわち、人を殺したりせずに執り行うよう、説得する努力はしています」

事務所長の話が終わって、しばらく、沈黙がつづいたが、修道司祭がその静けさをやぶって、「彼らの生贄の風習も、人間の命に対する価値観は、とりわけ、彼らの地上における自らの別の存在観で説明できます。別の言い方をすれば、先住民の人生観では、この世における生活は、幸福と豊かさで満たされているあの世に行くための準備に過ぎないのです。彼らは、肉体の死後の存在を確信し期待しているのです」

「そうはいっても、残虐行為が目の前で行われるというのに、簡単には理解できませんが」——ガブリーシェフがつぶやく。が、司祭は注意をそらさず、自説を続ける——「神の真の教義では、肉体のはかなさと魂の昇天はまったく別のものです。自らの為すことはやがて自分に返ってくる！　精神が土台で、道徳をまもることが人生で最も大切なことです。自らを愛し、隣人も愛せよ！　なぜなら、人間には誰も肉体があるが、魂は、精神的な根源で、人間に植えつけられる徳性の大きさを決めるものです」

「彼らの気質に狡猾さが根付いたが、こころは冷たいままです。自分の子供に対してもです」——ガブリーシェフが耐えきれずに言う——「我々はよく知っていますよ。ミハイロフスキー要塞で、彼らが何をやったか！」

「いったい何が起こったの？」——アデライダは視線をマクスートフに向けて——「あなた知っている？」

「それはねえ、随分前のこと、そう半世紀以上も前のことだったんだよ」——彼が応えて——「ロシア植民地の最初の中心地がカデヤック島にあって、その後ここシトカに移されたが、それに先だって、入植者がチリコフの船から上陸したんだ。一七九九年、バラノフがここにミハイロフスキー要塞を建てたんだが、三年経たぬうちに、先住民のトリンキットに襲われてね、この要塞にいた者が全員、皆殺しになったんだよ」

「まあ、何ておそろしい！」——アデライダが小さいな声で呟く。

「心配はいらんよ！」——彼女の手をとってマクスートフが——「戦って要塞を取り戻し、ノボアルハンゲリスクのその場所に基地を築いたんだ。そこへ一八〇八年、ロシア植民地管理総督府が移転されたんだよ」

「マクスートフ大佐の説明は誤ってはいないが、一点だけ本質的なポイントが足りないので、私から注意を喚起しておきます」——ガブリーシェフが付け加える——「要塞は実際に取り戻しました。そしてその時ぬきんでて活躍したのが、リシャンスキー海軍大尉が指揮するフリゲート艦《ネバ》の乗組員たちだったんです。リシャンスキー大尉といえば、クルーゼンシュテルンといっしょに、《ナジェジダ》で世界一周の航海に成功した方です。そのリシャンスキーが、バラノフが要塞の奪還をしようとしているのを知り、助けることに決めたんです。最初の攻撃では先住民が打ち返したが、翌日、戦艦の大砲がものを言ったんです。そして、その後二回目の攻撃を仕掛けたんです。この二回目は成功だったと認めざるを得ませんが、ところがですね、要塞に踏み込んだとき、そこには誰もいないではないですか。そこにあったのは、三十人ほどの大人の先住民の死体と、それとは別にきちんと列に並べられた小さな乳飲み子の死体と犬の死骸でした。分かったことは、先住民は夜の内に密かに要塞を捨て出てしまったんです。そのときに、乳飲み子は泣き声で彼らの動きを知られるといけないので、動物といっしょに殺してしまったんです……」

「まあ、なんてことでしょう！　そんなことが起こったなんて！　むごたらしい、それより、もう、まったく人間じゃないわ！」――アデライダは憤慨した。

「これが事実。それが、未開人部族の陰険さの確証となったんです」――ガブリーシェフが固い口調で言った。

「ガブリーシェフ事務長」――フルゲーリムが大尉に――「もう少し冷静にお願いしますよ、こんな素敵な女性の方々に恐怖心を植え付けないで下さい。そんな話を聞けば、皆さん失神なさるかも知れませんぞ。コロシが我々に対して良い感情を持っていないことは、既に、我々によく知らされています。戦闘的な部族で、彼らの行動はしっかりと見張っていなければなりません。我々の管理下にある領地内でおこるすべての物事との関連をよく監視していなければならないんです。いうまでもなく、別のことがらとして、攻撃に対する準備を怠らずにいなければなりません。それは、彼らの側からか、外からか、陸地側からか、それとも海側からか、如何を問わずですよ。そこで」――マクスートフの方を向いて――「マクスートフ大尉にお願いする。戦闘士官として、ここの防衛には特別な注意をもって臨んで下さい」

「承知しました」――マクスートフが頷き――「状況把握を明日から始めます。まずは居住地とそこへのアクセス路からチェックします」

「それは良い、是非そうして下さい」――長官はそう応え、杯を上げて、「それではみなさん、勇気をもって、文明の地からかくも遠く離れた地にやってきてくれ、その存在が我々男社会に花を添えてくれる、我々の道連れとなった魅力あふれる女性の皆さんに対して乾杯したいと思います」

「それには、皆さん、是非起立して乾杯しようではありませんか」――リンデンベルグはそう言うと、真っ先に席を立った。続いて他の男性たちも皆起立した。そして、グラスを底まで飲み干した。まさに、すばらしい乾杯であった。

「ここにご主人と連れだって赴任された最初の女性は、エリザベータ・ワシーリエブナ。ウランゲリ男爵の奥様でいらっしゃいました」――リンデンベルグはそう言って、着席すると――「彼女はとても魅力的な方で、あるアメリカの商人が彼女の栄誉をたたえて、自分の帆船に《レディ・ウランゲリ》という名前をつけたと言われています。あなたは」――アンナの方に向き直り――「ここで勤務された長官のご夫人として、四番目のファースト・レディになりますね」

「わたしの知るところでは、皆さま方は、聖職者と同様に、先住民への布教活動にことごとく従事されていました」――修道司祭がコメントした。

リンデンベルグがそれに呼応して、

「ええ、それはその通りです。たとえば、ユリヤ・イワノブナ。彼女は、ウランゲリ男爵と交代されたクプリヤノフ・イワン・アントノビッチ長官のご夫人ですが、教育に随分と傾注なされました。また、マーガレット・ヘドビック、クプリヤノフの次の長官アドルフ・カルロビッチ・エトーリンの奥様ですが、彼女はクレオールの子供たちを教えていた学校の校長を務めました」

「私達も、やりますわよ、そうでしょ？」――コンスタンツィアは大きな声で言い、アンナを見て、それから親友を見た。

「もちろんですわよ」――彼女にアンナがにっこり微笑んで、頷いた。

「君はまず、自分の健康を心配しないとね」――アデライダに身をかがめ、マクスートフがささやく――「教育はその後だね」

アデライダは、やさしく夫を見て、「ええ、わたしも、私達の未来の赤ちゃんの心配をするのはうれしくってよ……」

フルゲーリムが会話をさえぎり、事務所長を見て、「もし正確を期するとすれば、最初にアラスカに入ったロシア人女性は、グレゴリー・シェリホフのご夫人、ナタリヤ・アレクセエブナですね。チリコフとベーリングが発見した四十年後に、彼女はご主人といっしょにここの沿岸を訪れたんです。天の思し召しで、彼らはカデヤック島への道に導かれて、そこでふた冬お過ごしになったんです」

「しかし、それは、《ロシア・アメリカ社》が創立されるより、ずっと前のことです」――リンデンベルグが反論した――「私が申し上げているのは、会社がこの地に基盤を置いて以来の長官夫人に関してだけなんですが」

「仮に、その観点からみれば、リンデンベルグ所長、私もあなたと同意見ですよ」――フルゲーリムはそう言うと、加えて言う。

「ここでは、我々にとって仕事は無尽蔵と言ってよいほどあります。目下の主な課題は冬への備え、居住地の護りの強化、それと以前から分かっていたことではあるが、交易の地理的拡大です」

マクスートフ夫妻とコンスタンツィアのシトカへの到着を祝ってフルゲーリム夫妻が催した歓迎会は、夜の訪れとともに終わった。客が去って行くときには、天空に宝石のように輝く無数の星座の首飾りが瞬いていた。松明の灯りで照らされた中をそれぞれ帰って行く。マクスートフとアデライダもあてがわれたバラノフ要塞の一角へ向かった。

アラスカ到着の最初の日はアデライダを大いに驚かせた。すべてが普通ではなかった。島の岩だらけの厳しい外観、秋の自然の美しさ、話に聞いた恐ろしい慣習をもつ先住民。それと、これからこちらの生活の中で、つきあって行くことになる新たな仲間が語ってくれた現地の生活様式など、すべてが今までと違っていた。ベッドに入ったが、彼女はなかなか寝つくことができなかった。あまりにも強い印象が彼女の感情を埋め尽くし、想像を掻き立て、将来を考えると不安でならなかった。

いったいどうなって行くんだろう？　この先何が待っているのだろう？　分かっていることは一つ。祖国から遠く離れたこの地で、赤ん坊が生まれてくる、ことだった。

彼女は、マクスートフに身を寄せて、「何だか心配ね。私不安だわ、何かよくは分からないんだけど……」

彼は、アデライダを優しく抱き寄せ、こめかみに口づけて、「心配することなんて何もないさ。みんなうまく行くよ、まあ、見ててごらん！　新しい条件や環境に慣れればいいのさ。我々には面白いことが沢山待っているぞ！　どでかい人生さ……」

現実的には、将来何があるというのであろう？　誰にも将来のことなど分からないし、知る必要もない。すべては運命できまっている。できるのは想像することだけで、本当のところは分からない……。

自分の人生を線で描くことは誰にも与えられているが、それを誰しも皆が実行できるわけではない。マクスートフの場合、彼はできた。ウランゲリ男爵が示してくれた方向に沿って描き、それに沿って力強く邁進した。彼は、自分の人生が神のもので、皇帝とロシア帝国につかえ、自分の肉親と、妻と家族のものであることを知っていた。

アラスカ行きを運命づけたのは、偶然ではなく選択はあった。あのまま都に残って、海軍士官としてキャリアを積むチャンスを待つか、男爵の勧めに従うか、選択肢はあったが、いつもながら男爵の勧めを高く評価し、それに従った。そうはいっても、人生の先々何があってどう変わって行くか、運命で何が待ち構えているかなど分からないし、どんな試練があるか、などはもちろん知る由もない……。ただ、自らの力を信じ、できることなら幸運と結ばれんことを願うばかりであった。

3

次の数日間は、仕事を理解することとノボアルハンゲリスク防御の再編成に没頭した。そして、一週間くらいかけて防御の状況と配置を詳しく調べ、マクスートフはフルゲーリムに報告した。

「フルゲーリム長官、もう少し手を入れないといけません。防御システムを再検討する必要があります。湾の海域をよく見ると、仮に、桟橋の脇に設置した十一の砲台から砲撃するとして、そうなると、陸地の方、つまり、先住民の側には欠陥が沢山あります。それと、我々の住居ですが、要塞として、独自の自立した防衛が必要です。簡単に申し上げると、防衛ラインを二重にすべきです。第一のラインは、海岸ラインで、港へのアクセスを照準にした砲台です。その沿岸防衛ラインにブリグ船の《バイカル》を加えましょう。そして、その上で湾内の係留場所を決めます。船の型は古いのですが、大砲を三門持っていますので、それで投錨地の方角をカバーしましょう。その他に、武力の展開が反対側に向いたときを考慮して、予備の砲台を西側に設置することを提案します。それは、バラノフ城へのアクセスを砲火でカバーする必要時に備えるのと、右側からノボアルハンゲリスクに接近する場合にそちらにも砲火を向けるためです。このようにすれば、ブリグ船の火力と合わせて海域を厚くカバーすることができ、かつ、非常事態に対する砲火の準備もできます」

「それは、コロシの襲撃、という場合を言っているのかね？」

「はい、それを想定してのことです。さらに、市場の脇の柵の向こうに大砲を設置して防御に充てることを提案します。大砲を先住民の住居の方に向けます。柵自体を強固にして基本防衛とし、武器で防御の補強を組織するだけで良かろうと思います。つまり、大砲で、ノボアルハンゲリスクへの突入を防ぐ一方で、大砲は、戦闘的な先住民に対する威嚇として抑止力になりますから」

「君の言うとおりだ。護りを二倍にしよう、しかも、直ぐにだ。いつ何時起こるかも知れんが、もし、コロシと争いになって彼らを捕らえることになっても、決して楽しいことじゃないからね……」

「第二の防衛ラインは、住居自体を砲兵による直接防衛の中に置くことを提案します。バラノフ城は、我々がそう呼んでいるように、難攻不落でなければなりません。防衛は、長い間の包囲を想定せねばなりません。したがいまして、さまざまな方向からの攻撃に備え、各種武器を備えた全方位である必要があると思います」

「砲火を備えた全方位の防御を提案すると言うのかね？」

「はい、それ以外ではだめでしょう。しかも、仮に、敵船が湾内に入って襲撃してきたら、城の方からそちらに向けて砲撃ができます。砲撃は、沿岸の砲台からだけでなく、要塞の方からも港に向けてできます」

「マクスートフ大尉、君の提案は、よく考えてある。反論することは何も無い」――フルゲーリムは満足して言う――「地図は持っているな。防御の編成と追加補強には何時とりかかれるかね？」

「早速、明日からやります」――マクスートフは簡潔に答え――「ガブリーシェフ大尉に頼んで、地元のクレオール人の中から、二班の職人を選んでもらいます。柵用の木材が入り用ですので」

「よかろう」――と大佐は答え、――「作業の終わりは、いつを予定しているかね？」

「できれば、十二月の中ごろまでには片付けたいのですが」

「それなら急がないといけないな。白いハエが飛び始めると、建設は厳しいからね」

「承知しております。したがって、明日にでも始めようと」――そう言ったが、何かが頭に浮かんで黙り込む。

「突然黙り込んでどうしたのかね？」――フルゲーリムが訊く――、

「木材の準備に遅れが出たら、なんて心配しているのかね？　それなら心配は要らんよ。ちょうど昨日、リンデンベルグから報告があって、小屋の修理用に大量の木材が準備できたそうだ。したがって、その一部を防御柵用に使いたまえ。今はそれが最優先だ」

「いえ、そのことではないのです、フルゲーリム長官」――マクスートフが言う――「守備隊の戦闘員数は二百人ですが、その内、武器を使用できるのはたった四分の一です。大砲はあるのですが、大砲を使う必要があるときに、使える人がおりません。大砲一門当たり、三人から五人ついていないといけません。算術的にはそうなります」

「どうしようと言うんだね」――長官は眉をしかめる――「我々にはこれ以上の兵士はいないぞ。それに補充は期待できないよ」

「職人、ロシア人の職人で追加隊を作ってはいかがでしょうか？　訓練の時に兵士とならんで彼らを訓練したらと思いますが」――長官の方に問いの視線を向けた。

「長官、どう思われますか？　ペトロパブロフスクの防衛では、大砲のところに、海兵といっしょに職人を立たせました」

「そうだな、戦闘の経験は見習わないと出来ないからね」

——大佐が応えて、——「なかなか良い考えだ。全面的に賛成する。防衛補助隊用に人選を始めなさい。ただ、最初に壊れた柵の修理をやりなさいよ。それから新しい防護柵だ。修理には職人の手が要るからな……」

「了解しました。ところで、長官の近々のご予定は如何なっていますでしょうか」

「書類の確認が済んだら、帳簿を片付けて遠地の視察にでかける予定だ。君は残すよ、作業の切り回しをせねばならんし、アデライダの面倒も看ないといけないからね。アンナが先日言っていたが、時期はもう近いそうだね。今は十分な世話が必要だよ。ところで、ベレンド医師には診てもらったかね？」

「ええ、もちろんです」

「それで、何て言っていたかね？」

「出産予定は一月、と言っていました。健康状態は普通のようです」

「彼女を大事にな、マクスートフ大尉。私の言うことを聞きなさいよ。余計なくらい、奥さんに気をつけてあげないといけませんよ。女性にとって妊娠というのは、大変難儀なことで、助けが何よりらしい。コンスタンツィアと彼女は親友同士だが、アンナには、アデライダの面倒をよく看るよう言いつけてある。それに、リンデンベルグには、コケモモやマリーナ、スグリなど、いろんな実を届けるよう頼んである。とにかく、ビタミンが大切だからね……」

「ありがとうございます、長官」——大佐の言葉に、あまりにも気にかけ心配してくれているのに驚き、マクスートフは感謝をこめて言った。

「いや、礼には及ばないよ」——フルゲーリムは手を振り——「我々はここではいっしょだ。妻たちもそうだし、コンスタンツィアだってそうだ。まあ、一つの家族みたいなものさ。お互いに協力し合わないと、とてもここでは暮らして行けないよ」


職人が斧をたたき始め、のこぎりを挽く音が鳴り響き始める。風雨にさらされて壊れた古い柵の修理と、新しい防御柵の設置作業が佳境に達する。追加の砲台と桟橋脇に配置する砲台への大砲の設置が同時に行われた。会社の経営各部署を統合し、居住地の経済状況が反映されている事務書類を調べるのと並行して、マクスートフは毎日作業の進捗をチェックした。通常は朝から建設現場を見回り、職人隊のチーフに抜擢されたガブリーシェフ大尉に指示を出した。午後、ふたたび建設現場に姿を現し、作業の進捗状況の確認と、先に出した指示がどこまで完了したかをチェックした。その際、度々アデライダを連れて行った。彼女には、外気の中を散歩する必要があった。昼食までは、コンスタンツィアとアンナといっしょに過ごしていたが、午後は夫といっしょにいるように努めたのである。彼が忙しくて彼女に注意を払えず、桟橋や市場脇の砲台設置場所に彼女を連れて行ってくれないと、彼を非難し、怒ってふくれた。ただ、実際のところ、それはしょっちゅうあったわけではない。夕食時、客間に皆が集まる頃には機嫌は直っていた。アデライダは、マクスートフの姿を見るや否や、それまでの不満の表情を忘れ、すっかり和らいでしまうのであった。

彼らがアラスカに来てから二カ月が経とうとしていた。その間に、少しずつ習慣に慣れ、新しい環境に住み慣れてきた。フルゲーリム夫妻とは、一つ屋根の下でいっしょに住んでいたので、ますます親しくなった。長官が、マクスートフに、自分達は一つの家族のようだ、と言ったのは正しかった。実際のところ、そのとおりだった。

十月の終わり、マクスートフとリンデンベルグを執務室に呼び、長官が告げた。

「経理関係書類は、基本的に調べ終えた。それで、今度は、居住地を自分の目で見て、各支所の仕事状況を調べねばならん。二、三日中にはノボアルハンゲリスクを発って、カデヤックとウナラシンスク支所を訪問する。それに、アフチンスクへも行くつもりだ。したがって、マクスートフ大尉、君は私の代理としてここに残らねばならない。私が帰るまでには、防衛強化の作業をすべて完了していてもらいたい」

「心配はなさらないで下さい、長官。ひと月後には、約束のとおり、すべて完了します」

「頼んだぞ！　君には」――事務所長の方を見て――「氷河から切り出す氷の貯蔵場所を作るよう指示する。我々が選んだ保管場所は小さすぎる。氷の貯蔵場所を拡張せねばならん。冬になれば、橇で運搬する方が容易で、ここまで届けるのも早くなるだろう」

「天蓋を追加設置した方が良いと思うのですが。そうすれば、降雪から防げるし、その下で難なく氷を保存できます」――リンデンベルグが提案した。

「所長、そりゃいい考えだ！　そうしてくれ、それで氷を増やしてほしい。アレウートとエスキモーから追加人夫を使えばいい。彼らの海獣加工の仕事も終わりになって、手すきの者がいるはずだ。それに、もう一つ」――フルゲーリムは少し考えてから――「氷の切り出しをやる者には、一日分の量を決めてラム酒をやることにしよう。お金は手当で精算すればいい。毎日、仕事が終わったらやろう」

ラム酒はアラスカで手に入り、ひとバケツあたり十五ルーブルで購入し、会社の従業員や地元住人に三倍の値段で売っていた。この社内ビジネスは好い収入になった、それもかなりの儲けだった。アルコールは利が乗り、割が合ったのだ。長官は、経理書類を調べ、このことを承知していたので、儲かる商売として利用しようと決めたのである。ラム酒は財として広く通用していて、入植地の住民間で釣り銭代わりのやり取りに、会社発行のマルクよりも頻繁に使われていた。事実それは内密のことではあったが、誰も隠さないでいた。

「氷の切り出しは、きつくて寒い仕事だ。ラムは温めてくれる」――長官はさらに言う――「それに、氷の切り出しにもっと関心がわく。とにかく、氷の量を増やさねばならん。春になったら、最初の船でサン・フランシスコへ送り出すぞ」

「一日の一人当たりの量をどう決めますか？」――リンデンベルグが長官に質問する。

「やり過ぎてはいかんなあ」――フルゲーリムは物思わしげに言う――「酔っぱらいを奨励するようなことは、我々の計画にはない。営倉がいつも酔っぱらいや喧嘩好きな連中でいっぱいになってしまうぞ」

営倉は、そもそも、勤務中過失を犯した兵士に罪を償わせるために建てられたのだが、へべれけに酔っぱらって社会的な行動規範を犯したノボアルハンゲリスク住民の収容所として、しばしば使われていた。

「一人当たり柄杓一つでどうでしょう」――マクスートフが話に入り込んで――「それで充分だと思います」

「それだと二人でボトル一本分になります。つまり、一人で半分ですね」――リンデンベルグは概算して、最終的な返事を期待しつつ長官を見る。

「分かった、それじゃそれで良かろう」――フルゲーリムが応えて――「大事なことは、仕事が進むことだ。氷の切り出し作業員の行動をよく見張っていないと駄目だな」

会話はこれで終わり、話は決まった。

十一月の初め、長官が支所の点検と遠地にある居住地を視察するために出立するのを見送るため、桟橋に家族一同と家僕や職場仲間が全員集まった。フルゲーリムは夫人に口づけ、妹と抱擁し、マクスートフに手を伸ばし、

「管理を任せます！　私の留守中に大事が何も起こらないことを願っているよ！」

シトカで近いうちに大事が起こるのが分かるようであれば、視察の旅を先延ばしにしたであろうが、今のところ、何の知らせも無かった……。

長官が出発して丁度一週間が過ぎたとき、事務所での仕事に手間取り、マクスートフの帰宅が夕食に少し間に合わないことがあった。

「いや、遅くなって悪かった、すまん。仕事に手間取ってしまって」――戸口から詫びたが、悲しそうに立っているアデライダと、隣で心配そうにしているフルゲーリム夫人

アンナを見て、口ごもった。

「何か起こったのかね？」──思わず、妻を見る。

「顔色が悪いね。具合が悪いのかい？　医者を呼ぼうか？」

「いいえ、大丈夫、気分は悪くないの」──アデライダが答える──「コンスタンツィアが心配なの」

「え？　どうしたって？」──アンナに目をやり──「いったい何があったというんですか？　コンスタンツィアはどこですか？」

「あの娘がいないんです……」

「どうして？」──マクスートフには訳が分からなかった──「彼女が《居なくなった》ってどういうことですか？」

「あの娘はアデライダと散歩に出たのですが、どこかで行き違いになってしまったんです。アデライダは戻って来たのに、あの娘はまだ帰って来ません。もう三時間以上になるのに、まだ現れないんです……」

「僕があれほど注意したじゃないか、二人は絶対に離れちゃいけないって！」──マクスートフは悲しくてふさぎこんでいる妻に、きつく言う──「ここは、ネフスキー通りじゃないんだ、それを理解しなくちゃ駄目じゃないか！　流刑者がいるわけじゃないが、ここの人達を見てみな、どんな人達か、自分で分かるはずじゃないか……」

「彼女にきっと何か起こったんだわ、私には感じるわ」アンナが小声でためらいつつ言った──「あの娘を捜しに行かなくては」

「どこを散歩していたんだい？　どのあたりで別れたんだ？」──状況を理解しようとマクスートフがアデライダに訊いた。

「私たち、市場に行ったの、それで品物を見ていたわ。彼女、貝殻に興味を持って、見るのに少し残ったの。私は、彼女が追い付いてくると思って、家路に就いたの。だけど、コンスタンツィアが来なかったので、市場へ引き返したわ。それで、市場をくまなく捜したけど、無駄だった……。それで、家へ戻って来たの。その後、ずっと待っているんだけど、まだ、帰ってこないの……」

「分かった」──マクスートフはそう言って、反対を許さない口調で二人を見ながら──「いいかい、絶対に家を出てはいけませんよ！　我々が捜しに行くから」──そう言って、たった今戻った事務所に向かって出て行った。

事務所にはガブリーシェフ大尉とリンデンベルグがいた。

「あれ、副長官、早いお戻りで」──彼を見ながら、事務所長が──「もしかして、食事がおいしくなかったですかね？」

「いや、そうじゃないんです」──マクスートフは不機嫌に言う──「コンスタンツィアが居なくなったんです」そして、ガブリーシェフに、「ガブリーシェフ事務長、兵士を二、三人連れてノボアルハンゲリスクの町はずれを捜してくれ、市場の左側を。それに、あなた、所長」——リンデンベルグに——「勤務中の人達とコロシの住居の辺りをくまなく調べてくれませんか。私は、衛兵二人と彼女を最後に見た市場へ行きます」

種々の調度品を扱っている地元市場の商人に事細かに訊いたが、結果は何ももたらさなかった。それで、マクスートフは二人の兵士を連れて、柵のところにある大砲の番兵のところへ向かった。そこからは柵の向こうに先住民の集落が見えた。

「数時間前にここを通りかかったロシア人の娘を見かけなかったか？」——確かな返答を期待して守衛兵に訊いた。

「はい！」——彼らの内で、年配の守衛が出てきて——「見かけました！　青いマントを着た人が通りかかりました」

「彼女は一人だったか？」——彼に咬みつくようにマクスートフが訊く。コンスタンツィアはそんな色のマントをまとっていたからだ——「それで、どっちへ行った？」

「市場から出てきて、コロシの方へ行く道へ真っ直ぐ行きました」

「あとに続け！」——振り向いて、肩越しに見える兵士に向かって命令し、急ぎ足でその道に向かった。

しばらくしてから、止まった。先住民の集落はすぐ目の前にある。灌木の茂った小さな丘に向かって、脇道があり、それはやがて曲がりくねって湾の岸辺につながっていた。マクスートフは、それは、コロシの住居の間にチラチラと灰色の外套を認めた。それは、リンデンベルグの指揮でいっしょに来た兵士だと分かった。

「よし、こっちへ行ってみよう！」——丘の方に手を上げ、あまり仔細には見ず曲がりくねった小道に踏み入れた。そのとき、

「やめて！　止めて下さい！　お願いだから！」——突然、丘の茂みの方から、弱々しい女の叫びと泣き声が交互に聞こえてきた。

ためらわず、小道を逸れて高い叫び声のする方へ駆け出した。彼の後に兵士が続く。手で白樺の枝やとげのある藪をかき分け、木のない空き地に出た。すると、両手を胸に押し付け、痛めつけられ身を縮めて、木の幹に寄りかかるように腰をかけたコンスタンツィアがいた。恐怖で見開いた目から涙がつたい流れていた。足元には、青い空からちぎれて落ちてきたようにマントが放り投げられている。彼女の衣服は、ちぎられ、肩がむき出しになっていた。マクスートフには背を向けた恰好で、彼女の上にかがみこんで男が立ち、腰ひもを外そうとしていた。クレオールのようだった。となりの木の下では落ち葉で覆われた地面にもう

一人の男が横たわっている。大きく鼾をかき、伸びた方の手に、空になったラムの瓶を握っていた。

マクスートフは走り寄って、両手を組んで塊にすると、男の首を思いっきり殴った。男は、音もなく地面に崩れ倒れた。兵士が駆け付け、男をねじあげるが、男の抵抗は無かった。殴打されたショックから意識がまだ戻っていなかったのである。二人目の酔いつぶれた男も縛りあげられた。

マクスートフはマントを拾い、彼女に掛けてやり、隣に腰をかけた。

「安心しな！　もう大丈夫だから……」

「あいつらが、あの男たちが……」――彼女はすすり泣いて、頭を垂れ、顔を手のひらに沈めた。そして大声で泣きじゃくり、痙攣したように肩を震わせた。

「もう大丈夫だから、泣くな！」――マクスートフは繰り返しなだめ、彼女を抱き寄せて言う――「恐ろしいのは去ったんだから……」

彼女は突如頭を上げると、彼の首に抱きつき、狂ったように口づけした。顎、頬、額……と。マクスートフは面喰らう。

「ああ、あなた！　私の恩人！　あんな畜生でなくて、あなただったら……」

「おいおい、いったいどうしたんだよ？」――言われたことの意味がわからず、彼女を離そうとするが、

「ねえ、ほんとうよ、あなただったら！」――そう言うと、彼女は、さらにきつく抱きついて口づけを続けた、涙で塩辛くなった唇で。

「士官どの！」――背後で、兵士の声がする――「こいつは連れて行きますが、もう一人の方は無理です。へべれけに酔っぱらっていて、どうしようもありません。助けを呼んで来てから連れて行きます。それでよろしいでしょうか？」

「ああ、それでいい！」――マクスートフは頭を上げて、頼む――「その前に、手を貸してくれ、彼女を抱き上げるから」

この言葉にコンスタンツィアは、彼から身を離し、目を閉じると、力が抜けて柔軟になる。二人で彼女が立ち上がるのを助ける。兵士が男を営倉に連れて行き、マクスートフは片手で彼女を抱えて、今し方来た小道の方へゆっくりと引き返した。彼女は黙って、彼にぴったりと身をつけ、時々小さな声ですすり泣いていた。

家に帰ると医者を呼び彼女を診てもらった。ベレンドは、彼女の部屋から出てきて、アンナとアデライダに言う、――「精神的にすっかり混乱しています。今はただ安静が第一ですね。精神安定剤を彼女にあげましたから、寝

て起きれば元に戻るでしょう」

「その後、何か影響が出るでしょうか？」――アンナが心配して彼に訊く――「だって、彼女は普通に健康だったんですもの……」

「危険な状態では決して無いと思います。彼女の気分さえ回復すれば、特に問題は無いでしょう。ただ精神的な動揺というのは、ご存知のように、さまざまな精神的疾患を生ずることがあるものです……。何かの世話をするとか、気を紛らわせることに参加すれば、避けられる可能性があります。それで、私の提案ですが」――フルゲーリム夫人を見て――「彼女に何かをさせて、気を逸らすようにすればいいと思いますがねえ。地元の女の子たちに教えたい、と言っていたのではありませんか？」

「ええ、それについてはもう話し合いました。近いうちに開く学校で彼女と一緒に教えることにしています。それに、私は既に、取り寄せる本のリストを作りました」

「それは、結構ですね」――視線をアデライダに移し――「注意して看ていて下さい、できるだけ。慎重に注意深く、ですよ。ここは、都ではありませんからね！」

「それは、もう既に警告していたんですが」――医師との会話を聞いていたマクスートフがつぶやく。

ノボアルハンゲリスクでは、職位の低い社員や兵士は、ロシアから妻を帯同できず、家族を遠い祖国に残したままだった。しかしながら、先住民から捕虜になった女性を買って一時的な現地妻にする者がいた。地元の男たちの中にも、男の快楽のために、捕虜の女性を一時的に奪ったりして、コロシと衝突することがしばしばあった。したがって、アルコールへの嗜好と、異性との関係づくりの可能性は、マルクや例のラム酒を介して多分にあった。教会の聖職者たちは、事あるごとにこれに反対し、神の教えへの道を説き、精神的原則を順守するよう注意喚起したが、彼らの説教や訴えは信徒の心に反響を呼ばなかったのである。文字を教える方が、女性に対する態度を変えさせるより易しかったのである。

医者がバラノフ城へ去ってまもなく、リンデンベルグ所長がやって来て、事件の捜査結果をマクスートフに報告した。

「クレオールの二人とも氷の切り出しで働いていていました」――彼が説明する――「毎日もらえるラム酒を、他の人夫の分を買い取り、増やしていたようですな。酒のせいで記憶がはっきりせず、よく覚えていません。酔っぱらったときに、コンスタンツィアを見つけて、気晴らしをしようとしたらしい……。男の一人が、彼女を力づくで小道から連れ出したが、アルコールですっかりやられてしまったようです。もう一人の方が彼女に何をしようとしていたかは、御覧になった通り。いずれにしても、副長官、間一髪で間に合って何よりでした……」

「大したことにならず、良かった」——マクスートフが応えて——「彼らをどうするかな？」

「とりあえずは営倉に入れておきますが、ひと月禁錮して、シトカから追放します」

「そこだ、私がいいたいのは、今回のことから学ばねばならない。もし、酔っぱらってのバカ騒ぎがなければ、こんなことはなかったのだから、ラム酒を出すのをもっと厳しくコントロールせねばならん。氷室で飲ませよう。しかも、しっかりと監視してだ。受け取ったら、その分だけ飲んで、他の者に渡したり、売ったりしないようにさせる！アルコールで悪事を働いて摘発された者は、即、氷の切り出しから外そう！」

「了解しました。明日早速規則をつくり」——リンデンベルグが応える——「指示を出します」

それから二週間もしない内に、あたらしい事件がノボアルハンゲリスクを震撼させた。

先住民のトリンキットとアレウートの対立が突如として燃え上がり、武力衝突に発展したのだった。シトカには、先住民の方がアレウートの数倍多く住んでいるのだが、《ロシア・アメリカ社》のオペレーションには、アレウートの方が大勢起用され働いていた。トリンキットは、漁労や森に棲む動物の狩猟などのほか、アレウートと一緒に補助的な仕事をしていた。それで、コロシ（＊トリンキット）はアレウートを蔑視して、アレウートがロシア人の奴隷になってしまい、自分の自由を強制労働と交換している、などと何かにつけてなじった。コロシは自分たち独自の生活をしており、現地の《ロシア・アメリカ社》とは、交易を通して交流するだけだった。関係が悪化するのを防ぐため、会社は管理局が、彼らとの平和的対話を持つべく努力し、部族長達にときどき贈り物をしたりしていた。

今回起こったことは、まことにばかばかしいことだったのだが、松明を燃やして大騒ぎするようになり、しまいには火が島の住民同士の武力衝突にまで発展してしまった。

市場にあるクレオールの毛布商のところに、アレウートとトリンキットの二人が、やって来た。二人とも、赤い色の毛布が欲しかったが、赤い色は一つしかなかった。言い争いがだんだん激しくなって、殴り合いの喧嘩になった。その騒ぎに、市場にいた先住民やアレウートが瞬く間に駆けつけて来た。騒ぎは、どうにも手のつけられない混乱になり、アレウートは家々に帰ったのだが、中で武器をもって防御態勢に入った。先住民の方は、武器を持って、コロシの教会に集まった。そこに、部族長たちが、アレウートを襲撃する計画の相談に集まったのだった。

このことをマクスートフは、執務室に駆け込んできたガブリーシェフから知った。事務長は真っ青になって事件の報告を締めくくった。

「コロシとアレウートの間で武力行動が始まったようです。何か大至急措置を講じなければなりません」

「わかった、ガブリーシェフ事務長」――マクスートフが指示する――「守備隊に警戒態勢をとるよう告げよ！　君は桟橋の砲台に向かえ。リンデンベルグ所長、ロシア人社員の全員をバラノフ城の防御柵内に入れて下さい。円形防衛をとらせる。私は、衛兵と直ちにコロシの教会へ行ってトリンキットとの話し合いを試みる。対立の拡大を予防せねばならん」

教会の傍には大きな人だかりがあり、がやがやと何やら熱くなって相談していた。先住民たちは、槍や刀などで武装している。彼らがすでに戦闘態勢に入っているのは、顔に色を塗りたくっていることからも明らかだった。士官が先導した兵士が近づくと、彼らは、押し黙り、ぶつからぬよう、教会への道を開けた。マクスートフは隊に停止を命じ、自ら前に進み出て、大声で、地元部族の長と話がしたい、と宣言した。教会から、シトカの酋長、ミハイル・クーカンが出て来た。銀の真田紐のついた錦の長衣をまとい、腰には絹の帯を締め、頭には、様々な色の羽飾りのついた三角帽を被っている。

「今回の出来事に関して報告を受けた」――マクスートフが始める――「長官の留守中を預かる者として、地区住民の全員が秩序を順守するよう、要求する」

「おお！　ロシアの兄弟が、秩序を守りたいと言う！　トリンキットも彼らの平安を乱されたくないし、彼らに対して尊敬の念をはらってもらいたいのだ」――手を胸にあてて頭を垂れ、尊敬の念を表しながら、酋長が言う――「しかしながら、アレウートは賛成していない」――頭を上げ、マクスートフを真っ直ぐ見て――「それで、族長会議は、この反抗的な連中を懲らしめることを決めたところだ」

マクスートフは、事態を悪化させず緩和し、先住民を説得して武器を置くように対話をすすめるべく、中立を保ち上手く立ち回ろうとして、

「賢明なるクーカンは、アレウートが会社で働いていることはよくご存じでしょう。彼らが働かないと、我々が部族長たちへ贈り物として捧げる商品と、交換できなくなります。酋長にとって、我々からの注目と尊敬の贈り物が、アレウートが島を離れることで無くなるのは、果たして理に適うことでしょうか？」

「白い顔をした兄弟よ、争いがどうして起こったか知っているのか？」

「そのことについては、十分報告を受けて知っていると思う」――そう言い、マクスートフは付け加える――「我々は、アレウートとの和解の印として、と言うよりは、酋

長に対して最高級の尊敬を表すためにラム酒一樽をおくり、各部族長には、ロシアの司令官が位の低いものと区別するのに着る正式なフロックコートをそれぞれ進呈したい」――酋長の目に動揺が走ったのを逃さず――「最も賢明であられる酋長には、さらに毛布三着を……」

「赤いのを……」――最後まで聞かず、先住民の長は喫煙で黄色くなった歯を見せてニンマリと笑って言う。

「もちろん、赤いのを」――マクスートフが念を押す。

「よろしい、わかった。ロシアの兄貴に待ってもらえ！」――そう言って、向きを変え、ゆっくりと教会へ戻った。

教会では、先住民の部族長たちがのんびりと煙草をくゆらせている。

答えには、永く待つ必要はなかった。酋長が他の部族長に囲まれて、教会から出て来た。

「部族長会議はロシアの長官の提案を受け入れることにした。そして、兄弟たちに祝いを宣言して、今日の日暮れから、明日の日の出まで、続けることを決めた。白い顔をした兄弟、祝いにもう一樽ラム酒を差し出す気は無いか？」

こうなれば、断るわけにはいかず、マクスートフは合意して頷いた。

「もちろんだ、酒宴の席にもう一樽、寄進しよう」

夕方から夜通しで、コロシの集落では、太鼓が鳴りやまず、焚き火が燃やされ、その周りで先住民が自分たちの踊りでのたうちまわっていた。この酒宴を要塞の防護柵では夜警が、ほんのわずかな騒ぎも見逃すまいと、見張っていた。

この晩マクスートフは、長官の官邸で地元クレオール代表と応対した。事態の終息を宣言し、管理局として咎めはしないが、シトカでは皆が仲良く暮らすべし、と通達した。そして、市場での争いに加わった一人であったアレウートに赤い毛布をあげた。その際、争った先住民と心ならずも出くわすことの無いよう考えて、

「あなたは、なかなか秀でた漁師だと聞いたが、個人的に頼みがある。私の家族のために、明日朝早く、魚を獲りに行ってくれないか。妻が妊娠していて、新鮮なサケが欲しいんだ」

考えは上手くいった。当のクレオールは、全く思いもよらない贈り物をもらい、夜明けとともに自分の船を出す約束をし、腰低くかがみこんで礼をした。

対立があってから数日経った。出来事はだんだん忘れ去られ、生活は常軌を取り戻した。しかし、マクスートフは、この出来事を忘れてはいない。ガブリーシェフ事務長に命じ、毎日状況をよく見回り、島の住民同士間で何かあったら、直ぐに残らずに報告させた。そして、守衛隊の隊員たちには個人的にも、警戒を強めるよう命じた。ロシ

アの地から遠く離れたこの地では、いつ何時、何が起こるか分からないからである……。

コンスタンツィアの容態は良くなった。しかし、家から一歩も外へは出なかった。一日中、アンナとアデライダの監視の下にあった。あの出来事は、バラノフ城に住む全住人の暗黙の了解で、タブーとされていた。誰もそのことについて話さなかったし、コンスタンツィア自身も口を滑らすことは無かったが、彼女は物思いに沈み、瞳には悲しみが宿ってしまった。アンナは、この変化はあの出来事のせいだと思い、時とともに解消して、また彼女の軽快な笑い声と、嬉しそうな表情が戻ることを期待していた。

マクスートフも彼女の変化に気づいていた。彼が現れると、なぜかしら直ぐに静かになり、すっかり前のような社交的で、明るい娘では無くなった。何かと直ぐ一人になりたがり、彼と二人きりになるのを避けた。彼自身も、あの林の空き地での忌々しい出来事から彼女を助けだして以来、平静では居られなくなった……。彼女があの事件に耐えているだけではなく、彼女の心を締め付けている感情に悩んでいることを理解した。とは言っても、何もできないのである……。彼にはアデライダがいて、アデライダを愛している。したがって、コンスタンツィアの彼に対する感情は、心奥深く秘めておくしかなかった……。

十二月の中頃、冬になって雪が降り積もり、最初のマローズ（＊厳寒）で湾内の水がきれいに澄み、湾の岸辺が薄い氷で覆われるようになった時、視察の旅を終えてフルゲーリムが帰って来た。フルゲーリム長官は、ノボアルハンゲリスク管理局の状況が極めて良好で、大満足だった。作業は上手く進み、氷の準備も良好、防御設備も完成し、修理も予定通り完了していた。

「よくやった、マクスートフ大尉」――点検の見回りを終え、長官が讃えて言った。

「まず、最初に防御を固めることに注力し、上手く行きました」――マクスートフが応える――「もう少しで、先住民から身を守らねばならぬ事態になったかも知れませんでした」

長官のシトカへの帰還に際して、マクスートフは留守中の出来事を、自分なりの結論を交え、事細かくすべて報告し、この防御の話になって、本能的にあの抗争に言及した。

フルゲーリムが応えて言う。

「まさに、そこなんだよ。ここには、民間人の低ランク従業員を除いても、守衛隊だけで二百人と、それに職人がいて、武器もある。ところが、遠地にある他の支所には、そんなに人が居ないし、防御も弱い。唯一の希望は、コロシと争いごとが起きぬよう仲良くすることなんだ。近くのオジョルスキー多面堡と植民地奥地のユーコン川にあるヌラト取引所を補強せねばならない。君には来年、これをやって欲しい」

「了解しました、長官」――マクスートフは返答した。

「それに、倉庫を建てねばならないし、兵舎の修理、住居の建設もせねばならない。それと磁場観測所も直さねばならんのだよ。春にはその科学機関の所長がやって来るので、それまでには何とかせねばならん。まあ、君と私は、来年のことを心配せねばならないわけだ」


新年をにぎやかに、かつ陽気に迎えた。祝いのテーブルには、マクスートフ夫妻とコンスタンツィアが到着した最初の日にフルゲーリム宅に招待された全員が集まり、食事のあと、皆、庭の広場に出た。深夜十二時五分前、歴史になり去りゆく年を送るため、要塞の大砲が鳴り響いた。砲兵の花火が明るい炎の花束になって、暗い夜空をそめる。

アデライダはマクスートフの肩に身を寄せ、

「感じるわ、そろそろ、始まりそうよ……」

「心配するな、無事に終わるよ」――妻にやさしく口づける。

「わたし、心配はしていないわ、あなたがついて居てくれるもの」――靴下を少し引き上げて、彼の目を見て――「でしょ？」

「もちろんさ」

「最初の赤ちゃん、名前をどうします？」――彼女は彼の顔から眼を離さず訊く。

「うん、男の子だったら、兄さんの栄誉に因んで、アレクサンドルがいいな」

「じゃ、女の子だったら？」

「それは分からん、考えられないよ」――肩をすぼめ――

「君はどう考えているんだい？」

「じゃね、アンナ・ニコラエブナの栄誉に因んで名づけましょう！」

「異議なし！　それがいい」――寒さで赤くなった彼女の鼻がしらに軽く口づけた。

十二時ちょうど、空砲が再び鳴り響き、新年一八六〇年になったのを告げた。

4

一月の初め、シトカでは、何日も止まず降り続ける異常な大雪に見舞われた。ノボアルハンゲリスク全部が雪の虜になったのである。歩くことも、橇に乗ることもできなかった。家々の窓まで雪に埋もれた。フルゲーリム長官は、常に通りの雪かきをし、港のエリアも雪だまりを無くすよう除雪を命令した。除雪作業には、会社の従業員、職人、補助作業員や守備隊の兵士が参加した。

「いやあ、大した雪だねえ。冬の母さんが、ひと冬のノルマをここ数日に全部使い切ってしまうほどだね」――除雪作業の進捗状況を報告に執務室に入って来たマクスートフに言った。

「まったくです。これだけの雪が降ったことは、今まで無かったらしいですね。除雪には、全力を挙げて取り組んでいます。まずは、港、中央の大通り部分、それに倉庫と仕事場へのアクセス路。夕方までには何とかできるでしょう。計画が立て直しにならないといいのですが……」

「ご苦労！　引き続き状況を報告してくれたまえ」――フルゲーリムは目の前の卓上の紙片をチラリと見て、大尉に――「数日中に従業員の娘たちの学校を開校する。以前古い書類を保管していた小屋をリンデンベルグがそれ用に割り当ててくれた。そのために古い文書は、彼の事務所の一室に移す。アンナとコンスタンツィアが、すでに教材や履修計画を作っていて、私の目の前にあるこれがそうだ。地元の子供たちに教えるつもりなんだが、必要なことだと思う。君に頼みがあるのだが、修道司祭と彼の参加を相談してほしい。宗教の授業をしてもらって欲しいんだ」

「了解です！　イラリオンは賛同すると思います」

「私も、そう思う」――大佐はそう言うと、

「ところで、アデライダの状態はどうかね？　昨日、家では見かけなかったな。アンナが、休んでいるって言ったけど……」

「大丈夫のようです。昨日医者に診てもらったら、特におかしなところは無い、と言っていました……」

　この会話から一週間後、一月十一日の夜、アデライダに陣痛が始まった。来るべき出産の陣痛で金切り声を張り上げているアデライダを残し、マクスートフは寝間着のガウンをひっかけて、反対側のフルゲーリム家の方へ走った。部屋のドアを激しくノックすると、アンナが出て来た。彼の取り乱した様子に、直ぐに状況を理解し、騒ぎに駆け付けた当直のボイラーマンに医者を至急呼ぶよう指示した。

　ベレンドは、隣に住んでいることも幸いし、直ぐに来た。彼がアデライダの側に来た時には、既にアンナとコンスタンツィアが居た。男たちはといえば、フルゲーリムは神経質に鼻髭をねじっていて、マクスートフは途方にくれて暖炉の反対側に腰をかけているばかりだった。二人に頭を下げて挨拶をすると、医師は立ち止まりもせず真っ直ぐ寝室に向かった。この時、壁の時計が三度鳴った。

「私は、何だか、まったくの役立たずです」――マクスートフがつぶやく――「状況にただ思いがよらなくて……」

「まあ、無事に済むよう祈ろう」――焚口で燃え盛る炎か

ら目を離さず、フルゲーリムが言った。

　黙ったまま待つ時間が一時間も続いた。客間にコンスタンツィアが入って来た。彼女は青ざめていた。親友のベッド脇で眠らずの夜を過ごしたようだった。マクスートフはパッと椅子から立ち上がり、広く見開いた目に、密かな不安と疑問が生じた。

「お医者様が、もう直ぐだと言っています……」——彼女は彼を見て、それ以上は何も言わず部屋を出て行った。

「ベレンドは、良い医師だ」——大佐は背もたれで背伸びをして、短く付け加えて——「すべての望みは彼にかかっている……」

　朝方、四時過ぎに、生まれたばかりの赤ん坊の産声が鳴り響いた。

「おお、ついに生まれたか！」——マクスートフは十字を切って、客間の隅に掛かっているイコン、カザンの聖母に目をやった。

「終わったな」——フルゲーリムは立ち上がって言った——「もう、君は奥さんのところへ行ってやっても良いんじゃないかな」

　その時、ベレンドが客間に入ってきて、マクスートフに近寄り、

「お産は、無事終わりました。あとは、もう心配要りません」——そう言って手を伸ばし——「おめでとうございます。女のお子さんです」

　マクスートフは機械的に手を取ったが、今しがた聞いたことの意味が飲み込めず、黙って動かなくなる。

「女の子ですよ、りっぱな、赤ちゃんです」——医師が再び繰り返した。

「マクスートフ大尉、おめでとう！」——彼に近づき、肩を抱いて、大佐が言う——「これで、シトカではマクスートフ家は三人になった。まだ名前は考えていないかね？」

「アーニャ（＊アンナ）です」——彼の方に向き直って、マクスートフが言う。

「良い名前だね」——フルゲーリムは、微笑んだが、少し合点が行かず、気になって——「それは、もしかして、アンナ・ニコラエブナに因んで？」

「ええ」

　それを聞いて、大佐は喉につかえるのを感じ、目がにじんでくる。

「ええ？　それは、何て親切な！　それは、それは！　全く予期しなかったことだけど……。ありがとう！　さあ、アデライダのところへ行こう、行って小さなアニュータ（＊アンナ）を見よう！　アンナにニュースを知らせてびっくりさせよう、きっと喜ぶよ！」

　シトカでのマクスートフの生活は、娘の誕生による新た

な世話で一層忙しくなった。通常の務めに加えて、家族のことや、父としてやるべきことがでてきた。昼間は、会社経営の様々な仕事に追われ、冬の長い夕べは、妻と小さなアニュータと過ごした。

普段どおり夕食をフルゲーリム家といっしょに済ませたあと、アデライダは娘を入浴させ、寝かしつけた。それを、アンナとコンスタンツィアが交代で手伝った。

フルゲーリム夫人アンナとコンスタンツィアは学校で教えた。食卓を囲むと、どんな話題があるにせよ、かならず、その学業の話になった。子供たちと過ごすことで、コンスタンツィアは間違いなく、本当の意味での満足感を味わっていた。彼女は、学校のことになると、夢中になって話し、授業中起こった生徒達の小さな悪戯を面白く話して聞かせるのだった。彼女の話を聞くのは楽しかった。このところ彼女は変わった。新年になる前は、氷のように悲しく黙りこくっていたが、それがすっかり溶けてしまい、かつてのように、弾ける陽気な娘に戻った。ただ、マクストフが直接彼女に何か質問を始めると、寒い散歩から戻ったばかりの時のように頬が赤くなり、何となくどぎまぎし、肩に掛けたスカーフの端を引っ張り、小声で答えるのだった。これをフルゲーリムに気づかれてしまう。彼女の態度が変わるのをとらえて、彼がためらいつつ訊く。

「マクストフ大尉の質問に赤くなっているけど、どうしてだい？　分からんな。もしかして、授業での話、何か大げさに誇張したのかい？　ええ？」

アンナが間に入って、微笑みながら言う。

「彼女はただ感受性が強いものだから、何にでも感動的になるのよ。特に、それが子供たちとの交わりの中で起こったことだったら、なおさらでしょ？」

「多分そうね」――困惑してコンスタンツィアはそう言うなり、また顔を赤らめた……。

ベッドで、眠りから覚めたアンナが夫に言う。

「あなた、妹に対して少し軽率だったわよ。彼女には、まだ、あのことが記憶に残っているってこと、忘れないでよ。だから、何かと決まりが悪くて、ああなるのよ……。あまり重要視しない方が良くってよ」

アデライダも同じように考えていた。夫の肩に身を寄せ、揺籠で安らかに寝ているアニュータを見ながら、優しい声で、

「コンスタンツィアは、魔法にかかったようにあなたに魅せられたのよ。彼女にとって、あなたは英雄なんだもの……」

マクストフは、黙って、妻を優しく抱いた。何が言えるだろうか？　彼は、どんな感情がコンスタンツィアの心に疼いているか知っていた。しかし、何も語らず、秘密にしておくことにしたのである。

冬の寒さが、春の暖かい太陽の光に和らいだ。山の頂から、雪解け水が小川となって音を立てて流れる。大地が雪の覆いから解放された。

四月のシトカ湾に、初めてアメリカの商船がやって来た。それを操舵して来た船長のデービッド・カールトンは、サン・フランシスコから、フルゲーリムが氷供給契約を結ぶ際に手助けしてくれたロシア領事コストロミチノフからの書信を届けてくれた。領事が手紙で伝えて来たのは、《ロシア・アメリカ社》に穀粉、塩漬け肉、ひき割りを供給する可能性があること、そして、それらのアメリカからの供給は、ヨーロッパからに比べて有利である、ということだった。

「領事の言うことに、まったく異論はないね！」――書信を読んで、そう確認すると、フルゲーリムはマクストフに、

「早速、氷を積み出して、今度は、商品取引の新しい契約を結ぼう。ところで、彼らアメリカ人は何時出航するのかね？」

「こちらからは毛皮を売り、代金はガッポリ受け取りました。荷積みを終えて、明後日出航の予定です」――と、マクストフが答える。

「そうか、では、今晩、パーティーを開こう。どうにかこうにか、今年の交易を始めることができたことでもあるしね」――大佐が発する――「商取引をもっと盛んにせねばならん……。とにかく、夕方までにすべて準備を整えてくれたまえ！」

長官宅でのパーティーは夜遅くまで続いた。キャプテン・カールトンは、買い付けが上手くいって満足し、陽気に会話をリードした。話題は、海の男たちの常で、船や海路、港への出入り路に関してだった。当然、商売の話がなされて、交易を盛んにすることに触れた。政治の話にも及ぶ。

「目下、あなたのお国では、選挙運動の最中じゃありませんか？」――フルゲーリムがキャプテンに質問を投げかける――「持って来ていただいた新聞の中にいくつかの記事を見つけました。特に活発に運動しているのは、ワシントン行政区の長官候補、アブラム・リンカーンですね。彼の発言によれば、彼が代表をしている共和党は、新地の獲得に動いているそうですが。それは、新しい領土獲得のための拡張を意味しませんか？　交易という方法だけに限らず、武力に訴えても、ということではありませんか？」

「いいえ！　もし、あなたの質問が、かつてのメキシコ領土についてであれば、今は状況が違っています」――カールトンが活気だって大声で、――「リンカーンは、私も含め大勢に好感を持たれています。彼の意図するところは、

経済的な影響力の拡大だけです。北部州は彼のいう路線を完全に支持していますよ。つまり、アメリカは、各州間の交易を自由に行えるようにし、独自の国立銀行を持たねばなりません。その銀行が、新たな商取引に必要な財政維持を行います」

「あなたがおっしゃりたいのは、大統領の椅子を目指している今の有力候補者は、国力強化のプログラムだけをうったえているというのでしょうか?」

「そのとおーりです!」——アメリカ人キャプテンは、笑いながら引き伸ばして言った——「あなたの見立ては、まったく正しいです。現に彼は有権者を前に、まさにこのことについて演説していますから」

「しかし、まあ、あなたの国の歴史的な歩みを見れば、内部強化が常に対外拡張につながっていますよね。特に、隣接する地と。合衆国は、見たところ、手の届くところすべてに際限なく影響力を与えようとしているようですが。そうじゃ、ありませんか?」

「いや、どの国にも国益の追求というのがありますからな」——カールトンははぐらかすように応えた。彼は、《ロシア・アメリカ社》の長官が投げかけた質問と論議が、あきらかに気に入らなかった。キャプテンは考えた。もし今別の場、すなわち自国にいれば、ロシア人長官にはもっと率直に厳しく抗弁して、アメリカはロシアと違って、可能性が沢山ある国だ。自己資本の増大は、それが他人の勘定や如何なる方法であっても問題ではない。その可能性を実現することが大事だ、と力説できるのだが、今は、客人の身。礼儀をわきまえねばならない。それよりなによりも、ロシア人と、有利な商取引が出来たばかりだった。したがって、議論で状況を緊張させるのはまずいと判断し、ただ、注釈するにとどめて、

「政治向きの大きな話は、お分かりのとおり、私には答えられません。ただ、一つ、我々の取引は相互利益に適うことを基本とせねばなりません。今回の合意でその目的が達せられた、ということです」

「ええ、我々も、今回の取引には満足しております」——マクスートフが会話に加わって——「交易関係が強固になるには、国の安定が不可分にかかわります。貴国の北部と南部の対立が、両者の状況に否定的に影響するのではないかと、懸念されるのですが」

カールトンは咳をはじめた。このロシア人たちは、自分から何を望んでいるのだろう? 自分は、船を持って来て、獣皮を買い、彼らはそれで稼げた。自分はアメリカへ着いたらその品物を売り二重に稼ぐ。彼らの心配は、ロシア自国領に対し合衆国が野心を抱くのではないか、ということ。少なくとも、彼らの話からはそう思われた。まったくのたわごとだ。大陸の人も住まないこんな端っこ、アメ

リカ人には今は不要だ。ロシア人に開発を続けさせておけばいい。毛皮を獲り、居住地を造り、野蛮な先住民とつき合わせておけばいい。いつか時が来て、この地がアメリカに必要となったら、その時は、別の話だ……。

キャプテンは、大多数のアメリカ人が多かれ少なかれそうであるように、この世界にあるものはすべて売れるし、買えると心底確信していた。合衆国が、欲しくなりさえすれば、この地も、ロシアの植民地がどこにあろうと、アメリカのものになる。かつてのロス要塞がそうなったように。金縁のカリフォルニア・ケースの宝石になった、ロシアのかつての居住地をアメリカが獲得してから、すでに二十年が経った。ことは単に、それを獲得するための値段と有益性である……。

今はロシアの会社から買う方が、自分たちで開拓の労力を費やすより有益だ。彼が信じて疑わないのは、ロシア人というのは、自ら使って手を染めたことからしか利益を得ることができない。したがって、彼らは理想主義者だ、ということ。何故、現地人に読み書きを教えるのか、疑問だ。現地人は安い労働力ではないか。だから、それを用途に応じて使うだけでいい。彼らの教育に資金を使うなど、もっての外だ。

ロシア人士官、海軍大尉の問いに答えて、カールトンは、

「残念ながら、相当程度の対立がみとめられます。南部では、慣れ親しんだ道筋なのですが、奴隷労働を基盤にした安らかな生活を望んでいます。北部では、産業が発達していて、その為に労働力を雇わねばならないのです。ここに主たる相互矛盾があり、現存する奴隷制度に対する見解が人気に現れているのです。もし、リンカーンが権力を握れば、この矛盾は間違いなく取り除かれるか、小さくなるでしょう」

「我々の人生は変転だらけですからなあ、皆さんのところでどんなことが起きるか、まあ、見ていましょう」――フルゲーリムが締めくくり、キャプテンに訊ねる――「明日、ご出立の予定だとか?」

「ええ、朝の引き潮時に錨をあげようと思っています」

――ロシア領地のアラスカ長官宅でのパーティーがお開きになることを察して、カールトンがこの返答をもって、応えた。

翌日、桟橋に立って、湾から出て行くアメリカの船を目で見送りながら、フルゲーリムがマクスートフに話しかける。

「我々も上海とサン・フランシスコに向けて品物を積み出す船の準備をせねばならんな。ここで船の構造修理をする。私は、この夏の初め、支所巡回の航海に出て、九月には戻って来ようと思う。彼らがどう冬を過ごし、何をやっ

ていたか、前回指示した命令をどこまで達成したか、調べねばならん。君には、また、留守中私の代わりを務めてもらわねばならない。まあ、夏中だと思ってくれ」

夜、このことをアデライダに告げると、怪訝そうに彼を見て、

「フルゲーリム長官は、何時お戻りになるの？」

「九月には戻って来るって言ってたよ」——訊かれた問いの意味がわからず——「なんでそんなことを訊くんだい？」

「今日、アンナが秘密だって言いながらおしえてくれたんだけど、赤ちゃんができたって。ベレンド医師に診てもらったら、おおよその出産は、この秋の初めになると言ってたそうよ」

「フルゲーリム長官は知っているのかい？」

「もちろんよ、ベレンドが帰ったら直ぐ彼に知らせたって。だから、出産までには戻って来ようと決めたのね。アニュータに友達ができるわね……」

「男の子かも知れんぞ」

「どちらでもいいわ、子供がいっしょに成長できるんだもの、うれしい」——アデライダは夢見心地で窓を見ると、外はもう暗くなっていた。

「大きくなって、都でいっしょに学ぶの……」——一瞬黙って、マクスートフを見て、小声でつぶやいた——「夏といえば、ここの夏って美しいんですってね、春と同じように。でも、いまサンクト・ペテルブルグがどうなっているか、興味あるわ」

5

ネバ河の川岸が凍結した厳しい冬の氷の鎧から解放されて、ひと月になる。河の波が、ペトロパブロフスクの砂の浅瀬にリズミカルにさざめき、石の稜堡は冬の宮殿をいかめしく見ていた。城塞の壁の向こうにそびえる金色の寺院の尖塔が、陽の光に明るく照らされていた。その上の青い空に白い雲がゆっくり泳いでいる。その偉観を呈する荘重な眺めが、皇帝を朝からの気の沈む思いから引き離し、気を静め、集中するのを助けるのだった。アレクサンドル（＊皇帝）は窓辺から離れ、部屋の奥にある椅子に腰を下ろした。壁に掛かった父の写真を、悩み続ける問題の答えを求めるかのごとく見入った。ポーランドが悩ませ、皇帝の身に、なかなか治らない傷から出血させ、あらゆる努力にもかかわらず、いっこうに治癒させないのである。ふたたびクションジ（＊カトリック僧）とパン（＊地主）が、ロシアからの離別を持ちだし、公然と領土の独立を主張し始めた。動揺の兆しはあきらかに存在し、事態は緊迫している。もちろん、反抗的な動乱が起こったあの三〇年代

ほど脅威的ではないにしろ、同じく収拾を図らねばならなかった。問題はひとつに結論付けることが出来るが、《何をどうするか》だ。

　緊急に呼ばれたゴルチャコフ（＊宰相・外務大臣）が宮殿にやって来た。

「ゴルチャコフ宰相、ポーランドの状況をどう見ているかね？」――直ぐに彼を見て、しぐさで隣の椅子に座るように手招きして――「私が聞きたいのは、全体の一般的見解ではない。ヨーロッパ列強が、いま起こっていることにどんな反応をしているかだ。懸案事項に決定を下すのに、それを知ることが必要だ」

「プロシャは、政治の舞台では何の反応もしておりません。それで分かるのは、すなわち、ポーランドはロシアの国内事項だとみていることだと思います。オーストリアにしても同じです……」

「そうか」――アレクサンドルは頷き――「それでは、フランスとイギリスはどうだ？　彼らは、いつも我々にわだかまりを持っているようだが」

「フランスのルイ・ボナパルト皇帝もイギリスのビクトリア女王も黙しております。彼らの外交官たちは何の声明も出しておりません。おそらくは、フランスもイギリスも、我が方の次の手を待ち構えているのではないかと思います。フランスの新聞が、ポーランドで民主的改革が始まった、などという論説をいくつか掲載してはおりますが……」

　この言葉に皇帝は顔をしかめて、

「それは、どんな改革だと？」

「彼らは、ポーランド帝国の自立に関するアピールだと呼んでいるようです。少し、革命的色彩を加えて」

　皇帝の顔色が暗くなった。立ち上がり、部屋を歩きまわると、立ち止まって、急に宰相の方を向いて、

「君の提案は？」

「状況は常に変わりますので、今はしっかりと注視すべきかと……。陛下のポーランドご訪問をご検討され、念入りにご準備なされるのがよろしいかと存じます。暴動参加者に対して大赦を与えた記念日に合わせてご訪問されるのが最善だと思います。四年前、陛下がワルシャワに行かれた際、五月でしたが、大赦令を出されました……」

「それだけか？」――皇帝がさえぎる。

「はい、基本的には、それだけでございます」

「分かった。状況を注視し、定期的に詳細な報告書を出してくれたまえ。ワルシャワ行きについては、少し考えよう」

　その日の夕刻、エレーナ・パーブロブナ皇太后のミハイロフスキー宮殿で、アレクサンドル皇帝は、コンスタンチン大公同席のもと、宰相との話を詳細に繰り返し語った。

話し終えて、もの問いたげな視線を叔母に向けて、

「宰相の提案についてどう思いますか？」

「急ぐ必要はないわねー。ゴルチャコフはある意味では正しいわ。注意深く見て、状況を分析する、というのはね。ヨーロッパは立ち止まって待っている、私達もそうしたらいいわ。どうして事を荒立てる必要があるの？　教会と上流階級の反動的な発言があったけど、それ以外に積極的な動きは、何も見受けられないわ。ポーランドの何が心配なの、前と同じでしょ……。大事なのは、やろうとしている目的から逸れないことよ！　農地改革と裁判法改訂の準備は実質的にできているでしょ。後はその校正だけなのよ……」

「犬が吠えても、キャラバンは行く、だ！」——大公が野次って——「あなたのワルシャワ行きだったら、秋近くにしたらいい。今は、エレーナ・パーブロブナの言うとおり、改革の準備と、改革を実際に円滑にすすめるよう集中すべきだよ」

「わかっているさ、わたしも同じ考えだ」——アレクサンドルはそう言って——「皇太后、あなたの意見を伺って、私も最終的に確信しました。辛抱強い忍耐と時期を待つことが必要だと。まだ、行動する時には、至っていないようですな……」

「今度は、別の話なんだが」——そう言い、大公は兄の顔に驚きの表情を見てとり、説明して言った——「あなたもよく知ってのとおり、昨年末、《ロシア・アメリカ社》の株主会議があった……」

「うん、それで定款作成の特別委員会メンバーが選ばれた。私は、作業を始めるよう勧めたんだが」——アレクサンドルがさえぎって——「それがどうかしたのかい？」

「問題は、会社の状態がきわめて心配です。配当の支払いが減り、株価は落ち、もう直ぐ額面価格まで落ちてしまいそうで……。繁盛しなくても、せめて以前の財務状態に留まってくれたら、と思うのですが、損失の補填さえせねばなりません。まあ、全体として、私が思うには、会社からもう収入は期待できず、いずれ破産するのではないかと……」

「おい、おい、すっかり台詞を用意したのではないかね」——《ロシア・アメリカ社》の経営に弟が関与していることを知っているアレクサンドルが応じて、——「また、私に見直しをしろと言うのかい、もう決まったことなのに？　アラスカから去ってはいけない！　それどころか、会社のことを考え直すなどという素振りさえ見せてはならない。合衆国では選挙が控えていて、新しい大統領が決まれば、彼と交渉することになるが、そのとき、我々の存在がものを言うんだ！　このことを、私は施政方針の中で強調するつもりだ。しかも、定款がまだ確定されていない。それ

が、株式会社の事業活動を基本的に変えるかも知れないのだぞ」

「会社の役割を政治的な展望と関係付けたかったのではありません」――自らの説にケチをつけられ、恨めしそうに大公が――「単に、経済的な面を強調したかったんです……」

「今現在、会社の状態はきわめて脆弱にみえるが」――アレクサンドルは熱くなって――「会社は機能していて、交易をやっている。一言で言えば、生きている。このことを認めるべきだ。取締役会が、今後の事業に関する分厚い書類を作成した。君もそれを読んだ方が良い！」

「ええ、企画は読んだ、読みましたよ！」――コンスタンチンが手を振って言う――「ただ、あの中で欠けているのは、採算性と実現性、それに支出と収入部分の実際的な数値です」

「そう、そこは追記せねばならんがね」――口論が始まりそうなので、続けることは意味がないと考え、切り上げようとアレクサンドルはきっぱりと言った。

「そこで、そのところだが！　私は、アラスカに審査官を派遣して詳細に調査をさせるべきだと思いますよ」

「よろしい！　結構だね、審査官の手配は君に頼む」――皇帝は同意し、調子を和らげて続ける――「その結果を見て、君のアラスカに対する意見が変わるかも知れないよ」

大公の意見は、当然以前のままであるが、行動する可能性を得て、それを利用せずにはおかなかった。海軍省のクラッベ提督を呼んで、海軍士官の中からアラスカへ派遣する候補者を探すことと、財務省から経理監査の出来る監査官を選出させるよう命じた。その際、特に力説して、

「よろしいか、クラッベ提督、分別の良い人を選ばねばなりませんぞ。本質を曲げず、あるがままの状況報告ができる人でないといけない。これに関しては、あなたにすべてが掛かっていますぞ」

その目的に適う人が見つかった。五月初め、提督は、審査官に選ばれた二人のレジメを提出した。四等官のコストリフツェフと海軍大尉のゴロービンだった。

「要求には、すべて適っているようだな」――正式文書を注意深く見て、コンスタンチン大公が言う――「ゴロービンには直に会ってみたい」

その後間もなく海軍大尉が彼の元へ呼ばれた。

大公は彼に向かって、

「あなたにアラスカに行ってもらう。向こうで、《ロシア・アメリカ社》の状況をつぶさに視てきてもらいたい。あなたといっしょに四等官のコストリフツェフにも行ってもらうが、彼は財務省筋の代表者だ。あなたには、包み隠さず話すが、特別な任務がある。会社の事業活動に深く憂慮していて、深刻な見解に行き着くかもしれない。ひょっ

とすると、閉鎖、という結論になるやも知れない……。したがって、すべてに関して、しっかりと視てきて欲しい。そこに何が在るか、設備はどうか、交易はどう組織されているか、など。それに財政面にも注視してほしい。そこの事業活動からして、大陸におけるポジションと合衆国への譲渡可能性についても推し量って欲しい。それらすべてについて、帰国後に報告してもらうが、よろしいかな」

六月の初め、審査官たちは秋にノボアルハンゲリスクに着くよう、パナマ経由の遠いルートで出発した。

大公は満足であった。これでついに自説の正しいことをアレクサンドル皇帝に信じさせることが出来ると！　審査官が、商取引や経営上の深刻な見落としや違反を暴きだし、会社が財政的に不安定でかつ採算がとれていない、と結論づけてくれるにちがいない。彼は、審査官たちのそんな結論を信じていたし、そうあって欲しいと願っていた。会社の株主へのアピールを主導し、さらに主要目的である、政府に会社の事業を止めさせ船舶を海軍省に引き渡すよう働きかけるには、審査官の報告だけで充分だと考えていた。アメリカ西海岸にあるロシア領土は、合衆国に手ごろな値段で譲渡すればいい。このことについては宰相と同意見だった。

ゴルチャコフ宰相の見解は堅固だった。アラスカをアメリカに譲ること、それはロシアにとって全く取るに足らぬこと！　アラスカがロシア帝国にとって何だというのか？　小さな財政上の小川にしか過ぎない……。シベリアがあるではないか、まだ未開発で、しかもその天然資源で数百年足りる。したがって、アラスカは、国家のレベルで言って、経済的な役割を担っておらず、アメリカに譲渡すれば、合衆国との結びつきが間違いなく強固になる。しかも、クリミア戦争でそうであったごとく、フランスやイギリスがロシア極東沿岸を威嚇するのに恐怖を感ずるようになる。ロシアの領土と《ロシア・アメリカ社》資産の売却は、世界政治の場に於いて、合衆国からロシアへの支持という形で、意義ある政治的配当を受け取ることになる。

占拠する領土と国家のポジションを考慮し、かつ、大公の見解を熟知して、ことばのそれぞれに重みをつけながら、やはり外交官は外交官だけのことはあり、ゴルチャコフは聞こえるように発言した。

「アラスカを合衆国に譲渡することは、イギリスとフランスの大陸への志向を抑制し、ロシアの極東国境の安全を保障する政策です。この点については、以前からあなたの意向に完全に合致しています。そして、このことについては、ご存じのように、皇帝に書きました。今でも、ただ手をつかねて見ているだけではありません。合衆国への公使には特別の命を下し、ワシントン行政区でアラスカ取得に関する意見の土壌を手探りさせています。ステッカー公使が状況を見極め、コンタクト先と調整し、将来の交渉に向けての道づくりをしています」

「宰相、あなたはこの問題に関して、もう探りを入れ始めたのか？」――驚きで目を見開き、大公は問いの眼差しで見つめ――「これは、初耳だ！　しかし、まあ、いいことだと思うよ」

「政治においては、常に展望を見測り、外交のさまざまな路線の変遷に応えねばなりません」――ゴルチャコフがずる賢さを声に滲ませて答える――「アメリカ人との関係において、アラスカは常に論拠となっていて、奥の手として持っていなければなりません……。しかしながら、皇帝は最近随分と慎重に行動されているようにお見受けしますが……」

「何を言いたいのかね？」

「いえ、今はまだこのテーマで騒ぐ時ではありません。大統領選挙の結果を待ち、新政権の政策を待つべきでしょう。合衆国が領土獲得に対して、常に備えが出来ていることを理解していても、アメリカ国内社会で緊張が高まることを計算から外してはいけません。皇帝が、この問題はまだ議論する時期でないと強調しておられたのは、疑いもなく正しいのですが、準備はせねばならないと存じます」――とゴルチャコフは締めくくり、待ち受けるように大公を見た。

大公は黙っていたが、やがて、宰相を見やって、

「いずれにしても、審査官たちの帰国を待とう……」

「それと、合衆国の選挙終了を、ですね」――瞬間的に唱和するように宰相が言う――「水滴は岩をうがつと言いますが、いま述べられた考えは、一定の努力が為される条件下で具体化する性質のようですな……」

大公と宰相の頭の中には、サンクト・ペテルブルグとワシントンの間に予想される取引の見えない糸が描かれた。残るはただ、時期を修正し、補足する論拠を選んで、対外政治の事態を考慮に入れつつ、適切な時期に皇帝を説得するだけである。

6

アメリカ沿岸からの撤退に関して、サンクト・ペテルブルグで《ロシア・アメリカ社》の上に漂う暗雲が濃くなっていることを、アラスカのロシア植民地総督府副長官は知らなかったし、知る由もなかった。夏の日の訪れと共に、フルゲーリム長官は遠地にある支所の視察に出かけた。マクスートフは、彼の代行として残り、毎日の作業に日々をおくっていた。夏の期間は短く、その間に片付けねばなら

ないことが山ほどある。この時期に片付けないと、やりかけのまま一年待たねばならなくなる。

オジョルスクの多面堡を補強し、ノボアルハンゲリスクの家々を修理し、新しい倉庫を建てねばならない。造船所に修理に入っていた帆船を進水させねばならないし、毎日、交易に目を配っていなければならない。港では、自船や外国船の荷卸しや荷積みが、ひっきりなしに行われていた。

六月の中頃、グジョーノフ湾の会社の英国船が港に着岸した。船長はチャールズ・ディアレーリといって、長身で痩せた見かけ四十がらみのイギリス人だった。パイプを口から放さず、煙草をつぎ足しては、青い煙の筋を上げてパイプをくゆらせていた。彼が運んできたのは塩漬け肉とラム酒で、交換に船腹を獣皮と天日干しの魚で満たして帰るつもりだった。

「ここには、犬に食わせるほど魚が沢山ありますなあ」——長官宅を訪れた際、マクスートフとの話の中で言った——「ニシンと干し魚はサン・フランシスコまで、毛皮は英国まで運んで行きます。ノボアルハンゲリスクには何度か来ておりますので、前の経営者をよく知っていますが……。現在の長官はどちらに居られますか？」

「支所巡回の旅に出ております」——マクスートフは短く答える。

「彼は、カデヤックにはおいででしょうか？」——イギリス人が再び訊き、煙草を吸いこんで、探るような目つきで相手を見据えた。

このイギリス人は長官補佐の品定めをしていた。どんな人間でどこまで商取引の話ができるのか、確かめようとしていた。ロシア人士官、副長官マクスートフは彼に好印象を与えた。控えめで、それほど形式ばっておらず、すべてに於いて開放的で親しみやすさを感じた。彼を引きつけたのは明らかだった。

「あなたはカデヤックに行ったことがおありですか？」——船長をしかと見て、マクスートフが好奇心から訊いた。

「ええ、今回もそこで船材をとるつもりです。カデヤック島のすぐ近くにエロフという島があって、そこには素晴らしいマスト用の木があるんです。それを買おうと思っています。昨年、船材をひと組すでに買いました。ただ、近づくのが難しいんです。とにかく水深が浅くて。しかし、景色はすばらしいですよ。海岸の砂は真っ黒。見たところ火山性のものでしょうな。遠くから見ると丘の上には青々とした松林があって……。島に近づきますとな、イルカが寄ってきて、投錨するところまでずっと船について来るんですよ。そのときは、カデヤックとエロフ島で、一週間いましたかな。クジラのピローグを味わってみることができました。いや、とても美味しかった!」

　グジョンバイスク社の船長は、話好きのようで、自分の長い詳細な話に誘い込んだ。イギリスの会社は、一方では競争相手だが、他方で、交易のパートナーでもある。《相手を知っても邪魔にはならん》と、考え、マクスートフが語る。

「フルゲーリム長官は今頃カデヤックに居るはずです。お急ぎになればあちらで会えると思いますよ。ただ、予めお知らせしておきますが、彼は永くはいませんのでそのつもりでいて下さい。他の居住地をいくつか巡回せねばなりませんので」

「ええ、分かりました」――イギリス人は意味ありげに首を振って――「おたく達のこの海域の領有は印象的です。アラスカからアレウート諸島の地図を見ると、ロシア語の名前で目がチカチカします。例えばですよ、海峡で言えば、シェリホフ、クプリヤノフ、チチャゴフとカシェバロフ。入り江でいえば、カザコフ、パラモノフ、島はロシア人の名字のついたのが、もう、沢山ある。ポポフ、バラノフ、パルトフシチク、ミトコフ、ウランゲリ、ボエボッドスキーなどがね……」

「湖もありますよ」――マクスートフが言葉をはさむ――「たとえば、リャザノフ、ベンゼマン、メドベジ……」

「降参だ!」――笑って、チャールズ・ディアレーリが冗談めかして手を挙げた――「あなた方は、新地を発見して自分達の痕跡を残すのが上手いですな」

「いえ、名前だけではありませんよ」――マクスートフが反応する――。

「領土開拓もやります。記憶だけで名前を列挙できるのですから、あなたはこの海域の地図にはなかなかお詳しそうですね」

「まあ、このあたりの海域に船首を向けてから、もう、かれこれ、そろそろ三年ですからなあ」――と言い、さらに付け加えて――「この仕事の前は、フリゲート艦《パイクス》に乗っていて、デービッド・プライスとフェブリエ・デ・プアントの連合艦隊で一八五五年にシトカ近くを通ったことがありましてね。それで、それらを人から聞いたのではなく知っているんです……」

　イギリス人から聞いた言葉でマクスートフの表情が曇ったのを、ディアレーリから隠せなかった。

「え、どうかしましたか?」

「いいえ、ただ、私は、ペトロパブロフスクをあなた方の艦隊から護った中にいたんです」――マクスートフがそっけなく反応した――「あなた方の我が岸への侵攻を止めたんです。あなたもよくご存じのとおり……」

「えー、そうでしたか!」――イギリス人船長は手で鎮めるしぐさをし、――「我々の行軍は明らかに失敗でした。

それで、提督プライスの名前は、我々のグレート・ブリテンでは忘れ去られて久しく、誰も語りませんよ」

「たしか提督は、会戦の前に自分の額に弾を打ちこんだとか。勝利を収めることはできない、と認識したのでしょう」

「それは、あくまで推測でしかありません……」

気まずく苦しい沈黙が続いた。ディアレーリはドジを踏んだと感じていた。ロシアとの戦いに自分が参加していたなんて話したばっかりに、こんなことになったことに自分を責め、悔いた。それと同時に、別の話に変えるきっかけが分からずにいた。このままで話を終えるわけにはいかない。戦争は戦争、ビジネスはビジネスだ。しかも、このロシアの士官と個人的な関係はない。自分はグレート・ブリテンの女王に仕え、彼はロシア皇帝に仕えていた。運命のいたずらで、かつて戦闘であい敵対する側にいた者が、何年か経って、ここアラスカの地で遇った。しかも、お互いに相互に関係のある二つの会社の代表として。

ディアレーリはきまりの悪い、しかも不思議な状況からの出口を探そうと考えた。

マクスートフはペトロパブロフスク防衛戦と兄の戦死のことを思い出した。彼の目の前にいるイギリス人船長が、今は別の外貌になっている。マクスートフにとって、彼は、もはや商取引を結んだ外国商社の代表ではなく、かつての敵であった。彼の中に、敵の顔が見えた……。襲ってきた蔑視の感情と湧き上がってきた憤怒を避けることはできなかった。突然生じ長く漂っていた沈黙をようやく破ったのはイギリス人船長だった。ロシア人海軍大尉を見て、ゆっくりと話した。

「信じて下さい、私は自分の言葉にまったくもって誠実に申し上げるが」――胸に手を当てて真っ直ぐマクスートフを見て――「当時起こったことは、心から残念に思います。我々は互いに自らの祖国のために戦う戦士でした。そして、命令を遂行したのです。それがどういうものであれ、我々の責任ではありません……。ああ、なんてことでしょう。政治が多くの人達をたたき落とし、好き勝手に扱ったんです。しかし、神こそが我々の運命を決めるのです……。神だけが為されたすべてのことに対する真の尺度を知っていて、評価を与えるのです」

そこまで言って、その先どう言うか言葉が見つからず、当惑して黙り込んだ。そして、手の中で燃えているパイプを口にくわえようともしなかった。

自分の心に生じた憎悪と葛藤し、このイギリス人が、今の状況下においては、契約関係を全面的に支えて行かねばならぬ取引相手の会社の代表であることを理解して、マクスートフは、ゆっくりと話した。

「何故かは分からないが、実際、イギリスは戦争当時、アラスカの我が植民地に対して武器を向けなかった。イギリスの艦隊がフランス艦隊とシトカ近くを通過した時、艦砲は音を発しなかった」

「我々の会社とは合意書が締結されていました」――マクスートフが口をはさむ。

「ええ、その通りです」

「ここの海域では分かち合うのは、何もありませんでした」――ふたたびイギリス人船長が応えて、――「以前締結された契約はまだ生きています」

「しかし、契約期間は間もなく終わります。私の知る限りでは、契約を延長するか、新しい契約を結ぶことになります」――マクスートフがそう言って続ける――「ここにある大きな会社は二つだけで、おたくのところと、我々です。お互いに利益になり且つ成功裏に行動しています。この関係は今後とも堅固にして行かねばなりません」

「そのように進めることについては、まったく賛成です」――マクスートフが頷く――「したがって、エロフ島での船材の購入については、ここで勘定を済ませることをお勧めします。そうすれば、私があなた経由通知を出して、カデヤック支所で船材を受け渡しするようにさせましょう」

「それは、好都合！」――イギリス人は叫ぶとパイプの煙を深く吸い込んだ――「手続きを直ぐにやりましょう」

その晩、マクスートフは、アデライダに、やっとのことで終えたイギリス人船長との面談について語った。ペトロパブロフスク防衛戦からそれほど経っておらず、その戦いを思い起こさせ、交易相手の代表がまったく別人のように見えてしまったことを。

夫の話を聞き終え、アデライダは、

「あなたは、偉いわ！　自分の感情を抑えたのね、仕事だから仕方がないけど。つらかったでしょう。でも、それが正しいのよね。だって戦争は終わったのだし、かつての敵と武器を突きつけ合うなんて馬鹿げているわ。それに、国家レベルでは関係を支持しなければならないし、両方の会社にとってはビジネスの関係を保たねばならないもの。だから、あなたの側は、思い出にあおられた情緒にすぎないのよね……。でも、ほんと、あなたは偉かったわ」――そう言って、強く抱き寄せ、強く口づけて――「もう遅いわ、寝ましょう。アニュータはもう寝ているから、このままベッドへ行きましょう……」

翌朝、さんざん泣いた娘を腕の中でゆすりながらアデライダは、仕事に出かける準備をしている夫に、

「ディーマ！　フルゲーリム長官が出発する時、私の居る所で、観測所の所長と話していたんだけど、彼の奥さんにフルゲーリム夫人が開く女子の学校で教えるのに、月々

五百ルーブルの手当を約束するって」

五月の終わり、磁場観測所の所長コノプリツキーが到着した。ポーランドの出身で、奥さんと小さな女の子を伴ってやって来た。観測所は、アラスカを訪れたリャザノフ海軍准将が当時そう名付けた日本島にあった。その島は、シトカの間近にあって、天気が良ければ肉眼でも見えた。アンナは、通常の学校だけではなく、サンクト・ペテルブルグにあるマリインスカヤ中等学校のような女子の学校を、別に開設するよう提案していた。この考えにコンスタンツィアが全面的にのってきた。彼女らの努力で、女子教育用の学習と教養の教程が準備された。リンデンベルグはフルゲーリムの要請で、学校につかえる場所として広々とした丸太の百姓家を選び、それが目下改造中だった。

「知っているよ、それが何か？」――マクスートフが答える――「学校はもうじき完成する。一緒に教えるガブリーシェフ夫人もやって来たよ」

「コンスタンツィアがガブリーシェフ事務長に頼んで、彼女を派遣してもらったの。アレクサンドラ（＊ガブリーシェフ夫人）はスモレンスク大学を卒業していて、女の子を教える心得があるのよ。ガブリーシェフ事務長は最初反対していたんだけど、結局、コンスタンツィアが説得したってわけ。あなたも知っているでしょ、彼女はやれるのよ！　つきまとって、突き放されないようにしていて、そして、いつのまにか彼女の側に引きずり込んじゃうの……」

「ああ、分かったよ。でも、それが僕に何の関係があるんだい？」

「コノプリツキー所長も奥さんと話してくれるって言っていたんだけど……。それに、奥さんとは、アンナもコンスタンツィアも話してあったの。彼女は、学校で必ず働くって、確約してくれていたのよ。ところが、もうすぐ授業が始まるっていうのに、まだ、来てくれていないの。観測所の所長ともう一度話してもらえないかしら？」

「うん、分かった。それなら、今日、日本島へリンデンベルグが行くから、彼にコノプリツキー所長と話してもらおう、それでいいね？」

「ええ、やっぱり、あなたは頼りになるわ！」――小声でそう言うとアデライダは、静かになった赤ん坊を揺籠に寝かしつけ、彼の元へ来た。爪先立って彼の首玉にしがみついて、きれいに整えた髭がチクチクする頬に顔をくっつけ――「好きよ！　わたし、やっぱり、あなたに首ったけだわ！」

数日経って、アンナとコンスタンツィアもいっしょだった夕食時、アデライダが訊いた。

「リンデンベルグ事務所長は島から戻って来ましたの？」

マクスートフは握っていたフォークを脇に置き、妻の方を見てから、視線をアンナに向けた。

「リンデンベルグは今日島から戻って来ました。私の頼みで、奥さんに学校で教えてもらいたい旨を観測所長と話してもらいました。これは、アデライダに頼まれたんですがね。リンデンベルグは、頼んだ通り、話してくれたそうです。ただ、彼が言うには、コノプリツキー所長との話の後、何となくすっきりしない感じがしたらしい。所長自身、奥さんに教えさせると確約してはくれたのだが。何故か話の最中、視線を合わさないよう、よそばかり向いていて、はっきり答えたくないふうだったとか。彼は奥さんが学校で教えるのに反対している感触を受けたようですよ」

「リンデンベルグ事務所長は彼女と会えたのかしら？」

「いや、会おうとしたんだが、どこにも見当たらなかったらしい……。なんかこう、不思議ですね！」

「家庭の事情は誰にも触れられたくない秘密ですからね」

——アンナが言う——「彼らに何が起こっているかは、誰にも分かりません」

「もしかしたら、娘さんが病気だとか？」——コンスタンツィアが問いかける。

「そうかも知れないわ。いずれにしても、彼女を訪ねてみなくてはねー」——アンナはコンスタンツィアを見て——「私、あなたにそれをやってもらいたいんだけど。私は」——そっと微笑み——「今、身重なんで……」


アンナは妊娠六カ月だった。ベレンド医師が週に数回やって来て彼女の状態を診ていた。医師は、フルゲーリムが奥さんの健康を願って、やってくれと頼んだことはすべて実行していた。


日常のいつもながらの事に追われているうちに、夏も大方過ぎてしまった。マクスートフは、やり終えた達成感に満足していた。建物の修理は基本的な部分は済み、後は目立たぬちょっとした手直しをするだけで良かった。オジョルスク多面堡とヌラト取引所に送り込んだ建築人夫チームは、それぞれよく働き、ほぼ予定を消化していて、補強作業の完了報告が近々できてくることになっている。交易の方はすべての面で上手くいっていた。それに、海獣の猟はまれに見る大猟で、海獣皮が大量にできて、至急もう一つ倉庫が必要なまでになった。マクスートフがこのことについてリンデンベルグに話したが、事務所長は、倉庫の建設はフルゲーリムが戻ったら始めると言いながら、肩をすぼめ、驚いて、

「何だか訳がわかりません、どうしてこんなに海獣が獲れるんでしょう。カヌー猟の連中が規則破りをしているんじゃないでしょうね？」

もう既に十年くらい前から、《ロシア・アメリカ社》の命令で、出産間近の海獣と幼い子供の海獣の猟は禁じられ

ていた。会社は、海獣の種の保存だけでなく、明日のことを考え心配しており、その意味では、賢く振る舞っていた。すなわち、海獣猟が生業として続くようにしていたのである。あまりにも大猟の収穫に得心が行かず、事務所長は、規則破りの可能性を考えた。

「最初は私もそう思って、しっかりと監督するよう指示も出したのだが」――マクスートフが説明する――「これほど大量のオットセイが此処の海岸に現れるのは十六年ぶりのようだ。会社の近年の記録を調べて分かったのだが。どうも、何らかの自然ファクターが影響しているようだなあ」

――さらに加えて――「海獣の猟は、プリブイロフ島とコマンドルスキー島が一番良い。あそこからの知らせは、まさに、朗報ばかりだ。このまま続けば、輸出数量が数倍に増え、海獣皮からの収益は著しく増加するな」

「まことに、そのとおりです！」――リンデンベルグがかしこまって言う、――「倉庫については、心配いりません、間に合うように致します！」

八月になった。最初の日曜日、アデライダとコンスタンツィアは連れだって温泉に行くことにした。医師の薦めで設備を整えることにした所で、現地の人達にも利用でき、わずかではあるが収入を得ることもできた。彼女らにはマクスートフが同行した。

山のふもとに薬効のある泉が湧いていて、あまり深くない井戸を形作っている。それを石で囲って浴場にしてある。隣には脱衣用の木造の小屋が幾つかしつらえてあった。近くの山肌に小川が曲がりくねって流れ、切り立った岩壁から音を立てて落下している。

マクスートフは思わず美しい景色に魅了されていた。やがて、音をたてて落ちる滝から目を逸らし、彼女達に近づいた。

「きれいだねー、ここは。ほんとに」

アデライダとコンスタンツィアは、持ってきた食べ物を籠から出して広げた掛布の上に並べた。

「燃える火と流れる水は、長い間、目を離さず見ていれるものよね」――作業の手を休めずコンスタンツィアが言う。

「美は常に目を楽しませるわね」――アデライダが応え、――「それだけじゃなくて、此処は薬にもなるのよ。ここの水は、健康にいいんですって。だからあなたは子供達を連れてくればいいのに」――親友に向かって――「そして、住んでいるこの場所をみせて、語ってあげなさい」

「もちろんだわ！」――そう言って、コンスタンツィアは目を上げマクスートフを見て、

「観測所長夫人がまだ女学校に来ないんです。事務所長と日本島へ行って、彼女と会おうとしたんだけど、それでもだめで……。どうも、コノプリツキー所長が彼女を隠して

いるようなのよ」

「ディーマ！」——アデライダが夫を見て——「あなた、上司として彼と話したらどうかしら？　私何だか、彼らの関係が心配になってきたわ」

「ほんと、話して下さらないかしら！」——コンスタンツィアが頼む——「この前私が彼と話をした時、私の言うことは聞こえてはいるんだけど、聞いていないように感じたわ」

「ええ、そりゃ、どうして？」

「何か隔絶されて、自分自身の内部に向けられたような面持ちだった……」

「それは、どうってことないんじゃない？」

「ええ、ただ、彼の仕草がどうもおかしいのよ。私と話していても、何か想像の世界を彷徨っている感じで……」

「分かった、すてきな女性の方々。皆さんの頼みは実行しますよ。所長を現実に引き戻しましょう」——マクスートフは笑って、食べ物が並べられた掛布を見て、——「さあ、宴の準備が整ったし、ごちそうになるとしますか！」——はしゃいだ調子で号令した。

アデライダが、食糧でいっぱいになった掛布の脇に、マフラーを広げ腰を下ろしながら言った。

「もう直ぐ此処に来てから一年になるわね。でも、信じられない」

親友の隣に腰を下ろしたコンスタンツィアがだしぬけに、

「私、ここが気に入ったわ！」

「都に帰りたくないの？」——白ワインの栓を開けながらマクスートフが訊く。

「そんなことないわ！」——即答したが、直ぐに付け加えて——「でも、また、きっとここに戻って来るわ。この地が私を引き寄せているみたいで……」——と、ためらいつつ小さな声で言った。彼女のことばには悲しい響きが込められていた。何かで嘆くような、そんな言い方だった。

「わたし、時々感じるんだけど、ここにずっと残るように思えるの。ずっと、ずーっとよ」——彼女はふたたび言った。思いに沈んで小さく繰り返し、目を落として黙り込んだ。

マクスートフとアデライダは、彼女が突然気分を変えたので思わず見交わす。アデライダは怪訝そうに彼女を見て、

「どうしたの、急に？」

「時々見えるのよ、この山々、生い茂る森、岸の岩を穿つ波……」——アデライダを見返し、コンスタンツィアがゆっくりと言う。そして、突然、笑って、

「気まぐれだって思うでしょ？」

「いや、僕はそうは思わないけど」——マクスートフは

困ったように言って、妻を見て、――「君はどう思う？」

「コンスタンツィア、あなたは私達の中で一番感受性が豊かなのよね」――彼の質問には答えず、アデライダは彼女に言った――「あなたには意識の中で、周りの世界から感じた印象が深く残るのよ。だから、何も超自然的なことはないわ。私もよ、ほんと、時々あるもの。夢で、ときどき、小さいアニュータを見るの。カミツレの花束を持って野原を駆けていたり、ただ、笑っていたり……」

「そうか、ついに幻覚の正体が分かったか」――そう言って、マクスートフは掛布の上のコップを見て――「それじゃ、今度は、皆さんの野原用のワイングラスにお注ぎしましょう」

一口少し飲むと、コンスタンツィアが夢を見ているように言う。

「ああ、ペテルゴーフの噴水に居ればなあ……」

「何でまた噴水なの。我々には天然の滝があるよー」――冗談めかしてマクスートフが言うと、今度は真顔になって、

「ちょっと、聞いてごらん、どんな音がするか」

滝の音は単調に聞こえたが、注意深く聞き耳を立てれば、ひと時も止むことのない歌が聞こえた。大量の水が雪崩をうって落ち込む、にぶく響く音であったり、渡って来る突風に永く続くざわめきだったりした。止められることなく運ばれてきた水が、河の流れに沿って海のかなたに落ちて行き、たちまちのうちに過ぎゆく人生の時に気づかせられる。そして、その切れ端が思い出に残るだけだった。

7

夏の最後の月も終わりに近づいた。サンクト・ペテルブルグに、ゴルチャコフ宰相の強い要請で決めたポーランド訪問から皇帝が帰国された。アレクサンドル皇帝は、今回の訪問に不満足だった。あちらで皇帝は、ワルシャワに招待したオーストリア皇帝とプロシャの摂政皇子のいるところで、地主たちやカトリック教会の僧侶たちに、国家の安泰はロシア諸民族の完全なる一致団結に基づいていると演説した。

「ポーランド帝国、それは我々の偉大なる国家の一部である、それはフィンランドと同様だ」――と締めくくった――「神により、我々が平和と調和に生きるよう定められている」

しかしながら、彼の言葉はただ空を切り、聞き留められなかった。それよりも空しかったのは、地元一座の公演を観たボリショイ劇場のボックス席で、何者かに硫酸塩を浴びせかけられたのだった。

「まあ、これも我慢しよう」――と、訪問旅に同行したゴルチャコフに言った――「ポーランド人には分別を取り戻してもらわねばならん」

しかし、分別が取り戻されることはなかった……。《ポーランドは、バルチック海から黒海まで広がらねばならない》――地主小貴族たちが大声を張り上げ素朴な人達を動揺させていた。《ポーランドの国境は、ポーランド・リトアニア王国の国境だ》――カトリック僧たちは説教の中で、信徒達がポーランド人ロシア兵からの独立を掲げた聖職者の行進に加わるよう呼びかけた。

「私のポーランド訪問は明らかに失敗だった」――アレクサンドルはワルシャワから都に戻って三日後、皇太后の宮殿を訪れた時に語った。

「いいえ、政治に於いては期待した結果が出るまで、時として永く待つ必要があるものよ」――エレーナ皇太后が賢く指摘した――「あなたの訪問が期待した結果をもたらさなかったとしても、それがために幻滅することは決してありませんよ。第一、あなたは、最も大事な線、すなわち、帝国の一体を維持するという演説をしたのだから、それだけで大きなプラスよ。地主貴族たちが分別ある考えに反対して行動したとしても、それは時間が経つにつれてヨーロッパが理解してくれるわ。ヨーロッパの支持がなければ、彼らのできることは自然発生的な言動だけでしょう。辛抱して待つことじゃないの……」

「ええ、でも、わたしが心配しているのは、騒動が始まるのではないかと……」

「それに対するたてまえは確かにあります。しかし、実が落ちて反乱を呼び起こすまでにまだ熟していません」――話に参加していた大公が口を出した。叔母の方を見て、「エレーナ・パーブロブナの方がいろんな意味で正しいと思う。いま、社会改革の予定した方向から逸れてはなりません。私は、改革が始まればポーランド人は鎮まると思いますよ」

「それなら、良いが！」――アレクサンドルは弟に目を向けた。――「ところで私のところに海洋交易に関する君のメモと、そのメモに対する国家評議会宛てのウランゲリ提督の書簡が届いたよ。二つは甚だしく矛盾する書類だ。君は私的な商船隊では交易の発展ができないと考えているようだね。そればかりか、《ロシア・アメリカ社》に関しては、それが単に貿易を駄目にしたという結論に帰結させようとしている。私は、その意見に賛同しないよ。提督を支持する。会社は、中国とカリフォルニア、さらにサンドウィッチ諸島とも交易をしている。君もよく知ってのことじゃないかね」

コンスタンチンは肩をすぼめて、

「私は自分の意見を述べただけです。もちろん、会社の海洋交易のルートは知っていますよ。しかし、私は、軍艦であろうが商船であろうが、すべての船舶をひとつの掌中に集中すればもっと有効に使える、と信じていますよ」

「おやおやっ！　コンスタンチン、あなたのその考えは、明らかに度を越していますよ！」――エレーナ皇太后が感情的に発言する――「それじゃ、私たちの革新的な改革という計画はどうなるの？　貿易も含め、経済のすべての面で、自由な発展を目指すのではないのですか？」

「一方の手で解放と自由貿易と言いつつ、もう片一方では一つに結びついた塊に留めようとする、そんなことはあり得ない」――アレクサンドルが顔をしかめた。

「私が言いたいのはそのことじゃなくて」――大公が釈明する――「貿易面に於ける《ロシア・アメリカ社》の非効率性を強調したかったのです。捕鯨でもすればもっと収入が得られるのではないかと。三百隻を超えるアメリカ船が我が国のオホーツク海やアナドィルスク海沿岸で捕鯨をしていますぞ。それに、そこは、《ロシア・アメリカ社》の海域ではないですか。会社がもっとしっかりとした明快な影響力を持って然るべきでしょう」

「残念ながら、会社所有の船舶の数が少なすぎる」――アレクサンドルはそっけなく応え付け加えた――「その海域はアメリカにやらせておけばいい、ビクトリアやルイ・ボナパルトよりはな」

「もちろん、それはそうでしょう。しかし、私が見ているのは、海洋交易の問題と、そこにおける私有船舶の役割に注意を向けて、会社が見落としている可能性を強調したかったのです。アラスカへはすでに調査官が向かっています。彼らの報告を見れば私の想像していることが正しいと証明されるでしょう」

「まあ、その報告書を待つとしよう」――アレクサンドルは温和に同意し、――「面白いだろうな。しかし、今のところ君の見方には根拠がないものとせざるを得ないな。とりわけ、会社との関係では、君は一面だけをとらえているように思える」――皮肉っぽく言った。

大公の顔が紅潮したが、この書類を書いたのが間違いだったことを理解し、兄のとげのある指摘に黙った。ただ、この会社のことを何とかしたかっただけなのである。

「私には、もうひとつ問題があって」――アレクサンドルは叔母を見てから視線を弟に移し――「君の助言を訊きたいのだが。コンスタンチン、君は《ロシア・アメリカ社》の交易について言い誤ったが、産物の供給量の他に、別の性質の問題がある」

「というのは？」

「合衆国との交易の決済は、ルーブルでなくドルでやっているが」――皇帝は続けて――「世界の交易市場で通用する通貨は、イギリスのスターリング・ポンド、フランスのフラン、そして我がルーブル。これを遠近法でみると、アメリカの財政との関係で、アメリカ国内を警戒しなければならなくなる。それで何となく危惧するのは、再検討せねばならないのでは、ということです」

エレーナ皇太后が思慮深く発言する。

「合衆国は基本的に近隣諸国との関係を大事にしていて、中国や日本とも関係を持っているわ。そして、そこでは既に彼らの通貨が流通していて、さらに、ドルは、私の知る限り、カリフォルニアの金と兌換出来るのよ。それは、重さで量るというじゃない」

「アメリカは、世界政治の中で、領土と貿易の拡大で自国の存在を認識させるだけでなくて、自国の通貨を通用させてしまうんです」――大公が発した――「やがて、時が証明するでしょう、合衆国が大陸だけにとどまらず、世界政治に影響を及ぼすことを……。とりわけ金融を通じてね」

「ただ今のところ我々に見えているのは、政治的確証の方向性だけであるが」――アレクサンドルが指摘する――「ドルが強くなっているのは事実だ」

「もしかしたら、それがために、今の財政状況を吟味する必要は無いと？」――大公が皇帝を見て――「安定した通貨は常にロシアに必要です」

「我々は常にヨーロッパ通貨に向かっていた。今やドルが彼らに引っ張りつけられ始めていて、もっともっと関係が強くなるかも知れない、いや、直ぐにではないにしても。ゴルチャコフが言うには、我々がアメリカを支持すれば、イギリスやフランスがアメリカ大陸での地位を強めようとアメリカに向かうのを阻止し、それが我々にとって有益になる。この点については、私も完全に彼に賛成だ。しかし、アメリカの財政にとって有益になることが我々にとっていいことか？　そこが問題だ。我々が品物の支払いにドルを使うことによって、知らぬ間にアメリカがヨーロッパに侵入するのを助けてしまっている。だが、アメリカはヨーロッパに必要か？　ここが、答えの必要な二つ目の問題だ。それは、ロシアにとって必要か？」

アレクサンドルは、少し黙り、弟と叔母を見まわして続ける。

「我々だって、他の国と違うわけではなく、《ロシア・アメリカ社》を介しての交易を含め合衆国と関係している。これからも、間違いなく、友好的関係を続けて行かねばならない。それが、大英帝国とフランスに対する防波堤になる。そこで、悩むのは、ドルのヨーロッパへの進出だ……」

「アメリカは、どこであろうと、可能なところでは、金融関係を強化しつつ自分の存在を拡大して行きます」――大公が発言する――「これは正に、たった今、確認したとおりです。これを一面と捉えれば、遅かれ早かれ、我々はアラスカから撤退せざるを得ません」

「それについては、もう話した！」――皇帝は不機嫌に声を荒げて――、

「もうこの問題には触れてくれるなと言ったではないか！」

「否が応でも、この問題は起こって来ます……」

「その時が来たら、この問題を片づければ良い！　今私が君の助言を訊きたいのは、アメリカの通貨のことで、それ以外ではない……」

「アレクサンドル！」――皇太后は皇帝に優しく――「あなたのドルに対する心配は分かったわ。でも、その問題も、コンスタンチンにいつも膨れ面をさせるアラスカのことも、それほど焦眉の問題だとは思わないけど。みな其々に時があるわ！　その問題の本質を財務大臣に掘り下げて検討させたら？　我々には今経済制度の自由化という課題があるし、そちらの方がもっと本質的だわ！」

「国家については、国力強化の展望が大切で」――アレクサンドルはきっぱりと言う――「アメリカ通貨による交易の今後の支持問題に関しては、それなりの指令を財務省だけでなく外務省にも出します」――少し黙してから、自認して――「これはそれほど気遣いのない問題だが、そうはいっても心配だ」

皇帝と大公、そして皇太后はこのテーマに触れたが、それがその世紀の後半から合衆国が構想する計画の核心にどれほどまで近かったか、想像してはいなかった。

選挙の結果、権力の座を別の大統領が占めるたびに、ワシントンの行政府は変わったが、国家政策のベクトルは変わらなかった。利益の生み出せるところにはどこにでも行くという政策に変わりは無かった。その関係で、世界経済の中で金融的に席巻するということが極秘の計画となったのである。海を越えてヨーロッパの政治に影響を及ぼすことは、難しい！　しかし、古い世界の国々を、ドルを流通させる方法でコントロールすることは、しごく現実的に思えた。ドルを世界通貨にすれば経済関係を支配できるばかりか、求める道筋で政治を執ることができる。何故ならば、金融に立脚した経済が政治の志向性を決め、それが常に経済に巡って来る、そうした相互連関を新しい世界の政治が卓越して会得したのである。ロシア皇帝は、アメリカとの交易をドル通貨だけで決済することに関して疑義を表明したが、そのままにしていた……。

皇帝の命令で、財務省と外務省は報告書を作成したが、決済手順変更に関する結論は欠如していた。皇帝に提出された書類には数字が沢山記載されていて、年間取引の全数値、受け取りドル額とそのルーブル換算額などが几帳面に書かれていた。しかし、主要関心事である、財政予測が記

載されていなかった。ロシア官僚のビューロクラティズムは先見性に秀でてはおらず、その点で、アメリカ人の方が格段に洞察力があったのである……。

合衆国にやってきたロシア公使のステッカーは、ほどなくそれを信じるようになった。ゴルチャコフ外務大臣から課題を受け、彼は選挙キャンペーンを注意深くモニターしていた。選挙活動は終盤になり、あらゆる知り合いや関係筋を積極的に利用して、アラスカ譲渡に関する問題の探りを入れていた。有力者たちと話すときには、極めて巧妙に利害をカモフラージュして、この問題に関する意見を探った。彼が必死になって探していたのは、後日この問題を公式なレベルで検討する際に、誰を頼りにし、当てにできるかであった。

北部の都市部では、富める産業家と、生存自体が危ぶまれる貧困の限界にある労働者とに分化が進んだ。新たなぬしによる先住民への迫害が横行。南部では奴隷制の下での盛んな強制労働。アメリカは、自由意思の吐露という彩色の制服をまとい、蜂の巣をつついたような状態にあった。アメリカ人の意識は、基本的にわずか二つの考えにかき乱されているようだった。それは、どうしたら多く稼げるか、ということと、自分達の志向する資本増大に応えてくれるであろう新しい大統領を選ぶことである。アメリカのプレス出版物から目についた記事を読んだり、資産家層の代表的人物達と会ったりしていたステッカーには、少なくとも、そう思えた。現に、ワシントンのとある教育機関でアブラム・リンカーンが演説をしたとき、ステッカーは身なりの良い中年紳士の隣に居合わせた。その紳士は熱心に演説に聞き入っていた。国の最高地位への候補者の言葉に共感を呼んだようだった。彼に向けられた視線を感じたようで、ステッカーの方を向いて、

「リンカーンの言ったことには、どう思われますか？　なかなか説得力がありますなあ、そうお思いになりませんか？」――返答を待たず、シルクハットを少し上げて――「失礼ながら、チャールズ・クロッカーと申します、織物商です」

「ステッカー・エドアルド・アンドレービッチ、ロシア公使です」

「外国のお方とお見受けしますが、あなたの印象を伺いたいものですね……」

「選挙は貴方がたのお国内部のことで、私は対外関係のことに携わっておりますので分かりかねます」――と慇懃に返答した――「ですが、彼の話には考えさせられますねー」

「彼はイリノイからなのですよ、ケンタッキーのハルディンで生まれたのですがね」――と、クロッカー――「スプリングフィールドで弁護士をしていて、州の立法議会に四回

選ばれたんです。そして、二年前に上院議員になりました。そんな訳で、政治に関しては永く、何を話しているかは分かっているんです。私が好感を持っているのは、合衆国の領土統一を保持し強固にするという考えです。これは単に政治的な意味だけではなく、経済的なくくりでもです」――ここまで言って、ステッカーの目に好奇心が光ったのを見てとり、さらに続けて――「我が国では、どう説明したら分かってもらえるでしょうか、まあ、産業発展のテンポが速いのです。それは、何処もかしこも、どんどん発展します。町と港、土地が交通手段の網で結ばれさえすれば。水上交通でも、道路でも、軌道もふくめて」

「あなたのおっしゃるのは鉄道のことですか？」

「当然です！　いま鉄道の意義はまことに大きいです。大分前からバルチモアー―オハイオ間に敷設されましたが、八年前、西の主要水路に達しました。ロックアイランドからミシシッピーへの路線がいま建設中です。私は、実は、太平洋路線の敷設計画に少し関係しております。海から海へ、アメリカは鉄道で結ばれねばなりません！」――そう話を締めくくると、ステッカーを真っ直ぐ見て――「そうした幹線を敷設するための法律が要ります。何故かといえば、鉄道はいくつもの州を通りますからな。それに建設にはいろんな鉄道建設会社がかかわって来ます。わたしは、リンカーンが大統領に選ばれれば、必ずこの計画を支持してくれると思いますよ！」

「実際、なかなか興味のある案ですねー」

「大事なのは、これがまことに現実的だということですよ！」――クロッカーは断定した――「輸送網は商品の流通発展に決定的な役を果たします。商品が速くはけるということは、生産を増やすばかりか、投資した資金も増やします！」

「ええ、財政的側面は極めて重要ですからね」

「おっそうだ、貿易という関係からいえば、基本的に、ドル換算でなければなりませんな……」

ステッカーは驚いて訊いてみる。

「何故でしょうか？　勘定の精算は、対外貿易に応じていろんな通貨でやればいいのではないですか……」

「そこで重要なのが、換算レートですよ。通貨で大事なのは安定性と換金性、それと鋳造の地理的な場所です。たとえば、ドル、単なる紙で、それ自体は一セントくらいのものでしょう。しかしながら、外国であれば、金数オンス分の品物を手に入れることができます。ここはあなたにもお分かりのとおりでしょう？　要は、その価値は、本質的に、金の保有量で決まるのです。そればかりか、ドルを発行することによって我々はそのプロセスをコントロールできるのです。

世界の市場を、大量の我々の通貨で満たすことによって、実際上、金融面で商品流通に大きな刺激を与えているのです。リンカーンは、これは私の憶測ですが、このことを分かっていると思いますよ……」――そう言って帽子を少し持ちあげ、別れの挨拶をした。

このときの会話をステッカーは永い間覚えていた。ゴルチャコフ宰相への定期報告を作成する中で、彼は、選挙後のアメリカ社会は火薬樽のようだと伝えた。それほどまでにアメリカ国内の矛盾が灼熱化していたのである。とりわけ、北部と南部とでは経済秩序の違いが際立っていた。北部は、経済的に発展しており、産業家がアブラム・リンカーンを推している。リンカーンは、経済制度を含め、国家内部のすべての関係を堅固にする方向を提唱している。

政治的に敵対する競合相手に対して不屈のリンカーンは、合衆国の偉大さを高める約束をしつつ、声の力と引用する論拠で、耳を傾ける大衆を巧妙に感化した。選挙人の感情に遊びながら、より明快であることに努め、より単純に見えるよう心がけた。

彼の内的確信によれば、アメリカは、一枚岩となり世界の舞台でリーダーとしての地位を占めねばならない。存在する経済的矛盾と奴隷制度が発展の足かせになっている。数十年もの間に積み重なってきたものに打ち勝つには力不足であった。進歩的な思想を持つ産業家や商人達に支持された権力、至高の、すなわち大統領の権力が必要であった。

リンカーンは政治が譲歩の芸術であると同時に、為された決定を実行する残酷な行為であることをよく知っていた。北部地方の利害を完全に感じていて、それについて確信を持って話した。南部では、奴隷を合法化している権利規範の撤廃や緩和に触れて、演説の口調を和らげていた。

二年前、リンカーンは、国の全土に奴隷制が広まる可能性を開くカンザス・ネブラスカ法が採択されたことに反対を表明した。彼の演説は新聞で広く伝えられ、大衆の目には彼が奴隷制廃止の熱烈な闘士だった。以来、この世論の後光が彼を取り巻き、彼はそれにのって今回の選挙キャンペーンを行っていた。肌の色の違う人々を支配することについては、彼は実際に不道徳と見なしていたが、彼らの権利擁護の真の闘士かというと、そうではなかった。憲法擁護と強い国家造りの支持者であり、合衆国国民の自由を踏みにじる現行法規を厳しく非難する演説をした。一方で、一八五八年、カンザス・ネブラスカ法の二面性がとがめられた時は、神の掟《自ら内部から壊れる家は、建たない》を言い換えて、《完全な奴隷制にあっても国は自由になれる》と、自分の演説では、そう言ったのである。将来のアメリカを予言して、それがもう水平線にくっきりと見える、と言った。

8

秋になったある日、シトカが明るい黄葉の装いに包まれたとき、長旅からフルゲーリム大佐が戻ってきた。提出された報告書に目を通し、ノボアルハンゲリスクを見回った後、フルゲーリムが満足して言った。

「マクスートフ大尉、実によくやってくれたね。交易もまことに順調。毛皮用獣皮の量は昨年のレベル同様だが、海獣加工が増加し、前回の数値をすべて上回っていますな。アメリカが氷をこれだけ買ってくれるとは、嬉しい限りだ。ノボアルハンゲリスクとオジョルスク多面堡の増強、それにヌラト取引所拡張と防御力増強対策の方は、すべてに於いて予定を著しく上回るでき上がりだ。ただ一つだけ、気掛かりなのは」――額にしわを寄せて――「必需品の値段がかなり高いままだ」

「ライ麦粉が五ルーブル、鶏肉一プード（＊一六・三八キログラム）が六ルーブル、お茶が高くて七ルーブル……」――マクスートフが数え始める。

「いや、それは、知っている」――副長官の言葉をさえぎり――「来年はもっと真剣に穀物生産問題に取り組まないといけないな。シトカで穀物の種まきを増やしてみよう。乳牛の頭数は増えているが、鶏の数を増やさんとね……」

「乳牛は現在百頭、鶏は増えていて、おそらく五百羽近くになります」

「ちょっと少ないなー。餌作りについては、リンデンベルグと相談だ。カデヤック島じゃ、たまたま知ったんだが、穀物に干し魚を交ぜて鶏にあげていた。結果はそれほど大きくは無いようだが、そこそこ良いらしい……。ここでもやってみよう。それぞれの出先で得た経験はお互いに交換し合うのがいい」

「ええ、是非とも、事務所長と話してみます」――マクスートフが言う――「穀物は倉庫にありますが、量は多くありません。しかし、魚はここじゃ、十分ありますからね」

「そう、結構だ！」――業務に関する相談事を切り上げると、フルゲーリムはいき込んで――「ところで、アニュータは成長しているかね？」

「もう、少し立てるようになりました」

「我が家にも、もうじきアンナに赤ん坊が生まれるよ」――小声だが、興奮交じりに大佐が言った。

この二人の会話から一昼夜経たぬ間に、バラノフ要塞の半分、すなわち、フルゲーリム家が住んでいる側で、赤ん坊の産声が鳴り響いた。アンナが、アデライダのとき同様、明け方に出産したのである。

「どうして子供というのはこんな明け方の時間を選ぶのかねー」――睡眠不足で腫れた目をしたフルゲーリムが、問いたげにマクスートフを見た。

アデライダが出産した、あの記憶に残る一月の朝と同じように、二人は客間で今か今かと心配しながら待っていた。その時と同じように、陣痛が始まると直ぐにベレンドが呼ばれた。今回は、役割だけが代わった。お産のベッド脇には、医師と、今度はアデライダがいた。女の子が誕生した。家族に起こった幸せな出来事に、フルゲーリム大佐は、奥さんの栄誉に子供をアーニャと名付ける、と宣言した。

「なんて素敵なの！」──兄の決定を聞いてコンスタンツィアは、陽気に笑って──「じゃあ、二人ね。大きいアーニャ・マクスートフと、小さいアーニャ・フルゲーリム」

「そうだなあー、我々にはアンナが大勢いるなー」──自分の上司が父になったことをマクスートフは心から祝した。

丁度この日、お昼時、カリフォルニアから、アメリカ船で、大公の派遣した審査官が到着した。

「皆さん、よくお出で下さいました。道中いかがでしたか？」──長官が出迎え挨拶した──「実は、私も昨年、同じ航路でやって来ました」

「いやあ、お陰さまで、何とか無事に来られました」──ゴロービン海軍大尉が応える──「実は、パナマを出たところで、厳しい時化に遭いましてな。私は慣れているので、何て事は無かったんですが、連れには、まあ、早い話、あまり快適ではなかったようですな……」

「正直言って、あんなにひどいのは初めての経験でした」──もう一人の審査官、コストリフツェフ四等官は、フルゲーリムを見て言う──「我々は、会計帳簿の監査だけではなく、会社の持てる可能性のチェックも行います。会社事業のあらゆる面をつぶさに見るつもりです」

「どうぞ、どうぞ。何も隠しだてをするようなものはありませんから。何でも質問があったら、私に個人的に、あるいは、私の副官に声をかけて下さい」──面談に同席していたマクスートフの方に向き直り、

「マクスートフ大尉、何でも必要な手助けをしてあげて下さい。皆さんが監査に必要なものはすべてお出しし、我々の事業をお見せして。その意味で、あなたならすべてに応えられる」──審査官の方を向き──「いつから始めますか？」

「今日のところは、まず落ち着いて、明日から始めます」──四等官がそう応えた。

「結構ですね。事務所長のリンデンベルグが住まいの面倒を見ていますし、作業で必要な書類はすべてマクスートフ大尉から受け取って下さい」──そして、笑って言った──「まあ、仕事は仕事として、十日後には秋の舞踏会を催します」

マクスートフは長官の言っていることの意味がわからず、こんなことは初めて聞く、と不可解に思い、長官を見た。長官はそれに応えて、

「丁度一時間前に、発起人と、このイベントについて話したのだよ」――そう言って、審査官の方に向き直り――「これは、ご婦人方の考えでしてな、我々男どもに彩りを添えようと。今年は皆よく働いてくれまして、これは後ほどお分かりになるとは思いますが。まあ、そういうこともあり、少し気晴らしをし、休んでも良いのではないかと思いましてね。とにかく、どうぞ、招待をお受け下さい！」

翌日、審査官たちは、マクスートフの勧めでノボアルハンゲリスクを視て回った。ミハイル・アルハンゲリスク寺院を訪れた後、信心深いコストリフツェフは、ロシア正教寺院で聖アルハンゲル・ミハイルのイコンを見て、すっかり感激してしまった。贅沢な銀の縁飾りの中にあって何とも言えない印象を醸すのであった。永いことイコンの前に立ち、十字を切って小さな声で祈りを上げた。祈りの言葉は、マクスートフにはよく聞こえず、何を祈っているのかも分からなかった。

事務所に戻って、四等官が訊いた。

「あのイコンはまことに素晴らしい。どうしてあのようなものがここにあるのですか？」

「あれは、随分古いものです」――マクスートフが答える――「地元の司祭がびっくりするようないわれについて語ってくれました。初代の長官、バラノフ・アレクサンドル・アンドレービッチが特に崇拝していたそうです。ウラジーミル・ボロビコフスクが描いたもので、シトカ近くで沈没した《ネバ》号の船内にあったとのこと。そのとき、乗組員のほとんどが死んでしまいました。その惨事が起こったのは、一八一三年一月のことでした。ところが、あのイコンだけは無事だったのです。船が難破した後、波があれを岸辺に打ち上げたそうです。それから、ずっと、あのイコンはノボアルハンゲリスクを離れずにあるのです」

「バラノフはここにかなり永い間滞在したようですね」

「ええ、彼はアラスカに二十八年いて、その間一度も離れませんでした。ロシアに戻る途中亡くなりましたが、そのときすでに七十過ぎだったそうです」――マクスートフが説明する――「インド洋が墓場になりました……」

「フルゲーリム大佐は、ざっと数えて十三代目の長官になると思いますが、ハッキリ言って、何かあまり縁起の良い数字ではないですなー」

「私もフルゲーリム長官も、迷信は信じておりません」――マクスートフは審査官を直視して――「もちろん、運命からは逃げられませんがね……。ただし、この沿岸での事業活動についていえば、掲げられた目標の達成への執拗

さと、会社のミッションの重要性理解にかかっております。出来ることなら、車輪につかい棒をするようなことはされたくありませんね」

「どういう意味でしょうか？　我々の今回の訪問に対してですか？」

その問いには答えず、マクスートフが言いきる。

「願うことは一つ。評価が最初から決まっているのでは無いことです」

「いや、それは断じてありません、誓って言います！」

――コストリフツェフはそっけなく応じたが、長官の副官との会話がこんなふうに展開してしまい、不満足だった。

最初は同情的になっていたが、マクスートフが最後に発した言葉で自尊心が傷ついた。

コストリフツェフは自分自身のためにも、この副官の権限内にあることを綿密に視ねばならんと算段した。どんなことがあるか分からない？　こんな逆立たせるようなことを言うということは、何か、会計書類に重要な隠し事があるのではないか？　頭にそうした考えが浮かび、物思いに沈んだ表情になった。それ以上は口を利かず、いとまをして、あてがわれた住まいに向かった。

長官の住まいで舞踏会の催しが予定されていた日、従業員が奥様達と連れだってやって来た。客室がダンスホールに模様替えされ、守備隊の一行がオーケストラをしつらえた。実際のところ、アマチュアが吹く楽器は時々旋律を間違えたが、全体として祝いの席の雰囲気を損なうことはなかった。

「都と比べても劣らないわ」――マクスートフにワルツに誘われたコンスタンツィアが言う。彼は、アデライダと彼女を順番に誘って踊った。彼女はマクスートフが気にかけてくれているのがうれしくて――「あの、海軍兵学校の舞踏会覚えてますか？　あの時もシュトラウスでしたね」

――彼女は眼差しを上げて彼を見た。

「もちろん、忘れるはずがないじゃない？　ただ、ほら、演奏がずっと上手かったなあ」

「ああ、比べている―！」――コンスタンツィアが吹き出し――「リンデンベルグがあれくらいの演奏家を集められたらよかったのにね―！」

ダンスの後、マクスートフがコンスタンツィアを、アンナと何やら盛り上がって話しているアデライダのところに連れて行く。そのとき、事務所長が彼に近づいてきた。

「済まないが、マクスートフ副長官を少しお借りしてよろしいかな」――マクスートフといっしょに居るご夫人方に丁寧に告げた。

「あら、いまは駄目よ」――微笑んでアデライダが――「マズルカが始まるわ。彼が私と踊ることになっているの」

「いえ、ほんの二言三言だけで結構なので」――リンデンベルグは胸に手を当てて確約の意を表し、マクスートフと脇に寄りながら、

「もし、長官が訊いたら、急用で席を外していると伝えて下さい」

マクスートフは何事か分からず、事務所長に、

「何が起こったのですか？」

「私にも分かりませんが、使いが来ました。観測所長の奥さんが事務所に駆け込んで来たらしいのです。彼女が取り乱していて、泣き震えていてばかりで分からないのです。ただ、とにかく私に会いたいと。ちょっと行ってみて来なくてはなりませんが、よろしいでしょうか？」

「分かりました！　後で教えて下さい」

事務所長が出て行き、オーケストラがマズルカを演奏し始める。そうすると直ぐ、カップルが中央に進み出た。音楽が鳴り響き、陽気なダンスが始まる。

「ドミートリー、あなた、私を誘っていってくれて？」――アデライダは近寄って来る夫に人待ち顔で告げる――「フルゲーリム大佐に何の秘密？」

「後で話すよ」――ダンスの輪に彼女を招き入れながら、マクスートフが言う。

舞踏会がお開きに近づいた頃、リンデンベルグが現れた。

「フルゲーリム長官があなたの不在に気が付いたので、のっぴきならない用が出来て中座した、と言っておきました」――マクスートフは彼に歩み寄り訊いた――「何があったのですか？」

「ええ、実はですね」――事務所長はためらいつつ、小声で言う――「奥さんが言うには、コノプリツキー観測所長は、どうも狂ってしまったようなんです。彼は夫人を常に閉じ込め、外出することを許さず、誰ともコンタクトさせなかったそうです。娘と引き離されなかったのは良かったのですが、正に自宅に軟禁状態だったんです。正直のところ、私も以前、これは何かあるな、と気付きはしたのですが、そこまでとは考えておりませんでした……」

「驚いたねー」――マクスートフは驚いてうっかり口をすべらせる――「私もそう思った。そういえば舞踏会の最初の頃、彼を見かけたよ……。確か、彼は独りだったな、夫人は一緒じゃなかった。今はどこに行ったか見当もつかないが」

「舞踏会には夫人を連れてこないで、物置に閉じ込めてしまったんです。彼女が反抗したり、抵抗したりすると殴ることが数回あったらしい。それだけじゃなくて、溺れさせるぞ、と脅したらしいですよ……」

「そりゃひどい、そこまで？」

「まったくです！　彼女の言うには、そうだったらしいで

す……」

「こりゃ、フルゲーリム長官に報告せざるを得んが、今日は止めておこう。せっかくの雰囲気を壊すのもなんだ。明日にしよう……」

フルゲーリム長官はこのことについてその日の夜、知ることになる。夜半過ぎ、マクスートフとアデライダの寝室で、ガラスの割れる音が響いた。マクスートフが飛び起きて、灯りをともすと、床の上には割れたガラスの破片が散らばっていて、石があった。誰かが窓に石をぶつけた。いったい何が目的だったのか？……。

マクスートフは急ぎ身支度をし、ピストルをとって部屋から走り出た。廊下でフルゲーリム長官と出くわす。彼も同じようにガラスの割れる音で飛び出して来たのだった。

「何が起こったんだ？」――マクスートフがピストルを手にしているのを見て、長官は興奮して訊いた。彼は肩にタオル地のガウンをかけ、手には灯をともしたブロンズの蠟燭立てを持っていた。

「誰かが石を放って、窓を壊したんです」――マクスートフが答えて言った。

「分かった、中庭へ出てみよう！」

門の脇で、地べたに腰を下ろした観測所長がいた。両手で頭を抱え、大声で泣き、肩が痙攣したように震えていた。近づいて来る士官たちを見るや、コノプリツキーは跳び上がって、両手を前に伸ばし、首を押さえようと、叫びとともにマクスートフに飛びついた。やっとのことで、二人がかりで彼を投げ倒した。駆け寄ってきた衛兵が観測所長を縛るのを手伝った。所長は、激しく目をグルグル回し、何か唸り声のような、聞きとれぬ音を立てていた。

「気がふれてしまったようなんです」――そういって、マクスートフは事務所長が伝えて来たことを語った。

「朝まで営倉に入れておきなさい。朝になったら医者に診てもらおう！」――長官はそう指示し、衛兵がコノプリツキーを連れ去ると――、

「アニュータを驚かせたんじゃないかね？」

「いえ、娘はしっかり眠っていて気がつきませんでした。アデライダの方が石でガラスを割られたんで怖がっていました」

翌日、医師のベレンドがコノプリツキーを診察した。医師の判定ははっきりしていた。所長は精神的に病んでいて、それも重症だということだった。

「彼を専用の特別療養所に入れないといけませんが」――ベレンドがいう――「それは、ロシア本土にしかありません」

「明日、オホーツクに向けて船が出ますので、それで彼を行かせましょう」――とマクスートフが告げる。

「誰か同行者をつけよう」――長官が心配して、――「それに、船長には特に気をつけて監視するよう指示せねば」

「それじゃ、奥さんと赤ん坊はどうします？」――ベレンド医師が長官に目を向けて訊く。

「彼らも残念だが送り返さないと駄目だね。奥さんだって、ここに残ってどうするかね？」

この知らせで一番がっかりしたのはコンスタンツィアだった。彼女は観測所長の家族に起こった状況に何もやってあげられなかった自分を責めた。

「どうしましょう。何か嫌なことを感じていたのに見落としてしまった。ご主人から受け耐えてきた苦しみと嫌がらせがいかばかりだったか？　必要とされたときに助けに行けなかった自分を許せない」と。

「これは病よ、しかも直ぐには識別できないのよ」――アンナがなだめて――「自分を責めることなんてないわ。奥さんと親しく出来なかったんだもの、見落としても仕方のないことでしょう」

「これで終わってくれて良かったのよ。もっとひどいことだってあり得たわ」

翌日、甲板にコノプリツキーと娘を連れた不幸な夫人を乗せて、船が湾を出て行った。マクスートフは遠ざかっていく船を目で追いながら、何とは無しに肩をすぼめると、フルゲーリム長官の指示で観測所長の送り出しをやったリンデンベルグに向かって言った。

「リンデンベルグ事務所長、あなたのところへ奥さんが駆け込んだというのに、どうして私の窓に投石したのかなあ？」

「さあ、知りません、マクスートフ大尉、正直言って分かりません！　もしかしたら、彼女を学校によこしてくれと、コンスタンツィアとアデライダがしつこくせがんだからら？　誰にも分かりません！　一言で言って、気がふれるとこういうことが起こるんですねー」――悲しそうにため息をついた。

暖かい秋と交代に、冬の寒さが訪れた。師走になり、やがて一年を締めくくる。会社の一年間の事業結果に関してサンクト・ペテルブルグ宛ての報告書作成準備が行われた。

「マクスートフ大尉、事務方の総指揮をとってくれたまえ！」――副官を呼んで、フルゲーリム長官が命じた――「各支所から届いたデータを全部集めてくれ、収入と支出を完璧に反映するようにな。君の監視下でうちの官吏たちにしっかりと書かせてくれ。総本部には、こちらに何があるかを報告せねばならん！　それと、審査官たちが、何を書いているか、よく見るように……」

審査官たちは、机に山のように積まれた財務関係書類を綿密に調べ、商取引の指数とつきあわせて検算した。ことにコストリフツェフはそれに集中して、一つひとつの会計帳簿の数字の確かさを詮索した。一方、ゴロービン大尉の方は、社の業務を実際面から調べ、建設・修理などの実務検査に重きを置いた。彼は、マクスートフの依頼で、審査官の監査業務の面倒を見ていたガブリーシェフと親しくやっていた。両大尉は、毎日のように鍛冶場や氷の切り出し場、港や造船所に行った。ゴロービンは正にすべてのことに関心を示した。材料をどのようにして引き渡し、どう消費するか、どんな労働力を用いて、どう仕事をさせ、どう監督するかなど。また、彼はガブリーシェフと日本島へ渡り、カデヤック島にも行こうとしていた。彼らがいつもどおり造船所から事務所に戻って来たとき、会計書類の向こうにコストリフツェフが座っていたが、ゴロービンが訊ねた。

「ところでガブリーシェフ事務長、我々は来月、カデヤック島へは行けますかな？」

それを聞いて、コストリフツェフは作業の手を止め、頭を上げて、

「わたしもいっしょに行きたいですね」

「でも、道中大変ですよ。海路十日はかかるし、一月の風は時化を運んできますからね」――とゴロービンが応える――「あなたは、船の揺れよりも硬い地面の方がお好みだと思いましたがね」

「いえ、実はですね」――コストリフツェフの目が輝き期待に満ちて来た――「かつてあそこには、ゲルマンという老人が、後にエローブイ島に移ったのですが、隠遁生活をしていたそうです。その人のことについて、最近親しくなった修道司祭のイラリオンが語ってくれました。その老人は自分の手でほら穴を掘り、そこに住んだというんです。想像できますか？　実際には後で木造の庵に居場所を替えたのですが、それもまた自分で建てたのだそうです。カデヤック島に居た時には、流行病で亡くなった大勢の島民の子供たちのために孤児院を造ったんです。正に、聖人です！　初代長官のバラノフさえも、彼に自分の子供たちの教育を頼んでいたくらいです！　そうしたところに是非行ってみたいんです」

「イノク・ゲルマン、モスクワ郊外、セルプーホフ生まれ」――ガブリーシェフが言う――「かつてサンクト・ペテルブルグ郊外のトロイツキー修道院に勤めていた」

「ええ、そうそう、知っています！　それにラドガにあるワーラムスク修道院にも勤めていて、そこから正スラブ教会のミッションでアラスカに来たんです。彼については修道司祭が沢山教えてくれました……。それにそこの帳簿もあげねばならないんです。支部がここでの事業にかなり関

わっていますのでね」

「カデヤックは美しいですぞー、山がちで、水は山から下りて来るんですが、まったくもってクリスタル、澄んできれいです。しかも、薬効があるらしいですよ」――ガブリーシェフはもう一人の審査官に向き直り――「シトカの温泉は温かくて、五十度以下で、関節によく効きますが、あちらの水は、内科系の病に効用がありますよ」

「この前、ここの温泉に行ってみましたが」――コストリフツェフが言う――「いやあ、あれは奇跡ですね！　カデヤックにも是非行ってみたいです！」

「それは手配できますよ」――事務所に入って来て、偶然会話を聞きつけることになったマクスートフが言う――「来月の中頃、カデヤック島に食糧を運ぶ船が出ますから、それで行けばいいですよ」

「そいつはいい！」――コストリフツェフが喜びの声を上げる。

「ところで、ここに会社が持ち込む品物の値段の掛け目について少し話したいんですが」「何かおかしなところがありますか？」――マクスートフが警戒して――「掛け目で、我々の経費を賄い、幾らかの利益を確保しておりますが」

「それは書類でわかります」――審査官が頷く――「ここの生活必需品のほとんどは持ち込むのですね、しかし、掛け目の大きさが、何と言っても七十％というのは、あまりにも高すぎますね……」

「その内、運賃がほぼ半分なんですが」――マクスートフが反論を試みて――「ただで運ぶなんてことは、しませんよ！」

「もちろん、しかし、利益が三十％というのは、これだと値段が相当高くなってしまいますねー。そこを少し何とか少なくできるのではないかと思います。獣皮と魚の加工場をもっと拡張できるでしょう」

「今年はオットセイが相当たくさん獲れました」

「それは、素晴らしい！　それは、報告書に必ず記載しましょう」

「我々の事業に関して、あなた方の観点で、他にはどんな不適切な点がありますか？」――マクスートフは、更なる説明を求めてコストリフツェフをまじまじと見つめた。

「いやいや、マクスートフ大尉」――彼は突然微笑んで――「我々は不十分なところばかりを探しているのではありません。見落とされている可能性について、それを見つけるお手伝いをしているんです。この点については、記憶にあるとは思いますが、到着した時、既に伝えました」

マクスートフは、その時言われたことを、もちろんよく覚えていた。しかし、ああ言えばこう言う、どうも監査などというのは、いつも心地よいものではない。特に、監査の結果が会社の事業に影響するだけでなく、個人的な先行きにも影響するとなると尚更である。したがって、彼も、長官自身も、審査官が出す監査結果には極めて用心深く対応している。とはいっても、何か物理的に、たとえば彼らに金銭を渡し気を引くようなつもりは毛頭無かった。《彼らの仕事上で必要な手助けはできる範囲で行うが、努めて控えめに対応する》、これが、審査官が到着した際、彼らが去り二人きりになったときに、フルゲーリムが言っていたことである。そして、そのとおりにやってきた。コストリフツェフの今の発言は、審査官から聞いた初めての指摘の一つだった。

「あなた方のここでの事業は基本的に、長官が認めたその財務報告書に記載のあるとおりで」——審査官が続ける——「損失は、いまのところ無さそうだが、それぞれの特徴については注意喚起せねばなりません」

「どのような点でしょうか？」

「たとえば、捕鯨事業です。ロシア・フィンランドの捕鯨船団がアラスカ沿岸で操業しているでしょうか？　していますね！　そればかりか、長官自身、フルゲーリム海軍大佐が、その船団の創設に手を貸しました。ところがですよ、どうしてその収益がこんなに少ないのでしょう？　ここが問題です！」

「小さくて粗末な船では沖合まで出れません」——マクスートフが返答する——「確かに、我々は契約しました。それについても誠実に遂行していますが、おっしゃる通り、見返りは少ないです」

「ほらほら、そうでしょう。それじゃ、どうして船の数を増やそうとしないのか、なぜ新しい船を建造しないか、ですよ」

「我々が建造している船は輸送用です。捕鯨用には別の特殊船を建造せねばなりませんし、それには別途資金調達が必要です」

「そこですよ！」——コストリフツェフが満足して頷く——「私はまだ蟹漁について話していませんね。書類によれば、カデヤック島沿岸では十分な数が生息しているようです。これにはもっと目を向けねばなりません！　マクスートフ大尉、我々がここにいた数カ月は決して無駄ではなかったですよ。あなた方が、腕組みをして座っているのではないということ、会社もそもそも採算が合わないというのではなく、将来性がある、ということです。そうじゃありませんか？」

——興味を持って彼の話に聞き入っていたゴロービン大尉を見て訊いた。

「そのとおりですなー」——頷いて、——「建設の組織にも幾らか手落ちはありますが、現下の方針においては、全体として悪くない仕事をしていますよ」

事業監査の途中で審査官が下した最初の評価についてマクスートフは、直ぐ長官に報告した。フルゲーリムは満足して手をすり合わせて、「マクスートフ大尉、それは、喜ばしいことだね！　誰も不備が全く無いようになど出来るものではない。それは自明の理。反対することなどありません！　審査官が言ったことはまさにその通り。私が言ったではないか、ここでは商品の値段はそこそこ高いと。掛け目をそれくらい考えねばなりません。ところで、穀物に魚を交ぜる件は、リンデンベルグと決めたかね？」

「はい、既にやっています」

「それで、どう？」

「鶏は餌を啄んでいますが……」

「なんだ、それだけかい？」

「いえ、あまり大きくありませんが効果はあります。目方の増加が認められます」

「うむ、いずれにせよ、何か結果がほしいな。捕鯨については、特別なアプローチがいるな。いずれにせよ、既に他社が行っているのだから、そこへ投資するなど、本社が資金手当を許可しないだろうし、我々にだってやれないよ。となると、残るは一つ。出来るだけの手助けをすること！　蟹漁については、考慮の価値あり。言っておくが、このコストリフツェフは、なかなか好い考えをしているね」

十二月中頃、デービッド・カールトンを乗せた船がやって来た。春にシトカ湾に来た、あの男だ。彼を自宅に招いたフルゲーリムが、興味を持って訊ねた。

「貴国、合衆国では選挙が終わった、と聞いていますが、新しい大統領はどうですか？」

「覚えておられますか、私が予想した通り、先月、リンカーンが勝ちました」――船長が答える――「実際は、大差が無くて、わずか五十七票差でしたが」

「ええっ？　それは端的に言って、わずかばかりの差でしたなあ」

「それで、少々困ったことになっております」――カールトンは不機嫌に、――「南カロライナでは、いまだに選挙結果について議論が止まないのです」

「何を議論しておるのですか？」――フルゲーリムが驚いて、――「選挙キャンペーンはもう終わったのではありませんか、そして大統領が選出された。おっしゃるところ、彼が大統領のポストを争っていた時に表明した方針を実行するためのカードはすべて手中にある、そうじゃありませんか」

「いや、これは、アメリカをあまりご存じではありませんな！」――カールトンが声を荒立て――「南部の大半は大統領選挙の結果に満足していません。リンカーンはまだ法的に大統領職に就いたわけではありません。それは来年のことです。正式に就任して初めて大統領と認められます」

「それはそうとしても、彼が南部の熱くなった埃を鎮めるのに何の問題もないのではないですか」

アメリカ人カールトンは、フルゲーリムをしかと見据えて、

「南カロライナは鍋の湯が煮えたぎる如くに沸き立っていますぞ。連邦からの脱退も益々声高に叫ばれていて、リンカーンが湯気の出を少しばかり遅らせるとしても、演説の中ではっきりと反発していません。したがって、それも利用されているわけです。彼が黙っていることは、私には分かりませんがね……」


二昼夜過ぎて、カールトンは買い付けた品物を積んで去って行った。彼が去って、フルゲーリムはマクスートフにいぶかしげに言った。

「合衆国が不穏では、私も心配でならん。それが、我々との取引にどう影響するか、心配だ。変転が近づいているようだし、とにかく何事にも備えねばならないな」

合衆国の現況は、事の展開を注視して来たロシア公使も不安にした。新年まであと十日になったとき、南カロライナが連邦からの脱退を正式に通告した。政治的急変のラインが地図上に引かれ、より広く且つ深くなって行く脅威をもたらしていた。ステッカーは、サンクト・ペテルブルグに警告をもって伝えた。アメリカはかつて見たことのない国民的大変動に瀕していて、現下の状況の中で、民族的破局に至るかもしれないと。

だが、その後の展開が示すとおり、公使の予感は当たらなかった……。

急変

1

連邦からの脱退に関する申し出が、次から次へと、雪崩となってアメリカの南部諸州を駆けまわった。南カロライナに次いで、新年となった一月にワシントンに声高に申し出て来たのは、ミシシッピー、フロリダ、アラバマ、ジョージアとルイジアナの諸州だった。さらに二月に入ってテキサス州も加わった。モントゴメリーに集まったこれら諸州の代表者たちは、取り急ぎ州連合の憲法を起草し、臨時の大統領として、国民政府の防衛大臣をしていたデービス・ジェファーソンを選出した。彼は、すぐさまリンカーンに二つのアメリカの平和的共存を提案した。一つは、脱退した諸州を除いた現存する合衆国、そして二つ目が、結成されたばかりの連合国である。

リンカーンは、まだ就任していないので、この問題には関与したがらず、放っておいた。彼の沈黙は、選出された大統領の政治的弱さと見なす余地を与え、南部と北部の争いを益々燃え立たせることになった。

合衆国で起きていることについて、ステッカーは逐一几帳面にゴルチャコフ宰相に報告した。連合が組成されたことを知ると、ロシア公使ステッカーは、南部諸州が目指しているように、国が二つに分裂する可能性に極めて憂慮し、宰相に向けて、次のように書いた。《南カリフォルニアが承認を得る試みをするときには、次の返答が我々の利益とメンツに最も適うでしょう。すなわち、我々が南カリフォルニアを認めるのは、外交関係を樹立する方法でその州が北部との関係正常化を図ったときである。しかし、それを必要以上に急ぐことは無い。なぜなら、我々の政治的利益のためには合衆国の維持が望ましいからである》

ゴルチャコフ宰相は、アメリカからの書簡を受け取り、案じ顔で脇に置いた。実際、合衆国での出来事は、ヨーロッパ中に警告をこだましていた。アメリカが二つに分裂する、ということは、クリミア戦争後に出来上がっていた大陸における政治的均衡を崩すことになる。大陸に関しては英国とフランスがかねてよりずっと、羨みと渇望の眼差しを注いでいたのである。合衆国が正式に分裂すれば、大陸に対する政策を全面的に見直さねばならぬであろうし、ロシアの極東沿岸の安定にも否定的な影響を及ぼしかねない。これに関して、宰相としては黙ってはおれない。それと同時に、合衆国の内政に干渉することに対しては、片方の側に対して好感を示すことになり、それは政治的スキャンダルを孕むことになる。したがって、外交関係にあったワシントンとのつながりを持ちつつ、厳格な中立を保たねばならないのである。となると、選挙で選ばれたリンカーン大統領の政権とだけ関係を持つべし、ということは明らかである。

合衆国での出来事は宰相にロシアとアメリカの関係を深く考えさせた。特に、アメリカ大陸におけるヨーロッパ諸国の政策についてである。だが、たとえアメリカに対する考えが動揺させたとはいえ、それよりも、ポーランド問題の方がずっと大きな関わり事であった。それが破裂したら最後、全ヨーロッパが揺れ動いてしまう地雷が隠れているのは、正に、ポーランドなのである！

皇帝は農奴解放のマニフェストを作成し、三日後に交付する予定でいたが、そこに、ワルシャワでの騒動の知らせがもたらされた。外交政策の観点でより広く見れば、鎖は長く繋がっているようで、ポーランドはその中の最も弱い環である。それを壊すのを英国やフランスが見逃すはずがない。しかも、ポーランド人の反動が膨れ上がっているこの時を利用しないでいるわけがなかった。

ゴルチャコフ宰相は、机の上のステッカーからの手紙とワルシャワからの書類を見て、皇帝との謁見を至急申し入れる必要を感じた。

「もう、限界だ、我慢が出来ない。どれだけ続けば良いというのだ？」――やって来たゴルチャコフからポーランドに関する彼の見方につき報告を受け、アレクサンドル皇帝は不快に発した。事件については、すでに憲兵隊長の報告で知っていた。

宰相は、皇帝に、ポーランド国民に対して至上の檄を発してくれるよう提案した。何故かと言えば、彼は、国際舞台に於いては狡猾なゲームが決定的な結果をもたらすと信じていたからである。彼の考えでは、檄を飛ばすことがポーランド人を説諭する一つの方法だった。

「何を言っているのかね、ゴルチャコフ宰相？　外交書簡や政治的アピールなど、今の状況で何の役に立つと言うのだ。ポーランドは国家を分裂させようとしているのだぞ」――皇帝は、ゴルチャコフを面談に呼んだ執務室内を興奮して歩きまわった――「私には、改革が目前にある、それを壊すわけにはいかぬ！　ところで、ヨーロッパの反応はどうだ？」

「英国とフランスにはこれは好都合なのです」――宰相はハッキリと言い、さらに――「アメリカ大陸では現在国民的な対立が生じており、彼らの目はそちらに向けられています。合衆国の内閣は厳しい嵐にもまれる船のように揺れ動いております。リンカーンが選ばれたことで、南部諸州が連邦からの脱退を試みています」

「それが、我々にどう悪さをするのかね？」

「ルイ・ボナパルトとビクトリアはアメリカの沿岸地帯を狙っています。これについてはフィリップ・イワノフが知らせて来ております」――宰相は、ロンドンに居るブルンノフ公使を慇懃に名前と父称で呼んだ――「首相パーマストンは、海の支配者である女王の関心がアメリカ大陸にあることを承知しており、すでにそう明言しています」

「それで？」――皇帝は威嚇する目で宰相を見たが、あきらかに宰相が言わんとすることが理解できなかった。

「はい、このことから結論付けることが出来ますのは、イギリス女王もフランス皇帝も、脱退する諸州の側をとる、ということです。私が懸念しておりますのは、彼らがアメリカのことに、それにアラスカの植民地についてもですが、介入することが脅威になり得るということです」

皇帝は不満そうに顔をしかめた。

「なぜ、彼らのことが思い浮かぶのかね？」

「もし英国とフランスが、何らかの口実で、燃え上がっている紛争を利用してアメリカに進軍すれば、我々も戦争に巻き込まれかねません。これは極めて好ましからざることです」

「うん、それは得策では無い。君は、いずれにせよ、ビクトリアとルイが我々をアラスカから追い出そうとしている、と思っているのかね？」

「はい、そのたくらみは十分考えられます」

「分かった！」――皇帝は、手で空を切った――「憶測だけでは何もならん、まだ、その時ではない！ヨーロッパはまだ合衆国の出来事を監視しているだけだ。我々もそうだ。さあ、そこでだ。ポーランドをどうするか？」

「そうですね、やはり、臨戦体制で臨むしかないのではと思いますが」

「そう思うかね、やはり……」――アレクサンドル皇帝が繰り返した。

躊躇している場合でないことは明確に理解していたが、皇帝は揺れていたのである。如何なる逡巡も、それによる不決断は、ポーランドでは単に彼の弱さと評価されるだけだった。それと同時に、極端ではあるが、暴動を弾圧すれば、ヨーロッパは様々に評価するであろう。宰相を下がらせて、皇帝はミハイロフスキー宮殿の皇太后エレーナ・パーブロブナのところへ向かった。そこでは、叔母といっしょに弟のコンスタンチン大公が待っていた。アレクサンドルは、作成された《マニフェスト》と農奴解放の《勅令》につき、彼らと最後の一筆の相談をするつもりであった。宮殿での話は皆を心配させているポーランド問題から始めた。大公はきわめて戦闘的な雰囲気である。

「もう寛大なのは止めましょう！　ロシア帝国の真ん中で革命の行動に発展する前に、ポーランドのヒドラを絞め殺さねばなりません！」——彼は熱くなって言う——「もし今、手綱を緩め、言葉による話し合いなどで灼熱を冷まそうと会談に臨めば、ポーランドは我々から離れて行くだろうし、さらに悪くなり、諸県の不満を掻き立てるだけです。その結末はどうですか、屑どもが這い出して来て、自由だ、民主主義だなどとスローガンを掲げてスキャンダルを起こすだけです。民主主義は、統制できるものでなければならず、決して政治的に独立したものではありません」

「しかし、我々自身、農民に自由を与えようとしているのだぞ」——アレクサンドルが反駁する。

「ただ、我々の目的は一つ、経済的なものです……。あなたは皇帝でしょう、違いますか？　お父上がおられたら、ためらわず、即刻地主の首をはねていたでしょうな！」

「父上だって？　時代がちがう！　我々は改革を始めたんだ。何と言うと思う？　ロシア人を解放してポーランド人を弾圧するとか？」

「改革をやってヨーロッパに気を配り慎重に行動するなんてことは、単に愚かなことね」——それまで黙っていたエレーナ皇太后が口をはさんだ——「過酷さと厳しさは、同様では無いわ。統治するには握り手は固くなくてはね」

「何が言いたいのですか？」——彼女がそこまで断固として主張するとは予想していなかったので、アレクサンドルは思わず言葉につかえた。彼女はいつもリベラルな見方を支持していた。

「コンスタンチンは一面では正しいわ。戦闘態勢を敷く必要がある、という点で。しかし……」——彼女はしばらく考え込んでから続ける——「反逆者を抜き取りして評定しなくてはいけません。それに一味を捕まえなければ充分ではないわ。しかし、こうすることによって事態は実際深刻になり、中立なポーランド人たちはロシアに対して反感を抱いてしまうわ」

「そこなんです。叔母さまの言うように」——大公が口をはさむ——「捜査コミッションを出し、野戦裁判にかけましょう！　罪のある者は皆、裁判にかけることです！　そして、他は構わないことです。ヨーロッパに、我々が秩序と改革を重んじ、カオスは許さないことを示すことです」

「そうだ、そうしよう！」——アレクサンドルは断言した。

「しかし、誰を総督に任じますか？　軍人で、統制できるだけでなく、外交官的に話せる人でなくてはなりません」

「侍従武官長のランベルトに任じたらどうかな」——コンスタンチン大公が助言した——「彼の信条はカトリックです。たぶん、それが役に立つのではないかと思う。彼は今たしか海外で療養中です。召還して、ポーランドまで来させましょう、時間がありませんから。彼がそこに着くまでに軍事大臣を送り、行動を開始させましょう」

「分かった！　ワルシャワへはスーホザネット伯爵を行かせる。彼は軍事大臣だから、しかるべき権限がある。ランベルトが着くまでに、課題は整理できてしまうと思うぞ！　ところで、私は、《マニフェスト》の最後の部分について助言をもらいたいのだが。次のような言葉で締めくくろうと考えるがどうだろう」――アレクサンドルは、手にしていたファイルからインクで書き埋められた紙片を出して、読み始める――《自らに十字を切りたまえ、ギリシャ正教の民よ。汝の自由労働のために、汝の家内の平安と社会の幸福のために、神の祝福をともに祈ろう！》

読み終わると、目を叔母に上げ、そして弟に移した。大公は黙って、今しがた読み上げられた《マニフェスト》の最後の行を考え込んでいた。

エレーナ皇太后は皇帝を見て、

「そのとおりね！　彼ら自らの労働と国家のために、ということを思い出させる文言で人民に直接呼びかけ、マニフェストを終える必要があるわね」

「それじゃ、君はどう思う？」――アレクサンドルは、意見を訊きたくてコンスタンチンを見て言った。

「おそらく、そのとおりでしょう」

「分かった。それじゃ、これで行こう！」――この話し合いの中では二回目になるが、確信を持ってアレクサンドルが発した――「さあ、《マニフェスト》は準備できた。計画した改造をまずは公表から始める」

二月十九日、皇帝が出来上がった書類に調印し、三月五日には《マニフェスト》が首都で公布された。公表された農民改革（＊農奴解放）はロシア全土でかつてないほどに活気づいた大反響で迎えられ、ワルシャワの騒動はしばらくおとなしくなった。

そして、皇帝が《マニフェスト》にサインしたあと三日経って、ワルシャワに向けて、軍事大臣が歩兵師団と軽騎兵連隊を連れて出発した。ドンからは、追加でワルシャワ駐留部隊を補強するため、軍事大臣の命令でコサック兵の四連隊がさらに送り込まれた。相当大きな兵力である！

スーホザネット伯爵は、すぐさま、あらゆるデモンストレーションや暴動の抑え込みに着手した。捜査コミッションを組織し、軍事裁判のはずみ車が急回転した。反抗の頭をもたげた地主たちを裁判にかけ、手枷足枷にして段階的に投獄し、不都合なカトリック僧は憲兵の監視下、ロシア奥地の委託領地に、送り込んだ。

三月中頃、外交関係の現況報告書を携えたゴルチャコフ宰相と応対し、皇帝が訊ねる。

「合衆国で何か新しい動きはあるかね？」

「公使からの報告によれば、アメリカでは火山から噴煙が上がり、今にも噴火しそうな状態だとのことであります！　国が二つに割れ、両者の対立が深まるばかりで、南部は北部と一緒にはやって行けないと言い、北部は北部で南部が表明する申し入れを聞かない、といった状況とのことです」

「そうか？」──アレクサンドルの声には憂慮が混じっていた──「ということは、状況は落ち着きそうにない、ということだな？」

「益々激しくなって行くばかりです。連合にはバージニア、北カロライナ、テネシーとアーカンサス州が加わりました」──宰相は数え上げ、加えて言う──「現在は、十一の南部州に対し北部二十三州・地区が対立しています」

「で、リンカーンは何をしているのかね？」

「この問題に関しては答えにくいのですが」──手で鎮めるしぐさをして、ゴルチャコフは──「選ばれた大統領がいっこうに自分のポジションを明言しないのです。印象としては、時間を引き延ばして、問題の解決策を探しているのではないかと思われます」

「沈黙が長引けば対立の火を燃え盛らせるだけだ！」──皇帝が見てとる。──「もし、我々がポーランドに対して同じように行動していたら、とうの昔に暴動の炎が燃えていただろう。それでだ」──宰相をじっと見て──「こうした状況下で、外務省はどうしているのかね？」

「我々の外交関係がワシントン行政府との間であることに鑑み、我々は、彼らを支持しております」──ゴルチャコフはそう答え、──「合衆国の内部問題に関しては、極めて中立的な立場をとっております」

「そうだ、その中立的なポジションは今後もずっと保たねばならん。状況を正確に追っていかねばならんぞ、ゴルチャコフ宰相。定期的に報告してくれたまえ。アメリカのこの大騒動は嫌だ、ああ、まったく嫌だね！」


リンカーンは国が分裂したことを明らかに理解していたが、何にも起こっていないというふうを装っていた。そして、ついに、長い間待ちに待った就任式が行われ、大統領の評議会を招集した。

「どうしたものか？　合衆国が分裂して行く。これ以上沈黙するのは適当ではない」

ウイリアム・シュアルド国務長官が即答して言う。

「如何なることがあっても連邦を維持すべきです！」──彼の声は硬く、発言を固執する決心に満ちていた──「どんな譲歩や提案があったとて、決して同意してはなりません！」

「ケンタッキーの上院議員の提案のことを言っているのか

ね？」――リンカーンは彼に目をやる。

「それもそうです！　上院議員のジョン・クリッテンデンは奴隷制度を認める提案をしたが、その後は広まっていません。そこで言われていたのは、現状、譲歩は可能で、その譲歩があれば、南部は合衆国の一部として残ることにふたたび同意するだろうということでした。ですが、我々には、そのような譲歩は不要です。連邦は既に結成され、機能しています！　ビフリャーニンは政治的に極めて嫌われるでしょう。アメリカは自由で民主的でなければならない、そして、一つであらねばなりません！」

「ということは、前の連邦に固執すべきと？」

「そうです、それしかありません！」――リンカーンを直視して、「あなたが選ばれたのは、アメリカ全州の大統領ですぞ！　あなたは、合衆国の大統領であって、単なるどこかの州の代表ではありません！」

「誰か異議のある者は？」――大統領は評議会メンバーを見渡す。――「国務長官の話には得心が行く、わたしも同意見だ。アメリカ国土を分割してはならない！　反対に、我々が努力せねばならないのは、国をひとつに維持し、国境をもっと拡張することだ。そこにのみ、合衆国の繁栄と威力高揚の道が在る！」

譲歩への連合の望みは瓦解した。ジェファーソンは、評議会の状況を理解し、リンカーンの頑なさを感じ取り、戦闘を決心した。

「リンカーンはサーベルを抜いた。私が彼に先んじて、私の刀で一撃をくらわす。そうすれば彼は立て直すことができず、交渉に応じざるを得ないだろう！　我々は、直ちに連合諸州の内部を完全にコントロールせねばならない。それで初めて条件を強いることができる！」――南部諸州代表者会議で、ジェファーソンは熱弁をふるった。

そこで会議の決定が宣言された。それは、「……以上の関係で、サムチェル要塞がことのほか重要である。ピエール・ボレガール将軍（代将）に、要塞を包囲し、駐留軍に降伏させるよう委託する！」というものであった。

ジェファーソンは、チャールストン湾を守る要塞を予め連合の手中に入れておきたかった。そこを確保すれば、海洋への出口を持つことが出来るばかりでなく、南部諸州の主権を認めさせる政治的駆け引きを始めることができるからである。

連合軍は要塞に進軍し、包囲の輪を縮めた。ジェファーソンは、包囲開始の報告を受け、将軍に要塞の占領を急がせた。ボレガール将軍に宛てて、行動を急ぐよう指示し、さもなくば、北部合衆国軍が要塞の救援に来て、南部連合軍には不利な状況になってしまうと伝えた。

一方、北部合衆国軍は、大統領からの采配がなく、配置された場所から一歩も動けずにいた。リンカーンは黙していた。彼は、かつて年の初め頃、南部で脱退の動きがあったときに知らぬ顔をしていたのと同様、今度も対外的には何も反応しなかった。

「ジェファーソンは明らかに、我々を突いて紛争に持ち込もうとしている。そうすれば収拾不可能な武力対立に発展する可能性がある」――シュアルドの考えと同じで――「わたしは戦火を望まない」

「私もそうです。しかし、いずれにせよ、駐留軍を補強した方がいい。要塞には戦艦で武器と補給戦力を送りましょう」――国務長官が応じた――「もちろん、我々の方からは戦火を開きません。どうしても必要となったら要塞を助けましょう」

「包囲は単なる挑発に違いない」――大統領が発する――「待った方がいい。待って、事態がどっちの方向へ転ぶか様子を見よう。戦争の口火を切る勇気はジェファーソンには無いだろう……」

大統領になって、肩にかかる責任の重さが彼の決断を躊躇させていた。領土を占領することで、国を分裂に導いてしまうこと、ましてや、武力で。それはあってはならぬことである。それだからこそ、彼は揺れていた。状況から抜け出す出口を痛ましく探し求めた。しかし、まだ出口は見えなかった……。

四月の初め、シュアルドは要塞を救援することでリンカーンを説得した。彼が引用したのは、彼らがじっと黙していることは、南部連合の主権への食欲を強めるばかりで、新聞紙上に不必要な、政府に都合の悪い批判記事を載せさせるだけだと。

「包囲された駐留軍には食糧が要るだけでなく、政府が注目してくれているという印と援助が必要です」――彼は大統領に食いついた――「この後者がより重要なんです！」

要塞への艦船の準備が進められたが、遅れた……。艦船が包囲の輪に閉ざされていた岸に近づいたそのとき、ボレガールが、駐留軍司令官ロバート・アンダーソン少佐に交渉の申し入れをした。彼らの対談で、将軍が言う。

「ロバート、あなたはかつて私のところで優れた砲兵術教官の一人だった。あなたの防御能力はよく分かっているし、評価している。しかし、我々の方が優勢であり、どのような防御隊形を組もうと、我々の砲火にはかなうまい。私を信じろ！　瓦礫の中で永遠に眠るより、白旗をあげた方が良い！　それだけじゃない、要塞を捨て、兵士はどこへなりと武器を持ったまま、君が連れて行くがいい。それは許そう」

「近づく敵を見ただけで降伏するなど、屈辱極まりない！」――きっぱりと、しかし、かつての上司であるのを見て取り、少佐は慇懃に言った――「したがって、将軍、あなたの申し入れはお断りします！」

四月十二日、防御柵の壁を覆っていた朝靄が晴れるやいなや、ボレガールは要塞への砲撃開始を命じた。一昼夜半、砲撃が絶え間なく続き、四千発以上の砲弾が要塞の建物や設備に襲いかかった。爆発で地面がめちゃめちゃになり、石造物が破壊された。火が木造物に燃え移り、炎に包まれた。いく筋もの戦火で黒煙が空を覆った。だが、神は防御する側に味方した。誰ひとり命を落とした者はいなかった……。これ以上抵抗を続けるのは意味がないことと、駐留軍としての自分の責務は果たした、と判断した少佐は要塞を明け渡した。

「あなたは責務を立派に果たしましたぞ！」――兵士が破壊された要塞を捨てて出て行くとき、アンダーソン少佐に向かって将軍がつけ加えて言った――「どうしてこれ程まで上手く痛手を免れたのか分かりませんがな！」

その後の出来事の中で明らかになるのだが、これは、始まったアメリカ最大の大量流血内戦において、最も流血の少ない戦闘であった。南部連合と北部連邦の武力衝突は、今や避けられなくなった。リンカーンは、駐留軍が降伏した知らせを受けた時に、ハッキリと認識したのである。

「南部諸州が武力抵抗に入った」――内閣メンバーを緊急招集して大統領が明言した――「今や、南部連合軍に対して武力をもって応えることが許される事態となった。国の統一に反対する奴らには積極的に対抗せねばならない。それと同時に、意義深くかつ状況を複雑にしているのは、戦時下にあっても、世界における我々の影響力を弱めてはならないし、より一層高めねばならないということである！」

戦争が始まった知らせを駐合衆国ロシア公使から受け取り、ゴルチャコフ宰相は直ちに皇帝に知らせた。

「リンカーンが連邦堅持のポジションを大っぴらに明らかにしました。それに対して、南部連合の方はワシントン内閣の方針に抵抗し武力行動を開始しました」

「それは、合衆国の内戦だ」――宰相の報告を聞いた皇帝は、陰気に発した――「反乱、蜂起、内紛。国家にとってこれ以上悪く危険なものは無い！　対外的な干渉であれば、同盟を固くするが、武力で解決せねばならない内紛は、国を分裂させるだけだ。アメリカで内戦が始まったということは、どう決着するにせよアメリカの国力を弱める事態になる。国力の弱い国は、国力の強い国の注目を引く。それが歴史の常だ！　弱きは常に強きに依存する。ロシアは強くあらねばならぬ。それで隣国をみたいものだ。そうすれば国境は揺るぎなくなり、領土が脅かされる心配はなくなる。極東沿岸の平穏は、日本や中国との関係だけでなく、アメリカとの関係でも決まって来る。力と利害の均衡を保つこと、それが我々のポリシーだ」

「我々にとっては、合衆国が一つの国家としての範囲で収まってくれる方が良いことは、議論の余地がありません」

——宰相が言った。

「そのとおり。その意味ではリンカーンのポジションが我々に近い。しかし、他人のことに余計な口出しはするなだ……。中立、我々が今とっている中立、それを今後も保たねばならぬ。ヨーロッパはどう見ているのかね？」

「狙っています」——ゴルチャコフは一言、ためらいつつ小声で言った——「ただ、今のところは外交電報ひとつ、声明文ひとつとして発していませんが」

「ということは、すなわち、事態の今後の行方を見ているわけだ」

「特に、フランスと英国です」

「ルイ・ボナパルトとビクトリアがむさぼるような眼でアメリカ大陸を見ているぞ」——皇帝が発した。——「彼らの手をよくみておき、何かあればそれなりに手を打たねばならない。それはあなたの仕事だ、ゴルチャコフ宰相。私が心配になり出したのは、《ロシア・アメリカ社》のアメリカとの交易だ。戦争で交易が駄目になりはしないかだ？」

「今のところそのような様子はありません。が、しかし、弱まらないとも限らないと思います……」

2

南部と北部の対立が戦争に発展したことを、フルゲーリムはロシア副領事のコストロミチノフからの書簡で知った。手紙はカリフォルニアからノボアルハンゲリスクに穀粉と塩漬け肉を運ぶ商船に託されて届いた。

「始まった内戦の戦火の波が我々のところまで届くとは思わないな」——受け取ったニュースについてマクスートフと相談しながら言う——「内戦が起こっているのは、主にアメリカ中部と南部で、我々のところとは遠く離れているからね。内戦で交易量が減少する心配は今のところは、まず無かろう。まあ、何が起こらないとも限らないが」

「いずれにせよ、フルゲーリム大佐、正直言って、内戦は我らの問題を複雑にしています。今のところカリフォルニアへ行くのは安全ですが、突然状況が悪化するかもしれません。そうすれば、我々が拓いた交易のルートは破壊されますよ……」

「いや、私はそうは思わないよ」——フルゲーリムはきれいに剃りそろえた頬髭を手で軽く撫でた。——「ヤンキーは、確かに武器をとって国土の分割を争ってはいるが、まだ、金融の神には何も影響を及ぼしていない。ドルはどこでも使われているし、何と言ってもドルだ！　商品の交換に来ている船長たちから戦争の話なぞまだ聞いたことが無い」

「それは、その、単にまだ……、ということですよ……」

――マクスートフが物思わしげに言う。

「まあ、時が来れば分かる」――フルゲーリムが断定する――「しかし、我々はどちらの方向に転んでも良いように準備をしておかねばならないがね」

二人の会話は客間で行われていたが、アデライダがそっとのぞき、夫と大佐を見て、

「アンナを見かけませんでした？　子供たちと一緒だったのですが……」

フルゲーリムが彼女の方を向いて、

「子供たちと中庭で散歩していますよ」――アデライダの気がわしそうな顔を見て、心配になり、――「何かありましたか？　コンスタンツィアの具合が悪いのかね？」

年の初めから彼の妹は健康が悪化するのを感じていた。咳で悩まされ、胸を病んでいた。

ベレンド医師は、混合水薬を処方してやり、養生法を守り、学校で教えることを減らすよう勧めていた。とはいえ、彼女を家の中に一日中閉じ込めておくわけにはいかない。いつも子供のことに熱心になっていて、病で体が細ってくるようになって初めて授業を控えるようになったのだった。

先月の初め、いつもの検診を終えて医師は、胸の病が進行していることを、嘆かわしげに頭をふり、フルゲーリム夫妻に告げた。

「春になって、陽の光が大地を温めるようになれば、快方に向かうかも知れませんが……」

日々が過ぎゆき、春になったが、コンスタンツィアの病状は悪くなるばかりだった。顔は、いつも青ざめたままだった。彼女は食事の時以外はずっとベッドにいた。夕刻皆が集まる客室にもそれほど頻繁には来なくなり、来ても長く座っていることが出来なかった。息をするのが辛かったのだ。一日の大半はベッドで過ごし、アンナとアデライダが交代で彼女の面倒を見た。フルゲーリムも妹のことが気がかりで、いつもベレンド医師に妹の病について助言を求めたが、どうしようもない、という仕草で、

「やれることはすべてやります！　ただ、神の御加護と彼女の生命力に期待するのみです……」

しかし、彼女の生命力は徐々に弱くなっていき、それはまわりの誰の目にも明らかだった。

「コンスタンツィアはどう？」――アデライダにフルゲーリムがまた訊いた。彼の目には痛みと苦悩が宿っていた。

「眠りましたわ」

そう答えてアデライダはさっと客室を出て行った。

「こんなふうでね」――フルゲーリムは悲しそうにため息をついて――「コンスタンツィアは目に見えて衰弱して来ているんだが、何も為す術が無いんだ……」

「ベレンド医師は暖かくなれば気分が良くなる、と言っています。体のオルガニズムに影響するから、良くなるといいですね……」

「祈るしかないよ!」――小さく言って振り向き、フルゲーリムは部屋の隅に掛かっている聖母のイコンを見つめた。

マクスートフは彼の目に光る涙を見てとった……。

こうした会話があって二日後、バラノフ城の家ではすべての鏡に黒い布が掛けられた。コンスタンツィアが臨終の床にあった。

彼女は間もなく、静かに亡くなっていく。客間には、フルゲーリム、隣にベレンド医師とマクスートフが、そしてイラリオン司祭が、みな悲嘆にくれ意気消沈し黙って座っていた。寝室には長官夫人アンナとアデライダが居た。

近づいている永遠の別れを感じ、それを受け入れつつ、コンスタンツィアは目を閉じ穏やかに横たわっていたが、ベッド脇に黙ってついている肉親女性の顔を今一度見ようと、ときおり目を開けた。

彼女の魂はすでに天の高みに向かっていて、神との仰せに準備していたが、意識だけはまだ留まっていた。一言発するごとに弱まって行く唇を震わせて、彼女はアデライダに残ってくれるよう頼んだ。アンナは泣きながら立ち上がり、声を立てずにすすり泣き、十字を切ると部屋から出て行った。コンスタンツィアは息絶える刹那に、アデライダにはいままで心の奥底にしまっておいた秘密を打ち明けたかった。その気持ちだけが彼女をこの世につなぎ止めていたのである。

親友の手をとり、自分の頬に押し付けた。天井を見つめ、静かに言った。

「ドミートリーを大事にしてね、愛してね、自分のために、娘のために、そして私のために……。わたし……、彼を愛していたの。ごめんなさいね……」

そして、瞼を閉じた、永遠に……。

彼女はルーテル派教会墓地に埋葬された。墓地から戻りながらアデライダはマクスートフにしがみつき、急に立ち止まり、

「ねえ、彼女、自分の運命を予言していたわね。温泉に行ったとき、あの子、そう言ってたわね。覚えている?」

忘れるはずがなかった。もちろん覚えていた。彼女が言った他の言葉も。決して妻には言わなかったし、これからも言いはしないが。彼は海の方を見た。軽やかな風が、

空を映して黒ずんだ灰色の泡立つ波を追いやっていた。岸に単調に押し寄せては、岩の張り出しにしぶきとなって砕け散っていた。目を山肌に向けると、墓地の木の柵が続いていた。その向こうに、エゾ松の枝に覆われ、初めての春の花、フジ色の待雪草の咲いた丘が、コンスタンツィアの墓の上に見える。

アデライダを見て、マクスートフは、

「彼女が言っていたなー、この土地が彼女を引き寄せているって。そのとおりになったなあ、今、ここで……」

彼の胸に顔をうずめ、アデライダは大声で泣いた。彼は、愛おしく、可愛くもあり、親友を失って抑えきれない悲しみで弱々しくなった彼女を抱きしめた。

そして、彼女の耳元に言う、

「自分を取り戻しなさい、お前には赤ちゃんがいるんだよ……」

数日前、眠る前に、彼女は伏し目がちに小声で伝えて、彼を驚かせたのであった。

「二人目が出来たみたいよ……」

「おい、そりゃ、確かなのかい、それとも推測?」——あまりにも突然聞いたので驚いて訊き返した——「ベレンドに必ず診てもらいなさいよ」

ベレンド医師は、妊娠四カ月目で、夏の終わりころには家族が増えることを確認した。そして、マクスートフには、彼女のおなかに新しい命が芽生えているので悲しみからは出来るだけ遠ざけるよう囁いた。それが無理であることも分かっていたのだが。

妹の死後、フルゲーリムは自分の居場所が分からなくなった。陰鬱になり、妹をアラスカに連れて来たことで自分を責めた。

「僕がみな悪かった、取り返しのつかないことをした」——埋葬の八日後、彼は妻につぶやいた——「コンスタンツィアの体が弱くて、そのことはよく分かっていたのに。何で来ることに同意したんだ、説得できたんじゃなかったか? 都で生活していれば、良かったのに! 何かあれば、病院もあるし、いい専門医もいるのに……。そうだ、みんな僕のせいだ。僕が悪いんだ……」

「およしなさいよ!」——アンナが夫を見て言う、——「彼女の病はずっと前からなのよ。こうなったのは神のご意思よ! 涙で悲しみは治まらないわ! 生きなくちゃ、そして子供たちを育てましょう。マクスートフ家にもう直ぐ二人目ができてよ。そのことを考えましょう」

マクスートフは仕事の合間の休憩時間には喜んで娘と時間を過ごした。彼女の最初の歩きを見るのは楽しかった。そして、彼女がこの世の世界を開いたときに見せる驚いた表情を見るのが楽しかったのである。水平線の向こうに消えて行く海や、岸辺にある高い山から、家の中にある家具や、彼が作った木製おもちゃに対して示す好奇心まで……。

アデライダはもう直ぐ二人目の赤ん坊が生まれることを考えながら、娘との遊びに興じる夫を優しく見ているのであった。時々、親友がいまわの際で残した言葉を思い出すのだが、彼には何も語らず、女の秘密として内に秘めておこうと決心した。彼もまた何も訊きはしなかった。それぞれが自分なりにコンスタンツィアの思い出を持ち、互いに秘密にして、彼女の持っていた気持ちや、いまわの際で彼女が言ったことを自分達の胸の内にしまったのである。

夏が訪れ、審査官がシトカを去った。《ロシア・アメリカ社》のアラスカでの事業活動についての報告書はできていた。その基本的な論点に関しては、出発前夜、長官と副長官に説明があった。

「大まかに概略を言えばですね、フルゲーリム長官」――フルゲーリムに対し、コストリフツェフ四等官は、報告書の結論の最終行を読み上げた後、ためらいつつ――「今回の監査で明らかになりましたが、植民地管理は正しい方向で行われています。アラスカにおけるロシアの領有は今後さらに発展させねばなりません。合衆国の内戦は、もちろん、重要な差し障りではあるが、どうなるか確信は持てません。毛皮獣の狩猟と毛皮生産を増やし、かつ漁獲高を上げて、もっと交易を拡大する必要があります。我々は、造船と経営全般に関しては満足しています」

「喜ばしいことです」――フルゲーリムは頷いて、――「正直なところ、皆さんが監査を始められたばかりの頃は、すこし自失しておりました。監査を受けること自体、あまり好い気がしませんからね。監査というのは、受ける側にとっては、あまり気持ちの良いものではありませんから。しかし、いまお聞きした結論には、我々もまったく同じ意見です。そう思わないかね、マクスートフ大尉？」――審査官との会合が持たれた執務室に同席していたマクスートフに向かって言った。

「長官、あなたのおっしゃる通りです」――マクスートフが応えて――「すでに、ゴロービン大尉と、会社の将来的な見込みや、我々が行っている先住民に対する訓練などに関して協議し、話しました」

「おお、そうだったか？」――フルゲーリムは興味をもって将校の階級をもつゴロービン審査官に目を向けた。

「会社が、かなりの資金をつぎ込んで教育の重荷を自発的に自ら負うことは、名誉なことです」――ゴロービンが発言した――「それぱかりか、その精神は現在ロシア帝国内で行われている急進的改革に相応するものです。しかしながら、そこにはひとつ、しかも極めて重大な弱点があります……」

「それは、どういうことでしょうか？」

「読み書きの教育を受けるには、他の訓練は別にして、クレオールやアレウートだと、会社で直接十五年間働かねばなりません。条件がまさに奴隷的です！　ロシアの勅令《マニフェスト》では、既に農民に自由を与えているというのに、ここでは、十五年も働かねばなりません」

「働きに来た者が読み書きを教えてもらい、文明の最初の果実を得るのですぞ。我が社以外ではどこもやっていません！　みな自分で毛皮を獲り、魚を獲らねばなりません、誰も食べさせてはくれません。が、我々は、彼らに仕事を与えています。だから、すべてが相互に関係しているのです。といっても、まあ、労働条件は見直せるでしょうが。この件については本部に書きます」

「我々の報告書にも記載します」――ゴロービンはそう言って、――「改革は帝国の全土で行われねばなりません、アラスカもロシアの領地です。したがって、労働条件に関しては、我々の観点からして、かなり思い切った軽減をして然るべきだと思います」

出発する船のタラップまで見送り、フルゲーリムが訊ねた。

「皆さんの報告書の審議結果についてはいつ頃分かるでしょうか？」

「いまのところハッキリしません」――コストリフツェフは手を広げジェスチャーで――「ただ、冬の前、ということはあり得ないでしょう。我々は秋までに都に戻る予定ですが、なにせ、ご存じのとおり、政府内ではいろんな書類が沢山行き交っていますからね。ところで、夏は暑くて大変でしょうね、予報だけじゃなく、実際に。それと、アメリカの内戦がこちらまで飛び火して来ないと良いんですが、心配です……」

3

七月の中頃、北部連邦軍と南部連合軍の差し迫った戦争に関する標題が、アメリカの新聞紙上を賑わした。戦闘場所の名前さえ取りざたされた。それは、バージニア州に流れているブル・ラン川だった。最たる情報通の新聞記者は、国防省の内部情報をつかんで暴露する者さえあった。それによると、北軍の指揮をリンカーンに託されたマクダウエル将軍の率いる連邦軍の配置計画まで取りざたされたのである。戦時にあって起こり得ない軍事機密が暴露され、大衆向けの出版物で公開されるなどという最も考えられないことが起こったのである。しかも、それらは、南部連合の敗北を願い、政府の政策を支持する代表的文筆家によってしばしば起こった。

リンカーンは軍部の動きを批評したり、来る戦闘に関してさまざまな予想を立てる出版物の殺到に気が気ではなかった。心配で執務室を行ったり来たり歩きまわり、机に積まれた新聞の山を見やった。国務長官を待っていたのである。報道によって政府が、何よりも軍が陥ったまことにぶざまで危険な状況について相談したかった。

執務室にシュアルドが現れるや否や、手を伸ばして新聞が山の如く積まれた机を指し示し、大声でまくし立てた。

「これを読んだかね？」――と言うと、返答を待たず、傍らの椅子にペタンと腰を下ろし――「ウイリアム、かけたまえ！　これらの記事が書いているように、我々の秘密など、一セントの価値も無い！　情報の漏えいを止める手立てを考えないとだめだ。しかし、今やそれだけじゃない。私が気に病んでいるのは戦闘そのものだ。手遅れにならぬ内に、軍を後退させ、マクダウエルに作戦を立て直す時間を与えたらどうだ？」

「まあ、まあ！」――シュアルドは手で鎮めるしぐさをして――「私もそう考えました。そればかりか、自分の考えを軍の指揮者に送ったのですが、遅かったんです……。彼からの返事がたった今届きました。マクダウエルが伝えてきたところによると、南軍はもうやって来ていて、軍の後退や編成替えはもはや不可能だ、と言っています」

「じゃあ、どうすれば良いんだ？」――リンカーンは国務長官を厳しい目で見た。常日頃、彼の言葉を聞き、意見を常に尊重しているのである。

「戦うだけです！　他に道はありません。我が方は兵士三万七千人、相手は二万人、数の上では、明らかに我が方に分があります」

大統領は、最近執務室の調度として流行ってきた日めくり卓上カレンダーに目をやった。

一八六一年七月二十日とある。戦闘開始まで一昼夜も無かった……。

予め戦闘の日時が新聞紙上で示されていたこともあった。劇場のショーの始まりの如く、翌日には、両軍が対峙している場所に向かって、待望の戦闘のシーンを観ようと、籠いっぱいに食べ物やワインボトルをもって晴れ着を着た一般人がピクニック気分で陽気に出かけて行った。

しつらえられた野戦の堡塁や戦闘隊列が見える場所は、どこもかしこも馬車や幌馬車で埋め尽くされた。観ようとする者達は、あたかも色彩際立つ戦争のショーを観戦するがごとく、すこしでも見やすい場所に殺到した。俳優の代わりが兵士で、舞台が野外に変わり、流血のドラマが荒れ狂ったのである……。

北部軍は隊列を組んで、戦闘の合図を待っていた。兵士の雰囲気は呑気であった。隊列から走り出てやぶイチゴを採り、列に戻って同僚の兵士にしきりに分け与えたりする者さえいた。隊列に留まってはいるが、敵の堡塁の方を見ながら、パイプ煙草を吹かす者もいた。戦闘開始の準備が出来つつあるのを観ている観衆は、穏やかな陶酔に浸っていた。

戦闘は、双方から大砲の一斉射撃の応酬で始まった。武器の発砲音が轟き、硝煙が白い雲となって出たのを見て取るや、観衆はワイングラスを持つ手を突き上げ、戦闘開始！　勝利を！　と叫ぶ。しかし、皆が最後まで飲み干すことができたわけではなかった……。

大砲の爆発が地を揺るがし、続いて、耳を聾する銃の射撃音が鳴り響いた。流れ弾がピクニックを決め込んでいる観衆の頭上を飛び交った。そうなると最早食べたり飲んだりするどころではない。馬車に近いところに砲弾が着弾し、馬が驚いていななき幌馬車をひっくり返しどこかへ行ってしまう。群衆は持参した物を投げ捨て、観戦していた場所から逃げ走る。やさ男達もご夫人達を無視して逃げ、楽しい行楽気分は一瞬にして消えてしまい、ドタバタのナンセンス劇場に変わってしまったのである。その後、恐ろしい夢見と心から離れない恐怖が、この悪夢から奇跡的に逃げ帰ることができた人達に長い間ついてまわるのであった。

激しい戦闘の勝機は最初、すぐさま攻勢に転じた北部軍側にあった。マクダウエル将軍は、南部軍を追い返し、彼らの前線を占拠した。もう少し攻撃を強めさえすれば、防御線から南部軍を投げだせるように思えた。南部軍を率いていたのは、数カ月前、サムチェル要塞を占領したボレガール将軍だった。マクダウエルは、既に勝利を祝福する準備をしていた。だが、そうはいかなかった。第二波の攻撃が、トーマス・ジャクソンの率いるバージニアからの軍勢にやられてしまった。

「前進！」——攻撃が頓挫しつつあるのを見て、マクダウエルは、新たな突撃隊を送り込みながら必死になって命令した。

しかし、この攻撃波も南部軍のポジションまで押し掛けたが、そこで砕けた。あたかも難攻不落の岩の壁にぶつかったかのごとく。奮起したバージニア軍の不屈さの前に、南部軍の戦列は強固になり、ボレガール将軍に率いられ、北部軍のラインを突破し反撃に出た。

北部軍の隊列に裂け目ができたことで、マクダウエルは手に残っていた兵力をすべて失い、それで結果が決まった。北部軍の一部は震えあがり、後退した。そこで戦闘の早期終結を予想していたマクダウエルには考えられないようなことが起こる。彼の軍がパニックに陥ったのである。

戦闘においてパニックほど悪いものはない。恐怖が兵士の目を覆ってしまう。死が差し迫る戦闘の混乱の中にあっては、救いとなるかもしれない小さな空間以外は見えず、ほかに何も考えられなかった。たった一つの考えが意識を占拠する——とにかく生き延びて救われ、死を免れることだった……。その考えから、大急ぎで秩序も無く戦場から退却した。戦闘の初めには勝利を予想し見物しようと物見遊山の群衆がやって来た、ブル・ラン川のその場所を捨てたのである。

マクダウエルは、どうにも救いようのない絶望に頭を抱え叫んだ——「とんでもない恥辱だ！」彼の馬車の横を、恐怖でパニックに陥った兵士が、指揮官には目もくれず、武器弾薬を捨てて逃げ回っていた。いったいどうしたらいいんだ！　部隊を捨ててはいかん！　将軍は前に向かって疾走した。が、正しくは、ひとつの事を考えながら後退したのだ。——どうしたらパニックになった逃走を止められるのかと。そして、数マイル走ってようやく疾走する部隊を止めることができ後退を始めたが、それはワシントンまで続くのであった。

敗北が軍の状態と指揮命令組織に関してリンカーンの目を開かせた。現況下で政府がとる手立てについてシュアルドと談義していた彼は、陰鬱に叱責した。

「訓練が全然なっていない。軍を改編せねばならん！我々には均整のとれたデフェンダーの兵士が必要だ。軍隊のトップにジョージ・マックレランを任命する。将軍は攻撃的だが、兵士の間では人気がある。戦争は見てのとおり、長引くだろう。少なくとも年内の終結を期待することはできまい」

「まったくです」——国務長官が呼応する——「現在戦闘活動はバージニアを通過しています。これからすると我が方の軍事的課題は、南部軍が首都に宣言したリッチモンドを抑えることでしょう。そのためには、軍隊を強固にし、武器装備と兵を大幅増員することが死活問題です。それにはマックレランはうってつけでしょう」

「ウイリアム、いつリッチモンド進軍を宣言できると思うかね？」

「年末より早くは無理でしょう。それにはまず動員を宣告し軍への義勇兵を募らないといけません」

「分かった！　必要書類を作成してくれ。それともう一つ、ブル・ランの件で、世界的な反響が心配だ」——案じ顔でリンカーンが言う——「一時的な失態で合衆国の一国維持の闘争が揺らぐことは無いと思うが」

「言うまでもありません。我々はアメリカの国土統一と戦っているだけではありません。国境を拡大しようと戦っています」——シュアルドは肩をピンと張ると、執務室の隅に置いてある地球儀に近づき、軽くまわして――「やがて我々の旗がはためくでしょう、特に、ハワイ、キューバと西インド諸島で。三十八年前のモンロー・ドクトリンが正しい道を示してくれたと私は思います。国境一つにしがみつき、大陸の内外で影響力拡大の道を探さない――それは、単に鎖国でしかありません。合衆国は世界政治において完全なる覇権が必要です。国が強いと評価されるのは、唯一、経済的に堅固で財政的に充分な余裕を持ち、領土が拡大し交易が盛んになるときだけです」

「その道筋においては、ロシアとの交易は上手くいっている」――リンカーンが見てとる――「今後とも交易を活発にし、量を増やさねばならないな」

「ええ、ある程度は」――シュアルドは地球儀から離れ、これから話そうとしている言葉の意義を意図して考えている様子で、大統領を注意深く見た。

「何を心配しているのかね、ウイリアム」

「今あなたがロシアとの関係について指摘されました。外交関係は途切れなくすべてに於いて確証できます。そればかりかロシアの公使とはかなり緊密な関係ができております。ただ、交易を含め影響力を拡大するプランにおいては、単に商業的な合意だけでは不十分です。我々の自由なアクセスが、クリール、カムチャッカやさらにシベリアまでできればもっと有益です。しかし、まずは、アラスカとアレウート諸島に目を向けねばなりません」

「あそこはロシア植民地だぞ」――リンカーンが半信半疑で指摘する――「まさか、あそこから彼らを追い出せ、というのか？」

「今ではありません。しかし、それもありでしょう？」――シュアルドは、今言った考えに対してどんな反応が起こるか捉えようと、大統領の顔から眼を離さなかった。

「君はグビン上院議員に同化しているね。彼は政治の現実を知らないで、アラスカに関しては考えだけ突っ走っている。しかし、君は、ウイリアム、政治の料理メニューをすべて知っているではないか。提案した料理は今の我がテーブルには明らかにそぐわないよ」

「今は、ですね」――シュアルドは強調して――「食事の時になれば食欲が出てきます。思い出して下さい、ロシアのロス要塞を買い取ったときのことを。今はどうです？ どれだけ重要な意義を持っていますか。カリフォルニアの発展は、たとえ間接的に取得したものであっても、あれに大きく関係しています。かつてアダムスが国務長官時代に表明していたように、大陸におけるロシアの存在は、いかなるものであっても異議を申し立てねばなりません」――ウイリアムは笑って話を閉じた――「したがいまして、たっぷり散歩をしましょう、そうすると食欲が湧いてきて、その時にはこの料理が出てきます」

「それは単なる将来的観測と予想される希望に過ぎんね」──リンカーンは目を細め懐疑的に国務長官を見た──「カリフォルニアからの上院議員は直截的すぎる。彼は、アラスカは卓越的な海洋基地だから、ロシアからとらねばならぬと言っている。もしそうだとしても、我々はロシアと争うほど力が無い。我々はそれをやっちゃあいけない！　ロシアは英国とフランスに対抗するカウンター・バランスとして必要なんだ」

「と同時に、もし領有するチャンスが来れば、その時は利用することですな」──シュアルドが断定した。

「それはそうだ、チャンスをみすみす逃すことはない。だが、今は、もっと深刻な問題が沢山ある。ところで、君は今度いつロシア公使と会う予定かね？　ヨーロッパでロシア皇帝を支持することは、我々の利害上極めて重要だ。したがって、ロシア外交官との会合は今後君自身で直接リードしてくれたまえ」

大統領とのこの会話の数日後、国務長官シュアルドはロシア公使を面談に招いた。それまでに彼らは二度会ったが、極めて形式的なものだった。しかし、今度はシュアルドがステッカーを招き、会談の冒頭そう表現したのだが、対外政策や合衆国の内部情勢に関する友好的な意見交換の場を持ったのである。

「武力による蜂起が、選んだ路線から我々を追い払おうとしている」──シュアルドが指摘して言う──「武力抵抗はもちろん言うまでもなく排除するが、それには、時間と相当な武力、それと財力が必要だ。正直に言って、私が懸念しているのは、ヨーロッパが黙っていること。我々の地で起こっている両極の対立に関して、政治的な反応が無く、不安にさせ始めている。新聞紙上の批評や評論だけで、正式な声明が一つも無い！　これもまた困惑を生じている。静かな深淵には悪魔が棲む。ロシアの諺ではこのように言いましたかな？」──返答を待たず、続ける──「特に分からないのが英国の立ち位置です。彼らは以前から常にかなりの規模で大陸にいましたからなあ」

「このことに関してロシアの側から言わせてもらえば、それはすぐれて合衆国の国内問題でして」──ステッカーが応える──「ロシアが口を出すようなことではありません。ただ、心から言えることは、貴国の国土内が平穏で、一つの縦の権力が存在することが我が方にとって望ましいことです。英国の外交に関しては、私の個人的な見解ですが、英国は、後でしかるべき外交文書で片付けられるよう、しっかりと見ております。どんな内容になるかは」──半信半疑で肩をすぼめ──「その後におこる出来事いかんでしょうが。たとえば、間接的ではあっても、同情を申し入れる、とか。まあ、リンカーン大統領がそれを待つには及ばないでしょう」

「おそらく、あなたのおっしゃるとおりでしょう」――シュアルドは公使を好意的に見て言った。ロシア公使は、北部連邦と南部連合の対立に関しては、政治的に中立を保ち、ロシアには介入する意図が全くないというロシアの公式なポジションを明らかにした。その際、合衆国内閣が英国に対して抱く心配事に理解を示したのである。

ステッカーの言葉で国務長官は、英国が大きな役割を演じている国際舞台で対立が生じた場合には、ロシアから支持が得られるであろうという現実的な可能性を確信することができたのである。対話の最初に聞いたそのことが、対面している外交官に対して好感をもたせたばかりか、愛着さえ感じさせた。

「我々は、両国の関係を重要視しております」――そう言って、ステッカーは加えて、――「特に、交易の発展が焦眉の問題です。《ロシア・アメリカ社》とアラスカとアレウート諸島におけるロシア植民地には交易が必要です」

国務長官の顔が少しの間暗くなり、物思いに沈む表情に変わったが、それがロシア公使には分かった。

「《ロシア・アメリカ社》の事業に、ここの沿岸で何か不都合でもありますか、それとも何か別の訳がお有りでしょうか？」

「いいえ、いいえ、そういうことではありません！　会社の事業に関しては何の不満もありません。あなたのおっしゃることを支持します。しかしながら、今の状況で情勢が変わりました。北部連邦側に対する軍事攻撃が住民に影響を与えており、北部テリトリーを含め、地方の形勢にも現れております」

「どんなふうにでしょうか？」

「人口の移住計画です」

「わたしは、その件については全く承知しておりませんが」――ステッカーは、相手から目を逸らさず、体を前に乗り出した。

「ご存じだと思いますが、アイオア、ユタ州の塩湖の地域ですが、あそこにモルモン教徒が造った町があります。それとソルトレークの谷で、彼らは、自分達の手で掘削した千五百マイルもの水路で水を引いて農業をやっています」

ステッカーはアメリカでモルモン教徒がやっていることについて読んだし、聞いてもいたが、彼らとコンタクトしたことは無かった。ときおり新聞に記事が載っていたが、読者には宗教社会に関する注目を強調するものでは無かった。イエズス教会を布教した若い宗派の人達で、モルモンと呼ばれていた。この教会の活動は一八三〇年から始まり、ジョセフ・シュミットとかいう人がモルモン教の本を発刊し、その内容を新たな宗教の教えの中核にした。その上、人間の生きることの意義と神との精神的な接触を説くその本は、どこかに埋められているとのことである。精神的な兄弟心と魂の一体が基礎にあるその新教の信者がその本を探し求めている。以前モルモン教徒は、イリノイ州のナウブに一つの大きな団体として生活していたが、数年前から、大移住が始まった。彼らは、アイオワに移り、自分達の町を造った。そのことについてシュアルドが口をすべらせたのである。

「モルモンはどんな強圧もはねつけます。だから、彼らには武力対立など無関係なんです。ブル・ラン戦闘の反響が、水に投げ込まれた石で生じた波紋の如く、すべての国土に広がりました。その波が彼らのところまで届いて大騒ぎを起こし、伝わり聞くところによると、戦争の無い北の地、アラスカに向かうと決めているようです」

シュアルドはわざとそう口をすべらせ、ロシア公使との会話の中で明らかに狡猾に振る舞った。モルモン教徒が北の地に、ましてやアラスカなどに移住しようとしたことは一度も無かった。この流言を使って、国務長官は、彼の言葉に対して、ロシアの政権上層部にどんな反響を呼び起こすかを知り、アラスカに対する領土的野心の将来的可能性を測ろうとしたのである。

モルモン教徒がアメリカ北西海岸に移動することについてステッカーは、アラスカにおける会社所有地が深刻な脅威にさらされると信じて、直ちにサンクト・ペテルブルグに伝えた。ゴルチャコフ宰相は、ステッカーからの至急報を受け取り、すぐさま皇帝の机上に届けたが、その際、《ロシア・アメリカ社》の問題が形を現してきたと思慮深い発言をした。知らせを読んでアレクサンドル皇帝は、物思わしげなコメントをする。

「ゴルチャコフ宰相、あなたが打った鐘は無駄じゃないようだな！　合衆国の戦争は国の統制組織を狂わせたばかりか、人口の地理的分布にまで本質的な影響を及ぼしているようだ。モルモンのアラスカ移住、もしそれが実際に起これば、彼らの居住地から我々への圧迫が始まるだろう」

――そう言って、皇帝は公使からの書簡に、奔放な飾り文字で、決定を書いた。《これは、アメリカにおける我が領土問題の解決必要性を確認するものである》。《ロシア・アメリカ社》のアラスカでの存在に関して、頑なな皇帝の考えと、大公と宰相の計画を隔てていた障壁が取り除かれたのである……。

4

時計の針が文字盤を一周しようとしていた時、その日の夜に、宰相から皇帝の決心を聞いて、大公は、宰相とこのニュースについて話しながら、歓喜して語った。

「これでわれわれの手枷はとれた。軍艦を再編成し増やす計画が実現する。会社を解散したら直ぐすべての船舶を小艦隊に分け、その内の大部分を使ってペトロパブロフスクに拠点を置く太平洋艦隊を創ろう。そこから商船も出る。何でアラスカだ？　用は無い。植民地の維持に掛かる余分な出費を無くそう。そうすればアメリカ西岸の植民地に関する頭痛は、見ていなさい、消えてなくなる。会社の問題解決を早めるには、審査官の報告が助けになるのだが、待ち遠しいな」

ゴルチャコフ宰相は、楽しそうな気分になって話している大公の話を聞いていて、反論しなかった。コンスタンチン大公が夢想的な情熱で語っていた計画の実現には、まだまだ永い時間が、何年もかかるかも知れないことを、彼はよく理解していた。宰相は、その道が決して平たんでなく、対外政治的なあるいは国内の隠れた障害が、待ち構えているに違いないことを自覚していた。第一、《ロシア・アメリカ社》は現に事業をやっていた。儲けは多くないかも知れぬが、それは別の問題で、実際に機能し、交易をし、船を建造していた。それは事実以外の何物でもない！　会社のトップには影響力ある権力者が座していて、避けて通るにはリスクを伴う。しかも、注意深くやり方を調整しないと、ポストを失うことになるかもしれない。何よりも、まだ、重要な細目がある。すなわち、ロシアはまだどこにもアラスカ売却の打診をしていない。しかも、何処もまだアラスカが欲しいと申し入れて来てもいない。明らかなのはひとつ、オファーするとしたらアメリカ以外に無い。しかし、何時、いくらでか？　ワシントン行政府とは、すでに外交関係ができてはいるが、まだおぼつかなく思えた。内戦がますます大規模になり、これからどうなるのか、どちらへ行くのか、分からなかった。

ブル・ランでの北部連邦軍の敗北は様々な考えを生んだ。それがために起こっている出来事の絵を両極から観るようになっていた。結果的に勝者はどちらか。南部連合か、それともリンカーンが基盤としている北部連邦か？　軍事行動のダイナミズムから判断するに、今のところ南部連合側に分があった。しかし、政権の合法性と、国土の統一という決心に於いては、合衆国の現大統領側に分がある。アラスカ売却の対話を持つとしたら、唯一正当なる政府のみとである。今のワシントンはそこまで行っているのであろうか？　いずれにせよ、今の情勢では、とにかく待つこと以外ない。とはいえ、合衆国の正式政権の面々にはロシアの立場を積極的に説明しつつ待つことである。そこはステッカーが自分の役割を演じなければならないところである。

ロシア艦隊の将来と《ロシア・アメリカ社》が、新造船の建造に必要な財政資金を喰ってしまっているだけだ、ということを興奮して論じた大公を見て、ゴルチャコフは、機会をとらえて言った。

「計画を実現するには、耐える覚悟が必要ですな」

大公は、自分の話を止め、腑に落ちぬ眼差しでゴルチャコフを見つめて、「何が言いたいのかね、ゴルチャコフ宰相？」

「皇帝は自分の決定で、我々にチャンスを与えています。それを絶対に逃してはなりません。アラスカの会社を撤廃できるのは、唯一、アラスカをアメリカに譲渡するときだけです。しかも、そのプロセスは長く、それを実行するには、極めて慎重であらねばなりません」

「あなたが心配しているのは、合衆国の大砲の轟音かね？」

「いえ、それだけじゃありません。戦争を勘定から外すことはできないし、推移をしっかりと見極めねばなりません。あわててアラスカをオファーするのは危険だし、同時に、何も講じないというのも良くありません。したがって、我々の将来の申し入れのための素地を予め手探りしておいて、肯定的な回答が得られるよう、根回しをしておくことでしょう。それと、ここ都にある《ロシア・アメリカ社》の支配人には絶対知られぬようにせねばなりません。さもないと、我々の企ては、皇帝の目論見であっても、つぶされてしまうかもしれませんので」

「ゴルチャコフ宰相、あなたは、外交前線の政策を吟味し、純粋な外交戦略として話して下さいよ」

「まあ、この椅子に座っているのですからね」——大公のお世辞に、ゴルチャコフは満足そうにほくそ笑んだ。

アメリカというカードを使うことで、正しく振る舞っていると、彼は確信した。アラスカを譲渡することは、英国とフランスが大陸に進出する可能性を塞ぐ担保となり、それがすなわち、ロシア帝国の極東の安全保障になるだろう、ということである。彼は、クリミア戦争の経験から学んだことをよく覚えていた。彼の考えでは、ロシアはアラスカがなくても生きて行けるが、間近に良き隣人として合衆国を持つことが極めて必要だった。

大公も、ロシア艦隊の増強と戦力拡大のためにアラスカから退去することは、正しい行動だと信じて疑わなかった。両者とも、自分達の企てが正しいものと確信していたが、その結果がロシアの将来、数十年、あるいは数百年後にどんなことをもたらすだろうか、などと誰にも思いが及ばなかった。

「ところで、コンスタンチン・ニコラエビッチ大公」——宰相が大公に——「アメリカの悲劇には教えられます。揉め事が生じたら、時を逸さず的確な策を講じないといけないということですな。リンカーンは、措置を講ずる時期を逸してしまい、その結果がご覧のとおりになりました。我々は、ポーランドを放っておいてはなりません！　抵抗が暴動に発展しかねません。もし今、措置を講じなければ、戦争になります、アメリカと同じような。したがいまして、私の目はポーランド帝国に向けられております」

「そうだな、ポーランドの地主貴族達が、以前から分離へ向かう動きをしていることは見てとれた。しかしながら、彼らが描いている独立というのは、相対的な考えで、議論の余地が沢山ある。あなたも私も充分理解しているとおり、ポーランドはヨーロッパの政治において、単独で役割を担うことはできない。かならずや、誰かの側に飛びつくだろうし、それは明々白々だな。しかし、ロシアから離れて、彼らに味方するものは誰もおらぬだろう。戦争戦略的には、現在のような緩衝国となるのではなく、敵の拠点となるだけだ。これが許容できるか？　もちろん、無理だ。ゴルチャコフ宰相、あなたのいう、ポーランドの反抗とアメリカの出来事の比較は、確かに印象深いが、そんな展開はさせん！　まもなく、ポーランドには、軍事大臣の交代で、ランベルトが赴任する。皇帝は、彼に秩序回復を期待しておられる。わたしも、そう願っている」

まもなく、八月の中頃、ワルシャワにランベルト・カール・カルロビッチが赴任してきた。事態はこの頃までには際立って沈静化していた。ポーランドで戦争状態になった当初、政治家の長談義は議会の演壇から排斥され、新聞紙上、ロシアの専制に関する記事も順に出尽くして、事態が明らかになるにつれてヨーロッパは次第に鎮まって行った。フランスや英国では、今や、アメリカで勃発した内戦に関心が移った。

英国の駐パリ大使リチャード・チャールズは、首相パーマストンの依頼で、フランスの外務大臣ドゥルーエン・デ・ルイスとの面談の中で釣り糸をたらした。

「ビクトリア女王は、ことのほかアメリカ大陸で上がった火の手を心配されております。火災が燃え広がり、かの地を壊滅に導きつつあります。英国はかつてかの地に植民地を持っておりましたが、まことに残念なことに、兵士は皆かの地を離れてしまっています。もしそうでなかったら、英国軍隊が秩序を適宜に回復したのでしょうが」

ゆったりと流れる会話の流れの中で浮きはひらりひらりと揺れた。魚が喰いつき始める。ドゥルーエン・デ・ルイスが突然反応して、

「それは論を俟たないでしょう！　我が皇帝もしっかり注視しております。火事はタイミング良く消さないと、それも共同作業で、これがアメリカを救う好機でしょう！」

「ええ、それが我々大国の利益でもあります」——狡猾な笑いを浮かべて英国大使が付け加えた。

「その命題は疑問を呼ばないでしょう」――フランスの外務大臣も微笑んで応えた。

かくして、外交文書の交換は準備が出来、相互理解が達成された。残るは政治舞台の事態に沿って、両国上層部が決定するだけであった。

ポーランドの情勢は落ち着いて来ている、というのはロシア皇帝の宮殿での間違った見方だった。ワルシャワにランベルト侍従武官長が総督として赴任して二カ月も経たぬのに、あらたな情報がもたらされ、皇帝はポーランド問題を再考させられることになる。

十月一日、ワルシャワの大主教フィアルコフスキーの葬儀で、棺を乗せた馬車にポーランド・リトアニア王国の紋章が付けられ、群衆が革命の聖歌を歌った。その後数日、いくつかの教会で死んだ革命家たちを弔う追悼会が行われた。これを知った現地駐留部隊の隊長ゲルシテンツベイグ中将は激怒した。

「これは明らかに宗教儀式を装った扇動活動だ！　こうした新手の騒動を許してはならん！」そして、中将は教会の封鎖を命じた。その中には聖ヤナ大伽藍やワルシャワのカトリック寺院も含まれ、千六百人ものポーランド人が逮捕された。この逮捕を口実に、ギリシャ正教ワルシャワ管区長のビャロブラジェフスキー主教は、ランベルトに兵士が神聖なる寺院に入り込んだことに対する抗議書を送った。回答を待たずして、主教はランベルト総督の自宅に押し掛けた。

「あなたもカトリックでしょう？」――憤りに燃え、入り口から総督に言い放った――「それなのに、どうして神聖なところに侵入させたのですか？　これは神への冒涜ですぞ！」

「まあ、そういきり立たなくても。落ち着いて下さい」――ランベルトは、落ち着かせようと試みた――「これについては、キチンと調べハッキリさせましょう！」

「それじゃ、あなたがそうしている間、私は首都の全寺院を閉じますぞ！」――そう言って彼は、当惑しあわてている総督を残し、挨拶もせず去って行った。

その日、信徒の騒動がさらに増幅しないよう、ランベルトは逮捕した者を皆釈放するように指示した。夕方、出された指示を知り、ゲルシテンツベイグ陸軍中将は、軽馬車で急ぎ総督の元へ駆けつけた。外套も脱がず主人の書斎に押し入った。ランベルトは、長い上張りを着て机に向かっていた。顔を上げ、まっしぐらにいきなり入って来た駐留部隊長をしかと見た。

「何が起こったのかね？　何がそんなに急用か？」

「あなたのことを見損ないましたよ、ランベルト総督！」――中将は足を止めずまくし立てた。許可も得ずにテーブル脇にある革の椅子にドカッと座り――「説明して下さい！」

ランベルトは長い部屋着のままいた。普段応接する時は軍服を着ているのだが、今は、不意を打たれ、部下がこんなに不意にやって来るとは思わなかったし、彼の所作もぶしつけなので、将軍の軍服に着替えようとさえ思わなかった。

「ご説明をお願いします！」――ゲルシテンツベイグはもう一度繰り返し、目を見て激情の発作に囚われ、まくし立てた。「逮捕した扇動者たちを釈放した指示は、明らかに、皇帝に対する背信ですぞ！」

「正気に戻れ！　一体何を言っているのだ！」――ランベルトが憤慨して言うと、

「私は、思ったことを言っているのです。あなたは反逆者だ！」

「何を言っているか！」――総督はさっと椅子から立ち上がって、――「言葉に気をつけろ！　君に説明などしない！　事態が示唆する通りに行動したまでだ。騒動が武力抵抗に発展しないように行動したまでだ。言ったように、本件で君と話すつもりはない。しかも今君は興奮していてそれどころではない。皇帝への報告は私が直にやる」

「もう一度言いますよ、あなたは、反逆者だ！」――ゲルシテンツベイグ中将も続いて椅子から立ち上がって――「言い訳が欲しいでしょうが、そうはいきませんよ！　もし、あなたに良心のかけらが残っていたら、軍服の名誉にかけて行動して下さい！」

「何を言っている、決闘でもしたいのか？」

「そうですよ、ただし、アメリカ式でだ！」

「君は気が狂っている！」

「ご自分の名誉と我らが皇帝の気持ちを重んじなければ、明日の朝にはあなたの反逆が全部隊に知れ渡るでしょうよ！」

「知ったことか！　これは恐喝だぞ！　挑発だ！」

「免職にしたらどうです！　そうすれば、この状況から名誉を持って脱出できますよ」

「どうしても決闘をしたいと言うんだな？」

「そうだ！　それも今すぐに！」

「よーし、分かった！　くじを引くぞ！」

ランベルトは机から白紙を二枚取り、一枚に自分の名前を、もう一枚には中将の名前を勢いよく書いた。ゆっくりと紙を折りたたんで、机の上で数回かき混ぜて、窓辺に離れた。町の通りはすっかり暗くなっていた。夕刻がいつの間にか夜に変わっていた。家のアプローチのところだけ外灯がぼんやりと照っていた。なぜかしら心は至って平穏に鎮まっていた。こんなことになって良いのか、避けられないのか！　そんな考えに囚われた。ゲルシテンツベイグの方に向き直って、言葉を引っ張り静かに小声で言った。

「さあ、くじを引きなさい！」

中将は椅子からぱっと立ち上がると、机の脇に立った。手を伸ばし、よく見もしないで折りたたんだ紙の一つを選んで、開く。書斎には苦悩の静けさが蔓延した。

「で、どうだい？　読んでみなさい！」──ランベルトがこらえ切れずに訊く。

「あなたは運が良い……」──中将はしわがれ声を絞り出すように言うと、神経質に紙きれを手のひらで握りつぶしモミクチャにした。あたかもしこたま応えたように、ぐらついて、書斎の出口に向かって出て行った。

「待ちなさい！」──ランベルトが止めようとした──「話の初めに戻ろうじゃないか」

「もう、遅い！」──これが中将から聞いた最後の言葉となった。

ドアが閉まるとランベルトは、さっきまでゲルシテンツベイグ中将が座っていた椅子に疲れ果てて座り込んだ。胸をおさえた。心臓に刺すような痛みを覚えた。なんてことだ、とんだ一日だった！　何も無く終わってくれれば良いが！

やはり何も無しでは済まなかった……。翌朝、駐留軍の本部から当直士官が傷ましい知らせを持って来た。中将が頭を銃で撃ちぬいた。自殺の原因は不明と……。


ランベルト総督は悲嘆にくれた。皇帝にどう報告したら良いんだ？　隠しておく方が良いのか、それとも起こったことをすべて知らせるのが良いのか？　私に何の責任があるというのか？　誰も詮索しはしない、私は総督だ。私自身で自分の責任追及をする！

おお、神よ、慈悲深い神よ！　罪深き人を救い給え！　これで出世も終わりか……？　どうなるだろう……？　頭の中がぐちゃぐちゃに絡んで、救済策が何も考えつかなかった。

ランベルトはすっかり意気消沈した。何か策を講じなくてはいけないことは意識していたが、いったい何をしたらいいのか……？　正午頃まで何処にも外出せず、誰にも会わなかった。結局、精神的な葛藤に悩んだ末、書面で事件の報告をすることに決めた。

書斎に閉じこもり永い時間をかけて、サンクト・ペテルブルグへの報告を書いた。それを発送してしまうと、返事がまだ届かぬ内に、皇帝宛ての電報をしたためた。《どうか、お願いです。誰か交代をお送り下さい！》

「バカ者！」──ワルシャワからの知らせを受け取るとアレクサンドル皇帝は、事態が分からずただ発した。──「一人目はピストルで自殺！　二人目は将軍の軍服ではなく、女の服を着た臆病者だ！」

すぐさまポーランド帝国に新しい総督が任命された。

六十歳になる侍従武官長リデルス・アレクサンドル・ニコラエビッチだった。

「こいつはめそめそ泣いたりしまい」──辞令に署名しながらアレクサンドルが言った──「一八三一年、ポーランド人と勇敢に戦ったらしいからな。ワルシャワ占領の時は、真っ先に堡塁に押し入った一人らしいぞ。地主貴族に卑屈な態度を取ることはあるまいて」

皇帝はまるで見通していたかのようであった。リデルス侍従武官長には、鉄のごとき把握力でポーランドの首都の咽喉を締め上げる以外何も残されてはいなかった。まさにワルシャワから革命の演説がとどろき、反響がポーランド全土に響き渡っていたのである。彼は、ワルシャワに着くなり駐留部隊の幹部士官を集めて檄を飛ばす。

「皇帝は我々に期待している。なぜなら、我々は、皇帝の支えだからだ！　ここでは、平穏と安寧が必要だ。群衆が群れをなして騒動を起こして回るようではならん！　今後は、帝国の基礎を覆すような路上ミーティング、デモ行進、さらに武器を用いた暴動は決して許さん！　町にある武器を即座にすべて没収するよう命ずる！」

軒並みに武器捜索が開始された。一日中、昼夜を問わず、兵士が住居に押し入り、いっせいに家宅捜査を始めた。巡察兵が路上で細かく綿密に積み荷検査をした。結果は直ぐ現れた。一万丁以上の小銃やピストル、短刀やサーベルなど、住人から集めたものや、地主貴族の家や納屋から見つけたものが、やがて、すべて駐留軍部隊の倉庫に集められた。

リデルスは満足して両掌をこすりあわせた。すべて良い方に展開していたのである。ポーランド人は、兵士が胸に突きつけた銃剣に、急に黙り込み、騒がなくなった。

「ようし、上出来だ！」──没収した武器と逮捕者に関する都への報告書を机の上の置くと、大声で言い、そして訊く、──「ビャロブラジェフスキー主教の件に関して知らせは入ったか？」

軍事裁判所が、調整済み時計仕掛けのように機能していた。デモ行進やミーティングの組織人は徒刑地に送り込まれ、参加者として現場で捕まっただけの者への刑は軽く、兵士の強制労働中隊送りか要塞での監禁処分とされた。ビャロブラジェフスキー主教は、危険な国家的犯罪者と見なされ、死刑が言い渡された。

「皇帝が吟味されるサンクト・ペテルブルグへの裁判資料は！」──即座に返事が来る──「待っております。間もなく最終決定がなされるはずであります」

このとき皇帝は冬の宮殿で、ごく近しい家族顧問の助言を得ていた。かぐわしいお茶の香りが空気の波となって客間に広がる中で、会話は滑らかに進んでいた。エレーナ皇太后は、ツァールスコエ・セローからやって来たばかりだった。そこで彼女は、首都一座の音楽家や芸術家を生んだ最高の美的センスの持ち主たちの集まりで時を過ごしていたのである。

彼女がスポンサーになって、慈善活動の夕べが催されており、そこでの収益金は孤児院に寄付されることになっていた。大公は、クロンシュタットから大砲台の視察を終えて、戻って来た。

「我々の農奴解放改革は宣言されたが、進み具合が悪い」――叔母と隣に座っている弟に代わるがわる目をやりながら、アレクサンドル皇帝が残念そうに言う――「一連の郡では、農民が事を始めようにも銀行から貸付金が得られないでいる。また、印刷物に対する検閲制限の撤廃で、きわめて好ましからざる文芸記事が出回っている。ロシアのカーテンを少し開けたときに、こんなことを望んでいたかね?」

「そんなふうにみな悲観的に考えなくてもいいでしょう」――かぐわしく香り立つ飲み物を一口飲んで、皇太后が応じて、――「検閲を弱めることは、言論の自由に酔わせるひと口を与えることになったわね。でも、充分呼吸すれば、それはそれで落ち着く。私はそう確信しますよ」

「それはそうかもしれない」――叔母を見て、コンスタンチンが――「しかし、士官船室でも政治の会話が行われているのが分かりました。正直言って、以前にもそれはあったのだが、それほどハッキリ意見を主張し、我々の計画にそむくようなものでは無かった」

「そうだ、そこなんだ」――アレクサンドルは憂鬱そうに言う――「我々はまだ十分考えていないのかもしれない。もしかしたら、急ぎ過ぎているのではないか？　ゴルチャコフが繰り返して止まないところだが、そのとおりかもしれない。ゆっくりと歩む必要がある、小股前進することだ、とね」

「ゴルチャコフとは、外交文書作成や、政策関係などで永く一緒にやって来たわね。でもね、ロシアには経済的な発展が必要でしょう、しかもいま直ぐによ！　そのためには刺激が要るの。そして、その刺激が改革なのよ！　宰相は用心深く行動しているわ。とにかくしくじらないようにね！　そうした慎重さは、外交に於いては必要かも知れないけど、国家の統制にはそぐわないわ！」――エレーナ皇太后が熱くなって抗弁する――「もう既に弾が撃たれたのに、あなたは、何を疑っているのですか？　変革の砲弾は放たれたけど、まだ飛んでいて、着地して変革を起こす土を飛び散らすに至ってないだけです！　立ち止まってはいけません！　決断力を持って、と同時に上手く立ちまわらねばなりません」

「目的とするところを放棄するのは危険です」――大公が

声をかけた。

「私が言っているのは、決めた道から方向を変えようというのではありません」――アレクサンドルはツァーリの頭文字のついた瀬戸物のティーカップの取っ手を手に取り、――「分かって欲しいのだが、私は、改革を具体化するのは賛成です。ただ、何時実を結ぶかってこと。これが問題です。ええ、我々は改革の木を植えました。しかし、それが枯れてはいないか、ひょろひょろになってやしないか、ということです。官吏達の官僚主義では、どれだけ努力しようが、手合わせをすることさえ時として我々の手に負えません。これは認めねばなりません。地方にあっては地主が不満で、都会にあっては同じようにさまざまな官位で不満がある。直接抗議する者がいれば、黙って反抗する者も居る」

「だから、時として、車輪が空回りをするんです」――大公が不機嫌に注釈した。

「その点では、君の言うとおりだ」――アレクサンドルは、冷めてしまった茶を飲み終え、頷き、ティーカップを受け皿に置いた。彼は、子供の時からの癖で、エルとアールの発音が曖昧だった。したがって、フランス語の調子で発音し、

「私が心配しているもう一つのことは、テロの擁護者が現れたことで、せっかく与えた自由が彼らの手をほどいてしまったことです」

「テロは、腐敗する部分を緊急に取り除かねばならない病気ですな」――大公が断定して言う――「最も厳格な措置を取らねばなりませんよ。それに、誰にも寛容など不要です！」

「寛容は、自分自身と国家の利益になるように必要ですよ」――話を注意深く聞いていた皇太后が威厳を持って言った。

「何に対して？」――アレクサンドルが急に彼女の方を振りむく。叔母が投げかけた言葉に心臓がチクリとし、眉をしかめた。――「ポーランド人への宣告を言っているのではないでしょうね？」

「正に、それを言いたいのですよ」

「それじゃ、どう思っておられるのですか？」

「状況は、現在治まっていますね。反抗は鎮められ、造反者は追放されました。私が思うには、ロシア皇帝が示した主教に対する寛大さは、カトリック教徒に理解を持って受け入れられるでしょう。主教は、我々の思想的な反対者なれど、テロリストでは決してありません。ロシア正教とローマ・カトリック教会は争ってはいけないのです。その上、ヨーロッパが、ロシアの示す寛大さに見るのは、民族統一と宗教の自由をすすめ、リベラルな改革を推進すると同時に、領土の利害を厳しく監視する、そんなロシア専制

政治の顔です」

「君はどう思う?」――アレクサンドルは弟に目を向ける。

「私は、完全に皇太后と同じ意見です。加えて言えば、ポーランドの火山はまだ死んではいません。革命蜂起の溶岩が噴出したが、内部ではまだまだ火が燃えたぎっています。第三部(*秘密警察)の勢力を増強し、エージェントにポーランド内部でもっとよく働いてもらわねばなりません」

「そうだな、そのとおり賢明だ!」――アレクサンドルは背もたれに身を反らした。――「私も、同意見だ」

「ゴルチャコフ宰相が、ポーランドの出来事とアメリカで起こっていることを比べて、もしリンカーンが先鋭化してきた対立を逃さずにいたら、状況は違っていただろうに、と言っていたが」――皇帝を見ながら大公は続ける――「何を為すべきか、何を熟慮せねばならぬか、すべてを知らねばなりません」

「ゴルチャコフが見抜いたのは、疑いも無く正しかった。だから、我々はポーランドで起こっていることに反応しているわけだ」――アレクサンドルは体を乗り出した。彼の目には湧いてきた考えに集中する様があり、――「ところで、ブル・ラン後リンカーンは軍事力の集中に着手したが、それはもっと早い時期にすべきだった。それで時期を逸した。そこで言うのだが、とにかく時期を逸してはだめだ……。この関係でいうと、心配なのが、モルモン教徒のアラスカ移住の知らせだな」

「私も、そうです」――コンスタンチンが頷く。

「それは用心しなければならない最大の脅威ではありませんよ」――エレーナ皇太后が発した。――「今、重要なのは動き出している改革の時期を逸しないことと、ポーランド情勢を緊密に把握することです。アラスカのことはゴルチャコフが対処すればいいでしょう。もし、モルモンが移住するなら、実際に移住が起こったら、どうするか考えれば良いのです。アメリカでのロシアの領有に関して明白な脅威などありませんよ」

「何事に対しても準備をすることが肝要です」――大公が不満そうに叔母を見た。

「コンスタンチン、そんなふうに私を見ないでちょうだい。私たちは貴方の《ロシア・アメリカ社》との関係、アラスカでの存在についてはよく分かっていますからね。だからこそ、この問題については、合理的に検討せねばなりませんでしょ。ロシア領土を失ってしまう危険を過大評価せず、かといって過小評価もせずに。届いた情報については、外務省がもっと綿密に分析をせねばならないと思いますよ」

「ゴルチャコフに明日頼みます」――アレクサンドルはそう応え、さらに気が付き、――「いずれにせよ、アラスカの問題は、もっとハイライトされ始めるでしょう」

大公は内心、叔母が発した言葉に不満はあったが、彼女とは口論したくなく、また、論争は兄に焦燥感を与えるだけだと分かっていたので、黙った。

大公と皇太后が帰ってしまった後、アレクサンドルはひとり執務室にこもった。たった今しがたの会話が神経を高ぶらせていた。触れられたテーマに関して、いろんな考えが次から次へと湧いて来た。どれか一つに集中し専念することはできなかった。ポーランドでの出来事、アメリカの内戦、モルモンとアラスカ、改革、それらすべてが問題の絡まりとしてもつれあってはいるが、表立っていると同時に潜在する相互の関係を考慮しながら、個別に解決せねばならないのである。考え込んで書斎を歩きまわっていたが、立ち止まった。まだ開いていない書類が机の上に積まれているのが目に留まった。一番上には、薄いファイルがあった。タイトル文字で、《ビャロブラジェフスキーの件》と記されている。

《そうだ、これから手をつけないといけないな》——考えが貫いた——《一刻も猶予できない問題、ポーランドからだ！》

急ぎ机に歩み寄り、横にある肘かけ椅子に腰を下ろした。ペンをとり、軍事裁判所の決定に関する内容を読みもしないで勢いよく書いた。《特赦！　逮捕年》


まもなく、主教はバブルーイスキー要塞に幽閉された。

5

サンクト・ペテルブルグでは、木々がすっかり木の葉を落とした晩秋、都に審査官が戻って来た。提出された報告書を読んで、コンスタンチン大公は不満そうに、分厚い報告書類を机の端にどけた。彼が待っていたのはこんな報告ではなかった。報告書では、《ロシア・アメリカ社》の事業を補強せねばならない、という結論が随所にあった。そればかりか、ゴロービンは、自書の個別報告の中で、アラスカの合衆国への売却の時期はまだ到来していない、と強調していた。

落胆の感情を持って大公はゴルチャコフに、

「ゴルチャコフ宰相！　この報告書をどう扱ったら良いか、分からん。こんなものを皇帝には報告できんぞ」

宰相はずるそうに眼を細め、

「ゴロービンがどうしたというのですか？　アラスカ譲渡の可能性を探ったのですか？」

「どうしたことかね！　結論はまったく我々の利ではないぞ。しかも、この問題を検討するには、まだ時宜を得ていないだと。まったくどうしようもない！」

「もっとがっかりさせてしまうかもしれませんよ。最近私に入った情報によれば、あなたの代理のあのゴロービン、彼は、政府が会社への特権を廃止する方針だ、などと言っていたらしいですぞ」

大公は、言われたことにどう応えて良いか分からず、ただ、驚きをもって宰相を見た。

「アメリカからの帰路、彼が言っていたらしいですぞ」――ゴルチャコフはさらに続けてつけ加えた――「まあ、話したのが仲間うちのロシア海軍士官だったので救われましたが……」

「なにっ、そんなことを言っていたのか？」――大公は仰天した。

「はい、そう口を滑らしたらしいです」

「他に、どんなことを言ったのかね？」

「それ以上は知りません。しかし、それだけでも余るほど充分じゃないですかね」

「そのとおり、許せない！　しかし、ゴルチャコフ宰相、我々はどうするかな？　監査結果は上層部で検討せねばならんが」

「では、皇帝宛てのメモを作って下さい。それが助言できる唯一ですな。大公、あなたが監査の発起人でしたな。したがって、あなたが総括を報告するのが筋です。どういう切り口でかは、コンスタンチン大公、あなたが考えて下さい」

「そうだな、そうしよう」――大公が言う。

ゴルチャコフ宰相の言葉は、監査結果について皇帝にどう報告するか、考えを悩ませた。彼は既に、兄にどう対応し、どう報告するかは考えついていたのだが、ゴロービンとの関係については、腑に落ちぬことで内心煮えたぎっていた。

外務省の建物を後にして、大公は真っ直ぐ海軍当局に向かった。そして、到着するや、クラッベ提督を呼んだ。

「クラッベ提督、ゴロービン大尉を推薦したのは、あなたでしたな。それじゃ、彼をどうにかしてくれたまえ！　彼は、ヨーロッパに居たとき、政府が《ロシア・アメリカ社》の特権を廃止する、などと言っていたそうではないか。誰がそんなことを言う権利を与えたのかね？」――怒りに燃える眼で――「舌を噛んで死んでしまえ！」

「えっ、それはとんでもないことです。私自身で明らかにします」――提督はすっかり周章狼狽した。ゴロービン自身はたいへん受けが良く、そんなことが起こるはずがなかった！　大至急策を講じないと、いや、自分でやろう。どうしたものか、迂闊には手を下せぬ厄介な状況に陥ってしまった。おかしなことにならぬように、自分で候補の士官を選んだのだったが。

「彼の言動はいろんなところで噂の口実を与えてしまうばかりか、皇帝の名に影を落としてしまうではないか！」――憤慨して大公はクラッベ提督の顔を睨みつけた――「あなたは、ここのところを分かっているのかね?!」

「承知しておりますとも、コンスタンチン大公！　今日、大尉を捕まえて明らかにします！」――提督は胸に手を当てて、誓った。

「ああ、そうしてくれたまえ！」――話の締めくくりに大公は、苛立ちを隠さず、そうハッキリ言った。

その日、クラッベ提督はゴロービンに威厳をもって厳しくたしなめた。

「君はもっと謙虚であるべきだった。最高幹部の計画について知識をひけらかすとは、一体どういうことかね、私は理解できんよ！　政府の意向や計画に関しては如何なることであっても他言は無用と助言する。私の言葉をよく考えてくれたまえ」


ゴロービンは考えた。考えたあげく、たまった休暇をまとめて取るべく、休暇を申請した。許可をもらうと、急ぎ都を離れた。釈明や何かで呼び出されても困るので、出来るだけ遠く離れて、時期を待つことにした。しばらく時が経てば不祥事も忘れ去られるに違いないと。そして、そのとおりになり、忘れ去られた。事実、嫌な出来事から自分を弁護せねばならぬ立場に置かれ、ひとしおならぬ努力をしたのは、クラッベ提督だった。

しばらく時が経ち、ゴロービン大尉を呼んで経緯を調べ、最も厳しい措置を講じた云々を行政部が大公に報告した。ところが、大公は、頷き、ああそうかと報告を聞いただけで、それ以上の追及はなく、この件は忘れ去られた。

一方で、皇帝への監査報告は既に為されていた。しかし、事業拡大の必要性やアラスカの譲渡が時期尚早である点は故意に触れずに為されていた。その報告があって後、アレクサンドル皇帝は大公を呼んで言った。

「《ロシア・アメリカ社》の経営や交易関係で心配な点は何も無い。心配なのは別のことで、アメリカの内戦の行方とロシア領土の安定だ……。それはそうと、ゴルチャコフはアラスカへのモルモン教徒の移住問題についてまだ何も言って来ていない。私にはこれが気になって仕方がないのだが……」


十一月になってシトカでは、朝方、初雪が降ったが、お昼にはもう解けてしまった。この日、首都からアラスカ長官宛ての書簡を運んだ船が着いた。それには、モルモン教徒がロシア植民地に移住してくる、という確信があるようだが、反駁もできるような情報が書かれていた。公式書類の文面を読んで、フルゲーリムは信じられん、と肩をすぼめた。そのような情報は受けてもいないし、全く聞いてもいなかったのである。マクスートフを執務室に呼んだ。

「マクスートフ大尉、もうじき白いハエが舞いだすぞ」

「もう冬支度は、ご存じの通り進んでいます。リンデンベルグと作業項目とスケジュールをキッチリ作ってあります。薪の準備状況は今日確認しました」

「了解。結構、結構！　話したかったのはそのことじゃないのだがね。ペテルブルグからの指示で、モルモン教徒達の情報を集めろ、というんだ。どうも、ここにやって来ようとしているらしい」

「ええ、何ですって？　それは無いでしょう」――驚いて肩をすぼめ、マクスートフが応える――「それは、単なる作り話ではないでしょうか」

「私も、そう思うのだが、指示は指示、従わないといけないからね。もしかしたら、そんな計画が練られているかも知れないな。ここは確かにアメリカ大陸の一部ではあるが、アメリカとは切り離されているからね。従ってだ、マクスートフ大尉、カリフォルニアへ行って来てくれないか。氷を届け、毛皮を運んでくれ。モルモンの動きを実際に目で確かめて、状況を分析して欲しい。いずれにしても、あちらじゃ、いま戦争になっているからな」

「了解しました。何時でも大丈夫です」

「私が期待していたのはその答えだけだよ。子供たちとアデライダのことは心配しなくて良い。面倒は看ておくから」


八月にアデライダは二人目の女の子を出産し、エレーナと名付けた。もう四カ月になっていた。フルゲーリム家にも二人目の赤ん坊が誕生していた。アンナはご主人に男の子をもたらした。オット・エドウィンと名付けた。女性たちは申し合わせたように家族を増やしたのだった。何を話すかと言っても、ノボアルハンゲリスクの夕べは暗く、夜は長い……。

「私が考えるには」――フルゲーリムは注意深くマクスートフを見ながら言う――「状況把握には、公式の情報源やここへ行き来している船長を利用するだけでなく、起こっている事柄を自分の眼で見て、言うなれば、嗅ぎとって、確信を得ないと駄目だ。《カムチャッカ》の船長として行ってくれ。出発はひと月後。氷の荷造りもちょうど出来るだろうし、明日から船の準備を始めてくれたまえ」


新年まであと残すところ十日あまりになって、マクスートフは《カムチャッカ》に乗り込んだ。この船は、十年前、ハンブルグで会社が購入したものだった。シトカの岸を出発する時には家族と近しい人達が見送りに来た。

彼を見送りつつ、アデライダは涙ぐんだ。彼らにとって、いっしょに生活を始めて以来、今回が初めての別れだった。フルゲーリムは彼の航海に三カ月を割り当てた。マクスートフは、アラスカに赴任してから三年になるが、これほど長い間留守にすることはなかった。以前、いろんな船で上級士官として務めたことは何度もあったのだが、今回のようにキャプテン・ブリッジに自ら立つのは初めてだった。内心、これから展開する大海原の航海に期待と喜びが胸を締め付け、うれしくて仕方がなかった。しかし、それと同時に、アデライダや子供たちと離れ離れになるのは悲しくもあった。

「今日十二月十九日は、私たちが一緒になってから、一番不幸な日だわ」——アデライダは涙ぐんで、小さな声で呟いた。

彼女の腕の中で、小さなエレーナが眠っていた。アニュータ(＊アンナの愛称)は、母の裾をつかんで立っていた。一月には二歳になる。

「アニュータの誕生日はあなた無しで迎えるのね、寂しいわ」——アデライダの頬を涙が濡れた筋となってこぼれ落ちた。

「落ち着け、泣くな!」——ハンカチを取り出して優しく妻の頬に当てた——「涙の見送りじゃ困るぞ。僕は士官だ、君は僕の戦友だぞ……」

「ねえ、私、夢を見たの。黒いカラスが窓の敷居にとまっているの。私が追い払うんだけど、ひょいと飛び立ってぐるりと回って、また敷居にとまるの……。これって、何だと思う……?」

「何も怖がることはないよ、単に心配しているからだろう。何も起きやしない、僕は戻って来るよ!」

ノボアルハンゲリスクが船体の向こうに見える。船の方向転換はまことに平穏でスムーズに行われた。太平洋は、何時になく静かで、その名のとおりだった。沖に出てから《カムチャッカ》は数昼夜進み、針路を変えて、ブリティッシュ・コロンビアに沿って進んだ。マクスートフは昼間、望遠鏡で沿岸の海岸線を眺めた。アメリカ人が冗談で《氷の箱》と呼んだ船がアラスカを後にし、カリフォルニアに近づくと、一マイルごとに暖かくなってきた。船倉は、毛皮と塊に切り出した冷たい商品でいっぱいだった。

一八六二年の新年は、大砲の空砲一斉発砲で迎えた。夜十二時、全乗組員が甲板に集まった。マクスートフは皆に酒杯を配るようにした。マストには様々な色の新号旗が掲げられ、松明が灯された。マクスートフは乗組員に向かって短く演説した。

「諸君! 毎年、一年一年が人間の履歴に足跡を残して行く。悲しみや喜びを持ち去って過ぎて行く。我々は、いつも、来る新年に最善を願う。カリフォルニアへのこの航海が成功であるよう、みな一緒に願おうではないか」

一月初め、《カムチャッカ》は、アメリカ太平洋岸の主要都市カリフォルニアの上に広がる雲一つ無い真っ青な空を映す、水の透き通った湾に入った。港では荷卸し中に、ロシアの副領事で会社のエージェントでもある、コストロミチノフ・ピョートル・セミョーノビッチが乗船してきた。

「いやあ、お会いできてうれしいです！」——自己紹介しつつ、マクスートフに握手の手を伸ばした——「あなた方が着いたという知らせがあったので、すっ飛んできました。航海はいかがでしたか？　サン・フランシスコは初めてですか？　滞在は何日間の予定ですか？」——好奇心からか、マクスートフを見ながら矢継ぎ早に質問を投げかけて来た。

「航海は特に問題なく、無事でした。ここは初めてです。滞在は、積み荷の準備次第ですが、長くは無いと思います」——弁がたち、押しの強い副領事に、マクスートフは簡潔に答えた。

「帰りの積み荷に関しては何も心配はいりません、すべて私にお任せ下さい！」——コストロミチノフはそう請け合って、保留はさせぬとばかりに押し強く——「さあ、さあ、あなたは私の客人だ、私のところへお出で下さい！」

「ええ、今すぐにですか？」——驚くマクスートフに、「もちろんですよ！　手近な指示だけ出したら、直ぐに行きましょう」

副領事兼《ロシア・アメリカ社》のエージェントである彼の自宅ではすっかりもてなしの準備が整っていた。豪勢な昼食の後、主人の書斎で二人きりになった。

「私はここにもう三十年以上住んでいますよ」——コストロミチノフはそう言うと、溜息をつき、——「もう六十も間近でしてね、数えると、人生の半分はアメリカで過ごしています」

「祖国には帰りたくありませんか？」

「そりゃ、帰りたいですよ！　ロシアの草原と我が家をしょっちゅう夢に見ていますよ……。でも、まあ、ここに根を下ろしてしまいました。ロス要塞で七年間、一八二九年から一八三六年まで統括していました。そこの後任にはロッチェフ・アレクサンドル・ガブリーロビッチが来て、私はここに会社の代理人として越して来ました。それ以来、サン・フランシスコでもう二十年になりますよ」

「しかし、ロス要塞を売ったのは残念でしたなあ」——マクスートフが思いのほどを言う——「あれがロシア植民地の最南端でしたからね。もし、あれがロシアに残っていたら、様子はまったく違っていたでしょうに！」——と心からそう発する——「第一、ここは気候が良い。ブドウもサクランボもたくさんあり、実りが豊かだ……」

「それに、メロンやスイカもありますぞ、ブドウ、ネギやジャガイモ、小麦などは言うに及ばずですが。当時はまったく注目されませんでしたからね。基本的には捕鯨ばかりでした。しかも、我々よりも、当時造船と漁労の中心だったボストンからのアメリカ人達が中心となって鯨を獲っていました。彼らの海獣の猟ときたら、まったく無制限。容赦なく、まさに獲り尽くすんです！　それで、次第に我々の船団をこちらに置いておくのが不利になってきましてな、それで、会社の上層部が引き上げを決めたんです。当時、ロッチェフが、ペテルブルグから、即刻売却せよ、との指令を受けたんです」

「どうして、そんなことができたのでしょうかねえ？」

「ええ、覚えていますよ、一八四一年九月でした。ロッチェフに宛ててそんな指示が来たんです。それで、彼は、私のところにすっ飛んできました。私はその時、たまたま、用事でロス要塞に居たのですが。いやあ、悲しかったですよ。要塞を構築してから三十年、何から何まで、ロシア人が築き上げたのですよ。ブドウ園、リンゴ園、サクランボ園もみんなです。ええっ！　いまだにロス要塞を失ったことは痛み無くして思い出せません」――沈痛な面持ちでエージェントが語る――「しかし、もう、随分経ちます……。それで、我々は相談して、スペインのヴァレヨ将軍に要塞を譲渡しようとしたんです。実は、彼がロッチェフの妻を先住民から救い出したのを機会に友好関係を築いていたものでね」

「コストロミチノフ副領事、どうしてそんなことが起こったのですか？」――マクスートフはがぜん興味を持って身を乗り出す。

「それは、ロス要塞売却の年に起こったんです。当時、ロッチェフは、ガガーリン侯爵家生まれの奥さんエレーナと二人の学者と一緒に、岩だらけのマイヤクマス山に登ったんです。その山は後年、ロッチェフ夫人に因んで、聖エレーナ山と命名されたんですが、いまでもその名で存在しています。それはそれとして、事件が起こったのは登山からの帰路だったんです。ただ、ロマンチックな出来事だったんですがね。当時、要塞の隣に、ソラノという野蛮人が部族長をする先住民部族が住んでいました。その男は、巨人のように背が高く、顔中あばただらけの恐ろしく醜い奴だったんです。そいつが、いつかエレーナを見たときに、彼女を略奪して妻にしようと決めたんですねえ。それで、その機会を窺っていました。彼ら数人が登山に向かったときに後をつけて、山を下りようとしたとき、その男の一味が襲って、全員虜にしたんです。そして、エレーナを自分の小舎に盗って行く、と宣言したらしいんです。その時のロッチェフの状態が想像できますか？」

「気が狂ってしまいますなあ！　とは言っても、囚われの身じゃ、何もできませんよね！」

「そう、そのとおりなんです！」――副領事が頷き――「後にロッチェフが話してくれたんですが、その時は奥さんを殺して自分も自殺しようと考えたらしいです。それで、最後まで聞いて下さいよ。幸運なことに、その時、ヴァレヨ将軍と騎兵が近くに居て、襲撃され囚われたのを知ったんです。彼は、もしソラノが囚人たちを解放しないなら、ロシア人とスペイン人が、すべての先住民をそこら一帯から根こそぎ一掃するぞ、と脅したらしい。それには、野蛮人達も怖がって、囚人を全員解放したそうです。そうはいっても、この対立が、要塞の歴史の中で唯一の先住民との揉め事でした。それに、そんなロマンスが発端なんていうのはありませんね……」

「愛、ロマンス、人生の平凡な出来事……」――マクスートフが間延びして言う――「レザノフの悲しい物語もたしかこの地に関係してましたね。まあ、運命ですかね……」

「それは確かに悲しい運命でした。レザノフ・ニコライ・ペトロービッチがカリフォルニアに来た時、このテリトリーはスペインのものでした。当時、アルグエリオ要塞の指揮官の娘コンチタと知り合ったんです。彼女はまだ十六歳でした。陽気で、熱情的で、一言でいって美女でした。レザノフは四十前で、恋は二人の間で稲妻のようにかけ巡ったんです。ひと月半、彼はサン・フランシスコに滞在していて、結婚しようと決めたのですが、司令官は反対だった。年が違いすぎるし、第一、宗教が違った。しかし、コンチタがどうしてもと意地を張って、地元の伝道所で正式に結婚式をあげる許可を求め、ついにそれが認められたんです。レザノフは司令官に、ロシアでスペイン王の混血結婚許可がもらえ、ローマ法王と聖ロシア教会の許可ももらえる、と信じ込ませた。そうしたら、娘さんをもらいに戻って来る、と約束したんですね。ところが、いやあ、そうは行かなかった。コンチタは彼を待った。彼が一八〇七年、クラスノヤルスクで死んでしまったのを知らなかったんです。レザノフは都へ急いだのだが、彼の人生行路はエニセイ川の岸辺で途絶えた。病が彼の命を奪ったんです……」

「その後彼女がどうなったかは知りませんか？」

「知っていますよ！　彼女は四十年も彼を待ったんです、結婚もせず。レザノフの死を知らせたのが、グジョンバイスク商会ディレクターのサー・ジョージ・シンプソンでした。私も彼に会ったことがあります。コンチタはその後、修道院に引き籠もってしまい、五年前に亡くなりました。まあ、こんな話でしたよ」――副領事は語りを終え、――「失礼ながら、まだお若そうですが、何歳でおられますか？」

「二十九です」――きまり悪そうにマクスートフが答える。「じゃ、まだまだ、人生はこれからですなあ。あなたはカムチャッカでの戦争に加わらざるを得なかったと聞いていましたが？」

「ええ、ペトロパブロフスクの防衛で戦いました」

「そうでしたか、極東沿岸を護ったんですなあ。そこへ行くとこちらはロシアのカリフォルニアの領地さえ護れなかったんです」――悲哀をこめてコストロミチノフが言う――「当時、あまり役には立っていなかったが。誰にいくらで売れと言うのか……」

「ロッチェフがスペインに声をかけた、というところで話は終わっていましたよ」――マクスートフが思い起こさせた。

「実際、そのような申し入れをしたようでしたが、ヴァレヨが返事に手間取ったんです。そうしている間に、九千ドルくらいのひどい屈辱的な値段を提示したんです。これは、もう単なる笑い話ですよ！」

「本社がゆさぶりをかけて来たんです。とにかく土地をたたき売ってしまおうと。それで、ロッチェフは、スウェーデンからの移民であるジョン・スッターの領地に出かけて行きました。ところでこのスウェーデン人ですけど、よく覚えていますよ、当時はちょうど今のあなたと同じ、二十九歳でした……。その彼が、四回の分割払いで、四万二千ドルで買うことに合意したんです。しかしですね、彼は全額払ったわけじゃないんです。まったく、彼は贈り物みたいにして手にしたんですぞ。建物だけじゃなくて、要塞の大砲、三千五百頭以上の家畜、馬車、農業用器具の類いなど……。まったく、信じられないほど急いでいたんですなあ！　都はえも言われぬほど急いでいたんです！　何で私がこんなによく知っているかって？　聞いて下さいよ。私はその時、既にサン・フランシスコにいましてね、私がそのスウェーデン人との契約を作成したんですよ。文句のつけようもありませんでした。我々は何もできません、奴隷みたいなものですからなあ……。こうしてロス要塞がスッター要塞になったんです。十六年前にカリフォルニアが合衆国に入り、要塞はアメリカのものになった。まあ、こういう具合でしたよ……」

「辛い話です……」

「まったく、残念です」――副領事は同意して――「そればかりではありません。時が経って、カリフォルニアが如何に開花したかをこの目で見ると、もう何とも言いようがありません。温かい太陽、金の埋蔵、牧場、森や渓谷、それがすべて成長している。なのにそれを利用しているのは、我々じゃないんですからね……。そんな牧場がすぐ近くにあったんですよ！　それはそうと、わたしにも僅かですが土地があります。当時買ったもので、それがためにアメリカに来ているんですがね。是非いらして下さい。一〇〇エーカー程の土地ですが、スラビャンカ河の河口の南にあります。大きな家と、小麦脱穀用設備、風呂もありますよ、ロシア人必需品の。ひと風呂浴びるのも良いですよ、どうですか見てみませんか？」

「ありがとうございます。時間ができたら是非そうさせてもらいます。それより先に私は町を見ないといけませんので」

「そうそう、そうでしたな。あなたはここが初めてですからな」——コストロミチノフは頷き、続けた——「ロス要塞売却の話に戻りますが、お気づき願いたいのは、ネバ河の岸壁と太平洋岸は地理的に離れてはいますが、眼には見えずに繋がっている、ということです。そして、その繋がりで、別の言い方をしますが、我々がここに居る目的であって、アメリカ大陸へのロシアの影響力を高め、それと同時にロシア帝国の国力を増大せねばなりません。私もこの件については、フルゲーリム大佐がアラスカへの途中サン・フランシスコに寄られた折にかなり長い間話しました。彼は今どうしておいでですかな？」

「フルゲーリム長官は相変わらず精力的に執務されていて、ほとんどの時間会社の経営に力を注がれています」

「それは大事なことです！　キチンとした経営をして常に先を見られなければいけません。以前会社は進出の可能性を逸しましたから、二度と間違いは繰り返してはいけません。私見ですが、たとえ現在がそれほど都合のよい状況ではないにしろ、交易を拡大する必要があると思います。あなたも同じ考えだと良いのですが」

「まったく議論の余地はありません。フルゲーリム長官も同じ考えです。彼の依頼で船を持ってきましたから」——マクスートフが答える——「しかし、心配なのは、武力行使をともなった内戦の状況です。噂では、軍事行動の関係で、モルモン教徒をもアラスカに移民させるようだと聞いております」

「確かにアメリカの戦争は激しさを増していますが、人々が住みかを離れ逃げて行くような状態ではありません。要するに、カリフォルニアにも社会的な対立はあるし、軍事的な対立も言うに及びませんが、取りざたされるまでには至っていません。ここにはここでまた別の心配事や関心事がありますのでね。商取引や金採掘、当面の問題として、産業や建設の展開などですがね。私の知る限り、モルモン教徒が北部へ行く、なんて話はありません。宗教団体におけるアメリカ人というものを知る必要があります。自分の手で作り上げ住み慣れた、神に清められた土地を捨てる、ということは、余程の異常事態でないとあり得ません。それから言えば、近い将来にそうしたことはあり得ませんよ」

「ということは、これは根も葉もない単なる作り話だということですね」――マクスートフはそう決めつけ、コストロミチノフを真っ直ぐ見て――「あらためてお礼を申し上げます。コストロミチノフ副領事、手厚いおもてなしに感謝致します。楽しくお話しさせていただきました！」

「これからも是非そうしましょう、マクスートフ大尉！私は、新しい人、それもロシア人と会うのが、えも言われなく嬉しいですよ。ましてや、わたしが代理人を務める会社の方ですからねえ。積み荷の心配はいりません。塩漬け肉は一両日中に運び込ませますから」

翌日、マクスートフの気を引いたのは中年の男だった。永い間黙って桟橋から社旗を掲げた船を見ていた。乞食のような身なりをし、履き古してゆがんだ靴を履き、古い継ぎはぎだらけのジャンパーを着ていた。マクスートフがタラップから板張りの桟橋に降り、近くを通ると、突然ロシア語で話しかけて来た。

「ミスター、ちょっと訊いても良いかね。この船はどこから来たんだい？」

「シトカからです」――マクスートフは立ち止まって彼を見た。見たところ六十がらみだった。顔には剛毛が生え、しばらく洗っていない長い髪の毛が頭からぶらさがっていた。

「シトカからか」――その見知らぬ男はそう繰り返すと、にこりと笑って――「昔あそこに行ったことがあってなあ、大分前のことだけど……。あなた、済まないが、ちょっと話してもいいかね？」――そう言って、さらに――「わしもロシア人だから」

「良いですよ、何が訊きたいですか？」

マクスートフには自分の前に居るのは逃亡水夫か徒刑囚と思われた。そうしたことは実際にあった。軍艦が着岸する港で、かつては船内で働いていたという者に遇ったことがある。その男も、そうした者のひとりに違いないと思えた。

「そう、あなたはロシア人ですか？」――男をじっくり見ながら確認した。

「うん、カムチャッカ生まれ。そんな名前の船が居るんで、見てたんだよ。故郷を思い出してねー」

「ここにはどうして？」

「水夫だったんじゃ。一八一五年、モンテルロに寄港した折に船から逃げたんじゃよ。外国の生活が甘く思えたんだねー。ところが、そうは行かなかった。放浪し、職を次から次へと変えた。とにかく、食べて行ければ何でも良かった。荷役作業員、水夫、靴なおしさえやった。それで、スペイン語を習得して通訳になったんだ。そうしたら、金になってねー。結婚した。その後は、カリフォルニアの金に誘われて。しかし、上手くいったんじゃよ。かなりの金を選鉱した。大金を摑んだんだ。しかし、富は、更に金が流れてくる他のところに投資しないと駄目だな。それで初めて、不自由を感じない生活が維持できるというもんだが、わしにそれが来るのは遅すぎた」

「破産したんですか？」

「どうしていつの間に無くなったのか分からん。とにかく文無しになった。今じゃ、モルモンにでももぐりこもうかと思っているよ」

マクスートフはその男との思いがけない遭遇を切り上げようかと思っていたが、モルモン、と聞いて気になり、会話を続けることにした。

「モルモンがカリフォルニアに居るんですか？」

「彼らは何処にでも至る所に居るよ」——男はびっくりして続ける——「彼らは胃袋だけじゃなく、精神も満たしてくれるわな」

「彼らは、アラスカへも行こうとしているって噂ですが」——マクスートフは男の反応を期待して、少しかまをかけてみた。

「そんなバカな！」——即座に男が応えた——「俺は大勢モルモン教徒と会ったが、皆、カムチャッカが何処に在るか、アラスカが何処かも知らんよ。そりゃ、作り話だ！」

「名前は何といいますか？」——マクスートフは関心を持って訊ね、男にやろうとポケットの中の小銭を探した。

「スペイン語で、ホセ・アントニオ。ロシア名は、ヨシフ・アントノビッチ・ボルコフといいますよ」

「ボルコフ、ありがとう」——彼に五セントを渡し——「飲んで、故郷カムチャッカでも思い出して下さい」——そう言って、桟橋を先へ進んで行った。

コストロミチノフとボルコフから得たこのわずかな知識だけでも、モルモンがアラスカへ移住するという北の都からの情報が単なる噂に過ぎぬことがハッキリした。そればかりか、船に届いたアメリカの最新版新聞をめくってみても、モルモンに関するそれらしき記事は皆無だった。

サン・フランシスコでの投錨は永くなかった。コストロミチノフが約束したとおり、塩漬け肉は予定どおり期限内に届き、船倉に積み込まれた。もう、家路に就くばかりであった。

帰路はサン・フランシスコに来た時と同じルートである。海はまったく平穏を保っていた。時間と共に変化する色合いを楽しませ、海の深みの力は、風でさわぐ波におこされることもなく眠ったままであった。

二月二十四日、《カムチャッカ》がシトカに戻って来た。船はバラノフ城の全住人に迎えられた。キャプテン・ブリッジに立ったまま、マクスートフは岸にフルゲーリムと彼の家族、そして子供たちに囲まれたアデライダを見つけ、鼓動が高鳴った。桟橋に着くやいなやアデライダが彼の腕に飛び込んできた。胸に顔を埋め、

「ああ、逢いたかったわー、待ってたの！　心配していたのよ！」

「僕もだよ！」――マクスートフは興奮して耳元に囁く。そして、優しく口づけ、フルゲーリム夫人が手を引いていてくれた娘たちに身をかがめた。――「ほうら、アメリカからのお土産だよ！」

アニュータには人形を、エレーナにはカラフルな小さなゴムまりを手渡した。エレーナは、訳の分からぬ物をくれたパパを見ながら、驚いて眼をぱちくりさせた。

「直ぐに慣れて自分のものにするわよ」――フルゲーリム夫人アンナが優しく微笑み、小さく言った。――「お帰りなさい！　ドミートトリー・ペトロービッチ」

「ありがとうございます、アンナ・ニコラエブナ！　皆さんに会えてこれ以上の喜びはありません！」――彼女にそう挨拶し、彼女の手に軽く口づけた。

「マクスートフ大尉、航海の無事完了おめでとう！」――これまで少し離れて、夫人達との再会を、部下達と脇で見守っていたフルゲーリムが近づいて来た。職務上からすれば、彼はいの一番に上司に報告せねばならないのだが、夫との再会をずっと我慢していたアデライダの気持ちと、同様に迎えに出たアンナにも会いたいという気持ちがあるのを汲んで、ルールを無視したのであった。ましてや、彼らの家族間の関係はきわめて深く、祖国から遠く離れた地にあって人と人との関係は特別な意味を持つのである。

「フルゲーリム長官、お久しぶりです！　ただいま戻りました」――マクスートフは手を帽子のひさしに持って行き、敬礼した。――「報告します、任務を完遂し航海を終え、《カムチャッカ》の乗組員一同、無事帰還しました！」

「マクスートフ大尉、課題を解決したのは分かった」――フルゲーリムは報告書を手に取り、握手をしながら言う――「品物を無事に届け、課題完了したこと了解。それに、君の調査結果はサンクト・ペテルブルグへの報告書作成上極めて貴重だ。ところで、ひとつ良い知らせがある。君は中佐に昇格した！　この通知は君がまだ《カムチャッカ》で航海中の一月に届いたんだよ。したがって、今夕は君の昇進を祝うのと航海の話を詳しく聞こうじゃないか」

マクスートフの眼が喜びに輝き始めた。兵士は誰もが将軍になりたがり、海兵は提督の称号を夢見る！　軍人の階級一つずつ、キャリアの階段一歩ずつが心を躍らせ、士官の務めの上で刺激となり、将来に向けて、聖なる目標に近づくのである。

「ロシアのために務めます！」――マクスートフは手を帽子に触れ敬礼し、ハッキリと言った。

「おめでとう！」――フルゲーリムは再度握手の手を伸ばし――「それじゃ、夕食で会おう。君はご夫人方の世話をしてくれたまえ。ここのところアデライダは君の帰りを指折り数えていたからね」

六時過ぎ、アンナとアデライダが準備した祝賀のテーブルに、マクスートフは客を招き入れた。参加したのはリンデンベルグとベレンド、それにガブリーシェフ大尉。長官を待つだけになったところで、ようやく、フルゲーリムが現れた。

「申し訳ない！　ちょっと遅くなった。本部から電報が届いたものだから」

「何か重要なことでもありましたか？」――マクスートフは神経をとがらせた。

その言葉に、それまで談笑していた一同は話を中断し、長官の方を一斉に注目した。

「あらたな調査の話で、どうやらまた君に行ってもらわねばならないようだ」――フルゲーリムが言う。

「一体、どこへですか？」

「スチキン河の河口だよ」

「まだ戻って来たばかりですよ。どうしてまたそんなに急に行ってもらわないといけないの？」――手ばたくしぐさでアンナは夫を叱責する目で見て――「家族としばらく居させてあげないと！」

「調査は春以降の話だよ」――フルゲーリムが続ける――「だから、アデライダも安心しな、そんなに早く出発するわけじゃないからね」――そして、集まったひとたちを見渡し、語る――「次の航海には入念な準備が必要だ。通常の航海ではなくて、特別重要な意義があります。というのは、グジョノフ湾の会社と我々との今後の関係を左右する意義のあることなので、強調しておきます。それだけではなく、特別に内密なミッションがあり、特定の者達だけしか知ってはいけないことです。ここにいる皆さん全員がそのメンバーにはなるんだが、それについては追って話します。さあ、それじゃ、みなさん、テーブルに着きましょう。ほら、立派に準備が整っていますよ」

フルゲーリムは、当然ながら、久しぶりに祖国の岸に戻って来た、ほやほやの中佐に祝杯を挙げて、――「マクスートフ中佐、君にはこの新しい階級に永く留まって欲しくはありません。我々海兵がいう追い風を帆に受け、ロシア祖国のために努められたい！　君は、すでに成功を収めた。遠洋航海にも出ました。また、ロシア帝国の国境防衛戦で活躍しました。こんにちある称号がその多くを語っています。君の将来が輝かしいものであることを信じます。ロシア海軍の提督になるでしょう！」

マクスートフを讃える乾杯が何回か繰り返された後、話は自然とノボアルハンゲリスクのことに移った。この冬は思ったより厳しくなく、雪も前年に比べ少なかった。子供たちの学校は運営されているが、薪をもっと増やさねばならなかった。それはアンナがリンデンベルグに頼んだことだが、すぐ翌日指示を出すと約束した。ガブリーシェフは岸壁の貯氷庫への氷の運びこみが遅れていて、それがために氷室に沢山たまってしまっているとこぼした。

「それは、荷橇が足りない、ということ?」——ガブリーシェフの言葉にフルゲーリムは即座に反応して事務長に非難めいた眼を向けた。

「荷橇は足りています、長官。基本的に布当てを直さねばならんのがあるんです。先月、でか過ぎる塊を運んだことがあって、そのとき重さで壊れてしまったんです」——とガブリーシェフが訂正した。

「重く荷積みしたからといって沢山運ぶことにはならんね」——フルゲーリムが頭を振ってガブリーシェフを見た。そして、——「ガブリーシェフ事務長、もっと積み荷をよくチェックしてくれよ、そうでないと荷橇が無くなってしまうぞ!」

「分かりました!」——事務長は頷き——「直します!」

「そうそう、ちゃんと状況を正しておかないとな」——同情的にそう言うと、マクスートフに眼をやり——「見てのとおり、ここでの生活は順調にいっている。さあ、それで、太陽がいっぱいのかの地の様子はどうだった?」

「カリフォルニアには正に、びっくりしました。自然条件がまったく違って、農業にはもってこいの土地ですね」

「それで、政治的な天候はどうだったかね?」——フルゲーリムはマクスートフの話をさえぎって訊いた。彼には、何よりも、長い間の関心事である合衆国の内部対立の状況とモルモン教徒のアラスカへの移住に関する答えが訊きたかったのである。

「ええ、状況は複雑です。北軍はブル・ランでの敗北後、マックレラン司令官が立て直しを図りました。そのことについては新聞が書いていまして、それに眼を通さねばならなかったのですが、サン・フランシスコではもっぱらの話題でした。志願兵の選考も行われています。南軍は主にバージニアに集中されていますが、どうも、最終的な軍事行動に向けて準備をしているようです。会って話をした産業家や商人の大多数は、リンカーンの政策を支持していて、南部連合の計画には否定的です。そうは言うものの、いろんな言説によると、南部は、勝つまで戦うつもりだと、報じています。全体として、簡潔に総計すると、状況は予想不可能、ということになります。次の武力対立はすぐそこまで来ていて、内戦がしばらく続くものと思われます。モルモンのアラスカへの移動に関しては、それは単に噂の域を出ていません。本件については、副領事で我が社のエージェントをしているコストロミチノフと話しました」

「あっそう、ところで、彼はどうしているかね？」――フルゲーリムが話をさえぎる。

「ええ、彼から長官、あなたに宜しく、とのことでした」

「そうか、それは結構！」――フルゲーリムは満足そうに頷き、話の続きが聞きたそうな眼差しをマクスートフに向ける。

「それで、このことに関しては地元の人とも会って話を聞き、新聞でも記事を探したのですが、モルモンのことに関しては何も書いてありませんでした。少なくとも、何も見つけることができませんでした。したがいまして、現地で得た情報から判断して、都からの情報は現実とは即応しません、と都には報告できると考えます」

「我々が以前想像していたとおりだったな。まあ、我々の考えが裏付けられたわけだ！　軽い気持ちでサンクト・ペテルブルグには書くとしよう。そこで、次の航海だが」――フルゲーリムが真剣な表情で話す――「皆さんはよく知ってのことだが」――テーブルについている全員に向かって、――「スチキン河口に関するグジョンバイスクの会社との契約は今年の末で終了する。日程的には、新たな契約を結ぶか否か、という問題がある。状況を複雑にしているのは、河口をグジョンバイスクの会社にリースするとしても、あそこは先住民が支配しているのと、今ではあそこの地区で金が見つかったなどという噂が広まっているため、採金者達が押し掛けている。つまり、国際的用語でいえば密輸者だ」

マクスートフは、ウランゲリ男爵が長官であったとき、アラスカでのロシア人植民地の最南端にあるジオニエフスキー多面堡を訪れたことを知っていた。このことについては、海軍兵学校の生徒達に大公が話してくれた。その多面堡は河口を護り、所有がまだ定まっていなかった奥地に向けて流れを遡るのをコントロールしていた。一八四〇年、《ロシア・アメリカ社》は河口を英国の会社にリースし、その会社が多面堡をスチキンと名前変えをした。しかし、英国人は不幸に見舞われた。先住民がしょっちゅう襲撃したため、その多面堡を放棄せざるを得なくなった。とはいえ、リース料は《ロシア・アメリカ社》の本社に変更して支払っていた。

「次回の航海の課題だが」――長官が続ける――「金があるのかどうか確認すること、それをもって英国の会社との契約を決めることになる。おそらく、自ら金の採取をやってみて、十分な埋蔵量があるかどうか確認しなければならないかもしれない」

「危険な場所です」――ガブリーシェフ事務長が憂鬱そうに――「かなりな武装をした部隊が必要です」

「当然だね」――フルゲーリムが即座に反応しマクスート

フを見て――「武装した船で行ってくれ」

「わたしも中佐の手助けに行ってもよろしいでしょうか？」――頼み込む目でガブリーシェフがフルゲーリムに言う――「もう何年も航海に出ておりません。この氷で岸辺に凍りついてしまっていますよ」

「ガブリーシェフ大尉、分かるが、あなたはここに居てもらわないと困る。マクスートフ中佐の助けには、リンデンベルグ所長が選抜する駐留軍の兵士から頼むことにする」

「最高の者を選ぶようにします」――リンデンベルグが頷き――「二、三日中にリストを作ります」

士官たちの会話にアンナが割り込んできて、とがめるような眼で夫を見て、「あなた、今夜の祝賀会を会議の場にしてしまいますの？　どうして集まったか、お忘れにならないで下さいましな！」

「そうだな、君のいうとおりだ」――フルゲーリムは椅子の背もたれを反らせ、――「もうちょっと今の件で話さねばならないんだよ」――優しく妻を見て、――「何か演奏してくれるか？　シュトラウスがいいかな。音楽が軽やかで楽しい」

「良くってよ」――アンナは椅子から立ち上がり、部屋の隅のピアノに向かい、アデライダに視線を移し、――「こちらへ来て、二人で弾きましょう」――そして笑顔で付け加えて言う――「名人芸で殿方たちを驚かしてやりましょう」

窓の外は暗くなっていた。外の建物からは既に灯りは消えていた。バラノフ城の客間の窓だけは灯がともり、屋上部では、夜の帳のなかで湾への入り口を示す灯台の灯が明るく瞬いていた。

ホールで音楽が鳴り響いた。ゆったりとした穏やかな気分がマクスートフを包み始めた。マクスートフにはここでの家庭的な団欒がとても心地よく、ここで皆と居る時がいかに大切か、感じていた。フルゲーリムは夢中になって演奏する妻を優しく見ていた。何かに思い沈むベレンド医師、リンデンベルグとガブリーシェフは広がるメロディーに聞き入り陶酔している。マクスートフは寄せ来る静かな喜びの波と計り知れぬ幸せを感じていた。その中で泳いでいるかの如く、眼を離すことなくアデライダを見ていた。ああ、なんて素敵なんだ。僕は彼女を愛している！　何て素晴らしいんだろう！

6

マクスートフが航海から戻って三日目、フルゲーリム長官が彼を執務室に呼んだ。長官が座っている机の傍らの椅子に、文官のフロックコートを着た見知らぬ男が腰をかけていた。

「紹介するよ、アンドレーエフ技師だ！」――チラリとマクスートフを見て、長官が言った――「マクスートフ中佐、実は、君が合衆国に行っていた間に、工科大学を卒業して彼がこちらに配属されたんだよ」

「ピョートル・アンドレービッチです」――彼が立ち上がった。背が高く、痩せていて、年齢はマクスートフと同じくらいだった。

「よろしく」――出された手を握りながら、マクスートフは応えた。――「アラスカへようこそ、アラスカがドアを広く開けて歓迎しますよ」

「ところでね、アンドレーエフ技師はこの地域の出身なんだよ」――ためらいつつフルゲーリムが語る。――「かつてのロス要塞で生まれてね、そこから都へ去ったんだよ。だから、彼にはここでは知己が多いそうだ」――そう決めつけて、二人に勧める――「さあ、座ってくれたまえ！　話は、例のことについてだ」

二人が互いに向かいあって席に着くと、フルゲーリムが形式ばった調子で始めた。

「今回の航海は、端的に言って、普通の航海ではない。スチキン河口の状況を調べることが課題ではあるが、目的は、金の存在の調査にある。得た情報に基づいて、そのエリアを明らかにし、英国人との交渉の在り方を決めねばならない。すなわち、新たな契約を結ぶか否かだ。全体としては、マクスートフ中佐、あなたが指揮を執ってくれたまえ。ただ、探査の組織そのものはアンドレーエフ技師、君の下に置く。この調査隊をどう組織するかな？」――質問に対する即答を期待して、技師の方を向いた。

「十人の採金者を連れて行き、二グループに分けます。カヌーで流れを上流へ上り、河の両岸で調査を実施します」

「うん、良い考えだな！」――長官は同意に頷いて、マクスートフに眼を向け、――「マクスートフ中佐、君は彼らの警護にあたらねばならん。汽船で行き、船は河口に留めて置いて、君自身はそこに居るのが良かろう。基本的に、採金者の警護と、船自身の防衛の両方をやらねばならない」

「了解しました。派遣部隊の準備をいつ始めれば宜しいでしょうか？」――マクスートフがフルゲーリムを見て訊ねる。

「この問題は永い間放置しておくわけにはいかない。来週から始めてくれ。駐留部隊から三十人充てがう。リンデンベルグ事務所長が既にリストを作成してくれている」――紙片を机からとって渡し――「これをとってくれ！　ガブリーシェフ大尉と一緒に調査航海の条件に合致するよう訓練を始めてくれたまえ。特に現地調査の手順、堡塁地での行動規範、火器使用訓練、機密保持や巡回活動、カムフラージュやシグナルの方法、武器使用訓練、単独行動や集団行動目的などに注意を払ってくれよ。まあ、端的に言って、任務に就く者には軍事行動の基本を思い出させないといけない。警護にたずさわってばかりいて、そうした事を忘れてしまっているかも知れないのでな。君がガブリーシェフ大尉と一緒に二カ月の間に直して欲しい」

「課題の遂行ならびに実地訓練計画を作成し、直ちに訓練にかかります」——マクスートフが応えた。

「さて、それじゃ、航路についてだが」——フルゲーリムは中断してマクスートフを直視した。今述べたことを、単なる通常の上官からの門出の祝福ではなく、直接彼の中にたたき込み、直面する課題の遂行に役立てるべく自覚することを願っていたのである。——「推進式の《大公コンスタンチン》で行ってくれ。今は修理中だが、五月には終わる。コロシンスキー海峡へ岬に沿って行けば良い。河口まで二日の航海だ。航路は知っての通りだが、注意が必要だ。海峡には暗礁が沢山あるからね。それともうひとつ、投錨場所は、ゲイフェルド岬の近くを選ぶと良い。小さな島が在るところで、あそこなら、水深一〇サージン（＊約二十メートル）、と記録されている。地図とテベニコフのアトラスを注意深く見ることを勧める」

「了解しました」——マクスートフはきっぱりと応じた。

——「さらに、ウランゲリ総督のその場所への航海記録をもう一度読みます」

「そうだな、それは役に立つだろう」——長官は少し考えて、続ける——「監視を注意深く頼むぞ。グジョンバイスクの人が現れるかも知れんからな。汽船を見れば、必ずや何で来たのか興味を持つに違いない。だから、金のことは禁句だ、おくびにも出すな！　採金者が彼らの眼に触れてはならんぞ！」——技師の方に眼を移し——「これは、君の任務でもあるぞ、アンドレーエフ技師」

「承知しております」——アンドレーエフは真剣な面持ちで応える——「極秘のミッションに関してあまり強調し過ぎないようにします」

「そうだ！」——フルゲーリムはまたマクスートフを見て、——「もし、グジョンバイスクの人に出くわすようなことになったら、新たな契約を結ぶに先だって、河口の状況をチェックしている、とでも言っておけば良いだろう」

「委細、承知しました、長官」——短く答えて、マクスートフが意気込んで訊く——「何日に出発致しましょうか？」

「そうだな、出発は五月の最初の日が良かろう、まだ、時間は十分ある。腕まくりをして調査航海の準備をしてくれ。もう準備は始まったと思ってくれよ」——フルゲーリムはそれをもって打ち合わせの終了としたのである。

執務室を出て、マクスートフが技師に、

「アンドレーエフ技師、あなたはここではまだ新人だから、何か手助けが入り用だったら、なんでも私に言ってくれ」

「ありがとうございます、マクスートフ中佐！　あなたがお帰りになる前にフルゲーリム長官と話し、彼が言っておられたんですが、調査隊に必要な準備については事務所長がすべてやってくれるとのことですので、採金者の選考についてお助け頂ければありがたいのですが。ここでの労務者のことをよく知っている方の助けが必要ですので」

「分かった。候補者の準備を整え、名前を挙げるところまでやろう。実際に誰を選ぶかは自分でやってくれればいい」

調査航海の準備や何やらでひと月があっという間に過ぎた。四月になって、丘からの雪解け水を集めて小川があふれ音を立てて流れ落ちた。春の陽光を浴びて鳥たちが陽気にさえずる。駐留部隊から選ばれた兵士たちの訓練が続いた。残すところ、発砲訓練だけになり、その訓練をブリーシェフ大尉が組織した。マクスートフはこの日、汽船の修理に集中していた。蒸気ボイラーの覆いが焼けてしまっていて、鉄製の帆の留め金にも不具合があった。すべての望みは現地の鍛冶屋の技量と素早さにかかっていた。鍛冶屋は鍛冶屋で、始めた仕事は納期以内に必ず終えると約束してはいたのであるが……。フルゲーリムは、調査隊の準備状況を常に心配していた。

「今日現在の準備状況はどうかね、マクスートフ中佐？出発の日が近づいて来たが」——船の修理が長引いているのを心配して、二十日にはそう訊いて来た。

話は長官の執務室で行われた。机の上には、海図が広げられていた。フルゲーリム長官は河口への調査隊の派遣指令を気に病んでいた。結果に基づき、決定を下し、都に報告せねばならないのである。定例会議では意図的にこの問題に触れ、マクスートフが到着する前に、河口付近の製図符号に注意深く見入り、その地区の持つ会社にとっての意義を明らかにしようとしていた。

「海図をご覧になっておられたのですね」——マクスートフは海図に眼を走らせた。

「いやあ、正直のところ、状況が少し心配でね。将来、この地区をどうしようかと考えているんだよ。第一、グジョンバイスクはリースしていながら、それほど頻繁にそこへ行ってはいない。ひょっとすると、断って来るかも、なんて思ったりしてね。まあ、いい。ところで、準備作業はどうかね？」

「はい、五、六日のうちに艦船の準備は完了します。乗組員も部隊もです。採金者の選抜は終了、必要器具類も食糧の準備も余裕を持って有ります」

「そうか、それは良い」——はっきりした短い返答が返って来たので満足してフルゲーリムがカレンダーを見て決めた――「それじゃ、出発は五月三日としよう」

出航前夜、マクスートフの航海用カバンに物を詰めながら、アデライダが悲しそうにため息をつく、

「アニュータの誕生日にあなたがいなかったのに、今度はあなたの三十歳の誕生日にご自分がいないのね」

「なあに、たった二週間じゃないか」――優しく妻を抱いた。――「航海は短いよ、直ぐに戻って来るから、そうしたら誕生日祝いをやるさ。悲しむな」

夫の胸に顔を埋め、アデライダは小さな声で呟いた。

「あなたに何も起こらないって信じてる。だって、あなたが行く船の名前がそうだもの、幸福の前兆っていうんだもの」

妻の言った言葉に特別な意味を感じなかったが、夜遅く、彼女が子供を寝かしつけに行ってしまうと、独り部屋に残り、突然、ふっとそこに考えが戻った。実際、大公の名前はマクスートフの人生と関わっていた。ペトロパブロフスク防衛戦勝利後の出会い、彼のおかげで《オリョール》に乗り、アラスカ赴任が出来た……。そして今度は、その名の船の船長として行く。不思議だ、説明はできないが、人生の出来事が、大公コンスタンチン・ニコラエビッチの名前とすべて関係しているのである！　いったいどうしたことだろう？　どう解釈したらいいのか分からない。疑問が頭の中で混沌として回るばかりで、ちっとも集中できず、答えにならない。しかし、突然考えがひらめいた。人間の在り様は、彼自身を含め、神のみに支配されていて、さまざまな人の運命が一つの塊、一つの完全体として絡み合っているものだ。それが必要に応じて相互に結びつき、また、離れ離れになって行くものだ。自分の人生と大公の人生は、途切れ途切れではあるにせよ、結びついていて、その本質は全能なる神にしか分からない、ということである。

こう考えると、マクスートフの心はいつになく安らかになった。考え方に動揺はそれ以上起こらなかった。彼は部屋の隅に掛かるイコンを眼で捜し、イコンに向き直ると頭を垂れ、十字を切った。「神よ、すべては汝の力にお任せします！　神よ、すべては汝の思し召しのごとくに！」

調査隊出発の日、湾内に掛かっていた朝の静けさを、艦船の長い汽笛が破った。

《大公コンスタンチン》の煙突から暗い藍色の煙が噴きだした。推進器のスクリューが回り動きだした。船尾にいきり立つ水跡を残し、船は湾の出口に向かった、見送りの人達が立ち並ぶ岸壁がだんだんと遠くなって行く。

カロシンスク海峡までの移動は何事も無く済んだ。後方遥かにコロナツヤとバレンスの島々を残し、デシオン岬と

ベッカー岬の岩礁を目印に、海図で示すコース取りをして進んだ。ゆっくりと注意深く、時々船を止めて水深を測りながら進む。ウランゲリ提督の航海日誌によればこのあたりには暗礁が沢山ある。航海三日目、まだ水面に朝霧がたなびいている内に、船は、フルゲーリム長官が話していたゲイフェルド岬近くにある小さな島に着いた。岬と島の間の東側に位置をとって、マクスートフは錨を下ろすよう命じた。

「ここに投錨しよう」――ブリッジに立って隣にいた技師アンドレーエフに言う――「それじゃ、人と上陸の準備をしてくれ。ボートはあっちへ向けて」――森の茂みが迫り、突き出た砂州を指さして――「あそこで用具と食糧も揚げよう。あそこなら河口にも、我々のかつての多面堡にも近い。まず多面堡を調べて、それから、計画どおり、隊はカヌーで分かれて上流に向かってくれ」――望遠鏡の筒を上げて海岸線にそって動かし、眼を離さず付け加えた――「しかし、最初は、偵察を出そう、何があるか分からんからな……」

船から降ろした艀に九人乗り込み岸へ向かった。艀が岸に着くか着かないうちに森の茂みから銃声が数発鳴り響いた。艀は直ぐに取って返した。マクスートフは深く考えもせず発砲を命じた。船首の大砲が白い煙と共に大音響で発砲する。砲弾は森の端で炸裂し、木々の塊と土の噴水をまき上げた。続いて船尾の武器が火を噴いた。

「撃ち方止めー！」――望遠鏡で森の端から黒煙が出ているのを見たマクスートフが命じた。ただ闇雲に森をめがけて撃っても意味がない。しかも最早向こうからの発砲は止んでいた。

船腹に波が打ち寄せ揺れる中、更に艀を三艘降ろし、合計兵士二十七人が三艘の艀で岸に向かい、砂州に着くと、次々と森へ向かった。

「どうやら、脅かして追っ払ったようだな」――隣で緊張して立っている技師にマクスートフが言う――「だけど、実際、誰なのか分からんな……」

「多分、密漁者じゃないですか」――技師はそう言って身を縮める――「こうした光景を見ていると恐ろしいです」

「そうかも知れん、だが、誰であれ、こちらに向けて手を振り上げて来たんだから、仕方ない。注意深く見て、反撃は即座にやらねばならん。他に手は無い」

間もなく森から赤いロケットのシグナルが上がった。

「これは我が兵士が要塞に着いた印だ」――アンドレーエフの緊張した様子を見てとり、マクスートフが説明した。――「シグナルが来た。もう大丈夫だ。今度は我々もディオニシエフスキー多面堡に行くぞ。要塞がどうなったか視よう。そこから上流へ向かえばいい」

英国人が放棄した要塞には、古くなった丸太柵の向こうに木造の建物がいくつか在った。その内のひとつには、テーブルの上に乾パンの齧りかすと干し魚があった。かまどの火はまだ完全には消えておらず、まだ温かく、炭がおきていた。これらからして、明らかに、ついさっきまで人が居て、大急ぎで放棄したに違いなかった。

「これは、採金者が寝泊まりしていたに違いないですね」──家を見た技師が小さな紙切れを床から拾い上げ見ながら、そう決めつけた。──多面堡近くの地図を描いた紙片の一部のようだった。

「他に誰がいるか？　採金者の他に先住民がいるか？　もし先住民なら、彼らは要塞では寝泊まりしまい。自分の村が在る。第一、彼らはでかい船からの艀に向かってあんなに撃ってはこない。君の言うとおり、採金者にちがいない。彼ら、どういうわけか我々に手間取らせようと用心していたな。時間稼ぎをしてから逃げて行った？　眼を逸らすため？　痕跡をかき消すため？」──マクスートフが質問を投げかける。──「ところで、誰か彼らを知っているか？　ただ、いずれにせよ、我々の到来は彼らの邪魔になり、気に入らなかったに違いない」

「とにかく、どんな予期せぬことが突発するかも知れんので備えます。手の者が到着次第、上流に向かいます」

「もちろんだ、アンドレーエフ技師！　充分注意してくれ！　七日後の帰還を待ちます。そのあいだに調査の結果を持ち帰れるよう期待する」

正午過ぎ、上流に向けて小船隊が河を遡って行った。先頭のカヌーには偵察兵が、それに続いて採金者、しんがりを護衛兵がつとめた。要塞に監視兵を残し、マクスートフは艦船に戻った。

翌日、見張兵が近くを航行する帆船を見つけた。あちらからスチキン河口の近くに停泊する艦船が見えた。帆船がコースを変えて近づいてくる。フルゲーリムが、英国船が現れるかもしれないと言っていたが、そのとおりのことが起こった。それは、グジョンバイスク社の商船で、マストに掲げた旗を見て、ロシアの船がこんなところで何をしているのか明らかにしようとしたのである。それは、ノボアルハンゲリスクに寄港したことのあるチャールズ・ディアレーリの船だった。彼とは、かつての敵として、あまり良い感情が残っていなかった。再び起こって来たそうした感情を抑え、外面的には愛想よく、その英国人と《大公コンスタンチン》の船内で会ったのである。

「おお、あなたは、もう、新たな階級になられたんですね！」──中佐の階級章を見て、ディアレーリが笑顔で言った。──「ご昇進、おめでとうございます！」

対話は船長室で行われた。壁には聖母カザンスカヤが掛かっている。それは、出航前にアデライダが、無理やり持って行くよう頼み、強いたのである。《彼女はあなたを必ず守ってくれるから、側に置いて》と彼女が言ったのであった。そのイコンを見て、英国人は興味を示して質問を投げかけた。

「この聖なる肖像は、あなたの魔除けですか？」

「なかなか、お察しがよろしいですね」――マクスートフはそう認め、今度は彼の方から質問した。――「積み荷は何ですか、それで、どちらへ向かっているのですか？」

「獣皮ですよ、行き先はご存じの通り、サン・フランシスコ。一体何があってロシアの武装した船がこんなところにいるのですか？」――ディアレーリは突き通すような、そんなふうに思えたのだが、光る眼で見た。

「秘密は何もありませんよ。ご存じのように、我が社とのスチキン河口のレンタル契約がこの年末で終わります。それで、契約交渉テーブルに着く前に、調査をしているのです。状況は複雑でしてね。むしろ、危険なんですよ。先住民は戦闘的に振る舞っているし、狩りをしたり、密漁したりする者が、しょっちゅうでしてね。だから、武装しないわけにはいかないんです」

「なるほど、いや、分かります」――英国人は頷き、手の中で神経質にいじっていたパイプから深く煙草を吸い込んで、――「我々もこの辺りには来たくないんですよ、危険ですからね！」

「それで、我々も今後どうするか決めねばなりません。河口や近接する地から単に撤退するというのは馬鹿げていますす。ここにも秩序回復が必要で、今後も秩序を維持せねばなりません」

「そのためには相当の武力が必要です」――ディアレーリは物思わしげに発言した――「我々の会社にはそこまでは難しいですよ」

「それなら、共同でするというのはどうですかね？」――突然考えが浮かび、英国人船長がどう反応するか見たくて、マクスートフが言った。

「おー、それは、検討に値するかも知れませんな」――英国人は思わぬ考えに眼を丸くして――「私は、単なる船長に過ぎません。ビクトリア要塞に着いたら、我が社の総監府があるのであなたの意見を是非伝えますよ」

「分かりました。ただ、これはあくまで、私が観察の印象から判断した個人的な考えです。正式には、公式レベルで交渉プロセスを経て決めねばなりません」

「それは、無論です！」――ふたたび煙草を少し吸って――「ここにはどれくらい留まる予定ですか？」

「昨日来たばかりなので、まあ、一週間くらいでしょうか。もしお望みでしたら、先住民から毛皮を買い付けて積み増してはどうですか、その間、万一の場合、我々の大砲で護衛しますよ」

「いやいや、ご提案はありがたいですが、ここではそこまでするつもりはありません。あなた方の諺で何と言いましたか、確か、自らを護る者を神は護る、でしたか？　まあ、私は、そこまでしようとは思いません」

ここで別れることになり、英国船は程なく視界から消えた。


七日目の日に、予期していたとおり、アンドレーエフを隊長とした調査隊が戻って来た。

技師アンドレーエフが手短に報告する。「マクスートフ中佐、確かに地層があるにはあるのですが、密度が少なくて」——望みなく手を広げて——「採金をやっても儲けにはなりません。とても採算がとれませんね、あれでは」

「ということは、噂どおり、金があることはあるが僅かだ、ということですな」

「鉱層が貧弱です。結論はひとつ。もし、採金をするとなれば、単なる損失に終わります！」

「何か破壊行為が発生しなかったかね？」

「援護に当たった者たちが防いでくれました。我々の前に武装したトリンキットが現れたのですが、これだけの武装勢力を見て、そさくさと逃げてしまいました。一回だけ、河に注ぎ込む小さな小川で数人の男が採金しているのを見ました。我々の隊の一つを見ただけで武器を捨てて隠れてしまいました。採金者が近づいて見たんですが、どうってことはありませんでした。砂の中に金はほとんどありません」

「いずれにせよ、アンドレーエフ技師、課題は完了だな。結果はあきらか、状況も限定的ではあるにせよ概略分かった。明朝、錨をあげることにしよう」


翌日、太陽が現れ水平線の上に昇り始めるやいなや、船の鐘を打った。かつてのロシアの要塞に別れの警笛を鳴らすと、船はゆっくりと投錨地から動き出した。あとはついこの間来たルートを戻るだけだった。もう、暗礁の心配も無く、速力をあげて進んだ。要は、既知の航路を保つだけである。帰路は二昼夜で済み、五月十五日《大公コンスタンチン》は母港の湾に入った。

7

夏の初めの日、ノボアルハンゲリスクの上に、つんと鼻を突く煙の幕が一面に覆っていた。町の外れで、トリンキットたちが昼夜、休むことなく火に薪をつぎ込み大きなかがり火を燃やし続けていた。かがり火の周りで、代わる代わる部族の男たちが身をくねらせながら狂乱して踊り、身体に住みついた《悪霊》を追い払おうとしていた。コロシの家族は二つに一つの割合で病に伏せていた。高熱の熱病に憔悴し、吹き出物による痒みに悩まされ、立ち上がる力も無く、自分の葬られる時をじっと待つだけだった。既に、十人以上のトリンキットがあの世へ逝った。先住民は、太鼓の大きな音と踊りで内部組織を揺さぶれば、《悪霊》は近親者の体から出て行くに違いない、と考えていた。

冗談ではなく、その病の流行を心配して、フルゲーリムは会議を招集した。マクスートフとリンデンベルグ所長以外に、イラリオン司祭とベレンド医師が参加した。

「どうしたものですかなあ、ベレンド医師？　病人の数が日に日に増えて、死人も出ている」――明らかに狼狽を含む声で訊いた。

「これは伝染病、天然痘です。物を媒体にしても、空気感染もします。直ぐに検疫措置を講じましょう。まず、学校を閉め、教会での礼拝も制限せねばなりません。人が集まるのは止めて下さい。二つ目は、住民一人ずつに種痘を施しましょう」

医師のこの言葉で、司祭は長官に目を注ぎ、

「フルゲーリム長官、あなたはご存じだと思いますが、私の立場としては神に祈りを捧げるところに来るな、とは言えません。もちろん、訪れて来る人には流行病についての説明はしますが。それと、コロシの教会に関してはお約束できません。クーカンとお話しになった方が良いでしょう」

「分かった！」――フルゲーリムは頷き副官に――「マクスートフ中佐、今日、酋長と会ってくれないか」――そして医師の方に目を向けて――「我々の種痘はどうすれば良いかな？」

「一定量はありますが、少な過ぎてとても足りません。事務所勤務の皆にまで行き渡るかどうか。アヤンに注文して取り寄せねばなりませんが、それには少なくてもひと月はかかります」

「そうだなー」――フルゲーリムが声を引き伸ばす――「時間が我々の妨害をしているなあ……。それ以外に我々が採れる対策は無いか？」

フルゲーリムは、シトカの住人と近くに住む先住民部族を苦しめ、猛威をふるっている自然の病の前でまったく頼りにならぬ自分を感じていた。流行病との闘いは望みのすべてが医者にかかっていた。それで、フルゲーリムは望みを託し答えを期待してベレンド医師を見た。自分に向けられた視線を感じ、ベレンドは肩をすぼめ、

「基本的対策は、種痘です。しかし、予防として対策を講ずるとすれば、衛生を徹底して保つことです。頻繁に手を洗い、住居を清潔にし、可能であれば、できるだけ患者との接触をさけ、ビタミンを沢山摂取することです」

「それじゃ、ビタミンはどうなんだい?」――フルゲーリムは事務所長を見て訊く。

「昨年集めた乾燥イチゴが少しと冷凍したコケモモがあります」――リンデンベルグが急に発言した――「煎じてキセリを作れます……」

「それじゃ、毎日士官家族の一日分の量を使って、従業員の子供たちに与えてくれ」――フルゲーリムは即決で手配させ、マクスートフを見て指示した――「マクスートフ中佐、アヤンに種痘要請の船を出す指示書を作成してくれ、私の名前で。夕方の出航だ。緊急事態でかつ極めて重要なことであるので、ガブリーシェフ事務長に行ってもらう。それから、寄港する船には岸壁に着岸せぬよう指揮官に伝えなさい」

「事務所の従業員には十日間自宅待機にしてはいかがでしょうか?」――リンデンベルグが提案した。

「学校は休校とするが、作業場は続けさせろ」――その提案に答えるように、フルゲーリムはきつく言い放った。流行病撲滅のための対策に、何か確信するものを感じたのである。――「我々は、何もせず、仕事をストップするわけにはいかん。衛生管理を徹底する件については、ベレンド医師が言った通り、然るべく、厳しくまもらねばならない!」

長官の執務室から出るとベレンド医師が、マクスートフの肘を親しく押さえて、丁寧に、――「奥さまの具合はいかがですか? いま、奥さまは特に大事にしなければなりません」――加えて――「どうしてもという必要がなければ、町には行かない方が良いです。家の周りで散歩なさるのがいい」

アデライダは妊娠六カ月だった。新しい家族の誕生を九月に予定していた。突然の流行病の発生は、彼女だけでなく、マクスートフ自身をも脅かしていた。アンナと女性たちは、子供連れではどこへも行かない、という賢い選択をしていた。それで、自らすすんで自宅軟禁状態を強いることになったが、その必要性を今、医師が追認したのだった。

「彼女はそうしています」

「そうですか、それなら良いです!」――医師は微笑む――「夕方診始めましょうか、もし反対でなければ、あなたとフルゲーリム長官の家族に種痘をします」

正午過ぎ、マクスートフはシトカの酋長に会った。ミハイル・クーカンが招かれて執務室に入って来た。いつも取ったことがなかった三角帽を慇懃に取った。彼の説明では、その三角帽は人格の重要度を表しているそうである。

「ボスがクーカンに会いたいとのことでしたか? 来ましたよ」

「どうぞ、おかけ下さい」――マクスートフは隣の椅子の方を示して手を伸べ、話に入った――「我々皆に関係する重要な問題についてお話をしたいのです」

「ボスは何を心配なさっておられますかな？」――真っ直ぐに腰をかけ、膝の上で手を組み、ずるそうに目を細めて酋長が訊いた。

「シトカでは病が流行っています。私の知っている限りでも、既にトリンキットが数人亡くなっていて、まだ病人が大勢いるそうですね」

「おおっ、白い顔のボスは《悪霊》のことを話しているんですな？」――先住民は目を丸くして――「トリンキットが追っ払っています。もう天に行ってしまっていて、邪魔することはありません」

「私の提案は、一緒に追っ払うことです、共同してやりましょう」――と、マクスートフは発言した。酋長の性格をよく知っているので、彼の関心を引くよう加えて言った――「まもなくドクトルが予防接種をトリンキットの皆にやります。それで、尊敬するクーカンは会社から三十ルーブル銀貨と新しい上張りを受け取ります」

「クーカンはさらに毛布二枚と兵士のフロックコートが欲しい」――しかめ顔をして、簡単には申し入れに応じないことを示そうと、酋長が言う。

「分かった。フロックコートと毛布三枚だ」

「クーカン合意する」――先住民は椅子から立ち上がって――「ボスは約束の物をいつくれるのか？」

「病気に罹っているトリンキットを皆一カ所に集め、ドクトルが診る。そして、クーカンは皆に教会には行かないよう告げなければなりません。それが済めば直ぐに、話していた約束の物を受け取れます」

「クーカンには、白い顔のボスがどうしてトリンキットに教会に行くなと言うのか意味が分からない。どこで彼らは《善霊》について考え、パイプを吸えるのか？」

「これは、《悪霊》を追っ払うまでの、一時的なことです」

先住民は黙って、何事か考えているようであったが、やがて、目をまくり上げ、ためらいつつ言った。

「白い顔のボスが言いたいのは、《悪霊》が教会に現れるかもしれないから、トリンキットにそこへは行くな、ということか？」

「そのとおり！」――マクスートフが頷く。

「クーカン分かった。じゃが、これを言うのは難しい。皆が理解するとは思えない」――酋長が目を落とす。

「協力してくれたら、会社はもう十ルーブル銀貨を出そう……」

「それと、ラムをバケツ一杯」――しまいまで話さず、そこで止めて酋長は三角帽をかぶった。

「クーカンが希望したこと、すべて了解した。ラムは今日中に渡す。しかし、一つお願いがある。夕方までに病人を全員一カ所に集めてドクトルが診られるようにしてほしい」

ノボアルハンゲリスクに夕闇が深くたちこめた。四十人以上の病気の先住民が、リンデンベルグが仮の手当て所として手配したバラックに集められた。町の外れからは太鼓の音が聞こえて来た。周りでトリンキットの終わりのない踊りが続くかがり火がチラチラと見えた。そのかがり火の一つの横で、酋長が三角帽をかぶったまま、まだ飲み干していないボトルを抱き、鼾をかいて寝ていた……。

バラノフ城の客間での夕食どき、フルゲーリムが、

「マクスートフ中佐、君、先住民との話を上手くつけたねえ。私は、正直のところ、難航するんじゃないかと思っていたよ。彼らは、どちらかと言うと病人を早くあの世に送ろうとしているだろう？　治療させるよりは。しかも全員だもの。クーカンに何を言ったのかね、まったく見当がつかんよ」

「彼が自分の仲間たちに何を言ったかは知りませんが、貪欲さで目が眩んだのでしょう。それが直ぐに見て取れたんで、賭け金は決まりでした」

「これで問題の一つは片付いたが、もうひとつ重要なこと、いかに早く種痘を手に入れるかだ」

「ガブリーシェフ事務長はもう出発しましたわ」――夫の隣に座っていたアンナが会話に口をはさみ、更に付け加えて、――「ベレンド医師は先ほど帰ったばかりですの。アデライダを診て、私達に種痘をしました」

「彼の注射は、我々も感じたよ」――フルゲーリムが笑い――「そうだろう？　マクスートフ中佐」

「ええ」――マクスートフはそう答えて、アデライダの方に身をかがめ、小声で訊く――「彼は何だって言ってたの？」

「マクスートフ中佐、ひそひそ話はしなくていいですよ。みな聞こえていますよ」――アンナが彼の方を向き――「ベレンド医師は看護に出かけました。養生の処方はキチンと守られないといけないって」

「心配するのにハッキリした理由が無い、と言っていました」――アデライダが言い、すこし表情を曇らせて――「お産が難産になるようなことを言っていたわ」

「私は、事務長に手紙を託したよ。サンクト・ペテルブルグに流行病のことを伝えようと手紙を書いたんでね」――フルゲーリムは話題を逸らそうと発言した。

アデライダの妊娠は辛くなってきた。目に見えて痩せてきて、青白くなり、直ぐに疲れるようになって、しょっちゅう寝室へ行って横になった。妻の病気の状態を気に病んで、マクスートフは医師にしきりに訊ねた。ベレンドは、心配ないと強調して気を落ち着かせようとしたが、言

い間違えて、それでも問題があるなどと言ってしまったりした。手を広げ、とにかく出産の時期が来ればすべて分かると。会話が自然と彼女の健康に触れてしまい、マクストフとアデライダの気持ちを案じ、フルゲーリムは話を逸らそうとした。

「向こうじゃ、もうじきに白夜ねー」――アデライダが夢想するように言葉を引き伸ばして言った――「無性に向こうへ行きたくなったわー」

「まあ、悪くはないね」――フルゲーリムはそう応え、――「しかし、ここではまだ仕事があるから今はまだ無理だが、都には戻る、必ず帰る！　ネフスキー通りを通って、レットニャヤの並木道を散歩しよう……」

8

ペトロパブロフスク稜堡から、長くこだまする空砲が鳴り響いた。大公が何気なく壁時計に目をやると、昼の十二時だった。そろそろゴルチャコフが来る頃だった。そのとおり、彼がやって来た。侍従官が開けたドアからゆっくりとした足取りで宰相が入って来る。

「ごきげんいかがですか、コンスタンチン大公。少し遅れてしまったでしょうか？」

「いや、いつものように時間どおりですよ、ゴルチャコフ宰相」――大公がお世辞をこめて応える――「何かニュースはありますか？　あなたのルートでアメリカからの知らせはありませんかな？」

「残念ながら、ステッカーからのモルモンの情報は根も葉もないものだったと分かりました。いろんなソースから確かに証拠づけられるのですが、彼らは生活様式を変えようとはせず、自分達の地でかつての如くそこに留まりずっと生活する、ということです」

「残念だな！」――悔しさを込めて大公が小声で言う――「そうなるとアラスカの問題は長引くな」

「コンスタンチン大公、私の言うとおり、そんなに簡単には決まりませんでしょう……。しかし、落胆することはありません。既に対策は講じています。ただ、適当な時期を待たないといけません。そして、合衆国の内戦がそれを提供してくれると思います」

「何を言っているのかね！」――大公は書斎をゆっくりと歩き、立ち止まると、ゴルチャコフを見て、――「最近、海軍省からの資料でアメリカの海軍について知ったのだが、驚くばかりだ。彼らは艦隊を拡充している。とりわけ、彼らは質的に向上させ、蒸気エンジンを搭載し、装甲を施した船を建造しているぞ。ほら、ご覧のとおりだ、見てみなさい！」――書斎の隅のテーブルに近づき、紙片を手に取り読み始めた。

《三月八日、大砲十門搭載の南軍の戦艦《バージニア》は、汽船二隻、帆船三隻からなる北軍の艦隊の迎撃に出た。戦闘の結果、戦艦は、帆船二隻を撃沈、汽船《ミネソタ》を浅瀬に座礁させ使用不能にした。八月九日、戦艦《バージニア》と汽船《ミネソタ》の援軍に駆けつけた北軍の軍艦《モニター》との間で戦闘になる。両戦艦の砲撃による戦闘では勝敗がつかず、両戦艦とも互いに体当たりを試みたが結果は出なかった》

紙片を机に置いて、

「どう思うかね?」——答えを待たず、興奮して発言した——「これは新しい建造船同士による最初の戦闘ですぞ! 戦艦の最初の戦闘だ! 装甲も機動も蒸気エンジンをつけることで有利だ、帆船など何だというんだい、時代遅れだよ! これからは機械と装甲、砲撃力だ! アメリカ人はこれを理解していて、その方向に駆け足で前進している。我々は、どうだ、後れを取ってのろのろと歩いているだけではないか!」

「彼らの艦隊は船の数が貧弱で、英国とはとうてい比較になりません。我が国と比べてさえもです」——宰相は声を落とす——「それに、我が国も汽船を建造しております」

「それはそうだ。しかし、遅い! 資金が足りないのだ。《ロシア・アメリカ社》が足を引っ張っている。彼らが交易をするのに反対ではないが、ロシアからすればいい。そして船を海軍省に譲ればいいんだ。やがてアメリカは、艦隊ではヨーロッパに追いつくだろう。そうしたら、我々は何処へ行く? これが心配なんだよ!」

大公は黙った。鎮まって、書斎を横切ってゴルチャコフに近づき、穏やかに言う。

「ゴルチャコフ宰相、すべて簡単でないことは分かる。だが、アラスカのことを考えると、こころがむずがゆくて休まらんのだよ。君がもう少し努力してくれるといいんだが……」

「雫は岩を穿つと言いますが、我々はもう随分前から蛇口を開き、水は落ちています。したがって、結果は遅かれ早かれ出ますでしょう。外交努力は当然、更に力を入れます。しかし、合衆国の状況がこれから一体どうなるかです」

「アメリカは確かに平穏ではないが、我が方も王国ポーランドで平穏ではない」

「ポーランドに於ける情勢はこちらの筋で追いかけます」——宰相が頷き、——「皇帝は益々あちらの状況に考えを巡らさねばならなくなっています」

「改革も同様で」——大公が意見をはさむ——「国内事ではあるが、心配事だ」

ロシアが新たなる方向に向かって、二年目となっていた。アレクサンドル皇帝の改革は、皇帝を解放者ツァーリとして信じ込み、地主の専横に抵抗する農民の自然発生的蜂起の萌芽をもたらした。噂で流布されていた分与地の方が実際より大きく、不満となって大熊手を取るようになった。地主が土地を隠匿してしまい、皇帝の命令に従わなかったのである。《ツァーリ親父のために！》、《土地養育者のために！》、《地方の悪漢に反対！》こうしたスローガンの下に地方で一揆が始まった。それを力で抑え込むことが必要になった。憲兵と兵士が村々に繰り出してロシアの一般大衆に武器を光らせ始めた。それには学生たちが瞬時に反応した。町のあちこちで家々の壁に檄文が貼られ、学生たちの騒動が始まった。集会やデモ行進が、次から次へと発生し、矢のように教育機関に押し寄せ、浸透しては、外へ跳ね返って出た。それも力で抑え込むことが必要になり、警察の援助に走るようになった。

大公は、目を細くしてゴルチャコフ宰相を見て、

「今日、皇帝のところに行くが、その時にかならず、騒動のことについて話す」

夕方、兄、皇帝との面談で、大公は単刀直入に言った。

「ヨーロッパではあなたのことを改革者と思っているらしい。国民の心中では、あなたは積年の腐敗からの解放者であった。しかし今では、自由の抑圧者にされている。こんな騒ぎが起きているんですぞ」

アレクサンドルはすっかり呆れて、

「私は、より良くなることを欲してやっているのだ！　百姓は、無知で仕方がないかも知れないが、学生がどうして？　何が必要なんだ？」

「革命の風がロシアにも吹いて来ている」――大公が思案しながら応えて言う――「若者は、他でもない、そのウイルスに感染しているんです」

学生は燃える導火線で、その火を消さないと、全民族的な暴動の爆弾を爆破させかねないことを大公はよく理解していた。いかなる原因かは重要ではない。改革は、住民の様々な階層の利害を動揺させた。中には、不満を来す階層もある。したがって、施政には飴と鞭が必要であることを確信していた。

「君は何を提案したいのか？」――皇帝は大公の言ったことに嘆くように応えた。

「ロシアは、まだ民主主義的な文明の道を進む準備はできていない。かといって、旧態依然たる社会構造に留まることもできない。ジンは瓶からこぼれた。そのことを理解し、行き着くところまで行かせるしかない！」

骨の髄までリベラルだが、民主主義的な中身を持つ専制政治の支持者である大公は、ロシアはヨーロッパ・モデル

には無い別の特異な道を進むべく運命づけられていると認識し始めていた。偉大なる改革を成し遂げるには、国家をしっかり掌握しつつ、偉大な願望と意志を貫く必要がある。兄、皇帝には願望があり、意志もあるが、助けが必要だ！　では誰が助ける？　家族でもない誰かが助けるか？　ロマノフ家で彼の次に生まれた自分以外の誰が肩を貸すというのか？

「堅い摑み手の一方の手で秩序を敷き、もう片方の手で始めた改革を遂行する！」——大公は激しく眉を動かして言う——「それでいて、政治的敵対者の首に掛けた綱の結びを時々緩めてやる。呼吸をさせてはやるが、ノドをしっかりと押さえておく！　これは、領土のどこでも同じだ、とりわけポーランド王国だ。そこからあらゆる動乱が伝わって来る！」

「コンスタンチン、私は大勢のポーランド人禁錮刑者に恩赦を与えたが、その中には、カトリック僧を含め、ビャロブラジェフスキー主教もいた」——この年の春に宣言した恩赦を思い出し、物思いにふけりながらアレクサンドルは、——「どう反応したと思う？」

「少し鎮まったが、一時的なものだろう。息継ぎはほんのちょっとの間で、年末にかけてまた聞き慣れた名前を聞くだろうな」

そうした質問を、ただヨーロッパに対する反応という点でだけではあるが、翌日、皇帝はロシアの外交関係の状況報告をしにやって来たゴルチャコフ宰相に投げかけた。

「英国は、単に国内政治の駆け引きと位置付けているようです」——ゆっくりと言葉を引き延ばしながら宰相が話す——「信頼を得て英国ロードの胸襟を開いたブルノフ男爵の報告の一節を失礼ながら読ませていただきます。あえて申し上げますと、そこには女王自身の考えが見受けられませんが」——そう言って、駐ロンドンロシア公使ブルノフからの手紙を書類ばさみから取り出し、目を離さずに読み始める——《ちょうどその週に、外務大臣ジョン・ラッセルと首相ヘンリー・パーマストンがビクトリア女王に呼ばれ、ポーランド問題が話された。その謁見の後、上院で演説してラッセルが言い放ったことは、ロシア皇帝は王座を強固にするために、ポーランドの地主貴族に施しをもって怒りを和らげた。しかし、これは、いうなればただの罠にしか過ぎない。首相がメディアに語ったところによれば、ロシアの熊は恩赦を装っているだけで、実のところ、この獰猛な野獣は穴から這い出させようとするものを皆ぶっこわそうとしている、と女王が理解しているとのことである。この熊は、ポーランドを自分の抱擁から放すはずがない……》

皇帝の眉が鼻梁に寄って来た。額にしわを寄せ、不満の声を張り上げて宰相を止めさせた。

「分かった、もういい！　止めなさい。ボナパルトの反応はどうだ？」

「フランスは、イスパニアと英国海軍のイニシアティブによる遠征部隊と一緒になってメキシコに進出しております……」

「それは分かっている！　迷わせるな！　フランス皇帝が私に関して何て言っているか話したまえ！」

「ですから、私が申し上げようとしていることが、一つの糸球で結びつくことになります」——ゴルチャコフが残念そうに発言する。

「そうか」——アレクサンドルは少し和らぎ、——「では、ルイは私に世辞は送ってよこしてないのだな」

「そのとおりでございます」——ゴルチャコフは頷いて続けた——「それで、この介入は、私の考えでは、メキシコにおける革命蜂起への弾圧だけでなく、メキシコの植民地化へのアピールも目指していると思います。それに二つ目の目的は、フランス皇帝が口をすべらせた……」

「もったいぶらずに、具体的に言ったらどうだ？」——アレクサンドルは予期しない結論を聞く準備で内心緊張して言った。

「ルイは自分の将官団に、究極の目的は、メキシコだけでなく、合衆国の国土を領有することだと語ったそうです。これの意味するところは、ボナパルトとビクトリアがイスパニアと連合して遠征隊を計画する目的として、将来的にアメリカの内部対立に於いて南部を支持する拠点を築こうとするのに他なりません」

「ほう、そういうふうに持って行こうとしているのか」——いぶかしげにアレクサンドルが言う——「それじゃ、ポーランドとどう関係するのかね？」

「毛布が小さな裁屑から縫われるように、国の外交は、国内と海外の出来事に対する反応の断片で出来ています。これを考慮せずにいることはいけません！」——宰相はまじまじと皇帝を見る。——「我々は、如何なることがあっても合衆国の内戦に影響力を与えることはしません。リンカーンには選ばれた大統領として、妥当な配慮は示すとしてもです」

「そうだな、中立を保たねばならんな」——皇帝が頷く。

「中立政策をとりましょう。つい最近、合衆国駐在の我が国の公使から書簡を受け取りましたが、彼は、政府関係筋に向けて、全面的に不介入の政策を強調しております」

ゴルチャコフは三カ月前、アメリカでの対立状況を懸念して、ステッカー公使に書簡を送り、ロシアと合衆国の相互関係の原則について記述し知らせていた。そこではロシアの取るべき基本原則が記されていた。すなわち、《ロシア帝国政府がいずれの側にも好意的あるいは非好意的だ、と思わせないようにすることが、致命的に重要だ、と宰相が指示した。その注意深さが、我々の執る方策で、そしてそれを保持する立ち位置を貫く。ロシアにとっては、北も南も無く、あるのは、連邦で、その挫折には遺憾の目を持って見、崩壊には悲嘆を感じ見守っている。我々は、節制と和解を勧めるが、合衆国で認める政府は、ワシントンの政府だけである》

サンクト・ペテルブルグからの指示に対して、ステッカーは無条件に従った。ただ、内心は、北軍に同調し、現大統領に同情を感じていた。

皇帝は、アメリカからの書簡に関して聞くと、宰相を注視し、

「君が、今日私に報告したいというのは、公使からの手紙についてかね?」——返事を待たずに続けて——「合衆国が、政府として崩壊するのであれば、考えるだけで恐ろしいことだ! そうすれば、英国やフランスが立ちどころに自国の旗を掲げるだろうよ!」

「実は、そのとおりなのです! 彼らの連合は我々に対して直接敵対に転じます」

「そんなことは予想するだけで、重苦しいな。何としても、そうさせてはならん!」

「はい、努力しております! ただ、ルイとビクトリアは、互いに手を結び、植民地化だけを考えております。もし、ポーランドで反乱の炎が燃え上がれば、我々は、彼らのもくろみに何ら影響を与えることができません」

「だから、私はそれを避けようとしておる!」——アレクサンドルが大声で発した。

「この点に関してボナパルトは、陛下の大赦はポーランドの地主やカトリックに媚びて取り入ろうとしているに過ぎないと表明しています。さらに、フランスが考え支持しているのは、ポーランドがロシア帝国の管区から離れようとする動きです。フランス帝国は、ポーランドがロシアを破裂し吹き飛ばす地雷だと夢想しているのです」

「あやつめ!」——アレクサンドルは我慢できず、三本指で仕草をした手を宰相の方に突き出して、——「私の政策は、和解の道なのだ! それを示したい!」——そこで皇帝は弟の言っていたことを思い出して付け加えた——「もし、地主たちが頭を持ち上げれば、頭の上に首縄の結び目を見るだろうよ!」

「ロシアにおける革命の動揺が、英仏同盟に合衆国沿岸への直線コースを敷いています。しかし、そこには我がアラスカがあります」——皇帝の反応に満足したゴルチャコフは小声で言った。いずれにせよ、皇帝に影響を与えるという目的は達成した。そこで、残るは一つ。現れてきた見解を強固にし、それを、皇帝に確信させることである。すなわち、英仏同盟がロシアのアラスカ領有に対して脅威とな

る危険をはらむことを……。

「またそのことか！　分かっている、それについては、もう話したではないか。繰り返すつもりはない！」

「私が申し上げたいのは、望もうが望むまいが、もし、ルイとビクトリアがアメリカ大陸で内戦に干渉してきたら、我々は傍観しているわけにはいきません。傍観していねばならぬのでしょうか……？」

「何だと、続けたまえ……」

「国の中央での革命騒ぎの勃発、農村部での不安、それにポーランドでの抵抗、それらがロシアの権威を揺るがせています。もし、仮にポーランドが再度造反するようなことがあったら、口をふさぐだけではなく、手を縛らなければなりません」

「ポーランドがロシアの王権を転覆させようとするなど、私は断じて許さない」――アレクサンドルは目をぎらぎらさせ、神経質に手を組み合わせて――「そんなことはさせぬ！」

「強調しておきたいのですが、暴動を力で抑え込もうとすれば、陛下の政治的名声が損なわれかねません。ヨーロッパの新聞記者どもが騒ぎを書きたてるでしょう。まったく！　それらがみな、ロシア帝国の国内情勢に跳ね返って、悪影響を及ぼします。ルイとビクトリアは、当然、それを利用するでしょう。彼らは、既に認識した通り、南軍に武力援助をするに違いありません」

「君の言わんとすることは、我々の領有を護るには、アメリカの事に介入せざるを得ない、ということか？」――不満足に顔をしかめながらアレクサンドルが投げ捨てるように言った。

「はい、陛下にはここをお考え頂きたく存じます。かの地には《ロシア・アメリカ社》があり、ロシア帝国の国民がおります。したがって、私は、連合（＊英仏）と戦争を起こすのは反対です。我々に戦争準備が出来ていますか？　それが我々に必要なのでしょうか？」

年老いた宰相は、フランスと英国の力が強化されるのを火のように恐れた、まして、両国がロシアに敵対して利害を一致させ、同盟することなどもっての外であった。彼が指揮する外交政策の筋道は、この両大国をヨーロッパの政治の場で全面的に弱めることにあった。《ロシア・アメリカ社》をアラスカの沿岸から撤退させるという大公の考えは、この関係で、政治的意図と完全に一致していた。

「したがいまして、疑念が生ずるのは、我々にとってアラスカが必要か、ということであります」――さらに続けて――「コンスタンチン大公が、いみじくも会社について再び述べておられますように、財源を食い尽くすだけで、政府には目に見える益にはならないと……」

「大公と申し合わせたようだな、アラスカが邪魔になると！」――アレクサンドルはいらいらして宰相を遮ってまくしたてた――「一点だけに固執しないで大きな枠で考えねばならぬのだ！」

「単にアラスカのことを申しているのではありません。それがために武力対立に巻き込まれる可能性を言っているのです。ロシアはそれに耐えられないでしょう！」――ゴルチャコフは、そうハッキリ言うと、肩の重荷をやっと下ろしたようにため息をつき、穏やかに黙り込んだ。この問題について皇帝と話すのは難しかったが、この考えと疑念が最近ますます大きくなってきて、黙っていることはもはや自分の力が及ぶ範囲ではなくなって来ていた。それがため、言いきった後で、内心、満足感を感じていた。

アレクサンドルの表情は暗くなった。不満足の影が顔に明らかに出ていた。

「ポーランドの暴動扇動者への特赦に対するヨーロッパの反応について話を始めたのに、アメリカの話で切り上げるとは、いったい、何がどうなっているのだ……」

「それには直接的な関連があります」――宰相が、皇帝陛下の不満を見て取り、応えて言った。外交官として長年培った上手さで、陛下の不興を買わぬよう、話を別の切り口に導いて――「大赦はポーランド内部の健全さに適度に反映せねばなりません」

「そうであろう、私もそう思う」

「もし、最後まで一貫して遂行するとすれば、陛下、一つ提案をお聞き頂けませんでしょうか？」――宰相が物問いたそうに皇帝を見る。

「言ってみなさい！」

「ポーランド総督を召喚すべきだと考えます」――皇帝の驚いた眼差しを見て取り、説明する――「その方が良かろうと思います。もし、ヨーロッパ、それにポーランド人自身の眼前で汚点を残したわけでもない陛下の代理が、その特赦の結果として武力で弾圧することになるのであれば、です」

アレクサンドルは、しばし黙考すると、

「それで？　分かった、これについてはしばらく考えよう！」

皇帝はかなり永く黙考した。何かにつけてこの問題に戻るのだが、答えはなかなか見つからなかった。

物騒な知らせが舞い込み、心を引き裂いた。国中がミツバチの巣箱をひっくり返したような大騒ぎになり、鈍く低いうなりを上げていた。政府の体を農民の不満と学生の反抗が刺し、インテリの一部は革命を目論んだ会話を始めていた。そうこうしている内に、その月の中頃、火事が起こる。たちまち、数カ所で炎が上がり木造家屋が燃えた。

数日間、消防隊、駐留部隊、それに町民自身が火事とたたかった。煙の帳が通りを覆い、焦げ臭いにおいがしつこく町に留まった。原因は放火だったという噂が広がった。しかし、誰がいったい何のために放火したのか？　原因追及のコミッションが立ち上げられ調査したが、結局分からなかった。

皇帝は心配した。帝国内で燃え上がった暴動の炎を鎮静するのは、荒れくれた火事のけだものを調教するほど上手くは行かなかった。

五月末、ミハイロフスキー宮殿で家族会議がもたれ、エレーナ皇太后が口火を切った。

「ロシアはもう数年前のあのロシアではありません。この点については、目を大きく開いて見る必要があります。改革によって産業の発展に弾みがつきました。まだ期待したレベルには達していませんが、一定の成果は達成していますす」――大公の方を見て――「コンスタンチン、あなたの関係省庁では特に顕著ではないですか？」

海軍大将の軍服に身を包んでいた大公は、叔母の言葉に即座に反応し、活気付いて発言する。

「フルスピードで蒸気帆船を建造しています。これで船は何カ月も寄港せずに大海原を航海出来るようになります。もう、シノプ海戦でのナヒモフ時代のかつての艦隊とはまったく別物ですよ！」

「おお！　それは、それは。折のいいところで止めないと船の自慢話が何時間も続きそうね」――皇太后が話を遮る――「今日集まったのは別件ですからね」――兄弟二人を見渡して、物思いにふけって正面に腰かけているアレクサンドルに向かって、――「改革は世間で肯定的にとらえられていると同時に、否定的にも受け止められているようね」

「否定的、とは柔らかくおっしゃいますね！」――明らかにいらいらを隠さず、皇帝は叔母を見て――「たかが学生の反抗です、いかほどのものですか！」

「これを、暴動的悪ふざけととりなさい」――皇太后は平然と応える――「若者の考えの発酵作用に過ぎません。第三部は座ってばかりいないで、もっと積極的に学生の中に入り込むべきだわ。彼らの気分はコントロール可能よ！　それに、もうすぐ試験シーズンでしょ、動揺はじきに治まるわ。もう直ぐ夏でもあるし、みな家に帰ってしまうわ。だから、この件については、特に心配していないわよ」

アレクサンドルは口をゆがめて笑い、

「それは、あまりにも女性的発想ではないでしょうか。私は本件に関する報告を毎日読んでいますが、彼らは、確信を無くしてきています。専制政治転覆のアピールがそこら中に広まっています！　それをやっているのは主に学生たちなのです。こんなことを放置できますか？」

「私が言ったのはそのことではありません」――エレーナ皇太后は動揺してためらうように言った。彼女の頬は紅潮していた。彼女の言葉に対して、これ程まで手厳しい反対意見が皇帝から出てくるとは思わなかったのである。

「それでは、何のことでしょうか?」──アレクサンドルの視線には鋼鉄の色合いがあった──「我々がロシアの現実に持ち込んだ民主主義が、考え方の中にも行動に於いても、アナキズムを生んではいけない! そうでしょう?」

「それは、無論よ! しかし、一つの結論に達するわ。統治の礎ね。つまり、帝国は皇帝によって強くなり、皇帝は統制可能な民主主義に依存するが、その民主主義は、若いときから教育されるものだわ。したがって、若い人の心は形作らねばならず、後ろから憲兵のサーベルの鞘で若者を押さえつけてはならない。鞭打つのではなく、まだ確定していない世界観に感化せねばなりません!」

「うまく鞭打つこと、それも教育の方法です。説得とは違って、時として果実をもたらします」──大公が話に入って来る──「ところで、学生の抵抗が弱まって来る点については、皇太后の見方に全く賛成です。農村部では、ぐっと静かになると思いますよ。もう種蒔きの時節だから、ミーティングをしている時ではありません。野に出て働かねばなりませんからね」

「私を鎮めようとしているのかね?」──アレクサンドルの柔らかい顔が神経質に震え、目には怒りの火がチラリと燃えた。

「お止めなさい!」──皇太后が立ち上がり、彼に近づいた。アレクサンドルのしっかりした肩に手を置いて、──「もっと思慮深くしてよ。私達の血は一緒でしょ。あなたには偉大なる天命が与えられていて、私達は皆あなたのお手伝いですよ。だから、助言には耳を傾けてね。みな正しくおやりなさい、人生はそれ自体で修正するわ。ロマノフ家には、常に敵対者や不満を持つ者がたくさん居たわ。揺れ動いている者は収容所に入れて考えを変えさせ、反対する者は駆逐しなければなりません。若者の中には迷っている者が大勢います。彼らを真実の道に向けてやらなければなりません。百姓には土地を与えて不満を和らげてやるけれど、どうしようもなくしつこいやからには枷をはめれば良い。なぜなら、彼らには黒い力があって、それがどっちに行くか本人にも分からないのよ。エメリク・プガチョフ反乱の歴史を思い出してもみて! だから、国を治めるということは、熟練した改変術だわ」──彼女はそう決めつけて皇帝から離れた。反対側に腰を下ろし、胸のところで腕組みをし、返事を待った。

沈黙がしばらく続いた。叔母の言葉が効き始めたのか、アレクサンドルは考え込んだ。口には出さなかったが、宰相が提案した、ポーランド総督を交代させることに考えを巡らせていた。皇太后を見て、漂っていた沈黙を破る。

「まあ、詰まるところ、中央では全てが沈静化するに違いないし、無秩序が長引くとは思えない。それじゃ、ポーランドはどうか？　ゴルチャコフは、造反者の宿命を緩和するよう考慮して総督の交代を提案している。特赦は皇帝のより民主主義的な采配と一致すべきだ、とも言った。そんなようなことだが、じゃあ、誰を就けるかだ？」

皇太后が大公の方を見て、

「コンスタンチン、あなたが適任じゃない？　他に誰か適任者がいるかしら」

それを聞いて、言葉を詰まらせながら、

「私？　私は、とんでもない、忙しくてだめです！　艦隊の再編成にどれだけ時間がかかるとお思いですか！　ご存知でしょう！」

「分かるわよ、でも、皇帝の家族が赴いて変化した政策を示せば事態の進展に新しい刺激となるわ。ポーランドは、あなたが言っているように、休火山、噴火はだめよ。あなたにはリベラルな考え方があるし、それに、あなたはヨーロッパでよく知られていて、ポーランドの受けも良いと思うわ」

「このロシア全土で、私以外の人が見つからない、というんですか？　私には、新造船の進水準備があるのですよ！」――遂に重々しい最後の話題になったな、と彼には思われた。

「船は何処にも行きませんよ。だって、あなたが舵とりして海軍関係の指揮を続けるんですもの」――皇太后が反駁してアレクサンドルを瞬きもせず見据えて――「そうでしょ？」

皇帝は、突然持ち上がった候補者の賛否を斟酌しながら黙っていた。そして、意を決し、大きな声で、

「私には二人とも大切だ。しかし、彼女の言うことが、どうも正しそうだ。コンスタンチン、お前以上の適任者は我々にはいないよ。まことに残念だが、そう断定せざるを得まい。ポーランドを懐柔するのは君に望みを託すしかない。ポーランドの政治天候を和らげるのに講じた措置を無駄にしないでくれ。したがって、一定の期間、そうだな、一年を超えない期間、君にポーランドへ赴いてもらうことにする」

そう言って、アレクサンドルは席を立ち、弟に近寄り、抱擁して、

「我々の為すべきことを信じている！　神の御加護と私の感謝を！」

間もなく、勅令がサインされた。それには、皇帝陛下が、最愛の弟、大公コンスタンチン・ニコラエビッチをポーランド王に任じ、彼が同国に派遣されたすべての軍隊の最高指揮官である旨が記載されていた。

コンスタンチン大公のポーランド出発を知り、大公妃ア

レクサンドラ・ヨシフォブナは心配し始めた。彼女は、妊娠しており、赤ん坊の誕生を控えていた。宮廷内医師が、彼女に休養と散歩を処方していた。そうした中、勅令は彼女にノイローゼをもたらした。

「独りでは絶対に行かせない！」——泣きながらコンスタンチンに訴える——「向こうは危険だわ。まだこの世に誕生もしていないのに父親を失うなんて、そんなこと、赤ちゃんにはさせたくない！」

「何も心配はいらないよ、落ち着きなさい！　戦争に行くわけではありません！」——大公が宥める。

「それに、ポーランドの美しい令嬢がロシアの士官をベッドに誘い、朝になったらその士官が道路わきの側溝に死体で見つかった、などという嫌な話もあるわ」——彼女は急に激情に駆られた。

「一体、何を言っているのかね！」——大公は、鎮めようと彼女を押さえ——「鎮まりなさいよ！　独りで赴くから。君はこちらで安らかに出産してくれれば良い。それで良いだろう？」

それでも彼女は鎮まらなかった。二人の合意はならなかったのである。彼女は断固として自分の意見を主張し、お腹が大きいまま、短くない道中だがそれに耐えて、彼と一緒にポーランド王国へ出発していった。

本当の理由は秘密のままだったが……、彼女の恐ろしいほどの嫉妬心からだった。コンスタンチン大公は時々放蕩していたし、彼女は、彼の浮気をいくつも知っていた。しばしば大公はバレエの女優をこっそり箱馬車で連れて来た。女優は朝まで過ごし、宝石をプレゼントされて、朝早く彼の大きなベッドからサッと帰って行っていたのである。

アレクサンドラ・ヨシフォブナは、出来事を大っぴらにして騒いだりすることはしなかった。ロマノフ家に生まれついた殿方がみな肉体的快楽を他に求めることを十分承知していた。彼女の愛する夫も例外ではなかった。兄である皇帝自身も同様だった。

アレクサンドルは若い頃から、底抜けに惚れっぽかった。美しい女性に対する欲望は、いつも覆い隠しそんな素振りを見せぬよう、近づきがたい様を装ってはいたが、表に裂けて現れていた。心臓は熱情的に鼓動し、好きになった女性は誰彼構わず求めた。皇帝になってからは、見て気に入った女性はみな快楽の対象にした。拒否が無かったのである。自分に抱かれた女たちは、みな熱情的な喜びを感じていると考え、楽しんでいた。しかし、それは真実からほど遠かった！　どうして皇帝を拒むことが出来ようか、たとえそれが肉体関係においても、である。とても考えられない！　拒んで宮廷から追い出され、田舎へ島送りされるよりは、彼に魅了され虜になった振りをして、優しく胸に寄り添う方が良いに決まっている！

二年前、アレクサンドル皇帝は新しい愛人の対象を見つけた。それは、アレクサンドラ・ドルゴルーコワ侯爵夫人の女官だった。背が高く、胸は平らだったが、彼女自身少し自惚れて、宮廷一の美人だと思っていた。実際、彼女には、芸術家が賛美したり、詩人が歌うような女性の優美さはまったく無かった。仕立屋は、彼女の骨ばった体型を隠すために布を裁断し特別に修練することは無かった。しかし、それでも、さすがに成せる業、じつに上手く出来上がり、目的は充分達成された。彼女にとって、変身術は無縁ではなかったが、一旦、対象が異性であると、彼女は酒宴の席で女性の魅力を俄然発揮するのだった。彼女は、皇帝が近づいてくると、一晩だけでも誘惑したいと願いながら、うまく媚を売り、ながいことかけて目的を達成した。そこには、倦むことのない恋愛の夢想が広がる。努力は無駄にはならなかった。皇帝が上手く広げた網に飛び込んできたのである。宮廷の女性ばかりの環境に触れると、夜の力が、実に滑らかに昼の力を織り込んでしまう。

皇后のマリア・アレクサンドロブナは、結婚前は、マクシミリアナ・ウイリヘルム・アウグスタ・ソフィアの王女だったが、結婚のために、遠くドイツの地から連れて来られ、宗教もカトリックから正ロシア教会に変えさせられた。皇后は、夫の情事を黙って見ていた。彼女も大公夫人アレクサンドラ・ヨシフォブナと同様、夫の情事を知っていても、その素振りは表に出さなかった。女性達は互いに分かったような眼差しを交換し合い、深いため息をつき、皇族の夫たちの浮気にそれぞれが耐えていた。ただ、アレクサンドラ・ヨシフォブナは皇后と違い、闘う決心をした。合理的に判断すれば、何で皇帝家族のスキャンダルを持ち上げて宮廷の悪評にさらさねばならないのか？　浮気好きの夫を自分にしっかりと繋ぎとめておき、家族桟敷の外に恋愛を求めたいという願望を打ち砕くためには、別のやり方をせねばならない。だから、妊娠したのだったが、大公は止めなかった。以前と変わらず、劇場の舞台から、脚の長い美女を箱馬車で連れ帰ってきた。ポーランド行きを決めて大公夫人は、ポーランド女性とのロマンスを持つ可能性を無くし、自分にしっかり引きつけておきたいと願った。夫について赴任した総督婦人という立場、特に今回の面白い立場は、彼女の美しい頭に起こった計画を実行するのに一定の保証になった。

コンスタンチン大公は、夫人を愛し好意を寄せていたが、岸辺に打ち寄せる海の波の如く、時おり、美しいご婦人方に対して、盛り上がる男の欲望の波が、自分の妻に対する感情に勝ってしまうのであった。その時彼は、一つ執拗な願望、すなわち、目を引き付ける若い女の肉体をものにすることに身を任せ、魅惑的な情欲の波に狂ったように身を投ずるのである。愛欲の海に浸かった後は、急激に冷めて、夫人に対して思いやり深く優しくなるが、それは、次のスカートを見るまでの間だけのことであった……。

かくして、アレクサンドラ・ヨシフォブナの考えを実現するには、極めて現実的な根拠があった。ポーランド王国における総督は、常に社交界の衆目にさらされ、彼にしてみれば情事に走ってなどおれなくなる。ましてや、大公夫人が鋭く見守っており、そうしたことを許すはずがないのである。

道中、コンスタンチン大公は、リデルスの暗殺事件が起こった知らせを受けた。その事件は、夏に入った最初の月の中頃、彼が護衛無しでワルシャワのサクソンスキー庭園の並木路を散歩していた時に起こった。背後からピストルで撃たれた。弾丸は頰から入ってあご骨を破壊し貫通した。

「何てことでしょう！」――アレクサンドラ・ヨシフォブナはびっくりして、事件について語っている夫に身を寄せた。――「なんて野蛮なの！ 怖いわ！」――そして大声で泣き始める――「ねえ、あなた、愛しているわ。私はあなた独りでは何処にも行かせない、何処へ行くにもいっしょよ！ 貴方のために祈るわ！」

「鎮まりなさい！ 私にそんなことは起こらないよ。だって、私はポーランド人に何もしていないじゃないか！」――コンスタンチン大公は、彼女の額に音を立てて口づける――「ほら、見ていてごらん、すべて上手く行くから！」

そうは行かなかった。ワルシャワに着いて二日目、夫妻が劇場に行こうとしていた時に大公がピストルで狙われた。ほんの二歩の距離で、間近から額を狙われた。しかし、暗殺者の手が、最後の瞬間震えた。大公は、彼に向けられた黒い銃口を見て、あそこから弾が飛び出して来て死んでしまうな、と思いつつも怖くは無かった。顔には半信半疑の表情が固まってしまっていて、目は真っ直ぐ暗殺者に向けられた。それが動揺させ、慌てさせた。震える指で引き金を引き、弾丸が爆音を立てて発射された……。

弾は肩章を貫いたが、肩への傷はかすり傷程度だった。大公はほんのわずかに顔をしかめただけで、痛みは無く、かすり傷だった！ 撃った男は捕らえられた。その男は隠れようとも、抵抗しようともしなかった。狙撃に失敗して呆然としていた。駆け付けた侍従武官達がトビの如く襲いかかり、投げ倒し、縛り上げた。男の名前が明らかになった。仕立屋の徒弟でヤロシンスキーといった。

「おまえ、誰を撃ったか分かっているのかー、この人でなし！」――激しく目を張り、後ろ手に捻じ曲げながら、警護士官が怒鳴る。

「ロシアの迫害に対して撃ったんだ！」――その男が絞り出すように言うと、力強い拳の一撃を顎にくらい、ピシリと歯が大きな音を立てた。

「これはお前の射撃へのお返しだ！」

アレクサンドラ大公妃はこの場面の目撃者だった。青ざめて、手に持った劇場用の扇子を握りしめた。倒れはしなかったものの、力なく壁に寄りかかっていた。

「ああ、どうしましょう！　お祈りしていたのに。神様、私の大切な人を助けて！」

夫人の腕を摑んで、大公は差し向けられた箱馬車に彼女を引っ張り込んだ。彼女は、腰を下ろすなり、涙をぼろぼろ流しながら大声で号泣した。

「だから言ったでしょ、何が起こるか分からないって！　恐ろしいわ！　あなたのことが心配。それに私も、赤ちゃんも、みな心配だわ！」

コンスタンチン大公は、優しく妻を抱き、ふさいで黙り込んでいた。何か、反対のことを言って鎮めようと思ったが、力が無かった。彼はようやく今になって、深淵の縁に居ると気がついたのだった。そして、背に冷たいむしずが走り、我にも無く、本当の恐ろしさを感じた。警護兵は、男の顎が壊れたのが分かったが、更に襲いかかろうとしていた。

弟の暗殺未遂事件の報告を受け取り、アレクサンドル皇帝は憤慨して、

「テロに恐れるな！　キチンと仕返しをしてやる！」

「そういきり立たないで！」――エレーナ皇太后が宥めて

――「この突きはうまくかわすことね。仕返しは力じゃなくて、和睦の手を差し伸べることだわ。コンスタンチンが伝えて来ているように、地主貴族との話し合いの用意があるといっているし、暗殺未遂事件は、個人的な自覚の不足によるものだったと見なされているもの」

「まだそんなことを言っている！」――皇帝は、マッチに火がついたように――「撃たれたんだよ。それなのに、あなたは、何か自覚不足がどうのこうので済ませようというのですか！」――とは言ったものの、彼女の目の沈着さが分かると、直ぐに勢いをそがれ――「どうしたらいい？　助言して下さい」

「始めた方針を貫くことね」――彼女は賢明なる返答をした。――「ヨーロッパはこのことを評価するに違いないわ。少なくとも、私たちに反する同盟を結成する口実を与えては駄目ね」――少し黙ったが続けて――「大公の護衛を強化しなくてはいけませんよ」

皇帝の指示でゴルチャコフは直ぐにヨーロッパ列強に向けてメッセージを作成した。そこで記されたのは、ワルシャワへの大公の着任は、和解を放棄せず堅固にするロシ

ア帝国の決意のシンボルだ、というものだった。

フランスは、あたかも何も起こらなかった、という様をつくろい、だんまりを決め込んでいた。英国もそうであった。ワルシャワで起こった発砲事件について外国の報道が伝えたのは、ほんの小さな記事でしかなかった。貪欲なヨーロッパ外交筋がとった態度は、ロシア皇帝の政策にはとにかく人気を与えないことであった。ロシアでの改革について若干伝えれば、もうそれで充分としていた。ロシアの改革が何処へ導こうとしているのか、見守る方が良かった。彼らは、ロシアの改革の中に革命的反乱が起きる威嚇的な危険性を見、ロシア皇帝の権限が増大するのを見ていた。


ベルサイユ公邸にいたボナパルトはドゥルーエン・デ・ルイス外務大臣を呼びつけた。皇帝は明らかに不機嫌で、外務大臣に陰気な目を向け、立腹して言う。

「ロシア皇帝の弟が調停でポーランドを鎮めようとしている。私は、獣を檻から放ちたい！　君の外交政策はちっとも成果をもたらしていないではないか！」

五十七歳の大臣は外務大臣になって外交を司りまだ一年にもなっていなかった。この短い期間にヨーロッパ支配に関する皇帝の志向につきよく学び、かの大陸に対する皇帝の影響力拡張もよく理解した。

したがって、自分の果たすべき役割の優先順位を明確に分かっており、その内の重要な一つが、ロシア帝国の弱体化とフランスの役割強化だった。

「ロシアのツァーリ総督が成功を収めるとは思いません」――皇帝の不満に気づかぬふうに、平然と言い放った――「ポーランドでは武力報復による反抗の機が熟しています」

「ペチカの前に腰を下ろし、燃え上がり熱くなるまで待つ、そんな戦術をわたしは気に食わん！」――ボナパルトは、激しく反発して、腕を後ろ手に、執務室を歩き回った。

足音が寄木の床に響いた。――「ペチカには乾いた薪を足しながら燃やさねばならん！」――大臣の方を向いて、見据えた。

「それでは、どう致しましょうか」――ドゥルーエン・デ・ルイスは皇帝の非難に応えて静かに反応した――「我々は、有力地主貴族に対し、ワルシャワ自体と同じくここでも、さまざまに支持しております。新聞記事でも、ロシアからの分離という方向を示しながら、ポーランドの国民的問題に衆目を引きつけるよう努力しています」

「新聞で叩くだけじゃなくて、本質的な援助をせねばならん」

「その作業を進めております。反乱者には我々の目を充分配っております」――大臣は恭順に頭を下げた――「近いうちに我々の援助に対する反響が表れるよう確信を育んでおります」

フランスの外務大臣は間違っていなかった。大公が粘り強く調停の道を進めたが、ポーランドの情勢は変わらなかった。事態は更に悪くなり、限界に達した。地主小貴族たちは中央委員会を組織し、武力蜂起の方向へ進めた。パリではポーランド反乱軍への志願兵の募集が行われ、武器が買い付けられた。ドゥルーエン・デ・ルイス外務大臣が腕をとり、事態の脈拍を測っていた。皇帝には定期的に報告し、あたかも医師のごとく、パリにおける状況の診断を下して、

「危機は避けようがありません、もうそれほど待たなくてよいでしょう……」

9

北部連邦軍の夏の戦役はきわめて不首尾だった。八月の最終日、リンカーンの元に合衆国の将来に関する騒然たる考察がもたらされた。それで大統領府はすっかり茫然としていた。

マックレラン司令官の率いる軍は、夏の中頃にはリッチモンドに進軍していた。大統領からの切迫した圧力で、ついに、バージニア州の半島で軍事行動を開始することを決めた。彼の行動は粘り強さに於いて変わりはなかったが、戦いに於いて南部軍に対して根本的な優勢を得るところまでは至らなかった。それればかりか、ロバート・リー将軍率いる北バージニア軍により、ゲインス・ミル、メカニクスビル、フレイザーズ・ファーム、マーバーン・ヒルで激しい不意の攻撃に遭い、自軍の攻撃を仕掛けることが出来なかった。

マックレランの指揮に失望し、南部軍のイニシアティブを断固として遮るために、リンカーンはシュアルドの助言でヘンリ・ハレック指揮官を任命した。ハレックは北部連邦軍を編成変えして、ジョン・ポップの指揮の下にバージニアへ差し向けた。しかし、それでも望みは叶わなかった。攻撃が止まり、リー将軍は迂回作戦でポップの軍をマナッサスに撃退し、北部軍の背後を突いて補給路を絶った。八月三十日、あの悲しいまでにも有名なブル・ランの戦場で、またもや両軍が対峙した。戦闘の結果、壊滅的な敗北が北部軍にもたらされた。南部軍は広範囲な攻撃に出た。それで、北部軍に残された日は、数えるほどに思えた。

壊滅の知らせを受け取り、惨状に押しつぶされたリンカーンが国務大臣に、

「ウイリアム、すべてが灰燼と化して、壊滅的な深淵に落ち込んで行くよ……」

「いや、それほど落胆することはありませんよ、アブラ

ム」――シュアルドが大統領に親しく話しかけた。二人の間には既に親しい関係が出来上がっているばかりか、信頼関係も出来上がっている。それで、二人きりでいる時にはお互いにファースト・ネームで呼び合うのだった――「戦争の勝敗は変わります。より武器を沢山有し、資金を含め、より多くの余裕を持つところが勝ちます。それは我々にありますよ」

「現状では、ドルで銃剣を遮蔽することはできんぞ」――リンカーンは重くため息をつき、――「もし、連合国軍が今のテンポを保って攻撃してきたら、ワシントンを落とすのも時間の問題だ。我が将軍達には敵を止めることが出来まい」

「リー将軍は確かに傑出した指揮官だが、いまの反対勢力を撃退できるほどの力は有りません」――シュアルドはそうコメントして、大統領がまだ腑に落ちぬ様子でいるのに気が付き、説明した――「私の言わんとするところは、戦争の概念で、それは我が手中にあります。我が方には巨大な産業があり、銀行も。そして我々は、国土の統一と、同時に、農業にしか利用されてはいないが南部の土地を経済的に獲得する為に戦っています。綿花だけではアメリカは自由の身にはなりません。我々は、民主主義と平等の原理を実現するのです。この点を重視しないわけにはいきませんぞ」

「しかし、それが南部への攻撃とどう関係するのかね？」

「直接の関係がありますよ！　彼らはもう自分たちの土地ではなく、合衆国の領土内で戦っているんです。それがすなわち、彼らの動きを鈍らせ、場合によっては、とん挫させます。これが思想的な文脈であることは認めますが、軍事的には、出口のない状態などありません。すべてを将官団に諮り、今後の行動を決めるよう進言します。ちなみに、軍事委員会のような組織的活動は、ホワイトハウスの士気を高めますよ。さもないと気を落とした顔しか見ませんからね」

国務長官が話していた軍事委員会が緊急招集された。現状分析と軍事行動展開の予想は、決して喜ばしいものではなく、むしろ、重苦しいものだった。南部軍は二手に分かれた。一つはメリーランド州を攻撃する東の流れで、もう一つはケンタッキー州へ向かう西への流れだった。最近のルイスビル占領で、インディアナとオハイオへのドアが開かれた。攻撃地域の範囲が広がり、アメリカ国土のかなりの部分が南部軍の手に落ちそうであった。こうしてワシントンが隔離されれば、合衆国の敗北を意味することになる。

「現実に面して自若としておらねばならん」――リンカーンは委員会で宣言した――「状況はきわめて重大だ。しかし、武力を敵への防護に集中し、軍を強固にする対策を講ずれば、望みは充分ある」――シュアルドの方に向いて――「正規軍と義勇軍だけでなく、傭兵にも頼らねばならんな」

「既に指示書にサインをしました」――とシュアルドが答えた――「資金手当もしました。傭兵はヨーロッパを含め至る所から募ります」

北部軍の傭兵募集の目論見をステッカーは直ちにサンクト・ペテルブルグに伝えた。

ゴルチャコフ宰相がこれを皇帝に報告すると、アレクサンドルは注意深く聞き終えて、訊いた。

「北部軍の側で戦うロシア人は何人おるか？」

「完全なデータはありませんが、百人は居ないと思います。指揮官で数十。トゥールチャニノフは名簿から外さねばなりません」

「それは何者だ？」

「宮廷の出身で、参謀本部のアカデミーを出た陸軍大佐です」

「で、どうしたんだ、裏切って逃げたのか？」――皇帝の眼が怒りに燃えた。

「六年前にアメリカへ渡りました。理由は不明です。ただ、彼が地形測量をしていることは分かっています。軍事活動の最初から自主的に北部軍に加わりました。志願兵の小隊を指揮していたんですが、今は、情報によると旅団の指揮官とのことです」

「ということは、進歩的思想の持ち主か？」

「その可能性は十分あります」――宰相は肩をすぼめ――「公使に戦争に参加しているロシア人の情報を集めるよう指示を送りました。公式連絡の中では、中立を保つべし、もし、軍事活動への参加の話になったら、それは個人の選択だ、と答えるように勧めました」

「その通り、それで良い！　我がアラスカ植民地にも募集の話は届いているのかね？」

「そのような情報は今のところありません」

アレクサンドルは怒って眉をしかめ、

「我が植民地から合衆国の軍隊に誰も参加させてはならんぞ！　これは大事なことだぞ！《ロシア・アメリカ社》に伝えてくれ！」

黄色になった白樺の葉が、陽の光の中で金色に輝いていた。赤紫色の実の房がナナカマドの枝から沢山ぶら下がっていて、色づいた十月の森を濃い緑のまだらに染めているのはモミの木だった。空気は澄んでいて秋の香りを湛えている。マクスートフは、毛布でくるんだ赤ん坊を抱えたアデライダと並んで歩いた。彼らはバラノフ要塞に近い木立を散歩していた。九月の最初の日に、アデライダは男の子を出産、その子は弟に因んでアレクサンドルと名付けた。医師は彼女に混合水薬を処方し、よく散歩するように勧めた。彼女は咳に苦しんでいた。夜毎に発作の波がおそった。発作が来ると、胸に掌を押し当てて、痛みを和らげようと努めたが、彼女は肺をかきむしるようなしゃがれた音を出し、咳をしていた。

「病弱はビタミン不足のせいだと思うよ」――マクスートフはそう言い――「力をすっかり赤ちゃんにあげてしまったからね。今度は力を取り戻さないと。生活のリズムと栄養、ベレンドが言っていたように、これが健康回復の必須条件だね」

「それと、天然痘にもまだ気をつけないといけないわね」――彼を見て小さく答え、沈痛にため息をついて、――「ドミートリー、私、何か良くないことが起こりそうな予感がするわ……」

ガブリーシェフが種痘を運んで来て、従業員全員に予防接種をした。ベレンドが特別に選んだ助手が二人の衛兵を伴って、先住民に予防接種をした。導入した予防策も功を奏した。早い話、天然痘の流行は食い止められた。ただ、実際のところ、トリンキット二十人ほどが命を亡くしてしまった。

「アンナが言ってたよ、今日の夕食にリンゴのパイが出るって」――彼女の沈んだ気分を直そうとマクスートフが言う――「すばらしく美味しく出来たって、言ってた」

「私達には子供がもう三人もいるのね」――彼女は立ち止まって――「何が彼らを待ちかまえているのかしら……？」

眼に涙が溢れていた。眼差しが冷え固まって、自分の内部に向かっているようだった。病気がハッキリと現れた時からの疑問を、勇気を出してはじめて口にしたが、その答えを待たず、彼女は悲しそうに彼を見た。マクスートフは心臓がつぶされるような動揺に襲われた。彼女の心の痛みの一部が彼に伝わったように感じた。

「君の眼は雨雲で濡れているね」――やさしく彼女の手に触れ――「心配なのは分かるよ。でも、病は治る、そしてみんなうまくいくさ……。家へ戻ろうか……」

夕食時、いつもどおり、客室に集まった。中国式の入れ方で煎じた芳しい香りのお茶と温かいパイが出され、最新の知らせが話された。

「君のスチキン河口調査のお陰で英国人との契約の現実的な概要が固まったよ」――マクスートフを見てフルゲーリムが言う――「ペテルブルグからの知らせだと、契約が順調に進んでいるらしい。リースは更新される。あの地域の警備に、グジョンバイスクは帆船を充てるそうだ。その海域のパトロールは共同で行う。我々の方は汽船《アレクサンドル2世》を充てる」

「契約調印はいつ予定されていますか？」──マクスートフが気にかけフルゲーリムに眼をやり訊く。

「ここ数日の間だろう。本部からの手紙には、パトロール開始を十二月一日から始めると書いてあったからね。それと」──書類にあった警告を思い出して、──「北部連邦軍が傭兵を募集しているらしいが、聞き耳を立てておくように、そして、こちらから応募者を出してはならん、との厳しい指示があった」

「募集がここまで来ることはないでしょうがねえ」──マクスートフが口返して──「会社の従業員には、まず応募するような者は居ないでしょうが、アレウートやコロシは分かりませんね」

「私もそう思う」──フルゲーリムが応じる──「いずれにせよ、ここにやって来る船の乗組員たちには気をつけてくれ。リンカーンの方はあまり上手くいっていないようだな、傭兵の助けを求めるなんてことではね」

「新聞情報だと、南部軍の攻撃が止まっているらしいです。リンカーンが軍隊に呼び戻し、シャルプスブルグ郊外の戦いで指揮をとらせたマックレラン将軍が、先月の中頃、際立った活躍をしたそうです。将軍は、メリーランド州に流れ込むアンティタム河に沿って自分の部隊を展開し、そこで交戦して南部軍をバージニアの方向へ押し戻し後退させたとのこと」──マクスートフが発言する──「私は、出版物で注意深く状況を追いかけているんですが、つい最近、ケンタッキー州のペリービルで、南部軍が壊滅したらしいです。見たところ、リンカーンは夏の大敗から立ち直り、報復に成功したようです。ただ、予定していた勝利が収められるかどうかは、疑問ですが」

「傭兵を募って軍を増強し、決戦に備えているのか？」

「それは、分かりません」──マクスートフは肩をすぼめ──「ひとつハッキリして来たのは、戦争が長期戦になって来たことと、勝敗はどちらの側にしても、変わりやすい、ということです」

彼の話は、隣に座っていたアデライダのうつろな咳で中断した。彼女は口にハンカチを当て、席を立った。

「ごめんなさい！」──老婆のように身をかがめ、ゆっくりと客室を出て行き、彼女の後をマクスートフが追った。

「どうにかしないとね！　目に見えて弱って来ているの」──悲哀のこもった声でアンナが言う──「ベレンド医師が処方してくれた薬が効かないの」

「明日、もう一度彼と話そう」──フルゲーリムはそう約束して沈痛に、──「自然の法則といくつかの病気に対して人間は全く無力だからなあ……」

「何が言いたいの？」──キリッと瞬きしない眼差しで夫を見て彼女が言った。彼の言葉に、何度も自分の中から追い出そうとしては思い返させられていた、あの秘めた考えに引き戻された。あの最悪の恐ろしい事態を思い出したくなかったのである。

「何とか彼女の力になって助けてあげなくては……」――少し黙って重く溜息をつき、――「どうしてみんなこうなるの？　運命が無慈悲な打撃を与えている、コンスタンツィアがやられ、今度はアデライダが病に……」

病は進行した。医師の勧めで、マクスートフは彼女を温泉に何度か連れて行ったが、温泉療法は効きめが無かった。グリズリーの脂肪を温めてお茶に加えて塗り、マッサージしてみたが結果はだめだった。アデライダはすっかり衰弱し、痩せこけてしまった。青白く蠟のような顔に頬骨がくっきりと出っ張って来た。窒息させる咳の発作をますます頻繁に繰り返すようになる。十一月の中頃には、ついにベッドから起き上がることもできなくなった。乳をやる為に日に何度か赤ん坊を彼女のところに連れて行った。医師は毎日往診したが、一向に改善の兆しが見られず、沈痛に頭を振った。マクスートフは絶望の淵で、居ても立ってもおれなかった。

「アヤンに連れて行ったらどう？　サン・フランシスコの医者は？」――ベレンドにすがりついて、思いつくまま、考えられるあらゆる治療方法を訊いてみた。

「いや、考えてもみて下さい。そんな危険な道中に耐えられるわけが無いじゃないですか。体が若ければ何とかなるでしょうが、とても無理です……」

妻を侵している病に対する無力感と医師の応えが、胸を突き刺し痛んだ。マクスートフはイコンの前に跪き、眼に涙してカザン・聖母マリヤに祈った。《神様、お助け下さい。どうか、どうかお頼みします！》

しかし、神は黙ったままだった。医師の努力も役には立たなかった……。

しばらくして、その月の末、夕方マクスートフが書斎で本のページをめくっていた時、子供部屋から甲高い悲痛な叫び声がして、冗談ではなく、要塞の住人皆が仰天するほど響き渡った。彼は即座に寝室に走り込んだ。続いてフルゲーリムとアンナがドア口に現れた。部屋の中は暗かった。ただ、隅のベッドの置いてあるところだけに曲がった緑色の二つの灯りが瞬くことなく灯っていた。ランプが灯っていたのだった。その前には、永く忘れることのできない光景があった。赤ん坊を胸に押し当て、恐怖で眼を見開き、ベッドの背にもたれて座っているアデライダがいた。彼女の眼は隣の毛布の上にちょこまかといる黒いネズミに向けられていた。部屋が明るくなるやいなや、ネズミはベッドから飛び降り、まごついて動けずにいるマクスートフの脚の間を抜け、開いていたドアに逃げて行った。赤ん坊に乳をやるとき、ネズミがテーブルにあった蠟燭立ての蠟をかじり始めたのだが、それを止めて、アデライダのベッドの上に真っ直ぐに乗って来たがために、彼女はびっくりするのと恐ろしさで叫んだのだった。

ノボアルハンゲリスクでは、ネズミは家の地下、事務所、倉庫など、どこにでも、何かしら食べ物のある至る所に住んでいる。ネズミ取りを仕掛けたり、いろんな毒物をまいたりしてはいるが、このずる賢い猛禽退治の効果が出ていない。毎年、秋と冬には大群が押し寄せてくる。黒や灰色、茶色のものまで、ネズミが建屋や納屋の中を、備蓄した食糧を食い漁り走り回っていて、犬でさえ彼らの襲撃を被る。ネズミを見た驚きが彼女の病状に痕跡を残した。この出来事の後、母乳が出なくなったのである。

「一時的なもので、直ぐに元に戻ります」――翌日彼女を診た医師がマクスートフにはそう言ったが、フルゲーリムには、直ぐに誰か乳母を探さないといけないと、すなおに言った。――「願わくは彼女の病気が良くなって欲しいものです！ しかし彼女が母乳を与えることは、できません」

赤ん坊の乳母としてアレウート人女性が雇われた。彼女はアデライダと同じ九月に出産していた。そのアレウート人女性は、召使いとして同居し、自分の女の赤ちゃんとロシア人の男の赤ちゃん、二人に母乳をあげた。

十二月になって、軽いマローズ（＊厳寒）がやって来た。白く雪の積もった丘の斜面では、橇の跡を残しながら、子供たちが陽気に橇遊びをしている。家々の暖炉の煙突からは、ノボアルハンゲリスクを低く覆う天体の冷たい光線に屈折して、灰色がかった青い煙の流れが立ち上っていた。年の終わりが近くなって、アデライダの病状が更に悪くなった。月の中頃、いつもの往診を終えたベレンドは、寝室から出てくると、頭を下げて、廊下で待っていたマクスートフに、

「マクスートフ中佐、気を確かに持って下さい。残された時間は僅かです……。肺病が末期段階に入りました。もはや医者は何もできません……」――そして離れて悲しそうに立っていたアンナの方に離れて行った。

「彼女のところへ行っても良いですか？」――医師の方を見てマクスートフが訊く。

「ええ、もちろんです、どうぞ……」

アデライダは瞼を閉じて寝ていた。苦しそうに息をしていた。マクスートフはベッドの脇の腰かけに腰を下ろし、彼女の手をとった。

「ああ、あなたなの？」――彼女は眼を開けてささやいた。――「今日は何日？」

「十二月十九日だよ……」

「この日は不幸の日だわ。あなたがカリフォルニアへ行った日……。そして、この日でお別れね……。ああ、生きたい！　何て生きたいんでしょう……！」──涙の筋が痩せこけた頬を伝って流れた。

「そんなことを考えるな、大丈夫だから！」──マクスートフはやっとのことで声を絞り出した。塊が喉を閉ざし、もう何も話せなくなった。眼には涙がたまっていた。

「私には分かるの……。子供たちの面倒を看てね、お願い……！　私の番だわ、コンスタンツィアの次ね……」

「アデリヤ……！」

「ちょっと黙って！　あなたの手、温かいわ、放さないでね……」──そして、眼を閉じた……。永遠に……。

アデライダはルーテル派教徒の墓地に、コンスタンツィアの隣に葬られた。

これからどうする？　どう生きて行く？　子供たち三人と独りでどう生きて行けば良いのか？　この問題で不安になり心を苦しめた。葬儀が終わって一週間が経ち、新年を迎える前になって、フルゲーリムが提案した。

「マクスートフ中佐、君独りで子供たちを育てるのは上手くいかないだろうから、どうかね、都へ戻って、あちらで生活を立て直すというのは……」

「しかし、どうして？」

「会社に手紙を書くよ。君をここの植民地関係の顧問として呼び戻してくれるようにと。

それに、本社からの情報によれば、政府内の改革が行われていて、この件についても話に出ているそうだ。したがって、君の帰国は春の初め頃を予定しよう。それには、知っての通り時間がかかるからな。手紙が届いて、検討して、返事を受け取るまでね」──少し黙って、つらそうに話す──「まあ、こうなってしまったのも仕方がない。悲しみが我々の家族を壊してしまった。アラスカに来たことで葬式の黒いリボンで結ばれたんだね……」

フルゲーリムの言葉が心の傷をずばりと切り、塊が喉に詰まり、眼が濡れた。

「フルゲーリム長官、ありがとうございました！」

「願わくは、君の将来がすべて上手くいくことだ！」──フルゲーリムは溜息をつき──「君が都に行っている間、子供たちはアンナと私で面倒を看るよ、もう彼女と相談してある」

アラスカはポーランドから遠い？

アラスカは地理的にはモスクワとほぼ同じ緯度に位置しているが、ロシアからの距離はいかばかりであろうか。この地が王国ポーランドと見えぬ糸でつながっていることが分かった。千切れてしまう運命の糸である……。この地の運命の変化が、世界の政治的幾何学の中の変化と一緒になって、ヨーロッパに反響を持って伝播したポーランドの出来事を容赦なく近づけ、アメリカの海岸に達したのである。そして、ドラマが展開して行った……。

1

元日のワルシャワの暗い夜空を花火が明るく彩っていた。花火が飛び跳ねる光の跡を残しながら、様々な彩りの花束となって、祝賀の花火を観ている令嬢たちとお供の男たちのお祭り気分を盛り立てた。しかし、新たな一斉射撃が鳴り響き、その新年の祝賀気分は、かき消されてしまうのである。

反乱の炎の口実となったのは、新年三日目の夜ワルシャワで行われていた新兵の募集だった。襲撃が仕掛けられたのは、自国の駐留軍の防衛に当たっていたロシアの連隊に対してであった。翌週には、中央部での蜂起がポーランド王国全土に広がった。

皇帝は朝からその知らせを受けた。その問題にさっそく取り掛かろうとしたが、気が変わった。日程では、ミハイロフスキー調教場でイズマイロフスク連隊親衛隊の交代式に出席することになっていた。

《日程を変えるのはよそう、ポーランド問題は向こうに着いてから検討する》――アレクサンドルは心中つぶやいた。

交代式で、皇帝は士官に対して熱く訴えた。

「諸君、つい今しがた起こった事件について知らせる。一部のポーランド人が、法秩序の転覆に走った。ポーランド全土で、駐留ロシア軍部隊に対して集団的武力攻撃を開始した。私は、ポーランド人民みなを責めはしないが、暴動を起こしている奴らには厳しい罰を与える！」

交代式後、直ちに冬の宮殿に急いだ。そこには軍事大臣、近衛連隊長と宰相が待っていた。問題の論議にあたっては、対立する意見は無く全員が同じ意見で、暴動は直ちに抑えつけるべし！　であった。

皆の意見を聞き終えると、アレクサンドルは机を拳で叩き、断固として言った。

「よいか、容赦するな！」

この襲撃の反響はヨーロッパ中に響き渡った。フランスと英国は、あたかも示し合わせたがごとく、それは以前も同じだったが、ロシア皇帝の行為を、ポーランドの自由と権利の侵害と呼んで非難し、新聞で批判の嵐を巻き起こした。

フランス皇帝ルイは満足して手をこすり合わせ、

「遂に夢が叶うな。ロシア熊の毛皮にポーランドの槍を突きつけてやった。これで、永年の計画を実施に移すこととし、アメリカ大陸に集中しよう」

ドゥルーエン・デ・ルイス外務大臣は皇帝に屈従し相槌を打って、

「我が方としましては、ビクトリアとの連携が空気のごとく不可欠です！　オーストリアも仲間に入れれば、なお宜しいかと！」

グレートブリテンのビクトリア女王は自らの見解を議会にぶつけた、尊敬すべきロード達が何と言うだろうかと。ロード達は直ちに招集され、議会はポーランド人民の自由を愛する願望を支持した。パーマストン首相はより具体的に述べた。

「英国はフランスを支持している。目下両国は、互いに共同してメキシコに進出している。しかし、正式な同盟を結成するには時期尚早だ。まずは、ロシア自国民に対して攻撃しているのはロシア君主であることを責め、英仏間に都合のよい下地を作らせねばならない」

ヨーロッパがロシアのとった行動に対して言説のやり取りをやっている間に、アレクサンドルはポーランドに於ける軍事力を増大した。ポーランドに駐屯する部隊増強の為に、膨大な軍事力を移動した。その中には、歩兵二個師団、近衛騎兵二連隊、それとドンスク部隊からコサック兵七連隊がある。

「軍事力は相当なものです」――新しく交代で着任した軍事大臣ドミートリー・ミリューチンが、皇帝に講じた対策の報告をしながら言った――「今の課題は、如何に効率よく配置するかです」

「コンスタンチン大公の采配に期待しよう。彼は現地に居るのだから様子がよく分かるはずだ」――皇帝が応じた。

しかし、大公はこの戦時戒厳状態をよく理解せず、こわごわ対応していた。戦力をいくつかの大きな部隊に集結した。それがために、境界で空白になったまま残るところができ、そこに三千人強の見張りをおいたが、できた穴からパリ経由ベルギーで買い付けた武器がどっと流れ込んで来た。リエージュだけからでも反乱者に七万六千丁の猟兵銃が発送され、その内半数以上は国境警備隊に没収されたが、残りは無事、武力蜂起者に届いたのである。

　ポーランド人の暴動的反抗は、ヨーロッパ政治の車輪の回転を急速に速めた。列強各国はそれぞれ自分の立ち位置を決めねばならなかった。しかし、やけどをして負け犬とならぬためには、どのコースを選べばよいのだろうか？　一方で、フランスはナポレオンが貪欲な燃える眼で、英国ではビクトリア女王が凝視する目で、議会の鎮まらぬディベートに聞き入り、隣人の野心的な所説に聞き入っている。また一方では、無辺大の国土を有するロシアが国内政治の航路を急角度でリベラルな流れに変えたが、ツァーリの王権を手から放していないのである。

　最初にロシア支持の声を上げたのはプロシャだった。最近首相に指名された、侯爵フォン・オットー・ビスマルクが自らのイニシアティブで、ロシア皇帝に秩序を取り戻すための協力を申し出た。彼は、これまでに三年、大使としてサンクト・ペテルブルグに駐在し、その後数カ月パリのウイルヘルム王宮の代表をしていた。

「ゴルチャコフ宰相、ビスマルク侯爵から援助の申し出がある」――宰相から定期報告を受けながらアレクサンドルが告げた――「これはうれしいことだ、期待が持てるぞ。君は彼と旧知の仲だったな。もう何度かつきあっているだろう。どうしたらいいか助言はあるかね？」

　ゴルチャコフは、秩序を圧力で回復するために二国間条約を交わすというビスマルクの申し入れに疑念を持ち悩んでいた。ゴルチャコフが懼れていたのは、英国とフランスの同盟を誘発するという心配である。そうなると、二国間連合は公式に互いを相反させることになり、銃剣の刃先で逆立て、偶発的な発砲を招くかもしれず、またもや、軍事対立に至り、いやがおうでも他国を鎖で戦争に引き込んでしまう。二国間条約は、そうした戦争の危険をはらんでいて、ポーランドの暴動がその口実になる。

「彼の言葉は感謝の念を呼び起こします」――宰相が応ずる――「しかし、王国ポーランドの国土の大部分は、陛下の帝国の領土にございます。そこには既に十分な軍備があります。思いますに、彼らは、目前に持ち上がった目的を達成しようとしているのではないでしょうか。侯爵には、こう答えたく存じます。すなわち、法秩序回復に対するご援助に、心より深く感謝申し上げます。しかしながら、当面は当方自国の力で十分でございます」

「そうするのが良いか？　それだけの返事で十分かね？」――皇帝は、何らかの更なる説明を期待しつつ、いぶかしそうに宰相を見た。

　ゴルチャコフは肩をすぼめ、

「ビスマルクは自分の名前で申し出てきました。国王は黙ったままです。陛下におかれましては、ウイルヘルム自身からの呼びかけをお待ちすべきではないかと。その方がよろしいかと、存じます」

「分かった！」――アレクサンドルが合意して――「それが良さそうだ。ビスマルクには君から返答して、後で報告してくれたまえ」

宰相からの返事は功を奏した。ウイルヘルムは同盟を結ぶ提案をしなかったのである。

その代わり、プロシャは二月一日、全ヨーロッパに向けて、ポーランドの反乱には援助しない、逆に、もし必要ならばロシアを支持する、と宣言した。この立場表明は、テムズとセーヌの河岸に動揺の波を起こした。

ボナパルトは憤慨して地団太を踏んだ。

「それなら、我々も牙を見せる時が来た！　新聞の批評や、代議士の演説だけじゃ不十分だ！　ウイルヘルムとアレクサンドルがデュエットを歌おうというのであれば、我々大国の合唱団がぶち壊しにし、黙らせてやるわい！」

「外交工作の準備は出来ております」――すぐさま、ドゥルーエン・デ・ルイスが応えた――「ロンドンの内閣との相互理解はできておりますし、ウイーンも相互協力に半ば合意しています」

「歴史家が書くだろうよ、大衆が参加したが、得られた果実は彼らの貴族が食べた、とな！」――気を鎮めながら、皇帝は尊大に発した――「外交的措置は、君が思うままにしていい。ただし、ぐずぐずするな！　覚えておきなさい、わしが欲しいのは、アレクサンドルを共同で非難しウイルヘルムを叱責するだけじゃないぞ、我々サイドがサインした合意文書だ！」

外交文書郵便がフル活動で働いた。クーリエ船が、昼夜を通してひっきりなしに白みがかった煙をひいてラマンシュ（＊ドーバー）海峡を往き来して、機密文書をパリからロンドンへ、ロンドンからパリへと運んだ。

ウイーンも、文書のやり取りをしていた。外務大臣、イオガン・レフベルグ伯爵は、心配の度を高めた。彼の政治的経歴は、三十八年前ベルリンで始まり、一時、オーストリア大使館員として滞在したこともあった。

「わたしは、現状を心配しております」――皇帝フランツ・ヨシフと意見を交えて――「独立したポーランドはロシアとの緩衝として我々には必要です。だからと言って、それがためにアレクサンドルとの間に公然たる対立を引き込むのは極めて危険です」

「そうだとも。ボナパルトとの間で合意書の枷で自分を縛るのはリスクがある」――頭を振り、――「しかし、関係を絶つのも危険をはらむ」

「それでは、約定をしばらく控え、彼のイニシアティブを支持しよう」――伯爵はしばし間を置いて続ける――「フランスの位置を見失わない為に、今後の動きは英国の立ち位置から測れば良いでしょう」

「そうだな、今の状況から見れば明らかだ、納得が行く」――と皇帝フランツ・ヨシフは結論付けた。

ドゥルーエン・デ・ルイスの粘り強さが功を奏して来た。パリ、ロンドンとウイーンは、自ら介入することでヨーロッパの問題をポーランドに持ちこんでいると、ベルリンを厳しい口調で非難した。

それに対してビスマルクは懐疑的に、

「ポーランドの事件は、すぐれてロシアの王権の問題だ！料理前の卵を料理で脅す必要はない！」

彼の発言がやがてヨーロッパ列強諸国に知れ渡ることになったが、その列強の共同宣言には政治的配当はもたらされなかった。プロシャの立ち位置に関して意見を述べた覚書への調印を除き、フランスの外務大臣があれほど固執していた共同行動に関する文書は、調印されなかった。

ドゥルーエン・デ・ルイスが提案した合意書の調印については、英国はしばし保留することに決めた。オーストリアは、英国を横目で見て、ビクトリアがするように、自分も倣った。政治の車輪の回転が速まったが、その場所から動くことは無かった……。

オーストリアはロシアとプロシャに敵対して向けられた仏英との連合に加わることには懸念があった。英国は、国際的な対決を作りだしてヨーロッパ情勢が先鋭化することを願ってはいなかった。ロシアは、英国、フランス、オーストリアの三国連合を怖れていた。フランスはプロシャが味方しているロシアに対して、一国で残ったまま戦端を開くリスクをとろうとは思っていなかった。みながお互いに用心したが、それでも皆領土というパイの美味しい分け前にあずかろうと欲していた。ポーランドはつまずきの石で、政治的意図のリトマス試験紙だった……。

一月の末日から二月には、王国ポーランドの全領土が、武装小競り合いと軍事行動の舞台となり、それをヨーロッパの桟敷から、じっと観られていた。蜂起は綿密に準備され、あたかも書かれたシナリオに沿って起こって行き、そればかりか、指導者の役割はリハーサルされていた。ポーランドの反対派の行動が遅いのを罵って、

「なあ、君、どうも、君に非難を浴びせたのは間違いだったようだな」――ポーランドの最新情勢と、蜂起者により独裁者の地位につかされたリュードビック・ミロスラフスキーの到着を報告した外務大臣に向かって、ルイ・ボナパルトは口元に嗤いを浮かべて言った。

「すべて、考えた計画のとおりに進んでおります」——ドゥルーエン・デ・ルイスは頭を高く上げ、豪語した。——「彼らとは極めて良好に事を進めておりまして、鉱脈はもう間近であります」

ミロスラフスキーはプロシャで、ポーランドにおける反政府行動の罪で死刑判決を受けたのだが、運よく、終身刑に変更された。残りの年数を要塞の牢獄で過ごし、過ぎゆく年月を牢格子から見るべく判決されたのだが、またしても幸運なことに、釈放されたのである！　シチリアでガリバルディの側で戦い、その後、フランスに移り、パリに在住していた。アバンチュールへの性癖で、エリゼ宮殿の美しさを静かに愛でたり、都会生活の快楽に浸ることはできなかった。ボナパルトの信奉者と親密になり、それがフランス外務省代表者たちとの内密な友好関係へと直結した。

「彼に反乱行動の指揮が執れるか？」——皇帝がいぶかしげに外務大臣を見た。

「少なくとも、種々雑多なポーランド人部隊をひとつの翼の下に合同させることは、彼の力で充分できると思います。最初の段階では適任です。それからは、先が見えて来るでしょう。交代させることになるかも知れません……」

「彼のことは私にはどうでも良い！」——皇帝は急に手をあげて大臣を遮って——「重要なことは、濁すが、我々は魚を捕らえる！　ということだろう？」

「ええ、しかも、金色のをですね」——ドゥルーエン・デ・ルイスはほくそ笑み、同意して頷き、ずるそうに眼を細めて付け加えた——「アメリカ海岸で！」

「そうそれ！　しかしだな、ビクトリアとの話がいっこうにできておらんのだ。如何なる共同文書もできておらん。フランツ・ヨシフは、眺めまわすばかりで事を遅らせておる。アレクサンドルがポーランドの沼に捕まり、湿地から抜け出られないでいるうちに、事を進めないといけない。我が艦隊はアメリカ合衆国に向けて出港する準備が出来ているぞ。アメリカの戦争は、ポーランドの出来事同様、我々には好都合だ。降って来たチャンスを逃してはならん！」

「全力を挙げて英国を我が方になびかせます。それが上手くいったら、すぐにオーストリアを誘い込みます」

「その場で足踏み状態というのが、一番気落ちさせる」——重く溜息してルイ・ボナパルトは大臣に厳しい視線を向けて——「もっと英国への感化を活発にしろ。政治に於いては一日がダイヤの重みだ！」

ドゥルーエン・デ・ルイスがどんなに努力しても、ジョン・ラッセルは揺るがなかった。草案を検討はしても、調印にはいささか早かった。パーマストンは近寄りがたい断崖のごとく立ちふさがっていた。共同行動をとることには賛同を得たが急ぐことは、なかった。レフベルグはビクトリアにへつらっており、意向は支持するが、女王の意見に従う、としていた。

　話し合いはいっこうに止むことが無く、外交の交換文書だけは山のように机上に増えたが、努力の成果としての本質的な結論には至らなかった。それがルイ・ボナパルトに無念と憤慨をもたらし、政府に怒りと雷をぶちまけた。英国およびオーストリアとの合意書の調印が、のろのろと進まず手間どっていることで政府高官を罵倒した。

　そうしている間にロシア軍は、ポーランド王国の状況打開に成功し、ミロスラフスキー指揮下で行動していたポーランド軍部隊に一連の敗北をきさせた。

「これが君の言う革命のリーダーか！」——近況報告を詳細に行った外務大臣に向かって、忌々しそうにボナパルトが怒鳴った。——「君が彼に頌歌を歌ったのは早すぎたな！」

「別の者を探しましょう」——大臣が即座に応じる。

「それは個人の問題じゃない、そんなのはどうでもよろしい！　私の意図の実現がまったく疑わしくなってきた」——ボナパルトが重苦しく答えた——「私は、アメリカ航路と大陸の一部を獲得する可能性を失うことに我慢ができんのだよ。君にこれが分かるか？」

「しかと理解しております。申し上げますが」——ドゥルーエン・デ・ルイスが応じて——「ロシアの一時的な成功は、燃え上がった闘争の熱を下げたことを意味しません。ポーランドは立ち上がったのです。ポーランドは自由を奪われた野生の馬の如くです。抑えるのは容易のことではありません」

「言い訳にしか聞こえんぞ」——皇帝は顔をしかめて——「私には君の思考過程がよく分からん。何を考えているのか説明したまえ！」

「大きな意味から言えば、ポーランドの独立など、我々の問題ではありません。我々に必要なのは先例です。そして、それはできました！　アレクサンドルはもうポーランドの革命の渦に引きずり込まれています。彼の顔からリベラルな統治者の仮面を剥ぎ取って、本当の迫害者の顔を見せること、これが重要なことです！　蜂起者の行動がどう終結しようが、フランスにとって本質的な意味がありません。肝心なのは、民衆の反乱が続くことです。この先例を利用して、我々の意図を具体化して行くことが必要です」

「そうだ、君の言うとおりだ！　だが、時間はあまり残っていないぞ」——皇帝は憮然として首を振った——「ビクトリアは私の提案に対する最終回答を遅らせておるし、フランツ・ヨシフは女王がどうするか待ちあぐねて揺れておる」

「この関係に於いては疑念をお吹き飛ばし下さい。彼らを急きたてるのは私の仕事でございます！」

「君の言葉に望みを託そう」――小声でそう言った皇帝の顔には憂鬱な表情が浮かんだ――「アレクサンドルの弟は随分と増強を得たぞ、これは脅威だな」

「コンスタンチン、ポーランド総督の見方は知られています。いつまでも軍隊に頼ってはおれません。彼がポーランドに赴任したことは、実は蜂起者にとってある程度の利になったのです」――大臣はそう応えたが、皇帝の腑におちぬ眼差しを見て続ける――「つい昨日まで、彼は骨の髄までリベラルで有名でしたが、今は情け容赦なく蜂起を抑圧しています……」――少し間を置いて、確信をこめて発した――「いや、立て直しなどできません。皇族に属していることがそうはさせません。そこが、彼のアキレス腱です」


エレーナ皇太后も同じ考えだった。フィン湾からの冷たい風が街の通りに雪を巻きあげるようになった二月の日に、久しぶりに彼女は、ミハイロフスキー宮殿で皇帝と話した。暖炉では薪が小さく音を立てていた。燃える炎から目を離さずに話す。

「コンスタンチンは、反乱が始まるまでは、ポーランド王国にとって誰よりも上手くやったわ。それは私達にもよく分かっていたけれどね。今はすっかり根本的に状況が変わってしまったわ。今もし、軍事行動の後ろ盾も無く政治的に厳しい態勢をとらなかったら、考えるのは悲しいけど、ポーランドを失ってしまうわね」

「コンスタンチンは軍を指揮していますよ」――注意深く聞いていたアレクサンドルが応えた。

「残念ながら、目的を全部達成しているわけではなくて、時としてカオス状態に陥っているわ。彼の役柄じゃない、もっと厳しくなきゃだめよ。彼には無理よ、私たちでさえそう思うわ。ポーランド人を怖がらせるようでなきゃ。とにかく、徹底した対応が必要よ！」

「新しい総督を勧めますか？」

「いいえ、ただ、この混乱を鎮めるだけの人でいいわ。コンスタンチンは呼び返すのよ。アレクサンドラ・ヨシフォブナはロシアで出産するよう戻せばいい。彼にも子守の時間をあげれば良いわ。ポーランド人を鎮めるのに、誰か将軍から選びなさい」

そして、選ばれたのは、ミハイル・ムラビヨフだった。どっしりと太り、雄牛のように太い首をし、まるで小皿のごとき目玉をしていた。指は短く太く腫れぼったく、息苦しい息遣いをする、そんな男だった。相容れない改革の反対者で、さらにひどくは、農奴制廃止の反対者だったが、将軍は他の誰よりもこの役にもってこいだった。彼は退職していたが、生じた変化には満足しておらず、社会制度に生じた新しい変化のすべてを批判にさらした。これに関して皇帝は、第三部から報告を受けていた。

「こんな人がポーランドには必要なんだ」――近衛長官ドルゴルーコフ侯爵からの定期報告書で、ムラビヨフの報告を受けると、アレクサンドルは神妙に言い、ムラビヨフを直ちに宮廷に呼ぶよう指示を出した。


まもなく、本人がツァーリの前に現れた。

「ポーランド王国の出来事で、我が国全土が脅威にさらされている」――式典を行うきらびやかなホールで引見し、皇帝が発した――「全権を与え、秩序回復と暴動鎮圧のために、君を派遣する」

「陛下に、好奇心からお聞きすることをお許し願いたいのですが、大公コンスタンチン・ニコラエビッチはポーランド総督のまま留まられるのでしょうか？」――将軍は、兵士らしく単刀直入に訊き、眼を突きだし、皇帝をしかと見た。

アレクサンドルは少し顔をしかめて、

「それが何か意味あるかな？　何か心配でも？」

「騒動を起こす者をちやほやするつもりは一切ありません」――ムラビヨフは、ハッキリと区切りをつけながら言った――「動乱を根底から焼き尽くします。したがって、責任の重荷は、すべて私がとる所存です！」

「大公はしばしば離れてサンクト・ペテルブルグに戻る」――アレクサンドルはそう応え、さらに――「その間、君に全権を与える。革命家との親戚関係が、この崇高な任務遂行の邪魔にならんと良いが」

アレクサンドルがこう言ったのは、ムラビヨフの親戚の者が以前デカブリストのメンバーであったことに触れたかったのである。

「私は、絞首刑になったあのムラビヨフ家ではなく、自ら首をつった方のムラビヨフの親戚であります」――真っ直ぐ皇帝に視線を向けて、大声で応えた。

その応えに嫌な思いを感じた。アレクサンドルは、不快な気持ちよりも、べたべたと粘り気のある嫌な汚い物に触れてしまったような、もっと嫌な気持ちになった。目の前に直立不動で立っている将軍に憎悪を感じ、手も差し伸べず発した。

「ポーランドでの君の働きに期待する！」


ムラビヨフは働きをみせた。十万人の兵士を率い、数カ所で反乱部隊を壊滅させた。ガリバルディの側で、四年前に敗れたミロスラフスキーに代わった新指導者ランゲビッチも、ロシア軍に負けて、ポーランドから逃げたのである。

ムラビヨフは秩序を取り戻し、激しく荒れ回った。暴動に参加した者や暴徒と化した者は誰彼かまわず皆罰した。

鞭打ちの刑を与え、戦場裁判にかけた。裁判にかけられたほとんどが、ひと言、絞首刑の判決を言い渡された。

将軍はこれを評して言った、おどけではなく。――《私にとって良いポーランド人とは、吊るされたポーランド人だ》百姓、インテリ、聖職者、誰であろうと、また、如何なる階層の者であろうとお構いなく、絞首刑にし、牢送りにした。それをポーランド人の背後でコサックのノガイ人が口笛で囃したてた。とにかく、反対する者はすべて罰したのである。

2

サンクト・ペテルブルグは徐々に冬の装いを脱ぎ捨てていた。寒い日々はもうなくなっていたが、さりとて、陽光が冷え切った大地を温めるにはまだ早かった。いまだ芽吹いてはいないが、木々の枝で雀たちが明るいさえずりをあげている。水たまりをはじき飛ばしながら、覆いのない馬車が通りを駆っていた。

フランスでは、際立って暖かくなってきていた。エリーゼ宮の野はすっかり緑に覆われた。三月の初め、パーマストンとレフベルグが、ドゥルーエン・デ・ルイスに、あくまで外交戦略上ではあるが、ロシアに対する春の攻撃開始を提言した。

「我々としても、ポーランドに対する懸念について共同声明を発し、国民に対するロシアの激情を鎮める善意の忠告をせねばならんかと存じます」――パーマストンが述べた。

「警察のやり方のどれを見ても、合法性を証拠づけるものが何もありません。逆に、独裁と非合法の植え付けだと言われております」――レフベルグが相づちを打つ。

「したがいまして、彼らに対抗し、公に発表すべきかと」

「まったく、同感です」――呼びかけに応じ、ドゥルーエン・デ・ルイスが頷く――「ただ、一旦声明を出したとたん、実際により具体的な行動に移らねばなりません。振り上げた腕は、言葉だけでは支えられません。力を示すべきです！」

パーマストンはフランスの外務大臣の言葉に特別に反応して、――「ポーランド問題に関する共同宣言にアメリカ合衆国にも加わるよう申し入れませぬか？」

ロンドンから発せられた考えをドゥルーエン・デ・ルイスがボナパルトに報告したところ、皇帝は驚いて眉を上げ、

「アメリカに関しては、知っているだろうが、私にはまったく別の計画がある。リンカーンは我々の同盟者ではな

く、逆だ……」

「合衆国をポーランド問題に引き込む試みをしてはいかがでしょう。重要なのは、彼らに、我々サイドを支持する、と言わせることです。世界的な反響を呼ぶに違いありません！　その後で彼らに対するご自身の計画を実行すれば宜しいでしょう。何が問題でしょうか？　ポーランドに対するアメリカの政治的支持ですか？　外交的所作と評価しましょう。それで、もし、好都合な条件であれば、ワシントンはロシアに好意的だと非難しましょう……」

「それならば、誰がリンカーンに直接働きかけるかだ？」

「陛下の名前で書簡を作成します。希望的には、英国議会は反対しないと思います」

「うん、君はなかなか賢いな！　良い考えを思いついたな。よし、やりたまえ！」

パーマストンはドゥルーエン・デ・ルイスから密書を受け取り、同調して述べた。

「ボナパルトから直接働きかけさせればいい、しかし、書簡には、英国がフランスと完全に一体であるというところを表す必要がある」

フランスの申し入れは早速海を渡り、アメリカに届けられた。一方、ロシア皇帝には、ポーランドにおけるロシア国民の人権尊重に対して注意喚起を呼びかける、ヨーロッパ列強の書簡が届けられた。

アレクサンドルは、ヨーロッパからの書簡を手に取ると、ひどく憤慨して、

「奴らは、私に指図をしようと言うのか！」――そして、命令口調で、届いた書簡を手渡しに来たゴルチャコフに食ってかかった。――「返事を書け、きつい口調で！　政治的事項に関する列強のご意見は尊重し、協議の用意もあるが、我が帝国の国内事項に関してではございません、とな！」

宰相は直ちに形式的な返答を作成した。基調は外交辞令を保ってはいたが、内容は、一体何をご懸念でしょう、我が内政に干渉するのが貴方方の仕事ですか、というような皮肉が込められたものであった。

プロシャが再びロシアを支持した。ビスマルクはオーストリア大使との面談で、ポーランド統治に関する助言的な発言をこれ程まですばやく出して来たことについて、プロシャ政府は歓迎せず、それればかりか、プロシャは距離を置かざるを得ない、との理解を伝えた。

「競馬では、最初にゴールする馬に賭けるのであって、跳ねまわってコースから外れ、最初の周回からすっかり離れてしまうような馬に賭けたりはしません。それだけではありません。騎手が鞭を使うのは馬をコントロールするためであって、罰を与える武器として使うのではありません」

――ビスマルクはそう発言すると、さらに――「私が承知しておりますのは、ヨーロッパの競馬は、常にフランツ・ヨシフの興味を引いています。抵抗の印として騎手が鞭を使うのに反対すれば、レースで多額の儲けが得られると計算して、彼が儲かる賭けに加わるのを拒むとは思いませんん」

プロシャ政府宰相の発言は即座に政治的重みを持って、オーストリア皇帝に熟慮させた。

「プロシャはあからさまに指で仕草して、テムズやセーヌをハッキリと指示する必要はないぞ、と脅して来たわけだ」――シェンブールスク宮殿の豪勢な広間で外務大臣と応対していて、心配そうに話した――「君は馬の前に荷車を置こうとしたようだな。我が方は何も急ぐことはないのだぞ……」

「正直のところ、これほど激しい反応があるとは思っておりませんでした」――大臣は当惑して叱責を認めた。その書類を書いたとき彼が考えたのは、いかに英国に調子を合わせてフランス政府に自らの立ち位置を示すかであって、プロシャからの反応では無かった。

しかし今や、自分の誤算を認めざるを得なくなった。あたかも主人に過ちを咎められる犬の如く、忠実な眼で皇帝を見て、――「もっと注意深く行動します……」

「そうだ、いくら注意深くても邪魔にはならんぞ」――フランツ・ヨシフは頷く。――「耳をしっかりと立てておかねばならんぞ、ビクトリアだけでなくボナパルトに対しても同様にだ！　それと、あちらのことにはできるだけ首を突っ込むでない……」

まもなく、ゴルチャコフがステッカーからの報告をアレクサンドル皇帝の机上に届けた。そこには、シュアルド国務大臣からの機密情報を受け取ったと書かれていた。すなわち、ボナパルトがアメリカ政府に対して、三国でロシアに外交的圧力をかける提案をしていたのである。その書簡が伝えていたのは、その申し入れに対してシュアルドは次のとおりハッキリと断ったというのである。《自国のことで難局を迎えているという時に、また我が国の内的不調和に対する介入を拒否した時に、どんな権利があって、我々は他国のことに介入出来ましょうや？》公使からの手紙を二度読み返し、アレクサンドルはアメリカの官吏がした返答に満足し、紙面に奔放に一言書いた、《ブラボー！》。

高揚した気分で宰相に語る。

「シュアルド、上出来だ！　ボナパルトの額に真っ向から、他人のことに口出しするな！　止めておけ、と言ったんだ！」――そして、しばし黙すると、発した――「合衆国で起きていることに対する我々のポジションが正しいことが分かったな。君のアラスカに対するコメントと、あそこから引き上げることはまだ考え不足だな」

ゴルチャコフは応えなかった。応えようが無かったのである。いま皇帝を説得することなど、無駄だった。時が経って、必要な時がやってくれば、その時にこの問題に戻れば良い。宰相は黙っていたが、心の中では皇帝に賛成したのではなかった。

アレクサンドルからの返書、ビスマルクの言葉、そしてワシントン政府からの支持拒否。それらでフランス皇帝は一日中憂鬱な気分が去らなかった。ブルゴーニュ・ワインに触れもせず、夫人に、語った。

「アレクサンドルは革命の嵐で大敗したくせに、まだポーランド船の甲板に立っているが、わしは、アメリカが申し入れを断って来たからには、アメリカ海岸に向けて出帆するわけにはいかんな……」

エブゲーニヤは、背もたれに背を押し上げ、泡立つ赤ワインのグラスを回して、

「あなたは、アメリカに視線を集中すべきだわ。ポーランドの問題からアメリカへの道を敷く可能性を逃がさないようにね。もっと深く見てみないこと？　他のバリエーションも考えてみてはいかが！」

皇帝ボナパルトの眼にさめた疑念が漂った。

「君は何を考えているんだい？」

「ヨーロッパは全部貴方の支配下になくてはならないわ、そして世界地図が変わるのよ。フランス領アメリカ以外でも、フランス国旗がはためく土地が他にもあるかも知れないじゃありませんか」――グラスをテーブルに置くと、皇帝の顔をじっと見て、

「これをどうご覧になっていますの？　そこに心はお有りですか？」

「わしのハートは二人のご婦人のものだよ。君とフランスのね。君がよく知っているじゃないかね！」

「ええ、感じるわ」――とつけ加えてエブゲーニヤは可愛らしく微笑み、――「でも、聞いて。帝国を壮大にし、歴史に留めるには犠牲が必要よ、勝利よりもいっそう」

「なに、君はロシアとの戦争対決を暗示しているのかね。だがね、アレクサンドルとは今は戦いたくない」

「何もあなたが武器を持って戦わなくてもよろしいのよ、ただ、見せつけるだけでいいわ」――エブゲーニヤが応える――「大連合を考えてごらんあそばせ。オーストリア、英国、イタリアとトルコが加わるのですよ。東方戦線の連合を組織して、ポーランド解放運動に力強い刺激を与えるのよ。ロシアは抵抗しきれないわよ、たとえプロシャと二国で力を合わせたとしても。その条件を強いるのはあなただわ！」

「んん？　ちーとよく考えてみにゃならんな！」

皇帝の気分はすっかり変わった。これなら、ブルゴーニュ・ワインも良かろうとグラスを持ち上げ、有頂天になって夫人を見て乾杯した。

「愛する君の為に！　君は大臣皆を束にしたよりずっと賢いよ」

エブゲーニヤが耳打ちしたアイデアがすっかり頭から離れず、就寝前のベッドでも夕食時の話が続いた。

「なあ、新しい連合が実際にアレクサンドルを抑えて、わしの前に広い前途を開くだろうか……、君はどう思う？」

「もちろんよ！」──彼女は溜息をつき、彼の頭を抱いて自分の胸に引き寄せた。耳たぶに口づけし、──「ごめんなさい、このことは明日にしません。今日はすっかり疲れちゃって、休みたいの……。機嫌悪くしないでね、あなた……」


朝の陽光がボナパルト皇帝の寝室の窓を照らした。

「君が言ったことを夜通しずっと考えていたんだ」──エブゲーニヤがほどけた髪のまま、絹のシャツ姿で、ゆっくりと甘い眠りから目覚め、あくびをしてペルシャ絨毯に脚を下ろすなり、皇帝が彼女に声をかけた。

ゆったりとした寝衣を肩に掛け、背板に複雑な彫塑の飾り彫りがほどこされているベッド脇に立っていた。──「明け方になってようやく眼を閉じたよ」──そう言うと、夫人の手を取り、優しく彼女の唇に触れ、──「すべて考えたよ……」

「ええ？　それで何をお考えになりましたの？」──彼女は低い優しい声で言って、手を伸ばし、けだるく伸びをした。

「君の考え方には合理性の萌芽が在り、注目に値する」

「注目は考え方だけでは無いでしょう？」──コケティッシュに笑った。

「そう、そのとおりだ！」──皇帝は悦びの声をあげ、──「君はわしの最も魅力的な創造物だ！」

「でも、私たち、まだ小さくて可愛らしいのをひとつも創っていないわよ……」──小声で言って、絶望に満ちた悲しい眼差しを夫に向けた。

「そう気に病まないで、それも考えよう！」

「そして創るのよ……」

「もちろんだよ！　でも、夜でないとな！　昼間は、話の詳細を詰めるのに忙しい。君は本当にすばらしいことを思いつく人だよ！」

アバンチュール絵画のまっさらなカンバスに、美しくも奔放な思いつきに満ちたエブゲーニヤの頭で生まれた考えが、色彩を帯びて来た。画家はボナパルト皇帝自身である。世界の政治地図を作り変えようと、彼は次なる手を考え、止まることが無かった。いろんな国に目を向け検討した。統治者の評価、彼らの政治的愛着と志向の比較対照、調印済みの条約と合意書、ならびに軍事力の分析である。それで三日三晩が過ぎ、ついに絵が完成した。計画が出来上がったのである。

ドゥルーエン外務大臣の意見を聞いてみた。皇帝から話された計画に大臣は驚愕した。

「ポーランドの問題一つについてさえ合意は得られないというのに、陛下が提案されるのは、列強の利害を世界的規模で一致させようというのですか！　それは……」――言葉につかえながら、叫んだ。

「そのとおりだ！」――ボナパルトは、一向に意に介さぬふうに言いきる――「世界征服を目指すなら、もっと深くかつ遠くを見ねばならん！」

反対することも、反論することも無意味であることを理解している大臣は、懐疑的に小声で言う。

「最初の行動は」――最後のことばにアクセントを置いて、――「英国に歩み寄ることでしょうか？」

「いや、オーストリアだ」――ボナパルトが重々しく言う――「なぜなら、フランツ・ヨシフには、ガリヤの代わりにシレジアの地を提供するからだ。彼は、これを眠って見ているが、夢が現実となる。高価な贈り物として。しかし、それには彼は公然と支持せねばならん。重要なのは、ポーランドの独立という持参金つきで実際に私の側に立つことだ」

一方の手を背に回し、もう一方の手で軍服の上のボタンを押さえながら、かつて親戚が何時しかしたように、皇帝はホールを歩き回り、鏡の前で立ち止まった。鏡に映る、かくも偉大で炯眼な自らの姿を楽しむと、続けて述べる。

「オーストリアはシレジアを獲得する。しかし、ベネチアをイタリアに譲渡する。トルコ海岸のアドリアチックはフランツ・ヨシフに移る。我々がロシアから取り上げるチェルケシの港も受け取る。しかしながら、至る所どこにもフランスの存在がある。我が船隊は、いかなる港へも関税なしに自由に出入りできるようになる。フランスはすべての海域に海路を開くのじゃ」

大臣は圧倒されて黙っていた。ドゥルーエン・デ・ルイスは、それらの夢が実現不可能であることを認識していた。それぞれの実が熟し、その実を味わうことができるときには、プランそのものはみな好い。しかし、実がまだ青く熟していなければ、果汁もないし、苦く、とても食べられるものではない。皇帝が有頂天になって語っている彼の考えの成果を実行するなど、とても出来がたいのであった。

語り終えると、ボナパルトは鏡から離れ、大臣を見やっ

て、

「どうだ、この考えは？」

ドゥルーエン・デ・ルイスは、直答を避け、

「陛下のお考えを実行に移すとなると、すべてを確認せねばならぬかと……。ところで、ポーランドの出来事で、アメリカへの門が開こうとしております……」

「うん、フォルテ将軍がちょうどプルーブル包囲を開始したところだ。この町を押さえれば、将来的にはメキシコを降伏させることが出来るし、そこを拠点として、そこからフランス国旗をアメリカで掲げるために我が軍を送り込む！」――皇帝は熱情をこめて宣言した――「アメリカ国内の統一性は失われ、州間の戦争が我が軍の進路を清めてくれるぞ！　アメリカだけなど、最早魅力が無い！　いまや世界的に考えねばならん！」――少し黙って、続ける――「どうだ、わしの計画に加える委細を考えてくれ、それとフランツ・ヨシフへ送る一行のメンバー構成もだ」

皇帝の邸宅を後にして、ドゥルーエン・デ・ルイスは祈った。彼の冒険を実現するのに自分だけには頼まないでほしい！　と。　しかし、他に誰がこの役をできるというのだろうか……？

答え如何に今後の政治経歴がすべて掛かっていると分かっており、この問題で一日中苦しんでいた。だが、答えは突然訪れた。デブロス・デ・サリダペンを候補者に推したらどうだろうか？　彼なら、皇帝にも近しいし、時として皇帝の特別な依頼を遂行してもいた。ボナパルトは全幅的に彼を信頼していて、余計なことは一切言わず、微妙なタスクを遂行している間は、けっして思い付きは許さなかった。指令は完全に遂行した、寸分のズレもなく。したがって、外交の極秘の活動舞台では、忠実な犬と評価されていた。

候補者として、申し分なく思えた。これについては皇帝に仄めかせば良い。しつこくせず、進言するように言えば良いだろう……。

まもなく好機がやって来た。一昼夜の内にボナパルトは、前の晩に語った政治プロジェクトに再び戻って、

「どうだ、考えはまとまったか、誰をオーストリアへ派遣する？」

「陛下、昨日は実に正しい道筋をお示しになられました」――ドゥルーエン・デ・ルイスが手短に始めた――「しかしながら、それには、オーストリア内閣と極秘で話をする必要があります。何よりもまず、フランツ・ヨシフを納得させ、それから、英国に話し、その次に同盟を結ぶ他の国と話す、ということになろうかと思います」――真っ直ぐ皇帝を直視し――「従いまして、デブロス・デ・サリダペンをおいて他に適任者はおらぬのではと、思料致します……」

そう進言した後、皇帝の反応を待ちながら固くなってい
た。ところが、皇帝は予想に反して即座に賛成し、
「そうか、彼ならそれが出来るというのだな！　直ぐに交渉にとりかかりたまえ！」
大臣は安堵の息をついて、思った――「うまくいった！　これで自分はライン河に出かけて行く必要はない！」

まもなく、サリダペンが極秘ミッションを受けてウイーンへ旅立った。少し遅れ、四日後に、パリからオーストリア大使リハルド・フォン・メッテルニッヒ侯爵がウイーン入りした。彼は、著名な宰相の息子である。彼には、今回の謁見に先立ち、ボナパルトが自らの極秘計画を知らせてあった。三十四歳のこの外交官は、甚だ驚き、すぐさま、この仰天する知らせを持ってオーストリア皇帝の元へ発ったのである。


フランツ・ヨシフ皇帝は驚いた。その提案からは戦争の風が漂って吹いて来た、いや、それどころか、オーストリアを破壊してしまうかもしれない嵐だ。だが、彼は拒否しなかった。どうしてフランス皇帝といがみ合うことができようか？　出来るわけがない！　さりとて、戦争はしたくなかった。戦争、革命、そしてありとあらゆる自然の大激変から帝国を護らねばならない！　したがい、賢く立ちまわるべく考えた。政治は女の気まぐれ、どう変わるかわからぬ、と。それで、時間を引き延ばすことにした。そうすることしか手早く打つ手はなかった。メッテルニッヒ大使をパリに戻し、ボナパルトへの伝言を命じた。すなわち、フランス皇帝がめぐらした術策に最終回答を出すには、まだ、政治的ステップを精査せねばならなかったのである。

「よく考えねばならぬ」――メッテルニッヒが辞して執務室を去ろうとしたとき、彼は大使に手を差し伸べて言った――「良いな、私が言った言葉どおりに伝えよ！」

オーストリアの外務大臣はフランス皇帝の特使と面会をするとき、偉大なる大国との友好関係の確証を感じさせながら、蛇のようにくねくねと上手く逃れようとした。

「我々の国の絆は固く結ばれております。いついかなる時も、誰も壊せはしません！　まして、フランスは我が国にとって、ヨーロッパ国家家族の中の長女ですからね、言われたとおりに整列し、忠告に従いますよ」

ただ、特使がウイーンに持って来た極秘計画に関しては、宣言した。

「オーストリアはご提案の同盟を避けようとしているのではありませんが、軽率に行動することは望んでおりません」

大臣の言葉とオーストリア皇帝のポジションは、特使の胸にオーストリアが早急に支持してくれるという希望を抱

かせはしたが、計画に賛同するまでには行かなかった。特使派遣の結果に、フランス皇帝は失望した。

外務大臣を宮廷に呼び、叱責し出す。

「オーストリアから期待していた答えが得られなかったではないか。これはサリダペンの派遣に準備が悪かったように見えるぞ」

この発言にはドゥルーエン・デ・ルイスが直ぐに反応した。

「オーストリアは反対しているわけではありません。同盟を結ぶのにしばらく時間が欲しいだけなのです」

「それが唯一の希望だが」――皇帝が応ずる――「フランツ・ヨシフの決心の機が熟すのに、どれほど待たねばならんのだ？」

「それは、我が政策の積極性如何にかかっていると思います」――大臣はそう言ったが、冒険的な計画が外交迷路につかまって身動きできなくなったことで、内心安堵して、「それと、ポーランド事情とメキシコ遠征の結果にもですが……」

「つい最近のフォレイからの知らせで確信を持ったが、この夏、メキシコの拠点に遠征軍の追加要員を送る」――ボナパルトが遮って、――「これがアメリカへの新たな進軍の刺激になる。まもなく海路も開け、アメリカの海岸へ艦隊を送り込むことができる。そうすれば、陸路と海路の両方から作戦を実行できる。これについては、もう考えておける。重要なのは、フォレイが攻撃のテンポにブレーキをかけぬことだ」

「彼は軍人として十九年間、陸軍歩兵少尉から将軍にまでなった男です」――大臣が小声でためらいつつ言った。

「メキシコをわしの足下にひれ伏させれば、元帥にだってなれるぞ！　君はフランツ・ヨシフを放っておくな、突っつけ、ビクトリアもそうだ！　我々は、機を利用するんだ。オーストリアの返事を待って、手をつかねて座していてはならん！」

夜遅く床に就いたボナパルトが、エブゲーニヤにこぼして、

「フランツ・ヨシフは藪に隠れたぞ！　あいつから何が期待できるか分からんよ」

「気落ちすることはございませんわ」――大きな寝室の鏡の前で髪をほどきながら、夫人が応える――「大きな事は早くには成就しないわ。時が来ればあなたの計画が必要とされるのよ。忘れてならないのは、彼が反駁しなかったことですわ。当面はロシアを圧迫することね。ドゥルーエンに耳打ちしないと！」

彼は率先して、その通りに実行した。イギリスとオーストリアの外務大臣宛ての書簡で同じ趣旨が伝えられた。す

なわち、我が方のロシア・ツァーリに対する国民の権利尊重の願いは、単に忠告であったが、いまや権利の返還を要求せねばならない！

四月中頃、ボナパルトはロシアに書簡を送り、その中で、ポーランド人の侵害された権利すべてを返還するよう固執した。

ネバ河の河岸へのその書簡に続いて、テムズ川とライン河の河岸からも同様の趣旨で書簡が送られた。

「これはあんまりだ！」――外務省から緊急扱いで食卓に届けられた書簡を、朝食後受け取ると、アレクサンドルは憤慨し、ゴルチャコフを至急呼ぶよう命じた。

宰相は直ぐにやって来た。朝から謁見の為に宮廷に来ていたのである。その書簡については知っていたし、細かく調べもしていた。そればかりか、その書簡を自分自身ではないが皇帝に届けるよう手配したのも彼であった。政治の詭計で知恵が付いた老外交官には理解できた。書簡が、皇帝の否定的反応を呼び起こし、いきり立つことは明らかで、そうなると、どう対応して良いか分からず、予め基本的な対話の準備を整えていたのである。

「ボナパルトも彼の仲間もみな礼節の限度を超えておる！」――宰相が執務室に入るや、この言葉が彼を迎えた――「私は、たった今書簡を見たのだが、君は知っているのか？」――と、宰相を見た。いつもは青い皇帝の瞳は鋼鉄の色を帯びていた。アレクサンドルが癇癪を起こし、憤慨し極めて興奮している時はいつもそうなった。それをゴルチャコフには隠せなかった。

平静に、確信をもった口調で応える。

「陛下、内容は承知しております。これは通常の非難と脅しに違いありません……」

「その通りだ！　最初は非難し、今度は要求して来よった！」――終いまで聞かず、皇帝がいらいらして遮った――「彼らの邪魔立てにはもう我慢できない！　ポーランドは私事で、ロシアだけの問題だ！」

ゴルチャコフは、皇帝が話し終わるまで静かに待った。そして、話を先に進めるタイミングを見計らった。彼は既に次にとるべき行動を考えついていて、実際行動に移すのに予め皇帝の同意が必要なだけであった。アレクサンドルの神経過敏な状態の中で、彼がまともに話を聞くとは思えず、まずは平静になってもらわねばならなかった。そうした後でよく考えて政治状況を検討すれば、解決策は必ず見つかる、と宰相は考えていた。ましてや、ロシアには時間的優位性があり、国際舞台ではロシアに利があった。

「どうして固まっている？　口に水をいっぱい入れてしまったように。それとも、何も言うことが無いのか？」――皇帝が半信半疑に宰相を見つめて――「君、アレクサンドル・ミハイロビッチ」――皇帝は、応対のときに初めて彼を名前と父称で呼んだ――「ばかに静かにしているが、何か考えついたのか？」

「そのとおりであります」――ゴルチャコフはそう応えて、さらに――「彼らの悪意に満ちた態度には、慎重に答えましょう。謎を投じて、考えさせましょう！」

「それで分かったが、何か思いついたのだな」――アレクサンドルが急かして――「言ってみろ……」

「我々の方から、ポーランド人の権利という言葉で彼らが何を意味しているか建設的な説明を彼らに求めましょう。回答は永く待たねばならないと思いますが」

「彼らが乗って来ると思うかね？」

「はい、そうしたら、こちらから王手をかけます」――ゴルチャコフが断定する。

「アイデアはなかなか良いぞ、アレクサンドル・ミハイロビッチ。ただ、返事を書く際には、決してためらってはならんぞ。そこまで考えたのだから、口調はあくまで最後通牒だ！」――皇帝の眼に再び怒りの炎が燃えだした――「私にそんなふうな口はきかせない！　ロシアが立派に打撃に耐え、強大な力でお返しが出来ることを見せてやる！」

昼食前にアレクサンドルは弟と自分の執務室で会った。コンスタンチンは、彼と違い、気分が高揚していた。すっかり夢中になって、ロシア艦隊の軍備一新について話し始めた。

「蒸気エンジンと帆を合体させることで航続距離を数倍も延ばすことが出来る」――勝ち誇ったように発言する――「帆の方がスピードはかなり上だ。たとえば、フリゲート艦の速さは、蒸気であれば八ノット以下だが、帆であれば十二ノットまで出る。だから、大海原では帆の方がずっと良い。しかし、海岸近くの海戦や、凪の時に蒸気は不可欠だ」

「分かるよ」――アレクサンドルは頷き――「だが、どうして船はみな、くねくねと曲げたパイプのあるものを設計するのかね。現実に、機械の部分が増えて、複雑になればなるほど、損傷する可能性も増すではないか。我々が戦艦を造るのは会戦のためであって、艦隊のパレードが目的ではない」

「そう、そこが課題」――大公が応えて――「考案工夫の要るところですよ。パイプは帆の設置と操作の邪魔にならないようにしなければならない。そのためには充分な表面の広さが必要なわけだ……」

「君が艦隊の問題を徹底的に究明しているのは分かる」――アレクサンドルが遮って――「私は別のことに取り組んでいて、君と話したかったんだよ」――と弟を注視する。――「都に戻ってから数カ月になるね。ポーランドで起こっていることを内部からではなく、遠く外から視ている状態だ。であれば、何がしかの意見があるだろう？　それに、船だけが君の課題ではないからね……」

最後のフレーズで、皇帝は海軍問題を終わりにして、別のテーマに移らせようとした。コンスタンチンは唇を引き締め、考えに沈む表情になった。しばし黙っていたが、アレクサンドルを見やって、

「皆同じようではないが」——小声で小さく——「肯定的な時になったことは喜ばしい……」

皇帝は執務机に座り、弟が反対側に座っていた。弟の言葉に反応して、前のめりになって、——

「んー？　説明してくれ……」

「兄さんの勅令は蜂起の呼吸路を閉じて、ポーランド農民に土地所有を許可したので、彼らは反逆者への協力を拒むようになった。蜂起者は大衆大多数からの支持が無くなり、革命の衝動だけでは、外国からの援助も永くは続かないだろう……。そういう意味で、兄さんの決定は正しかったし、起こっている事態の雑多な集まりにうまく入り込んだといえる」

アレクサンドルは弟の話を聞きながら、満足して眉を上げた。

三月一日から、自らの勅令をもって、アレクサンドルは蜂起者に占拠されていたポーランド領地から農地の買い上げを許可し、その際、政府が補助金を出すようにした。それにより改革を早めることが出来たばかりか、農村層のかなりの部分を味方側に引き付けることが出来た。蜂起者は、民族的な反逆者であることを仮面で隠し、家畜や時には金銭を、実際には略奪で徴収し、交換にサイン入り受取だけを渡し、革命後に精算する、と約束しただけであった。そこへいくと彼、ロシア皇帝は、反対に、農民に希望を持って将来を見る可能性をもたらし、より良い生活への信念をもたらした。

「私が深く確信しているのは、ポーランドでの改革が普及すれば、蜂起の火をすっかり消してしまうが」——大公が断言して——「蜂起者たちは一対一でムラビヨフと残る。彼は決して蜂起者たちを放すことはない、ということ！」

ムラビヨフと聞いただけで、不満足の影が、というよりむしろ毛嫌いの影が皇帝の表情をよぎった。

「コンスタンチン、分かっているのかー、その名前を聞いただけで気分が悪くなる！」——兄は続けて——「将軍はまったく粗野で野蛮に振る舞っていた。まるで、自分の領地ではなく、敵国で敵に対するようにだ。彼にとってポーランド人は、あたかも戦闘で捕まえた捕虜のようだった」

「彼のやり方については、私も感心しないが、他に居なかったのでしょう」——コンスタンチンは手を広げて言った——「力には力で返す。彼は自分のやり方を知っていた

んです……」

「ああ、そうだな」――アレクサンドルが頷く――「そればかりか、蜂起を圧力で抑えるのは早く終わりにしなければならなかった。ポーランドの政治カードは、フランスと英国の負けさ、オーストリアも彼らに肩入れしたがな。見たか、私に送って来た書簡を！　今度はポーランド人から取り上げた権利を返せだと！」

「ゴルチャコフは何て？」

「返事を書いている。最初に、権利とは何かをお示し下され。その後、本文だ……」

「ポーランドは実際に、ヨーロッパが突いて来る痛い箇所になったね。しかし、この問題は片が付くと信じている」――そう大公は発言して――「私は、アメリカに対するフランスと英国の見方に悩まされていますよ……」

「また、そのアメリカか！　何度聞かされたと思う？　ゴルチャコフといい、君といい！　降参だよ！　私にはヨーロッパ問題で目一杯だというのに、君たちはロシア国境見直し問題で私を突いて来るではないか！」――アレクサンドルはかっと憤慨した。

皇帝の眼が光り出した。ふたたび不満のときの鋼鉄色の火が現れた。神経質に頬を痙攣させ、

「ポーランドの件で相談しようと思って呼んだのに、君はアメリカに話を逸らそうというのか！　アメリカが今内戦中であることは知っている。フランスがちょっかいを出してメキシコでの影響力を高めようと必死で、アメリカの領土を占領しようともしている。見ているし、理解もしているぞ。これからどうなるかは分からん！　敵が近づいていることに警鐘を鳴らすことは必要だが、パニックに陥って《助けてくれー》などと叫ぶでないぞ！　固執するばかりに私に決心を迫るんではなかろうね。それもよく確かめもせず、間違いかもしれないのにだ。私がアメリカの問題を知らないなどと、そんなふうに私を見るでない！」

「落ち着いてよ！」――コンスタンチンが発する――「これがそんなに憤慨させるとは思わなかったよ。単なる状況分析では、もし合衆国が分裂したら、アメリカはカードで造った家のように簡単に倒壊する。この時を、まず最初にフランスが、続いて英国が利用するだろう。我々は、アラスカとアレウート諸島のロシア領地をまもり、《ロシア・アメリカ社》を保護せねばならない。新たな軍事対立の周回に巻き込まれる。何故だ？　ここに問題がある。会社は収益を上げられず、逆に国庫負担が重くのしかかる。ロシアには土地は十二分にある。衰退することは無い！　もっと必要か？　自分の土地もまだ開発できていないのに、あちらまで……、海を越えて向こうまで乗り出すとは！」

「何を言っているか、そんな議論は止めろ！　ロシアはバルト海から太平洋まで無ければならん！」

「太平洋の向こうまでではないでしょう……。今持っているところを保持すれば良い！　予定した通り改革を進めなければならない。不器用に広げた手で行動することではない。さもなくば、意図した目的は達成できませんよ！」

――大公が熱く反駁した。

彼が兄にこれ程きつく反対意見を述べたのは、最近になって久しぶりだった。ただ、兄としてだけでなく、権力を有している皇帝に対しても、久しぶりだった。頭の中でアラスカを捨て《ロシア・アメリカ社》を閉鎖するという新しい推論を投げかけながら、黙って、返答を待った。アレクサンドルは椅子から立ち上がり、執務室を歩いた。立ち止まり、壁にかかった時計の大きな文字盤を見て、

「この問題を論議する時間にはまだなっておらんよ」――彼の動きを緊張して追っていた弟の方を向いて言った。

――「ロシア国境は揺るがないよ、アラスカもだ。今はな、強調するが、今のところは、我が領有にある。アメリカの内戦は、実際、深刻な心配をもたらしている。我々にとって有利なのは、友好的な合衆国と関係を持つことで、アメリカ大陸で相互に敵対関係にある国の集団とではない。ボナパルトとビクトリアをアメリカ海岸に寄せ付けないこと、これが我々の利になる、それがすべてだよ！　我々にはリンカーンの側に愛着があるが、利害関係をあからさまにして、しかも戦争のさなか、彼を支持することは出来ない。彼に援助をすれば、それはすなわち、フランスと英国の南部諸州支持の手を自由にすることになり、世界的な軍事対立に導くことになる。アラスカからの撤退は、誰の利になる？　ただ単にアメリカ沿岸から撤退するなどというのは、愚かなことだ。ましてや、民族的な対立があるのだからなおさらだ。アラスカは、政治的な計画の中で必要。ただ商業会社があるから、ということではないぞ」

アレクサンドルは、再び時計を見て、大公の方に向き直り、

「この問題は私が決めるので任せておきなさい。私は、何といっても皇帝なんだからな。むくれるな！」――弟の唇が不満で引き締まっているのを見て取って付け加えた。

――「我々は血縁上親戚だが、国家での役割は別々だからね……。さあ、食事にしよう。エレーナ・パーブロブナも来るよ。今日はいっしょに昼食をとるって」

内輪の昼食になった。皇帝は皇后の隣に座り、ペテルゴーフから来た皇太后はコンスタンチン大公の反対側に座った。途切れがちな短い会話だけで、皆はほとんどしゃべらず、ただ黙って食事した。テーブルに並べられた料理の間で、小さなスプーンの音や、ナイフやフォークが陶磁器の皿に触れる音がするだけだった。デザートの前になってようやく会話が始まったが、それから一時間にも長引く

ことになった。話されたのは、宮廷内のニュース、ロシアでの最近の出来事で、当然ポーランドのことも話題になった。話が及び、エレーナ皇太后の口からムラビヨフの名前が出ると、皇帝はとたんに顔をしかめ、

「彼については今日聞きましたが、相応の意見を述べました……」

「ああ、そう、あなたの気持ちはよく分かるわ」――皇太后が応える――「将軍は単純に、人間として嫌悪感をばらまいたわね。でも、これも仕方がないことよ。必要だったのよ。白い手袋のままでは歴史は創れないわ。もう少し待って、時が来たらムラビヨフを交代させましょう。今は、ちょうど彼が求められている時ですからね……」

3

マクスートフ中佐の本部への召喚に関するフルゲーリムからの要請に対して、待ちに待った回答が五月の初め、都から届いた。

「いやあ、もう直ぐ、お別れだなー」――受け取った手紙の内容についてマクスートフに説明をしながら、フルゲーリムが――「来年には私も家内と帰国する。何と言っても五年間の任期が終了するからね。アンナとエレーナは自分で連れて帰りなさい。しかし、サーシャ（＊長男アレクサンドル）は、この前言ったとおり、当面、我々と一緒に残していけば好い」

「フルゲーリム長官、何時支度をしたらよいでしょうか？」

「数日中にシトカから船が出る。デカストリまでそれで行き、そこからはサンクト・ペテルブルグへ向かえばいい。道中は短くないが、秋の初め頃には着けるだろう。一人じゃなくて、子供も一緒だから、お供に、水兵のステパヌイチをつけてあげるよ。彼はもう年配なんだが、なかなか家事まわりのことがよくできてね、祖国には彼自身に子供が四人いるそうだ……。彼自身コストローマから来ていて、任期が完了するところだ……。だから、きっと役に立ってくれると思うよ」

「何かとありがとうございます」――マクスートフは感極まって小声で礼を言う――「そうすると、今度お会いできるのは都ですね？」

「そうなるね。その時は、息子さんを向こうでひき渡すよ。その時までには、個人的な計画も落ち着いていてくれると良いね。子供には母親が必要だからなあ。ステパヌイチでは代わりは出来ないよ……」

十二日にノボアルハンゲリスクの港からコルベット艦《ニコライ》が出航した。甲板には、船の上部構造を興味

深そうに見ている娘たちに囲まれて、マクスートフが悲しそうに立っていた。船体の向こうに遠ざかって行く岸を悲しみの中で見つめていた。四年間過ごした。九カ月の息子を残し、近しい人達も残して去って行く。墓地のある丘が見える。そこには彼の愛も残したまま、彼の人生の一部、アデライダが葬られている……。涙が、濡れた一筋を残しながらゆっくり頬をつたって流れた……。

既に四月の末ゴルチャコフ宰相は、書簡に対する返答をヨーロッパに送った。その返答に署名しながら、毒々しい棘のあることを言った。

「どうだ？　ドゥルーエン・デ・ルイスとパーマストンが何を考えつくか見てみようじゃないか。わたしが造りだした状況からどう抜け出すかな？　レフベルグ（＊オーストリア外相）も悩んで額に皺を寄せることじゃろうて」

宰相が予想した通り、即座の反応はなかった。テムズ川の英国外務省も、ライン河とセーヌ川の当局でも、ロシアから提起された質問の答えを探すのに、すっかり書類の束に埋もれてしまっていた。事は、ポーランド人の権利、についてだが、それはいったいどんな、ということである……。各国外交官にしてみれば、ロシア外務省に送る合意書を作成するには、条件を確認し合意せねばならなかった。どんなにやってみたところで、時間は着実に経過した。その点で、ゴルチャコフの目算は誤っていなかった。すべての問題点を整理評価し、一つの意見にまとめるには、たっぷり二カ月間かかった。

初夏の月も中頃になった。皇帝は、都には時々出かけるだけで、ツァールスコエ・セローで休息していた。その時皇帝は、きまって宮殿に宰相を呼びつけ、最近の海外情勢について話し合った。ゴルチャコフはもっぱら自局の執務室で過ごしていた。ヨーロッパの政治バランスは常に変化するため、状況を絶えず注意深く観察していなければならなかったのである。

二十日の日、いつもどおり九時ころ省に出勤し、宰相は執務室に入った。通常通り、熱いお茶が出され、郵便物が持ってこられた。その中に、かくも長い間ヨーロッパの外交官たちが悩んで書きあげた手紙が入っていた。それを読み終わり、考えにふける。半時間ほど考えていたが、その間、お茶には手も触れず、すっかり冷めてしまったが、そのまま机に載ったままになっていた。ドアのノックで考えは中断した。秘書が入って来て、

「たった今、パリの大使から至急便が届きました」

宰相の机に封筒を置くと、指示を待って立っていた。

「わかった、下がっていいよ！」――ゴルチャコフが目を上げて秘書に告げた。

秘書が出て行ってドアが閉まると、封書を開けた。書簡にサッと目を通すと、直ぐに馬車の準備を命じて、

「皇帝に会いに行く！」

皇帝は既に一週間郊外に留まっていた。天気はめったにないほど好天だった。白い綿雲がゆっくりと青い大空に漂っていた。子供の頃のように、アレクサンドルは時折空を見上げ、驚くばかりの珍妙な形をした雲を見ては楽しんでいた。今日は朝から太陽が明るく照らし、陽光が暖かかったが、夏の暑さにまではなっていなかった。馬でしばらく走ったが、暑くなってきて、園亭に行き、読書に耽った。

彼は、アレクサンドラ・ドルゴルーカヤといっしょに過ごしていた。侯爵令嬢は、常々皇帝の眼を引き付けようとしていた。皇帝は表に出さぬようにしてはいたが、それは時には皇帝のいらだちをかった。彼女に対する以前の燃えるような情欲は今では感じておらず、正妻に対しても同様だった。アレクサンドラ皇后は都の宮殿に留まっていて、ツァールスコエ・セローをめったに訪れなかった。彼女は病んでいた。病気で節々が激しくひきつり、かつては紅潮して若々しく健康に満ちていた顔は、今では青白くなった。額の上の方に皺ができ、目の下に黒いくまが現れた。宮廷看護士が付きっきりで、医者の灯火が宮廷と皇后のお部屋への常連客になった。

薔薇の植え込みに飾られた園亭の丸いテーブルで、アレクサンドル皇帝は都から届いたばかりの新聞を読んでいた。網細工の椅子に腰かけ、アレクサンドラがフランス語の小説を読んでいた。より正確には、彼女は読書の振りをしていたにすぎない。ほとんど五分おきに、それより頻繁に、読書の手を休め、天気のことだとか、文学のことだとか、彼にしてみればつまらない、質問を投げかけた。これには煩わしくうんざりさせられた。今度は本を閉じ、彼女は眼を上げて彼を見て、

「アレクサンドルとアレクサンドラ。何か詩のよう、メロディーみたい。そう思いません？」

「君と私のことかい、それとも、私と皇后のことかい？」——彼は、新聞を持つ手を放さず、辛辣に答えた。

侯爵令嬢は、腹を立てて、

「そんなこと、比較にならないではありませんの！」

皇帝が彼女の方を向く。丸く大きな彼女の瞳が、稲妻のように、憤怒を飛ばした。彼から隠しようもなかった。《彼女の眼は猫のように緑色だったかなー？》——何となく思った。彼女は無邪気な穏やかな表情に戻り、

「私が言ったのは、もちろん私たちのことですわ！」

彼が返答する間もなく、ゴルチャコフが園亭に入って来

た。立ち止まり、埋めるように低く頭を下げ、

「陛下、お邪魔をしてまことに申し訳ありません！」

「済まん！」――アレクサンドルは侯爵令嬢に――「席を外してくれないか。深刻な話があるようだから」

「そのとおりでございます」――そう応え、宰相が手にしたファイルから、つい先ごろ受け取った書類を出して――、

「パリからの知らせです。フランスと英国とオーストリアの大臣が署名しております」

アレクサンドラは不満足の様子だったが、椅子から立ち上がり、園亭から出て行った。敷居のところで振り向き、皇帝を見て、

「お昼にお待ちしますわ」

「分かった！」――アレクサンドルはそう答え、宰相に向かって、

「まず、要点を話してくれ、それと評価もだ。書類は後で読む。さあ、座って！」

ゴルチャコフは、たった今しがた侯爵令嬢が立ち上がった椅子に腰かけた。

ファイルをテーブルに置き、上に手紙を置いて、

「簡単に申し上げれば、ヨーロッパの列強が合意書の草案を送って来ました。その中では、陛下が蜂起者に対し、完全なる大赦を宣言することが書いてあります……」

「何を言っているんだ！」――アレクサンドルが遮って――「私に反逆して銃口を向けた者を許さねばならんというのか！　そんなことがあるか！　それで？　続けてくれ！」

「彼らが申し入れておりますのは、政府のポジションにポーランド人を就けること、それに、信教の完全なる自由を宣言すること。それと、カトリック教の儀式の挙行に関する制限を撤廃すること」――宰相がさらに続けて――「それと、ポーランド語をロシア語と同様に公用語とし、ポーランド人の新兵募集を制度化すること。会議を招集して審議せねばならぬものが全部で六項目ありますが、招集するまでの間は休戦を宣言するよう提言しております」

「休戦だと？　誰と？　強盗どもとか？　私は彼らと戦ってなどおらんぞ。私は、自分の領土内で、国の法に基づき秩序回復をしているだけだ。彼らはそこのところを取り違えているぞ。手紙をこっちへよこせ！」

宰相が書類を手渡すと、皇帝は大わらわで取り上げ、本文に見入った。読んでいるうちにアレクサンドルの顔は、紅潮し赤い斑点で覆われた。神経質に髭の端をいじる。

読み終えると、手紙をテーブルに投げ出して、

「ボナパルトの手がハッキリ見えるぞ！　この演劇の監督は奴だ！　ビクトリアとフランツ・ヨシフに、主役と称して役をあてがったんだ！」

「まったく、そのとおりです」――ゴルチャコフが頷く。

宰相は、街から出かける直前に極秘の外交エージェントから受け取った最新情報は知らせずにいた。まずは、皇帝が公式に受け取った書簡を見てもらう必要があったが、それが済み、今度は順番が来た。

「本件に付きまして追加がございます」――皇帝を見て――「数時間前に我がフランス駐在大使から知らせをもらいましたが、それが私にはきわめて心配でございます……」

眉を上げ、皇帝が暗い表情で宰相を見て、

「なんだ、もったいぶらなくて良い、どんな知らせだ？」

「フランスの外務大臣は、ここに署名した皆に、提案を実現するのに何をするか、他の方法も含め意見を表明するよう提案したそうです……」

「なんだと？」――アレクサンドルが叫ぶ――「他の方法だと？　どういうことだ？」

「ボナパルトが、メキシコでの勝利を急ぐため軍事同盟を創ろうとしているのです……」

「何だと、また、アメリカか？」――アレクサンドルが宰相を見据える。

「致し方ございません、このテーマからは逃れられません」――ゴルチャコフは手を広げて言う――「メキシコが降伏するまではもう数えるほどしかありません」――さらに説明して――「プルーブルがもう直ぐ陥落しそうです、しかも、武力行使ではなくてです」

「ということは、いずれにしても、ボナパルトとビクトリアは私をアメリカから制圧しようと決めたのか？」

「どこからしても、そのようです」――宰相は、またいつものように皇帝が激怒し、この話題で責められるのではないかと心臓が麻痺する思いで皇帝を見ていた。何をどう話そうと、アレクサンドルは、アメリカ大陸におけるロシア領土に関しては、宰相と大公の意見には反対だった。

「奴らの危険極まりない計画を引き裂いてやる！　それだけじゃないぞ、ロシアの力を全世界に見せつけてやる！」――急に静かになって――「君は直ぐに返答を書くことはないぞ。よーく考えろ！」

ゴルチャコフは不可解に思いつつ皇帝を見た。それは正に瞳の中に現れていた。鋼鉄色の眼差しは跡かたも無くなっていて、青く輝いていた。顔の表情は自信に満ちていた。その通りだった。宰相が困惑しているのを見て取り、皇帝は微笑んで、

「何を驚いているのかね？　それだよ！　外交の抜き取り遊びはもう結構だ！　覚えているか、シュアルドがどういうふうにボナパルトを追っ払ったか？　しかも、正確に、きっぱりと？　私もそうする！」

「陛下、私には分かりかねるのですが。お訊ねしてもよろしいでしょうか、何をどうしようとお考えなのでしょ

う？」

「考えが一つある。アメリカに艦隊を送り込む」――アレクサンドルは固い口調で言った。

折しも昨晩、海軍当局から皇帝のもとにメモが届けられていた。その中でクラッベ提督が断定して述べていたのは、海戦の前例からして、大急ぎで武装したアメリカの私有船が成功したのは、敵の交易に甚大な損害をもたらしたからであろうと。

《したがって、――クラッベ提督が書いていた――イギリスが常にアメリカ合衆国との戦争を避けようとする理由の一つは、英国が過去の戦争で被った海上交易の損害が常に記憶にあり懸念しているからである》彼が提案したのは、ロシア艦隊をアメリカ沿岸に派遣すれば、それがヨーロッパ列強との今の交渉に根本的な影響を与えるであろうと考えたのである。

「しかし、それでは武力衝突になるかもしれません！」――ゴルチャコフは、皇帝の驚くばかりのアイデアに思わず叫んだ。ゴルチャコフは心配した。彼は英国とフランスの軍事連合を懸念し、クリミア戦争の結果が繰り返されるのを恐れたのである。

「それが嫌なら、ロシアに対するクレームの完全放棄と内政への不干渉だ」――アレクサンドルが宣言した。

「毒を以て毒を制するだ。我々は、外交の空事の応酬をあまりにも永くやりすぎた。もう、終止符を打つ時だ！　ロシアには安定が必要だ。国際舞台で尊敬を集めることが必要で、鎖を解かれた犬のように吠えることではない。この問題については明日、君と大公を呼んで話したい」

皇帝は昼食をとらなかった。サンクト・ペテルブルグへ急ぎ出かけるために馬車の準備を命じた。アレクサンドラ・ドルゴルーカヤは不満で膨れ面をし、

「アレクサンドルったら、昼食の準備が出来ているというのに！　何処へそんなに急ぐの？　何が急用なのよ？」

「ごめん、国の事で急用が出来たんだ、行かなくちゃならない！」――彼女に冷たく応えると、馬車に乗り込んで言った――「自然を楽しみ休んでいなさい！」

コサック騎兵の護衛に付き添われた馬車が動き出した。アレクサンドラは皇帝が、お供に連れて行ってもくれず、放っておかれたのに落胆し、夏の宮殿の階段のところに立ったまま遠ざかって行くツァーリの馬車の列を見送った。その後には土埃が舞い上がっていた……。

4

都に着いて、アレクサンドル皇帝は、海軍大臣のクラッベ提督に指示し、アメリカへの艦隊の進軍を詳細に検討さ

せた。

「貴殿のメモは、クラッベ提督、よく見せてもらった。貴殿はつねづね海軍構想に於いて勇敢さと、それにも増して傍若無人な大胆さで傑出しておりますな」——アドミラル（＊提督）を宮殿に呼んで、皇帝が言った。そして真っ直ぐ見据えて——「アメリカへ艦隊を送り込めるか、送れるとしたら、何時になるか？ これが、今の私が抱えている問題だ。艦隊を見せつけることは、お分かりのとおり、《ロシア・アメリカ社》の持っているアラスカの領土を護る我々の決意を示すことと、政権を握っている政府に意欲を示す行為です。それと同時に、ポーランド問題をロシアの威厳を保ちつつ解決できるのです」

「それは陛下、政治的な意義でございます」——アドミラルはへりくだって頭を下げて——「が、軍事的には警告になります。とりわけ、英国には。つまり、我が艦隊が彼らの海洋交易のルートをブロックできますから」

「戦略的にはそのとおりだ」——アレクサンドルは認め、明るく付け加えて——「ビクトリアと、それにボナパルト、二人の鼻を叩いてやるさ。関係のない余計な事に口出しするなとな！」

クラッベは、皇帝のような気分にはなれぬものの、落ち着いて続ける。

「報告致します。我が海軍局では艦船の出航と進軍の時期について割り出すのに一昼夜必要です」——さらに加えて説明する——「現在の配置を確認して計算し、巡航に向けて場所を特定せねばなりません」

「それは好い！」——満足し、よく響く声で皇帝が認めた——「それでは、引き続き提案を至急頼む」——別れに手を伸ばし——「アドミラル、貴殿の見立ては正しかった。武力衝突になれば、我々は英国とフランスの交易補給路を断つことができる！ ロシアに反駁して事を構えようとするのであるから、どうぞ、ご自分の勘定でということだ！」


翌日、アレクサンドルの元で、コンスタンチン大公とゴルチャコフ宰相を交えて打ち合わせが持たれた。大公には、宰相から、皇帝の計画について予め話されていた。今回の面談はいつもとは異なり、皇帝の執務室ではなく、広い蔵書室で行われたが、アレクサンドルは、今までになく抑えた調子だった。

「ゴルチャコフ宰相の意見は分かるぞ」——皇帝が発した——「今でもそのままなのであろう？」——宰相の方に顔を向けた。

ゴルチャコフは冷や汗が瞬時に出て、額に汗の粒が浮かび、動揺を隠しようがなかった。言葉を引き延ばしながら小さくつぶやくように、

「はい、陛下。現在の政治的相互関係において、まだ危険

にさらす時期ではないのではないかと。艦隊を送ることは、国際的にリスクのあることですし、どう展開するか分かりませんので」

「これが我が国の国家利益をまもる上で必要かどうかを問うたり、証明したりはしないぞ」——アレクサンドルはきっぱりと区切りをつけて言う——「しかし、一つだけ言っておくが、政治的関係と同様に、きわめて軍事戦略的にも見ねばならぬことだ。アドミラル、クラッべはこのことを理解しており、私は、彼の言葉に、この計画の現実的な側面を見ておる」

クラッべ提督が言及されて、大公は思わず緊張した。彼自身、クラッべ提督のことをよく知っていて、大いなる信頼と深い尊敬の念を持って接して来ていた。クラッべは四十九年間ずっと海の専門家で、彼の意見には必ず傾聴していたのである。

「君はどう思うかね？」——皇帝は半開きの目で弟を見て、——「賛成かね、それとも、宰相と同じく反対か？　彼からもう私の計画について聞かされておるだろう？」

「ええ、知っています。魅力的な案ですが、政治的イメージに禍を招くのではないかと、懸念します」

「そう、正にそこで勝ちを取るんだよ。ビクトリアはポーランドが為に商業関係を犠牲にしたくはないさ。自分のことが第一。ボナパルトにしても、一人残って我々に武器を向けては来ないだろう。決定の機は熟している。確認するかどうかだけだ。それは、艦隊の準備如何にかかっている。クラッべから報告が上がって来ることになっているが、君の方でもねじを巻いてくれ。あなた方二人の双肩にかかっているよ」

「戦艦の航海準備は基本的にできていて、遠洋航海にまったく問題ありません。ただ、何処から出航させるかを決めるだけです」

「よろしい、それじゃ、君も艦隊を送ることに異存はないな。近いうちに、我が艦隊の船首が大海原を切って進軍するのを楽しみにしているぞ」

宰相は、皇帝と大公の会話には加わらなかった。皇帝の決心の度合いを信じていたし、考えを変えるよう説得できるとも思っていなかったのである。再度主張しても、結果は皇帝の計画に利するとは思えず、我が身大切で黙っていた。

話し合いが終わった。蔵書室を出ようと、大公の後に続いてドアのところまで来て、ゴルチャコフが振り返ると、アレクサンドルは、地理の本が整然と列に並んだ書棚のところに立ち止まっていた。《そうか》——思わずため息をつき、思った。——《皇帝の心はすでに来るべき遠征航海のことでいっぱいなんだな》

遠征航海への思いがアレクサンドルから去らなかった。夜、しばらく蔵書室に座っていた。部屋の隅には父が残した鉄製の寝台が置いてあり、もう一方の隅には事務机があって、壁に家族の写真が飾ってある。大きなテーブルに座り、元老院から上がって来た書類を物思いの中で見ていた。書類の中身は各郡の財政状況に関するものであったが、示されていた数値や導き出された結論などは、実際のところ分かっていなかった。とにかく、あの計画のことで頭がいっぱいだった。

音も無く静かにドアが開き、アレクサンドラが入って来た。彼女は、独りに放っておかれた寂しさにツァールスコエ・セローからすっ飛んで来た。彼に歩み寄ると、反対側に腰を下ろし、

「ずいぶん遅いですわ、もうお仕事をお辞めになったらいかがですか？」

アレクサンドルは頭を上げた。呼びかけが聞こえなかったように、半信半疑で彼女を見た。侯爵令嬢は前に体を伸ばし、おどけて目でねだるように、

「どうしてそのように怒った無愛想な顔をなさっていますの？」

ときどき彼女は、彼をふさぎこんだ状態から抜け出させるのに成功していた。今回もしかり、女の勘で、何か重大なことが起こっているのを感じ取り、探りを入れた。もし、それが国のことであれば、それはそれで良しとするが、そうでなくて新たなる恋情が現れたのであれば、止めねばならないと考えていた……。

彼女の問いにアレクサンドルは、何か訳のわからぬことをつぶやいた。

「奴らに馬鹿を見させてやる……」

そう言って、また笑った。彼女は彼がまだ書類を見ているのであろうか、と考えた。

彼女は驚いて彼を見て、ひょっとして、頭がおかしくなったのではないかとも思った。そうしたことが起こることがあると、本で読んだことがあった。心的な体験や、遺伝的な病気で現れることがあるらしいが、どれもこれも皇帝には当てはまりそうにない。ツァーリの家系からくる遺伝的な線は、男性により頻繁に現れる、女性に対する快楽追求にあった。侯爵令嬢は気が治まって席を立った。

「お忙しそうなので、お邪魔はしませんわ！」

静かにドアを閉め、気遣って出て行った。皇帝に何かが起きていることは分かった。近づかない方が良い。宮殿内の女性の取り巻きには、注意を払ってよく観察しておかねばならなかった。

海軍局長との会話から一昼夜も経たぬうちに、クラッベ提督から、この上なく忠実で従順なメモが宮殿に届けられ

た。

クラッベが書いてよこしたのは、アメリカへは二つの艦隊を送り込むのが目的に適っている、というのである。一つは、アトランチック艦隊で指揮官はレソフスキー少将、もう一つは、太平洋艦隊でポポフ少将を指揮官とする、というものである。しかも、レソフスキーの艦隊は直接ニューヨークに送り込み、ポポフの艦隊は、英国とフランスの交易船をブロックできると予想されるルートに集中するのである。英仏艦隊との軍事衝突が始まる場合を考え、両艦隊には戦略的に有利な退却路を確保しておくのである。《今回の遠征計画の政治的な意義は》――クラッベは強調した。――《ロシアは脅される立場から、直ぐに脅す立場になれるという点で評価される》

《これが正に必要なのだ》――アレクサンドルは満足をもって認めた。クラッベの提案は艦隊を合衆国に送り込む意味を確認していた。《この遠征でボナパルトもビクトリアも、ロシアのことには干渉出来なくなるであろう。ポーランドに関する自分たちの見方を引っ込めるだろう！　艦隊の訪れは合衆国との友好を深め、目下国内対立で分解しつつある国家組織をまもるのに、リンカーンにチャンスを与えることになろう》――と彼は考えた。――《そればかりか、世界にロシアの重大さを顕示し、かつ、国際的権威を高揚する》

クラッベに、皇帝との謁見に宮廷に上がるよう指示が出された。

クラッベは間をおかず宮廷に現れた。ちょうど一時間後、あたかも皇帝からの招へいを待っていたかのようであった。

「クラッベ提督、遠征の意義と具体的な実践方法に関する貴殿のビジョンは、まことに喜ばしい、嬉しく思うぞ」――クラッベが執務室に入って来るなり、皇帝が話しかけた。――「貴殿に来てもらったのは、いくつか遠征の詳細を確認したいからだ」

「私は遠征艦隊を二つに分けたいと思います」――海軍局長はきちんと報告し説明する――「目下、みな航海中でして、新たな進路を示して配置換えをすることが出来ます」

「今回の遠征に向けて特別に準備・強化した艦隊にしないのは何故かね？」

「まず、バルチック艦隊を準備しクロンシュタットから出航するとなると時間がかかります。しかも、配転にかかる費用もばかになりません。私が理解しますに、事は急がねばならぬということ、しかも、重厚な仕立てにせねばなりません。そのために、私が進言しますのは、私の通達で即座に対応可能な二つの艦隊であります」

「指揮官に行動の自由を与えようというのかね？」

「はい、陛下、その通りであります。しかしながら、あくまでも与えられた課題の範囲内でございます」

皇帝は、考えながら執務室内を歩きまわった。何か、ひとつ考えがひっかかっていた。すべてきちんと考え尽くしたか、計算しつくしたか？　どんなに小さなことでもい い、ひょっとして見落としてはいまいか、考慮したか？　小さな問題で気にもならぬようなことが、後で致命的役割を担い、重大事に転ずることもあるのではないか？　何が起こらぬとも限らない。皇帝が立ち止まり、クラッベを注意深く見て訊ねる。

「提督、他に付け加えることは？」

「陛下、私が思いますに、この遠征は極秘裏に行うべし、ということです。相応の地位にある者たちにさえ知らしめてはなりません、ましてや、在外公使・大使にも知らせるべきではありません。そうすることによって、挑発行為から護り、非友好国側からのさまざまな否定的行動を防ぐことができます」

アレクサンドルは、その言葉にすっかり気が晴れたのを感じた。

「正に、これが心配だったのだ。これが為に遠征艦隊計画に最終的な確信が持てずにいたのだ、――極秘に送り込む、これだ！　貴殿のコメントは的を射ているぞ、提督。極めて軍事戦略的だ！」――有頂天気味にアレクサンドルが発言した。――「それで行こう！　ただ、ワシントンにおる我が大使にだけは知らせる必要がある。彼には、いつアメリカ政府に、我が艦隊の友好的寄港に関して伝えれば良いか、知らせねばならん」――それで関心をもって、――「進路転換までに何日かかるか？」

「アメリカ到着時期の計算ですが、レソフスキー少将の艦隊であれば、九月末か十月の初めだと思いますが、正確には難しいところです。何と言っても天候次第ですので……」

皇帝は、しばらく黙りこんで、考えていたが、クラッベには腑に落ちないながら、こう言った。

「つまり、三から四カ月……、外交的決闘のためにゴルチャコフに艦隊を届けよう、だが、最後の発砲は私のためにだ」――クラッベに手を差し伸べ、――「いや、より正しくは、貴殿のためだよ、提督！」

勅令により

1

ネバ河の河岸から、太平洋と大西洋で水を切って進んでいるロシア艦隊に向けて、海軍当局から極秘の通達が飛んだ。艦隊の遠征は極秘に保たれた。クラッベ提督からの指示を受けてもポポフ海軍少将は、驚きはしなかった。政治的状況によってロシア政府が示す反応に呼応して展開される海軍行動の舞台では、何時いかなる時であっても戦力の移動・配転が当然生ずるのであり、さもありなんと、密かに待っていたのであった。太平洋の新鮮な空気の中に、みな、迫りくる軍事対立の嵐を感じていた。艦隊司令官にとっても、これが正に、不安でもあった。

すでに五月、上海港に寄港した時点で、彼は、地元新聞から当時のニュースは知っていた。ポーランドが荒れていた。ヨーロッパ諸国は、ポーランド住民の権利を侵害したと、ロシア皇帝を責めていた。アメリカでは、内戦が激しさを増していた。メキシコは、スペインに支援された英仏遠征軍の侵入で、降伏の瀬戸際にあった。シナの新聞はどれもこれも、ヨーロッパ列強が対ロシアの戦争を始めるのは、もう避けられない、という観測記事で埋め尽くされていた。

港に停泊中の大英帝国やフランス国旗を掲げた商業船のロシア人水夫や乗組員をわだかまりの無い公正な目で見ると、彼らの眼差しには、明らかに緊張感があり、敵意さえ時折感じられた。それらがみな少将の不安をあおり、将来起こり得る出来事に考えを巡らせるのであった。それは、絡んだ政治の糸球を解きほどきながら、この大洋に急展開するのである。

《戦争が布告されたら、我が戦艦はシナの港に四方から押し込められるであろう。何といってもフランスや英国の船は自由に入港できるからな》——そう結論づけるや、急ぎクリッパー《ガイダマック》に軍艦旗を艦隊の旗艦船とすべく移させた。ベースとする場所を選ぶべく思案の後当直士官を呼ぶと、命じた。

「コルベット艦《ノビーク》と《カレバーラ》に伝えよ、本艦は錨を上げ、日本の北岸に向かう、後に続き戦闘態勢に入れ、と！　向かうは函館港だ。そして全艦に伝えよ、直ちにシナの海域を出ろ、と」

彼は、自分の執っている行動は正しい、と信じていた。

第一、シナの港では無線通信が英国側の手中にあった。戦闘開始となれば、その知らせは、まず、海の支配者英国の艦船に、そして彼らの同盟者であるフランス勢に伝えられるに違いなかった。突発するとなれば、彼らの側に分があった。したがって、艦隊の全艦船を一塊にまとめて、出来るだけ有利な場所へ移動し、来る南の海域への進軍と、万が一の戦闘に備える必要があった。

艦隊の司令官ポポフ・アンドレイ・アレクサンドルビッチは、三十六年の経歴が有り、この責に任じられたのは二年前だった。乗組員には海事の仕込み、とりわけ海戦の準備に注意を注いだ。《演習時も艦砲射撃時にも全員が正確に相互作業をすること、発砲開始後、最初の数分・数秒で敵艦を破ること、これが戦闘勝利の基礎だ》――彼は、これを、指揮官たちの訓練と艦船の点検で、幾度となく強調して来た。

艦隊司令官の船に届いた海軍局長からの極秘通達を読み、日本の港でじっとしていた艦船の船長達を招集して述べた。

「我々が磨きあげて来た海戦技術が、間もなく、我が皇帝に必要とされる時が来る」――と彼は言い放つ――「用心深さと高度の警戒を要する極秘の命令が届いた。太平洋沿岸に在る英国、フランスとオランダ、それとデンマークのすべての植民地の詳細情報を集め、状況を記述しろとのことだ。また、彼らの艦船への補給の重要性の度合いも調べ、弱点・もろさを把握し、いざという時には極力少ない力で最大限の損害が与えられるよう調べ上げろ、との指示である」

士官たちは、司令官の説明に集中して聞き入った。太平洋南海域の航海が別の意味を持っていることを理解した。いまや、航海は、迫りくる武力衝突に向けての諜報活動が課題となったのである。

「情報の収集には個別の艦船を分遣する」――少将が続ける――「残りの艦船は、諸君、伝えておくが、食糧補給のためにニコラエフスク・ナ・アムールへ向かい、その後の行動に関し確認する」

七月の始め、艦隊はニコラエフスク・ナ・アムール港に寄港し、サンクト・ペテルブルグからの新たな指示を待った。その際、場所も時も具体的に指示されておらず、全体として自ら想像し考えを巡らせるだけだった。決定権は状況からしても責任からしても、少将の肩にかかっていた。

クラッベ提督が書いてきた。ポーランドでの反乱の結果、対外政治情勢が変化し、宣戦布告の知らせを受け英仏が軍事力を展開するようになれば、敵国が占拠している弱点へ戦艦を差し向け、かつ、敵国の海洋交易路に損害を与える必要が出てくる。さらに、指示書には、アメリカ沿岸へ進路をとり、適当な港に艦隊を集結せしめよ。そして、軍事行動が開始されたときには、《皇帝と祖国の名誉にかけ、威厳と誇りを持ってロシア国旗を護れ》とあった。

ポポフは指令を受け取るや、進路変更の準備にかかった。戦艦の艦長たちを招集し、きっぱりと言い渡した。

「諸君、航海準備に入ってくれ。状況は我々の早急なる出立を要している。行き先は追って指示する。時間的余裕はない。即刻、武器弾薬、食糧、燃料の積み込みにとりかかってくれ。機械修理が必要なところは、大至急直せ。乗組員の上陸は許可しない。水兵の解雇は中止だ。仕事の進捗と船倉への積み込み状況は毎日報告するように！」

指示を出した後、自分はこれからの進路を思いめぐらしながら海図のチェックにとりかかった。状況と受け取る課題に即してコース取りと停泊地を決めねばならない。海戦勃発時に英仏の交信を麻痺させるには、何処に艦隊を集めればよいか？　この問題が一番心配であった。頭に思い浮かぶあらゆる論拠を細かく勘案し、答えを探した。スペイン、ポルトガル、オランダの各植民地の港は、意図した目的には適っていないので、すぐ消去。メキシコでは、武力衝突が行われており、そこへは行けない。英仏が最初に開戦の電信を受け取れる可能性のある港を選ばねばならないが、そうなると、そうした可能性のある残る港は合衆国の港だけだった。

《サン・フランシスコなら、電信があり、艦船の集積にも食糧の調達にも適していて、内戦の炎はカリフォルニアまでは届いていない》──少将はそう判断し、海軍省宛てにクラッベ提督への上申として書面で報告した──《このアメリカの港に行くことに決定しました》

艦隊の出航準備は短期間に完了した。まもなく、艦隊は彼の指揮の下に、太平洋の大海原に向けて、極東の港を船尾の向こうに残し去った。前には、広漠とした大海があるだけだった。そして、水平線のかなたに急ぐ艦船は、巨大な波の衝撃に右へ左へと揺れる木端のようだった。遠洋航海の日数は定かでなく、いつ終わるか分からなかった……。

ポポフが自分の状況判断で行動するよう指示されていた一方で、アトランチック艦隊のレソフスキー少将は、ニューヨークへの進路をとるよう初めから指示されていた。進軍は、指示書の文面にあるごとく、《目下予想される西側列強との戦火に備えて》進めねばならなかった。

「課題は分かるが」──司令官は指示書を読みながら嘆く──「敵と遭遇し、海軍省が予告している如く戦火を交えるとなると、我が艦隊には武器弾薬が充分に無く、食糧もほんのわずかしか無いぞ」

「閣下」――旗艦船の艦長が考えを遮る――「通達によれば、補給はアメリカへ派遣されているクロウン中佐が行う、となっておりますが。彼にはワシントン駐在の公使に援助を受けるよう伝えられております」

「ああ、分かっている、当然だ」――少将が頷き――「だが、問題は、アメリカまでたどり着かねばならん、ということだ！　もし、途中で戦うことになったらどうする？」

司令官の質問は宙に浮いたまま、答えが続かなかった……。

艦隊は、武器弾薬も不十分なまま、指示書の非を認めながらも、合衆国に向けて舵を取った。旗艦船のブリッジでは、レソフスキーがしかと遠方に目を凝らし、英仏船に出くわさぬよう、そしてアメリカ大陸の沿岸水域に早く入るよう願っていた。

大公と宰相の同席のもと、呼び出したクラッベ提督から艦隊がアメリカ沿岸に向けて出発した報告を聞き、皇帝は、抑えた口調で言った。

「さあ、そこでだ、これから注意をせねばならんのは、戦艦の通過だけでなく、ロシア皇帝アンドレイ国旗を見たヨーロッパの反応だぞ」

皇帝の言葉に、ゴルチャコフ宰相が即座に応えて、

「陛下、脈を取りましょう。まだボナパルトもビクトリアも眠っているでしょうが、目覚めたら、目に見えるようですが、彼らにとっては、どえらい酔いざましになると思います」

「ゴルチャコフ宰相、つい最近のアメリカからの知らせだと、リンカーンがかなりの勝利を収めたそうだ。北部軍はペンシルベニアで勝利したところへ、今度は我が艦隊が行くのだぞ……」

「戦争勝利は政治的にも見違えるように堅固になることでしょうな」

会話に大公が加わる。

「私見ながら、ペンシルベニアとありましたが、ゲテスバーグ郊外での戦闘が、私の考えるところ、軍事対立の転換点でしょう」

アレクサンドルが関心を持って弟を見て、

「コンスタンチン、説明してくれないか。この点、我が総本部は何も言っていないが」

「低能だな」――大公はいら立って返答した――「将軍連中はもう何カ月も書類をひっくり返しながら、何をやっていたんだ！　私なら、役立たずの数人はとうに首にしていたんだがね……」

「おっ、興奮したな」――アレクサンドルが平然と――「私も前は同じ意見だった。将軍たちを一新せねばとも考えたよ。でも、まあ、よく考え、ゆっくりとやらんといかん。

ている。で、どうだ、君が思うには秤の皿はリンカーンの方に傾いているか？」

「そのとおり！　ロバート・リーが最高評価をしていたうちの一人、ピケット将軍の師団をワシントンが一部粉砕したんだ。それで、合衆国政府は、北部の社会的支持を得ることになった。軍事計画的には、南部はこの敗戦を機に、立て直すのが難しくなったというより、不可能になった。ワシントンの側は、資金的にも産業資源的にも優位にあり、結局のところ兵士の数も勝るようになった。もし、リンカーンが正しく采配すれば、彼の勝利は間違いない」

「ステッカーは何と言って来ている？」――アレクサンドルは宰相の方を向いて訊く。

「ステッカー公使の評価はもっと抑え気味です」――ゴルチャコフが曖昧な発言をする――「軍事的な予測は立てないようにしていますが、政治的には、我が艦隊の到着は、報告に書いているとおり、肯定的な影響がありそうです。合衆国の国内ばかりか、国際的にもです」

「将軍たちを内閣に呼ばねばならんな」――宰相の話を注意深く聞いていたアレクサンドルは、弟を見やり、

「レソフスキーにもポポフにも伝えねばならん」

「指令を送りましょう」――大公が頷く。

「提督」――アレクサンドルはクラッベを見て、――「覚えているか、艦隊の到着日に関心があって私が訊ねたとき、貴殿はおおよその期間を言ったが、今度はどうだ、具体的に言えるか？」

「はっ、九月二十日の終わり頃になります」――海軍局長クラッベ提督が端的に応えた。

「上出来だ！」――皇帝はそう言うと、居合わせた全員をしっかりと見まわし、――「秋には、ポーランドにおける我がポジションを固めて、ヨーロッパ列強の拡張策を潰滅せねばならん」

2

ゲテスバーグ郊外の戦いでの勝利に十日間もワシントン政府は陶酔していたが、ようやく醒めた。起こったことを冷静に考える時がやってきた。リンカーンは、結果的に勝利を得たにもかかわらず、物思いに沈んでいた。将来のことを思い巡らせながら、あらゆる面を比較検討した。経済的なこと、財政面、社会的力の配置や一般大衆の気持ちなど。分析結果はまったく気に入らず、期待した結果をもたらさなかった。何か予防措置を講じなければ、ペンシルベニアでせっかく得た勝利が灰燼に帰してしまうかも知れなかった。したがって、勝利を確固たるものにせねばならなかった。しかし、それは如何なる力で、どの方向へ？　そ

ればかりか、純粋に軍事的な問題以外に、産業や商業の復興と立て直しに日々の注意を払うばかりでなく、国内政治の流れを見据え視界から逃さぬようにせねばならなかった。そのすべてには力と時間が必要だった。とりわけ、その時間が決定的に足りなかった。

リンカーンは執務室で毎日遅くまで働いた。作成された書類をチェックし、郵便物を読み、議員と会い、銀行家や産業界の代表者、また、将軍たちとも会った。それだけではなく、絶えず公衆の面前に立たねばならなかった。演説には、常に、周到に準備をせねばならない。毎回、何か新しいことを取り入れ、状況変化に反応し、起こった事柄への評価も加えねばならなかった。

彼は大統領だった。彼に対する期待が大きく、彼のことばに皆聞き入った。彼はのしかかる責任の重荷を感じており、自分自身では明確に割り切っていた。すなわち、国の単一性を堅持するには厳格さが必要であると。なぜなら、それは発達の速度を加速する産業と、合衆国が世界的影響力の軌道に乗り出す志向性によって示唆されていたからである。それと同時に、荒れる議会の流れの中を常に上手く立ちまわらねばならない。そこでは極端に異なる意見が交わされるが、すべてに於いて妥協的な線で決められ、さまざまな社会層の生活や利害で、揺れ動くのである。

六月二十日、リンカーンはシュアルドと意見を交わした。

「ウイリアム、私には、ゲテスバーグでのせっかくの勝利を手中から逃がしてしまっているように思えてならない。私が優柔不断であるばかりに、将軍たちはリーに退却の可能性を与えてしまった。追撃せずに、彼らに負わされた傷口をなめ始めておる」

「ええ、攻勢を強めた時点で北バージニア軍を壊滅出来たんですが」――そう認めて国務長官がコメントした――「しかしですね、我が方に更に進軍する兵力が有りましたか？」

「何を言いたいのだね？」――リンカーンには理解できなかった――「我が方は、南部連合軍の七万五千に対して八万八千だったのだぞ。兵力的には充分優勢であったではないか！　リーを破って、追撃出来たはずだぞ」

「一つ重要な点は、我が方は三千以上が死亡し、一万五千くらいの怪我人で、五千人くらいも何処に居るか分からない状態でしたよ」

「何処にだと……？」――大統領は驚きを隠せなかった。

「真実を見なければいけませんよ、アブラム。これほどまで大勢が脱走したんです！　それと、これも事実、脱走したんですよ。武器を捨ててか持ったままかは知りませんが。我々は、他でもない、あなたと私は、これを理解しなくてはいけませんよ」

「ジョージ・ミド司令官からの会戦メモだと、行方不明者になっているが……」

「分かっていませんねえ、アブラム。こんなに大勢が行方不明なんてことがあり得ますか？　五十人、いや二百人なら、いざ知らず、五千人ですよ、しかも一つの会戦で……！」

「ウイリアム、何が言いたい？　これは何を意味しているんだ？」

「たった一つです、戦いたくないんですよ。第一に！　戦闘行為で人気が上がったためしがない。今の状況ではこれは二番目になりますが、大衆には我が方の戦争の目的がはっきりしないんです。ほとんどが賃金稼ぎのために武器をとっているんだから。まったく悲しいことですが、事実ですよ」

「君の言葉は重苦しく響くよ……」

「いえ、それほどでもないです」——大統領の悲しそうな眼差しに、シュアルドは宥める口調で説明する——「同じくらいの人数の脱走兵がリー将軍の元でもあるらしい。したがって、容易に説明できる数字です」

「慰めにはならんね。君の結論は何だね？」

「皆が戦いに迷っていると言っている、南部軍も、胸に手を置いて、我が方でもそうです。アブラム、周りを見渡してみて下さい、偏見のない公平な目で見て下さい。ニューヨークとボストンのあの緊張から息をついで、まだわずかひと月しか経っていない。あそこでは破滅に至るのかと動揺したではないですか……」

三月、議会は北部軍の軍役に関する法律を採択した。男性は年齢資格で兵役に徴兵され、各州には州ごとの徴兵の割合が決められた。しかしながら、一定の額を払うことによって兵役義務は免除された。ドルを持っている者は当然ながら金を払って免れた。貧しい層の人達は招集所に行かねばならなかった。そのほか、軍には法的に揉め事を起こした連中が殺到した。ペテン師、こそ泥、強盗、警察から捜索依頼が出ているような者たちである。彼らには、兵隊の軍服の下に身を隠し、警察の追及をかわす絶好のチャンスが降って湧いたのである。兵役への募集選考は不満を呼んだ。七月、ニューヨークで自然発生的な暴動が起こった。招集所が破壊され始め、役所が放火された。無法の波が街の通りを席巻した。市長宅や郵便局が略奪され、武器倉庫が開けられ、黒人が捕らえられ、外灯の柱に吊るされたりした……。

政府が連邦の力で無秩序を鎮圧し抑え込む決定をするまで、四日間、街では破壊行為が続いた。暴動を起こしたニューヨーク住人は早く、しかも厳しく鎮圧された。彼らに向かって発砲したのである……。軍の縦列が通りすぎた後には、数千人もの死者が路上に残された。ボストンでも大勢のデモが行われたが、そこでは実際、犠牲者は少なかった。

「我々は、国民動員法でしくじったようだ」――リンカーンはため息をつき、残念そうにシュアルドを見た。――「別の方法を取るべきだった」

「アブラム、連邦内で嵐を許してはいけませんよ！」――国務長官の目つきは冷たく、声は荒っぽい――「いいですか、そうでなきゃ、アメリカは分裂の深淵に沈んで滅びてしまいますよ！　政府は必要に迫られて行動しているんです。それが鎮圧と秩序回復のための唯一の解決策です。言っておきますが、我々が目的を達成したければ、軍隊を補充しなければなりません。何百人、何千人だろうと、いくら隊列を離れようが、そんなことは問題じゃない。肝心なのは、常に流れ込む新しい流れを保つことなんです。軍隊に生じる発酵の泡は、ひと言で言えば、取ってしまうのです、それが成功のためなのです！」

「そう、そこなんだ。私が常に考えているのは、ゲテスバーグの勝利を確固たるものにしたいんだ」

「兵士の士気を高めなければなりませんよ、勝利の自信を持たせることです」――シュアルドがコメントする――「そう、もちろん、ドルで下支えしてやることです。それに、傭兵を使い、我々の動きに奴隷解放の顔を付け足すことでしょう……」

「黒人兵の募集を増やせということかい？」

「そのとおり」――シュアルドはリンカーンの言葉を確かめるように――「そうすれば、軍隊の数を増やすことが出来るし、我々の合衆国統一に国民的下地づくりにもなるにちがいありませんよ」

「そうだな、君のいうとおりだ、ウイリアム。しかし、逃亡兵をどうするかだ？」

「どうもしません。司令官が行方不明者と数えた以上、それはそれでしかたがないこと。放っておけば良い。数字は数字だけのこと、何もインスピレーションを与えるようなものじゃありません……」

「正直言って、私が心配なのは、我が軍隊の動きなんだ。司令官の緩慢さと優柔不断さだ。それが一向に変わらず、軍全体に慢性化している。喜ばしいのは、唯一、グラントがウイクスバーグを占領したことだ」

ウイリス・グラント将軍は、何カ月も包囲した後、七月の初めにこの町を占領した。これが南部連合にとっては、やがて迫りくる破局の前触れとなった。北部軍が戦略上の重要拠点を占めたばかりでなく、ミシシッピー川のコントロールが出来るようになり、南部軍の河川輸送を断ち切ったのである。

「そうでしょう、アブラム、いずれにせよ、二方向に向けて肯定的な結果がもたらされました」――シュアルドが発言する――「我々を脅かしていた疑念などは、もう捨てて良い。今重要なことは、降って来たチャンスを逃さず、今後の行動をよく考えることです」

「だから、私も考えているんだ。しかし、どこに兵力を注力すべきかだ？」

「勝てるところですよ。グラントを支持し、彼を援助しましょう。コントロール出来る領土を拡大する課題を与えましょう。軍全体でです、話していたように、募集兵を増やしましょう。南部連合の敗北を大声で喧伝するんです。休まずに、新聞で書きたててセンセーションを起こしましょう。効果は必ずある。公衆の意識は絶対に変わる。ヨーロッパでの喧伝も考えようじゃありませんか」

「ウイリアム、そこで聞きたいが、君とロシア公使との関係はどうなんだ？」

「いやあ、極めて良好です！　ステッカーは完全に物分かりの良いロシアの大臣の代理です。ゴルチャコフ宰相は、ステッカーの話によれば、我々に対して同情的で、皇帝も同じだそうです」

「ロシアはいまポーランド問題を抱えているからな」

「その問題は武力で解決しようとしていて、反逆者は罰しているらしいです。ヨーロッパのことに関しては、まあ、外交の舌戦ですが、ゴルチャコフが上手くやっていますね……」

「ボナパルトへの我々の返事はどう評価している？」

「ステッカーが言うには、反応はすこぶる良いらしいです。そればかりか、ロシア皇帝は我々のポジションに満足しているとのことです」

「それは考慮に値するな。ロシアの支持はきわめて重要だからね」

「まったくです！　私は、これを利用しようと思います。かねて、我々の間で協議していたが州領土の拡大の件で、ロシア領土の件が思い出されますよ」

「ウイリアム、そう言えば、シベリアのことで何か言ってたなあ」――リンカーンが笑いながら相づちを打つ――「覚えているよ、忘れはしないぞ！」

「私は、このことについては、今でも終わりにしようとは思っていません」――国務長官が応えて――「ステッカーが、なぜか小声で言っていたんですが、アラスカのロシアの会社は赤字になっているらしい。私は、黙っていましたが、彼がことの弾みで単にそう言ったのか、あるいは、問題を投げかけて釣り糸をぶら下げたのか、いろいろと考えています」

「ウイリアム、君はこの件については、考えすぎじゃないかね、多分、間違っていると思うぞ。ロシアがアラスカに居る、それはそれで良いじゃないかね！　我々は内戦の最中、とても彼らの国境どころの話じゃない。しかも、ロシアは、フランスが英国と組んでメキシコ同様、我が国へ、その後は彼らのアラスカへと侵攻して来ないか自身心配している」

「実際、そうした雰囲気は漂っています。フランスとイギリスの意図はロシアを震えさせていますね。それはゴルチャコフの政策を見れば分かります」

「そうそう！　だから、当面、ロシアは非公式の同盟国としておこう、将来どうなるかは分からんが……」

ワシントンで自国のプランについて話し合われていたとき、サンクト・ペテルブルグに、セーヌ川のロシア大使から至急電が届いた。伝えて来たのは、フランスが英国とオーストリアに反ロシア行動で合意を結ぼうと表立って申し入れた、というのである。

「外交路線だけではなく、ロシア皇帝に対しては別の方策でも影響を及ぼそうと列強に申し入れる」――と、ドゥルーエン・デ・ルイスは同盟の結成を提案しながら、――「これで皇帝は怖気づいて、ポーランドに関する我々の提案を受け入れるだろう」

パーマストンは、この方策を懐疑していて、艦船の煙を想起させる対ロシア武力対決は、英国の望むところではなく、前の戦争でうんざりだった。まだ、クリミア戦争が忘れ去れない！　したがって、彼の回答は簡潔だった。

「当面は少し待とうではありませんか。ロシア皇帝にも分別が湧いてくるかも知れませんから……」

レフベルグオーストリア外相はフランスの提案に対して全面的に反対だった。

「オーストリアはグレート・ブリテンの決定を待つこととし、しばらく保留する」

ボナパルトはオーストリアと英国の返事を外務大臣から聞き、激怒した。合意書の草案にあるとおり、その範囲内で共同歩調を取ることに関する両国の反応が気に入らなかった。

「ビクトリアもフランツ・ヨシフもわしの背中に隠れようとしておる！　また、逃げおって、隠れて保身を図るつもりだ！」――彼は先に指示したデブロス・デ・サリダペンへの極秘ミッションをほのめかし、――「最初が上手く行ったからといって、二度目が上手く行くとは限らんぞ！」

「彼らの中立的な返事は、前のポジションより後退しております」――ドゥルーエン・デ・ルイスが相づちを打った。

「もっと悪い！　我々の利害は潰れるぞ！　テムズの近視眼とそれを臆病に見ているラインを、アレクサンドルが存分に利用するに違いない！」

ロシア皇帝は、その言葉を逐一聞きとったごとく、当然ながら機会を利用した、まさに、時至れり、だった。

「ほれ、見たことか、ゴルチャコフ宰相」――ゴルチャコフとの面談で、皇帝はそう言った――「ヨーロッパとの外交的戦闘に蹴りをつける時が来たようだな。ボナパルトは三国同盟を振りかざしたのだが、英国もオーストリアも、もろ手を挙げてボナパルトの抱擁に身を投ずることはなかった。我が艦隊が錨をアメリカの港に下ろすことで、この喧嘩の決着がつくだろう。今のところは彼らに向けて外交弾をタイミング良く撃ちこみ、上出来だった」

「これから何をすれば良いか、既に承知しております」――ゴルチャコフが従順に頭を垂れる。

皇帝との謁見が終わるや、直ぐに省に戻ると、毒々しい笑みを浮かべながら、ヨーロッパ諸国向けに書いた。すなわち、諸国列強参加のもと会議においてポーランド問題を検討することを提案するが、一つ条件がある。それは、蜂起者がロシア皇帝に対して完全に無条件降伏することであると。


ゴルチャコフの書簡は、ヨーロッパ諸国の外務省執務室の静寂を破った。ドゥルーエン・デ・ルイスは熱狂して、合意書に英国が調印するよう固執しつつ、書簡を次から次へとロンドンへ書きおくった。パーマストンは、ロシアの頑なさに困惑しつつも、彼らがプロシャの支持を得ていることは分かっているので、表立って対立することには気遣っていた。それればかりか、この件では実はフランス皇帝の妃が皇帝にそうさせていて、それで皇帝が、セーヌ河岸から明らかに危険な申し入れを仲間に迫っていたことを知っていた。夏の初めにあった、彼らのくつろいだ話の中でドゥルーエン・デ・ルイスが落胆してぼやいていたのである。今の兄弟のような同盟関係が、時々皇帝の深く考えもしない行動でつつかれ、その結果、事態を治めるのに外相として永いこと時間をかけざるを得なかったことがあると。今度のもそうだ。前の話を思い出し、ドゥルーエンとのメモ交信をやったりしながら最終回答を遅らせた。彼はフランスの老外交官が話した表現をよく記憶していた。外交官仲間内ではもはや秘密になっていないが、ボナパルトはその内いつかきっと、皇后が朝食時に言った気まぐれのひとつがもとでフランスを破滅させるだろう、とビスマルクに言っていたそうである。《彼らは子供を作るか、思慮深くなるかどちらかだ！》と結論付けた。

しかしながら、その二つのうちの、どれも実現しなかった。明らかに非現実的だった。もろいヨーロッパ世界が破裂してしまいそうな、思わず顔が引きつる世界プランの空想が生まれただけだった。一つには、ロシア皇帝により侵害された人民の権利の実現を論議し要求するものだったり、また、一方では、ロシア皇帝に対抗して、公然と連合の結成を呼び掛けるものだったが、そこではいずれにせよ大英帝国ではなく、フランスの利害があった。パーマストンは、フランスの外務大臣に、何かにつけて逃げ口上を言っていたが、結局のところ、それほど上手く立ちまわれるわけが無かった。ゴルチャコフに、英国はポーランドを含め、全ロシア領土内のロシア国民の人権擁護に賛成する、と書き送り、ロシア皇帝の行動を非難した。フランスとの合意書の調印は、機はまだ熟しておらず本件を検討する時期にも来ていない、と拒否した。

オーストリアは、さらに政治的状況を深く調査する必要がある、とフランスへの確定的な返答は避けた。パーマストンに続いて、レフベルグも同趣旨の書簡を送った。オーストリアの外交官（＊外相）は正当に判断した。合意書に調印することで鎖を切って、戦争行動が生じた時に、ロシア、プロシャと不仲になるよりも、自国の領土内から、非難めいて少しずつ吠えている方が良いのである。

英国とオーストリアの外交官が書簡を送った後は、かつて声明文を取りまとめた時のように、ドゥルーエン・デ・ルイスにやることが残っていなかった。このことについて、ロシアの宰相に書きおくる必要があった。ゴルチャコフはといえば、ヨーロッパから届いた書簡に、にやにや笑いながら、言った。

「いくら犬が吠えても、キャラバンは行く」――そして、返事は書かなかった――「目的達成はもう直ぐだ！」――ロシア艦隊がアメリカに着くのはもう間もなくだった。

「ゴルチャコフ宰相、君の敵さん達は鎮まっていないかね？」九月中頃、気分が高揚しているのを見て取った皇帝が訊いた。

「桶で冷たい水をぶっかけたのに」――宰相が応える――「訳が分からず、また、相談しているようです……」

「ああ、肝心なのは、彼らに連合させないことだ！」

「英国とオーストリアは、ドゥルーエンの提案に、冗談抜きで、怖気づいたようです……」

「彼は、ボナパルトの声で歌っていたのさ」――アレクサンドルがきっぱりと宰相を遮って言う――「我々はこれが誰の演出か知っているからな！」

「まったくです」――ゴルチャコフが応える――「彼らへの返事は書きません。艦隊の合衆国到着を待ちます」

「いや、もう待つな、残る日は数えるほどしかない。ポーランド王国の状況は落ち着いて来ているが、秩序の正常回復に手助けが要る、より注意深く警戒してだ。したがって、幕を下ろし、終止符を打て！　いい加減に彼らが口をつぐむ時だ！」

ゴルチャコフは皇帝の命令に従い、覚書の形で返信し、その中で、ポーランド問題に関する討議は完全に終了したと断言し強調した。

覚書を受け取り、それと同時に、ロシア艦隊がアメリカの港に現れたという知らせも受け取ったヨーロッパの政界は大ショックを受けた。ロシアは自らの利害に固執するかたくなさを見せつけるとともに、艦隊を送り込んだことで、アメリカ沿岸に英仏の軍艦が居ることに決定的に対抗する立場を示したのである。それと、旧世界のイニシアティブで太平洋で会戦が起こったら、交戦する準備が出来ていることを知らしめたのである。

ボナパルトは恐ろしさに頭を抱え込んだ。すべての計画が崩壊し、考え抜いたことがみな地獄に落ちてしまった！ドゥルーエン・デ・ルイスは唇を噛み、考え及ばず、肩をすぼめるだけだった――どうして、こんなことが起こるのだろうか？　それと同時に安堵感を味わった。肩の荷が下りたのである。第一、最近の皇帝の目論見には、不本意ながら参加せざるを得なかったが、内心では受け入れ難く、止めて欲しかったのである。同時に、フランス外交官に、苦い悔恨の感情は残った。いずれにせよ、ゴルチャコフが勝った。ロシアは新たなる政治の舞台に移行したのだ。ヨーロッパだけでなく、アメリカ大陸においてもである。

パーマストンは、ゴルチャコフの宣言を受け入れざるを得ぬことを承知していたが、それより早く、オーストリアが賛同したのだった。フランツ・ヨシフは政治の方向を急転回した。フランスに対しては見切りをつけ、遺憾の眼差しを向けながらも、介入で立ちすくんでいる英国には、単刀直入に宣言した。

「ポーランド王国は、ロシアの求むべき地だ！　オーストリアは、この地における暴動の収拾に協力の用意がある」

パーマストンも、追いかけて覚書に賛同せざるを得なかった。それを知るやボナパルトは心の底まで揺さぶるように声を上げた。

「そーか、同盟も結成せず、裏切りやがったなー！」

「ねえ、あなた」――主人を鎮めようとエブゲーニヤが、――「私たちの人生はすべてタイミングにかかっているのよ。そんなに憤慨することはないわ。機会を待つのよ、そしてそれを利用するのよ……。今は駄目でも、次は成功するわ。大切なのは、手を緩めないことと絶望しないことよ！」

「わしに確信を持たせてくれるのは唯一君だけだよ」――皇帝は重苦しくため息し、――「しかし、どれだけ目論見が外れたことか！」

「まだ、外れてなんていないわよ。成果の形が変わっただけよ」――夫に優しく体を摺り寄せ、エブゲーニヤが小さくささやく――「これでよく見えて来たでしょう、誰が何を考え、誰を信用して良いか……。計画は、計画よ、そうでしょう。本来の目的を残したまま、訂正できるわ。本来の目標ははっきりしていて変わることは無いけど。ねえ、あなた、そうではなくって……？」

「そうだ、そのとおりだ！」——ボナパルトが同意した。すると、幻滅し沈み込んでいた彼の瞳に、彼女は再び輝きを見た。——「フランス王は一番でなくてはならん、ヨーロッパだけでないぞ！」

3

九月二十四日、レソフスキーの艦隊は、ニューヨークの投錨地に着き、その後三日経って、ポポフの戦艦がサン・フランシスコにやって来た。レソフスキー少将の艦隊は岸辺で祝賀ムードに沸き立つ市民に出迎えられた。戦艦の周りには小型船に乗り込んだ地元新聞記者が写真を撮ろうと取り巻き、口々に皇帝旗を掲げた艦船の訪れを祝いながら、フラッシュを盛んに焚いて、歴史的な時を記録に残そうとした。一方、太平洋艦隊も、アメリカの水域に入ったが、様子は異なっていた。

カリフォルニア沿岸の海をつんざき、ポポフ少将に艦隊の巡視を任じられたクリッパー艦《アブレク》が艦隊の先頭を走った。近づく沿岸線を、警戒し注意深く見つめながらピールキン中佐は、湾に向けてコースをとった。するとやがて海岸の建物や港の入り口が見えて来た。何だ、これは？　港に停泊していた監視船の北アメリカ汽船は戦闘態勢に入ったのだった。小口径大砲の砲口がロシアの戦艦に向けられ、炎を上げて砲撃が始まった。すぐさま、クリッパー艦のヘリに破裂の水柱が上がった。

「何を勘違いしているんだ……？」——半信半疑で《アブレク》の上級将校が叫んで、中佐の方を向いた——「盲になったか？　この旗が見えないのか？」

「多分、見えていないな……」——海に向けられた沿岸防衛隊の砲台で起こっている大騒ぎを望遠鏡で見ながら、少将がつぶやいた——「一斉射撃の準備をしているようだ。これは、船からの砲撃よりよっぽど危ないからなあ」

「どうします？　合図を送って警告しますか？」

「もう遅いな！」——望遠鏡を下ろすと、少将は大声で命じた——「左へ傾斜しろ！　汽船に近づけ！」——突然の采配にあっけにとられ、ただ命令を繰り返している上級将校に説明した——「沿岸からの砲撃を遮蔽して、近づくんだ」

「何故ですか？」

「接近するんだ、鶏がついばむことが出来ないくらいにな！」

アメリカ軍は更に数発撃ってきて、《アブレク》の前に水柱を上げ、甲板に冷たい水しぶきを浴びせた。その内の一発が船首の索具に当たったが、ダメージは致命傷ではなかった。クリッパー艦を汽船の船側に向けて進め、ピールキンがするどく命じた。

「接舷戦だ！」

クリッパー艦の乗組員が即座にアメリカ艦船の甲板に乗り移った、彼らを見てアメリカ艦船の艦長は初めてそれがロシア人であることを悟った……。

「いや、まことに申し訳のないことをしてしまった、許して下され！」――クリッパー艦に乗り移ってくるや、胸に手を当て、興奮して叫んだ。――「最初、どこの艦船か識別できなかったのです！」――中佐（＊ピールキン）に詫びて正直に言った――「敵方ラファエル・セムスのコルベット艦《アラバマ》だと思いました。あれにはいままでさんざん嫌な目に遭わされまして」――言い訳して付け加えた――「あなた方の船は外観がセムスの駆逐艦にそっくりなのです……」

コルベット艦《アラバマ》は、南部連合軍の十九ある巡洋艦の一つで、時々大西洋に出ながら、アメリカの沿岸を縦横無尽に動き回っていた。戦果を挙げれば、これまで六十を超える商船を拿捕し、戦艦《ガッテラス》を砲撃で海に沈めていた。

コルベット艦《アラバマ》には、回転式主砲二門の他、六門の大砲があった。一方、ピールキンが率いるクリッパー艦には、六十ポンドの大砲が回転式台座に載っていて、射程距離は三キロメートルあり、その他に、接近戦用に二十四ポンド砲が備わっていた。なるほど、《アブレク》の外見は実際に《アラバマ》を思わせるところがあった。それで、アメリカ艦船の艦長を驚かせ、南軍の艦船と勘違いさせて攻撃を開始させたことが明らかになった。

「《アブレク》も失うところだった」――士官たちを前に、少将は手荒な歓迎を受けたことに落胆して言った――「我々は既に《ノビック》を失っている」

ちょうど一昼夜前、コルベット艦が暗礁に乗り上げ沈没してしまっていた。《ノビック》を失ったことで、司令官は落胆していた。当初艦隊には六つの戦艦があった。内訳はコルベット艦《ノビック》の他、《ボガトィリ》、《ルインダ》と《カレバラ》、それとクリッパー艦《アブレク》と《ガイダマック》だ。司令官の考えでは、この艦隊はよく整っているばかりか、海戦に向けての準備が出来ていた。特に、旗艦船として《ボガトィリ》を配置していることは大きい。このコルベット艦は二年前に、船首に勇士ボガトィリの像をしつらえ、サンクト・ペテルブルグで進水したが、ロシア艦隊の中で、排水量が最大の戦艦であった。

カリフォルニアの停泊地に艦隊を留め、ポポフは戦艦の艦長たちを集めて指図した。

「ここで涼んではおれん。毎日、戦争警備に当たる艦を指示する。通行するすべての船と、港内にいる船の情報を集めろ。地元住民と港の官吏から状況を聴取しろ。電信で海軍省とレソフスキー艦隊には絶えず交信を保つように、それと、私のところに地元のロシア代表を招いてくれ」

　ロシア副領事のコストロミチノフは昨年、マルチン・フョードロビッチ・クリンコフストレムに交代した。彼はそれまで、《ロシア・アメリカ社》の官吏で、主に、小型船の管理と、チュコト半島アナドィル川での外国人密漁者の根絶に取り組んでいた。コストロミチノフは、クリンコフストレムと同様、カリフォルニアにおける《ロシア・アメリカ社》のエージェントとして残っていた。

　この日、彼は《ボガトィリ》の甲板に上がって来た。

「ロシア戦艦が来たということは、ロシアと合衆国北部テリトリーとの友好政策の現れですなあ」――この見方については司令官と同意見であった――「少なくとも、会ったアメリカ人は皆そう思っておりますよ」

「しかし、我々には、もう一つ別の使命がありましてね……」――ポポフは、相手をじっと観察して見た。ロシア艦隊がここに来たことの意味を彼は理解しているだろうか。それとも、分かるように一定の範囲で説明した方が良いのだろうか、と考えながら。

「機密事項がお有りでしたら」――クリンコフストレムが応えて――「詳しく質問するつもりはありませんが、ポポフ指揮官、私の責任において、言ってもらって差し支えないと思いますよ」

「いや、正にそれを聞きたかったところです」――少将は得心して――「実は、ここでの滞在がかなり永くなりそうなので、食糧補給を確保せねばなりません」

「それなら、心配はいりません。直ぐにとりかかりましょう」

「それは、良かった！　ところで、あなたの見方では、合衆国の現状は全体としてどうですかな、それに、どんなことが起きると予想されますか？」

「カリフォルニアはかなり平穏です。ただ、ほかの地ではそうはいきません。特に、内戦になっているところは。北部軍が活気づいて来たようです。ゲテスバークでの勝利で、すっかり流れに乗っています。来年には大統領の新たな選挙があります。リンカーンが大方の見方どおり、次期選に立候補するでしょうが、選挙自体がどうなるか。第一、南部諸州は選挙をボイコットするでしょう。そうなれば、状況は一層悪くなり、対立が深まって、武力対立にまで行くかもしれません」

「我々のアラスカの植民地への影響はどう思いますか、それと、《ロシア・アメリカ社》への影響は？」

「軍事的関係に限って言えば、心配は無いでしょう。実際のところ、交易関係においては、当然あるでしょうな」

「私が心配しておるのは、シトカの造船所なんですが」――質問を投げかけながらもポポフは、クリンコフストレムから目を放さなかった。少将が意図していたのは、戦争危険が英仏海軍との間で生じたり、戦闘行為が開始された場合、戦艦の集積地をどこに持つかということだった。それは、サン・フランシスコだけでなく、軍事行動の性格によっては、ノボアルハンゲリスク港にも、カデヤック島のパブロフスク湾も考えねばならなかった。このことに関して副領事は何も知らされてはいないであろうが、シトカの造船所に関しては知っておきたかったのである。

「私の知る限りでは、操業は順調のようです」――副領事が応えて言う――「もし、お望みならば、ノボアルハンゲリスクに行けますよ」

「その提案については、是非とも考えておきます」――予想通りの返答に、少将は微笑んだ――「さあ、それじゃ、ロシアの習慣にもとづいて、テーブルに招待したく思います……」

ニューヨークでは祝賀レセプションが市庁舎で催され、ロシア公使とともに国務長官が来賓し、アトランチック艦隊の司令官が招待された。ロシア艦隊が入港してから三日後に面談が行われたが、その日は、ポポフ少将が旗艦船にロシアの副領事を招いたのとちょうど同じ日だった。

「貴艦隊の来訪は、ロシアの友好を確信を持って物語っております」――シュアルドは最初にレソフスキーに告げると、続けて強調して、述べた――「合衆国は、この来訪を善意行動と理解し、南部諸州が国家の地図を変えてしまおうとしている現下の危機的状況にあって、政府を支持する行動と高く評価しております」

こう述べると国務長官は、ロシア艦隊の司令官に対してだけでなく、同席している報道陣に対しても、これは賛辞に値することで、新聞でも広く知らしめるべきだと語った。特に、これは単にアメリカ国内だけのことではない、と。

少将の答礼の言葉は短かった。

「一八二四年に、両国間の国境が、北緯五四度四〇分に設定されましたが、それにより両国の交流が途絶えたのではありません。ロシアは常に交流の全面的な発展に向けて努力をしてきました。今回の我々のアメリカへの寄港は、その顕著なる確証であります」

「レソフスキー司令官、あなたは実に上手く言って下さいました！」――公的な部分が終わった段階で、ステッカーがレソフスキーに歩み寄ってきた。

「少し政治的範疇で言ってしまいました」――司令官が応

える――「軍事的には、話は別なのだが……」

「軍事的なことには及ばないと思いますよ。貴艦隊がここに来たことで、ブリテンの保険会社がこちらの海域に入る船舶の保険料を大幅に上げました。フランスの新聞は急に鳴りを潜めましたよ。あたかも、何にも起こらなかったかの如く……。これがみなそれぞれ、状況を語っています！」

「これが反応だということには同意します。しかし、これからどうなるか、ですな……。いずれにせよ、我々は春まで錨を上げるつもりはありません」

4

マクスートフは、金色に装ったカエデを愛でながら、娘の手を引き、夏の庭園の並木道をゆっくりと歩いていた。

九月の中頃、何カ月にもわたる海路の旅を終え、甲板から、ネバ河岸に降り立った。

アラスカへ出発する前にアデライダと泊まったのと同じホテル《デムート》に宿をとった。今向かっているワシーリー・ニコラエビッチのところに泊まることは出来たのであるが、子供連れでもあって、気が引けたのである。子供たちはステパヌイチが面倒を看てくれていて、子供たちもすっかり彼になついていた。

アパートのドアを、家主自身が開けてくれた。彼らの前に立っていたあるじは、数年前と同じように長い部屋着を着ていた。そんな恰好をしているものだから、マクスートフには最後に会ってから、もう四年もの時が経ってしまったなどとは感じられず、まるで昨日のことのように思えた。

「ドミートリー？　一人じゃないね、子供も一緒か！　びっくりしたなあ、ほんと！」――ワシーリー・ニコラエビッチは彼らを玄関に通しながら、喜びの声を上げた。お互いに抱擁を交わし、口づけた――「さあさ、それじゃ、挨拶しようか」――子供たちにかがみこんで、――「お名前は？」

「アニュータ」――姉が応えて――「こっちがネーリ……」

「そうか、レーノチカ（＊エレーナの幼少時愛称）か？」――物珍しくきょろきょろ見回している女の子の方を陽気に見た。

「ダー！」――彼に眼差しをとめて――「オジちゃん、どうしてこんなにたくさん絵があるの？」――小さな水彩風景画が掛かった壁を指さして訊いた。

「叔父さんはね、画家なんだよ」――マクスートフがおしえる――「彼が見せてくれるよ」

「わたし、絵が描きたい」――レーナ（＊エレーナの略称）

がふくれ面をして鼻声で言った。

「パパ、オジちゃんに鉛筆をくれるように言ってよ」

「はいよー、鉛筆も、紙も、絵の具もあげるからねー」

――ワシーリー・ニコラエビッチが食堂に招きながら言う。

「さあさ、座ってちょうだい!」――女の子たちに中央の円いテーブルに椅子を引き寄せ言う。鉛筆と厚手の小型ワットマン紙を目の前に置いて、明るく、――「はい、どうぞ、描いてちょうだい!」

マクスートフの方に向き直って、――「今、独りなんだ。妻は昨日休暇でクリミアへ行ったとこなんだよ」

「この前と同じだね」――マクスートフが言うと、

「そのとおり! まあ、仕方ないさ……。ところで、何処に泊まっているんだい? うちに来ないかい?」

「ありがとう、もう、落ち着いたんで、大丈夫」

「知っての通り、家に来てくれても良かったんだが、まあ、細かいことは訊かないけど、大体のことは知っている……。これから、どうするつもりだい?」

「状況から判断して、転勤を願い出る。子供たちのこともあるしね……」――マクスートフは、食卓でさまざまな色の鉛筆で一心に絵を描いている子供たちを見て言った。

「君一人じゃ育てられないよなあ」――ワシーリー・ニコラエビッチが頭を振って、――「ましてや、職業柄なあ。変えるかといっても、それは嫌だろうし……」

「そう、そのとおり」――マクスートフが同意して頷く。

「生活を最初から立て直さないといけないね。冒涜にはならんよ。君には奥さんが必要だ、子供たちに愛情を注いでやらんとね……」

マクスートフは従兄の話を聞きながら、同じことをフルゲーリムとアンナ・ニコラエブナにも言われたことを考え、憂鬱なことだが、認めざるを得なかった。

「そう、そのとおりだな……」

「分かった」――悲しそうな顔を見たワシーリー・ニコラエビッチは手を振って、――「君はまだ若い。将来はこれからなんだよ! もっと話してくれ。本部へは行ったかい?」

「いや、明日行く。ところで、絵の方はどう?」

「ポーランドで起こっている革命騒ぎが意味づけに新たな刺激を与えたな。表現しようと努力したんだが、一般には反響がなかった。それだけじゃない、警戒したんだ。僕が暴徒に同調してはいないかってね! いろいろと言われたけど、自分にもはっきりせず訳が分からんよ。先導者はいる。しかし、単に不満足な先導者さ……。一方で、国家がとった対応策は、折よく、リベラルな策となったが、蜂起は予め考え予定されていて、ロシアで起こっている変革への面当てに外国から支持されたんだ」

「あなたの推論には思想があまたあるね」

「現実を具象化する、というのは、芸術において基本だよ。画家は、カンバスの上に、目に見えるものを絵の具で描くだけではなく、心の奥底にあるもの、自分の見方を表現しなくてはならないんだ。君はアメリカから到着したよなあ、あそこじゃ、内戦中だ。しかし、アラスカからじゃどうだ、隣なんだが、戦争のせの字も無い。戦争には黒と白だけじゃなく、他の色もある。君が描くとしたら、この戦争の絵はどう表現するかね？」

「いやあ、分からない……」

「まず最初に主題、テーマの表現だ。何も大した意味の無い、簡単なもので良い。だが、中に戦争の顔を見せねばならない。表現するんだよ、悲しみ、不公平。それと同時に勇気、参加者のヒロイズムも。さらに、国民にとっては大破局だ。それらを全体として感じ取ることが出来るようにだ……」

「戦争は定義で言えば何時だって破滅的で有害さ。でも、同時に、外部から侵略を受けた民族には防衛がある」――肩をすぼめてマクスートフが反駁した――「戦う両方の側に、それぞれの目的がある……」

「そうだ！」――ワシーリー・ニコラエビッチが熱くなって叫んだ。

「しかしだ、それは、内戦とか、あるいは別の言い方で、革命には関係ないね！　社会のそれぞれの側が、同種族の者に死と零落を被らせながら、自らの権力を得ようとするのさ。ここに、民族分裂の礎がある、すなわち、国民の破滅的な深淵だ！　それで、内戦の絵というのは、個別の挿入画でもってのみ強調するテーマであるにもかかわらず、真っ黒な血の底なしの深淵に横たわっている……意図と行動、思想、人々の生活、国民の運命、そして結局のところ、それだけのこと！　国内の分裂、それは、何処の国にとっても殺人的だ、良き代表者を滅ぼしてしまい、国家自体を数十年前まで放り出してしまう。さらに悪ければ、弱体化し、不本意ながら崩壊に導いてしまう」

「それじゃあ、自分自身で矛盾していることになるね。国内分裂の深淵を語りながら、ポーランド蜂起の絵を称賛しているじゃないの」

「いや、第一、称賛なんかはしていないぞ。本質を見ようと努力しつつ、歴史的瞬間を反映しようとしているんだ。第二に、世の中のきわめて市民的な対決と国民的対立は区別せねばならない。合衆国で起きているのは、まさに市民的な対決だ。もちろん、国民的な混ざりあいを伴っている。明確には分けられないけどね。何故かと言えば、元は財政的かつ産業的なことも含め、影響力の闘争だからな。そこでは本質的に、大金と権力を持つものが闘い、そのどちらも持たぬ物が滅んで行くんだ……。まあ、いい、この話題は止めよう」――ワシーリー・ニコラエビッチは子供たちの方を向いて――「子供たちに何か御馳走しないとね。幼いお客が来ることも予想して、家内が美味しいピローグを作って置いて行ってくれたんだよ。そいつの味見をせにゃならんね！」

翌日、マクスートフは河岸通りモイカに窓が面した本社の二階建て建物を訪れ、官房で聞いてみた。

「ザボイコ支配人に面会を申し込めますか？」

「ワシーリー・ステパーノビッチですか？」――官房の秘書が繰り返し、――「ちょっとお待ち下さい、お伝えしてみます。もしかしたら今大丈夫かも知れません」

ザボイコ提督は、クリミア戦争の後、今のポジションに就いた。アムール調査隊に所属する全部隊を指揮していた極東から、四年前に、サンクト・ペテルブルグに居を移したのだった。マクスートフのアラスカ行きの門出を祝してくれたエゴロビッチ支配人が病死し、その後、彼のポストを引き継いでいた。遠い親戚筋でもあるので、ザボイコ提督からの助けを期待して、マクスートフは、まず、彼を訪ねることにした。マクスートフ中佐の来訪を聞いて、支配人は直ぐに招き入れてくれた。

「随分ひさしぶりになるねー、もう七年かい？」――固く握手し、ザボイコ提督が訊いた。

「はい、戦艦《オリブーツ》で日本へ向かった時以来です……」

「君は、間違っていなければ三十歳くらいだったか？」

「三十二歳になります」――なぜかしら、マクスートフはきまり悪そうに黙り込んだ。

「えぇぇ、まだまだ、これからだね。私なんぞは、もう……。まあ、いい、年相応にそれぞれ面白みがあるからね……」――少し、黙って言葉を探していたようだが、――「君の不幸については聞きました。心からお悔やみします……」――溜息をついて――「運命には逆らえないからね、仕方がない……」

「実は、それで、今後の勤務について相談に上がりました」

「分かるよ、相談しよう。実は君を呼び寄せるのに、私も手を貸したんだよ。隠さずに言うが、君についてウランゲリ男爵と相談したんだ。一つ考えがあってね……」

マクスートフは興味をもってザボイコを見る。

「本社ですか？」

「いいや、フルゲーリムの後任だよ。フルゲーリム大佐は来年任期明けで植民地を去らねばならんのだが、そうなると後任は、君以上の適任者は居ないのだよ」

「しかし、私には子供たちがいます……」

「そう、それが問題なんだがね……。しかし、君は状況をよく知っていて、それは皆が認めておる。監査役の報告にも特記されておったよ」

「わたしは準備できておりますが……」

「本件はまだ検討中だ」――当惑しているマクスートフを遮って、支配人が、――「まだ、何も決定したわけじゃない。断ることは何時だってできる。ただ、否定的な答えは、否定的な答えで、えてして前途が閉ざされてしまうからね。将来のことについて考えた方が良い……。監査官の報告を読んで、これからの植民地の役割・機能に関してメモを作りなさい」

「何か計画がおありなんですか？」

「植民地の再構築でいろいろな見解があるのだが、その中にはその経営の在り方も入っている。現行の改革の中にはアラスカの改革実現という考えが出て来た。最近、会社と海軍工廠からの代表による委員会が組織された。海軍省のシェスタコフ少将が、中央政府が任命する管理部に植民地経営を委託する考えに積極的になっている」

「それは、行政区の地区だとか県ということですか？」

「いや、もっと根源的なものだよ！　正に軍人知事にアラスカとアレウート諸島の領有を移管しようということだ」

「そうなれば会社経営の独立性が失われ、そればかりではなく、影響を及ぼす手段もなくて、どういうふうにして経営できるのでしょうか？　我々のアラスカ植民地は、基本的に交易のみで成り立っています。軍人知事の管理部では、生活条件に即して、住民の事業活動を上手くやって行くことなどできないでしょう」

「そうだろう、君にはよく理解できるよな！」――マクスートフの考えを注意深く聞きながら、ザボイコは得心して応えた。

「だから、君のように現地をよく知っている者が委員会に加わって、他の代表たちと一緒に検討しないことには駄目なのだよ。既に課題は投げかけられていると思ってくれ。委員会は、政府に対して《ロシアのアメリカ植民地体制について》という報告書の作成にかかっている。君、ドミートリー・ペトロービッチ」――今回の会話の中で、ザボイコが初めてマクスートフを名前と父称で呼んだ――「その報告書の草案を読んで、君なりのコメントを作成してくれたまえ。言っておくが、アラスカ領有に関する君の見方は、多くの点で、取締役会のポジションと一致している。我々は、アラスカが、ロシア固有の領土で、遠隔地にあるが特別な領有地であって、会社の肩にかかっている独立性が失われるのは、まったく理に合わない……。今これが馬跳び障害の大きな問題になっているのだよ。君のまず最初の課題は、書類をよく読み・調べて、問題点を探求することだね。それで、君の今後については、さっき言ったように、明らかにするよ。ところで、ウランゲリ男爵は訪ねたかね？」――支配人はマクスートフに問いの目を向けた。

「いえ、まだ行けていませんが、訪ねるつもりです」

「今はまだいい、病気だからね。彼に会えるようになったら、我々の話の件は伝えて知らせておく。とにかく、今のところは、話したことをやっていてくれたまえ」

マクスートフは支配人との面談結果がこのようなことになるとは思ってもいなかった。新しい職責でアラスカへ戻るなどと、聞いたことが信じ難く、腑に落ちぬまま支配人室を出た。勿論、軍人であり、上からの命令に従わねばならない。昇進の可能性については、正直言って、自尊心を満足させてはくれる。しかし、子供たちはどうする？ この問題が懸案となっていて、解決できないように思えた。幼い子供たちは、注意して世話せねばならず、独りではとうてい無理だ。このことがハッキリ認識され、自分が将来出す答えに疑問があった。一日中、このことが頭から離れなかった。そして夜遅く、ステパヌイチが子供たちを寝かしつけてから、またその考えが訪れた。どうしようもないではないか？ 時が解決してくれるだろう。すべて、落ち着くところに落ち着くに違いない。運を天に任そう。支配人の指示を実行しよう。結果どうなるかは、気にしなくていい。成るようになるさ。明日からは毎日、モイカに通い、ザボイコ支配人が話していた書類を調べよう、とマクスートフは思った。

日、一日と時は過ぎていった。毎日、監査官の報告書をチェックし、コストリフツェフとゴロービンが完全には明らかにできなかった問題点に関して、会社の経営陣の観点で、注釈を作成し、あるいはまた、作成する報告材料の訂正などに追われた。委員会宛てに作成したメモの中で、ロシア人移住地の管理機構に関する考察を述べた。主要なポイントは、本社に任命された地元総督府が経営する植民地の地位を残す必要がある、ということだった。彼の意見では、機構改革は、会社が対外交易をより発展できるようにすべきで、植民地事業に必要なすべてを充足できるよう、柔軟で機能的なものにすべきであって、アラスカとアレウート諸島に県を設定することで障害をもたらしてはならないということだ。

いつの間にか十月が過ぎた。十一月の中頃、本社社屋のとある一室で、シェスタコフ少将から寄せられた報告書草案に対するコメントを読んでいたところへ、かつてのイルクーツク知事アレクサンドロビッチが立ち寄った。

「ドミートリー・ペトロービッチじゃないかね？」――驚いて声を上げた――「いやあ、驚いた、こんなところで会おうとは！」

「こんにちは、アレクサンドロビッチ知事。ごぶさたしておりました、お会いできてうれしいです！」――マクスートフは椅子から立ち上がった。

「いやね、私はもう以前の仕事はしていないのだが、ちょっと別のことでこちらに時々来ているのだよ」――手を握りながら、アレクサンドロビッチが言う――「君は、中佐になったのだなあ」――軍服を見て、――「我々のところへ、皇帝へのペトロパブロフスク戦勝通知を持って立ち寄ったときは、まだ、尉官でしたな。まったく時の経つのは、あっと言う間だ……。で、今は、何処で何をしていますかな？」

「アラスカから戻りました。向こうでは植民地長官の副官をしておりました。今は、機構改革に対する提案書の精査を委員会宛てに作成しています」

「極東に居て、今度はアメリカか……。立派なものだ！ところで、夜は何か予定が有るかね？」

「いえ、だいたい空いていますが……」マクスートフが肩をすぼめる。

「それはいい！　どうだい、夜、家に来ないかね、いや、是非きてくれ！　しばらくぶりだし、いろいろ沢山話すこともあるしね！」――アレクサンドロビッチは紙片を取り出すと、手にした書類入れからきれいに削ってある鉛筆を取り出して、すばやく住所を書いて――「ここだよ、それじゃ、七時頃には待っておるよ！」

退役将軍宅でマクスートフを最初に迎えたのは、女主人のエレーナ・ワシーリエブナだった。

「まあ、あなた、イルクーツクで会ったときに比べると一段と立派に成られたわねー」――と言って、――「ワロージャ、ドミートリー・ペトロービッチがいらしたわよー！」――振り向いて、玄関ホールから開け放しのドアに大声で言った。

「今行く、今行くよー」――アレクサンドロビッチ元知事が大きな声で答え、隣の部屋から出てくる――「すまん、すまん、シベリアから届いた手紙で手が放せなかったんだ。いやなに、わたしには二つ家があってね、ここと、もう一つはイルクーツク」――そう説明して――「冬は都で過ごすんだが、あとはもっぱら向こうなんだよ」

「うちの主人は狩りが止められないのよ」――夫人が言う――「それで、いつも銃を手放せなくて、寝るときだって一緒なんだから」

「本当に、自然の中は素晴らしいよ。猟銃をもって歩きまわって、カモをしとめるときね、それにもっと大きい獲物だってあるし……」

「テーブルにお招きして、あなたの狩りの話でお腹がふくれるわけじゃないんだから」――エレーナ・ワシーリエブナが笑って言う。

テーブルについたとき、女の子が入って来た、というより、陽気な元気と活気で飛び込んできた。

「ママ、私ね、フランス語の軽演劇を終えたところなんだけど、ねえ想像できる？　作者はきっと登場人物を混同して間違えたんだと思うわ……！」──ドア越しにまくし立てたが、よその人が居るのに気がついて黙り込む。

「ご挨拶なさい、こちらはねマクスートフ中佐。まだイルクーツクに居た時、寄って下さったことがあったのよ」──エレーナ・ワシーリエブナが紹介した。

マクスートフは立ち上がって、驚いて彼を見ている女の子の大きな褐色の瞳を真っ直ぐ見た。

「自己紹介します、マクスートフ中佐です」──彼は小声で言った。

「うちのマリヤは本の虫で、時々本にかじりついているんだよ」──アレクサンドロビッチが、客の向かいに座っている娘を愛情のこもる眼で見ながらつぶやいた。

夕食の席では、英仏連合軍に対する町の勝利祝賀会の思い出話に花が咲いた。

「あなたは、あの時、都に戦利品の英国旗を運ぶところでしたなあ」──マクスートフが知事公邸を訪問した時のことに話が及び、アレクサンドロビッチが思い出した。

「あれは、海軍ジブラル部隊の部隊旗だったんです」

「覚えている、よく覚えているよ」──アレクサンドロビッチは椅子の背にもたれて伸びをする。娘の目に弾ける笑みを見て──「そういえば、お前は覚えているかい、小さいお前がテーブルの下から出てきて、当時まだ若かったマクスートフ中佐と婚約させたの？」

娘の顔は真っ赤になり、きまり悪そうに目を伏せた。

「ワロージャ！　この娘は当時まだ九歳だったのよ……」──エレーナ・ワシーリエブナが、夫をたしなめるように見て言った。

「でも今は十八だよ」──アレクサンドロビッチが応えて付け加える──「もう、花嫁衣装の寸法を測っても良い年頃だよ！」──視線をマクスートフに移し──「ぶしつけな質問だが、あなた、結婚は？」──娘に目配せして──「もし、ドミートリー・ペトロービッチがまだ独身なら、当時の私のプロポーザルはまだ有効なんだがね」

「あなた、何を言っているの、また繰り返したいの？」──夫人は不満そうに言うと、マクスートフの方を向いて──「困ったものね、主人ときたら。場違いの冗談を言うのが好きなんですよ。それなものだから、東シベリアのニコライ・ムラビヨフ知事と不仲になったのよ」──怪訝な顔をしているのを見て説明する──「ムラビヨフ知事が初めてイルクーツクに来た時のことなんですけどね、彼のところにフランス人チェロ奏者エリス・クリスチャニンが来たの。ムラビヨフ知事はその時、カムチャッカへの船旅の準備をしていて、そのチェロ奏者の女性達が一緒に行かせてくれるよう頼んだの。その時よ、主人が気を利かせたつもりで悪い冗談を言ったの。ムラビヨフは女性の愛情と音楽が無いと夜も日も明けない、なんて言ったの、ほんとに、まったくもう。ムラビヨフ知事とはね、その後、不仲な関係になってしまったんですのよ……」

「分かったよ、もうそのことは言うな！」――アレクサンドロビッチは、きつく言って彼女を黙らせ、――「ムラビヨフ知事は、仕事がよくできる実務家でまことにエネルギッシュな人だったよ。そんなことは本質的なことじゃないよ！」

マリヤはマクスートフに目を上げ、あきらかに興奮しながら小声で言った。

「まだお答えになっていませんわ……」

「結婚していました。子供が三人います。昨年、家内が亡くなりました。まあ、そんな経歴ですよ……」――そっけなく締めくくって、――「お分かりのとおり、花婿はとんだ持参金持ちだ……」

「すみません！」――マリヤはどぎまぎと言って視線を逸らせた。

「何があったのですか？」――あるじアレクサンドロビッチが真っ直ぐに彼を見て訊いた。

「アラスカで病気で亡くなり、あそこで葬りました……。やんごとなき状況から都に戻って来まして、身の振り方の指示を待っているところです」

「みな上手く落ち着くよう祈ろう」――アレクサンドロビッチはそう言って、さらに――「子供たちはどうしているのかね？」

「娘たちは、こちらに私と一緒にいますが、息子はアラスカにおります。まだあまりにも幼いものですから……」

この話題になるまでの世間話はすっかり途切れ静まってしまう。気まずさを感じ、マクスートフは立ち上がって、

「今日はありがとうございました。とても美味しかったし、ゆったりと過ごさせてもらいました。子供たちが待っておりますので、これでお暇します」

「子供たちに会えますか？」――マリヤが突然頬を染めながら訊く。

「もちろんですよ」

「どこで？」

「我々はデムート・ホテルに泊まっています」

翌日、マクスートフは昼まで本社で仕事し、ザボイコと会った。支配人との面談は短かった。病気になっていないか、どんなふうに時間を過ごしているかと、支配人は子供たちの状態について訊くと、突然、

「さあ、ところでだ、マクスートフ中佐。植民地経営でいま注意すべき問題について君の考えを聞かせてくれ」――

付け加えて――「新しい長官が業務を行うのに必要な、具体的に意味のある指示書を作成せねばならんと思うが」

「候補者は決まったのですか？」――マクスートフは関心を持ち少し急いて訊いた。

「前に指摘していたとおり、この職責には、今のところ君が候補にあがっているだけなんだよ。だから、任命が決まれば、その指示書草案作成は、事実上、自分自身の為に、ということになる。したがって、よーく考えてくれたまえ。三日後に君の指示書草案を待っているよ」

ザボイコが指定した期限だと、マクスートフは、自分の今後のキャリアが決まるのは、もう直ぐなんだと考えざるを得なかった。


ホテルに戻って、彼は説明しようもないほど驚かされる。借りている部屋の一室に、子供たちに囲まれたマリヤが居たのである。彼女はしゃがんで、手にいろいろ描かれたカードを持っていた。横で塗り絵を好奇の目で見ながら、アニュータとレーノチカが立っていた。

「私が子供の頃よく遊んだ謎解きを教えてるんです」――彼女は立ち上がりながら、そう言った。

「マリヤ・ウラジーミロブナが子供たちにお菓子を持って来てくれたんです。皆で夏の庭園を散歩しに行って、戻って来たばかりなんですよ」――そう言いながらステパヌイチが部屋に入って来て、皆に言った――「食事の支度が出来たよ」――そして申し訳なさそうに――「散歩していて食事が少し遅くなってしまいました……」

「いや、まったく問題ないよ」――マクスートフはそう応え――「お腹がすいて食欲が旺盛だろうし」――そしてマリヤを見て――「マリヤ、一緒に食事どう？」

「喜んで、頂くわ」――彼の方を見てそう応えると、子供たちに向き直り――「さあさ、お嬢ちゃん達、手を洗いに行きましょう！　誰が速いかなー？」――と言って部屋から出て行くと、子供たちがはしゃぎ声を上げて後を追い走って続いた。

「すっかり彼女は子供たちに気に入られていますよ」――ステパヌイチが意味深な目でマクスートフを見る。

「何が言いたいんだい？」

「いや、何って」――ステパヌイチは意味深な笑みを浮かべ――「どうですかね、彼女をあなたの家族乗組員に加えられては……」

5

気がつかぬうちに十二月になっていた。二日、海外からサンクト・ペテルブルグに戻った、取締役会議長のポリトコフスキーがマクスートフを呼び寄せた。そのことは前日にザボイコ支配人から聞いていた。おそらくは、マクスートフをアラスカへ新たな職責で派遣する決定がなされたのだろう、とのことだった。

「候補に関しては、取締役全員の賛成で君に決まった。だから、ポリトコフスキー議長との面接は、一面では形式的なもの、ただ、もう一方では決定的なものになる」――そう言って、関心を寄せ訊く――「家族計画の方はまだ決まっていないかね？」

「ええ、何て言って良いか……」――マクスートフは肩をすぼめ――「前兆はあるのですが……、もうひとつはっきりしないというか、思い出もありますし……」

「できるだけ早く決めた方がいい」――支配人が忠告して――「もし気に入った人がいるなら、決めなさい……。時の経つのは早いし、子供たちにも世話が必要だろう。だから、考えた方が良い！」

取締役会議長との面談には、マクスートフの他、ザボイコ支配人が出席していた。ザボイコがマクスートフの略歴紹介を行い、その中で、ペトロパブロフスク攻防戦での彼の英雄的活躍にふれ、また、彼が単独で指揮したサン・フランシスコへの調査航海やスチキン河口への探検調査に関しても、特別に言及した。そして報告の締めくくりは、結論として、中佐は植民地経営に関して事情通であり、フルゲーリムの副官として勤務していた点から考慮して、彼の今後の勤務は有益であり、会社の利益に適っている、ということであった。

「私も同意見だ」――ザボイコ支配人の報告を聞いてポリトコフスキーはそう言うと、マクスートフを注意深く見て、――「君の提案書、《植民地に現有する問題の解決に関する喫緊の課題について》を読んだが、そこで私が気に入ったのは、長官の業務がすべて実務的な観点で記載されている点だね。我々はそれらを指示書としてまとめて、それにしたがって経営管理することとしよう。そうすれば、紙に書いた考えを実務的に実施できることになる。そういうことだな？」

「はい、そのとおりです。そうした指令が必ずや助けになろうかと思います」――マクスートフは断言した。

「君がアメリカを発ってからもう随分になるが、アメリカ大陸で起こっていることとは縁遠くなってはしないかね？」

「定期的に新聞を読んでいるのと、本社に届く報告から情報を拾い集めております」

「分かった、それなら良かろう」――ポリトコフスキーは納得し頷き――「最近の勝利で連邦軍がテネシー川を全面的に支配下においたようだよ」

「はい、ルックアウト山とミッショネリ・リッジでのチャタヌーグ会戦については読みました」――マクスートフは即座に応じ、プレス記事に通じているところをみせた。

「最近のミッショネリ・リッジの会戦では、リンカーン軍が優勢さを示した」――ザボイコが話す――「サン・フランシスコにいる我々のエージェントからの知らせだと、会戦勝利の背景でリンカーンは、選挙キャンペーンの主要どころの票集めをし、来年の大統領選挙で、ほぼ彼の再選が明らかになったようですな」

「我々はアメリカと緊密な交易関係があり、彼らを支持し関係強化を図らねばならない」――取締役会議長はそう言って、さらに強調する――「すべての戦争には必ず終りがある。アメリカの内戦も例外ではない。我々は今年から、国家にとって最重要な意義が有り、かつ将来の発展を約束する巨大プロジェクトに参加している」――ポリトコフスキーは椅子の背もたれに伸びをすると、プロジェクト構想の実現に心酔した感情のほとばしりから、興奮して話す――「西部合同電信のアメリカの会社と共同して、電信の海底ケーブルを延長し合衆国とロシアを結び、さらに、ロシアとシナを結ぶ。電信ケーブルは、ニコラエフスク・ナ・アムーレを通り、ベーリング海峡を経てアラスカへ延び、そしてアメリカの電信システムに繋ぐ。どうだ、これはすごいだろう！　ヌラートには、既にアメリカの調査員が居るんだよ……。我が社もこの計画が実現するのを期待していて、早くも四年後には、最初の電信を受け取れるようになる」――そう断言すると、自分の考えに浸りこみ黙ってしまった。やがて、抑えた調子で話す――「マクスートフ中佐、君は植民地に関するポジションを後退させてはいけません、経営を几帳面にやって下さい。それが君の基本的な責務です。アラスカ経由電信を敷設する時には、別途指令を出します」――と言って、関心を寄せて訊ねる――「聞けば、今君は子供たちと一緒らしいが、大変だね、わかるよ……。それで、どう考えているかね？」

「アラスカに息子を残して来ているので、他の子供たちとあちらへ行きます。その時は、独りじゃないようにと考えておりますが……」

「当然じゃないか！」――ポリトコフスキーはザボイコに視線を向けて――「ワシーリー・ステパーノビッチ、マクスートフ中佐を任命する辞令の手続きを準備してくれたまえ、今日中にサインするから」


マクスートフと一緒に自分の執務室に戻ったザボイコは、微笑んで手を伸ばし、

「心から、お祝いをする、おめでとう！　正直言って、ポリトコフスキー取締役会議長が賛成することは疑わなかったが、予想したより良かった。これで、戻りの準備が始められるな。そうだ、それと、ウランゲリ男爵が今日顔出し

してくれと言っておられた。私も行くから、夕方六時にまた会おう……」

マクスートフが、ウランゲリ男爵の自宅に行くのは、初めてアラスカへ向かった時以来だった。面会は、四年前と同じく、彼の執務室で行われた。調度品は変わっておらず、壁の海図、船舶用の銅製の鐘、テーブルの上の帆船模型……。

「いや、老人を訪ねて来てくれてうれしいよ」――マクスートフに向かいの席を勧めながら、男爵が言った。執務室には、もうザボイコ支配人が来ていた。《見たところ、私が来る前に来たばかりのようだ》――ウランゲリ男爵の乾いた筋だらけの手を握りながら、マクスートフは独り勝手に考えた。

「ウランゲリ男爵、都に到着して直ぐにお目にかかりたいと思っていたのですが、ザボイコ支配人が少し後にした方が良いと助言して下さったものですから」――詫びる口調でマクスートフが話し、横目でザボイコに、これで良かったのですよねと問いかけた。

「あー、あー、知っているよ。病気で年々自覚するようになってね」――男爵は悲しそうにため息し、――「君が戻って来たことは知ったんだが、待ってくれるよう言ったんだ……。床に就いたまま水薬の詰まったサイドボードとでは、君に会うに相応しくないからね。まあ、この話はよそう……。それより、君を祝おう。我が植民地の長官に任命されたそうじゃないか、おめでとう」

「ありがとうございます、ウランゲリ男爵！」

「これは、君自身知ってのとおり、キャリアの昇進でもあるが、大きな責任でもある」――男爵が続ける――「第一に会社に対して、国家に対して、そしてアメリカ海岸の領有地で居住する君の部下たちに対してだ。君の提案書を読んだ。正直言って、かなり適切で的を射ていて傾注に値する。住人の生活改善、先住民を社会一般的な日常生活に組み入れること、規律維持の意識を高めることなどは、特に注目すべき点だ。我々の向かう方向が正にそうだよ。これは立派だよ！」

男爵が咳き込み始め、手にしていたハンカチを口に当てた。

「マクスートフ中佐が提案書の中で、経済的秩序に関して触れている点は、わたしも指摘したいところです」――ザボイコが口をはさんで、――「特に、ペトロパブロフスクからサン・フランシスコへの定期交易船航路について、特別に提起していますが、これで、我が社のエージェントとシトカ総督府との相互関係が達成できます」

「わたしも認識しているよ」――咳が治まって、男爵が話す――「商品の販売には運送のスケジュールを立てねばならない。もちろん気象条件を考慮に入れてだ」

「更に、彼の提案では、アラスカにグループを決めて職人を追加で送り込むことです」——ザボイコが追加した。

「鍛治屋と船大工です……」——マクスートフは、話し始めたが、急に口ごもった……。

男爵は頭を下げ、再びハンカチを口に当てると、目を閉じた。ザボイコは、マクスートフに目で、《そうだろう、ご老人は体調が悪いんだから、もうお暇しよう》と合図した。

ウランゲリ男爵が瞼を僅かに開け、ハンカチを離し、小さく言う。

「それは良い考えだ。出発までにまだ時間は有るだろうし、必要な人員選びをすると良い……。済まんが、具合があまり良くないので、これで失敬するよ……」

マクスートフは男爵宅をザボイコ支配人と一緒に出た。支配人は待っていた橇に腰を下ろし、マクスートフに、

「ウランゲリ男爵はもう直ぐ六十七歳になられる。勇ましさを保とうと努めてはいるが、残念ながら、最近は頻繁に病んでいるんだよ……」

「ええ、そのようですね……」

「病に打ち勝つよう期待しよう。彼は、君にも私にも、会社にとっても、とても必要とされる方なんだよ。そうだと思わんか？」

マクスートフは黙って頷いた。彼のウランゲリという名前は沢山のものと結びついていた。年老いた男爵は、いままで幾度となくマクスートフの勤務経歴に登場し、それが皆すべて上首尾だった。

「君は、デムートまでか？　送ろうか？」——ザボイコが訊く。

「ありがとうございます。でも、歩こうかと思っていますので……」

音も無く橋の上に舞い落ちる雪片を、ぼんやりと照らしながらガス灯が灯っていた。雪が積もり始めた歩道をホテルに向かって歩きながら、ついさっきの面会のことを考え、何となくマリヤのことを思い出した。最近何かにつけて彼女のことを考えるようになった。あたかも意図したことに向けて準備をしているようで、それでいてひき止められるのは、今後の勤務についての疑問と上層部の決定が待たれたからであった。しかし、任務が決まった今となっては、家族生活のことも真剣に考えねばならなくなったのである。

新年まで数えるほどの日数となったとき、マクスートフはマリヤにプロポーズすることを決心した。彼女はほとんど毎日子供たちと過ごしていて、ステパヌイチを喜ばせていた。彼は彼女を家族の一員に加えるよう仄めかしては、

マクスートフからハッキリした返事が聞こえてこないので、憂鬱そうに頭を振っていた。今回は、いつも通り昼過ぎに本社からホテルに戻ると、マクスートフは、制服の外套を脱ぎながら訊いた。

「マリヤは家に居るかな？」

「えっ、何処に居るというんですか、もちろん家に居ますよ！」――ステパヌイチは驚いて彼を見た。マクスートフはいままで彼女についてはまったく質問しなかった。今日初めて訊いて来たので、彼はびっくりしたのだった。

子供たちと一緒にマリヤが居る部屋へマクスートフが入ると、彼女は本を持って何かを子供たちに読んでいた。子供たちは魅せられたように聞き入っていて、彼が部屋に入って来たのも気がつかなかった。

「こんにちは！」――彼は大きな声でそう言って、マリヤを見た。

彼女は読むのを中断して彼を見て、それから子供たちに視線を戻した。

「アーニャ、レナ、パパはマリヤ・ウラジーミロブナとお話があるんだよ」――彼は子供たちにそう言う間も、彼女から目を逸らさなかった。

彼女は本を脇に置いて、

「さあ、お嬢ちゃんたち、ちょっとステパヌイチのところへお行きなさい。ご本は後で読んであげるから。あなたたちのパパとお話があるの……」

子供たちが部屋から出て行くと、マリヤは椅子から立ち上がり、

「何でしょうか、ドミートリー・ペトロービッチ。何かお話が有るそうですが？」

「うん！」――彼は彼女に近づき手を取って、興奮しながら言った。

「マリヤ、私と結婚してくれないかい？　これは私のプロポーズです……」

彼女は決まり悪そうに目を伏せて、やがて目を上げると彼を見て、小さな声で、

「あなたには好感を持っていますわ、ドミートリー」

「ということは、受けてくれるんだね……？」――マクスートフは即座に訊き、彼女を見つめた。

「あなたのプロポーズはあまりにも突然なんですもの、考えさせて下さい……。明日返事しますわ……」

翌日、マクスートフはネフスキー通りの店で買った大きなバラの花束を持ってアレクサンドロビッチ家にやって来た。マリヤが両親に相談したことは、誰の目にも明らかだった。シャンパンと果物で強調された祝いのテーブルに着いたとき、彼のプロポーズが受け入れられることを理解した。

「ドミートリーと君を呼ぶのを許してもらいたいが、君が再び我が家を訪問してくれて、嬉しいよ」――アレクサンドロビッチが始める――「マリヤがあなたの意向を伝えてくれて、私は直ぐにでも言いたいが、私も家内のエレーナ・ワシーリエブナも心から、彼女に代わり喜びました。ただ、彼女はどうなのか？　マリヤはまだあなたに返事をしていないのでしょう」

「私は賛成よ」――マリヤは黙っていたが、父の言葉の後でそう言い赤くなった。

マクスートフは黙って立ち上がると、反対側に座っていたマリヤのところへ行き、彼女の手に口づけ、一言もしゃべらずに元の席に戻った。

緊張した一瞬が訪れた。エレーナ・ワシーリエブナは神経質にフキンを揉みしだき、アレクサンドロビッチは何かを考えているように娘を見た。そして、大声で陽気に笑うと、静まりを破って、

「ほらごらん、やっぱり、私は正しかったんだ！　本質をついていたんだ！」

「あのイルクーツクでの出来事のことを思い出しているんですか？」――夫人が彼に目を上げて言う。

「当然さ！」――そう応え、彼はマクスートフを見て、

「こうなると、聞いておきたいが、今後の君の予定はどうなるのかね？」

「既にご存じとは思いますが、私はアラスカでの任務を受けました」――マクスートフが告げて、――「したがって、来年、マリヤとあちらへ行きます。勿論その前に結婚式を挙げますが……」

「子供たちはどうします？　一緒に行くの？」――エレーナ・ワシーリエブナが訊く。

「ママ！」――マリヤが立ち上がって、マクスートフの後ろへ行き、彼の肩に手を置き、――「子供たちは何時だって私たちと一緒よ！　私とドミートリー・ペトロービッチは、世界の果てまで一緒に行くわ！」

マクスートフは彼女を振りむいて優しく見た。

「アラスカもその果ての一つだね」――父は呟いたが、直ぐに言い直して、――「永久に行ってしまうわけじゃあるまい！」

「任期は四年です」――アレクサンドロビッチを見ながら、マクスートフが応えた。

「それなら、大したことはないな……」

エレーナ・ワシーリエブナが手を打って、

「それじゃ、彼らの将来に乾杯しましょうか、ねえ、お父さん？」――咎めるように頭を振って、夫を見て言った。

「まったく、そのとおりだ！」――アレクサンドロビッチは彼女に同意した。

「マリヤとドミートリー、君たちのために！」――そして、

シャンパンのボトルを手に取り、泡立つワインを注ぎ、——「私もエレーナ・ワシーリエブナも、あなた方の大きな幸せと、愛に、そして、これからの人生で遭遇するであろう災難に力を合わせ、仲良く克服して行くことを祈っています！」

乾杯グラスのクリスタルな音が鳴りひびいた……。

そして四日後、都の寺院の鐘が鳴り響き、炎の彩りの花火がペトロパブロフカ河の空を彩り、新年、一八六四年の始まりを告げた。一月の中頃、ドミートリーとマリヤはパブロフスク連隊の教会で結婚式を挙げ、二週間、子供たちと過ごした後、リバプールに向けて汽船に乗り込んだ。そこからニューヨークへ渡り、その後、ポポフ将軍の艦隊が停泊中のサン・フランシスコ港へ向かう。汽船のタラップまでステパヌイチが見送った。彼の任務も終わりになった。彼はこの後、妻と子供たちが待つコストローマへ行く。桟橋から遠ざかり行く汽船を見つめ、水兵ステパヌイチは黙ってこぼれる涙を振り払うのだった。

6

海の旅程は、三カ月ほどだった。五月初めに、マクスートフ家の一行が乗った三甲板蒸気船が、サン・フランシスコ湾に入った。甲板が花輪で飾られた船の木製手すりにつかまり、乗客たちは、岸辺に降り立つのを今か今かと待ちわびていた。停泊地に留まる戦艦が見えて来た。マストにはアレクサンドロフスキー旗がはためいている。

「マリヤ、見てごらん、あれが戦艦《ボガトィリ》だ、我が艦隊の旗艦だよ」——マクスートフが手を伸ばして、船首にロシアの勇士の像が飾りつけられているコルベット艦を指さす。そこに艦隊の司令官ポポフ・アンドレイ・アレクサンドロビッチが居て、彼と会うことになっている。

「ここにはどれくらい滞在するの？」——問う眼差しで夫を見て彼女が訊く——「子供たちと少し街で散歩したいわ。ずっと揺られ続けでうんざりだもの……」

「一週間くらいだと思うよ。片づけなくてはならないことがあるし、氷供給の契約延長もしなくてはね。覚えているかい？　話したシトカの貯氷庫のこと」

「ええ、印象的な話だったわ、早く見たいわね」

「もう直ぐだよ……」

港では彼らをクリンコフストレムが出迎えた。《ロシア・アメリカ社》のエージェントは、すぐさま自己紹介するやマクスートフ夫人の手に丁重に口づけし、告げた。

「マクスートフ中佐、早速ですが、明後日、アメリカ・ロシア貿易会社の現地事務所で面談するよう手配しました。

先方の代表は、氷買い付けの件を見直し、新しい契約を期間三年で結ぶ準備が出来ております」

「それは、結構なニュースですね！」──喜んでそう発すると訊いた。

「乗組員への食糧補給はどうなっていますか？　あなたが担当してくれているんですね」

「まったく問題ありません！」──笑顔で応えて──「司令官からは何の叱責もありません。それに、ポポフ司令官がお会いしたいそうですが」

「ええ、私は何時でも結構です」

「面談は明日になっています。まずは、この可愛らしいお子さんたちと一緒に」──マリヤの脇に立っている子供たちの方を見て、──「お泊まりになるホテルに案内します」

間もなく、マクスートフ一家とエージェントを乗せた、ゆったりとした幌無しの馬車が、開け放ったカリフォルニア港のゲートを出て行った。

翌日の正午、ポポフ少将が、旗艦船の司令官室でマクスートフを迎えた。

「あなたとは、初めてお会いするが、あなたのお兄さん、パーベル・ペトロービッチはよく知っていますよ。一緒にセバストーポリの防衛戦で戦いました」──握手の手を差し伸べて、司令官が発した──「お会いできて、本当にうれしいですよ！」──そして、愛想よく革張りの長椅子に招いて──「さあさ、どうぞ、おかけ下さい！」──自ら先に腰を掛け、マクスートフが続いた。──「マクスートフ中佐、あなたは、もうアラスカに永く、アラスカをよくご存じだとか」──マクスートフをしっかりと見て、ポポフが話す──「したがって、あなたのご意見を訊きたいのですが、シトカに我がクレーサー艦の基地を置き、万が一、敵方で敵対行為が生じた場合に、海岸沿いの海路で軍事行動する可能性をどう思いますか」

「海軍のその計画は、私自身の見方と完全に合致します」──ほんの僅かながら瞬間考え込んだが、マクスートフはそう言って、続ける──「シトカには造船所があり、船の修理と食糧の補給が可能で、その問題は事実上解決済みです。しかし……」──残念そうに言う──「電信がありません。状況判断をするためや情報を得るための電信がありません」

「そうですなあ」──少将が頷き──「しかし、私の知る限りでは、露米電信回線が敷設され、アラスカを通る、と聞いておりますが」

「都に居る時に、私も聞き及びましたが、既に作業が開始されていて、電信交信は三年後に始められるそうです」──そう応えて、マクスートフは──「もし、電信ケーブルが設置されれば、基地は一つではなく、数カ所に設けることが出来ましょう。たとえば、シトカだけでなく、カデヤック島でも。加えて、追跡ポイントを海岸沿いに設け、船舶の、自国船だけに限らず、外国船、あらゆる船舶の追跡が出来ます……」

「それはどういう意味でしょう？」――司令官が興味を持って訊く。

「《ロシア・アメリカ社》の各居留地にそうした追跡ポイントを設置できるということです」

「それは素晴らしい！」――ポポフはその考えに賛同し悦び、目に、好奇の光が輝いた――「サン・フランシスコには何時まで滞在の予定ですか、それとどの船でここから出発しますか？」

「まずは契約に調印して、それはもう分かっているんですが。それが終わり次第、最初の船で行きます」

「あなたは、ご家族と一緒ですね？」

「ええ、妻と娘たちです。それとノボアルハンゲリスクに息子が居ます……」

「そうですか、それじゃ、シトカへは《ボガトィリ》で行きましょう」――あたかも決定事項のごとくポポフが言う――「ポーランド蜂起の問題は終結しました。我々のミッションも、概ね終了に近づいています。アラスカへ艦船配置する可能性を調べる機会は、近い将来、私にはもう他にないでしょう。そればかりか、この計画の現実性は今後のロシア艦隊にとって時宜を得ており、あなたが裏付けてくれた通りです。したがって、マクスートフ中佐、ご家族でこのコルベット艦に乗って下さい。あなたの仕事が片付き次第、錨を上げましょう。それと、もう一つ」――何か思い出したように少将が話す――「いろいろと言われているのだが、バンクーバーへポーランド人が現れ、《ロシア・アメリカ社》の船舶襲撃を企んでいるらしいですよ。これについては何も聞いていませんか？」

「いえ、初耳です」――半信半疑でマクスートフは肩をすぼめ――「単なる噂ではないでしょうか？」

「ええ、にわかには信じがたいですがね。しかし、確かめないといけません。それで、ピールキン中佐の指揮でクリッパー艦《アブレク》をシトカ、バンクーバーのルートで行かせます」


サン・フランシスコでマクスートフが手間どることはなかった。カリフォルニアへの氷の供給に関する新たな契約をアメリカ側と結び、家族と旗艦船でアラスカへ発った。旅程は一週間だった。自分の誕生日から二日目に《ボガトィリ》は《アブレク》を従えて、シトカ湾に入った。誕生日は船内で少将とコルベット艦の乗組員士官たちが祝ってくれたのである。

艦船の到着を祝い、沿岸防衛隊の空砲が一発大きな音を立てて鳴ると、仲良さそうに波間で揺れていた無数のカモメたちが驚いて空に舞い上がった。それに応えて、コルベット艦の大砲が一斉に空砲を放った。

恒例に従い、ランクの上の者から陸に降り立った艦隊の司令官を、高級の客を出迎えるための礼服に身を包んだフルゲーリム大佐が出迎えた。敬礼をし、きちんと上申して、

「私に委任されております駐留部隊、並びに会社居留地の管理は、滞りなく順調であります！」――加えて――「ご到着、歓迎致します、ポポフ少将！」

「フルゲーリム大佐、久しぶりです！」――少将が言う――「思い出します。あれは、都でした……」――会った年度を思いだそうと額にしわを寄せていたが――「十四年前、海軍省で、私が会社への転属を命じられ、艦隊から異動になった時以来です」――大佐が思い出して告げた。

「そうだった！」――ポポフが微笑み、頭を振る――「あれから、随分と時が経ちました……」――マクスートフが後ろに立っているのに気が付き、振り向いて、――「それでは、あなたの後任をお届けします……」

「どのくらい滞在の予定ですか？」――フルゲーリムは目を上げ司令官に訊く。

「永くはならないと思います。こちらの状況と立地を確認し、帰路にはあなたを乗せて発ちます。業務引き継ぎにどれくらい必要ですか？」

「一週間あれば足りるでしょう」――大佐はそう応え、少将の後ろから出て来たマクスートフに目を移し――「それで良いでしょうな？」

「ええ、結構だと思います」――マクスートフは頷き、前へ進み出て――「お久しぶりです、フルゲーリム大佐！」

二人は固く抱き合った。フルゲーリムは感動し、いままでかつて無かった感涙さえ流した。

「私もアンナもずいぶん心配したよ」――センチメンタルに小声でささやいた――「こちらへの再赴任の知らせを受け取った時は、もちろん喜んだが、心配をしました。子供たちはどうするのか、ってね。でも、聞けば、今は奥さんが居るって……」

「マリヤ・ウラジーミロブナといいますが、娘たちと一緒に来ました……」

「そうか、それは良かった！　アンナが待ちわびていました。それに君の息子のサーシカ（＊アレクサンドルの幼少時の愛称）もパパに会いたがっているよ……」――興味深そうに彼らを見ているポポフを見て、――「ポポフ司令官、どうぞ、お部屋にご案内します！」


バラノフ城では、お客招待の準備がすっかり整っていた。少将をお部屋に案内した後で、フルゲーリムが客間に戻ると、息子にぴったりとくっ付かれたマクスートフとマ

リヤに娘たちが待っていた。娘たちには地元の熟練工がこしらえた木の人形に、アンナが自分の手できれいな服を縫って着せた人形をプレゼントしたのだった。アンナも皆とホールにいた。マクスートフは既に妻を彼女に紹介していた。彼女はそっけなく挨拶しただけで、すぐに子供たちの方へ行ってしまい、順番に都へ行った時の様子を娘たちに訊いていた。

　客間にフルゲーリムが入って来て、

「マクスートフ中佐、それじゃ奥さんを紹介してくれるかな！」

「マリヤ・ウラジーミロブナです」――マクスートフはそう言って紹介し、大佐を見て、続けた――「こちらが、フルゲーリム・イワン・ワシーリエビッチ大佐だよ……」

「あなたについてはドミートリーから沢山お聞きしました」――マリヤが小さな声で応じて、――「サーシャをありがとうございました」

「いいえ、何を言いますか。あの子は私たちの子供みたいなものですよ！」――夫に近づいて来たアンナがそう言って、用心深く、それに何となくよそよそしく、彼女を見た。女性特有の勘で、マクスートフのとった行動は正しかったし、そうせねばならなかったと彼女には理解できた。幼い子供たちの将来のためと、士官としての仕事を続けるためにも二度目の結婚をせざるを得なかった。しかし、とは言っても、彼の新しい妻を受け入れることは、心のどこかで出来なかった。アデライダの思い出は、彼女が入れ替わることで、かき乱されてしまった。悲しい思い出で、コンスタンツィアを永久に失ってしまった心の癒やされぬ傷を呼び起こしたのだった。マリヤを見て、何とはなく純粋に意識の下で、彼女はマリヤとアデライダを比べていた。彼女には、アデライダの方がずっと綺麗で、賢く、明るかった……。アデライダの面影が目の前にあって、マクスートフの新しい妻と親しむという現実から腰が引けていた……。

「別れるのは残念だが、仕方がない……」――フルゲーリムがつらそうに言う――「マリヤ、もし差し支えなければそう呼ばせてもらうが、我々は祖国の命を受けてここでともに働き、互いの家族と親しくしていたんですよ……」

「本当に言葉では言い尽くせないほど沢山のことがあったわ」――アンナ・ニコラエブナは小さな声でそう言って、ハンカチで涙をそっとぬぐい――「ここで、主人の妹も葬りました。彼女はドミートリー・ペトロービッチの前の奥さんの親友だったんです……」――ハンカチを顔に当ててすすり泣いた。――「アデライダを地元の墓地に埋葬してからもう二年になるわ……」

「ほら、もう十分。止めなさい……」――妻を抱いて慰め、フルゲーリムはマリヤを見て、――「ごめんなさいよ、我慢が出来なくて……」

「いえ、分かりますわ」——小声でそう言って、マリヤは黙っているマクスートフの手を取って子供たちの方へ行った。彼の顔は、アンナが話した後、石のように表情を失ったままだった。

彼らは、プレゼントにもらった人形で遊ぶ子供たちをしばらく眺めていたが、マリヤが夫の方に向き直り、

「ディーマ、ペテルブルグであなたが注文したアデライダとコンスタンツィアのお墓用の飾りを持ってきたこと、フルゲーリム大佐に話した方がいいわ」——悲しそうに言うと——「今言った方が良いわ……」

「そうだな、君の言うとおりだ」——目覚めたように、——「そうしよう……」

「じゃ、行って！」——フルゲーリム夫妻の方を見ながら、そっと彼を押した。夫妻は窓辺に並んで立ち、客間の窓の外を見ていた。向こうにルーテル教会の墓地のある丘が見えていた。


業務の引き継ぎには、フルゲーリムが予想していたとおり、大して時間はかからなかった。ノボアルハンゲリスクへ到着して六日目にマクスートフは、大佐の元で業務引継証書にサインした。

「これで君が会社の全権を持った長官だな」——書類に自らの署名をしながらフルゲーリムが言う——「我々は明日、サン・フランシスコへ向けて出発します。今晩、お別れの晩さん会をやろうじゃないかね」

祝賀の宴が広々とした客室のホールで催され、艦隊の司令官が最初の乾杯をした。

「私は初めてこの地に来ました。そして目のあたりにし確信したことは、《ロシア・アメリカ社》のアメリカ海岸居住者が、単に交易上重要な役割を果たしているだけではなく、今後、ロシア艦隊の戦力増強の上でも貢献するということです。アラスカには戦艦の配備にこの上なく適した場所があります。その意味で、ノボアルハンゲリスク湾を、その海軍基地に是非したいと考えます。そこで、マクスートフ中佐とフルゲーリム大佐が実行して来た会社設備の開発・建設続行に対し、成功をお祈りします！　これまでに達成されたこと、今後あなた方が実現して行くことのすべては、一つの目的のために寄与せねばなりません。それは、祖国ロシアから遠く離れた大陸におけるロシアの存在を、堅固にすることです！　アラスカが我が海上航路の未来であり、ロシア極東での国境防衛の第一防衛線をアラスカに創設するために、乾杯したい！」

皆立ち上がって、居留地の長官のために、国家のために、ロシアのアラスカのために、そしてロシアのために！　乾杯した。

二番目にマクスートフが乾杯の音頭をとる。前任者であり友人でもあるフルゲーリムの功績をたたえ、都から持ってきた、地元民族の飾り模様のついたシャンパン用銀杯をかかげて、

「親愛なるフルゲーリム大佐、この銀杯がアラスカで一緒に過ごした時を思い出させてくれますように！　我が家の家族は、あなたとアンナ・ニコラエブナを一生忘れません。また、お会いしましょう！」

しかしながら、彼らが再び会えることはなかった。運命がそれぞれ別の方向へ導いたのだった……。

翌朝、別れの汽笛を合図に、《ボガトィリ》はフルゲーリム一家を乗せて、湾を後にした。クリッパー艦《アブレク》もまもなく後を追って出航した。クリッパー艦の行き先はバンクーバーだった。旗艦船がシトカに停泊していた間、ポーランド人はまったく見かけず、社有船に対する攻撃準備をしているという情報は、単なる流布された噂に過ぎないことが分かった。

7

夏、ロシア艦隊はそれぞれニューヨークとサン・フランシスコを去った。冬の宮殿で皇帝は宰相の訪問を受け、対外政策に関する定期の状況報告を注意深く聞いていたが、宰相が艦船の出航について述べると、皇帝アレクサンドルは満足げに、

「我が艦隊が行ったことで、我が内政に対するヨーロッパ勢の干渉は事実上すっかり鳴りを潜めたし、ボナパルトとビクトリアの対アメリカ計画を頓挫させたな。我々がとった行動は正しかったわけだ、そう思わんかね？」――刺すような視線をゴルチャコフ宰相の方に投げかけると、彼はすっかり困惑してしまった。

皇帝は艦隊の派遣に関して宰相の示していたポジションを忘れはしなかった。そして、それを今思い出し、痛いところを突かずにはおれなかったのである。いかにせよ、本件に関して決定を下す前に、彼らの意見は根本的に分かれたのであった。今となっては、重大な政治的な結果がもたらされ、老宰相にはこのことを言っておきたかったのである。

用心深い宰相は、従順に頭を下げて述べる、

「陛下の先見の明と、我々が手際よく仕掛けたヨーロッパと合衆国との関係におけるラインが、間違いなく役割を演じたものと思われます」――眼鏡を直してさらに続け、上手く話題を逸らし、――「アメリカの情勢は落ち着いてきまして、リンカーンが優勢のようです。私には疑いなく、

十一月には彼の再選が決まって新たな任期に入り、現在の政府メンバーが続投すると思われます。国務大臣シュアルドとの関係は好く、相互理解で共通点を見つけておりますので、彼が代わることは、我々にとってきわめて望ましからぬことです」

「君の言葉からすると、我が公使は彼との間で道筋をつけた、ということかね?」

「そう確信するのは、私からすれば軽率かも知れませんが」——宰相は上手く取り入るように——「いくらか、友好的な好意がシュアルドに表れております」

「それで何を言いたいのかね?」

「自宅に個人的に招くというのはいかがかと、つまり、非公式に……」

「いずれにしても、ステッカーは上出来だったな。外交に於いて、そうした付き合いはもちろん大切だが、……」——アレクサンドルは黙った。そして、物思いに沈んで宰相を見て、——「どんな外交も、大砲がものを言い出したら終わりだ。アメリカでの戦闘は続いている。たとえ優勢だとしても、それが確保できるかだ?」

リンカーンは、既に三月、内戦の進展を抑えようと北部連邦軍の統合司令官にウイリス・グラント将軍を任命していた。

「我々は産業力と労働力の優位性を利用せねばなりません」——重要ポストに任命された時、大統領との面談でグラント将軍は断言した——「最も重要なことは、今行われている作戦を積極的に行うことです。西部戦線にはウイリアム・シャーマン将軍を派遣し、ポトマック軍の指揮にミッド将軍を残す。二方向からの攻撃で敵軍に消耗する圧力をかけ、白旗を揚げさせます!」

「グラント将軍、今言った戦略で望んでいる結果が期待できるのかね?」——リンカーンは不安そうにグラントを見る。

「議論の余地はありません!」——将軍の返事は短く、表情は厳しい決断力に満ちていた。

五月にグラントはミッド将軍指揮下の軍隊をリッチモンドに向けたが、五十マイル北西で決戦が戦われ、約一万八千人の南部連合側の人命が失われた。莫大な損失にもかかわらず、グラントは停止せず前進するよう軍隊に命じた。ミッド将軍の軍は、常に攻撃を仕掛けながら前進し、スポトシリバーニの南東でリー将軍の軍を粉砕した。この戦役で一万四千人の死者が出た。

「もうこれくらいで止まって休息をとりますか? 兵は戦いで疲労困憊していて、損失の補てんも必要です」——ミッドは、勝利を祝おうと駆け付けたグラント統合司令官に頼んだ。

それに対して、獰猛な野獣が狂暴に憤激したうなりに似た威嚇的な返答が即座に返ってきた。

「何を言っているかー、奴らだって自分の血で勝利の讃美歌を書こうとしているんだぞー」

ミッドはそれ以上何も口にしなかった。グラント将軍は兵士の間で《肉切り人》のあだ名でとおっていた。軍隊はコールド・ハーバーの方へ移動し、そこで南部軍の防御を突破してリー将軍の軍勢をピーターズバーグへ退却させた。しかし鉄道の大きな交差点になっている、街に近づいた時には、軍はその街をすぐには制圧することはできず、街の壁の前で止まらざるを得なかった。包囲するのがやっとの軍勢になっていたのだった。

「最初の課題は達成した。それは事実だ、ただ、終いまでではないがな」――街を環状包囲した報告を受けたグラントは、成功に元気づいてそう声をあげた。――「今度はシャーマン将軍の番だ。彼はジョンソン軍を圧倒し、アトランタへ後退させた。この街の制圧は、ピーターズバーグ同様、我々の最終的勝利の前兆になるぞ！」

ぐらついてしまった状況を立て直し、北部軍をピーターズバーグから引き揚げさせるために、リー将軍は、六月中頃、ジュバル・エリー将軍とジョンソン将軍の部隊に、ワシントンへの進軍を開始するよう託した。首都に接近しつつ南部軍は郊外で砲撃を始めた。

リンカーンはすぐさまグラント将軍を召喚すると、国務長官の居るところでいらいらしながら、言った。

「リーは我々の心臓部を叩こうとしているぞ！　ワシントンに向けて一斉射撃をしおるではないか、これがあいつの猛攻の合図だ！」

「心配は御無用です！　敵さんの思うようには絶対になりません！」――グラントの声には確固たる自信があった。――「我々は充分撃退できる態勢にあります！　それだけじゃあ、ありません。やつらには街を攻撃するほどの武力はありません」――嗤いながら――「見ていて下さい。奴らの砲撃が茶番だってことが直ぐに分かりますから！」

これに対してシュアルドは懐疑的に、

「砲弾の炸裂が鳴りやまぬ間、市民は崩壊とパニックを感じているじゃありませんか」

「分からないかね、我々は奴らにそうさせておくわけには行かんよ？」――リンカーンはしかめ面をして将軍を見て、――「どうしようとしているのかね？」

「武力を集中して、奴らをワシントンから撃退します。そうなるように命令は既に出してあります。シェリダン将軍が反撃を準備しております」

グラントが報告したとおり、事は成った。南部軍はワシントンからシェナンドアの谷へ追い払われてしまった。かくして南部連合軍による州都占領の試みは失敗した。

　秋をとおしてリー将軍の負け戦が続いた。アトランタを失い、彼の軍勢は大西洋岸へ後退した。それを追ってシャーマン将軍の軍隊が進軍した。シャーマンは進軍の邪魔になる奴は誰も容赦するなと命じた。敵兵だろうと、逃げ遅れて隠れることが出来なかった住民だろうと、移動する避難民の列にはいれなかった者だろうと、容赦するなと……。

《我が軍は、行軍エリアから敵のろくでなしを完全に根絶しながら進軍する！》――将軍は自慢げに誇りを持って、グラント統合司令官に戦況を報告した。一方、グラントは抑え気味に応えた――《兵士の攻撃的発作は抑えろ！》。さらに、大統領には《総攻撃は大成功をもって行われております。ピーターズバーグ制圧の次は、まもなく奴らに両手を上げさせます》と報告した。

　十月中頃、セダー・クリークで、シャーマン将軍はワシントンから谷へ退却した南部軍を破った。

　リンカーンは朗報に悦びを隠せず、戦勝報告に来たグラント統合司令官の手を力いっぱい握った。

「グラント司令官、おめでとう！　こころから祝福する！」――大統領が発した――「貴殿の軍司令のおかげで、素晴らしい成功が収められつつある！　この勝利は、選挙戦マラソンに最後の切り札を投ずることになる！」

「政治的前線でのあなたの優勢は明らかです。勝利は間違いないでしょう！」――返答に統合司令官はお世辞を言った。

　十一月にリンカーンは再選を果たし、新たな任期を得る。実際のところ、すべての合衆国で選挙が行われたわけでなく、現政権の勢力が及んでいる州のみでの選挙結果である。南部諸州は選挙に参加しなかった。しかし、迫りくる政府勢力の前で圧迫される恐怖から、南部住民は北部を見ていた。

　国民信託の委任状が再びリンカーンに授与された知らせを、皇帝アレクサンドルは、スモーリヌイの女学校から冬の宮殿へ戻って来た時、ゴルチャコフ宰相から知らされた。

「リンカーンが、待っていたとおり、選挙に勝ちました」――

　アメリカから届いた知らせを持って皇帝の執務室に入った宰相が手短に報告した。

　が、皇帝は黙って大臣を見た。ゴルチャコフは皇帝が聞きもらしたものと思い、手に咳をして、大声で繰り返した。

「アブラム・リンカーンが再選されました」

「それは良かった！　祝電の準備をしてくれ！　直ぐに行って始めてくれたまえ、遅れてはならん！」――そう言ってアレクサンドルは、手を後ろに組んで窓の方を向いた。

この時宰相は皇帝の視線を捕らえた。彼は何となく超然として、どこか見えぬ遠くを見ているようだった。いつもは朝から元気いっぱいで力に溢れている皇帝が、どうしたわけか様子が違うので腑に落ちなかったが、ゴルチャコフは執務室を出た。

アレクサンドルは、スモーリヌイの女学校から戻り、先頃の面会の印象に浸っていた。そこで彼は若く美しい娘に逢った。長い栗色の髪をし、黒い大きな瞳のエカテリーナだった。《カーチェンカ》、と彼を瞬く間に魅了した十七歳の娘を、意識的にそう呼んだ。

最初に彼が彼女を見たのはまだ若い女の子だった時で、五年前。彼がポルタバに演習で行った時、退職した近衛部隊の大尉ミハイル・ドルゴルーコフの名で招待されて来ていた。昨年彼女の父が亡くなった。それを知ったアレクサンドルは、彼女をお嬢様学校に入れるよう手配してあげた。このとき、二人がこんなふうに再び巡り合う運命にあったとは知る由も無かった！

今回、二度目に彼女に逢ったら、彼には彼女のこと以外何も考えることが出来なくなった。打ち寄せる彼女への気持ちは他に比べようも無かった。時々添え寝する一時的な慰めへの感情とも、たまたま苗字がカーチェンカと同じだが、今のアレクサンドルのお気に入りに対して持つ感情とも比較できなかった。

女学校訪問後、ここ数日アレクサンドルは気がどうかしていた。彼のふさぎ込みや以前意見をはさんでいた事に対して見て見ぬふりをするところなど、宮中の取り巻き全員が気づいていた。宮臣たちは、いったい彼に何が起きたのか、あるいは病なのか、などと推測していた。週末、彼女が風邪をひいて入院したという知らせを聞くや、彼は病院へ飛んで行き、その後は毎日見舞いに行くようになり、謎の答えは自ずと分かったのである。

アレクサンドラ・ドルゴルーコバはやがて若い女官と入れ替えられたのだった。皇后にとって、夫の新しい欲望は秘密ではなくなったが、彼女はだんまりを選び、涙と共に自分の部屋に閉じこもるだけだった。

年末が近づいて来た。年が終わるまでの二日間、エレーナ皇太后は宮殿で家族会議を開くことにした。最初にやって来たのはコンスタンチン大公だった。アレクサンドル皇帝を待っている間に、かぐわしい香りのお茶を飲みながら、皇太后は大公に好奇心の目を向けて、

「コンスタンチン、私の耳にも入ったけど、アレクサンド

ルに新しい愛人が出来たんだって?」

「そんなことは、彼の問題で、話したくないですよ」

「私が心配しているのは一つなの。彼が彼女に感化されはしないか、そうなったら、私たちの計画にどう影響するかよ」

「おーお」――大公は笑って――「無駄な心配ですよ。彼女は大人しくて、まだ若すぎる。宮廷では出来るだけ逢わないようにしているけど、彼女の方がぞっこんのようですよ……」

「それ、本当? まじめにそう思っているの?」

「彼の行動を見ている限り、そうですね」

「ちょっと彼女を見ておきたいわねえ」――皇太后は、甥に目を上げ、物思わしげにそう言った。

その時、皇帝がまっしぐらに部屋に入って来たので、その会話は途切れた。

「誰の陰口を言っていたのかな?」――丸椅子に腰を下ろしながら、あたかも聞こえていたかのように言い、――「寒くて、温かいのが欲しいな」――お茶を自分で茶碗に注ぎながら続けた。

「アレクサンドル」――皇太后が彼を見て――「改革を始めてからロシアは多くのことを達成したわ。だけど、私が懸念しているのは、最近の新たな訴訟手続きよ」

この年に導入された《裁判規定》で、これまでの裁判所に関する意味が完全に変わってしまった。陪審裁判が設けられた。そこでは平等が原則。階層にかかわらず市民は法の下で皆平等で、しかも裁判手続きに競争が持ち込まれたものだから、訴訟手続きの中で弁護士の役割が大きなものになったのである。

「何が心配なんですか?」――お茶を一口ごくりと飲み、叔母を見て言う――「司法制度が民主主義に顔を向けるようになったんですよ」

「言論の自由、それが法廷で響き渡っているわ。裁判改革を考えながら、私たちは、手続きの公開と参加者の権利擁護を思っていたけど、時折、見てのとおり、私的なプロセスが社会的非難、でなければ、悪習の拡声器に変わってしまっているわ」

「そう、それはそのとおり」――大公が口をはさんで――「雄弁な弁護士は、もう、限度を超えているね! 体制を批判しているんだ、自分の雄弁で何をせねばならんかを考えさえしないでね」

「ちょっと、誇張しすぎじゃないかね」――アレクサンドルは茶碗を脇へ置いて――「もちろん、例はあるさ。具体的な案件を裁定する時、罰を軽減しようと一般的な情勢を引用したりすることは。しかし……」――弟と叔母を見渡して――「私は、これは裁判民主化の成長期病だと思うね」

「その病は、時を間違えずに介入しないと自分では治らないわよ」――皇太后がきっぱりと断言して――「私は、分かる？　両手で票を入れるわ。リベラルな改革と、社会の民主化にね。でも、限度ってのがあるわ！　法廷では明らかに強制的な行為を呼び起こすような声があがることがあるわ！　でも、それを新聞が引用したりしているのよ。革命、テロの馬鹿騒ぎ。これが心配なのよ！」

「ところでね、アメリカの内戦もすぐに始まったわけじゃなくて、裁判所内部でのものも含め、演説に触発されたんだよ」――コンスタンチンが口返しに言う。

「あなた方は話をどういうふうに持っていこうとしているのかね？」――アレクサンドルは苛立ち眉をしかめ、――「民主主義だと言ったり、止めろと言ったり！」

「裁判所内を含め、厳格なコントロールを導入することさ」――大公は立ち上がり――「ここ数年で達成したことが、たちまち葬り去られ、また闇に入り込んでしまうさ。もし、変革に脈動する手を押さえていないと。ニヒリズムが共産主義に走ってしまい、集団蜂起なんてことにもそう遠くなくなる。学生の動揺なんて忘れろ、と言ってはおれないよ！」

「第三部を強化して反体制派の秘密捜査に弾みをつけないとね」――コンスタンチンは叔母を支持し、兄の方を見て――「ニヒリズムに侵されている者はみな書きとめるんだ！　それだけじゃなくて、早急に一定の処置をとるよう強く勧める。危険を呼び起こしそうな者は、公衆から一定の期間遠ざけ、ドアを固く締めたところで過ごさせることだね」

「それは一考に値するね」――アレクサンドルが物思わしげに発言する――「考えてみよう」

「そう、出来るだけ早くね」――皇太后は少し腰を下ろし、――「今年、私たちの成し遂げたことは上出来だったわね、改革のテンポは上がったし……」

「ポーランド問題を解決し、フランスの鼻をくじいてやったし、これでイギリスだってロシアを見る眼が違ってきた」――アレクサンドルは叔母の言葉に賛同した――「国際社会でも大きな進展があった。何といっても合衆国との関係がね！」

「ところで、アメリカについて言えば」――コンスタンチンが指摘する――「ゴルチャコフが言っているんだが、大統領がすっかり我が国に対する心象を好くしているようだし、ここを利用しない手は無いね……」

「どういうこと、説明して！」

「今は、北部と南部の対立にもかかわらず、もしかするとそれがためにか、合衆国は唯一発展の道をたどっている国だ。きのこが生えてくるように、工場や製作所が建設され、鉄道網がアメリカ中を覆い始めている。素晴らしく近代的な蒸気船が造られ、速射銃なども製造されている……」

「それで？」――アレクサンドルは射るような目で弟を見て――「何が言いたいんだい？」

「いや、たった一つさ。やがてアメリカは世界政治の新たな中心になり、我々も彼らと密に関係を持たざるを得なくなる。そればかりか、彼らが産業で成し遂げたのに依拠して自分たちも、つまりロシアも前進せねばならなくなる！　我が極東領土の開発も開始できるかもしれない。ペトロパブロフスク港を操業させ、海路を使って、アメリカから新しい機械・設備を持ち込み、大規模な造船・修理所を建設するなどね……」

「君が言いたいのは、艦隊のペトロパブロフスク基地にそれを造ろうというのかね？」

「そう、大規模な海洋基地だよ、アメリカの助けを借りてね！　我々の仕事はもう始まっている。最新式の機械を買い付けて、大幅に進展させ、太平洋岸に近代的な造船所を建てるんだ」

「考えは素晴らしいな」――アレクサンドルが賛同し応え、叔母を見て――「考えるに値するね……。それの実現には《ロシア・アメリカ社》を巻きこむか？　どう思いますか？」

「それには追加資金が必要になるわね」――皇太后が頭を振る――「知っての通り、今、会社の財政状況はあまりよくなくて、配当も払えないくらいなのよ」

「やっと息をしていますよ」――大公が叔母を支持して――「それと、会社所有の船舶を海軍省に譲渡したら、どうなることやら……」

「待ちなさい、そんなことをしたら、交易が激減するぞ。そうすれば単に会社は終わりだよ！」――眉間にしわを寄せて、アレクサンドルが反駁してコンスタンチンを睨みつけ――「君はこのことを分かっているのかね？」

「いずれにしたって、遅かれ早かれ、会社のことは決着をつけないといけないでしょう」――大公が少し言い直す――「より正確には、アラスカの植民地のことだけど。だけどね」――急に兄の方を向いて――「アラスカのことになると、いつも神経質になるね」

「君はゴルチャコフとそのことばっかり言っているじゃないかね！　予め忠告したはずだぞ、もうそのことで話すのは止せと！」

「アレクサンドル、そんなに熱くならないで！　コンスタンチンも一面では正しいのよ。だってこの問題を避けては通れないんだもの」――予期しなかったが突然叔母から助け船が出て、有難く思って彼女の方を見ると、皇太后はゆっくりと続けた。――「政治は常に変化するわ、まるで気まぐれな女性みたいに。しっかりと顔を見ていて何を言いたいのか素早く捉えなくてはならないわ。ロシアは内部的には力強く、隣人には友好的でないとね。小を捨て大を獲るってこともあるわ……」

「私はロシアが領土を譲るなんて考えませんよ！」――皇帝は熱くなって叫んだ。

「今はそうよ……」――皇太后が静かに言う――「将来的にはこの案も捨て難くなってよ……」

「アラスカを売る時が来るってことを言いたいのですか？」

「政治状況によって地図が変わるってことね」――彼女は賢く応えた――「アメリカ自身が証明しているじゃない。この点じゃ、コンスタンチンの意見も根拠あることよ。合衆国が重要度を増して来ていて、私たちも彼らとの関係で特別なラインを開拓すべきだわ。あそこでの私たちの植民地は、いやがおうでも彼らの政策上目を引き付けるわ。だから、対話の準備だけはしておかなくてはね」

「議論の仲裁だけか、今度はアドバイスですか」――少し冷静さを取り戻し、叔母を見てアレクサンドルが言う――「近いうちにこのことについてはゴルチャコフと話しますよ」

しかし、新年の祝いや何やらで、その後しばらくはゴルチャコフと会うことが出来ずにいた。一月の中頃になってようやくこの問題について話せる時が来た。宰相を呼び、すぐさま本題に入る。

「ゴルチャコフ宰相、アメリカとの振る舞いに関して相談したい」――執務机に向かい、隣の丸椅子に宰相が腰を下ろすと、アレクサンドルが始めた――「いつかあなたは、ステッカーが国務大臣と非公式なつながりを持った、と言っていましたな。政府の今後の方針に探りを入れてみるのも好いぞ。どこをとってみても、最早リンカーンの勝ちだ。そうなると、我々も、合衆国との橋を強化するために彼の今後の計画を知らねばならない」

「それに関しては私も既に考えておりました」――ゴルチャコフがすぐさま反応して――「南部連合軍がもう長く持たないことは、明らかです。おそらく、夏には武器を置くでしょう。リンカーン政府と議会には、統合した領土を強化する新たな可能性が出てきました。それは法制度上も経済的にもです」

「ロシアは当然、国家の統一強化を歓迎する」

「はい、我々はその方向を維持します」――宰相は強調し、少し頭を下げ、眼鏡の上から皇帝を見て――「しかしながら、アメリカを知っておかないといけません！　内閣政府は地理的な領土拡大の機会を捨てたわけではありません……」

「正に、そこだ。それがなかなか安心させてくれない」――アレクサンドルは立ち上がって室内を歩きだし、ゴルチャコフの前で立ち止まって、——「そこでだ、公使にアラスカのあの細長い我が領土に関してどう思っているか、情報を得るよう努力させてくれんか。この問題は極秘だ。政府の視線がそこに及んでいるかどうかだ。ゴルチャコフ宰相、君に私の言っていることの意味が分かるかね？」

ゴルチャコフにどうして分からない？　分からぬはずがない。宰相は正にこの時を待っていたのだった。皇帝の支持を予め得ておきながら、外交的なレベルで大っぴらにアラスカ譲渡の問題を検討できるのを。ただ、今は急がずに、しかし前向きに、アメリカ政治に対する見方を少しずつ準備し、行動せねばならない。重要なのは、合衆国から売買の申し入れをさせることで、そのためにステッカーに根回しをしてもらわねばならなかった。そして、その指示はすでに彼に出していたのである。皇帝の関心ある情報については、最も有利な輪郭で提示することを。それに必要なのは、ただひとつ、時間だけだった……。

8

自然が眠りから覚める時期がマクスートフは特に好きだ。長い冬、止むことなく吹く風の音だけが聞こえるとき、降り積もった雪だけの雪原を歩いていて、彼は春の日の訪れを今か今かと待っていた。三月は寒かったが、四月になってようやく待ちに待った暖かさがやってきた。妻マリヤは妊娠六カ月になっていて、ベレンド医師が毎日の散歩を欠かさずするように薦めていた。

マクスートフは彼女の腕をとって湾の岸に沿った小道を散歩していた。太陽の眠気まなこがどんよりかかっていた。岸辺に沿って列をなしている山の窪地には、白みがかった黄色のエーデルワイスが咲いていた。磯つつじが、赤紫色のしじまをつくり、エゾ松が針葉樹の酔わせる香りを放っている。丘からは、無数の小川となって、雪解け水が陽気な音を立てて海に流れ込んでいた。

「見て、何て美しいんでしょう、まるでおとぎ話のようね！」——眼差しを上げ、マリヤが彼に体を寄せて、——「心も明るくなるわね……」

「気分はどう？」——彼女の方に体を傾けて訊いた。今朝方彼女は気分が悪いと言っていた。ベレンドを呼んで診てもらったら、危険な状態では無いが、安静が必要で、新鮮な空気の中を散歩する習慣づけが必要だと処方した。

「随分良いわ。でも、……」——小さくため息ついて、つらそうにつぶやく——「もう子供たちとながい時間過ごすことが出来なくなったわ。誰か面倒を看てくれる人がいないと……」

「心配しなくても大丈夫だよ。ガブリーシェフの奥さんが子供たちの面倒を看てくれるから」

最近中佐に昇進したガブリーシェフがマクスートフの副官に任命された。彼の奥さんとマクスートフは既に話をしていて、彼女が出来る範囲で手助けすると、同意をもらっていたのである。

「よかった、それなら大丈夫ね」——安心してそう言ったマリヤが、突然湾の方を指さし、驚いて叫んだ——「見て、船よ！」

黒い煙の裾を後に残しながら、湾に汽船がゆっくり入って来た。

「あれはアメリカ船だ。サン・フランシスコから来たんだよ」——じっと船を見て、マクスートフが説明した——「塩漬け肉とライ麦粉を運んで来たんだ」

ノボアルハンゲリスクでは冬用の食糧が底をついたので、クリンコフストレムがシトカに向けて食糧貨物を送ったのだった。

「戻らなくっちゃ」——マリヤを優しく見て——「船長と会わないといけないからね」

窓の外が暗くなり始めた頃、彼は執務室で汽船の船長と会った。もう既に二度会ったことがある、デービッド・カールトンだった。

「あなたは、階級章が新しくなり偉くなられましたな！おめでとうございます！」——にっこりと笑って握手を交わすと、アメリカ人船長は単刀直入に言う——「帰りはサン・フランシスコへ行きます。今日は十四日、そうですな あ、二日後に出港しますが、氷の積み荷は出来ますか？」

「ええ、一部はもう出来ています」——マクスートフは頷いて返答する——「それについては新しい事務長のルーゲビン・ヨシフ・アキーモビッチが担当しています」

「ところで、彼、確か、イワン・ワシーリエビッチでしたな、彼はどちらですか？」

「リンデンベルグ事務所長のことでしたら、最近帰国しましたが」

「そうでしたか。ここは永かったですよね。残念ですなあ、もう会えませんか……」

「仕方がありませんね、これも運命です！」——マクスートフは手を広げてジェスチャーし——「いつかは私もこの地を離れますし、まあ、正直のところ、慣れっこですよ」

「おおっ！ でも、それはそんなに早く来ないでしょう」——カールトンが指摘する——「我々の相互協力関係がより実りあるものになるよう願っています。まあ、状況変化で判断することができるでしょうけど」——そう言って、粘っこい眼差しでマクスートフに見入って——「ご存じですかな？ リッチモンドにはリンカーンの軍が居るんですよ」

アメリカ人船長は、自分の問いかけに対してロシア植民地の長が驚くのを期待していた。

合衆国における市民戦争は全体としては終結に近づいていた。先月、ピーターズバーグの防衛が陥落し、デービス・ジェファーソンが自らの政府と共に南部の首都を逃げ出した。北カロライナでは北部軍の攻撃が成功裏に展開した。こうした状況下にあって、船長にしてみれば、今後の交易に関し、ロシアの意向を知ることが重要だったのである。戦争は合衆国領土との海上交易関係を阻害していた。それが今、戦争終結の見込みが水平線上に現れるようになり、今後の交易拡大計画が作れるようになった。カールトンが知りたかったのは、ロシアは英国との関係拡大を決めたのではないかということだった。軍事行動をとっていた時期には英国の船舶は商売敵になった。港で積み荷を奪ったり、航路自体がアメリカの船舶にとって安全では無かった。英国がいくつかの海洋航路では独占していたのである。

「ということは、領土の奪い合いにまでなってしまったあの対立が、近いうちに解消するわけですね」――要点をはぐらかすようにマクスートフは、付け加えて、――「互いに軍隊を差し向け合うよりは、いつだって平和が好いです」

「当然です」――船長は同意し――「平和な状況にあっては、我々の関係はより強固にならなければなりません」

「まったく、疑いの余地はありません！　しかし、残念ながら、商品、特に食料品の値段が、おたくの方で随分と高くなりました。我々としてはこの点、買い付け量で考慮せざるを得ませんので、現在、量は減っています」

「戦争の影響です」――カールトンがそっけなく応える――「近いうちに値段が下がるのを期待したいですなあ。ところで、英国はまだ以前の値段で売っていますか？」

「彼らの供給量も減っています」――アメリカ人をチラリと見てからマクスートフが応える――「もし経済状態が改善したら、もちろんそれを望んでいますが、我々はまず第一に《アメリカ・ロシア貿易会社》との関係を拡大し、氷の販売だけでなく、他の食料品の購入も増やします」

カールトンが聞きたかったのは、このことだった。満足して、

「三月初めにリンカーンが就任演説で、慈悲と戦争終結への呼びかけをしましたが、私は、終戦が我々に相互協力の展望を開くものと確信しています」

大統領の言葉を引用したが、カールトンは、このとき、人気あるコメディ《アメリカの従兄》が上演されていた首都のフォード劇場で、新世界と旧世界の諸国を二分する運命の凶弾が鳴り響く血のドラマが展開していたことを知らなかったのである。

リンカーンと妻のメリー・テッドは、若い役者ジョン・ウイルケス・ブットが劇場に現れた時、舞台の演劇にすっかり夢中になっていた。ブットは共謀者、ジェファーソン政治の支持者である南部軍の元兵士だったルイス・ペイン、ジョージ・アツェロッド、デービッド・ジェロルド達とともに、大統領と副大統領のアンドリュー・ジョンソン、それと国務大臣のシュアルドの殺害を共謀していた。

「我々はこの行為で、南部連合軍に不利になって来ている戦争の終結を未然に防ぐ！　これで国民政治に新たな一巻を加えるんだ！　我々の行為の価値は歴史が評価してくれる！」――ブットは、劇場への出発を準備しながら、熱情で同志にアピールした。

「おれは降りる！」――アツェロッドがふさぎこんで言った。――「これは、単なる殺人じゃないか。そんな犯罪を犯しになんざ行かないぜ！」

「臆病者、裏切る気か！」――たちまち憤慨し、ブットが彼の方に唾を吐き飛ばして突っかかる――「俺たちは、お前なんか無しでやるさ！　おれは独りで劇場へ行く、お前たちは」――ペインとジェロルドを見まわし、――「シュアルドを殺れ！　アメリカは俺たちを忘れないぜ！」――彼はそう締めくくった。

大統領桟敷に入るや、ブットはピストルを上げ、リンカーンの左耳を撃った。演劇の場面とはまったく無関係の銃砲に観客は訳が分からなくなる。《暴君は皆こうなるんだ！》大声で叫び、ブットが桟敷の囲いに走り寄り、下に飛び降りようとする。飾り付けに吊るしてあった国家シンボル入りの旗に拍車が絡まって、舞台の上に真っ直ぐ落下し、左足を折ってしまう。が、うめき声と共に立ち上がった。驚いてあっけにとられている観衆と役者の目の前を、片足で跳びあがりながら舞台を横切り、やっとのことで動き回り、壁にぶつかりつかまりながらも、誰にも止められずに劇場の建物を脱出した。

劇場内はしばらく死の沈黙に包まれるが、メリー・テッドの叫び《アブラーム！　アブラームが殺された！》で我に返った。大騒ぎが始まった……。

二つ目のドラマは国務長官の住居で起こった。ペインが住居に押し入り（ジェロルドは馬をひき逃げる準備をして家の側で待っていた）、シュアルドに狂ったように襲いかかった。彼を短刀で突いた、二度目は背後から突きさした……。父の叫びに、隣の部屋に居た息子のオーガスタスと娘のファニが国務省の急用使いと一緒に、部屋へ駆け付けた。襲撃犯を捕らえようと格闘。彼らも手傷を負い、血だらけの格闘の末、ペインを縛り上げ、呼んだ兵士に引き渡した。幸い傷は深くなかったが、大統領死亡の知らせでがっくり来てしまった……。

「私もアブラームと一緒に殺されたようなもんだ」――リンカーンの葬儀が終わって、大統領の椅子に座っているアンドリュー・ジョンソンにシュアルドが述懐する。――「なかなか自分を取り戻せない。それにもう老人のぶるいだ、そろそろ、引退しなくてはな？」

「何を言うのかね、ウイリアム、元気を出してくれ！　計画を進めなければならないんだ」――ジョンソンが気を吐く――「南部連合軍の抵抗はまだ制圧できていない。グラント将軍やシャーマン将軍がやっているように、武力で敵を全土から抹殺せねばならん！　我々の敵対者は至る所に居る。けっして彼らに寛容な態度をとってはならん！　アメリカの将来は我々とあなたに掛かっておりますぞ！」

十二日経って、フリーデリヒバーグにほど近いところでブットの潜伏している家が発見された。家に火が放たれ、リンカーンの暗殺者が逃げ出してきたところを、コーベット軍曹の銃が狙いどおり捉え、命中した……。

折しもちょうどこの日、ダーレン・ステーションで内戦が終了し、南部軍が正式に武装放棄した。

リンカーンの死をアレクサンドルはニースで知った。

皇帝は、バーモン別荘の一室でひっそりと、傷ましい悲しみの中で身じろぎもせず座っていた。テーブルには、黒いリボンが付けられた息子ニックスの写真があった。彼には首ったけだった。皇帝の座を継いでもらおうと思っていた。ニックスは闘争に入れ込んでいたのだが、昨年、捕らえられた時に脊椎を怪我し、脊椎カリエスを発症してしまった。医者の勧めで、治療のためにニースへ送ったのだった。病気が進行し、脳にも転移してしまった。サンクト・ペテルブルグに電報が届いたのは、余命幾ばくもなくなったときだった。

恐ろしい知らせにすっかり落ち込んだアレクサンドルと家族は、急ぎニースへ向かった。願っていたことは、ただ一つ。何とか生きていて欲しかった。彼らが別荘に駆け付けた時は、幸い、まだ生きていて、息子の死の床を見守ることが出来たのだった……。

ノックも無く部屋へ当直兵が入って来て、受け取ったばかりの知らせを皇帝の目の前に置くと、悲しみに打ちひしがれている皇帝の状況を理解し、黙って出て行った。その知らせには、アメリカ合衆国大統領リンカーンが暗殺された、とあった。

《ええっ！　彼も死んだのか！》――この思いがアレクサンドルに急に起こった。見切りをつけたような眼差しで窓の外に目をやる。建屋の近くに生えた木の枝では、雀が陽気に啼いていた……。皇帝は、家族だけの夕食のテーブルに着いて、重苦しい雰囲気の中で、この知らせを思い出し、夫人に告げた。

「アメリカでは、リンカーンにはならなかったよ。暗殺された……」

だが、皇后マリア・アレクサンドロブナは何も答えなかった。ただすすり泣き、ハンカチを目に押し当て、自分たちの悲しみにだけ耐えていた。彼女の目の前には、立っている息子の姿があった……。


都に戻った皇帝家族の生活は大きく変わった。息子の死で、皇后の身体はすっかり弱り切ってしまった。青白くなり、肺の病が悪化してやつれた。何かにつけて信心深くなり、慈善事業に心血を注ぐようになった。アレクサンドルの方は、慰めを唯一、カーチェンカに見つけていた……。

リンカーンの死について皇帝がゴルチャコフに口にしたのは、ニースから戻ってひと月して、話が合衆国に触れたときだった。

「時が証明したように、我々のとった行動は正しかったな。内戦時に中立を保ち、正規の政府と友好的関係を保持して来たことが全く正しかったんだ」――宰相と面談をしながら、アレクサンドルが話す――「南部連合による、アメリカの分断政策は失敗した。今後は、ジョンソン内閣との関係強化に全力を挙げねばならん。そこで、彼がどう行動するかだ？　リンカーンが亡くなったことで、議会だけでなく内閣内部の力関係にも影響したのでは無いかね」

「南部諸州も徐々に政府を認めて来ているようです。テキサスはまだ黙っておりますが……」――宰相が発言した。

「全アメリカが戦前の国境の範囲内に収まるのは時間の問題だろう」――アレクサンドルはしかと宰相を見据えて――「我々は関係を新たに構築する必要がある。アメリカの経済的潜在力に依拠して、最新の産業機械類を手に入れるために交易を発展させねばならん。コンスタンチン・ニコラエビッチが言っていた極東への近代的機器の輸送に海路が使えるそうだが」

「私も同様な提言を大公から聞いております」――宰相が頷いて――「しかしながら、極東のかの地は《ロシア・アメリカ社》の影響下にありまして、この問題は、彼ら本社との協議事項になります」――心配そうに皇帝を見て――

「それ抜きでは何事も計画できません……」

「基本線だけは明らかにせねばならない」――アレクサンドルが遮って言う――「あとは時間の問題だ。ところで、ゴルチャコフ宰相、私が頼んだことはどうなっているかね？」

「はい、ジョンソンは政治における当初のベクトルを変えようとはしておりません」――ゴルチャコフは、言葉を引き延ばしながら、ゆっくりと話す。このことに関して彼は事前に準備していたのだった――「それだけではなく、シュアルドも同じ職に留まっています。最近、ニューヨークで起こっている問題を検討し、議会で演説をしました。すなわち、戦後、戦地から戻った兵士が街に集結し、職と住居探しで通りが溢れております。十万人を超える人達が狭い穴蔵に住みついて、食糧が不足し、チフスと結核が大流行しております。強調したのは、他の町でもおなじで、決して状況が良いわけではないと。結論として提示した解決策は、領土の拡大。合衆国に隣接する土地の可能性を含めてアピールしたのです」——そう言って、ポケットからハンカチを取り出して眼鏡を拭いて——「これが最近の展開で、陛下の注意を引きたいところであります」

「ということは、いつ何時アラスカを欲しがるか分からん、ということか？」

「まったくそのとおりであります！」——硬い調子で宰相が確認して——「アメリカは何時だって領土拡大を止めてはおりません。メキシコでのことと同様に、常に武器とドルで解決を図って来ました。アラスカの関係では、ステッカー公使が報告して来ているように、今のところ動きは全く見られませんが、議会ではこの問題につき、いろんな議論があるようです」

「そうか？」

「私が特に気にかけておりますのは、そうした発言があったのであれば、検討対象が存在する、ということです……。問題がワシントンであれば、徐々に機が熟して来ましょう。否が応でも、その問題とはぶつかるに違いありません」

アレクサンドルの頭に叔母が言っていた言葉が浮かび、物思わしげに声を出してそれを繰り返した。

「アメリカとアラスカについて話すのに、準備をしておかねばならん……」

「陛下、私もそのお考えには賛成であります！」——宰相は、話の続きに期待し、もしかすると具体的な指示があるのではないかと、皇帝を真っ直ぐ見た。

「だが、我々の方からは切り出さん」——突然アレクサンドルは厳しい口調で言う——「このことについて、もっと深く問題の本質に迫るよう頼む。それと、ステッカーには決して監視の目を緩めさせぬように！」

夕べ、ペテルゴフの宮殿を訪れたカーチェンカと逢いながら、アレクサンドルが口をすべらせる。

「今日、ゴルチャコフがアラスカの植民地を譲るようなことを言うんだよ。これには随分心が傷むんだが、考えざるを得なくてなあ」

以前、彼は政治向きの話を愛人の誰にもしたことが無かった。カーチェンカともそうであったが、どういうわけかこの日は違った。彼女は優しく彼を見て、

「アレクサンドル・ミハイロビッチは賢い方だから、悪い助言はなさらないでしょう……」

「そうだな……」――彼女の返答に驚くとともに、彼女には、一つを除いて何も心配していない、と思われた。それは二人の関係だった。急に欲情におそわれ、彼女を抱き寄せた……。

9

六月の終わりに、マクスートフ家に女の子サーシャが生まれた。赤ちゃんの名前は、事の名誉と自分の幼いころの家族の思い出に因んでマリヤが命名した。

「響きがきれいだね」――マクスートフは彼女に同意した――「息子のアレクサンドル（＊サーシャ）がいて、今度は娘のアレクサンドラ（＊略称は同じくサーシャ）だ」

夏の日はすぐに過ぎていった。八月の初め頃の日だったか、彼が昼食後、分類ごとの細かな仕分けで地元事務所長が作成した商業狩猟の半製品報告書を調べていた時――そうした作業は今まで会計係が担当していたのだが――興奮してガブリーシェフ中佐が執務室に入って来た。

「マクスートフ長官、たった今入った知らせですが、トリンキットたちが英国のスクーナー船《ロイヤル・チャーリー》を襲ったそうです」――中佐は興奮して急いで告げた――「乗組員は捕獲され、死者もでています」

「どこで起こったんだ？」――目の前に広げた書類から目を離し、マクスートフは副官を見た。

「シトカの海岸線を左方向、六時間ほど海路を行ったところでした」

アラスカの南東エリアの秩序維持は、アメリカとの合意と、グジョンバイスク社との契約でロシア側が責任を持っていた。遅滞なく行動をとらねばならず、さらに何かが起きないとも限らなかった。

「ガブリーシェフ中佐、直ぐにルーゲビラ事務長に通報してくれ。駐留部隊の警備を強化し、警戒を強めねばならん。それと、私のところに先住民トイオンの酋長に来てもらうよう手配してくれ」――首を振って付け加える――「クーカンは間違いなく知っているに違いない」

一時間後、長官の執務室に、重々しい足取りで地元先住民の酋長クーカンが入って来た。ゆったりした長衣を着て頭に軍の三角帽をまとった先住民がマクスートフの座った机の反対側で立ち止まり、

「長官がわしに会いたいと聞いたが？」――彼は静かに言った。

続いてガブリーシェフが現れ、開いたドアの脇で立ったままでいた。マクスートフは立ち上がって、トイオンの酋長をマジマジと眺めて、訊く。

「尊敬するクーカン、先住民部族の一つがイギリス人水兵

に手を振り上げた事を知っているか？」

「クーカン知っている。白い顔がやって来て、最初にトリンキットの砂を血で染めた」

「どうしてそうなったのか？　尊敬するトイオン、何を告げることができるか？」

「彼らのキャプテンがラムを持ってきた。交換にラッコと黒狐の毛皮をやった。だけど、ラムを少ししかくれない。もっとくれと言ったら、銃を発砲した。白い顔の命も四つ亡くなった」――クーカンは黙りこんで胸に手を組んで、ロシア人の命が太陽の神にとられた。四人のインディアン長官の言葉をじっと待った。

マクスートフは、イギリス人が不法な交換取引、すなわち密輸をやって、交渉の決着を鉛の弾丸で片付けようとし、彼らが先に先住民に手出しをしたことを理解し、黙った。ブリテン船の船長はもうこれ以上の交換取引はしたがらず、武器で脅して高価な品物をとり上げ、船倉を満たそうとしたが、結局安物しか手に入らなかったのだろう。

「それで、船長はどうした、他の水兵たちと一緒か？」

「彼の体は、死と会った他の者と一緒だ」――クーカンが話す――「トリンキットはよそ者と戦う道はとらない。しかし、そこに彼らの足跡がある。戦いの掟で、捕虜をとっている」

「クーカンは賢いボスだ」――クーカンに向かってマクスートフが言う――「捕虜を助けに海の向こうの兄弟たちがやって来ることをクーカンはよく知っている。兵士が軍艦でやって来る。ここへやって来た連中が正しくなかったことも彼は理解している。提案だが、部族のところへ一緒に船で行って、すべてを公平に解決しようではないか」

「トリンキットは侮辱を黙っていない、クーカンもそのことを知っている！」――クーカンは敵意で目をぎらぎらさせた。

「いつぞや、彼はロシアの長官を助けてくれた」――マクスートフは、クーカンの怒りが爆発しないよう、温和に話し、目を細めて何かを思い出す素振りをして、続けた――「長官は、あの時感謝した。それで、今度は自らの好意で返礼をしたい。部族の酋長は毛布の贈り物を受け取ってくれるだろうか？」

懸命に考えているふうをして、トイオンの長がゆっくりと言う。

「クーカン、ロシアの長官と一緒に行く。いつ出発するか？」

マクスートフは目をガブリーシェフに向けて、

「ガブリーシェフ中佐、聞いたか？　湾に今《カムチャッカ》が荷役しているな？」

「はい、カリフォルニアに向けて準備中です」

「作業を中止させてくれ、その船で左側沿岸に行くから」

――決定をそう告げて壁時計をちらり見て、――「二時間後くらいだ……」

出発を前に、夫人に口づけして言った。

「急用が出来て二昼夜ほどノボアルハンゲリスクを空けねばならなくなったよ」

マリヤは訳の分からぬふうをした。こんなことは今まで言ったことがなかったし、女の勘で、何か良からぬことを思った。

「危険なの？」

「正直言って、ある程度リスクはある」

「わたし、何だか怖いわ！」

「心配ない、無事に片付くさ！　先住民がイギリス船を襲撃したんだ。まあ、そんなことはここでは時々あるんだが。関係改善を図らないとね」

「離れ離れになるのって、こちらへ来てから初めてよ」

――彼に身を寄せて――「祈って待っているわ！」


夕方遅く、岸辺が先住民のかがり火でようやく判別できるほど暗くなった頃、船は錨を下ろした。マクスートフは明け方まで待つことにした。クーカンはたっぷりとアルコールを飲んで、時々大きな鼾をかきながら、甲板にある艀の中で寝ていた。

朝霧が退いて来ると、《カムチャッカ》からは、岸辺の砂地に留まっている中型スクーナー船が見えた。岸辺からも彼らの船に気がついた。タムタムが大きな音で鳴り始めた。岸辺に居た先住民たちは、喚声を上げながら近くの森に逃げ込む。

「長官、小舟を降ろす」――マクスートフにクーカンが近づいて来た。彼は酒臭くタバコの臭いも交互にした――

「あなた方の到着で驚いている……」

「マクスートフ長官、艀を二艘出しましょう。一つにあなたと彼」――隣に立っていたガブリーシェフが先住民に首を振って、――「それと四人の水兵。もう一つの方に私と兵士が乗ります」

「いや、ガブリーシェフ中佐、君は船に残ってくれ。艀も一艘で良かろう」

間もなく、降ろされた艀に、マクスートフとトイオンの酋長が座り、オールを武装した水兵が漕ぎ、《カムチャッカ》から離れて行った。陸地に降り立ち、クーカンがマクスートフの方を振り向き、

「ロシアの長官ここで待つ。クーカン独り行く。直ぐ戻る……」

「分かった、ここで待とう。クーカンの知恵に期待する……」

一時間も経たず、森から大勢の先住民が現れた。先頭を重々しい足取りでトイオンの酋長が歩いて来る。トリ

ンキットに交じって、捕虜が居るのがマクスートフには分かった。彼らは後ろ手に縛られ、うなだれて自分の運命に身を任し、ゆっくりと歩いていた。水兵は銃を構えて、万一の襲撃に防御するために備え、先住民たちを緊張して見ていた。彼らから十メートルほどの距離を残したところで群衆は立ち止まった。前にクーカンが出てきて、

「クーカン、ロシアの長官、すべて知っていると言った。何もしない。長官、仲直りに来た……」

「異国船の水兵があなた方の家族に不幸をもたらした」――マクスートフが静まっている群衆に向かって話す――「しかし、彼ら自身もそれがために苦しんでいる」――信じておらず、敵意さえ見せている先住民たちの様が語っていることは、一つ、説得力をもって話す必要があること、そして重要なことは、譲歩すること――「槍を下ろし、武器をおさめてくれ！　イギリス船の乗組員も四人亡くなった。その中には、間違った命令を出した船長もいる」

「トリンキットも兄弟を四人亡くした」――クーカンが返答する――「彼らは船をもらう」

「失ったものは同じだ」――マクスートフが認めて、――「それで、同等になるよう交換しようではないか。品物全部とラム、それに火薬を、部族がもらい、それと交換に捕虜を放せ、彼らは船で去る、というのでどうだ」

先住民の間で不満のざわめきが起こった。マクスートフは手を上げて、静まるように注意喚起し、

「毛皮と獣皮、イギリス人に交換で渡した物、それも戻す！」

突然クーカンが介入して来た。トイオンの酋長は同部族の者たちに向かって、大声で、群衆の皆に聞こえるように言う。

「トリンキットは長官に賛成する。ただし、もっとラムをくれれば。我々は亡くなった兄弟の魂に涙を流す！」

《ああ、また始まった、この酔っぱらいが！》――悪意はないが、マクスートフは彼に対して思った。――《また一杯やるために、考えたな！》そうはいっても仕方がない、同意するしかない。

「分かった、船からラムの樽を持ってこよう」――トイオン酋長の言葉を裏付けるためにマクスートフは言って、――「ただ、まずは、捕虜をスクーナーに移そう」

先住民たちは同意して騒ぎ始めた。彼らはこれ以上血を見ることは望まなかったし、品物を受け取ることと、更に追加で酒がもらえるというので満足だった。火薬が使えるという予兆に、渋顔が嬉しそうな笑顔に変わった。紛争は解消した。

戻ってから、マリヤに先住民部族との一件の終始を語りながら、マクスートフが話す。

「コロシ達を酔っぱらいにしてしまうのは見ていて辛い。彼らを文明化に導こうとしているのに、アルコールがせっかくの善意の考えも事業も、すっかり焼き尽くしてしまう！」

「ちょっと、大げさに言い過ぎていない？」──妻が優しく小声で言う──「沢山与えているわよ。読み書きだって教えているし、ロシア正教の教えだって説いているわ。気落ちさせている事はあるわ、あなたの言うとおり。でも私たちの管理局が面倒看ているのよ。ヤンキーがただ奪って酒飲みにしているんだわ。彼らにとって先住民は単なる野蛮人に過ぎないのよ」

「英国人もアメリカ人も、興味があるのは毛皮だけで、他の事は全く気にしていないな」──彼は頷き──「合衆国は産業を発展させているらしいから、ここに文明化をもたらさねばならないのに、ここの富を獲って行くだけだ。みんなのけ者にしている」

「でも、私たちロシア人がいる」──マリヤは掌を彼の手に重ね──「私たちは彼らとは違うわ……」

正に同じフレーズを、秋にワシントンでロシア公使が、議会の共和党党首スティーブンソンとの私的会合で使っていた。それは英仏の政策路線に関してのことだった。

「我々ロシア人は彼らとは違います」──合衆国の統一・強化を支持し強調するのに、ステッカーが熱弁をふるったのだった──「大英帝国とフランスは、アメリカ大陸での領土獲得を目指しているが、我々は、アメリカがロシアから領土を獲得することをお勧めしているんです」

「あなたがおっしゃっているのは、アラスカのことですか？」──外交官の驚くべき発言に、アメリカの国会議員は、びっくりして目を突きだした。彼には信じ難いことだった。

公に誰も権利を主張していない土地の領有を、自発的に拒む国があるはずがない。

「他にどこが在りますか？　もちろんアラスカのことですよ」──注意を引くために、ステッカーは思い切って議論に入った。──「今やアメリカは、自らの情勢を堅固にし、内戦が終結した。我々は、領土譲渡のステップを踏んで、アメリカとの関係を強固にしたいと考えております」──そう言って、公使は、スティーブンソンがアラスカ問題を理解し、ロビー活動をするのを計算していた。

「あなたの申し入れを議会に諮っても良いというのですか？」──スティーブンソンにはピンと来た──「それには、政府の意向が必要ですね……」

「なかなか察しが宜しいですな、もちろん、然るべき手続きを踏まなければなりません。その為の費用はすべてドル平価で勘定に入れますよ」──ステッカーは笑って──「あなたは、この問題に関して一般的な世論を引きつけるのに、何もリスクを負うことはありません。それぱかりか、一定の政治資金が得られますよ」

「それはなかなか魅力的ですな」──耳の後ろを拭き、小声でつぶやいた。

「要は、どちらの利益にも適うと思うんです」──ステッカーは機を逃さなかった──「アメリカにも、そしてあなたにも個人的に……」

「考える時間をもらえますかな？」

「おー、もちろんですとも！　お答えをお待ちしております」──公使は、共和党党首がその申し入れを受けることを疑わなかった。ステッカーは彼の新聞発表や有力官吏に対する彼の発言などをくまなく調べ、面会すべき官吏を探した。スティーブンソンの議会へのルートはドルで片付いた。ドルは拒まないに違いなかった。したがって、国会議員との会話の中に餌をつけた釣り糸をたらすことに決めたのだった。待っていたとおり、喰って来た。《会話のための橋は架けた。もう渡っても大丈夫だ》──ゴルチャコフ宛ての書簡を書こうと座って、ステッカーは心中ほくそ笑んでいた。公使はこの後国務大臣に会うことになるが、その準備は既に出来ていた。


面談は十月の初めに行われた。通りは一面霧雨に覆われていた。車道に出来た水たまりをはねながら覆いつき馬車が往きかう。はねられた水が歩道に飛び散るので、通行人は家々の壁に寄りながら歩かねばならなかった。冷たい突風が、葉の装いを落とした木々の枝を揺らした。


受付でコートを脱いで、ステッカーは補佐官の招きに従って国務長官の執務室に入った。室内は肌寒かった。寒くて時々身を縮めるほどだった。シュアルドはそれに気付き、手を伸べながら、窓辺の方へ首を垂れた。窓ガラスを細い雨の流れがつたっていた。

「周りがみな萎れて来ると物悲しくなりますなあ……」

「それは我々の関係ではありませんな、ますます発展しますから。カンバスの絵に新しい絵の具を塗りさえすれば、立派になります」──握手に応えながら、ステッカーが発言した。

「どうぞ、おかけ下さい、ステッカー公使」──愛想よく、部屋の隅の円卓にある、柔らかな帽子カバーのついた椅子を指し示した。シュアルドは、ロシア人外交官は、余分な形式張った事は抜きに、すぐ本題に入る、ということを知っていた。反対側に腰を下ろし、問いかけの眼差しを彼に向けて、──「あなたは、我が関係のパレットに変化をつけたいと言われているとか？」

「私は、それが揺るぎないものであることを強調しますが、友好の証しに、より現実的な歩みで固める必要があると思います」

「我々は、合衆国に対するロシアのポジションを高く評価しております」――シュアルドが満足して頷く――「しかし、そのことに関して何かお考えがあるということなので、是非、お聞かせ下さい」

「かつて、私たちは、アラスカのことに触れたことがありましたな」――ステッカーが遠くから始めた。――「そのことについて話を続けたいと、考えております」

国務長官はこの件に対する関心の大きさと、対話の準備が出来ていることを示して前のめりになった。

「正直に隠し立てなくお話ししますと、我々はためらっております」――公使が続けた――「このまま《ロシア・アメリカ社》への投資を続けるか、あるいは、いっそのこと領土を譲渡するのも悪くないのではと。私は、見ての通り、まったくオープンですからね、あなたのご意見をお聞きしたいと思いまして……。我々がどっちの方向へ進めばいいのか、どこから出発すべきかと。植民地では大きな収入は期待できません。それと、言われているように、まことに遠隔地でして……。交易なら、我が極東沿岸からでも出来ますのでね」

「おおっ、皇帝は領土をお譲りになろうとお考えですか？」

「まだ、構想の段階です」――ステッカーは要点をはぐらかし――「今のところは、貴ご意見をお聞きしたいと思っております。それに、申し入れにつきましては、合衆国に掛かっております。もし、合衆国に希望があれば、それを言ってもらい、それでロシアが受け入れられる条件を検討する、ということになろうかと思います」――すこし話し方を緩めて、ゆっくりと発言する――「それに、結果は、疑いなく、前向きでしょう……」

「この件については、議論の余地なく、全面的検討に値します」――ステッカーを直視して、国務長官が主張する――「戦後、ご存じの通り、西部領土への移住が進められております。北部に関しても目は向いています。開拓すべき国土は、当然ながら、必要です。この大陸で我々以外の誰が開拓しますか？　ご承知の通り、我々なのです」

「そのご意見を公式のものと理解してもよろしいでしょうか？」

「わたしは、国務長官の座に居る者ですよ」――シュアルドは笑って、世辞を言った――「いやあ、ステッカー公使、あなたと事に取り組むのは心地よいですなー」

「ありがとうございます！　我々のこの短い会話は大きな成果に結びつきそうですな」

国務長官の表情が硬くなって、

「《ロシア・アメリカ社》の資産と概要、並びにこの取引の希望価額を出して頂けますな？」

「ええ、出来ると思います。ただ、ロシアからの情報を受け取り次第ですが」――ステッカーが確信をもって告げた。

「それは結構ですね！　それではこの件を政府内で検討し、近いうちに副大統領と話しましょう」――シュアルドは椅子の背もたれをそりかえらせ、――「あなたが言っていた構想から、建設的なステージに移れることを期待します」

「これは正に両国の利益のためです」――立ち上がりながら、ステッカーが言った。

ステッカーを送り出して、国務長官は、彼の言っていた言葉を思い出した。

「我々に共通の絵に新しい絵の具を塗る必要がある……」、と言っていた点であなたは正しかった」

シュアルドは満足し喜び手を揉んだ。ロシアが自分からアプローチして来て、アラスカもアレウート諸島も自分たちには不要だと知らせて来た。アメリカにはその土地は必要だ！　合衆国は領土を拡大し、発展させねばならない！

将来どのような世界になるかは分からぬが、アメリカはどんな場合であっても中心的地位を占めねばならない。五年前にリンカーンと交わした会話が思い浮かんできた。当時、ロシアの領有に関して話は及んだが、ここまでには至らなかったし、内戦が激化して来ていた。思い出すが、その時は、今のところは、というところで終わっていた。それがどうだ、今となっては、正に、機が熟して来た。交渉のテーブルを準備する時が訪れたのだ……。

ホワイトハウスの長との会話でシュアルドは、ロシア公使の訪問について口に出し、上院ならびに下院議会に諮らねばならぬとしつつも、アラスカ購入の可能性に終始した。

「私も君の意見に賛成だ、是非、最後まで本件を追求してくれたまえ」――彼の説明を聞いて、ジョンソンが言う――「共和党の連中は、私を弾劾しようとしているが、これで彼らを止めることが出来るだろう。このテーマを進めてくれ、ウイリアム！　アラスカはアメリカに必要だ！　今現在は、そうでもないかも知れんが、将来的には絶対に合点が行く。しかも、向こうからやって来るなんて、棚からぼた餅ではないか。断るバカはいない」

「アンドリュー、この申し入れについて言えば、ついでにチュコトとカムチャッカの購入を申し入れたらどうだろう？　ロシアのポケットを膨らませてやった上で、丁寧にお辞儀をするんだ。そして、シトカに彼らの船が給水に立ち寄ることを許し、その代わりに、太平洋沿岸での我々の捕鯨を許可させる、というのはどうかな？」

「少しは神を畏れないと、ウイリアム！　それはツァーリが最も嫌がることだよ！」――国務長官のびっくりするような考えに、ジョンソン副大統領が声を荒げる――「それじゃ、アラスカも、カムチャッカも手に入るまい！　合意が得られるとしても、どれくらい長びくか分からんよ。議会中がどれだけの騒ぎになるか！　私は奴隷禁止と、かつての動乱地から戦争債務を免除するプログラムを進めている。すべての州は同等でなければならない！　共和党の連中は、わたしがイニシアティブとっていることすべてに、楔を打ち込もうとしているんだ！　だから、アラスカ購入の問題だって、どうなるか分からんぞ！」

「それじゃ、限定しましょう」――つらそうに溜息をついてシュアルドが――「一発でカモを数羽落とすような手が欲しいですなあ」

「まずは、一つにしよう。上手くいったら、次という具合に」――ジョンソンはもう静まって応えた――「ウイリアム、思い切ってやってくれ、すべては君の権限にあることだ！」

その年の最後の月、ロシア公使の私邸に、議会で多数を占めている共和党の党首がやって来た。

「私は、申し入れに対して長い間考えておりましたが」――スティーブンソンは直ぐ本題に入った――「まことに現実的だと確信しました。この件については、既に内閣でもっぱら噂されています」

「ええ、本当ですか？」――驚いたふうを見せて、ステッカーは彼を直視した。

ステッカーは、共和党党首が遅かれ早かれ関心を示すと疑わなかったが、シュアルドがこれほどまで早く対応するとは思っていなかっただけに、既に自分の組織内部での検討が始まったのだなと、喜んだ。

「ええ、それもあって今日お話しに参りました。我が党は、アラスカ購入に関して支持しております。もし、国会で審議になれば、賛成に投票することは間違いありません。今我々は、本件を世論に押し上げようとしております」

「すばらしい！　ということは、本件はもう手中にあるということですか？」

「ええ、そうあって欲しいものです」――スティーブンソンは意味深にステッカーを見た……。

ホワイトハウスの内部で行われている相談事や、共和党員から得ている支持についてゴルチャコフに報告しながら、ステッカーは課題の決着には、一部の官僚や国会議員に関心を持たせるために、資金が入り用なことを疑いなく理解させた。

外務省宛ての報告書作成を終えてペンを脇に置き、考え込んだ。最初の一目では気違いじみた考えが、頭をかすめ、ぞっとしたが、考え込んで行くにつれて徐々に確信的になって行くのだった。遂には、どうしてそうならないのか？　というところに帰着した。合衆国は、時が経てば領土のパイを手中にするであろう。そのパイは今、ゴルチャコフのレシピで焼かれようとしているが、ペーストは、私がここで捏ねている！　アメリカは、その上、私を経由して、棄権料の大金まで受け取る。それなら、私が彼らを利用しない手はないではないか？　とはいっても、その労力に対する見返りが私のところに回って来るわけがない。となれば、報酬は自分で考えるしかないか……。

クリスマスが終わって、氷の鎧が一面を覆ったネバ河の上を彩るお祭り花火のほとぼりが冷めた頃、アレクサンドルは宰相を呼び、外交関係の定期報告を受けていた。

ゴルチャコフは、ヨーロッパの全般情勢をざっと説明した後、中東問題におけるロシアの外交努力に関するところで一時止まった。

「中東はチャドルを上げませんので、我々は、その顔を見ないまま付き合わねばなりません」——警戒感を露わにしながら宰相が決めつける——「さらに悪いことに、英国と衝突する危険があります。コカンドやヒバの汗国、及びブハラ首長国に対する我が国の軍事活動は、英国領北インドにいたる道すがら利害衝突する可能性があります」

「私は、そんなことを心配してはいない」——皇帝が宰相にきっぱりと言う——「我が兵士は、アジアの熱砂の中につかまって、三年もの間無駄に血を流しているわけではない！　ヒバもブハラも必ず降伏する！」——いら立ち、投げつけるように——「それより、我々に敵意の息を吹きかけている英国議会の蒸気を如何に冷ますかを考えたらどうだ！」

ゴルチャコフは黙ってしまう。彼は中東への進軍に反対で、決定が下る前夜、自らの反対意見を表明していた。しかし、参謀本部が主張し通していた別の見方が勝ちを収めた。軍事衝突が長引いた今、テムズ河岸、白亜建造物の矢状の塔から、全ロンドンに向けて鳴り響いた時報は戦いの時だけでは無かった。議事堂からは、ロシア国家の侵略的志向に対する非難がヨーロッパ中に飛び回った。つい最近ポーランド問題が静まったばかりであったが、今度は、中東問題が登場し、ロシアが再び注目の的になったのである。

「何かアメリカで新たな動きはあるか？」——少し静まり、皇帝が宰相に訊ねた。

「政府はシュアルドを頭に、我がアラスカ植民地を検討しており、共和党がアメリカ合衆国による買い取りを表明しております」——そっけなく応えるとゴルチャコフは、コメントをせず、皇帝の反応を待ち、黙った。

「時の鐘は鳴ったな」——アレクサンドルは物思いに沈み

小声で言う――「時が来た……」――宰相に真っ直ぐ視線を向け、――「この後どうなるのかね？」

「近いうちに彼らから、領土譲渡に関する申し入れがあると思います。私の意見は、ご存じのとおりですが、もし売却を選択するのであれば、直ぐにでも準備を始める必要があります」

「慌てる必要はない」――皇帝は慎重に言う――「走りを速める時期ではない」――少し黙りこんで、何か自分のことを考えていたようだが、やがて続けて、――「もし、アラスカを譲ることで、平安がもたらされ、海向こうの隣人との友好関係が出来上がり、関係が密になることで間違いなく利益がもたらされ、我が極東の地の発展条件が創れるならば、その方向で進めよう」

アレクサンドルは、正にこの考えを家族会議の場で、エレーナ皇太后と弟に語った。

「そうですね」――コンスタンチンが喜び応えて、――「《ロシア・アメリカ社》の決定の機が熟しましたな」

「いや、彼らのではなく、アラスカのだ」――アレクサンドルが正す――「ただ、まだ、これは決まったわけではない！　会社の関係では、まだよく考えねばならない」

「そういうことよ」――彼をじっと見て、皇太后が言う――「将来の運命を決める重要な決定は急いではだめよ。よくよく頭で考えた上に、心で悩んでからでなければならないわ。ロシアは国内問題に集中すべきよ。だって、太平洋からバルチックまでのユーラシアを横断する巨大国家なのですからね」

「そうそう」――大公が叔母を支持して――「アラスカは注目されなくなっている。それがためにアメリカは、何と言おうとも、我々に警戒の目を向けるでしょう。我々には、アメリカ大陸の問題は要らない。中東問題でもう十分だ！」

「そのことはもう止せ！」――中東の問題に触れるや、アレクサンドルは顔をしかめた。このテーマは彼の泣きどころだった。今日、この問題の政治的観点で話題にしたのは宰相だった。それに、軍事進攻は上手く進んでいなかった。

「ゴルチャコフの報告によると、合衆国政府ではアラスカが話題になっているらしいから、もう少し待とう……」

大公の気分はすっかり高揚していた。長い間思い描いていた構想が、いよいよ実現する。頑なに築いた計画の中身を詰め込むことが出来る。六年前、北京条約でウスーリー地方がロシアに帰属するようになった。金角湾の街を大港湾都市に変えるべく、ポート・メール軍港を設けた。ペトロパブロフスクの建設速度も速めた。彼が思い描いているのは、強大な太平洋艦隊で、そこに《ロシア・アメリカ社》の船舶も加える、というものである。アラスカ売却代金の少なからぬ部分を、街の建設とロシア帝国の極東国境の強化に充てること、それを信じ、夢見ていた……。

10

サンクト・ペテルブルグの春は荒れ模様だった。天候カレンダーが交代して、粘り強く残っていた寒さと暖かさが入れ替わった。ネバ河にはそれほど大きくない氷のかけらがゆっくり漂っていた。流氷期はほぼ終わり、水面を覆う氷の破片がサイズを小さくしつつラドガ湾の方へ向かって流れた。

四月の太陽が輝き、陽の光を浴びながら、雀が陽気にさえずっている。皇帝の気分は好く、何事もそれを損なうことがないように思えた。アレクサンドルは、妹マーシャの子供たちと、夏の庭園の並木道を散歩していた。彼女の夫は病で数年前に亡くなった。寡婦となって悲しんだのはあまり永くはなく、ストロガノフ男爵とのロマンに身をやつすようになり、イタリアで彼と平穏に過ごしていた。子供たちは彼女とは離れ、都で皇帝の庇護を受けていた。散歩の時間が終わって、アレクサンドルは、彼らを家庭教師に預けて、庭園の格子戸に向かった。馬車が待っているネバ河川岸通りに出ようとした。脇に近衛兵が立ち、それほど遠くないところで、皇帝を一目見ようと集まった群衆を留める警察官がいた。馬車の踏み台に脚をかけた時、銃声が鳴り響いた。弾が頬髭の脇をかすめ、まわりに焼けた臭いを残した……。

群衆の中から、学生帽をかぶったひょろ長い若者がピストルを手に走り出た。警官たちが追いかけ、捕まえた。地面に引き倒し、手をねじあげ、武器をとり上げると、殴りだした。ぽかんと口を開けてみている群衆の面前で、ほんの僅かな時間だが、長靴で股の付け根や背中、背中の下部を蹴飛ばし、決定打を与えた……。

立ち上がらせると、腕を後ろに回させ、馬車の方へ連行した。馬車には、我を取り戻した皇帝がじっと座っていた。顔は青白く、蠟のようだった。

「おまえは誰だ?」――アレクサンドルが鋼鉄のような目で彼を見据えた――「ロシア人か?」

「ドミートリー・カラコゾフ、ロシア人だ」

「何故、撃った?」

「あなたが皇帝だからだ」――囚われた若者は周りに集まって来た群衆に向かって叫んだ――「兄弟たち、おれはあんた達のために撃ったんだ!」

アレクサンドルは外套の襟を上げると、黙ってそっぽを向いた。アレクサンドルは、対岸にそびえるペトロパブロフスク要塞の石造りの城壁に目を向けた。入り江の方からやって来る新鮮な空気の波で、城壁の輪郭が揺れ始めるように思われた……。《おお、神よ！　奇跡が私を救った》——そんな考えがよぎった。

「カザンスキーへやってくれ！」——御者に命じた。

近衛兵が踏段に飛び乗ると、馬車は、橋の敷石に音を立てながら、ネフスキー大通りを行った。短い感謝の祈禱を行い、宮殿に戻った。心は鎮まっていたが、胸の内は怒りに燃えていた。第三部のドルゴルーコフ部長を呼びつけ、こっぴどく叱りつけ、秩序維持の無能さを厳しく非難して……、ペテルゴフへ出て行った。愛するカーチェンカのところへ……。

「子供の頃、私の死ぬ日は誕生の日と同じだと、よく言われたんだ」——殺人未遂のことを話しながら、彼は小声で言った。

「主が救ってくれたんですわ！」——彼女はすっかり感傷的になり、涙が頰を伝ってこぼれた。彼に顔をぴったりつけて、——「きっと長生きできるのよ」

「そうかも知れんな、そうかもな……」——そう繰り返す彼の目に敵意の炎が燃え上がった。——「私を撃ったが、弾はロシアに当たった！　このことは絶対に忘れない！」

この言葉は予言的だった。サンクト・ペテルブルグへ戻ると、直ぐ捜査委員会を立ち上げるよう指示し、ポーランド鎮圧の功績を考慮し、ムラビヨフを指揮官に任じた。

「そうだ、この男が必要なんだ。自由主義のギドラの首を絞める鋼鉄の握り手を持った男だ！」——任命書に署名しながら言いきった。

ムラビヨフは、皇帝の判定を受けて、気兼ねすることはなかった。委員会のハンマーと金敷は実直に使われた。委員会の決定は即座に実行された。

数日の間に、リベラルな組織とその印刷所が禁制扱いになり、近衛兵の長、首都の知事、文部大臣が罷免された。

「アレクサンドル！　あなたの気持ちは分かるけど、もう少し思慮深くやってもらわないと困るわよ」——皇太后が嘆いて、——「ムラビヨフはブルドッグみたいに、私たちが築いて来たものをみんなもぎ取ってしまうわ。改革の自由主義的な基礎を破壊してしまうわよ」

「そう、彼は熊手でみんな掃きとってしまう。雑草だろうと花だろうと、何も残さず全部さ」——彼の勢いを心配して大公が繰り返す——「彼は、自分の判断で、国家にとって都合が悪かったり、危険だと思えば、一般のいわゆる名も無い人達は階層に関係なく、ましてや仕事柄や身分階級などにはまったく関係なく、みな残酷に懲罰するんだ」

「学生たちの動揺や火事を忘れたのですか？　今や武器を取って私の方へ向かって来ているんですぞ！」——親戚の

者で、かつ、国の改革を推進する親しい同志から非難めいて言われたくなく、皇帝はいら立ち、声高に切り返した――「自由思想は殺害に結びつく！　分かっていないですな？　知識の浅い学生たちは、権力を転覆しようとして地下組織を作っている。そこまで成り下がっているんだ！　じきに革命を旗印に集まるようになる！　捜査書類を読んでみたらいい、身の毛がよだつ！」

捜査委員会が断定したところでは、皇帝の殺人を未遂したドミートリー・カラコゾフは、モスクワ大学の元学生で、授業料を払わず除籍されていた。彼は、ペンザ出身で中等学校を中退した義理の兄弟ニコライ・イシューチンがリーダーをしているクラブに入った。クラブ仲間の頭は、フーリエやサン・シモンの空想的社会主義思想から、ロベスピエールのバリケード思想まで、とりとめのない考えにとりつかれていた。その彼らによって戦闘グループが形成され、そこへカラコゾフが加わった。皇帝を殺害し、その波を使って既存社会機構に反対する暴動を起こそうとしていた。それを目的に都へ来たのであった。

カラコゾフとイシューチンには絞首台送りが言いわたされた。カラコゾフが後悔し、皇帝に慈悲を、《キリスト教徒がキリスト教徒をお許しになるよう、どうかお許し下され！》と嘆願したが、無駄だった。昼も夜も牢屋で寛容を祈ったが、赦免はなかった。

アレクサンドルは容赦しなかった。皇帝に向かって手を上げたのだ、神の子、皇帝に向かってだ！　その報いは避けられない！　カラコゾフは戦慄した……。

イシューチンは、神の御加護があったのか、牢屋で気が狂ったので、皇帝は慈悲を示した。絞首台で首に縄が掛けられた最後の瞬間に、勅令が読み上げられ、絞首刑が無期懲役に変更された。

「アレクサンドル！　あなた、取り返しのつかない過ちを犯しているわよ」――皇帝がミハイロフスキー宮殿を訪れた時、エレーナ皇太后が悲しそうに告げた。――「ロシアは改革の進路から外れている。どんな流れに沿っているのか、まったく分からないわ」

「計画なんて、もうたくさんだ！」――と手で空を切って、――「経済での成功は良い、役に立っている！　しかし、経済機構の再編は政治的激変をもたらす、これが恐ろしいんだ！　我々は自由思想という怪物を生んだんだ！　もう、止めるのは難しい！」

皇太后には分かっていた。彼は期待が外れ、改革を止めたのだった。彼らはこのテーマでは、それ以上話さなかった。皇太后は小さな声で、

「一つだけ祈っています。国家のことを考えなさい！」

皇帝は、秘密警察の長に、幼少からの友で全幅の信頼を

置いているシュバロフ伯爵を任じた。

「私の帝国で一体何が起こっているかを知りたいんだ！」

――伯爵に新たな役職を宣言しながら、父を思い出した
――「君は僕の目であり耳だ！　僕は、自分で制御できる国が必要なんだ。ニヒリズムの疫病に覆われ、テロや革命の蜂起が勃発するような国じゃない！」

アレクサンドルは、動き出した改革の車輪が止まることなく、ジンがすでに瓶からこぼれてしまったことを考えることもなく、平安と安定を希望していた……。


皇帝暗殺未遂事件についてマクスートフが知ったのは、カリフォルニアから商船が運んできた領事からの知らせだった。彼はすでに一月一日付の辞令で海軍大佐に昇進していたのだが、それを知ったのも、ひと月ほど後になってからだった。クリンコフストレムが知らせて来たのは、その他に、海軍大臣フォークス提督の副官が指揮する合衆国艦隊がサンクト・ペテルブルグに答礼訪問に出発することだった。《彼らの航海が、両国の関係に新たな刺激を与え、《ロシア・アメリカ社》の商取引に好影響を与えると思うので、貴方にお知らせしておきます》と書いてあった。

マクスートフは領事からの手紙を脇にやると、考え込んだ。植民地での事業は上手くいっている。最初の三カ月、毛皮の取引は高収益をもたらした。この調子が続けば、毛皮の販売だけでも年間二〇〇万ルーブルに達する。さらに、それに造船用木材、海獣と氷の販売を加えれば、法外な金額になった。ただ、これらばかりで良いのだろうか？　他の品物の種類を増やしたり、販売量を増やすことを考えねばならない。合衆国は内戦で被った傷が癒えて、経済成長の道へ乗ってきた。アジアとの関係強化だけではなく、ヨーロッパ大陸、とりわけパートナーであるロシアとの関係、それはとりもなおさず、《ロシア・アメリカ社》との関係を強化している。アメリカ艦隊のロシア訪問を伝えながらクリンコフストレムは、両国の貿易が、首都からと同様に直接、ここアラスカからの貿易が増える可能性に期待していた。そうして、まもなく、遠く南アメリカの港との間で交易ルートができるかも知れないと考えていた。

レソフスキー提督とポポフ提督の艦隊がアメリカを訪問したことに対するアメリカ艦隊のロシア答礼訪問について考えると、マクスートフには、さっぱり理解できなかった。ワシントンの政府がやろうとしていることの真意が、彼の理解から遠く及ばぬところにあったのだった。

ロシアへ軍艦を送る決定をするに際してアメリカ政府は、まず、自分たちの艦隊の技術的優位性を示したかった。特に、新型の強力な武器装備を備えた蒸気船を見せることで、合衆国の政治的立場を示したかったのである。

「フォークス艦隊のルートは、ヨーロッパの港を経由せねばならない。それは、英国にもフランスにもその姿を見せつける為だ。我々は彼らの注目を引き付け、我々が海を征服できることを、そして、必要であれば我々が海を越えて駆け付けることを、明確に信じ込ませることだ」――ジョンソンは国務長官との対話のなかで明確に主張した。

「こちらの影響力を押しつけて、脅してもですね？」――シュアルドはそう理解した。

「そのとおり。武力と金保有量を見せつけるんだ」――ジョンソンは簡潔に結論付けた。そして、国務長官の凝視に気づき、説明する――「我々の存在を示し、我々の声を聞きとどめるようにさせねばならない。国内の有為転変にかかわらず、我々は、世界秩序に影響力を与えるコースをとるんだ。そういう意味で、今回の訪問は、試金石だ。放りこんで、どうなるか見よう。それでヨーロッパの政治おもてに何が現れてくるか見ようではないか」

超大口径砲を装備したモニトール艦《ミアントノモ》と二隻の蒸気艦船が大洋を越えてクロンシュタットに到着した。今回初めて任務を受けたアメリカ旗艦船の甲板に、大公が上った。フォークスとの対談の中で、大公は、アメリカの代表団が、ロシアの一連の町を訪れ、ロシア文化とロシア民族の伝統に親しむことを申し入れた。

「おお、それは結構なことです！　このような機会を与えて下さることに感謝します！」――海軍大臣補佐官が笑顔で、握手の手を差しのべながら――「今回、皇帝には謁見できますでしょうか？」

「残念ながら、今ではありません、少し後になります……」

「あの事件が未遂に終わって本当に良かったと思います。宜しくお伝え下さい」――議会からの書簡を差し出し――「この文書には、我々の喜びが表されております。一年前、我々はリンカーンを失いました……。ただ、貴皇帝が神の手に召されなかったことは、何より幸いでした！」

「銃声は、残念ながら、鳴り響きます」――書簡を受け取りながら、大公が話す――「しかし、銃声で歴史の歩みは止められません」――話題を変えようと、大公が、――「いや、モニトール艦の喫水が低いのには驚きました。正直言って、どのようにして海洋の大波を避けて来られたんでしょうか？」

「いやあ、何も秘訣などはありません！」――フォークスは質問に目を輝かせて応える――「単に、コースを決めて、天候を選んだだけです。とはいえ、あなたのおっしゃるとおり、このクラスの船は近海戦用です。最近の海戦で正によくわかりました！」――と彼は付け加えた。

「そうでしょうとも。反響は我が海軍省の壁まで届いておりました」――大公が頷き――「ほとんど大部分、それらは南の海域を航行していたのですな。しかし、どうでしょう、それが北の海域に移ったら、正直言って、心配ですな」

「あなた方のアラスカ辺りで戦艦の大砲が鳴り響くのを心配されているのですな？」

「幾らかは……」

「南部軍の大規模作戦がそちらに向けられることは、まずありえません。しかし、何故、心配なさいますか？　商船を個別に襲撃するということでしょうか？　そのような可能性は、貴国の艦隊が来てから、完全に無くなりました。ところで、シトカとカデヤックには、商船用に限らず、船舶の停泊に適した場所がありますかな……？」

夕刻、議会からの書簡を手渡しながら、《ミアントノモ》艦上での面談について、大公が、皇帝に語った。その時、海軍大臣補佐官がアラスカのロシア領土に関して興味を示した発言を特に強調した。

「フォークスが口をすべらせたのには何か意味があるに違いない」——アレクサンドルは訝しそうに弟を見て言う——「アラスカには真剣に興味がありそうだな」

翌日、宮殿にゴルチャコフが呼びつけられた。皇帝は、宰相が執務室の敷居をまたぐかまたがぬかのうちに、厳しい目を向けて切り出した。

「ゴルチャコフ宰相、事はどうなった？　進んでいるか？　ステッカーは何と言って来ている？　昨日フォークスは、アラスカの我々の港に関心があることをほのめかしていたらしいぞ」

「それは、極めて別のことで、一般的な話であります」

——宰相は恭順に首を垂れ——「それに、アメリカ海軍省の観点からのことであります……」

「何を要領よく立ち回ろうとするのか！」——アレクサンドルが不満げに眉を動かし——「もっと具体的に言ってみろ！」

「いえ、まだ、どうにもなりません」——ゴルチャコフは手を広げジェスチャーして——「ワシントンはひとえに土地の取得を表明しています。議会の一部も、ステッカー公使の伝えるところによれば、そのような雰囲気になっております……。我々サイドとしては、残りの部分を突く必要がありますが……」

「それは何のことだ？」——その意味が分からずアレクサンドルは、瞬きもせず宰相を見据えた。

「我々の方に注目させ、加速させるには、そして主には、議会で政府承認の支持を得るには、ひとつ考慮せねばならない細目があります」

「どんな？　曖昧な言い方をせず、単刀直入に言いたまえ……」

「国庫の財布の紐をゆるめステッカーに一定額を与えて、今後の動きを手配するのに使わせることかと……」

「それだけか？」――アレクサンドルは驚いて肩をすぼめ――「たったそれだけのことで良いのか？」

「はい、今の段階では」――宰相が黙りこむ。

「良かろう、レイテルンと相談してくれ。彼は財務省に居る……」――皇帝は一瞬言葉を探して黙り込むが、思いついたように続ける――「その目的に手配できよう」――そう言って、皇帝が締めくくる――「小を捨て大を得る、だな……。それに」――宰相を厳しく見つめ――「この問題で確約が取れ次第、ステッカーには、こちらに来るように伝えよ。アラスカに関しては、今年中にすべて最終決定をせねばならん！」


ゴルチャコフからの知らせは、ロシア公使をこの上なく歓喜させた。《事を進めるため》の資金手当が最高レベルで承認されたのだ。目論見が実現するぞ！　この取引に関係する者皆が得れる！　大事なことは、法外な金額が使えるのだ！　皆が得をするように手配せねば！　上出来だ！　こうなれば、合衆国政府からの要請にロシア政府が検討する準備あり、とシュアルドに伝えることだ。そして、資金的な期待をしている共和党議員と会って、ドルベースで金額を合意せねばならない。


「八千ドルでどうでしょう？」――スティーブンソンと会って、ステッカーが探りを入れる――「これは、あなたの斡旋に対する謝礼です」

「斡旋料はもっと高いですぞ」――議員が駆け引きを始める――「我が党は議会で、崖っぷちに立たされるのですぞ、それに、社会の反響を抑えねばならんことを考慮してもらわないとねー」

「分かりました、一万ドル出しましょう」――ステッカーが譲って切りのよい金額を提示した――「我々にはまだ卵が一つしか無いのに、あなたはまだ孵ってもいない雛の評価をしています……。まあ、議論は止しましょう！　両国間の合意書が出来上がって、批准の段階になれば、あなたの努力が必要になります。いまのところは、まあ、筋肉の慣らしということで！　調印には問題なし、と見ておりますが」

「いや、実は、別の問題があります……」――スティーブンソンが表情を曇らせて――「合法性の査定に弁護士たちが関与します。議会は彼らの意見を聞かないといけませんん」

「そうですか。それにはどなたが関わるのでしょうか？　名前をお聞かせ下さい！　その方とも知り合いになっておかないといけませんので」――ステッカーは経験豊かな目を議員に向けた。弁護士とも地ならしをしておかねば、と考えていた。しかし、本当はこんなことをやりたくはない！　まだ受け取ってもいない内から、どんどん溶けて無くなっていく……。

「弁護士のウオーカーが良いでしょう、彼なら話が出来ます……」

「一人ですか？」

「一人だけと関係するのが好いですよ……。あなたと私のように、もちろん、分かるでしょう……？」――スティーブンソンは謎めいて瞼を閉じると、今度は大きく見開き、真っ直ぐに見て――「紹介しましょうか？」

「ええ、出来れば」

「いつが好いですか？」

「明日でも結構です。お昼頃にお待ちします。独りで来てもらって下さい」

「オーケー、分かりました！　あなた方の言うように、目と目で、ですな？」

ウオーカーは時間どおりにやって来た。弁護士は、事務的で簡潔だった。

「あなたのお知り合いの方が状況を話してくれました」――握手を交わしながら、そっけなく話し始めた――「私の条件は二万単位ですが」

「但し、議会を通過してからですが」――ステッカーは、彼に反論は通じないだろうし、金額も合意せざるを得ない、と理解していた。

「言うまでもありません、合意書の批准が済んでからです。まずは、仕事を片付け、支払いはその後で結構です。ただ一つお願いしたいのは、義務遂行の保証ですが……」

「私は、サインはしません」――ステッカーはいぶかって彼を見た。

「私も、それは受け取りません」――弁護士は突然微笑むと、こわばった表情を急に緩め――「私には、あなたの言葉だけで充分です。保証は受け取った、とご理解下さい」

彼が帰った後、ステッカーは、椅子にくつろいで最新の新聞《フィンチャーズ・トレーズ・レビュー》をチェックし始めた。アメリカの領土拡大に関する記事が目を引く。著者は、共和党首との討論形式の記事を掲載していた。ある講演会で北部およびアラスカ領有の必要性に関して意見を述べたものだった。《このロシアの氷室は必要か？》――と言う質問をジャーナリストが投げかけ、それに応えて、

《辺境の地、資源も無い、そこの住人すら喰わせることが出来ないような土地だ。アメリカがどうしてそんな集団飢餓のところに首を突っ込む必要があるか。自分の国民達を食べさせるのが先だ！》その新聞を脇へやり、今度は

《ニューヨーク・タイムズ》をとって、目を走らせ探すと、探していた記事があった。三ページ目に、政府の領土に関する方針を支持する記事があった。特に目を引いたのは、アメリカ大陸のすべての土地は、アメリカに帰属すべきであり、ロシア領アラスカもしかり、というものだった。

《これは好いぞ!》と頭にすぐ浮かんだ――《スティーブンソンとシュアルドが、アラスカ問題について、それぞれが公衆へのアタックを始めた。将来結ぶ合意書に公衆の注目を向けようと努力し始めた。これで私には引用すべきものが出来つつある。私の正当性を主張する方法のベクトルは一つ、アメリカ国民はアラスカ購入に反対している、したがって、努力が必要で、合意書が調印され批准されるには、資金的に少なからぬ裏付けが必要だということだ。これをもってサンクト・ペテルブルグへ行こう。その前にシュアルドに会わなければ》

国務長官との面談は一週間後になった。

「私はロシアに一度帰国します」――ステッカーが言う――「が、手ぶらでは帰れません。新聞で見る限り、この問題に対する意識が高まり始めたようです。前回の面談では、具体的な段階に移りたいとの希望がありましたが、そろそろ、その段階に来たのではないかと」

「おお、そうでしたな」――シュアルドが頷く――「我々が政府レベルで土地の購入交渉に入る提案をしていることをお伝えしてもらって結構です」――ロシア公使に問いかけの視線を向け――「例の記述と資産目録はお持ちですか?」

「ええ、約束の通り、どうぞ」――公使は、都から送られてきたファイルを鞄から出し、手渡した。その中には、アラスカとアレウート諸島に所有している会社の資産表が入っている。国務長官との会談内容の知らせを受けて、ゴルチャコフが送って来たものだった。五年前に植民地の監査が行われた時の監査報告書をベースに作成されている。

ざっとページをめくってみるとシュアルドが、ステッカーに目を上げ、

「目録表には価格が記載されておりませんが……」

「それは相談の結果決まる、と理解しております。これは全く私の想定に過ぎませんが、五から六百万(ドル)。それよりも高いかも知れませんが、それほど大幅にでは無いでしょう……」

数値を口にしてしまったが、それはあくまで個人的な計算によるものだった。植民地では、毎年、三十万(ドル)くらいの収益を上げていることは知っていた。それを得るには商品を売り、原価を回収してその費用に充てねばならない。それで、その数値を割り出したのだった。

「もし、その数値が一倍半か二倍になっても、我々には問題ないでしょう」――ステッカーの言葉にシュアルドが応えて、――「で、いつお発ちの予定ですか?」

「今日荷づくりが大方片付きますので、時間はかかりません。一両日の内には」

公使を見送りながら、シュアルドは手を差しのべ、

「近いうちに合意書が双方で調印出来るよう祈念しております」

「わたしも、同感です！」――ステッカーが応ずる。


《これ以上望むことは無いな！》――ロシア公使は、幌無し馬車で出発の荷づくりが待つ家路についたが、今しがたの面談には充分満足だった。――《アラスカのことで大きく稼いで、この仕事を辞めるさ。アラスカは私にとって何だろう？　私は祖国ドイツへ行ってしまう、さらにどこかへ……。とにかく、取引が駄目にならないように国庫からのお金を受け取らないと！　そのために努力はするし、さらに、それ以上の努力もするさ……》

さらばアラスカ！

1

五月の末、マクスートフ長官の家族は増え、子供が五人になった。マリヤが二人目の赤ん坊を産み、ワロージャと名付けた。マリヤは、生まれたばかりの赤ん坊には最初の二、三カ月、特別な世話が必要なので、それに掛かりっきりになっていた。家事は、雇ったアレウート人にやってもらった。他の大きな子供たちは、昼間、マクスートフが仕事で忙しいときは、ガブリーシェフの奥さんが面倒をみてくれた。だが、毎夕、マクスートフは少しでも暇が見つかると、父親としての子煩悩さをいかんなく発揮した。検査には遠地だけでなく、近くても、自分で出かけることはなく、副官に依頼した。

六月の中頃、一カ月半に長引いた定期検査から戻ったガブリーシェフが報告した。

「ウナラシキンスクの事務所へ行って視て来ましたが、結論として、あそこでは仕事は順調に行っています。これからやらねばならないことのリストを作りました。まず、斧と鋸を足す必要があります。夏の間に、居住地の建物のいくつかは、手を入れて直し、柵も補修が必要です。グリズリーが来て壊したようです……」

「分かった。ガブリーシェフ中佐、ご苦労だった、結構だね」――了解したと、中佐を見て頷いた。

「ところで、こちらは如何ですか？」――ガブリーシェフがマクスートフに目を上げ――「何かニュースはありますか？」

「沢山あるよ」――マクスートフは副官を見て――「まず、第一に、私見だが、最も大きなニュースは、ポリトコフスキー少将に代わって、本社の取締役会議長にエゴール・ウランゲリがなったことだね。彼が任命されたのであれば安心できる。それと、二つ目は、あまり好いニュースではないが、都で株主会議があった。緊急の開催だったようだが、会社の株価が急激に下がったらしい……」

「それが我々の事業活動に関係しないと良いんですが……。今、我々の事業は、堅実に行えていますからね。この年末には、相当な利益が確保できますよ……」――ガブリーシェフが応ずる。

「それは、そのとおりだが……」――マクスートフが語尾を引きずり――「問題は他のことのように思える。別の展開になって行くんじゃないかなあ。すべては一つのポケットに集中するんだが、会社は何かの件で損失を被っている。もちろん、我々は自分たちの仕事に専念しなければならんがね……。会社を支援するために、財務省が毎年、二十万ルーブルの助成金を出す決定をしたらしい。そればかりか、国庫への借金七十万ルーブルを免除するようだ……」――少し黙り込んで、続ける――「まあ、これらからして、我々はもっと収益を上げるよう考えねばならんということだ」

マクストーフは思い違いをしていた。都の宮殿で何が起こり、何が目論まれているか知らなかった。しかし、それは、モイカの本社でも同じように分からなかったのである。財務省の決定を承認し、会社の新しい定款の基本規定を確認して、アレクサンドル皇帝は来るアラスカ譲渡問題を片付けることにした。そのためには、何と言っても会社がまず負債を無くし、年末には黒字にならねばならない。ともかく、皇族も株主であった。彼が理解したのは、もし、譲渡が行われるとなれば、ますますそちらへの傾きが大きくなっているのだが、然るべく清算金を受け取り、会社から決別せねばならないのである。他の思索もあった……。それを弟、大公との会話では明らかにしていた。

「アラスカの問題は、コンスタンチン、極めて内密の事項だ。幅広く意見を求め論議することは無いと思う。不満の波を生じるだけになるからね。それに、反対する者も結構いるだろうし……」

「まったくそのとおりだね」――大公は即応じた――「このことに注目を集めることは、騒がせるだけだ」

「そう、そのとおり」――アレクサンドルが顔をしかめ――「いままで一度も話さなかったけど、今となったから言うが、会社がいつも私に警戒させていたんだ。経済的には確かに採算がとれることは分かったし、交易関係も維持して来た。すべてが帝国の役に立ってきた。ただ痛む手が長すぎることだ……」

「分からないなあ、何を言っているんですか？　アラスカの話になると、遮って、いつも同じことを言っているけど……」

「過去に戻りたくないし、そんな時間も無かった。何か後味の悪い潜在的な不快感をいつも覚えていたんだ……」

「どんな？」――兄の言葉が漠然とした不安を呼び起こし、大公は考え込まずにはおれなかった。

「コンスタンチン、お前だってよく知っているはずだよ。父の時代にあったデカブリストの反乱の歴史を。当時、それに関する会社の役割について、より正確には、それの準備への参加について言い誤ったんだ。首謀者は罰を被ったが、大部分は罰の範囲外だった。我々の父が、捜査の微妙な差異の真相をつき詰めようとしたんだ。訳があってやったことなんだが……」

「何か心配しているのかい？」

「歴史上の出来事を別の角度で見ると、過去の根が、新たな芽となり、現在がひっくり返ることもある。シュバロフが、私の頼みで文書保存室から、暴徒事件の関係書類をいくつか埃を払って持って来てくれた」

「それがどうしたの？」

「読んでみた……。一つを言うと、パリに居たことで、官吏の頭の中には、自由思想の風が戯れていたんだ。フランスの自由思想がロシアの現実を曇らせ、識者を国家改革に呼びかけていたんだ……」

「我々も、改革が必要だという意見になった」――大公が何となく反対して、――「だから、リベラルな改革に進んだのでは無かったかね。本当のところ改革を続けるのに疑問を抱いているのかね……」

「既に始めたものは、磨きをかけねばならない。新しい思想を付加するのではない！」――アレクサンドルはかっとなったが、少し離れ、もう弟を穏やかに見ていた――「もうこの問題でかきまわすのはよそう！　それで」――アレクサンドルは続けて――「反乱のメカニズムを父が壊したが、一部は残った……」

「どういう意味？」

「《ロシア・アメリカ社》の経営さ！　伝導ベルトは、あそこで見つかったと思うよ。自信を持って言えるね。父もその意見にたどり着いたようだが、当時はすべてを壊すわけにはいかなかった！」

そう言って、弟をじっと見て返答を待った。大公は聞いた話に驚き、黙り込んだ。彼は、自信をもって自分の正当性を主張した兄の言葉に当惑した。

「どうだ？　君の感想は？」――アレクサンドルは厳しい視線を弟に向け、――「君は当時、僅か二歳だが、僕は十一歳だったから、たくさん記憶に残っている。覚えているよ、陰気な顔をして歩いていた父を。テーブルに座って、何か口をすべらせたこと、モイカに居た皆を、河に送り出す時だと……」

「えーえっ！　まったく信じられんなあ！」――コンスタンチンが驚いて言う。

「根は、根のままだった……」アレクサンドルが繰り返す。

「我々に何が起こっているか、見渡してごらん。ニヒリズムが頭をもたげ、さまざまな系統の組織ができ、頭の中はまったく混乱している。すでにテロリズムが少し臭いを発しているではないか！　ムラビヨフのお陰で鎮まったが、どれだけ続くことか？　今度、アラスカを譲渡する時には、会社の幹部がざわめき始めるに違いない……。奸計をめぐらし始めるかも知れない。正に、これが心配なんだ！　アラスカを譲ることでやりたかったことは完結するが、父をつくることはできん！」

大公は驚いた様子で皇帝を見ていた。彼の前のアレクサンドルは別人のようだった。今まで一度だってこのことについて話したことが無かったし、彼が《ロシア・アメリカ社》について疑問があるだとか、デカブリストの反乱に会社の代表者が関与していたことを仄めかすようなことは全くなかった。その反乱で、彼らの父が政府機構を新たな目で見ざるを得ず、厳しい統制を敷かざるを得なかったというのだ。一面でいえば、アレクサンドルは、モイカがデカブリストを支持した時代の以前の残渣を本社の経営に見て、行き過ぎをやっているようだった。いずれにせよ、あれから随分と時が経った。全部のポストで官僚が入れ替わっている。別の面でいえば、売却準備で政府が直ちにとるべき手段とステップを知り、まだどんな結果がもたらされどう決着するか分からず、すべてが変わるかも知れないことを知っていた彼は正しい。もちろん、別の面もあることは間違いない。アレクサンドルは、最終的にアラスカから自由になる決定をした。そして、それは喜ばしいことで、心を温めたのである。

大公は兄を見て、言った。

「アメリカと早急に直接交渉をせねばならないな！」

「ステッカーが合衆国を発った」——アレクサンドルが言う——「到着を待とう」——しばし黙り込んだが、付け加えて、——「今話していたことは、我々の間だけの極秘事項だぞ。本社の経営との関係で、しばらくは知らせないでおく……」

秋にステッカーが都に着き、すぐ、ゴルチャコフに報告に参じた。

「詳細に、順を追って報告してくれ」——宰相は向かい側の椅子に座り、公使を促した。

所々で遮り詳細を確認しながら集中して聞いた。聞き終わると椅子から立ち上がり、

「つまり、シュアルドは、提案を検討し進める準備があると正式に伝えたわけだな。まことに結構だ！　君は堅実な努力をしてくれた」——公使の努力を認める頷きをして——「その議員とのつながりを見つけて、国務長官と親密になれた。そのように皇帝に報告しよう。さて、ステッカー公使、道中疲れただろうから、休んで、ゆっくりしてくれたまえ。甲板を行ったり来たりするだけで、飽きただろう？」

「ええ、全くです。道中、短くありませんからね」——頷き、席から立ち上がり、ステッカーが訊く——「私が遠く

へ出かけるのは駄目でしょうか？」

「都に居た方が良いね」――ゴルチャコフが眼鏡の向こうから注意深く彼を見て言う――「皇帝からお呼びがかかるかも知れないからね」

皇帝は彼を呼ばなかった。宰相からの報告だけで良しとした。

「まことに結構！」――彼の報告に応えて――「それじゃ、ゴルチャコフ宰相、早速行動せねばなりませんぞ。レイテルンに言って植民地の土地と資産の価額を総本部（＊ロシア・アメリカ社の）に算出してもらってくれ、目的は伏せておいてだ！ それと、ステッカーには、私からの感謝を伝えてくれたまえ、よくやったとな！ さあ、どんな道が敷かれたか、それに沿って動くだけだ！」

財務大臣は金額を割り出すのに気をもんでいた。アジアへの行軍にからむ軍事費用も含め、追加で必要になる国家予算の割り出しである。今回の取引の価額を算出せよとの指示を受け、宰相と面談していたとき、財務大臣の眼は悦びで輝いた。

「財政の暗い空に太陽の陽が射し込んで来たような思いです。全くの概算予想ではありますが、五から六百万くらいになろうかと思います……」

「それに、数十万足しておいてもらわんとね」――ゴルチャコフが彼を真っ直ぐに見て言う――「前に言っていた、あのとおりなんだが……」

「あーあ！」――レイテルンは手を広げて――「国庫の一ルーブルであっても予定が決まっていましてね、とても貸付金など、首くくりものですよ！」――しかし、宰相の不機嫌な表情に気づき、直ぐに言い方を変えて――「それで時間が掛かったのですが、準備が出来ました。十六万五千で足りますでしょうか？」

「充分でしょう」――宰相の表情が緩んだ。――「ウランゲリ（＊エゴール・ウランゲリ議長）に書いてくれますかな」――相手をずるそうに見て――「脚注に書いてくれ、つまり、財務省が会社（＊ロシア・アメリカ社）に助成金を出すにあたって、会社の資産評価が無ければいけない。こう書けば、問い合わせについて疑われないだろう」

「分かります、よーく分かります、ゴルチャコフ宰相。その通りに致します！」――レイテルンは頷き――「蚊に鼻先をかじられないよう、そうします！」

寄せられた質問状に、会社の取締役会議長、エゴール・ウランゲリ男爵は、問い合わせの真の意味を理解せぬまま、十二月の初め、財務省宛てに、資産の動きとアラスカの資産価額の詳細を書き送った。その情報が間もなく皇帝に届けられた。それを読み、皇帝は宰相と大公を呼んだ。

「さてと」――刺すような鋭い眼差しを彼らに向けて――「アラスカに関して真剣に話す時が来たようだ。それと、もちろん、《ロシア・アメリカ社》全体に関してもだ。この二つは切っても切れないからな」

「陛下、植民地の価格が明らかになりました。合衆国は話を始めるのに、まず、それを待っております」――ゴルチャコフが慇懃に頭を下げる。

「私の意見は、直ぐに彼らと交渉を始めるべきだと思います」――コンスタンチンは、兄から眼を逸らさずにそう言って、さらに、――「アメリカでの力関係が変わらぬうちがよかろうと」

「追加で申し上げますと」――ゴルチャコフが小声で――「大統領も国務大臣も植民地の獲得を表明しており、議会でもこの問題を検討する準備が出来ております」

「それでは、ぐずぐずしまい」――アレクサンドルはゴルチャコフの方を向いて――「今週、そうだな、金曜日に会議を招集する。君のところでやろう」

「誰を呼びましょうか?」――宰相は指示を期待して皇帝に訊く。

「まず第一に、レイテルンとクラッベ。それと、ステッカーも来させよ」――宰相を見ながらアレクサンドルは数えて、――「後は君が考えて、必要な人を呼べばいい。しかし……」――不機嫌に眉をしかめて――「会社からは誰も呼ぶな!」

皇帝の執務室を宰相と大公は一緒に出た。宮殿の階段を下りながら、ゴルチャコフが口を滑らす。

「コンスタンチン大公、我々は随分待ちましたなあ、この時を。気分はどうですか?」

「一言では、言い表せんな」――大公は肩をすぼめ――「チェスに似ていて、ゲームが終わりに近づいたのだが、終わりがまだ見えない……」

「私は、心配は要らないと思いますよ」――宰相が確信をこめて――「もう水平線上で瞬いています……」

2

朝から、宮殿広場のアレクサンドロフスキーの円柱が白い帳で見えにくいほどの雪が降り続いていた。冬の宮殿から遠くない外務省の庁舎では、指定された会議の準備ができていた。宰相が作成した参加者リストの全員が集まって来た。大公は最初に来たひとりだった。彼に続いて、ほぼ同時に、クラッベ中将（＊海軍局長）とレイテルン財務大臣が現れた。会議が行われる部屋の中央には、大きな円卓が置かれ、両側に緑の覆いの掛かった椅子が置かれていた。そこには誰も座らず、皆立ったまま皇帝を待っていた。部屋はすっかり暖められ、息苦しいくらいであった。ステッカーは窓に近寄り、通風口を開けた。すると、新鮮な空気がさっと入って来て、息苦しさが楽になった。

アレクサンドルは少し遅れてやって来た。自信に満ちた速い足どりで部屋に入って来ると、立ち止まり、参加している面々を見渡した。挨拶をして直ぐに、何をぐずぐずしているか、という調子で着席した。壁のカレンダーに目が留まり、日付を見ると、一八六六年十二月十六日とあった。皆が着席し、会議が始まった。

「提起された議題は、国際関係における計画だけでなく、国家内部の諸関係にも影響を及ぼすものである」――皇帝が述べる。少し間を置き、ゆっくりハッキリと、自信に満ちた声で続ける――「何よりもさておき、《ロシア・アメリカ社》に関する問題である。ここで審議する懸案の問題について説明してもらいたい」

ゴルチャコフが最初に発言する。

「アラスカとアレウート諸島の植民地を譲渡すれば、合衆国との友好関係は、間違いなく堅固になります。そこで特に指摘したいのは、帝国の国境があまりに長く、かつ、さまざまに入り組んでおり、そのロシア領土内に充分な軍事力をあまねく集中・保持できる状況に無いことでありまず。全く無防備な場所もあるわけです。そのような場所の一つが、私の理解では、アラスカの領土であります。したがって、それを合衆国に譲ってしまい、植民地がもとで生ずるかも知れない衝突を避けてはどうかと考えます！」

――眼鏡を直し――「この件に関して少なからず影響しておる要因は、合衆国政府には植民地を買い取る用意があり、そのことについて我が国の公使、ステッカー・エドアルド・アンドレービッチに知らせてきたことであります」

と言って、公使を見る。自分の名前を聞いたのと、自分に向けられた視線を感じ、ステッカーが発言する。

「合衆国のジョンソン副大統領とシュアルド国務長官が、皇帝陛下とロシア政府に、深く感謝の意を表しております！　彼らは、今お話のあった土地の譲渡申し入れに関する返答を受ける用意が出来ております。さらに、値段については、提示された如何なる金額も検討する用意があるとのことです」

「分かった！」――アレクサンドルが応じて言った。レイテルンの方を向き、――「財務大臣、何か言うことはないかね？」

「植民地自体にはそれほど大きな経済的重要性はありません」――レイテルンが応える――。

「譲渡すれば、我々は巨額を受け取れるでしょうから、それなりに国庫を満たし不足を補えます。金額的に幾らかは、審議することなので申し上げませんが、六百万くらいあればやりくりできると思います……」

「算出根拠は分かっている。会社の価値ということだな」――アレクサンドルが遮り、横に座っている弟を見て――「コンスタンチン・ニコラエビッチ、君の意見を聞きたいが、どうだ？」

「アラスカ問題は、かねてから、身近で常に面倒をかけ落ち着かせないものでした。常にしっかりとしかも注意深く見ておかないといけない、というもので、ここに居る皆さんにも決して大きな秘密ではないのです」――大公は大声で言う――「最近、一時的に財政・経営状況は向上したが、会社の不採算性がよりハッキリとしてきました。政府としては、いつまでも会社に援助するわけにはいきません！」

「その通りであります。資金を引き揚げて、他の、より必要としていることに回さねばなりません」――レイテルンが同調し追認した。

「強調しなければならないのは、外部から攻撃された場合、敵の艦船ばかりか密漁船の襲撃からさえも植民地を護れる状態には無いということです。これが、会社を閉鎖し植民地をアメリカの要請に沿って譲渡する、第一の理由です」――財務大臣に賛同の視線を向けて、大公が続ける。

――「二つ目の事由は、私は特に重要だと確信しているのだが、ロシア帝国の極東国境の防御が堅固になるにつれて、アラスカの重要性が小さくなっていることです」

「君が言いたいのは軍港の建設のことか？」――アレクサンドルが弟の真意を確かめるべく訊く。

「もちろんです！　極東に強力な艦隊を設けるのです！」

――大公は椅子の背にもたれかかり、得心が行かず自問自答するかの如く、声高に――「それじゃ、アラスカは？　問題以外に得る物があるだろうか？　帝国から離れた海向こうに植民地を維持できるか？　帝国の直ぐ近くにあっても、時とともに実に簡単に放棄してしまうのではないのか？」

「導き出される結論は、根拠のあるしっかりしたものです」――これまで黙っていたクラッベが、――「私には付け加えることは何もありません」

アレクサンドルは、出された意見に満足したように頷いた。室内はしばらく静まり返ったが、その静けさを破るように小さな声で、

「私には、譲渡理由の正当性としては少し弱いように思えますが……」

それを言ったのは、外務省アジア課の若い官吏、オステン－サケン・ヒョードル・イワノビッチで、議事録をとるのに呼ばれていた者だった。この課の業務範囲にアメリカ大陸における国際問題も含まれていた。アレクサンドル皇帝は顔をしかめ、眼は鋼鉄の光を帯びていたが、何も言わなかった。ゴルチャコフは黙らせようとふむと言い、部下

に厳しい眼を向けて、

「君は黙って注意深く記録しなさい！」――そして官吏の口答えに対する反応を呼び起こしそうな大公に眼を移し、「アメリカの拡大は目に見えて明らかですが、遅かれ早かれ、我々は領土を譲ることになろうかと」――いっそう声高に――「しかし、その時は状況が異なるので、別の条件で譲ることになります！　我々は現状を考え、未来を見据えるのです！」――熱くなって結論付けた。そう言ったのは、すばやくその場を取り繕うためであった。ちゃんと議事録をとれ！　誰がお前の意見を聞きたがると思うか？　分をわきまえろと。

「さあ、それでは、最終的に結論を出すことにしますか」――アレクサンドルはそう言い、宰相を見て、――「どの領土を譲渡することになるのか？」

ゴルチャコフは、テーブルに置いた書類入れから、外務省で準備したリストを取り出し、読み始める。

「全体の譲渡土地面積は百五十一万九千平方キロメートル。それに含まれるのは、以下の通りです。アラスカ半島、ブリティッシュ・コロンビア西岸沿いの南アラスカ沿岸地帯、アレクサンドル列島、アレウート諸島とアッツ島、リシイ島、ブリジニエ島、クリシイ島、アンドレヤノフスキエ島、シュマギナ島、ウムナック島、ウニマック島、カデヤック島、チリコフ島、アボグナック島、トリニティ島」――息継ぎをし、眼鏡を直して続ける――「その他、ベーリング海の島々で、スビャトイ・ラウレンチヤ島、スビャトイ・マトベヤ島、ヌニバック島、それにプリブイロフ諸島」

読み終わった。宰相は、書類をテーブルに置き、もの問いたそうに皇帝を見る。

「ありがとう、ゴルチャコフ宰相。充分にあるな」――アレクサンドルはそう言って、訊く――「合意書の条文自体はどうなっているのかね、それと誰に調印させるかね？」

「本文のテキスト部分を確認して、サインはステッカー公使に頼んではと提案します。彼は本件すべてに通じておりますので」

「良かろう！」――アレクサンドルはステッカーを注意深く見て――「外務省から然るべく指示を受け次第、君にこれを託そう！　土地と会社の資産を五百万ドル以下で売ってはならんぞ！　もし金額がそれを超えていれば受けても良い！」――宰相に厳しい様相で、――「ステッカー公使のアメリカ派遣を急いでくれ！」

アラスカ問題は一時間で片付いた。会議は終わった。皇帝は、橇馬車に乗り込みペテルゴフへ向かった。彼はアラスカについてはもう考えていなかった。彼にはカーチェンカが待っていた……。

御前会議で声を上げてしまった官吏は、自宅で書きものをしていた。彼が投げかけた質問で苦し紛れなものになったが、議事録はできた。土地と会社、それと会社が立地している植民地を売却するということは同じことだろうか？答えは自ずと明らかであって、もちろん違う！　違いは大きい。それでは、会社を手放すとしても、どうして土地も、ということになるのか？　この質問に対する答えは見つからなかった……。

自筆の議事録の中で、オステン－サケンは、アラスカ売却となった結論に対し反対をこころみた。無邪気にも、誰かから聞いた、という想定で、しかし、誰から？

月曜日に、議事録を外務省の課長に手渡すと、それは直ぐに宰相（外務大臣）の目の前に置かれたが、ゴルチャコフは読み終えると、文書保存に回すよう指示した。すなわち、問題はすでに、決定されたのだ！　その週の終わりに、海軍省から彼の元へ、譲渡する領土を示した地図が送られてきた。合意書作成の車輪は、ねじを巻かれ、回転を速めた。せっかく計画が上手く実現するようになったチャンスを逸しないよう、宰相と大公は急いだ。

クリスマスが終わるやいなや、ステッカーは譲渡する領土の地図と目録を携えて、アメリカへ出発した。ふところには国庫から割り当てた《コミッション》が入っていた。それは彼の心をこの上なく温めるのであった……。

3

ワシントンに到着するとステッカーは直ぐ国務長官を訪問すべく向かった。シュアルドは愛想の良い笑みで彼を迎えた。彼については既に電話でゴルチャコフから知らされていた。すなわち、提示のあった合衆国の申し入れについては、前向きに検討し、ロシア帝国の全権を委任された公使がロシアを出立したと。

「正直なところ、あなたの到着を待ちわびていました」──公使と握手しながら、シュアルドが発した。──「お戻りになったのは、決して空のカバンでは無いですね？」

「ロシアは交渉の用意があります。私は確信していますが、双方にとって良い結果になると思います」

「そうですなあ、エドアルド・アンドレービッチ」──公使を名前と父称で呼び、国務大臣が切り出す──「その会話を有意義なものにするためにも、正式の書類をご提示頂けませんか？　是非、拝見したく……」

「持参しましたので、お渡しします」──ステッカーが鞄から書類を出して、──「これが地図、そしてこちらが目録で当初の価格が記載されております」

「これは、素晴らしい！」――受け取りながら、シュアルドが思わず言う――「以前見たのは単なるリストでしたが、今度の必要情報は完璧ですな」――そう言うと――「どうです、軽く気つけの一杯は如何ですか？」

「ええ、頂きましょう」

満足し、ウイスキーをチビリチビリやりながらステッカーが、話題を先へ移して訊く、

「我々の対話の具体的な部分はいつ実行しましょうか？」

「我々は直ぐにでもとりかかれますよ」――国務長官が応えて――「合意書のことであれば、内容の詰めをしませんとな」

「ドラフトを持って来ましたが」

「おお！　それも準備して来られましたか？　正直、そこまで準備していらっしゃるとは、思っておりませんでした」――シュアルドが驚いて目をしばたき――「それなら、それを下さい。結構ですなー、手間が省けます！」

午後、大統領と会って、国務長官が告げた。

「ロシアがアラスカの同意をくれました。そこで、我が方の次の手ですが……」

「ウイリアム、手間どってはならんぞ！」――ジョンソンが熱くなって大声で――「国家間の関係というのは変わりやすいものだ。それは君が一番よく知っているではないか。鉄は熱いうちに打てだよ！」

「もちろん私自身、領土獲得合意書にサインをしたくて燃えています！　明日から、毎日、本件をやります」

ほぼ二週間ぶっ通しでステッカーは、国務大臣の私邸で過ごした。合意書の文章を一言一句詳細に話しあった。出来上がった部分を電信でサンクト・ペテルブルグに送ると、外務省では、宰相が直々に手直しして、ワシントンに送り返した。こうした交信が間断なく続き、ようやく、双方にとって受け入れられる草案が出来上がった。もちろん、若干の細かな訂正箇所は残ったが、残る肝心なのは、合意書に記載する金額だった。ロシア側は当初、五から六百万と言っていて、その後少し追加があったが、最終合意には達していなかった。

購入予定の価格が記載されていない書類を熟読吟味しつつ、シュアルドは思った。買い取り価格が決まっていないので、こうも手間どっているのではなかろうかと。書類のペンを入れ始めてからもう半月になる。もっと早く終えないと！　百万くらい足せば、多分、金額としては合意できるに違いない。内容で何カ所かは確認せねばならないが、それは問題ではない。それなら、何を手間どっているのか？　壁掛けの時計に目をやると、針は午後一時を指していた。アシスタントを呼んで、ロシア公使を官邸に招く手

配をするよう指示した。

正午にステッカーがホワイトハウスにやって来た。

「我々は値段を決めるところで止まっておりました」——執務室に彼を招き入れるなり、入り口のところでシュアルドが言う——「七百二十万ではどうでしょうか？　これは《ロシア・アメリカ社》が示していた数値ですが」——探るように公使を見つめた。

「それについてはペテルブルグに訊いてみないといけません」——ステッカーは大して気にするようすも無く応えた。

「それでは、急いで電信して下さい！　お返事をお待ちします。それに、お願いですが、返事を受け取り次第、直ぐにお知らせ下さい」


夕方八時過ぎ、首都の通りに夕闇が迫ってきた頃、合意する旨の電信を受け取ったステッカーは、国務長官の自宅を直接訪問した。

「こんな遅い時間に伺って申し訳ありませんが、同意を受け取ったので出来るだけ早くお知らせしたくておじゃましました。これで、明日、サインできますな」

「いや、そんなに先延ばししなくて好いでしょう！　今日、これからやろうではありませんか！」——シュアルドが我慢できずに声を上げる——「直ぐに始めましょう。既に合意したテキストの最終訂正を頼んであります。そのほとんどは、単に合意書のスタイルに関係しているだけのようですから、ここに全員集まるよう、今、手配しますよ。あと一時間もすれば直したものを見られるでしょうから。それまで、どうですか、トランプでもやって待ちませんかな。仲間はいますし……」

「ええっ、そうですか？　もちろん、異存はありません！」

木製の脚の付いた大きな地球儀が横にある部屋の隅の小テーブルに座った。トランプを一組引っ張り出しながら、ステッカーに目を上げ、

「今日、サインしますかな」

「我々の意見が一致すれば、出来ないことはないですが？」

「いや、絶対に合意できますよ」——カードを取りシュアルドが応える——「さあ、ゲームを始めますよ……」

公使はついていた。シュアルドの負けだった。三時間近くもトランプをしていた。担当官吏が国務長官に二度呼ばれ、合意書を持って来てはコメント訂正を受け、また改訂のために持ち帰っていた。二人とも腕がむずむずしていた。早くサインしたいものだと。

「今日はずいぶんと上機嫌ですなー」——トランプを切りながら、国務長官が言う——「あなたは、運の良い人だ……」

「いやあ、カードは手のうち次第ですよ」――満足げにステッカーが応える。

今日の彼は、疑いなく上手くいっていた。カードだけではなく、実際の合意書作成においてもである。既に相当額の《コミッション》を受け取っていた。自分がサインし、シュアルドが署名しさえすれば、それでけりがつくのである……。

シュアルドは負けてはいるが、彼の機嫌は決して損なわれてはいなかった。何よりも彼はロシアの土地を勝ち取るのである。この勝ちこそ、何よりも威厳のあるものだった……。

朝三時過ぎ、合意書の最終版が持ち込まれた。ゲームを中断し、見直しにかかった。ステッカーは、大きな筆記体で書きこんだリストに目を走らせ、それから、集中して熟読吟味した。

合意書の第一条はこう書かれている。《ロシア皇帝陛下は、批准書の交換後直ちに、北アメリカ合衆国にロシア帝国が現在国家権力を持って領有している、アメリカ大陸のすべての土地、並びに付随する島々を譲渡する》本文に同意し頷いた。これはこれでよし、次は？　続けて読む。《前条にしたがって譲渡される領土における、すべての公共の土地や誰にも占拠されていない地域、すべての建物、要塞、兵舎および個人所有でない他の建物の所有権は、合衆国に移行する。しかし、ロシア政府により、譲渡される土地に既に建造されている教会の土地および付属地の所有権は、その土地に居住するロシア正教会に残るものとする》

ゴルチャコフが指示したとおり、教会の所有権には触れぬよう、記述されている。ロシア正教会はアメリカ大陸に残される。信条は売るものでは無いし、そのシンボルも同様だ。第六条で止まった。そこにはこの取引の価額が入る。そこはこうなっている。《合衆国は、ワシントンの国庫金取扱所にて、本条約の批准書交換後十カ月以内に、外交代表者あるいはロシア皇帝陛下が全権を委託した者に、七百二十万ドル金貨を支払わねばならない》

さらに、強調されているのは、《上記の領土並びに主権の譲渡は、ロシアまたは他の会社による、いかなる制限や特権、免除や領有権の拘束がなく自由なものとする》

「何か反対はありますか？」――シュアルドは何かコメントがあれば聞こうと、彼に見入った。

「いえ、内容は、こちらが言わんとすることをみな織り込んでいます」――ステッカーは落ち着いて応える――「何をご希望で？」

「サインでしょ！」――シュアルドはため息をつき、公使をまじまじと見た。

「私も同意見です」

「それでは、どうぞ！」――国務長官はペンを差し出し――「あなたの署名が先です」

ステッカーはペンを受け取ると、合意書の本分の下部《ワシントン18／30にて、一八六七年三月》の文言の下に署名し、ペンをシュアルドに返した。

「今度はあなたの番です」

国務長官は素早く署名した。合意書の二部目にも同様に署名を行った。やり終えると、二人とも、ほっと一息つき、互いに見やって、微笑み、握手を交わした。ステッカーは国務長官の掌が温かく汗で濡れているのを感じた。多分、興奮していたに違いない、だから、カードも負けたんだろう、とそれとなく思うのであった。何と言っても、とにかく、大事なことは片付いた！

「我々は歴史的な書類に署名しましたなあ」――シュアルドが言う――「ここは是非、シャンパンで乾杯しようではありませんか」

泡立つ冷たい飲み物をワイングラスに注いで、飲んだ。

「どうですか、続けませんか？」――シュアルドがトランプの置いてあるテーブルを顎で促す。

「そうですな、このゲームを片付けましょうか」――ステッカーが同意する。

テーブルにつき、カードを取った。今度は流れが変わった。すっかり夜が明け、明るくなってから、公使は国務長官宅を辞して家に向かった。

馬車の背もたれに身を反らせ、議員と弁護士に会おうと考えた。約束の金額を渡さねば。彼らにも働いてもらおう！　それと、今日中に必ず電信を打って、ゴルチャコフ宰相に調印した旨を知らせないと。サンクト・ペテルブルグではアラスカの命運は一時間で決まった。ここワシントンでは、書類が世に出たが、一晩かかった。残りの仕事は、ネバ河のほとりで議会承認を得て、合意書の批准をするだけだ。ああ、早くドイツに戻りたいものだ！

ロシアの外交官を送り出し、シュアルドは窓辺に寄った。通りにはまだ人通りがなく、家の横に生えている木の枝が風に軽く揺れていた。振り向き、地球儀に目が留まる。ゆっくりと近寄り、手で軽く回し、夢想するのだった。いつの日にか、この地球儀の大部分の面積がアメリカの色で塗られることを。合衆国は残る世界をそう見ており、それが為に彼は努力している……。アメリカが第一！

4

青天の霹靂か、静けさの中の突然の嵐のように、下された決定の知らせが、モイカの本社ビルに飛び込んで来た。

「一時的な意識の混濁だ！　そんなことがあろうはずがない！」取締役会のエゴール・ウランゲリ議長は途方に暮れ混乱の中で財務省へ急いだ。合意書が調印されたという知らせには、財務省のサインが入っていた。レイテルンが強調して正式に告げたのだった。

「譲渡の合意書は締結された」──滝のように浴びせかけられる議長の質問に、そっけなく応えた──「お分かりでしょうが、すべて、向こうで執り行われたことです」──目を上に向けて、これ以上の論議は無駄であるということを強調しながら、──「言えることがあるとすれば、エゴール・ウランゲリ議長、植民地引き渡しの準備を早く始めることだけです」

財務省を訪れてすっかり意気消沈した議長は、ウランゲリ提督（＊男爵）のところへ相談に行った。

七十歳の提督は病気で、歩くこともままならない。憮然として頭を振って、

「こんなことが起きようとは、まったく信じられない。だが、どうしようも無いな。これが事実なのだから！　昨日、この知らせを、ひょんなことで知って、確かめさせたら、間違ってはいなかった……。君に知らせようとしていたんだが、君が来てくれたんだよ……」──黙り込み、悲哀と無念で重いため息をつき、──「ロシアはアメリカの言うままにはならんぞ、どれだけの力を注ぎこんだことか！　どれだけ大勢の栄誉ある名が歴史に刻まれていると思うのか！　ベーリング、チリコフ、シェリホフ、クスコフ、ロトチェフ……。私もあそこでは随分と骨を折った……。前世紀からあそこの地を獲得しようと皆が努力した。だが、それが、ほんの一瞬で、もう要らなくなった……。悔しい、心が裂けそうだ。それに何も書いてこなかった」──苦しそうに発する──「我々には何も抵抗できやしない……」

「政府に嘆願してはどうでしょう？」──絶望して議長が小声で言い、提督に問いかけの眼を向け、──「皇帝に書きますか？」

「無駄だ！」──ウランゲリ提督が手を振って──「単に領土だけの問題では無いぞ。会社はずっと入れ込んで来たんだ。それなのに、今度はあそこからこっそり出て行けってことだ……。こうなったら、何をやっても空しい努力だ」

「ウランゲリ提督、どうしましょうか？　見当がつきません！」

「事業を引き揚げるしか、他にやることは無かろう。アメリカ沿岸が無ければ、会社は存続の意義が無い」

「ああ、何てことだ！」──議長は深くため息して──「誰か好い考えは無いか！」

「いや、もう時既に遅しだ」──提督は不機嫌に言い、

――「出来るだけ損失を少なく状況を脱するよう考えねばならない」

「株主会議で決議すべきでしょうか？」

「そうだな、事業活動の停止を宣言し、清算チームを立ち上げないとな。出資株式に対して何かを受け取るとしたら、それが唯一の対応だろう……。競売で会社をたたき売るのとは違う！」

「ウランゲリ提督、あなたは実に現実的です」――議長はそう言い、自ら認めて、――「私は、完全に虚脱状態で、何も考えられません！」

「私も、心の中じゃ、全く荒れ狂っているよ」――ウランゲリ提督は頷いた。

「常に会社の将来の繁栄を願い夢見て来た。

遠いアメリカ沿岸の交易を発達させるにはどんな動機付けが必要か、どうしたら現地の未開な人達に効果的な影響を与えることが出来るかを、観察しながら、あるいは、ロシア正教会を持ちこみ、自分でも布教の一端を担ったり、さまざまなことをした。重要だったのは、我々の政府が後押し強化してくれたからだ。あそこ、海向こうのアメリカ大陸で、アメリカとロシアの最初の交易がはじまった。それだけでは無く、アメリカとの政治的なつながりが出来た」――年老いた提督の眼は悲しみに満ちてきた――「これから先、どんな将来があるというのかね！　今じゃ、ロシアの使命は途切れてしまったではないか……。種を播き、木も植えた。実がなったと思ったら、それを採るのは別の者かい……」

四月になって、雪解け水の滴りがにぎやかになってきた。春が、長引いた冬の眠りから目覚めをもたらした。しかし、本社の雰囲気はすっかり落ち込んでいた。重苦しい状況の中で株主会議が行われた。全員、業務の完全終了日まで残すところあと僅かであることは、理解していた。エゴール・ウランゲリ議長が、アメリカ側からの依頼を発表した。彼らの要請は、植民地の正式引き渡しと合意批准書の交換まで、アメリカ船がアラスカ並びにアレウート諸島に自由に寄港・航行できるよう、自由交易ゾーンを設けて欲しいということであった。このことについては、株主会議の前日、財務大臣レイテルンが議長を呼んで伝えた。レイテルンは、この要請を無条件に遅滞なく遂行するよう、そして、アラスカ長官にしかるべき指令を早急に発するよう、きっぱりと明言した。

「自分たちの富からこれほどまでに急いで別れを告げるというのは、あたかも、炎に包まれた我が家から、家財を放り出して、逃げ出すようなものだ」――憤懣やる方なく、議長が毒づいた。

「いや、落ち着いて下さい、エゴール・ウランゲリ議長」

──財務大臣がすぐさまなだめて、──「いつアメリカ人に引き渡すか、それが問題なんです。しかも、正式に早くやらねばなりませんし、私も国庫にお金を払い込んでもらわないと困りますから……。こうした利害がある以上、早く終わりますよ、見ていてごらんなさい」

「それだけではありません」──議長を意味深長に見て、──「ゴルチャコフ宰相が通知したところによると、皇帝は、来月の初めには合意書を批准する用意があるとのこと。したがって、永く待つことはありませんぞ……」

その時、ゴルチャコフは皇帝に、アラスカ問題のアメリカ議会での審議に関して、報告をしていた。アレクサンドルは、遮ることなく、集中して話を聞いた。

「議会は、合意書の審議に入りました」──報告を締めくくりながら、宰相が言う──「討論の中では、当然ですが、《氷の詰まった箱》などアメリカに必要か、などという疑問が呈されることも充分考えられます。アラスカに関しては、いくつかの新聞が取り上げ、騒ぎ立てております。しかしながら、ご安心ください。議会承認されることは、間違いありませんので」──きっぱりとした自信のある口調で宰相が結論付け、もの問いたげな眼差しを皇帝に向けて、言葉を待った。

ステッカーからは、共和党党員からの支持と、議会での法的裏付け準備を進めてあるがために、準備万端整い、予定通りの結果が得られることは間違いない、との確認の電信が送られてきていた。

「よく分かった」──アレクサンドルは執務室内を歩き、立ち止まると、ゴルチャコフを見て──「私が心配しているのは、たった一つ、領土の引き渡しのプロセスと会社の売却は一緒にはできん、ということだ。なぜかといえば、我々の眼が必要だからだ！　現地の人達はどうするというのか？」

「従業員はロシアに引き揚げさせますが、他は自分たちで決めるよう勧めれば良いと考えます」──ゴルチャコフは肩をすぼめ、──「こちらに来ても良いし、向こうに残っても良いでしょう……」──このことについて彼は何もしてこなかったし、考えてもみなかった。他の問題で頭がいっぱいだった。現地の人達をどうする？　それは二次的な問題だ。しかし、皇帝自ら突然彼らのことを思い出された。ロシア人はもちろん帰り、地元民は大部分だが残れば良いではないか。彼らを移住させるなんて考えてもいない！

「ロシア正教会の人達は何人くらいいるのか？」

「アレウートとクレオール人で、おそらく、一万人超でしょう」──正確な数値は分からぬが、そう言った。

「ほら、それだ！　私は、混乱をもたらしたくないのだよ。といっても、起こるだろうがな！」――アレクサンドルは瞬きもせず宰相を見やる――「彼らをアムール川の沿岸地区にばらまく？　それも心配だし、高くつくぞ。だから、考えてくれ、ゴルチャコフ宰相！」

「個別に委員会の設置を提案します」――ゴルチャコフは思いついた考えを直ぐに口に出して述べた――「その委員会に本件を担当させ、それに植民地引き渡しの直接責任を負う機能を持たせましょう」

「良い考えだな！」皇帝は同意して頷き、指示する――「それじゃ、委員会の設置を直ぐにやってくれたまえ！　メンバーには財務省、海軍省、それに会社から代表者を出させてくれ。すべてのプロセスを委員会が掌握するようにせねばならん！」――そう言うと、目を細めて――「この秋までに間に合うかな？」

「本年中には、必ずピリオドを打ちます」――宰相は、今後の行動に考えをはせながら、応えて言った。

急遽設置された委員会で、《ロシア・アメリカ社》が国庫から引き渡し資産の代金として受け取る見返り金の額や、批准書交換後の植民地引き渡し時期について討議された。そして、現地先住民の命運を決める論議がなされた。とにかく、人間であり、家族であり、ロシア正教会の信者になった者たちで、ロシアの土地に住んでいるのである。ロシアに連れて来るか？　そうなれば、何処へ？　どのようにして？　そうするためには追加出費が必要で、しかも半端な額では無い……。単に放置するのは、人道的ではなく、キリスト教でも許しがたい……。それとも、一定期間生活保証してあげて、残留させるか？　では、どこで？　結局、良い考えも無く、アレウートもクレオールも会社で働いて来たのだから、彼ら自身に決めさせよう、ということになった。指令が発せられた。すなわち、全従業員に、植民地の合衆国への引き渡しに伴い、一カ月以内に残留するかロシアへ渡るかの選択を、アラスカ本部へ申し出るよう宣告された。

ロシア領の譲渡と会社の清算、それに植民地引き渡しの準備に関するペテルブルグからの通知は、会社のアラスカ総督府に大ショックをもたらした。

「マクスートフ長官、どうしてこんなことが起こり得るのですか？　つまり、売ってしまったということですか？」――ガブリーシェフ副官は、マクスートフから側近の者たちにもたらされた知らせを聞いて、驚きを隠せなかった。「本社は、我々に事前に知らせることもなしにですぞ！　これは、正真正銘、反逆行為です！」

眉間にしわを寄せて、ルーゲビル所長は荒っぽく言うと黙り込んだ。マクスートフは、副官を見て、

「ガブリーシェフ中佐、私自身にも何が何だか分からん。それだけじゃない、気持ちはあなたと一緒だ」──言葉を探しながら黙り込んだが、やがて、しょげた声で沈痛に、──「モイカじゃ、会社を護り、維持しようと主張を通していたのではないかな。だから、まだはっきりしないのに闇雲に知らせて余分な心配させてもいけないから、黙っていたのではないかと考えるよ。混乱させてもいけないし、事業に影響を及ぼしてもいけないからね」──重々しく溜息をついて、──「まったく、背中にナイフを突き付けられたようだ……。しかし、私も君も国家に仕える身、最後まで国家の意思を遂行するまでだ」

「ええい、クソ！」──ガブリーシェフはいらいらして吐き捨てるように、──「我々は虫けらだ、マクスートフ長官！　そうじゃないですか、虫けらですよ！　我々の意見なぞ誰に関心があるというのですか？　全ロシアを引き離すかもしれませんぞ！　領土を併合し、護り、領土のために戦い、数百年かけて大国を築いた！　それがどうだ、今度は、要らないだと？　それだけのこと……？　それじゃ、これからどうするんですか？」

「家財をまとめろと、言っているんですか？」──ルーゲビルはマクスートフを訝しげに見て訊く。

「そんなところだな、ルーゲビル所長。私にもさっぱり分からない。都では、特別委員会が組織され、そこの命令には絶対に従わねばならないのだとか。本社から指示書が来て、アメリカ人には自由に交易させ、彼らの船はすべて入船を許可するとのこと。これらが言っていることは一つで、植民地の引き渡しもそう遠くは無い、ということだ」

「まったく、もう！」──ガブリーシェフは遣る方なく手を振る。──「ということは、すべてを止めてしまう、ということですな？」

「交易を止め、氷の切り出しも止め、海獣の狩りも止めだ。もうやってもしょうがない。今重要なことは、秩序を保つこと、少なくとも、集団酔っぱらいや、カオスを避けねばならない。馬鹿騒ぎは起こしてはならん！」──副官の方を向き、──「引き渡し書を作成せねばなりませんぞ。あなたは、それに取りかかって下さい……」──寂しそうに溜息をつき、──「否が応でも、この苦い飲み物を飲み干さないといけない……」

部下の前では感情を抑え動揺を見せぬよう努めていたが、自宅では、震える声で、マリヤに受け取った通知について語った。

「恐ろしい酷さだ！　こんなことは、とても想像すらできんよ！」──そう言いきると、苦しそうに──「どうしたことか、具合が悪くなったみたいだ。心臓が刺されるように痛む」──彼女に告げ、手を胸に当てて──「痛みが背中の方に行った……」

「医者を呼ばなくちゃ」——妻が興奮して言う——「何か深刻な病気かしら？」

「大丈夫だよ、直ぐになくなる。興奮していたからだよ……。飲めば治るだろう。気持ちが落ち着かないよ」

「ラム酒？」

「いや、ウオッカが良いな。有るかね？」

「ええ、少しだけど」

彼女は食器棚からカットグラスを取り出し、半分まで注いで、彼の前に置いた。そして、隣に腰を下ろし、彼に抱きつき、頬をすり寄せて、

「あなたが辛いの、分かるわ。でも、治まるわよ。静かにしていて。今は家族のこと、子供たちのことを考えないと……。あなたには仕事があるし、職務があるわ。みんな終わりにしてここを去りましょう」——夢見るように小声で——「住む場所を都に替えましょう」——そして、優しく口づけ——「みんな上手く行くわ、大丈夫よ……」

抱き合ったまま二人は黙って座っていた。いろんな思いが押し寄せた。愛と子供の誕生、友情と喪失が書き込まれたアラスカでの遠い過去の巡り合わせのことを。

慣れ親しんだノボアルハンゲリスクとも、間もなく別れを告げなければならないことを思ったのである。

5

五月初めの三日に、皇帝アレクサンドルは合意書に批准した。アラスカの売却について、ロシアの一般国民は直ぐには信じなかった。新聞各紙は、これは誰かが意図的に流布した噂に過ぎないと書いた。しかし、やがて、外務省による正式発表で、売却が確認されたのである。インテリたちは目を丸くして驚き、プレスには同意を詮議する出版物が現れ、いろんな会話が這いまわり始めた。それを知ったアレクサンドルは、秘密警察の長を呼び、厳しく言い渡した。

「良いな、異論は許さぬ！　既に決定は成った。だらだらといつまでも仔細にこだわることは無いのだ！　無駄話は止めさせろ！」

シュバロフは即刻手を回し、その後、新聞ではアラスカの記事が無くなった。このテーマで皇帝が心配することは無くなった。彼はゴルチャコフ宰相とレイテルン財務大臣に最後まで遂行するよう命じ、植民地引き渡しに関する委員会の活動を警戒監視下に置き、自分自身の中では一定の線引きをしたのであった。今や、別の問題が心配の種となっていた。それは、ヨーロッパにおける軍事・政治情勢の先鋭化であった。

プロシャが百万人の軍隊で逆上し毛を逆立てていた。ビスマルクがゲルマン帝国に隣接する土地を支配下に置き、北ゲルマン同盟を結成し、目をフランスに向けた。ルイ・ボナパルトは、仰天し、

「ゲルマニアがオーストリアを押しつぶした！　火薬の臭いがするぞ！　いつ何時、ゲルマニア軍がフランスの領土に侵攻して来るかも知れん！　緊急に何か手を打たねば！」

「あなたねー」――夫人が助言する――「ここはあなたの政策に彼らの頭を絞らせれば良いわ。ロシアのツァーリを招待するのよ、何か理由を見つけて。忘れないで、彼の母は、プロシャ王ウイルヘルムの実の姉妹よ。アレクサンドルが来れば、状況は緩和するわよ」

「そうかも知れんが、彼はポーランドの一件をよく覚えているだろうから、果たして彼が逢い引きに来る気になるかどうか？」

「それはどうにしろ、ビスマルクはヨーロッパの均衡を壊しているのよ。それは、ロシアだって不安でないわけが無いでしょう？」

「もう直ぐパリで万国博覧会が催される。そこへ招待しよう、アレクサンドルも含めて」

「そうよ、それは良い口実になるわ」――エブゲーニヤが驚いて頷く――「あなたが何か考えつくに決まっているって知っていたわ……」

フランス皇帝からの招待状を受け取り、アレクサンドルは軍事大臣と宰相を呼んで相談した。

「どうしたものか、助言はあるかな？　自分自身が行くべきか、他の者に行かせるか？」

「ゲルマニアはフランスに戦火を開く準備が出来ています」――ミリューチン軍事大臣が単刀直入に言った――「ヨーロッパの火事は危険です。炎がロシアに燃え移りかねません。したがって、招待をお受けになることを進言します」

「しかしながら、ビスマルクは、最近の英仏との対立では、表立って我々を支持しました」――用心深くゴルチャコフが発した――「ゲルマニアにはこの訪問は気に入らないかもしれません。現下の我々国家間の均衡を損ないかねませんから」

「これは外交上の工作では無い。交渉に行くのではなく、単に、博覧会を観に行くのだから」――アレクサンドルは宰相に視線を真っ直ぐ向けた。彼の言葉が気に入らず、癇に障った。事を決めたのは政治的な考慮では無く、カーチェンカとの約束事だった。昨晩、彼女と会っていて、外国行きの可能性のことを思わず口に出してしまった。彼女が手を叩いて喜んで、《なんて素敵！　パリへ行きたい

わー！》と言ったものだから、つい彼は旅行を約束してしまったのだった。このことが内部葛藤を呼び起こした。

「まあ、そう言うことでしたら、行かれるのが宜しいでしょう」——宰相は、このことで皇帝に反抗しても仕方がないと、すぐさま折れたのである。

パリ行きは五月二十日になった。ボナパルトはことのほか親切で、エリーゼ宮殿に滞在中の部屋を準備させるほどだった。アレクサンドルは、予め近くの一軒家に宿をとらせておいたカーチェンカの元へ最初の夜から抜け出していた。昼間は、フランス皇帝・皇后との社交に過ごし、夜は恋の情慾に身を投じたのである……。

一つのことを除き、すべては素晴らしく過ぎ去った。一行のいかめしい行列がパリの通りを通るたびに、群衆の中から聞こえて来たのは憤怒の叫びだった——《ポーランド万歳！》、《侵略者！》。迫害の中でポーランドに示された援助とロシアに対抗して為された攻撃は、一般民衆の眼には、ポーランド人民の自由と権利の侵害者に見えた。アレクサンドルは眉をひそめたが、ボナパルトには何も言わなかった。

パリ滞在が終わりに近づいていた。そんなある日、彼は近衛兵の護衛付きでオープン馬車に乗っていた。ブロンスクの森を通ると、道路も並木道も、散歩に出てロシアのツァーリを一目見ようとするフランス人でごった返していた。すると、突然、人ごみの中から銃声が鳴り響いた。弾丸がごく近くを通り過ぎ、もう一発は後ろへ飛んだ……。

宮殿に戻ってから、撃った者は捕らえられたと聞いた。それは、ベリョーゾフスキーというポーランド人の男であることが分かった。それを知ると烈火のごとく怒って、

「ここでも撃たれた！　また、ポーランド人だ！」

夜半、カーチェンカが抱擁の中で慰めて言う、

「あなた、私と一緒なら大丈夫なの、弾は当たらないのよ。でも、無事で何よりでしたわ、それに、フランス人でなくてよかったですわね……」

「だがな、ここじゃ、私に対する敵意に満ちているぞ」——神経質に肩をピクリと動かし——「大衆の行動に感ずる。ルイは、私がヨーロッパ情勢の安定化のために自分の立ち位置を発言するのを期待して、何かにつけて媚びへつらっているのだ。そんなことはするものか！　時が示したように、すべての揉め事はフランスからだ。ゲルマニアと共同せねばならん！」

アレクサンドルのパリ訪問は、幻滅以外何もボナパルトにもたらさなかった。

「忌々しい発砲で、計画がめちゃめちゃになったぞ！」

——サンクト・ペテルブルグに戻るや、ロシア皇帝が北ゲルマン同盟を支持する発言をした、というのを聞いて、思わず大声を出した。

「今は、成功と自分の力だけに期待することね」——エブゲーニヤが言う——「第一、私はもっと信じているわ。でも、絶望することはないわ、考えるのよ。ロシア皇帝との関係をどう結ぶか。政治の流れは変わるものでしょう？それはあなたがよく知っているじゃないですか。忘れてはいけないのは、ロマノフ王朝は昔からプロシャの血が混ざっていることよ……。それに、ゲルマニアにどんな譲歩を与えるかだわ？」

「あのアレクサンドルは領土を捨てることができるのだよ」——ルイは辛そうに頭を振って——「そうだろう、アラスカを捨てて、それでもロシアではそのことを誰も何も感じなかった……。だが、我がフランスは領土を分け売りするほど大きくは無い。ビスマルクがエルザスとロレーヌを狙っていることは明らかだ。とはいっても、残りの国土を護るためにそこを一時的にでも保有させることは、結果的に帝国を失うことになるんだ！」

「時間はまだあるわ」——主人を宥めながらエブゲーニヤが小声で——「唯一の道は、アレクサンドルに向かっているわね。彼だけよ、立ち位置を替えて、ヨーロッパの均衡に影響を及ぼせるのは」

ロシア皇帝には、一つ、確信している考えがある。それは、ヨーロッパの事で争いの種を持ち込むのは、常にフランスで、フランスがロシアを脅威にさらしている、ということである。武力を連合してロシア帝国を攻撃し、今世紀の初めにモスクワまで攻め込んだのは、フランスだった！そして、中頃には、英国と結託してクリミアを攻めセバストーポリを占領したのも、フランスだった！　フランスの艦隊がバルチック海に侵入し、艦船を送って、同盟国と一緒になって、ロシア極東の国境沿岸を攻めたのもフランスだ。フランスこそが、ポーランドの対立を外から煽っていた。アメリカ沿岸の攻撃準備をしながら、貪欲な焦燥感の中で渇望する燃える眼をして手を揉んでいたのは、フランスだ。自由思想の風さえ、フランスからロシアに吹いて来た。もはやフランスにはヨーロッパで自分の納まる濠を決める時だ。そこで、ゲルマニアの宰相との新しい同盟が、銃を構え、狙いをつける格好となった。ゴルチャコフとの会話の中で、アレクサンドルはことのほか明け透けに、

「もしビスマルクが、フランスを押しつぶし、翼を切ってしまえば、クリミア戦争の結末を見直すことが出来るかも知れん。そうしたら、セバストーポリと黒海艦隊の戦力を新たに増強しよう。ヨーロッパにおける我々の影響力はいやが上にも高まるぞ」

「全くそのとおりです」——英国とフランスに常に警戒し

脅かされていた宰相が賛同して言う――「しかし、それを追って、ゲルマン同盟の軍事力が今までと比較にならないほど増強されるでしょう。そうなると、今度は、彼らからの防衛が心配にならぬとも限りません……」

　ゴルチャコフは、どんなことであっても、フランスの弱体化には全面的に賛成ではあるが、今度は、ゲルマニアの軍事力増大が心配になりだし、そんなことを言ったのである。

「まずはボナパルトに思い知らせることだ！」――アレクサンドルはそう決めつけ、宰相から目を離さず、続けて、――「その後で、プロシャ王と宰相と話そう」――ところが、急に話題を変えて、――「ところで、アラスカの引き渡しはどうなっているかね？」

「政府からの代表委員としてペシューロフ中佐が、会社の代表者コスクーリ中佐と一緒にあちらへ向かって出発しました」――ゴルチャコフが即答した――「彼らが任務を完遂します」――皇帝が更に問いたそうに見ているので続けて、――「ペシューロフは海軍省が推薦した、最適且つ有能な官吏だとのことであります。十月の初めには、完了すると思います……」

「我々には他にもっと重要なことがたくさんあるぞ」――宰相を厳しい目で見ながらアレクサンドルが言った――「したがって、ゴルチャコフ宰相、アラスカのことで手間どるでないぞ！」

「はっ、十月の初めには片付くと思います」

「分かった、頭に刻んでおこう」――投げ捨てるように言うと、アレクサンドルはこの問題に関してそれ以上話すことはなかった。

　九月末、シトカ湾に、全権を持った委員達を乗せた艦船が入って来た。岸辺では、長官とノボアルハンゲリスク事務所長が出迎えた。

「いやあー、こんにちは、アレクセイ！」――ペシューロフ中佐が桟橋の板張りに降り立つやいなや、マクスートフが親しい声を発した――「随分久しぶりだなー！」

「ごきげんよう、大佐！」――固い握手を感じながら、中佐は微笑んで挨拶した。

「今、省で何をしているのかね？」

「何て事は無いです！」――目を細めてペシューロフが応える――「戦艦の艦長に任じられましたが、フリゲート艦が修理でバルチック造船所のドックに入ってしまい、八から十年くらいしないと海には戻れないことになりましてね……」――上級者の自尊心を傷つけぬよう、かつ、親しかった海軍兵学校の同窓生への気遣いから、丁寧に、――「それで、お手伝いに派遣されたわけです」

「下手な外交辞令は止めなよ、アリョーシャ（＊アレクセイ）！」――手厳しくマクスートフが言い放った――「都からは、君の指示には無条件に従うよう、私に命令が届いているんだ。お上手を言わなくても良いぞ！」
「ドミートリー、そうは言ってもな、僕にはこの任務が気に入らなかったさ。ロシア国旗を下ろすなんて全く嫌なこった。分かるだろう？」

「ああ、分かる……」――マクスートフは言葉を引っ張って言うと、ペシューロフの後からタラップを降り近づいて来た中佐に目をやった。

「コスクーリ・フョードル・フョードロビッチです。本社から来ました」――彼が自己紹介した。

「本社では永いのですか？」

「いえ、経歴からすると永くはありません」――士官が応えて――「一八五三年から、六年です。その後、カスピ海に居りました。今年ふたたび戻りました。エゴール・ウランゲリ議長に呼ばれまして……」

「彼をよくご存知ですか？」――マクスートフの質問に驚いた様子で、

「ええ、親戚筋でして……。彼から宜しくとのことです。あなたのことはいつも思い出すそうですよ、マクスートフ大佐」

「ありがとうございます！」――マクスートフは気持ちのこもった返答をした。――「失礼ながら、ウランゲリ男爵と親戚関係ではありませんか？」

「わたしは、彼の甥です……」

「知り合いになれてうれしいです」――手を差しのべ、側に立っているルーゲビルの方を見て言い添える――「ルーゲビル所長がお手伝いしてご案内します。一時間後に」――ウランゲリ男爵からの古い贈り物の懐中時計を取り出して、ふたを開け時間を見ると――「私のところでお待ちします」


昼食後客間で、テーブルを片付け、マリヤが子供のところへ行ってしまうと、ペシューロフが家の主人マクスートフに訊く。

「植民地の件で反響はどう？　難しいことにならないかな？」

「隠すことは何も無いが」――マクスートフは辛そうに溜息して――「状況は重苦しいね。事実、中には、ここから出たいとじりじりして出立の時を待っている者もいるが、大多数は何をやって良いか分からず途方に暮れている。仕事はせず、気落ちしている……。コロシやアレウート達は、連れだって酒を呑んだくれている……。抑制しようと努力しているが、限界だ。要は皆、分からないでいるのさ。造ったものをどうしてみな放棄してしまうのか？　学校、造船所、仕事場は？　十年住んだ地、汗と血のしみ込んだ土地を去るのか？　それから生まれるのは、内部荒廃と悲哀だけだ……」

「我々は、放棄するのでは無い、引き渡すんだよ」――ペシューロフが抗弁を試みる。

「止してくれ、アリョーシャ！　まさか君は信じてはいまいな？　ヤンキーが、我々が始めたことを継続するって？　子供を教育し、アボリジニの生活に文明を根付かせようとするか？　もしそんな考えがあるのなら、直ぐにでも放棄できる。だが、そんなことは無いね。彼らにはそんなために土地が必要なのではない！　ここにも文明がやがてはやって来るだろうが、それは理性的な方法ではなかろう。単に生活の場がやって来るだろうが、ずっと後になってからだろう。アラスカは、思うんだが、半未開人の住むテリトリーとして、永く放置されたままだろう。それに、僕はよく考えたが、ここが在るために可能性が生まれたのに、ロシアはアメリカ大陸における将来的な影響力を捨て去ることになるんだ。いつかそのことに気がつくだろうが、その時はもう遅いのさ……。したがって、公式にはそんなふうになってはいないが、いずれにせよ、放棄することになる……」

「君の話には痛みがあり、それは理解できるが、政府が既に決定したんだ。我々多くには知らされずだった。それはそうする必要があり、そうする価値があったのかも知れん。が、今となっては……。もうこの話はよそう。もう直ぐアメリカ人がやって来て、引き渡しの儀式をやらねばならないんだ」

「僕はご免だ、パスするよ」――胸に手をやり悲しそうにマクスートフが言う――「心臓にナイフを突き刺されるようだ」

「分かった、それならそれでも構わない」――ペシューロフが同情して――「コスクーリ中佐と相談するよ……」

それまで会話に加わらないでいたコスクーリが、思い立ったようにマクスートフを見て、

「資産はリストにして引き渡しますが、会社に帰属する品物は何かありますか？　ご存知とは思いますが、経理上計上するよう取締役会の指示がありますから」

「ええ、そのような指示は受けておりました。承知したことなので、ただ何もしなかったわけではありません。対応はそれなりにやっております」

彼の返答が充分理解できず、コスクーリは、更なる説明を期待して、探るように彼を見る。マクスートフは、何となく捨て台詞のように、

「アメリカ人に皆ただでやることは無いでしょう……」

「何か儲けになる売り物はあったのですか？」――コスクーリがまた質問し、すぐまた訊いた――「儲かりましたか？」

「ええ、氷と装備品で、よく売れました」――マクスートフは少し震えながら応え、さらに加えて、――「氷の販売は儲かりました、アメリカ人が直ぐ飛びついて来ましたよ。その他、汽船《コンスタンチン》をフィンランド人グスタフ・ニエバウムに売りました。売買の帳簿はすべて、ご都合のよろしい時、いつでもご覧になって下さい」

「マクスートフ大佐、そのように非難めいてとらないで下さい。ましてや、あなた方の取引について不信感を持っているようなことは決してありませんから。とんでもありません！」――しつこい質問の言い訳のごとくコスクーリが言い、雲行きが怪しくなった会話を取り繕うように説明して、――「単に、私の任務でして。品物を出来るだけ早く換金するようにせよという指示でしてね」

「分かります」――マクスートフが頷き、――「倉庫には、他に、毛皮用獣皮、オットセイの皮など、総額、おおよそのところ二十万ドル相当があります」

「どれくらい早く売却できますか？」

「二、三カ月で倉庫の中は、空になると思います」

「そうですか、結構ですね」――コスクーリが意見をはさむ――「それと、会社の引き渡しについては、リストに従って、一点ずつ、私と一緒に個別に確認したいのですが、宜しいですか？」

「ということは、引き渡しのプロトコールを予め作っておいて、アメリカ人が到着する時には、サインだけが残っている、というふうにしたいのですか？」――マクスートフが訝しそうにコスクーリを見て訊く。

「いえ、プロトコールは引き受ける側と一緒に書きます。ただその為の準備だけはしておくのが良いかと思いましてね」

「それともう一つ」――ペシューロフが二人の会話に割り込み、マクスートフを注意深く見て、――「ヤンキーがやって来る時までは、君がここをすべて指揮監督してくれ。私もコスクーリ中佐も全く介入しません」――そして付け加えて――「君が誰よりもよく分かっているのだからね……」

6

政府の代表委員と会社の全権代表者が到着して一週間が経った日、たなびく朝霧の中をシトカ湾にアメリカの汽船《ジョン・L・ステファンス》が入って来た。マクスートフにそれが知らされたのは、ジョン・デービス少将が艀で到着してからだった。少将は、自分が海軍二中隊を伴い、植民地の引き取りに来たことを宣言し、分宿する場所へ案内してくれるロシア側の代表と会いたいと伝えた。

「ほらみろ、もう命令しているぞ！」――マクスートフはペシューロフとコスクーリに到着を知らせ、不満げに投げるように言った。二人は、以前フルゲーリム家族が住んでいたところ、家の半分に、滞在していた。

「もう、ご主人様の気分でいるんだな」――ペシューロフが応えて――「引き渡しはもう始まっているみたいだな。我々にはやることは何も無い、ただ、手続きを見ているだけだ」

「港へ行かなくっちゃ」――コスクーリが支度をしながら言う――「とにかく、向こうへ行けば分かるだろう……」

桟橋で、彼らの到着を寒い中を震えながら待っていたアメリカの将軍に自己紹介し、まず最初にマクスートフが話し始めた。

「船内には兵隊がいると聞きましたが、お尋ねします。ご来訪の目的と、権限を教えて下さい」

「この後に続いて《オシッピ》が来ます。そこにロイエル・ルッソ将軍が乗っておられる」――寒風の中で身を縮めながらアメリカ人がそっけなく応える――「彼に領土の引き渡しを受けるよう依頼されている」

「あなたは、駐留隊を運んで来ただけと理解するが正しいか？」

「そのとおり。我々歩兵隊はサン・フランシスコから大変な目に遭いながら航海して来た。出来るだけ早く陸に上がりたいので案内してもらえないか？」

「もう少し船内にて待機願いたい！」――マクスートフはそっけなく言った――「上陸許可は、正式な代表が到着してからになります」

将軍が艀に座りなおし、桟橋から遠ざかると、ペシューロフがマクスートフに説明を求めて訊く。

「彼らに対して、これはどうしてだ？」

「ここはまだロシアの国旗が翻っている。ここに外国の軍隊を入れるわけにはいきません！　到着した兵士が何であろうと、数十人だろうが、代表者が居りますからね。正式な引き渡しが行われるまでは駄目です。全権を持った人が来れば、その時はどうぞ！　そんな目で私を見ないで欲しい。私が何か悪いことをしているようではないですか。ご自分でも言ったじゃないですか、私が指揮監督すると」

「もっと思いやりがあっても良いのではないかね……」

「いや、悪いがこれが精一杯だ」――マクスートフは外套の襟を立て、向きを変えて、ゆっくりと桟橋から去って行った。こころの中では、避けられない引き渡しが近づき、苦しくかつ悲しかったのである。

翌日、十一時ちょうど、停泊地にルッソ将軍を乗せた艦船が現れた。ノボアルハンゲリスク駐留軍に対して挨拶の空砲が甲板の火砲から一斉に鳴った。それに応えるように沿岸の砲台が空砲の大音響を鳴り響かす。大砲の発砲音が鈍く山にこだました。

「さあ、今度は正式な代表だな、逢わんといけないな」――ペシューロフが発した。

「私は事務所で待っているよ」――マクスートフが暗く言う――「コスクーリと二人で行ってくれ」

港からは、アメリカの代表団がロシア植民地総督府長官の邸宅に向かった。将軍ロイエル・ルッソを頭として、秘書である十五歳になる将軍の息子ジョージ、と湾内に待機している艦船のジョン・デービス将軍である。

「私は、アメリカ政府から、この植民地を引き取り、合衆国国旗を掲揚するよう命じられた」――マクスートフの執務室で着席するや、大きな声でルッソが宣言した――「引き渡しの手順についてお話ししたい。私の提案はこうです。双方の駐留隊儀典兵の元にロシア国旗を下ろし、アメリカ国旗を揚げる。これが、合意書調印に基づき領土がアメリカ支配へ移行したことを意味する。それに引き続いて、土地と資産引き渡しのプロトコールに署名を行うこととしたい」

「了解です。それでは、引き渡しを明日にしましょう」

――ペシューロフが同意して言う。

「何故、遅らせる必要がありますか？　今日、行いましょう！　我々は歩兵隊を上陸させ、あなた方は場所を準備する、それだけのこと。二時間もあれば十分ですぞ」

「分かりました。今は、一時半ですな」――ペシューロフは壁時計を見て――「それでは、三時半に、庁舎脇の広場で始めましょう」

「ジョージ」――ルッソは息子を振りむき――「船に行って合衆国の国旗を持って来てくれ。それに、将軍、あなたは」――デービスに――「歩兵二十名をここに送るよう手配して！

それ以上は場所が狭くて無理だ……」

「式典のことについて話しただけで、まだ、我が従業員のロシアへの送り出し手順については話しておりませんが」

――アメリカ人をしかと見据えて、マクスートフが発言した。

「いや、それは、あなた方の問題です」――将軍は頭を振って――「我々は、アメリカ国籍者だけは、受け入れる用意があります。合衆国は、国内での居住を希望する者は、全員喜んで受け入れます。その為には、ただ、我が国の憲法に基づき、宣誓をし、あとは、二人の証人が居る前で、書類に署名するだけです。それであなた方の移転に関する問題はなくなります。ここに残る者について、後はすべて我が政府が面倒をみます」

「それは、植民地に居住する者全員についてでしょうか？」

「ご質問の趣旨は分かります。もちろん、貴社の従業員に関してだけのことです」

「それでは、アレウート人や他の先住民については？　我々は彼らとも同等の関係を持って来ております……」

「それについては問題ありです。彼らはそれなりに好戦的なので」――ルッソは眉をしかめ、暗い表情で言う――「あなたも軍人ですからお分かりになるでしょうが、植民地では彼らが反抗する可能性があります。それで、そのような危険性が残るうちは、我々は、ここの部族たちとは話をしません」

会見が終わって、ペシューロフとコスクーリがロシア式に、別室で、アメリカ全権にお茶を振る舞っているとき、マクスートフは自室に部下を集めた。

「ロギン・オシポビッチ」――ガブリーシェフ副官を見て、――「儀式用に歩兵を選んで下さい。それと、あなた、ヨシフ・アキーモビッチ」――所長の方を向いて――「国旗用のマストを用意して下さい。二時間でできるか？」

「大丈夫です」――ルーゲビルはそう言って、何か追加したくて待つように、彼を見続けた。

「何か分からぬところがあるかい？」

「設備については分かりました。マストも立てます。しかし、別の事がありまして」――彼の深刻そうな様が、何か重要なことを知らせたがっていた。ガブリーシェフが執務室から出ると、ルーゲビル所長は大佐から目を逸らさずに、小声で囁いた。

「正直に申し上げますが、私は、アメリカ国籍をとることにしました」

マクスートフは、あまりに予期せぬ突然のことで、聞いたことを認識しようと努め黙りこんだ。

「私は、まったくの民間人です、実際、何処ともつながりはありません、宣誓もしておりません」――ルーゲビルが続ける――「単なる会計係に過ぎません。ロシアで、何処に身を置けばいいんでしょう？　あちらでどうなるか分かりません。それで、ここに残ることにしました。事業を始めます。蓄えも少しありますし。お願いなのですが、古い船を一隻、資産台帳に記載ある値段で私に譲って頂きたいのですが。問題ありませんか？」

「いや、何て言って良いか分からんよ」――マクスートフは困惑して――「あなたの人生の転換は、ルーゲビル所長、運命ですかな？　すべては神のご意思のとおりに！　船に関しては、要望書を出して下さい、サインします。ただし、国籍をとるまでは、職務を果たして下さいよ！」

自宅に戻り、軍服外套を脱ぐと、加減が悪く感じた。

「あなた、どうなさったの、具合でも悪いの？」――マリヤが心配になって訊く。

「何だか、気分が悪いんだ。あんまり心配していたからね。アメリカ人は不平を言うし、植民地は引き渡さねばならず、それを考えるだけで、恐ろしいよ……。そう、それにだ、考えられるか？　ルーゲビルが合衆国に残ることに決めたんだと……」

突然、鋭い痛みが稲妻のように後頭部に走った。呼吸が苦しくなる。

「ちょっと横になった方がいいな」――半分小声でそう言ってゆっくりと、マリヤの手につかまりながら寝室へ行った。

ベレンドが急ぎ呼ばれ、診察した。結果を伝えて、言う。

「軽度な脳内出血の心配があります。これ以上悪化しないよう、ベッドで安静にしているよう処方します！　起きてはなりません、横になっていて、出来るだけ興奮しないようにして下さい！」

「治るかなあ？　今日、広場での式に参加しないといけないんだが」――ベッド脇に妻と立っているベレンド医師に懇願の目を向ける。

「マクスートフ長官、あなた無しでやってもらいましょう。大丈夫ですよ、旗を下ろし、そして別の旗を揚げるだけですから。すべて、以前から、上層部で決まっていたことですから、否定的な感情は少ないでしょう。決まったことが起こるだけで、避けられません。あなたは、今はもっとご自分の健康を心配すべきです……」

「いや、私は見なくてはならんのです」――悔しそうにマクスートフは溜息をつき、――「こんな大事な時に、私が居なくては……」

「じゃあ、私が行って来ます」――マリヤは彼の掌に触れて、――「そして、どうだったか、後で話すわ」――ベレンドを見て――「いいですわよね？　フョードル・イワノビッチ？」

「もちろんですとも、そうすればすべて大丈夫ですよ」――ベレンドが言う――「心配しないで下さい、私がここに居ますから」

所定の時間が来て、庁舎脇の広場には、儀式に向けてロシア兵が二列に並んだ。彼らの顔は、この日の天気のように、どんよりとしてみな沈んでいた。隣の列には到着したアメリカ兵が並んでいたが、彼らは、みな陽気に笑顔で、式典の始まりを待っていた。そして、その時が来た。ペシューロフがまず、スピーチを始めた。ルッソ将軍に相対し、告げて言った。

「全ロシア皇帝陛下の命により、合衆国全権の貴殿に対して、アメリカ大陸並びに付属する諸島のロシア領土を、両国間の合意書に基づき、引き渡す」

　アメリカの将軍が前に歩み出た。その顔は、勝ち誇っていた。

「アメリカ政府の依頼により、いま述べられた合衆国領土を引き取る。合衆国の国旗掲揚！」

　その合図のあと、マストからゆっくりとロシア国旗が下ろされ、代わりにアメリカ国旗が掲揚された。兵士たちと数少ない会社従業員は、この光景を、息が止まる思いで見ていた。ペシューロフの隣に立っていたコスクーリは、ロシア国家の象徴である旗が下ろされるのを見るに忍びず、よそを向いていた。人ごみの中でマリヤは涙を振り払った。でも、これは何かしら？　ロシア国旗はマストの下で動かなくなった。マストの下を這うこともしない。この最後の機会を使って、百年以上も翻っていたこの地にしがみつき、留まろうとしているかのようだった……。

　ペシューロフは事務所長を訝しげに見た。ルーゲビルはあれこれと奔走し、離れたところに居る水兵を仕草で呼び寄せた。彼は、マストをしつらえているチームに直接加わったようである。水兵に何か素早く言った。水兵は旗竿のところに走り寄り、引っかかっている旗を外そうとしたが、上手く行かなかった。群衆があっと驚きの声をあげた。ロシア国旗が外れて海兵の銃剣の上に真っ直ぐに落ちて、裂けてしまったのである……。

アメリカの新たな州

ロシアの国旗が下ろされてから一年経ち、海軍大佐マクスートフ夫人マリヤは、五人の子供を連れてサンクト・ペテルブルグへ向けて発った。道中は長旅である。海路で、サン・フランシスコ経由、パナマ運河を通り、ヨーロッパへ入り、無事到着した。マクスートフ自身は、アラスカを一八六九年に去った。そして、新しい生活が始まった。しかし、ペトロパブロフスク攻防戦の英雄、アラスカとアレウート諸島ロシア植民地のかつての長官は三十六歳になっていたが、都では事実上無用で必要のない人であった。中将のウランゲリ男爵がこの世を去るとともに、彼とつながりのあった知己の連鎖はばらばらになってしまった。マクスートフは、第八艦隊の乗組員に編入されたが、役職が付いておらず、単に登録されたに過ぎなかった……。一時、サンクト・ペテルブルグ港付属海軍裁判所のメンバーだったが、少将の官位を受けて、勤めを辞めた。アラスカ関係で残っていた知り合いの伝手で商売を始めた。コマンドルスキー諸島を賃借するアメリカ貿易社の社長になったが、一八八二年、夫人より八年永生きして亡くなった。

ロシア公使ステッカー・エドアルドの運命は不明である。ロシア領地の売却を首尾よく完了させ、報酬をたんまりもらった後、辞職しゲルマニアへ帰ったが、その後の消息は歴史から消えた……。

アラスカと付随する諸島を売却して得たお金は、大公コンスタンチン・ニコラエビッチが自ら計画していた艦隊増強の用途には回らなかった。大部分が、当時それより有望視された鉄道建設に費やされたのである。

アラスカは、アメリカ合衆国の三十八番目の州になった。アラスカの地の上に星条旗が翻ってから間もなく一五〇年になる。今では、最も発展し経済的に重要な州の一つで、かつ、軍事戦略的にも重要な州である。賃金レベルでは合衆国で最高位にある。通常の賃金の他に、アラスカ住人には七〇年代に地下資源開発で得た資金に基づく基金からの歩合が払われている。金の他、合衆国の全埋蔵量の四分の一を超える原油とガスが発見された！　現在アラスカでは二〇以上の港が稼働している。最大の港はバルデス。原油輸送パイプラインの最終点となっている。原子力発電設備を持つエネルギー基地がフォート・グリルで稼働している。それだけでなく、アラスカに在る電力の九〇パーセントは国の直接所有で、アメリカの軍事ドクトリン上特別の地位を占めている。

軍事力のアラスカ集中には著しいものがある。それは、アダクとカデヤック島の軍事基地であって、第三および第七艦隊のベースになっている。さらに、飛行技術の独立企業があり、エイルソン空軍基地司令部の戦略的航空の一部となっている。理由は、太平洋地域に北極圏ルートで飛行する航空機に対し空中給油するのにアラスカが最適の立地に在るからである。また、そこにアメリカ・カナダ共同の対空防衛特別地域があり、北米大陸航空・宇宙防衛センター（NORAD）がある。アラスカ上空では常に、地上の宇宙船基地から発射するロケットが、果てしない大空に飛び立ち、地球の天空を突き破る轟音が鳴り響いている。

国際舞台における国家間の関係は、時とともに変わる。しかし、過去の世紀に国家の政治的地位によって導かれた合衆国の国民的原理に変わることはない。

《アメリカがすべてに於いて最高！》したがって、アメリカが世界の発展を決めなければならない！

状況が如何に変わろうと、合衆国はこのスローガンから、一歩たりとも譲ることは無い。二〇〇九年秋、アメリカ合衆国大統領は、対ロケット防衛戦略基地をポーランドとチェコには建設しない決定を宣言した。その決定はヨーロッパでは歓迎を持って迎えられた。しかしながら、それは、果たして世界的押しつけ政策の放棄を意味するのだろうか？　もちろん、そうであろうはずがない。《アメリカが至上》なのである！　単に、チェスの碁盤で駒の配置が変わった如く、コンビネーションが新しくなっただけなのである。全体的な方向性の本質は変わらない。戦略的軍事力配備のあらたな構成ができ、ここでアラスカに特別な役割がもたらされた。今日、合衆国の対ロケット戦略防衛には三十基の対ロケットGB1があり、その内二十六基がアメリカ全領土に（分散）配置されているが、四基はカリフォルニアに設置されている。それらは、二五〇〇キロメートルの距離から、高度一五〇〇キロメートルまでの弾道ロケットを破壊できる能力を有している。アラスカはロシアから遠いだろうか……？　地図を一瞥すれば分かることだ。

ドミニク・リカルディ、永年アラスカに住んでいたカナダの作家は、ロシアの雑誌《知識は権力》の記者とのインタヴューで、セムの叔父さんの積年の夢について語った。ペトロパブロフスク・ナ・カムチャッカ港を日本との共同管理で次第に奪ってしまい、北緯六五度以北の領土を、ウエレンからアルハンゲリスクまで、アメリカの支配下におくというものである。近い過去からの既知の方向性と計画では無いだろうか？　こうした《ファンタジー》の実現においてアラスカは一定の地位を占めている。

二〇〇九年、ロンドンで二〇カ国の《拡大サミット》が行われ、世界に広がった財政経済危機に対する危機対策会議がアメリカのイニシアティブでもたれた。そこでは、財政危機が、第一に、世界的準備通貨問題と結びついていると強調された。世界経済すべてがドルに支配されるべきではない。ドルの支配では、勝者はＵＳＡだけで、後はみな敗者になる。しかし、ＵＳＡがドル支配を拒むだろうか？そんなことはあるまい……。なぜならば、アメリカの大統領の描かれたグリーン紙幣が、地球全体の経済環境に影響し続けるからであり、これがアメリカ合衆国の全政策の根幹である。アメリカが第一！　影響を与え、君臨する！のである。

時は進み、世紀が去りゆく。ロシアの航海探検家ビトゥース・ベーリングやアレクセイ・チリコフによって発見された、アメリカ大陸の領土を売却した事実の解明を、歴史家はより詳細にわたり、探し続け、永い間頭を悩ますであろうが、ロシアから去った領土アラスカでは、今でも、ロシア正教会の鐘がメロディーを奏で鳴り響いているのである……。

クラスノヤルスク　二〇一〇年

作品紹介（原書出版社）

シベリアの作家、アンドレイ・Ｅ・クラコフの新作は、遠く古い歴史を開示してくれる。ポーランド蜂起とロシアでの急進的な改革、アメリカ南北戦争のさなかにおけるヨーロッパ列強の政治的志向に席巻された時代である。読者一般にはほとんど知られていない、アメリカ大陸沿岸におけるロシア植民地長官の活動を、ロシア帝国海軍士官、Ｄ・Ｐ・マクスートフ侯爵を通して、色鮮やかに描き出している。

物語に流れているもう一つのテーマが、ロシア政府による、アラスカとアレウート諸島の星条旗の国、アメリカ合衆国への譲渡である。

アンドレイ・Ｅ・クラコフの作品には、歴史小説《アランディ》（２００５年）、中編小説《元帥》（１９９８年）、《傷ついた春》（１９９５年）、探偵小説《鍵と謎解き》（２０００年）、短編小説集《願望の万華鏡》（２００７年）などがある。

訳者あとがき

本訳書を出版するにあたってお世話になった関係者方々のご協力とご尽力に深く感謝いたします。また、訳者自身がこれまで一期一会を重ねてきた中で、お世話になった皆様方に感謝の意をお伝えし、本訳書を亡き両親と、ロシア語の基礎を導いて下さった故イーヤ・レーベジワ先生に捧げます。

平成二十八年十月　吉日

星　野　華　山

著者：アンドレイ・E・クラコフ

1952年レニングラード（現在のサンクト・ペテルブルグ）生まれ。内務省のコムソモール60年記念政治高校を卒業後、防衛省のV・I・レーニン記念軍事政治アカデミーを卒業。内務省管轄の内勤部隊で、ウラル、シベリアで勤務。戦略部門の中隊副司令官から、師団戦略本部長、師団人員担当副司令官まで、各種の役職を歴任。チェチェン戦争の最初の年に戦役に参加。グローズヌイ市の要塞人事・住民担当副司令官（1995年）、北カフカスにおける連邦人権擁護団体課長（1997年）。1999年軍役を退職、陸軍大佐。

作品には、歴史小説《元帥》、《アランディ》、探偵小説《鍵と謎解き》、短編小説集《願望の万華鏡》、戦記本《傷ついた春》、《同連隊》などがある。ロシア作家同盟クラスノヤルスク支部メンバー。

訳者：星野　華山（ほしの　かざん）

本名、巧（たくみ）、1952年新潟県小千谷市生まれ。大阪外国語大学（現、大阪大学外国語学部）ロシア語科卒。在学中より通訳ガイドに従事。卒業後、大手エンジニアリング会社に入社、主に対ロシア向け石油ガス関係のプラント輸出・建設業務にたずさわる。2003年から2009年まで、サハリン州におけるロシア初のLNGプラントの建設業務で現地サハリンに滞在。2012年に同社を定年退職後ロシア語の翻訳活動を始める。華山（カザン）は雅号、日本書学館書道教授。神奈川県川崎市在住。

白樺の梢

さらばアラスカ、最後の長官

2016年12月23日　初版発行

著　者　アンドレイ・E・クラコフ
訳　者　星野華山
発行者　中田典昭
発行所　東京図書出版
発売元　株式会社 リフレ出版
〒113-0021　東京都文京区本駒込 3-10-4
電話（03）3823-9171　FAX 0120-41-8080
印　刷　株式会社 ブレイン

ISBN978-4-86641-021-0 C0097
Printed in Japan 2016
落丁・乱丁はお取替えいたします。

ご意見、ご感想をお寄せ下さい。

［宛先］〒113-0021　東京都文京区本駒込 3-10-4
東京図書出版